第一二八册　此土著述（一一八）

諸經要集

唐西明寺沙門道世撰

清刻龍藏佛說法變相圖

諸經要集序

唐西明寺沙門道世撰

原夫法身一相瞻仰異容正教無偏說聽殊旨故師有等兩之況弟子有異聞之說良以隨機授與逐器淺深至如十二分教之大綱八萬法門之廣網龍宮西蓄未盡怒林之知象駕東馳豈窮手葉之誨是以不遊大海未覩沃日之奇不仰太山靡覿干霄之狀得驪龍之珍乃驗魚目之非寶聽黃鍾之節方知擊缶之爲細故知釋典幽宗聖凡所尚寔人天之秘寶越儒墨之希聲威振大千光超巨億益覃沙界功逾塵劫弘濟之術其大矣哉但時緣未會感通有殊曁晨林變彩宵夢啓徵創開白馬之基漸被赤烏之歲聖迹遐感年逾六百道俗蒙益等同一子慨正像侵移

泝流末代凡情闇短器識昏迷日有澆醨教沉道喪所以彝章訛替教迹淪滑文句浩汗卒難尋覽故於顯慶年中讀一切經隨情逐要人堪行者善惡業報條出一千述篇三十勒成兩帙冀道俗流行傳燈有據敬尋釋典深奧非淺識而所知出俗幽微豈滯惑而能辨良由海大舟輕山高塵眇操刀易割製錦難成不揆庸識妄談秘典輒樹題目更增媿恧矣

諸經要集目録

諸經要集卷第一

三寶部第一中敬佛篇第一此有六緣

普敬述意緣　念十方佛緣

念釋迦佛緣　念彌陀佛緣

念彌勒佛緣　念佛三昧緣

普敬述意緣第一

夫大聖有平等之相弟子有稱揚之德故十方諸佛同出於淤泥之濁三身正覺俱坐於蓮臺之上隨念何相皆得利益所謂始從出家終成正覺於其中間道樹降魔鹿野說法相好圓滿光明炳著身色清淨事等鎔金面貌端嚴猶如滿月齒同珂雪髮似光螺目譬青蓮眉方翠柳八音響亮萬相雍容五眼洞明六通遥颺懸河寫辯連注投機圓三點以成身具五分而爲體帶權實以度物隨真應以化人或扇廣大之慈風灑滂沱之法雨能使身田被潤即吐無上之芽心樹既榮便茂不凋之葉不來相而來不見相而見爲衆生故隨緣應現十方十億並願歷侍三千大千俱得親承長種福田廣興供養吐邪倒之根拔貪瞋之本修念佛之因感見佛之果矣如寶性論云三寶有六義故須敬也一者希有義如世寶物貧窮之人所不能得三寶如是薄福衆生百千萬世不能值遇故名爲寶二者離垢義如世真寶體無瑕穢三寶如是隨離諸漏故名爲寶三者勢力義如世珍寶除貧去毒有大勢力三寶如是具不思議六神通力故說爲寶四者莊嚴義如世珍寶能嚴身首令身姝好三寶如是能嚴行人清淨身故故說爲寶五者最勝義如世珍寶譬諸

物中勝三寶如是一切世中最爲殊勝故名爲寶六者不改義如世真金燒打磨鍊不能變改三寶如是不爲世間八法所改故名爲寶又具六意故須敬也一佛能誨示法是良藥僧能傳通皆利益於我報恩故敬二末代惡時傳法不易請威加護故須致敬三爲物生信稟承故敬四示僧尼敬事儀式故敬五令樂供養法得久住故敬六爲表勝相故敬成論云三寶最吉祥故我經初置

念十方佛緣第二

如觀佛三昧經云昔過去久遠無量世時有佛出世號寶威德上王時有比丘與九弟子往詣佛塔禮拜佛像見一寶像嚴顯可觀禮已諦視說偈讚歎後時命終悉生東方寶威德上王佛國大蓮華中結跏趺坐忽然化生從此已後恒得值佛於諸佛所淨修梵行得念佛三昧得三昧已佛爲授記於十方面各得成佛東方善德佛者則彼師是其九弟子者作九方佛謂東南方無憂德佛南方栴檀德佛西南方寶施佛西方無量明佛西北方花德佛北方相德佛東北方三乘行佛上方廣衆德佛下方明德佛如是十方佛由因過去禮塔觀像一偈讚歎今於十方各得成佛又觀佛三昧經云昔過去久遠有佛出世號曰空王入涅槃後有四比丘共爲同學習佛正法煩惱覆心不能堅持佛法寶藏多不善業當墮惡道空中有聲語比丘言空王如來雖復涅槃汝之所犯謂無救者汝等今可入塔觀像與佛在世時等無有異聞空聲已入塔觀像眉間毫相即作念言如來在世光明

色身與此何異佛大人相願除我罪作是語已如大山崩五體投地懺悔諸罪由入佛塔觀像毫相懺悔因緣後八十億阿僧祇劫不墮惡道生生常見十方諸佛於諸佛所受持甚深念佛三昧得三昧已爲十方佛現前授記今悉成佛東方有國名曰妙喜佛號阿閦即第一比丘是南方有國名曰歡喜佛號寶相即第二比丘是西方有國名曰極樂佛號無量壽即第三比丘是北方有國名蓮華莊嚴佛號微妙聲即第四比丘是以是因緣行者應當如是願觀佛也

又迦葉經云昔過去久遠阿僧祇劫有佛出世號曰光明入涅槃後有一菩薩名大精進年始十六婆羅門種端正無比有一比丘於白氎上畫佛形像持與精進精進見像心大歡喜作如是言如來形像妙好乃爾況復佛身願我未來亦得成就如是妙身言已思念我若在家此身叵得即啓父母求哀出家父母答言我今年老唯汝一子汝若出家我等當死子曰父母若不聽我者我從今日不飲不食不昇牀坐亦不言說作是誓已一日不食乃至六日父母知識八萬四千諸婇女等同時悲泣禮大精進尋聽出家旣得出家持像入山取草爲座在畫像前結跏趺坐一心諦觀此畫像不異如來如來像者非覺非知一切諸法亦復如是無相離相體性空寂作是觀已經於日夜成就五通具足無量得無礙辯得普光三昧具大光明以淨天眼見於東方阿僧祇佛以淨天耳聞佛所說悉能聽受滿足七月以智爲食一切諸天散花供養

從山而出來至村落爲人說法二萬衆生發菩提心無量阿僧祇人住於聲聞緣覺功德父母親眷皆住不退無上菩提佛告迦葉昔大精進今我身是由此觀像今得成佛若有人能學如此觀未來必當成無上道

又觀佛三昧經云昔過去久遠有佛出世號釋迦牟尼滅度之後有一王子名曰金幢憍慢邪見不信佛法有一比丘名定自在語王子言世有佛像衆寶嚴飾極爲可愛可暫入塔觀佛形像王子即隨共入塔中見像相好白比丘言佛像端嚴猶尚如此況佛眞身比丘告言汝今見像不能禮者應當合掌稱南無佛是時王子即便合掌稱南無佛還宮繫念塔中像故即於後夜夢見佛像夢已歡喜捨離邪見皈依三寶由一入塔稱佛善根命終得值九百萬億那由他佛於諸佛所建得甚深念佛三昧得三昧故諸佛現前爲其授記從是已來經於百萬阿僧祇劫不墮惡道乃至今日獲得甚深首楞嚴定昔王子者今財首菩薩是以是因緣智者應當如是學念佛也

又法華經偈云

若人散亂心　入於塔廟中　一稱南無佛

皆已成佛道

又譬喻經云昔有國王殺父自立有阿羅漢知此國王不久命終計其餘命不過七日若命終後必墮阿鼻地獄一劫受苦此阿羅漢尋往化之勸教至心稱南無佛七日莫絕臨去重告慎莫忘此王便乂手一心稱說晝夜不廢至七日頭便即命終魂神趣向阿鼻地

獄乘前念佛至地獄門知是地獄即便大聲稱南無佛獄中罪人聞稱佛聲皆共一時稱南無佛地獄猛火即時化滅一切罪人皆得解脱出生人中後阿羅漢重爲説法得須陀洹以是因縁稱佛名號所獲功德無量無邊不可爲喻

念釋迦佛縁第三

又觀佛三昧經云昔佛在世時佛爲父王及諸大衆説觀佛三昧經佛有三十二相八十種好身眞金色光明無量時座下有五百釋子以罪障故見佛色身猶如灰人嬴婆羅門見已號哭自拔頭髮舉身投地鼻中血出佛安慰曰汝勿號哭吾爲汝説過去有佛名毗婆尸入涅槃後於像法中有一長者名曰月德有五百子聰明多智無不貫練其父長者信敬三寶常爲諸子説佛法義諸子邪見都無信心後時諸子同遇重病父到兒前泣淚合掌語諸子言汝等邪見不信佛法今無常刀切割汝身爲何所怙有佛世尊名毗婆尸汝可稱名諸子聞已敬父言故稱南無佛復教稱法及稱僧名稱已命終由稱佛故生四天王天天上壽盡以前邪見還墮地獄獄卒羅刹以熱鐵叉剌壞其眼受是苦時憶父教稱念佛因縁從地獄出來生人中貧窮下賤後式佛出亦得值遇但聞佛名不覩佛形後隨葉佛拘樓秦佛拘那含佛迦葉佛亦皆聞名不見其形以聞如是六佛名故今得與我同生釋種我身端嚴如閻浮金汝見灰色嬴婆羅門皆由前世邪見故爾汝今可稱過去佛名并稱汝父亦稱我名及彌勒佛稱已作

禮及向大衆大德衆僧五體投地發露懺悔邪見之罪諸人受教懺悔訖已見佛金色如須彌山見已白佛我今見佛三十二相八十種好無量光明作是語已得須陀洹求佛出家得阿羅漢三明六通具八解脫佛告比丘我滅度後若稱我名南無諸佛所獲福德無量無邊

又大悲經云佛告阿難汝觀如來在路行時能令大地高處令下下處令高高下諸處悉得平正如來過後地輒還復一切樹大傾側向佛樹神現身低頭禮拜如來過後樹輒還復一切丘陵坑坎屏厠臭穢叢林瓦礫皆悉掃除平正清淨馨香芬烈衆華布地如來足履蹈上而過無情諸物尚皆傾側何况有情而不加敬何以故我本修行菩薩行時於一切人所無不傾側謙下禮敬以是善業得成佛已有情無情如來行時無不傾側低頭禮拜我本曾以清淨微妙稱意資産至心自手施諸衆生以是業報如來行時大地平正掃灑清淨又無瓦礫我於無量諸賢聖所在路行時曾與掃治道路泥治房舍我以平等心無高下掃治令淨於一切時常求菩提利益衆生以是善根若佛如來在在處處行來路首自然清淨地平如掌乃至須彌山王高八萬四千由旬在大海中亦深爾許及鐵圍山高十六萬八千由旬亦是金剛堅固佛涅槃時無不傾側低頭禮敬若欲遠避不傾側者亦無是處

又普曜經云由如來過去心淨離著不害衆生故所行之處脚足不污虫蟻不損

又處處經云如來行時足不著履有三因緣一使行者少欲二現足下輪相三令人見之歡喜佛行足去地四寸有三因緣一見地有虫蟻故二地有生草故三現神足故亦欲令人意止佛行地高下皆平有三因緣一本行四等心欲令一切安隱地在水上水中有神虫蛾一切值佛足下皆得安隱同心立意是故甲者爲高高者爲甲二諸天鬼神行福爲佛除地故高下爲平三佛爲菩薩時通利道徑橋梁度人故從是得福故高下平正欲令人意亦爾

又智度論云世尊身好細薄皮相塵土不著身如蓮華葉不受塵水若菩薩在乾土山中經行土不著足隨嵐風來吹破土山令散爲塵乃至一塵不著佛身若菩薩舉食著口中是時咽喉邊兩處流注甘露和合諸味是味清淨故名味中得上味

又增一阿含經云無恭敬心於佛者當生龍蛇中以過去從中來今猶無敬多睡癡也

又四分律說偈云

有敬長老者　是人能護法　現世得名譽
將來生善道

念彌陀佛緣第四

問曰何名淨土答曰世界皎潔目之爲淨則淨所居名之爲土

故攝論云所居之土無於五濁如玻瓈柯等名清淨土

法華論云無煩惱衆生住處名爲淨土淨土不同有其四種一法性土以眞如爲體故梁攝論云以蓮華王爲淨土所依譬法界眞如

爲淨土所依體故二實報土依攝論云以二空爲門三慧爲出入路奢摩他毗鉢舍那爲乘以根本無分別智爲用此皆約報功德辨其出體三事淨土謂上妙七寶是五塵色性聲香味觸爲其土相故攝論云佛周遍光明七寶處也

又華嚴經云諸佛境界相中種種間錯莊嚴故淨土論云備諸珍寶性具足妙莊嚴

又新翻大菩薩藏經云假使如上世界乃至大火洞然如來在中若依經行若住坐卧其處自然八功德水出現於地四化淨土謂佛所變七寶五塵爲化土體故涅槃經云以佛神力地皆柔軟無有丘墟土沙礫石乃至猶如西方無量壽佛極樂世界等

又大莊嚴論云由智自在隨彼所欲能現水精瑠璃等清淨世界

又維摩經云佛以足指按地現淨等事

又十地經云隨諸衆生心所樂見爲示現故此諸經論所明並約化爲淨土由佛神力現故有攝故即無故名化土

述曰上來雖明土有四種然綱要有二一報土二化土此二即攝理事二土初報土者謂佛如來出世諸善體是無漏非三界所攝故淨土論云觀彼出界相勝過三界道

又智度論云有妙淨土出過三界然佛所居無處爲處過在十方世界或依法身而安淨土故論云釋迦牟尼佛更有清淨世界如阿彌陀國其彌陀佛亦有嚴淨不嚴淨世界如釋迦佛

又涅槃經云我實不出閻浮提界

又法華經偈云
常在靈鷲山　及餘諸住處　衆生見劫盡
大火所燒時　我此土安隱　天人常充滿
園林諸堂閣　種種寶莊嚴
又華嚴經云如來淨土或在如來寶冠或在
耳璫或在瓔珞或在衣紋或在毛孔如是毛
孔既容世界故知十住論云佛舉一步則過
恒河沙等三千世界其事如是化土處者但
所居化土無別方處但依報土而起麤相或
通十方或在當界接引三乘人天等衆如彌
陀世尊引此忍界凡小衆生而安淨國或於
穢現淨如按地現淨譬同天宮其事如是或
於衆生由共相器世界間種子所感於中顯
現淨穢境界隨其六道各見不同此皆由外
名言熏習因識種成就感得器世界影像相
現此影像是本識相分由共相種子與影像
相彼現相識爲因緣即此共相由內報增上
緣力感得如此苦樂不同
又華嚴經云爾時心王菩薩摩訶薩告諸菩
薩言佛子此娑婆世界釋迦牟尼佛刹一劫
於安樂世界阿彌陀佛刹爲一日一夜安樂
世界一劫於聖勝幢世界金剛佛刹爲一日
一夜聖勝幢世界一劫於不退轉音聲輪世
界善樂光明清淨開敷佛刹爲一日一夜不
退轉音聲輪世界一劫於離垢世界法幢佛
刹爲一日一夜離垢世界一劫於善燈世界
師子佛刹爲一日一夜善燈世界一劫於善
光明世界盧舍那藏佛刹爲一日一夜善光
明世界一劫於超出世界法光明清淨開敷
蓮華佛刹爲一日一夜超出世界一劫於莊

嚴慧世界一切光明佛刹爲一日一夜莊嚴慧世界一刧於鏡光明世界覺月佛刹爲一日一夜佛子如是次第乃至百萬阿僧祇世界最後世界一刧於勝蓮華世界賢首佛刹爲一日一夜普賢菩薩等諸大菩薩充滿其中

又優波提舍論偈云

觀彼世間相　勝過三界道　究竟如虛空
廣大無邊際　正道大慈悲　出世善根生
淨光明滿足　如鏡日月輪

述曰如凡夫二乘於穢土中見阿彌陀佛諸菩薩等於淨土中見阿彌陀佛據此二說報土則一向純淨應土則有染有淨故淨土論云土有五種一純淨土唯在佛果二淨穢土謂淨多穢少即八地已上三淨穢平等土謂從初地乃至七地四穢淨土謂穢多淨少即地前性地五雜穢土謂未入性地第五人見後一不見前四第四人見後二不見前三第三人見後三不見前二第二人見後四不見前一第一佛上下五土悉知悉見也

又阿彌陀鼓音聲王陀羅尼經云爾時世尊告諸比丘西方安樂世界今現有佛號阿彌陀若有四衆能正受持彼佛名號以此功德臨欲終時阿彌陀佛即與大衆往此人所令其得見見已尋生慶悅倍增功德以是因緣所生之處永離胞胎穢欲之形純處鮮妙寶蓮華中自然化生具六神通光明赫奕阿彌陀佛與聲聞俱如來應供正遍知其國號曰清泰聖王所住其城縱廣十千由旬於中充滿剎利之種阿彌陀佛父名月上轉輪聖王

其母名曰殊勝妙顔子名月明奉事弟子名無垢稱智慧弟子名曰攬光神足精勤弟子名曰大化爾時魔王名曰無勝有提婆達多名曰寂靜

又無量壽經云佛告彌勒假使三千大千世界猛火爲念阿彌陀佛名故要當於中直過未足爲難

又阿彌陀佛經云佛告諸比丘僧是阿闍世王太子及五百長者子却後無數劫皆當作佛如阿彌陀佛佛言是阿闍世王太子及五百長者子住菩薩道已來無央數劫皆各供養四百億佛已今復來供養我阿闍世王太子及五百長者子等皆前世迦葉佛時爲我作弟子今皆復會是等共相值也

念彌勒佛緣第五

如彌勒菩薩所問本願經云阿難白佛言彌勒得法忍久遠乃爾何以不速逮無上正眞之道成最正覺耶佛語阿難菩薩以四事法不取正覺何等爲四一淨國土二護國土三淨一切四護一切是爲四事彌勒本求佛時以是四事故不取佛語阿難我本求佛時亦有此四然彌勒發意先我之前三十二劫我於其後乃發道意於此賢劫以大精進超越九劫得於無上正眞之道致最正覺佛告阿難我以十事致最正覺何等爲十一所有一切無可愛惜二妻妾三兒子四頭目五手足六國土七珍寶財物八髓腦九血肉十不惜身命我以十事疾得佛道

問曰凡夫道俗身居欲界行何善業得生同界兜率天報答曰如來曾有經云下品十善

謂一念頃中品十善謂一食頃上品十善謂從旦至午於此時中心念十善止於十惡亦得往生故野干心念十善七日不食生兜率天

又上生經云我滅度後四衆八部欲生第四天當於一日至第七日繫念彼天持佛禁戒思念十善行十善道以此功德迴向願生彌勒佛前隨念往生（言七日者亦從近說尚感彼天何況一生而不尅獲）

又上生經云若有禮敬彌勒佛者除却百億劫生死之罪乃至來世龍華樹下亦得見佛

又云我滅度後四衆八部聞名禮拜命終往生兜率天中若有男女犯諸禁戒造衆惡業聞是菩薩大悲名字五體投地誠心懺悔一切惡業速得清淨若有歸依彌勒菩薩當知是人得不退轉彌勒成佛見佛光明即得受記

又上生經云佛滅度後若有精勤修諸功德威儀不缺掃塔塗地華香供養行諸三昧讀誦經典如是人等雖不斷結如得六通應當繫念念佛形像稱彌勒名若一念頃受八戒齋修諸淨業命終之時即得往生兜率天上蓮華臺中應時見佛白毫相光超越九十億劫生死之罪隨其宿縁爲說妙法令得不退

又增一經云衆生三業造惡臨終憶念如來功德者必離惡道趣得生天上正使極惡之人以念佛故亦得生天

又大集經云若修慈者當捨身命時見十方佛手摩其頂蒙手觸故心安快樂尋得往生清淨佛土

又普賢觀經云若有晝夜六時禮十方佛誦

大乘經思第一義甚深空法於一彈指頃除百萬億那由他恒河沙劫生死之罪行此法者眞是佛子從諸佛生十方諸佛及諸菩薩爲其和尚是名具足菩薩戒者不須羯磨自然成就應受一切人天供養

又法華經云若有人受持讀誦正憶念解其義趣是人命終爲千佛授手令不恐怖不墮惡道即往兜率天上彌勒菩薩所彌勒菩薩有三十二相大菩薩衆所共圍遶有百千萬億天女眷屬而於中生有如是等功德利益是故智者應當一心自書若使人書受持讀誦正憶念如說修行

又智度論云若善男子能行是深般若波羅蜜者當知是人人道中來或兜率天來所以者何三惡道中罪苦多故不得行深般若欲界諸天著淨妙五欲是心則狂惑故不能行色界天等深著禪定味故不能行無色界天無形故故不能行以兜率天上常有一生補處菩薩彼中諸天常聞說般若五欲雖多法力勝故是故說二處勝若從他佛國來生此間斯則轉勝也

又處胎經佛告彌勒偈云

汝所三會人　是吾先所化　九十六億人
受吾五戒者　次是三歸人　九十二億者
一稱南無佛　皆得成佛道

又處處經云佛言彌勒不來下有四因緣一有時福應彼間二是此間人麤無能受經者三功德未滿四世間有能說經者故彌勒不下若當來下餘有五十億七千六十萬歲彌勒時人眼皆見四千里由本十種因緣得一

不掩人眼明二不損人眼三不覆人眼四不藏人善五不視殺六不視盜七不視婬八不視陰私及人短九諸惡事不視十然燈於佛寺

又佛說彌勒來時經云佛言彌勒佛未出時閻浮利內地山樹草木皆焦盡於今閻浮利地周帀六十萬里彌勒出時閻浮利地東西長四十萬里南北廣三十二萬里地生五果四海之內無山陵溪谷地平如砥樹木長大人少三毒民多聚落城名汜羅那夷有一婆羅門名須凡當爲彌勒作父母名摩訶越題彌勒當爲作子相好具足身長十六丈生墮城地目徹視萬里內頭中日光照四千里彌勒得道爲佛時於龍華樹下坐樹高四十里廣亦四十里（大成佛經花枝如龍頭故名龍華樹亦有別傳云子從龍宮出故名龍華樹也）用四月八日明星出時得道彌勒佛却後六十億殘六十萬歲始當來下生（自外大同或佛經說）

王玄策西國行傳云大唐顯慶二年勑使王玄策等往西國送佛袈裟至泥婆羅國西南至頗羅度來村東坎下有一水火池若將家火照之其水上即有火燄於水中出欲滅以水沃之其燄轉熾漢使等曾於中架一釜煑飯熟使問彼國王國王答使人云曾經以杖剌著一金匱令人挽出一挽一深相傳云此是彌勒佛當來成道天冠令火龍防守之此池火乃是龍火也

又智度論云彌勒菩薩爲白衣時師名婆跋梨有三種相一眉間白毫相二舌覆面相三陰藏相如是等非是菩薩時亦皆有此相也

又新婆沙論云曾聞尊者大迦葉波入王舍城最後乞食食已未久登雞足山山有三峯如仰雞足尊者入中結跏趺坐作誠言曰願我此身幷納鉢杖久住不壞乃至經於五十七俱胝六十百千歲慈氏如來應正等覺出現世時施作佛事發此願已尋般涅槃時彼三峯便合成一掩蔽尊者儼然而住及慈氏佛出現世時將無量人天至此山上告諸衆曰汝等見是釋迦牟尼佛杜多功德弟子衆中第一大弟子迦葉波不舉衆咸曰我等欲見慈氏如來即以右手撫雞足山頂應時峯坼還爲三分時迦葉波將納鉢杖從中而出上昇虛空無量天人覩斯神變歎未曾有其心調柔慈氏世尊如應說法皆得見諦若無留化如此之事云何有耶有說有留化事問若爾世尊何故不留化身至涅槃後住持說法答所應作者已究竟故謂佛所應度皆已度訖所未度者聖弟子度之有說無留化事問若爾迦葉波事云何得有答諸信敬天神所住持故有說迦葉波爾時未般涅槃慈氏佛時方取滅度此不應理寧可說無不說彼默多時虛住如是說者有留化事是故大迦葉波已入涅槃

惟凡夫力弱習惡來多以住娑婆其心怯弱初學是法恐畏退敗常發大願扶持此行乃至命終心無障惱隨種善根願共含識自在往生彌勒內衆得至佛前隨念修學證不退轉不願往生於外衆中恐著五欲不得解脫故智度論云有人修少福業聞有福處當願往生乃至命終各生其中

又大莊嚴論云佛國事大獨行功德不能成就要須願力如牛雖力挽車要須御者能有所至淨佛國土由願引成以願力故福德增長不失不壞常見佛故

又如十住論云若人發心求佛不休不息有人以指舉大千世界在空却住不足爲難若發願言我當作佛是人希有何以故世人心劣無大志故

又發菩提心論有十大願常悉修行一者願我先世及以今身所種善根施與一切衆生迴向佛道令我此願念念增長世世所生終不忘失常爲陀羅尼之所守護二者願我以此善根生處值佛常得供養不生無佛國中三者願我親近諸佛隨侍左右如影隨形四者願我既得親近爲我說法成就五通五者願我通達世諦假名流布解第一義得正法智六者願我以無猒心爲衆生說示教利喜皆令開解七者願我以佛神力徧至十方一切世界供養諸佛聽受正法廣攝衆生八者願我隨順清淨法輪一切衆生聽我法者聞我名者即得捨離一切煩惱九者願我隨逐衆生將護與樂捨身命財荷負正法除無利益十者願我雖行正法心無所行亦無不行爲化衆生不捨正願願我以此十大誓願遍衆生界攝受一切恒沙諸願若衆生界有盡我願乃盡然衆生界不可盡故我此大願亦不可盡廣度衆生無邊法界所修善根皆悉迴向無上正覺生彌勒佛前聞清淨法悟無生忍但行住坐卧一生已來所修善根並共法界衆生迴向彌勒佛前速成不退自外修念觀行

見佛方法彌勒等業具在禪門十卷廣說此中直出經文令示往生

玄奘法師云西方道俗並作彌勒業爲同欲界其行易成大小乘師皆許此法彌陀淨土恐凡鄙穢修行難成如舊經論十地已上菩薩隨分見報佛淨土依新論意三地菩薩始可得見報佛淨土豈容下品凡夫即得往生此是別時之意未可爲定所以西方大乘許小乘不許故法師一生已來常作彌勒業臨命終時發願上生見彌勒佛請大衆同時說偈云

南無彌勒如來

應正等覺　願與含識　速奉慈顏

南無彌勒如來

所居內衆　願捨命已　必生其中

南無彌勒如來

願隨慈氏　下閻浮提　龍華會中　同得受記

念佛三昧緣第六

惟凡夫倒想隨情妄執六賊交侵五道旋轉業繩相係苦報難出所以大聖慈愍垂機引接故舉淨土之妙國勸觀如來之勝相令翹注不懈欣心敬慕俯仰合觀隨心廣略庶令悟之善惡則隨心向背成之業種則見佛可期臨終喜躍隨念受生若不預修此福無常忽至周慞惶怖心路蒼茫淨業既空莫知投寄眼光失落依業受殃是故造罪造福雖復同營一種爲身不如修善修善見佛造惡獲殃也故華嚴經偈云

寧受一切苦　得聞佛音聲　不受一切樂

而不聞佛名　所以無量劫　受此諸煩惱

流轉生死中　不聞佛名故

又無量壽經云佛告彌勒菩薩假使大千世界滿中猛火爲聞阿彌陀佛名故要當於中直過未足爲難

又觀佛三昧經云爾時彌勒菩薩白佛言世尊唯願世尊大慈大悲憐愍一切未來世中多有衆生造不善業佛不現在何所依怙得除罪咎佛告彌勒如來滅後多有衆生以不見佛作諸惡業如是人等當令觀像若觀像者與觀我身等無有異說是語時空中十方諸佛讚言善哉今正是時慎勿疑慮佛告彌勒如來今者爲未來世五苦衆生犯禁比丘不善惡人五逆誹謗行十六種惡律儀者爲如是等說除罪法爾時阿難白佛云何如來說除罪法佛告阿難如我在世皈依我者名皈依佛名皈依法名皈依僧觀佛像者先入佛塔以好香泥及諸淨土塗地令淨隨其力能燒香散華供養佛像說已過惡禮佛懺悔如是伏心經一七日復至衆中塗掃僧地除諸糞穢向僧懺悔禮衆僧足復經七日如是供養心不疲猒若出家人應誦毗尼極令通利若在家人孝養父母恭敬師長調心令輭心若不輭當强折伏令心調順自住靜處燒衆名香禮釋迦文佛而作是言南無大德我大和尚應正遍知大悲世尊願以慈聖覆護弟子作是語已五體投地泣淚像前從地而起齊整衣服結跏趺坐繫念一處隨前衆生繫心鼻端繫心額上繫心足指如是種種隨意繫念專置一處勿令馳散使心動摇心若動摇舉舌拄齶閉口開目叉手端坐一日至七日令身安隱身安隱已然後想像若樂逆

觀者從像足指次第仰觀初觀足指繫心專緣佛足五指經一七日閉目開目令其了了見金像指次觀足兩趺上令了了見次觀腨已次第至髻從髻觀面若不明了復更懺悔倍自苦策以戒淨故見佛像面如眞金鏡了了分明作是觀已觀眉間毫相如玻瓈珠右旋宛轉此相見時見佛眉眼如天畫師之所畫作見是事已次觀頂光令分明了如是衆相名爲逆觀若樂順觀者從佛頂上諸妙螺紋猶如黑絲右旋宛轉次觀佛面觀佛面已具足觀身漸下至足如是往返凡十四遍諦觀一像極令了了觀一成已出定入定恒見立像在行者前見一了了復想二像已次想三像乃至想十皆令了了見十像已想一室内滿中佛像間無空缺滿一室已復更精進燒香散花掃塔塗地澡浴衆僧供養師僧父母等已發大誓願我今觀佛以此功德不願人天聲聞緣覺正欲專求佛菩提道發是願已至求大乘當行懺悔勸請諸佛隨喜迴向正身端坐繫念在前觀佛境界令漸廣大一僧坊中滿中佛像金身丈六足下蓮華圓光一尋及通身光及衆化佛并佛侍者光明衆色皆令了了一僧坊已復廣一頃百頃遠滿百由旬見一切像相好炳然此像成已想一閻浮提滿中佛像餘三天下亦皆遍滿身心歡喜倍加精進頂戴恭敬十二部經般若波羅蜜前五體投地誠心懺悔念想成已閉目叉手端坐正受更作遠想滿十方界見一切像身純金色舉身毛孔皆放光明一一光明百億寶色一一色中無量雜色微妙境界悉

自涌出此念想成名觀立像作是觀者除却六十億劫生死之罪亦名見佛於未來世值賢劫千佛爲其和尚於佛法中次第出家聞佛說法憶持不忘於星宿劫光明佛所現前受記矗心觀像尚得如是無量功德況復繫念觀佛眉間白毫相光爾時世尊復爲衆生說坐像法想像令坐寶華衆像坐時大地自然出大白光如瑠璃色白淨可愛衆白光間百億菩薩白如雪山想像毛孔出一一菩薩身毛孔中出金色光其光大盛照十方界皆作金色若有衆生觀像坐者除五百億劫生死之罪未來值遇賢劫千佛於星宿劫中值遇諸佛數滿十方一一佛所受持佛語身心安隱終不謬亂一一世尊現前受記過筭數劫得成爲佛爾時世尊告阿難言若有衆生觀佛坐已當觀像行觀像行者見十方界滿中像行虛空及地見一一像從座而起一一像起時五百億寶華一一華中有無數光一一光中無數化佛隨心想現一一化佛放金色光照行者身是時行者入定之時自見己身三十六物惡露不淨不淨現時當疾除滅此不淨觀從貪愛生虛僞不實用此觀時爲使諸不淨變爲白玉自見己身如白玉瓶內外俱空作是觀時宜服酥藥勿使身虛請諸行像以手摩頭放大光明照我己身是時行者自見己身如黃金色此想成已出定歡喜禮敬諸佛修諸功德迴向菩提爾時諸佛異口同音各各皆爲行者說法雖未得道見佛聞法總持不失此名凡夫念佛三昧得此三昧於剎那頃恒見諸佛所說大乘一日一夜

即得通利一一諸佛皆説決言汝念佛故過星宿劫得成爲佛身相光明與我無異説是語已八十億佛一時放光光中無量化佛皆説是語佛告阿難此念佛三昧若成就者有五因縁何等爲五一持戒不犯二不起邪見三不生憍慢四不恚不嫉五勇猛精進如救頭然行此五事正念諸佛令心不退當供養十方諸佛云何供養是人出定入塔見像誦持經時若禮一佛當作是念正遍知諸佛心淨智無礙我今禮一佛即禮一切佛若思惟一佛即見一切佛一一佛前有一行者接足爲禮皆是已身若以一華供養佛時當作是念諸佛法身功德無量不住不壞湛然常安我今以華奉獻諸佛願佛受之作是念已復當起想我所執華從草木生持此供養可見擬想即當作念想身諸毛孔令一毛孔出無數華雲無數香煙香雲遍於十方界施作佛事還成金臺住行者前

若凡夫人欲供養者手擎香爐執華供養當發是願願此華香滿十方界供養一切佛化佛并菩薩無數聲聞衆受此香華雲以爲光明臺廣於無邊界無邊作佛事一一毛孔流出幢幡無量音樂名衣上服百種飲食諸雜供養並同前法佛告阿難未來衆生其有得是念佛三昧者當教是人密身口意莫起邪見莫生貢高若起邪命及貢高法當知此人是增上慢破滅佛法多使衆生起不善心亂和合僧顯異惑衆是惡魔伴如是惡人雖復念佛失甘露味此人生處以貢高故身恒卑小生下賤家貧窮諸衰無量惡業以爲嚴飾

如此種種衆多惡事當自防護令永不生頌曰

法身無像　至教無言　隨機應現　緣念流傳
愍茲沉溺　弘斯妙門　器識相感　實濟重昏
八功德水　七寶行樹　梓鳥遊池　清音流布
法鼓和鳴　休風引路　躬奉微言　仰規玄度
赫哉兜率　邈矣慈尊　光流天廟　威震黎元
仙華飄颺　寶殿雲屯　薦之福祚　功洽煢魂
彙征攸寄　願言非負　既靜夢塵　還資情有
書之傳之　天長地久　文而或虧　誓心何朽

諸經要集卷第一

音釋

沃烏酷切　覿亭歷切見也　澆醨澆堅堯切醨鄰知切澆醨薄也　淪湑淪力迍切湑相居切　滂沱滂普郎切沱徒河切滂沱大雨貌　坑坎坑丘庚切塹也坎苦感切陷也　赫奕赫呼格切奕羊益切赫奕明盛貌　攬盧敢切　砥諸市切石細於礪者　氾孚劒切　慞音章懼也　惶胡光切恐也　齶五各切上肉也　煢渠營切與惸同

諸經要集卷第二上

唐西明寺沙門道世撰

三寶部第一中敬法篇第二（此有八緣）

述意緣 說法緣 聽法緣
漸頓緣 求法緣 感福緣
報恩緣 謗法緣

述意緣第一

蓋聞寂滅不動是則無像無言感而遂通所以有名有教是以一四之句難聞三千之火易入庶使凝寒靜夜朗月長宵獨處空閑吟誦經典吐納宮商文字分明言味流美詞韻相屬適衆人心利物生善足使幽靈欣躍精神悅豫久習淳熟文義洞曉敬心殷誦至誠冥感信知受持一偈福利弘深書寫一言功超累劫是以迦葉頂受靡悋剝皮薩陀心樂無辭灑血此是甘露之初門入道之終德也

說法緣第二

夫法師昇座先須禮敬三寶自淨其心觀時擇人具慈悲意救生利物然後爲說故報恩經云聽者坐說者立不應爲說若聽者求說者過不應爲說若聽者依人不依法依字不依義依不了義經不依了義經依識不依智並不應爲說何以故是人不能恭敬諸佛菩薩清淨法故若說尊重於法聽法之人亦生宗敬至心聽受不生輕慢是名清淨說

又五分律云除其貪心不自輕心不輕大衆心慈心喜心利益心不動心立此等心乃至宣說一四句偈令前人如實解者長夜安樂利益無量

又涅槃經云若有受持讀誦書寫宣說非時

非國不請而説輕心輕他自歎隨處而説反滅佛法乃至令無量人死墮地獄則是衆生惡知識也

又十誦律云有五種人問法皆不應爲説一試問二無疑問三不爲悔所犯故問四不受語故問五詰難故問並不得答若前人實有好心不具前意爲欲生善滅惡者法師隨機方便好心爲説若自解未明或於法有疑者則不得爲説恐令前人有錯傳之失彼此得罪

又優婆塞戒經云佛言如法住者能自他利不如法住者則不得名自利利他如法住者有八智何等爲八一法智二義智三時智四知足智五自他智六衆智七根智八上下智是人具足如是八智凡有所説具十六事一時説二至心説三次第説四和合説五隨義説六喜樂説七隨意説八不輕衆説九不訶衆説十如法説十一自他利説十二不散亂説十三合義説十四眞正説十五説已不生憍慢十六説已不求來世報如是之人能從他聽

又正法念經云若有衆生行正善業爲邪見人説一偈法令淨信佛命終生應聲天受種種樂從天還退隨業流轉若爲財物故與人説法不以悲心利益衆生而取財物或用飲酒或與女人共飲共食如伎兒法自賣求財如是法施其果甚少生於天上作智慧鳥能説偈頌是則名曰下品法施也云何名爲中品法施耶爲名聞故爲勝他故爲勝餘大法師故爲人説法或以妬心爲人説法如是法

施得報亦少生於天中受中果報或生人中是則名曰中品法施也云何名爲上品法施耶以清淨心爲欲增長衆生智慧而爲說法不爲財利爲令邪見衆生等住於正法如是法施自利利人無上最勝乃至涅槃其福不盡是則名曰上品法施也

又迦葉經爾時世尊而說偈曰

三千大千界　珍寶滿其中　以此用布施
所得功德少　若說一偈法　功德爲甚多
三界諸樂具　盡持施一人　不如一偈施
功德爲最勝　此功德勝彼　能離諸苦惱
若恒沙世界　珍寶滿其中　以施諸如來
不如施一法　施寶福雖多　不及一法施
一偈福尚勝　況多難思議

又十住毗婆沙論云在家之人當行財施出家之人當行法施何以故在家法施不及出家人以聽受法者於在家人信心淺薄故又在家之人多有財物出家之人於諸經法讀誦通達爲人解說在衆無畏非在家者之所能及又使聽者起恭敬心不及出家又欲說法降伏人心不及出家如偈說曰

先自修行法　然後教餘人　乃可作是言
汝隨我所行　身自行不善　安能令彼善
自不得寂滅　何能令人寂

又出家之人若行財施則妨餘善遠離阿練若處必至聚落與白衣從事多有言說發起三毒於六度等心薄乃至貪著五欲捨戒還俗故名爲死或能反戒易起重罪是名死等諸煩惱苦患以是因緣故於出家者稱歎法施於在家者稱歎財施

又金光明經云說法者有五種事一者法施彼我兼利財施不爾二者法施能令衆生出於三界財施者不出欲界三者法施利益法身財施之者長養色身四者法施增長無窮財施必有竭盡五者法施能斷無明財施唯伏貪心故知財施不及法也就法施中自有階漸若有所解不用他知恐他勝已秘而不說則自未來常不聞法

又智度論云若恪惜法則常生邊地無佛法處由恪法故障他慧明此則不如賣法他人反勝過此

又諸法勇王經云閻浮提中所有水陸空行衆生盡得人身若有一人教是諸人令其安住五戒十善所得功德不如有人教誨一人令得信行

又十住毗婆沙論云有四法能退失智慧菩薩所應遠離何等爲四一不敬法及說法者二於要法秘匿恪惜三樂法者爲作障礙壞其聽心四懷憍慢自高卑人

復有四法得其智慧應常修習何等爲四一恭敬法及說法者二如所聞法及所讀誦爲他人說其心清淨不求利養三知從多聞得智慧故勤求不息如救頭然四如所聞法受持不忘貴如說行不貴言說

聽法緣第三

夫欲聽法要須真心敬法重人至誠出離不希人天有爲之法故阿含經佛說偈云

聽者端心如渴飲　一心入於語義中
聞法踊躍心悲喜　如是之人可爲說

又優婆塞戒經云從他聽時具十六事一時

聽二樂聽三至心聽四恭敬聽五不求過聽六不爲論議聽七不爲勝聽八聽時不輕說者九聽時不輕於法十聽時終不自輕十一聽時遠離五蓋十二聽時爲受持讀誦十三聽時爲除五欲十四聽時爲具信心十五聽時爲調衆生十六聽時爲斷暗根善男子具八智者能說能聽如是之人能自他利不具足者則不得名自利利他

又阿育王經云昔阿恕伽王使道人說法時以步障遮諸婦女使其聽法爾時法師爲諸婦女說法恒說施論戒論生天之論有一婦女分犯王法發幕向法師前問法師言如來大覺於菩提樹下覺諸法時覺悟施戒耶更悟餘法耶法師答言佛覺一切有漏法皆苦猶若融鐵此苦因從集而生猶如毒樹修八正道以滅苦集是女人得聞此語獲得須陀洹道以刀繫頸往到王所而白王言我於今日犯王重法願王以法治我王問言汝犯何事答言我破王禁制至道人所譬如渴牛不避於死我實渴於佛法是以冒突聽法王問言聽法時頗有所得不答言得見四眞諦解陰入界及以諸大皆知無我遂得法眼王聞是語踊躍歡喜即爲作禮即唱令言自今已後不聽作障隔樂聽法者聽直至法師所對面聽法歎言奇哉我宮内乃出人寶以是因緣當知聽法有大利益

又雜寶藏經云爾時般遮羅國以五百白鴈獻波斯匿王王命送著祇洹精舍衆僧食時人以食乞鴈見僧聚來在前立佛以一音說法衆生各得類解當時群鴈亦解僧語聞法

歡喜鳴聲相和還於池水後毛羽轉長飛至
餘處獵師以網都覆殺之一鴈作聲諸鴈皆
和謂聽法時聲乘是善心生忉利天生天之
法法有三念一念本所從來二念定生何處
三念先作何業得來生天便自思惟自見宿
日更無餘善唯佛僧邊聽法作是念已五百
天子即時來下在如來邊佛爲說法悉得須
陁洹波斯匿王遇到佛所常見五百鴈羅列
佛前是日不見便問佛言此中諸鴈向何處
去佛言欲見諸鴈者先鴈飛去他處爲獵師
所殺命終生天今此五百諸天子等著好天
冠端正殊特者是今日聽法皆得須陁洹王
問佛言此諸群鴈以何業緣墮於畜生命終
生天今日得道佛言昔迦葉佛時五百女人
盡共受戒用心不堅毀所受戒犯戒因緣墮
畜生中作此鴈身以受戒故得值如來聞法
獲道以鴈身中聽法因緣生於天上

又舊雜譬喻經云昔有沙門晝夜誦經有狗
伏牀下一心聽經不復念食如是積年命盡
得人形生舍衛國中作女人長大見沙門分
衛便走自持飯與沙門歡喜後作比丘尼得
應真道

又付法藏經云佛言一切衆生欲出三界生
死大海必假法船方得度脫法爲清涼除煩
惱熱法是妙藥能愈結病法是衆生眞善知
識作大利益濟諸苦惱所以然者一切衆生
志性無定隨所染習近善則善近惡則惡若
近惡友便作惡業流轉生死無有邊際若近
善友起信敬心聽受妙法必能令離三塗苦
惱由此功德受最勝樂華氏國王有一白象

能滅怨敵若人犯罪令象蹋殺後時象廐爲火所燒移象近寺象聞比丘誦法句經偈云爲善生天爲惡入淵象聞法已心便柔和起慈悲心後付罪人但以鼻嗅舌舐而去都不肯殺王見斯已心大惶怖即召諸臣共謀此事智臣白王此象近寺必聞妙法是故爾耳今可移近屠肆處繫王用其言象見屠殺惡心猛熾殘害更增是以當知一切衆生志性無定畜生尚爾聞法生慈見殺增害豈況於人而不染習是故智者宜應覺知見惡須棄覩善宜近勤聽經法又於往昔有婆羅門持人髑髏其數甚多詣華氏城中遍行衒賣經歷多時都無買者時婆羅門極大瞋恚高聲罵言此城中人愚癡闇鈍若不就我買髑髏者我當與作惡名聞也爾時城中諸優婆塞聞畏毀謗便將錢買即以銅筯貫穿其耳若徹過者便與多價其半徹者與價漸少都不通者全不與直婆羅門言我此髑髏皆悉無異何故與價差別不等優婆塞言前徹過者此人生時聽受妙法智慧高勝貴其如此相與多價其半徹者雖聞經法未善分別故與少直全不通者此人往昔都不聽法故不與價時優婆塞持此髑髏往至城外起塔供養命終之後悉得生天以是因緣當知妙法有大功德此優婆塞以聽法人髑髏起塔而供養之尚得生天況能至心聽受經法供養恭敬持經人者此之福報實難窮盡未來必當成無上道是故智者欲得無上安隱快樂應當至心勤聽經法

又賢愚經云昔佛在世時舍衛國中須達長

者信敬佛法為僧檀越衆僧所須一切供給須達家内有二鸜鵒一名律提二名賒律提禀性黠慧解人言語見比丘來先告家内令出迎逆阿難後時到長者家見鳥聰黠為説四諦苦集滅道門前有樹二鳥聞法飛向樹上歡喜誦持夜在樹宿野貍所食緣此善根生四天王天盡彼天壽生忉利天忉利天壽盡生夜摩天夜摩壽盡生兜率天兜率壽盡生化樂天化樂壽盡生於第六他化自在天他化壽盡還生化樂天如是次第還復下至四天王天四天壽盡還復上至他化自在天如是上下經於七返生六欲天自恣受樂極天之壽而無中夭後時命終來生人中出家修道得辟支佛一名曇摩二名修曇摩

又賢愚經云昔佛在世時有一比丘林中誦經音聲雅好時有一鳥聞法敬愛在樹而聽時為獵師所射命終緣此善根生忉利天面貌端正光相晒然無有倫匹自識宿命知因比丘誦經聽法得生此中即持天華到比丘所禮敬問訊以天香華供養比丘比丘具問知其委曲即命令坐為其説法得須陀洹既得果已還歸天上禽鳥聽法尚獲福報無邊豈況於人信心聽法寧無善報

又善見律云昔佛在世時到瞻婆羅國迦羅池邊為衆説法時彼池中有其一蛤聞佛池邊説法之聲即從池出入草根下聽佛説法時有一人持杖放牛見佛在座為衆説法即往佛所欲聞法故以杖刺地誤著蛤頭即便命終生忉利天以福報故宮殿縱廣十二由旬與諸天女娱樂受樂即乘宮殿往至佛所

頭頂禮足佛知故問汝是何人忽禮我足神通光明相好無比照徹此間蛤天即以偈而答曰

往昔爲蛤身　於水中覓食　聞佛說法聲　出至草根下　有一牧牛人　持杖來聽法　杖劖刺我頭　命終生天上

佛以蛤天人所說偈爲四衆說法是時衆中八萬四千人皆得道跡蛤天人得須陀洹果含笑而去

漸頓緣第四

如百喻經云昔有一聚落去王城五由旬村中有好美水王勑村人常使日日送其美水村人疲苦悉欲避遠此村去時彼村主語諸人言汝等莫去我當爲汝白王改五由旬作三由旬使汝得近往來不疲即往白王王爲改之作三由旬衆人聞已便大歡喜有人語言此故是本五由旬更無有異雖聞此言信王語故終不肯捨世間之人亦復如是修行正法度於五道向涅槃城心生疲倦便欲捨離頓駕生死不能復進如來法王有大方便於一乘法分別說三小乘之人聞之歡喜以爲易行修善進德求度生死後聞人說無有三乘故是一乘以信佛語終不肯捨如彼村人亦復如是

又華嚴經云佛子譬如日出先照一切大山王次照一切大山照金剛寶山然後普照一切大地日光不作是念我應先照諸大山王次第乃至普照大地但彼山地有高下故照有先後如來應供等正覺亦復如是成就無量無邊法界智慧日輪常放無量無礙智慧

光明先照菩薩等諸大山王次照緣覺次照聲聞次照決定善根衆生隨應受化然後悉照一切衆生乃至邪定爲作未來饒益因緣如來智慧日光不作是念我當先照菩薩乃至邪定但放大智日光普照一切佛子譬如日月出現世間乃至深山幽谷無不普照如來智慧日月亦復如是普照一切無不明了但衆生希望善根不同故如來智光種種差別

又涅槃經云若離四法得涅槃者無有是處何等爲四一親近善友二專心聽法三繫念思惟四如法修行以是義故聽法因緣則得近於大般涅槃何以故聞法眼故世有三人一者無目（譬凡夫人）二者一目（譬聲聞人）三者二目（譬諸菩薩）言無目者常不聞法一目之人雖暫聞法其心不住二目之人專心聽受如聞而行以聽法故得知世間如是三人

求法緣第五

如雜寶藏經云佛法寬廣濟度無崖至心求道無不獲果乃至戲笑福不唐捐如往昔時有老比丘年已朽邁神情昏耄見諸年少比丘種種說法聞說四果心生羡尚語少比丘言汝等聰慧願以四果以用與我諸少比丘嗤而語言我有四果須得好食然後相與時老比丘聞其此語歡喜即設種種餚饍請少比丘求乞四果諸少比丘食其食已更相指麾弄老比丘語言大德汝在此舍一角頭坐當與爾果時老比丘聞已歡喜如語而坐諸少比丘即以皮毱打其頭上而語之言此是須陀洹果老比丘聞已繫念不散即獲初果

諸少比丘復弄之言雖與爾須陀洹果然其故有七生七死更移一角次當與爾斯陀含果時老比丘獲初果故心轉增進即復移坐諸少比丘復以毱打頭而語之言與爾二果時老比丘益加專念即證二果諸少比丘復弄之言汝今已得斯陀含果猶有往來生死之難汝更移坐我當與爾阿那含果時老比丘如言移坐諸少比丘復以毱打而語之言我今與爾第三之果時老比丘聞已歡喜倍加至心即時復證阿那含果諸少比丘復弄之言汝今已得不還之果然故於色無色界受有漏身無常遷壞念念是苦汝更移坐次當與爾阿羅漢果時老比丘如語移坐諸少比丘復以皮毱撩打其頭而語之言我今與爾彼第四果時老比丘一心思惟即證阿羅漢果得四果已甚大歡喜設諸餚饍種種香華請少比丘報其恩德與少比丘共論道品無漏功德諸少比丘發言滯塞時老比丘方語之言我已證得阿羅漢果已諸少比丘聞其此音咸皆謝悔先戲弄罪是故行人宜應念善乃至戲弄猶獲實報況至心也

又雜寶藏經云昔有一女人聰明智慧深信三寶常於僧次請一比丘就舍供養後時便有一老比丘次到其舍年老根鈍素無知曉齋食訖已女人至心求請說法敷坐頭前閉目靜坐比丘自知不解說法趣其睡眠棄走還寺然此女人至心思惟有爲之法無常苦空不得自在深心觀察即時獲得須陀洹果既得果已向寺求覔欲報其恩然此比丘自審實無知棄他逃走倍生慚耻轉復藏避而

此女人苦求不已方自出現女人見已具説蒙得道果因緣賷供報恩老比丘聞甚大慚愧深自剋責亦復獲得須陀洹果是故行者應當至心精誠求法若至心者所求必獲

又集一切福德三昧經云昔過去久遠阿僧祇劫有一仙人名曰最勝住山林中具五神通常行慈心後作是念非但慈心能濟衆生唯集多聞能滅衆生煩惱邪見能生正見念已便詣城邑聚落處處推求説法之師時有天魔來語仙言我今有佛所説一偈汝今若能剥皮爲紙刺血爲墨析骨爲筆書寫此偈當爲汝説最勝仙人聞已念言我於無量百千劫中常以無事爲他割截受苦無量都無利益我今當捨不堅之身易得妙法歡喜踊躍即以利刀剥皮爲紙刺血爲墨析骨爲筆合掌向天請説佛偈時魔見已愁憂憔悴即便隱去仙人見已作如是言我今爲法不惜身命剥皮爲紙刺血爲墨析骨爲筆爲衆生故至誠不虚餘方世界有大慈悲能説法者當現我前作是語時東方去此三十二刹有佛國土名普無垢其國有佛號淨名王忽住其前放大光明照最勝身苦痛即除平復如故佛即廣爲説集一切福德三昧最勝聞法得無礙辯佛説法已還復不現最勝仙人得辯才已爲諸衆生廣説妙法令無量衆生住三乘道經千歲後爾乃命終生淨名王普無垢國由敬法故今得成佛佛告淨威昔最勝者今我身是以當知若有人能恭敬求法佛於其人不入涅槃法亦不滅雖在異土常面覩佛得聞正法如涅槃經雪山童子爲半偈捨身大品經薩陀菩薩

爲求法故打骨出髓等如是因緣無量不可具説

述曰時有道俗薄學淺識謂智過人設欲修學不專内典唯慕俗書外道典籍故涅槃經佛言我滅度後有聲聞弟子愚癡破戒喜生鬬諍捨十二部經讀誦種種外道典籍文頌手筆受畜一切不淨之物言是佛聽如是之人以好栴檀貿易凡木以金易鍮鉐以銀易白鑞以絹易氍毼以甘露易於惡毒

又婆沙論云如人觀日眼不明淨外道書論思求之時使慧眼不淨如人觀月眼則明淨佛法經論思求之時令慧眼明淨若思求外俗如打獮猴唯出不淨若思求佛法如練真金多練多淨

又菩薩善戒經云菩薩不讀誦如來正經讀誦世典文頌書疏者得罪不犯者若爲論義破於邪見若二分佛經一分外書何以故爲知外典是虛妄法佛法真實故爲知世事故不爲世人所輕慢故以此文證佛法學人若一向廢内專外則便得罪縱解理行唯可暫習爲伏外道還須猒離進修内業務令增勝若偏躭著則壞正法故地持論云若菩薩於佛所説棄捨不學反習外道邪論世俗經典是名爲犯衆多犯是犯染污起若上聰明人能速受學得不動智於日日中常以二分受學佛法一分外典是名不犯若於世典外道邪教愛樂不捨不作棄想是名爲犯衆多犯是犯染污起

感福緣第六

如普曜經云若有賢人聞是經典叉手自歸即捨八事懈怠之本成八功勳何謂爲八一

得端正好色二得力勢強盛三得眷屬滋茂四逮得辯才無量五學疾得出家六所行清淨七得三昧定八得智慧明無所不照若有法師布坐諷誦是經得八座福何謂爲八一得長者座二得轉輪王座三得天帝座四得自在天座五得羅漢座六得菩薩座七得如來座八得轉法輪度脫一切衆生座若有法師須宣是法有讚歎善哉者當得八清淨行何謂爲八一言行相應無所違失二口言至誠而無虛妄三在於衆會眞諦無欺四所言人信不捨遠之五所言柔輭初無麤獷六其聲悲和猶如哀鸞七身心隨時音聲如梵會中人聞莫不諮受八音響如佛可衆生心若有書是經典得八大藏何謂爲八一得意藏未曾忘捨二得心藏無所不解分別經法三得往來藏普解一切諸佛經法四得總持藏一切所聞皆能識念五得辯才藏爲諸衆生須宣經典皆歡喜受六甚深法藏將護正法七道意法藏未曾斷絕三寶法教八奉行法藏則輒逮得無所從生忍

又度無極集經云昔有比丘精進守法所可諷誦是般若波羅蜜其有聞者莫不歡喜有一小兒厥年七歲城外牧羊遥聞比丘誦經聲即詣精舍禮拜聽其經言時說色空聞即悟解便問比丘應答不可小兒反爲比丘解說其義昔所希聞恠此小兒智慧非凡時小兒即去逐羊至山值一虎害此小兒命終生長者家夫人懷妊口便能說般若波羅蜜從朝至夜初不懈怠其長者家恠此夫人謂呼鬼病有比丘至舍聞聲甚喜比丘報言此非

鬼病但説尊經夫人出禮比丘復爲説法諸有疑難不能及者盡爲解説衆僧歡喜日月滿足産得男兒適生叉手長跪説波羅蜜夫人産已還復如本比丘言眞佛弟子好養護之此兒後大當爲一切衆人作師吾等悉當從其啓受時兒七歲道法悉備舉衆超絶智度無極經中誤脱皆爲删定兒每所至輒開化人長者室家大小五百人衆皆從兒學八萬四千人皆發無上正眞道意五百比丘聞兒所説漏盡意解志求大乘得法眼淨是時兒者則吾身是比丘者迦葉佛是

又舍利弗處胎經云母懷舍利弗母亦聰明高僧傳云母懷羅什令母聰明舊日誦千偈懷胎之時日得二千偈初成須陀洹果後得斯陀含果

如勝天王經云若有法師流通此經處此地即是如來所行於彼法師當生善知識心尊重之心猶如佛心見是法師恭敬歡喜尊重讃歎又云我若住世一劫若減一劫説是流通此經法師功德不能究盡若此法師所行之處善男子善女人宜應刺血灑地令塵不起如是供養未足爲多如來妙法難受持故

又涅槃經云若有善男子善女人聞是經名生四惡趣者無有是處若有衆生一經耳者悉能滅除一切諸惡無間罪業又云若有衆生一經耳者却後七劫不墮惡道又云若有能知如來常住無有變異或聞常住二字音聲若一經耳即生天上後解脱時乃能證知如來常住無有變異

又華嚴經云若聞一句未曾聞法勝得三千

大千世界珍寶是菩薩得聞一偈正法生上財想勝得轉輪聖王位
又法華經云若善男子善女人受持是法華經若讀若誦若解説若書寫是人當得八百眼功德千二百耳功德八百鼻功德千二百舌功德八百身功德千二百意功德
又涅槃經云我涅槃後若有得聞如是大乘微妙經典生信敬心當知是等於未來世百千億劫不墮惡道又云若有於一恒佛所發心然後乃能於惡世中不謗是法愛樂是典不能爲人分別廣説若有於二恒佛所發心然後乃能於惡世中不謗是法正解信樂受持讀誦亦不能爲他人廣説若有於三恒佛所發心然後乃能於惡世中不謗是法乃至書寫經卷雖爲他説未解深義若有於四恒佛所發心然後乃能於惡世中不謗是典乃至書寫經卷爲他廣説十六分中一分之義若有於五恒佛所發心乃至於惡世中爲人廣説十六分中八分之義若有於六恒佛所發心乃至於惡世中爲他廣説十六分中十二分義若有於七恒佛所發心乃至於惡世中爲他廣説十六分中十四分義若有於八恒佛所發心乃至於惡世中書寫經卷亦勸他人令得書寫自能聽受亦勸他人令解聽受如説修行具足能解盡其義味

諸經要集卷第二上

音釋

悋（良刃切慳也）剥（北角切裂也）詰（苦吉切問也）波斯匿（梵語也此云勝軍匿女力切）舐（甚介切舌餂也）髑髏（髑徒谷切髏盧侯切首骨）衒（黃絹切行且賣也）黠（胡八切慧也）狸（呂支切狐也）眪（兵永切）蛤（古沓切）劖（鋤銜切鑿也）刺（七自切直傷也）毱（渠竹切皮丸也）撩（蓮條切）析（先的切破也）氀毼（氀力朱切毼胡割切氀毼毛布也）獷（古猛切麤惡也）妊（汝鴆切孕也）刪（師姦切除削也）

諸經要集卷第二下

唐西明寺沙門道世撰

三寶部第一中敬法篇第二之餘

報恩緣第七

如善恭敬經云佛告阿難若有從他聞一四句偈或抄或寫書之竹帛所有名字於若干劫取彼和尚阿闍黎等荷擔肩上或時背負或以頂戴常負行者復將一切音樂之具供養是師作如是事尚自不能具報師恩若當來世於師和尚所起不敬心恒說於過我說愚癡極受多苦於當來世必墮惡道是故阿難我教汝等常行恭敬尊重之心當得如是勝上之法所謂愛重三寶甚深之法

又梵網經云若佛子見大乘法師同見同行來入僧坊舍宅城邑若百里千里來者即迎來送去禮拜供養日日三時供養日食三兩金百味飲食牀座供養法師一切所須盡給與之常請法師三時說法日日三時禮拜不生瞋心患惱之心爲法滅身請法若不爾者犯輕垢罪

又優婆塞戒經云若優婆塞受持六重戒已四十里中有講法處不能往聽得失意罪

又大方等陀羅尼經云佛告阿難若有父母妻子不放此人至於道場者此人應向父母等前燒種種香長跪合掌應作是言我今欲至道場哀愍聽許亦應種種諫曉隨宜說法亦應三請若不聽者此人應於舍宅默自思惟誦持經典

又正法念經云若人供養說法法師當知是人即爲供養現在世尊其人如是隨所供養

所願成就乃至得阿耨菩提以能供養說法法師故何以故以聞法故心得調伏以調伏故能斷無知流轉之闇若離聞法無有一法能調伏心

又勝思惟經云不起罪業不起福業不起無動業者是名供養佛

又華手經云若以華香衣食湯藥等供養諸佛不名為真供養如來坐道場所得微妙之法隨能修學者是名真供養故說偈云

若以華塗香　衣食及湯藥　以此供諸佛
不名為真供　如來坐道場　所得微妙法
若人能修學　是真供養佛

又十住婆沙論云佛告阿難天雨香華不名供養恭敬如來若比丘比丘尼優婆塞優婆夷一心不放逸親近修習聖法是名真供養佛

又寶雲經云不以財施供養於佛何以故如來法身不待財施唯以法施供養於佛為其佛道以法供養最為第一

又善恭敬經云佛言若有比丘雖復有夏不能閑解如是法句彼亦應當從他依止所以者何自尚不解況欲與他作依止師假令耆舊百夏比丘而不能解沙門秘密之事不解法律等亦應說依止若有比丘從他受法於彼師邊應起尊貴敬重之心欲受法時當在師前不得輕笑不得露齒不得交足不得視足不得動足不得蹕脚師不發問不得輒言凡有所使勿得違命勿視師面離師三肘令坐即坐勿得違教於彼師所應起慈心若有所疑先應諮白若見師許然後請決當知一

日三時應叅進止若三時間不叅進止是師應當如法治之若叅師不見應持土塊或木或草以爲記驗若當見師在房室内是時學者應起至心遶房三帀向師頂禮爾乃應還若不見師衆務皆止不得爲也除大小便又復弟子於其師所不得麤言師所訶責不應反報師坐卧牀應先敷拭令無塵汚蟲蟻之屬若師坐卧乃至師起應修誦業時彼學者至日東方便到師所善知時巳數往師邊諮問所須我作何事又復弟子在於師前不得涕唾若行寺内恭敬師故勿以袈裟覆於肩髆不得籠頭天時若熱日别三時以扇扇師三度授水授令洗浴又復三時應獻冷飲師所營事應盡身力而營助之佛告阿難若將來世有諸比丘或於師所不起恭敬說於師僧長短之者彼人則非是須陀洹亦非凡夫彼愚癡人應如是治師實有過尚不得說況當無也若有比丘於其師邊不恭敬者我說别有一小地獄名爲椎撲當墮是中墮彼處巳一身四頭身體俱然狀如火聚出大猛焰熾然不息然巳復然於彼獄處復有諸蟲名曰鉤觜彼諸毒蟲常噉舌根時彼癡人從彼捨身生畜生中皆由往昔罵辱於師舌根過故恒食屎尿捨彼身巳雖生人間常生邊地具足惡法雖得人身皮不似人不能具足人之形色常被輕賤誹謗陵辱離佛世尊恒無智慧從彼死巳還墮地獄更得無量無邊苦患之法

罪法緣第八

惟今末世法逐人訛道俗相濫傳謬背眞混

雜同行不修内典專事俗書縱有抄寫心不至殷既不護淨又多舛錯共同止宿或處在門簷風雨蟲齧都無驚懼致使經無靈驗之功誦無救苦之益寔由造作不殷亦由我人逾慢也故敬福經云善男子經生之法不得顚倒乙字重點五百世中墮迷惑道中不聞正法

又大集經云若有衆生於過去世作諸惡業或毀於法或謗聖人於說法者爲作障礙或抄寫經法洗脫文字或損壞他法或闇藏他經由此業緣今得盲報

又大般若經第四百四十卷云佛言諸善男子善女人等書寫般若波羅蜜多甚深經時頻伸欠呿無端戲笑互相輕陵身心躁擾文句倒錯迷惑義理不得滋味橫事欻起書寫不終當知是爲菩薩魔事

又大乘蓮華藏經云受佛禁戒不護將來各言我是於大乘法亦如冥夜各自說言我得佛法受鐵鏘地獄苦事難述從地獄出瘖瘂聾盲不見正法

又阿難請戒律論云僧尼白衣等因讀經律論等行語手執翻卷者依忉利天歲數犯重突吉羅傍生報二億歲墮獐鹿中恒被搰脊苦痛難忍無記戲言捉經律論亦招前報或安經像房堂簷前者依忉利天歲數八百歲犯重突吉羅傍生報二億歲墮猪狗中生若得人身一億歲恒常作客栖屑不得自在

又大品經云是人毀呰三世諸佛一切智起破法業因緣集故無量百千萬億歲墮大地獄中是破法人輩從一大地獄至一大地獄

若火劫起時至他方大地獄中生在彼間從一大地獄至一大地獄彼間若火劫起時復至他方大地獄中生在彼間從一大地獄至一大地獄如是遍十方獄彼間若火劫起故從彼死已破法業因緣未盡故還來是間大地獄中生在此間亦從一大地獄至一大地獄受無量苦此間火劫起故復至十方他國土生畜生中受破法罪苦如地獄中說重罪轉薄或得人身生盲人家生旃陀羅家生除廁擔死人種種下賤家生若無眼若一眼若瞎眼無舌無耳無手所生之處無佛無法無佛弟子處生何以故種破法業積集厚故

又涅槃經云若有不信是經典者現世當爲無量病苦之所惱害多爲衆人所見罵辱命終之後人所輕賤顔貌醜陋貧生艱難常不供足雖復少得麤澀弊惡常處貧窮下賤誹謗正法邪見之家若臨終時或値荒亂刀兵競起帝王暴虐怨家讎隙之所侵逼雖有善友而不遭遇資生所須求不能得雖少得利常爲飢渴唯爲凡下之所顧識國王大臣悉不齒録設復聞其有所宣說正使是理終不信受如是之人如折翼鳥不能飛行是人亦爾於未來世不能得至人天善處若復有人能信如是大乘經典本所受形雖復麤陋以經功德即便端正威顔色力日更增多常爲人天之所樂見恭敬愛戀情無捨離國王大臣及家親屬聞其所說悉皆敬信若我聲聞弟子之中欲行第一希有事者當爲世間廣宣如是大乘經典善男子譬如霧露勢雖欲住不過日出日既出已消滅無餘善男子是

諸衆生所有惡業亦復如是住世勢力不過
得見大涅槃日是日既出悉能除滅一切惡
業
又法華經云若佛在世若滅度後其有誹謗
如斯經典見有讀誦書持經者輕賤憎嫉而
懷結恨此人罪報汝今復聽其人命終入阿
鼻獄具足一劫劫盡更生如是展轉至無數
劫從地獄出當墮畜生於無數劫如恒河沙
生輒聾啞諸根不具告舍利弗謗斯經者若
說其罪窮劫不盡頌曰

朝聞誠有悅　夕死固無憂　空見尋青簡
詎是滌玄流　灑血良難訪　焚軀豈易求
浮涼汎層液　飛景燭重幽　群鴻啓將慶
一鳥華前修　始怡披寶篋　終然亂法舟
八藏微難識　三祇未可休　自非懲心垢
何得會眞如

三寶部第一中敬僧篇第三此有三緣

述意緣　順益緣　違損緣

述意緣第一

夫論僧寶者謂禁戒守眞威儀出俗圖方外
以發心棄世間而立法官榮無以動其意親
屬莫能累其想弘道以報四恩育德以資三
有高越人天重逾金玉稱爲僧也是知僧寶
利益不可稱紀故經曰縱有持戒破戒若長
若幼皆須深敬不得輕慢若違斯旨交獲重
罪如釋迦佛等是眞佛寶金口所說理教行
果是眞法寶得果沙門是眞僧寶致令一瞻
一禮萬累氷消一讚一稱千災霧卷自惟薄
福不逢正化賴蒙遺迹幸承餘蔭金檀銅素
漆紵丹青圖像聖容名爲佛寶紙絹竹帛書

寫玄言名爲法寶鬚髮染衣執持應器名爲僧寶此之三種體相雖假用表眞容敬之永絕長流慢之常招苦報如木非親毋禮則響逸千齡凡非聖僧敬則光逾萬代是知斯風已扇遐邇共遵冥資含識神功叵測儻有所虧獲罪彌大既許出家理宜華俗且如禮云介者不拜爲失豈同去俗之人身被忍鎧屈節白衣理所不可三寶既同義須齊敬不可偏遵佛法頓棄僧尼故法不自弘弘之在人人能弘道故須齊敬也

順益緣第二

如梵網經云出家人法不合禮拜國王父母六親亦不敬事鬼神

又涅槃經云出家人不禮敬在家人

又四分律云佛令諸比丘長幼相次禮拜不應禮拜一切白衣

又佛本行經云輸頭檀王與諸眷屬百官次第禮佛已佛言王今可禮優波離比丘等諸比丘王聞佛教即從座起頂禮五百比丘新出家者次第而禮

又薩遮尼乾經云若謗聲聞辟支佛法及大乘法毀呰留難者犯根本罪（今僧依大小乘經不拜君親是奉佛教今乃令禮交違佛教使拜跪俗人即不信佛語故犯根本罪也）

又順正理論云諸天神衆不敢希求受五戒者禮如國君至尊亦不求比丘禮拜以懼損功德及壽命故

又涅槃經云佛告迦葉若有建立護持正法如是之人應從啓請當捨身命而供養之如我於是大乘經說

有知法者　若老若少　故應供養　恭敬禮拜

猶如事火婆羅門等有知法者若老若少故應供養恭敬禮拜亦如諸天奉事帝釋迦葉白佛言若有長宿護持禁戒從年少邊諮受未聞云何是人當禮敬不若當禮敬是則不名爲持戒也若是年少護持禁戒從諸宿舊破戒人邊諮受未聞復應禮不若出家人從在家人諮受未聞復當禮不然出家人不應禮敬在家人也然佛法中年少幼小應恭敬耆舊長宿以是長宿先受具戒成就威儀故是應當供養恭敬

又中阿含經云云何知人勝如謂比丘知有二種人有信有不信若信者勝不信者爲不如也謂信人復有二種有數往見比丘有不數往見比丘若數往見比丘者勝不數往見比丘者爲不如也謂數往見比丘人復有二種有禮敬比丘有不禮敬比丘若禮敬比丘者勝不禮敬比丘者爲不如也謂禮敬比丘人復有二種有問經有不問經若問經者勝不問經者爲不如也

又舊雜譬喩經云昔有國王出遊每見沙門輒下車禮道人言大王止不得下車王言我上不下所以言上不下者今我爲道人作禮壽終已後當生天上是故言上不下也

又善見律云輸頭檀那王禮佛已白佛言我今三度禮如來足一佛初生時阿夷相曰若在家者應作轉輪聖王若出家學道必得成佛是時地爲震動我見神力即爲作禮第二我出遊戲有耕田人菩薩在閻浮樹下日時已晡樹影停住不移覆菩薩身我見神力即爲作禮第三今迎佛至國佛昇虛空作十八

變如伏外道神力無異即爲作禮
又中阿含經云爾時世尊告諸比丘過去世
時釋提桓因每入園觀時勑御者令嚴駕千
馬之車嚴駕已竟唯王知時時天帝釋即下
常勝殿東向合掌禮佛爾時御者見則心驚
毛竪馬鞭落地帝釋見已即說偈言
嵬汝何憂怖　馬鞭落於地
御者說偈白帝釋言
見王天帝釋　爲舍脂之夫　所以生恐怖
馬鞭落地者　常見天帝釋　一切諸大地
人天大小王　及四護世主　三十三天衆
悉皆恭敬禮　何處更有尊　尊於帝釋者
而今正東向　合掌修敬禮
爾時帝釋說偈答言
我實於一切　世間大小王　及四護世主
三十三天衆　最爲其尊主　故悉來恭敬
而復有世間　隨順等正覺　名號滿大師
故我稽首禮
御者復白言
是必世間勝　故使天王釋　恭敬而合掌
東向稽首禮　我今亦當禮　天王所禮者
佛告諸比丘彼天帝釋爲自在王尚恭敬佛
汝等比丘出家學道亦應如是恭敬於佛彼
天帝釋舍脂之夫敬禮法僧亦復讚歎禮法
僧者汝等已能正信出家學道亦當如是敬
禮法僧當復讚歎禮法僧者爾時帝釋從常
勝殿來下周向諸方合掌恭敬時御者見天
帝釋從殿來下住於中庭周向諸方合掌恭
敬見已驚怖馬鞭復落地而說偈言
何故憍尸迦　故重於非家　爲我說其義

飢渴願欲聞

時天帝釋説偈答言

我正恭敬彼　能出非家者　自在遊諸方
不計其行止　城邑國土邑　不能累其心
不畜資生具　一往無欲定　往則無所求
唯無爲爲樂　言則定善言　不言則寂定
諸天阿修羅　各各共相違　人間自共諍
相違亦如是　唯有出家者　於諸諍無諍
於一切衆生　放捨於刀杖　於財離財色
不醉亦不荒　遠離一切惡　是故敬禮彼

是時御者復説偈言

天王之所敬　是必世間勝　故我從今日
當禮出家人

又阿育王經云昔阿恕伽王見一七歲沙彌將至屏處而爲作禮語沙彌言莫向人道我禮汝時沙彌前有一澡瓶沙彌即入其中從澡瓶中復還來出而語言王慎莫向人道沙彌入澡瓶中復還來出王即語沙彌言我當現向人説不復得隱是以諸經皆云沙彌雖小亦不可輕王子雖小亦不可輕龍子雖小亦不可輕沙彌雖小能度人王子雖小能殺人龍子雖小能興雲致雨雷電霹靂感其所小而不可輕

又付法藏經云昔佛涅槃一百年後有阿育王信敬三寶常作般遮于瑟大會王至會曰香湯洗浴著新淨衣上高樓上四方頂禮遥請衆僧聖衆飛來凡二十萬王之信心深遠難量見諸沙門若長若幼若凡若聖皆迎問訊恭敬禮拜時有一臣名曰夜奢邪見熾盛無信敬心見王禮拜而作是言王甚無智自

屈貴德禮拜童幼王聞是已便勑諸臣各遣推覓自死百獸人仰一頭唯使夜奢獨求人首得已各勑詣市賣之餘頭悉售夜奢人頭見者惡賤都無買者數日欲臭衆人見已咸共罵辱而語之言汝今非是旃陀羅人夜叉羅刹云何乃捉死人頭賣夜奢是時被罵辱已來詣王所白王言臣賣人頭反被罵辱尚無欲見況有買者王復語言若無買者但當虛與夜奢受教重賷入市唱告衆人無錢買者今當虛與市人聞已重加罵辱無肯取者夜奢慚愧還至王所合掌白王此頭難售虛與不取反被罵辱況有買者王問夜奢何物最貴夜奢答王人最為貴王言若貴何故不售夜奢答王人生雖貴死則卑賤王問夜奢吾頭若死同此賤不夜奢惶懼怖不敢對王即語言施汝無畏汝當實答夜奢惶怖俛仰答王王頭若死亦同此賤王語夜奢吾頭若死同此賤者汝何恠我禮敬衆僧卿若是吾眞善知識宜應勸我以危脆頭易堅固頭如何今日止吾禮拜夜奢爾時聞王此語方自悔責改邪從正歸敬三寶以是因緣衆生聞者若見三寶應當至心恭敬禮拜

違損緣第三

如像法決疑經云乃至一切俗人不問貴賤不得撾打三寶奴婢畜生及受三寶奴婢禮拜皆得殃咎故薩遮尼揵經云若破塔寺或取佛物若教作助喜若有沙門身著染衣或有持戒破戒若繫閉打縛或令還俗或斷其命若犯如是根本重罪決墮地獄受無間苦以王國內行此不善諸仙聖人出國而去大

力諸神不護其國大臣諍競四方咸起水旱不調風雨失時人民飢餓劫賊縱横疫癘疾病死亡無數不知自作而怨諸天

又仁王經云國王大臣自恃高貴破滅吾法以作制法制我弟子不聽出家不聽造作佛像立統官制等按籍記録僧比丘地立白衣高坐又國王太子横作法制不依佛教因緣破僧因緣統官攝僧典主僧籍苦相攝持佛法不久

又大集經云佛言所有衆生於現在世及未來世應當深信佛法衆僧彼諸衆生於人天中常得受於勝妙果報不久當得入無畏城如是乃至供養一人爲我出家及有依我剃除鬚髮著袈裟片不受戒者供養是人亦得功德乃至入無畏城以是緣故我如是説若復有人爲我出家不持禁戒剃除鬚髮著袈裟片有非法惱害此者乃至破壞三世諸佛法身報身乃至盈滿三惡道故佛言若有衆生爲我出家剃除鬚髮被服袈裟設不持戒彼等悉已爲涅槃印之所印也若復出家不持戒者以非法而作惱亂罵辱毁呰以手刀杖打縛斫截若奪衣鉢及奪種種資生具者是人則壞三世諸佛眞實報身則挑一切天人眼目是人爲欲隱沒諸佛所有正法斷三寶種故令諸天人不得利益墮地獄故爲三惡道增長盈滿故爾時娑婆世界主大梵天王而白佛言若有爲佛剃除鬚髮被服袈裟不受禁戒受已毁犯其剎利王與作惱亂罵辱打縛者得幾許罪佛言大梵我今爲汝且略説之若有人於萬億佛所出其身血於意

云何是人得罪寧爲多不大梵王言若人但出一佛身血得無間罪尚多無量不可筭數墮於阿鼻大地獄中何況具出萬億諸佛身血也終無有能廣說彼人罪業果報唯除如來佛言大梵若有惱亂罵辱打縛爲我剃髮著袈裟片不受禁戒受而犯者得罪多彼何以故是人猶能爲諸天人示涅槃道是人便已於三寶中心得敬信勝於一切九十五道其人必速能入涅槃勝於一切在家俗人唯除在家得忍辱者是故天人應當供養何況具能受持禁戒三業相應其有一切國王及以群臣諸斷事者如其見有於我法中而出家者作大罪業大殺生大偷盜大污梵行大妄語及餘不善但擯出國不聽在寺同僧事業亦不得鞭打亦不應口業罵辱加其身罪若故違法而謫罰者是人便於解脫退落受於下類遠離一切人天善道必定歸趣阿鼻地獄何況鞭打爲佛出家具持戒者

又十輪經云佛言族姓子有四種僧何等爲四一第一義僧二清淨僧三瘂羊僧四無慚愧僧云何名第一義僧諸佛菩薩辟支及四沙門果是七種人名爲第一義僧在家得聖果者亦名第一義僧云何名爲清淨僧諸有能持具足戒者是名清淨僧云何名爲瘂羊僧不知犯不犯輕重微細罪可懺悔愚癡無智不近善知識不能諮問深義是善非善如是等相名爲瘂羊僧云何名無慚愧僧若有爲自活命來入佛法悉皆毀犯破和合僧不畏後世放縱六情貪著五欲如是人等名爲無慚愧僧如是四僧並須恭敬

又大悲經云佛告阿難於我法中但使性是沙門汚沙門行自稱沙門形似沙門當有被著袈裟衣者於此賢劫彌勒爲首乃至最後盧遮如來彼諸沙門如是千佛於無餘涅槃界次第當得入般涅槃無有遺餘何以故如是一切諸沙門中乃至一稱佛名一生信者所作功德終不虛設阿難我以佛智測知法界非不測知阿難所有白業得白報黑業得黑報若有淨心諸衆生等作是稱言南無佛者彼人以是善根必定得近涅槃何況值佛親承供養

又十輪經云佛言若諸比丘依佛法出家一切天人阿修羅皆應供養若護持戒不應謫罰閉繫刖其手足乃至奪命悉無是法若有破戒比丘如敗膿壞非梵行而言梵行退失墮落聖道果證爲諸煩惱結使所壞猶能開示一切天龍人非人等無量功德珍寶伏藏是以依我出家若持戒若破戒我悉不聽輪王大臣宰相不得謫罰繫閉加諸鞭杖截其手足乃至斷命況復餘輕犯小威儀破戒比丘雖是死人是戒餘力猶如牛黃是牛雖死人故取之亦如石香死後有用能大利益一切衆生惡行比丘雖犯禁戒其戒勢力猶能利益無量天人譬如燒香香體雖壞熏他令香破戒比丘亦復如是自墮惡道能令衆生增長善根以是因緣一切白衣不應侵毀輕懱破戒比丘皆當守護尊重供養不聽謫罰繫閉其身乃至奪命爾時世尊而說偈言

瞻蔔華雖萎　勝於諸餘華　破戒諸比丘
猶勝諸外道

又大集經世尊說偈云

剃頭著袈裟　持戒及毀戒　天人可供養
常令無有乏　如是供養彼　則爲供養我
若能爲敬法　歸依而剃頭　身著袈裟服
說彼是我子　假使毀禁戒　猶住不退地
若有撾打彼　則爲打我身　若有罵辱彼
則爲罵辱我　是人心欲滅　正法大明燈
爲財共鬬諍　剎利同生瞋

又十輪經云譬如過去有王名曰福德若人有犯罪過乃至繫縛王不欲奪命將付狂象爾時狂象捉其二足欲撲其地而見此人著染色衣故狂象即便安徐置地不敢損傷共對蹲坐以鼻舐足而生慈心族姓子象是畜生見染衣人尚不加惡生於害心乃至未來世有旃陀羅王見我法中有人出家堪任法器及不成法器故作逼惱或奪其命命終之後必墮阿鼻地獄頌曰

騄驥貧鞭策　蘭蕙佇薰風　至理信難見
非人孰可通　輸心仰圓極　瑩麗入玄中
總轡超三有　摶飛上四空　簪纓猶幻夢
財利若塵蒙　高揖謝時俗　蕭灑出煩籠

諸經要集卷第二下

音釋

踔（勑教切足蹋也）椎（直追切擊也）撲（普卜切鞭撲也）鉤（古侯切）觜（即委切）舛（尺兖切差也）齧（倪結切噬也）瘖瘂（瘖於金切瘂烏下切）摺（落合切摧也）脊（資昔切背呂）瞎（許鎋切目盲也）讎隙（讎市流切仇隙乞逆切嫌恨也）懲（直陵切戒也）懱（莫結切輕易也）儻（他朗切或然辭）撾（陟瓜切擊也）斫截（斫之若切斬也截昨結切斷也）擯（必刃切棄也）刖（魚厥切斷也）萎（於爲切枯也）騄驥（上龍玉切下几利切並駿馬名）

諸經要集卷第三

唐西明寺沙門道世撰

敬塔部第二（此有七緣）

述意緣　引證緣　興福緣
感報緣　旋遶塔緣　入寺緣
修故緣

述意緣第一

敬惟如來應現妙色顯於三千正覺韜光遺形傳於八萬是以塔涌靈山影留石窟刻檀畫氎之儀鑄金鏤王之狀全身碎身之迹聚塔散塔之奇而光曜重昬福資含識致使英聲遐美邪徒結信肇啓育王之始終傳大唐之初自歷代繁興神化非一故經曰正法住正法滅意在茲乎

引證緣第二

如觀佛三昧經云佛留影石室在那乾呵羅國毒龍池側佛坐龍石室窟中爲龍作十八變踊身入石猶如明鏡在石内映現於外遠望則見近望不現諸天百千供養佛影亦現說法（迄今不滅傳至彌勒）

又大集經云忉利天城東照明園中有佛髮塔城南麤澀園中有佛衣塔城西歡喜園中有佛鉢塔城北駕御園中有佛牙塔

又智度論云天帝釋取菩薩髮及衣於天上城東門外立佛髮塔衣塔

又育王傳云王得信心問道人曰我從來殺害不必以理今修何善得免斯殃答曰唯有起塔供養衆僧救諸徒因賑濟貧乏（故譬喻經云王宮内常以四事供養二萬沙門盡心敬禮不可具述）王曰何處可起塔道人即以神力左手掩日光作八萬四千道

散照閻浮提所照之處皆可起塔令諸塔處是也時王欲建舍利塔將四部兵衆至王舍城取阿闍世王佛塔中舍利還復修治此塔與先無異如是更取七佛塔中舍利至衆摩村中時諸龍王將王入龍宮中王從龍索舍利供養龍即分與之時王作八萬四千金銀瑠璃玻瓈篋盛佛舍利又作八萬四千寶瓶以盛此篋又作無量百千旛幢繖蓋使諸鬼神各持舍利供養之具勑諸鬼神言於閻浮提至於海際城邑聚落滿一億家者爲世尊立塔時有國名著叉尸羅有三十六億家彼國人語鬼神言可三十六篋舍利與我等起立佛塔王作方便國中人少者令分與彼令滿家數而立爲塔時巴連弗邑有上座名曰耶舍王詣彼所白上座曰我欲一日之中立八萬四千佛塔遍滿此閻浮提意願如是時彼上座白言善哉大王剋後十五日日正食時令此閻浮提一時起諸佛塔如是依數乃至一日之中立八萬四千塔世間人民興慶無量共號曰阿育王塔

又大阿育王經云八國共分舍利阿闍世王分數得八萬四千又別得佛口髭還國道中逢難頭和修龍王從其求舍利分阿闍世王不與便語言我是龍王力能壞汝國土阿闍世怖畏即以佛髭與之龍還於須彌山王下高八萬四千里於下起水精塔阿闍世王得還國以紫金函盛舍利作千歲燈火於五恒河沙水中起塔葬埋之後阿育得其國土王娶夫人身長八尺髮亦同等衆相具足王令相師觀之師言當爲王生金色之子王即拜

爲第二夫人後遂有娠足滿十月王有緣事宜出外行皇后妒嫉便作方便共欲除之募覔豬母即應産者語第二夫人言卿是年少甫爾始産不可露面視天以被覆面即生金子光照宮中盜持而去殺之即以豬子著其邊便罵言汝云當爲王生金色之子何故生豬便取輪頭拍囚内後園中令服菜王還聞之不悅久久之後王出行園見之憶念迎取歸宮第二夫人漸得親近具說情狀王聞驚怖即殺八萬四千夫人阿育王後於城外造立地獄治諸罪人耶舍知王殺諸夫人應墮地獄即遣消散比丘化王令發信悟問比丘言殺八萬四千夫人罪可得贖不道人言各爲之起一塔塔下著一舍利當得脫罪耳王即尋覔阿闍世王舍利有國相父年百二十將五百人取本舍利王得大喜即分與鬼神各還所部令一日一時同戴八萬四千剎諸鬼神言多隔山障不得相知王言汝曹但還治槃護剎安鈴我當使阿修輪以手遮日四天下亦同時辰

又阿難經云塔成造千二百織成旛及雜花未得懸旛王恐身崩塔成巳六日王請僧王園供養時有優波崛多羅漢將一萬八千阿羅漢受王請尊者崛多顏貌端正身體柔軟而王體醜陋肌膚麤澀尊者即說偈言

我行布施時　淨心好財施　不如王行施
以沙施於佛

王告大臣我以沙施佛獲報如是云何而不修敬於世尊王後尋佛弟子迦葉阿難等所有佛在世時弟子塔廟躬到塔所具展哀情

責心修敬各與種種供養更立大塔各捨十萬兩珍寶供養是塔次至薄拘羅塔應當供養王問彼有何功德崛多尊者答曰彼無病第一乃不爲人說一句法寂默無言王曰以一錢供養諸臣白王言功德既等何故於此供養一錢王告之曰聽吾所說偈

雖除無明癡　智慧能監察　雖有薄拘羅　於世何所益

時彼一錢還來至王所時大臣輩見是希有事異口同音讚彼嗚呼尊者少欲知足乃至不須一錢王乃供養菩提樹不絶夫人名曰低舍羅綈多作念王極愛念於我念王今捨我珍寶至菩提樹間我方便殺樹令死王不行往可得與我相娛樂夫人即遣人以熱乳澆之樹枯葉落王聞是語迷悶躃地夫人見王憂愁不樂當悦王心白王曰若無彼樹我命亦無如來於彼樹得道彼樹既無何用活耶復以冷乳灌之彼樹更生王聞歡喜詣於樹下目不暫捨以千瓮香湯溉灌菩提樹倍復嚴好增長茂盛後王潔淨身心手執香鑪在於殿上四方作禮心念口言如來賢聖弟子在諸方者憐愍我故受我供養如是語時有三十萬比丘悉來集彼大衆中十萬是阿羅漢二十萬是學人及凡夫宫人太子群臣共王所作功德無量不可述盡

又雜阿含經云阿育王問比丘言誰於佛法中能行大施諸比丘言給孤獨長者最行大施王問彼施幾許比丘答曰以捨億千金王聞已彼長者尚能捨億千金我今爲王何緣復以億千金施當以億百千金施乃至用私

藏盡將此閻浮提夫人婇女太子大臣總施與聖僧後用四十億金還復贖取如是計校總用九十六億千金乃至王得重病自知命盡常願以億百千金作功德今願不滿便就後世唯減四億未滿王即辦諸珍寶送與雞頭摩寺乃至以半阿摩勒果送與僧禮拜僧足問訊大聖衆等我領此閻浮提是我所有今者頓盡不得自在唯此半果哀愍納受令我得福上座耶舍令研磨著石榴羹中行之一切皆得周遍王復問傍臣曰誰是閻浮提王諸臣啓王言大王是也時王從卧起而坐顧望四方合掌作禮念諸佛功德心念口言我今復以此閻浮提施與三寶時王書紙上而封緘之以齒印印之作如是事畢即便無常爾時太子及諸人民興種種供養葬送如王之法而闍維之

又法益經云今是大地屬於三寶云何而立太子爲王諸臣聞已再出四億金送與寺中將贖其地

又善見論云阿育王以金錢九十六億起八萬四千寶塔復大種種布施

興福緣第三

述曰上來所引經論興置所由其已知乎然未識塔義是何復有幾種所爲之人復通凡不答曰梵漢不同翻譯前後致有多名文有訛正所云塔者或云塔婆此云方墳或云支提翻爲滅惡生善處或云斗藪波此云護讚如人讚歎擁護歎者西梵正音名爲窣堵波此云廟廟者貌也即是靈廟也安塔有其三意一表人勝二令他信三爲報恩若是凡夫

比丘有德望者亦得起塔餘者不合若立支提有其四種一生處二得道處三轉法輪處四涅槃處諸佛生處及得道處此二定有支提生必生阿輸柯樹下此云無憂樹此是夫人生太子之處即號此樹爲生處支提如來得道在於菩提樹下即呼此樹爲得道支提如來轉法輪及涅槃處此二無定初轉法輪爲五比丘在於鹿苑縱廣各二十五尋一尋八尺古人身大故一尋八尺合二十丈今天竺人處處多立轉法輪取一好處而依此量竪三柱安三輪表佛昔日三轉法輪相即名此處爲轉法輪支提如來入涅槃處安置舍利即名此處爲涅槃支提現今立寺名涅槃寺此則爲定若據舍利處處起塔則不爲定此四立名窣堵波

又毗婆沙論云若人取大石爲塔如來生處轉法輪處若人取小石爲塔其福等前大塔所爲尊故若爲如來大梵起大塔或起小塔以所爲同故其福無異

又阿含經云有四種人應起塔一如來二辟支佛三聲聞四輪王

又十二因緣經云有八人得起塔一如來二菩薩三緣覺四羅漢五那舍六斯陀舍七須陀洹八輪王若輪王已下起塔安一露盤見之不得禮以非聖塔故初果二露盤乃至多如來安八露盤八盤已上並是佛塔

又僧祇律云初起僧伽藍時先規度地將作塔處不得在南不得在西應在東應在北不侵佛地僧地應在西作南作僧房佛塔高顯處作不得塔院内浣染曬衣唾地得爲佛塔

四面作龕作師子鳥獸種種彩畫内懸旛蓋得爲佛塔四面作種種園林華果是中出花應供養塔若樹檀越自種檀越言是中華供養佛果與僧食佛言應從檀越語若華多者得與華鬘家語言爾許華作鬘與我餘者與爾許直若得直得用然燈買香以供養佛兼得治塔若直多者得置佛無盡物中若人言佛無貪怒癡但自莊嚴因是華果而愛樂者得罪報重佛言亦得作支提有舍利者名塔無舍利者名支提如佛生處得道處轉法輪處佛泥洹處得作菩薩像辟支佛像佛脚跡處此諸支提得安佛華蓋供養若供養中上者供養佛塔下者供養支提若卒風雨來應收供養具隨近安之不得言我是上座我是阿練若乞食大德等得越毗尼罪若塔僧物賊來急時不得藏舉佛物應莊嚴佛像僧座具應敷安置種種飲食令賊見相若起慈心賊問比丘莫畏出來年少應看若賊卒至不得藏物者應言一切行無常作是語已捨去是名難法

感報緣第四

如小未曾有經云佛告阿難若有一人盡四天下滿中草木皆悉爲人得四道果及辟支佛盡壽四事供養所須具足至滅度後一一起塔香華幢旛寶蓋供養復造帝釋大莊嚴殿用八萬四千寶柱八萬四千寶窻八萬四千天井寶窻八萬四千樓櫓舘閣四出圍遶衆寶莊飾若有善男子善女人作如上百千億大莊嚴殿用施四方僧其福雖多然不如有人於佛般涅槃後以如芥子舍利起塔大

如菴摩勒果其刹如針上施盤蓋如酸棗葉若佛形像如麵麥大勝前功德滿足百倍不及一千倍萬倍百千萬倍所不能及不可稱量阿難當知如來無量功德戒分定分智慧分解脫分知見解脫分無量功德有大神通變化及六波羅蜜如是等無量功德

又無上依經云阿難向佛合掌而作是言我於今日入王舍城乞食見一大重閣莊嚴新成内外宛窓若有清信人布施四方僧并見四事若如來滅後取佛舍利如芥子大安立塔中起塔如阿摩羅子大戴刹如針大露盤如棗葉大造佛如麥子大此二功德何者爲勝佛告阿難如滿四天下四果聖人及辟支佛如甘蔗林竹荻麻田等若有一人盡壽供養四事具足及入涅槃後悉起大塔供養然燈燒香衣服幢旛等阿難於意云何是人功德多不阿難言甚多世尊阿難且置又如帝釋天宫住處有大飛閣名常勝殿種種寶莊各八萬四千若有清信男子女人造作如是常勝寶殿百千拘胝施與四方衆僧若復有人如來般涅槃後取舍利如芥子造塔如阿摩羅子大戴刹如針大露盤如棗葉造佛形像如麥子大此功德勝前所説百分不及一千萬億分乃至阿僧祇數分所不及一譬喻所不能及何以故如來無量功德故縱碎娑婆世界末爲微塵以此次第悉是四沙門果及辟支佛若有清信男女盡形供養及以滅後起塔供養亦不如取舍利如芥子大乃至造像如麥子大此功德勝前所説百分千萬億分不及一分乃至筭數譬喻所不能及如

是阿難一切如來昔在因地知衆生界知自性清淨客塵煩惱之所汚濁然不入衆生淸淨界中能爲一切衆生說深妙法除煩惱障應生下劣心以大量故於諸衆生生尊重心起大師敬起般若起闍那起大悲依此立法菩薩得入阿鞞跋致位此云不退依如實智證大方便得阿耨菩提

又涅槃經云若於佛法僧供養一香燈乃至獻一花則生不動國善守佛僧物塗掃佛僧地造像塔如毋指當生歡喜心亦生不動國此即淨土常嚴不爲三災所動也

旋遶塔緣第五

如菩薩本行經云昔佛在世時佛與阿難入舍衛城而行乞食時彼城中有一婆羅門從外而來見佛出城光相巍巍時婆羅門歡喜踊躍遶佛一帀作禮而去佛便微笑告阿難言此婆羅門見佛歡喜以淸淨心遶佛一帀以此功德從是已後二十五劫不墮惡道天上人中快樂無極竟二十五劫得辟支佛名持儭那祇棃以是因緣若人旋佛及旋佛塔所生之處得福無量也

又提謂經云長者提謂白佛言散花燒香然燈禮拜是爲供養旋塔得何等福佛言旋塔有五福德一後世得端正好色二得聲音好三生天上四得生王侯家五得泥洹道何因緣得端正好色由見佛像歡喜故何緣得聲音好由旋塔說經故何緣得生天上由當旋塔時意不犯戒故何緣得生王侯家由頭面禮佛足故何緣得泥洹道由有餘福故佛言旋塔有三法一足舉時當念足舉二足下時

當念足下三不得左右顧視唾寺中地右遶者經律之中制令右遶若左遶行爲神所呵乃至左遶穀麥積爲俗所責其徒衆矣今時行事者順於天時面西北轉右肩袒膊向佛而恭也或旋百帀十帀七帀各有所表且論常行三帀者表供養三尊止三毒淨三業滅三惡道得值三寶故華嚴經偈云

始欲旋塔　當願衆生　施行福祐　究暢道意
遶塔三帀　當願衆生　得一向意　不絶四喜

又賢者五戒經云旋塔三帀者表敬三尊一佛二法三僧亦念滅三毒一貪二瞋三癡

又三千威儀云遶塔有五事一低頭視地二不得蹈蟲三不得左右顧視四不得唾塔前地上五不得中住與人語

又大集經云佛告梵天王等我諸聲聞現在未來三業相應及與三種菩提相應有學無學具足持戒多聞善行度諸衆生於三有海及諸施主爲我聲聞而造塔寺亦復供給一切所須及彼眷屬付囑汝等勿令惡王非法惱亂爾時梵釋天王龍王夜叉等合掌向佛而作是言大德婆伽婆已有一切如來塔寺及阿蘭處及未來世若在家出家人爲於世尊聲聞弟子造塔寺處我等悉共守護令離一切諸難怖畏亦如有給施飲食衣服卧具湯藥一切所須如是施主我等亦當護持養育故七佛經云護僧伽藍神斯有十八神一名美音二名梵音三名天鼓四名歎妙五名歎美六名摩妙七名香音八名師子九名妙歎十名梵響十一名人音十二名佛奴十三名歎德十四名廣目十五名妙眼十六名徹

聽十七名徹視十八名遍視寺既有神護居住之者亦宜自勵不得惰怠恐招現報也

入寺緣第六

述曰依如西域凡有士女既到伽藍至寺門外慶以所遇先整衣服總設一禮入寺門已復設一拜然後安詳直進不得左右顧眄故涅槃經云往僧坊者有其七法一者生信二者禮拜三者聽法四者至心五者思義六者如說行七者迴向大乘利安多人住是七善最勝最上不可譬喻

又郁伽長者經佛言長者居家菩薩入佛寺精舍當住門外立心作禮然後當入精舍自念言我何時當得如是居寺出塵垢之處

又十住毗婆沙論云在家菩薩若入佛寺初欲入時於寺門外五體投地應作是念此是善人住處行慈悲喜捨住處是故須禮若見諸比丘威儀具足見已恭肅敬心禮拜親近問訊

又自愛經云時有國王詣佛所遥見精舍下車却蓋解劒脫履拱手直進

又僧祇律云若行平視迴時合身總迴行時先下脚跟後下脚指

又智度論云先入來去安詳一心舉足下足觀地而行爲避亂心爲護衆生故是名不退菩薩相

又西國寺圖云行至佛所禮三拜竟圍遶三帀唄讚三契禮拜既已方至僧房房外一拜然後入見上座次第至下各設三拜僧多一拜若見非法之事不得譏訶若發言嫌責自失善利非入寺之宜故涅槃經云夫入寺者

棄捨刀仗雜物然後入寺捨刀仗者去瞋恚三寶心也捨雜物者去從三寶乞求心也且除两過乃可入寺順佛而行不得逆行設復緣礙左遶恒想佛在右入出之時悉轉面向佛禮拜三寶者常念體唯是一何者覺法滿足名佛所覺之道名法學佛道者名僧則知一切凡聖體同無二也若入寺時低頭看地不得高視見地有蟲忽悮傷殺當歌唄讚歎不唾僧地若見草木不淨即須除却

又四分律云入僧寺已應先禮佛塔次禮聲聞塔後禮第一上座乃至第四上座

又五分律云若入僧多但别禮師餘人總禮而去

又四分律云得禮出家五衆亡人塔及如來塔

又五百問事云弟子得禮師塚以報恩故

又增一阿含經云塔中不應禮餘人

又十誦律云佛塔聲聞塔前自他不得禮

又五百問事云佛塔前禮餘人得罪

又三千威儀經云不得座上作禮今時數有諸寺及以俗家見有道俗在牀上禮佛此大憍慢譬如欲拜大王豈得在牀拜耶人王尚自不許何況法王得相比耶

毗尼母論云不得著革屣富羅入塔此是靴履總名

五百問事云若是潔淨靴履鞋靺等得著禮拜

僧祇律云若受人禮拜不得如瘂羊不語當相問訊少病少惱安樂不道路不疲苦不

述曰若有士人或有難因緣須至寺宿不得卧僧牀席必無私有借卧如法然不得共僧同其牀卧故寶梁經云共僧同牀半身枯死

墮地獄受其大苦僧未眠時不得在先眠不得調戲言笑說非法語失於威儀驚動衆心若有便利涕唾爲求法宿不得出外者無犯眠時右脇著牀以脚相壘心係明相念當早起表出家因也是故經云仰卧者是修羅卧伏卧者是餓鬼卧左脇卧者是貪欲人卧右脇卧者是出家人卧衆僧未起在前早起嚴儀容服至僧房前故沙彌威儀經云若入師房應三彈指

又三千威儀經云若入師房當具五法一於外彈指二當脫帽三作禮四正住敎坐乃坐五不忘持經入

又僧祇律云弟子應晨起先右脚入師房已頭面禮足問安眠不故善見論云弟子叅師當避六處一不得當前二不得當後三不得太遠四不得太逼五不得處高六不得上風立當不近不遠側相而立令師小語得聞不費尊力也又是行時威儀進止皆不得離師故善見論云弟子從師行不得以足蹈師影

述曰若女人入寺法用同前但不得在男子上座形相語笑脂粉塗面畫眉假飾非法調戲共相排蕩持手振人必須攝心整容隨人教令依次持香一心供養懺悔自責生女人中常成隅礙於此妙法修奉無因不得自專由他而辦一何苦哉深生悲悼若見沙彌如大僧勿以小位而不加敬此於大僧爲小在俗爲尊如此等法竭力而行法用既多具在法苑珠林百卷之內士女篇述

述曰若男女所修事訖須欲出寺佛塔前設禮三拜還須右遶三帀合掌唄讚然後却行

出寺門外復設一禮若見僧時徒衆若少各禮三拜僧若多時總辭三拜故善見論云禮佛時應遶三帀三拜四方作禮合十指掌乂手於頂却行而出絶不見如來更復作禮迴前而去表慕戀三寶重疊報恩也

凡是入寺之行爲作出世之緣建立寺者開淨土之因供養僧者爲出離之軌故唯穢俗之鄙質入伽藍之淨剎所有施爲恐乖法式也若也還家微捨自贖表僧有法施俗有財惠舉動合宜内外俱益

修故緣第七

依像法決疑經云造新不如修故作福不如避禍斯言驗矣或有村坊塔寺損故伽藍堂殿朽壞舍屋崩摧簾扇蓬户靡隔煙塵𡨋牖茅茨無掩霜露是以門墻凋毁糞穢盈階路絶人蹤僧徒漂寄不修不飾日就衰羸造罪造愆無時暫捨夜闇燈燭本自無聞晝日幡花元來非見堂絶梵唄鑪停海岸遂使惡鬼効靈善神捨衛伽藍無固直爲僧徒慢惰佛法既衰亦由白衣無敬此而不憂更欲何求

又寶梁契經云有一賢者面上有國王文相師見已嫁女與之後時賢者入僧寺中杖倚伽藍生憍慢故失國王文墮大地獄

又薩遮經云或嫌塔寺及諸形像妨礙迸置餘處者如是惡人攝在惡逆衆生分中上品治之

又十輪經云若破寺殺害比丘其人壽終支節皆疼終日不語死墮阿鼻地獄具受諸苦

又三千威儀經云掃塔上有五事一不得著履上二不得背佛掃塔三不得取上善土持

下棄四不得取下佛像上故華五當日一過澡手自持淨巾拂拭佛像復有五事一當先灑地二當使調三當待燥四不得逆掃五不得逆風掃復有五事一不得去善土二當自手拾草三當取中土轉著下處四不得令四角掃處有迹五掃塔前六步使淨此據事務故限約六步若事多閑多掃彌善也

又正法念經云若有衆生淨心供養衆僧掃如來塔命終生意樂天身無骨肉亦無汗垢香氣能熏一百由旬其身淨潔由如明鏡

又正法念經云若有衆生識於福田見有佛塔風雨所壞若僧房舍以福德心塗飾治補復教他人令治故塔命終生白身天其身鮮白入珊瑚林與諸天女五欲自娛業盡還退若生人中其身鮮白

又雜寶藏經云若掃僧房一閻浮提地不如掃佛塔一手掌成論亦同

又撰集百緣經云掃地得五功德一自除心垢二除他垢三去憍慢四調伏心五增長功德得生善處

又無垢清淨女問經云掃塔得五功德一自心清淨他人見生清淨心二爲他愛三天心歡喜四集端正業五命終生善道天中

又沙彌威儀經云掃地有五法一不得背人二不得逆掃三當令水灑四當令淨五當即分却

又增一經云掃佛塔有五法一水灑地二除去瓦石三平正其地四端意掃地五除去穢惡地既淨已隨能持一枝香華散布地上供養得福無量

故華嚴經偈云
散華莊嚴淨光明　莊嚴妙華以爲帳
散衆雜華遍十方　供養一切諸如來
又小法滅盡經云後劫火起時曾作伽藍所
以不爲火焚乃至金剛界爲土臺也
又菩薩本行經云昔佛在世時告五百阿羅
漢汝等各說前世宿行所作功德今得值我
得道因緣時有阿羅漢名娑竭多梨即從座
起白佛言世尊我念過去無央數劫有佛出
世號曰定光入涅槃後分布舍利起塔供養
法欲末時有一貧人無方自濟賣薪爲業向
澤採薪遥見澤中有一塔寺甚爲巍巍即到
塔邊瞻覩形像歡喜作禮唯見狐狼飛鳥走
獸止宿之處草木荆棘不淨滿中迥絶無人
復無行迹無供養者貧人覩見心用愴然而
不曉知如來神德但以歡喜誅伐草木掃除
不淨掃訖歡喜遶之八帀作禮而去緣此功
德命終之後生光音天衆寶宫殿光明晃煜
於諸天中巍巍最勝不可計量盡其天壽而
復百返作轉輪王七寶自然王四天下後復
壽盡常生國王大姓長者家財富無量顔容
端正殊妙無比人見歡喜無不愛敬足行之
時道路自淨虚空之中雨散衆華娑竭多言
昔貧人者今我身是由昔掃塔生處自然一
阿僧祇九十劫中不墮惡道天上人間富貴
尊榮封受自然快樂無極今最後身值釋迦
佛捨豪出家得阿羅漢三明六通具八解脱
若有人能於佛法僧少作微善如毛髮許所
生之處受報弘大無有窮盡
又譬喻經云說祇陀太子昔毗婆尸佛時布

施一奴一婢給掃寺廟緣此功德世世常得七寶宮宅門戶兩邊常有自然金銀男女孳持寶鉢滿中七寶取無窮盡夜中常有自然天兵五百餘騎衛護其舍無敢近者輪王七寶者一金輪寶二白象寶三紺馬寶四神珠寶五玉女寶六主藏臣寶七主兵臣寶

又雜寶藏經云昔舍衛國中有一長者造立塔寺後時命終生忉利天其婦晝夜追憶夫故愁憂苦惱以憶夫故常掃治夫所造塔寺夫下觀見即來婦所問訊安慰而語之言汝憶我故大憂愁耶婦即語言汝爲是誰天尋答言我是汝夫以作塔寺功德因緣得生天上見汝憶我修治塔寺故來汝所婦言近我夫即答言人身臭穢不復可近汝復欲得爲我妻者勤供佛僧修掃塔寺願生我天若得生天我必當還以汝爲妻婦用夫言作諸功德發願生天其後命終得生天上還爲夫婦夫婦相將來至佛所佛爲說法夫婦並得須陀洹果既得果已還歸天上

又分別功德論云昔舍衛城中有夫婦二人而無子息夫婦精進信敬三寶時婦早亡由信敬故生忉利天以爲天女面首端正天中少比天女自念我極端正今此間誰任我夫便以天眼觀見本夫今以出家年老暗短專信而已常勤掃除塔廟爲業見其掃塔必應生天天女尋下光明照曜住其夫前比丘見已問其因緣天女答曰我是君婦今爲天女我觀天上無任我夫見君精進常勤掃塔必應生天若得生天願同一處還爲我夫是以故來陳其情狀白意已訖還歸天上時夫比

丘見此事已從是已後增加精進修補塔廟積功轉勝應生第四兜率天上天女憶夫復來語言君福轉勝應生兜率天我今不復得君爲夫語訖還去比丘聞已倍更精進遂獲得阿羅漢果三明六通具八解脱

又百縁經云昔佛在世時迦毗羅城中有一長者財寶無量其婦生一兒端正殊妙見者敬仰漸大見佛得阿羅漢果爾時世尊告諸比丘乃往過去九十一劫有毗婆尸佛入般涅槃後有王名槃頭末帝收取舍利造四寶塔而供養之其後小毀有童子入塔見此破處和顏悦色集喚衆人共塗治塔發願而去縁此功德九十一劫不墮地獄餓鬼畜生天上人中受樂常爲天人所見敬仰乃至今值於我爲諸人所見敬仰出家得道聞佛所説歡喜奉行

頌曰

遺身八萬塔　寶飾高百丈　儀鳳異靈烏

金盤代佛掌　積栱承雕桷　高簷掛樹綱

寶地若池沙　風鈴如積響　刻削生千變

丹青圖萬像　煙霞時出沒　神仙乍來往

晨露半層生　飛旛接雲上　遊蜺不敢息

翔鶤詎能仰　福地下金繩　天報豈虛枉

願假舟航末　彼岸誰云廣

攝念部第三此有四縁

述意縁　十念縁　六念縁

發願縁

述意縁第一

惟夫凡情難禁譬等山猨常隨外境類同狂象三業鼓動縁構滋彰故佛立教令常制御

故經云當爲心師不師於心身口意業不與惡交身戒心慧不動如山又經云制之一處無事不辦然心性惑倒我見爲先煩惑難攝亂使常行於一切時高舉難屈自非託處寂靜摧伏三毒身不遊行口黙緘言少睡多覺常坐省食思量正法知非有無直身正意繫念在前如斯等教是名攝念也

十念緣第二

如增一阿含經云爾時世尊告諸比丘當修行十法便成神通去衆亂想至致涅槃一謂念佛二謂念法三謂念衆四謂念戒五謂念施六謂念天七謂念休息八謂念安般九謂念身非常十謂念死當善修行

佛法聖衆心　戒施及天念　休息安般念　身死念在後

第一念佛者專精念佛如來形相功德具足身智無涯周旋往來皆具知之修行一法自致涅槃不離念佛便獲功德是名念佛

第二念法者專精念法除諸欲愛無有塵勞渴愛之心永不復興於欲無欲離諸結縛諸蓋之病猶如衆香之氣無有瑕疵亂想之念便成神通自致涅槃思惟不離便獲功德是名念法

第三念衆者謂專精念如來聖衆成就質直無有邪曲上下和睦如來聖衆四雙八輩當敬承事除諸亂想自致涅槃不離念僧便獲功德是名念僧

第四念戒者所謂戒者息諸惡故戒能成道令人歡喜戒瓔珞身現衆好故猶如吉祥瓶所願便剋除諸亂想自致涅槃不離戒念便

獲功德是名念戒

第五念施者謂專精念施所施之上永無悔心無反報想快得善利若人駡毀相加刀杖當起慈心不與瞋恚我所施者施意不絶除諸亂想自致涅槃不離施念便獲功德是名念施

第六念天者謂專精念天身口意淨不造穢行行戒成身身放光明無所不照成彼天身善業果報成彼天身衆行具足除諸亂想自致涅槃不離天念便獲功德是名念天

第七念休息者謂心意想息志性詳諦亦無卒暴恒專一心意樂閑居常求方便入三昧定常念不貪勝光上達除諸亂想自致涅槃不離休息便獲功德是名念休息

第八念安般者謂專精念安般者若息長時觀知我今息長若復息短亦當觀知我今息短若息極冷極熱亦當觀知我今息冷熱出入分別數息長短除諸亂想自致涅槃不離安般便獲功德是名念安般

第九念身者謂專精念身髮毛爪齒皮肉筋骨膽肝肺心脾腎大腸小腸白膗膀胱屎尿百葉癃蕩脾脬溺淚唾涕膿血脂涎髑髏腦膜何者是身地種水種火種風種是也皆是父母所造從何處來爲誰所造此之六根於此終已當生何處除諸亂想自致涅槃不離身念便獲功德是名念身

第十念死者謂專精念死此没生彼往來諸趣命逝不停諸根散壞如腐敗木命根斷絶種族分離無形無響亦無相貌除諸亂想自致涅槃不離死念便獲功德是名念死而説

偈曰

佛法及聖衆　乃至身死念　雖與上名同

其義各別異

六念緣第三

又分別功德論云第一念佛何事佛身金剛無有諸漏若行時足離地四寸千輪相文跡現於地足下諸蟲七日安隱若其命終皆得生天昔有一惡比丘本是外道假服誹謗逐如來行自殺飛蟲著佛跡處言佛蹈殺然蟲雖死遇佛跡處尋還得活若入城邑足蹈門閾天地大動百種音樂不鼓自鳴諸聾盲瘂百病自除覩佛相好隨行得度功德所濟不可稱計總會萬行運載爲先所謂念佛其義如此

第二念法者法是無漏道無爲無欲佛者是諸法之主法者是結使之主法出諸佛法生佛道若然者何不先念法後念佛耶答曰法雖微妙無能知者猶如伏藏無處不有要藉通人示處方得自濟貧窮之者法亦如是理雖玄妙非如來不暢是以念佛在先稱法爲後

第三念僧者謂四雙八輩十二賢士捨世貪染開導天人則是衆生良祐福田故昔有薄福比丘名梵摩達（律名羅旬踰比丘也）在千二百五十衆中令衆僧不得食莫知誰咎佛使分爲二部一部得一部不得復分爲二部半得半不得如是展轉乃至二人一得食一不得食乃知無福雖得至鉢自然消化佛愍其厄自手授食在於鉢中神力所制不能化去佛欲令現身得福故令二滅盡比丘以食飽此此時

得福時波斯匿王聞此薄福佛慇與食我今亦當爲其設福即遣粋米時有一鳥飛來銜一粒米去使人呵曰王爲梵摩達設福汝何以持去耶鳥即持還本處所以然者此比丘蒙僧福力鳥獸不侵害也用是證知爲良福田既自度度人至三乘道念衆之法其義如此

第四念戒者從五戒十戒二百五十戒至五百戒皆禁制身口斂諸邪非斂御六情斷諸欲念中表清淨乃應戒性昔有二比丘共至佛所路經曠澤頓乏水漿時有小池汪水衆蟲滿中一比丘深思禁律以無犯爲首若飲此水殺生甚多寧全戒殞命於是命終即生天上一比丘自念飲水全命可至佛所焉知死後當生何趣即飲蟲水所害甚多雖得見佛去我甚遠啼泣向佛自云同伴命終佛指上天曰汝識此天不此是汝伴以全戒功即生天上今來在此卿雖見我去我大遠彼雖喪命常在我所卿今見我正覩我肉形豈識真戒乎以是經云波羅提木叉是汝大師若能持戒展轉行之即是如來法身常住而不滅也

夫戒有三種一是俗戒二是道戒三是定戒五八十具戒等爲俗戒無漏四諦爲道戒三昧禪思爲定戒以慧御戒使成無漏乃合道戒聲聞家戒喻若膝華動則解散大士持戒喻若頭上揷華行止不動小乘檢形動則越儀大士顧心不拘外法大小軌異故以形心爲殊內外雖殊俱至涅槃故曰念戒也

又佛般泥洹經云又欲近道當有四喜宜善

念行一曰念佛意喜不離二曰念法意喜不離三曰念衆意喜不離四曰念戒意喜不離念此四喜必令具足而自了見當望正度求解身要可以除斷地獄畜生餓鬼之道雖往來生天上人中不過七生自斷苦際施天同前

又三千威儀經云當念有五事一當念佛功德二當念佛經戒三當念佛智慧四當念佛恩大難報五當念佛精進乃至泥洹復有五事一當念比丘僧二當念師恩三當念父母恩四當念同學恩五當念一切人皆使解脫離一切苦

又處處經云譬如大海中沙不能計知如人所作善惡殃福前後所不可復計要在命盡作惡逢惡處作善逢善處殃福皆預有處亦預有父母兄弟妻子眷屬等得道便止若不得道便不斷絶佛語比丘當念自身無常有一比丘即報佛言我念非常如人在世間極可至五十歳佛言莫說是語復有一比丘言可三十歳佛言莫說是語復有一比丘言可十歳佛言莫說是語復有一比丘言可一歳佛言莫說是語復有一比丘言可一月佛言莫說是語復有一比丘言可一日佛言莫說是語復有一比丘言可一時佛言莫說是語復有一比丘言可呼吸間佛言是也佛言出息不還則屬後世人命迅速在呼吸之間

又毗尼母經云若說法比丘復應常念觀身苦空無常無我不淨莫使有絶何以故當得十二念成聖法故何者十二念一念成就已身二念成就他人三念願得人身四念生種姓家五念於佛法中得生信心六念所生處

不加其功而得語法七念所生處諸根完具八念值佛世尊出現於世九念所生處常得說正法十念願所說法常得久住十一念願法久住得隨順修行十二念常得憐愍諸衆生心故得此十二念具足必得聖法

發願緣第四

夫佛果超絶登之有階法雲峻極届之有漸是以創發大誠則玄德照於來際初立弘誓則妙願遍於空界一念與志即塵劫之瑞華半刻虔躬乃大千之甘露蓋是大乘之根基種智之津衢也

又地持論云菩薩發願略說五種一發心願二生願三境界願四平等願五大願彼菩薩初發無上菩提心是名發心願願未來世爲衆生故隨善趣生是名生願願正觀諸法無量等諸善根思惟境界是名境界願願未來世一切菩薩善攝事是名菩薩平等願大願者即平等願

菩薩又說十種大願

一者願一切種供養無量諸佛

二者願護持一切諸佛正法

三者願通達諸佛正法

四者願生兜率天乃至般涅槃

五者願行菩薩一切種正行

六者願成熟一切衆生

七者願一切世界悉能現化

八者願一切菩薩一心方便以大乘度

九者願一切正行方便無礙

十者願成無上正覺

是菩薩住於初地方便淨信現在修行於未

來事生十大願
一者以清淨心常願供養一切諸佛
二者受持守護諸佛正法
三者勸請諸佛轉未曾有法
四者順行菩薩正行
五者一切器界具足成熟
六者一切世界悉能現化
七者自淨佛土
八者一切菩薩同一方便以大乘化
九者利益衆生一切不空
十者一切世界得阿耨菩提作一切佛事
頌曰
投杖信爲急　調絃貴不奢　騰猨安可制
逸馬本難罝　驅馳習聲色　冠蓋競豪華
既入王孫第　還向季倫家　靜心澄業累
省念勗身瑕　庶兹憑七覺　持用免三邪

諸經要集卷第三

音釋

韜他刀切藏也　賑止刃切舉救也　髭將支切　曬所賣切　[illegible]古猛切麥也　阿鞞跋致梵語此云不退轉鞞騈迷切跋蒲撥切　儭初覲切　積資四切聚也　袒膞袒徒旱切偏脫衣也膞補各切肩膞也　屣所綺切革履也　襪亡發切與韈同　愴初亮切悽愴也　晃煜晃胡廣切暉也煜余六切耀也　栱古勇切　桷古岳切榱也　蜆研奚切寒蜩也　瑕疵瑕胡加切疵疾之切並過也　脾頻彌切上藏也　腎時忍切水藏也　膀胱膀步光切胱古黃切　溺奴吊切溲便也　䐈之力切　脬普交切　腦膜腦奴皓切項髓也膜慕各切肉間膜　罝子邪切免罟也

諸經要集卷第四上

唐西明寺沙門道世撰

入道部第四此有四緣

述意緣　欣厭緣　出家緣

引證緣

述意緣第一

竊以因緣假有衆生之滯根法本不然至人之妙理是以三界六趣造業障而自迷八解十智尊歸宗而虛豁所以能仁大師隨緣布教愍餤宅之既焚傷欲流之永鶩託白淨之宮現黄金之色居茲三惑示畫篋之非眞出彼四門猒浮雲之易滅自嗟人代漂忽若此於是天王捧白馬而逾城給使持寶冠而詣闕脫屣尋眞其於斯矣雖復秦代蕭史周時子晉許由洗耳於箕山莊周曳尾於濮水方茲去俗何其懱哉致使慕其德者斷惡以立身欽其風者潔已而修善毀形以成其志故棄鬚髮美容變俗以會其道故去輪王華服雖形缺奉親而内懷其孝禮乖事主而心戢其恩澤被怨親以成大順福霑幽顯豈拘小違上智之人依佛語故爲益下凡之類虧聖教故爲損懲惡則濫者自新進善則通人感化所以仙林始抽簪之地禪河起苦行之迹沐金軀之淨水遊道場之吉樹食假獻糜座用施草於是十力智圓六通神足魔兵席卷正覺道成也

欣猒緣第二

如文殊問經云佛告文殊師利一切諸功德不與出家心等何以故住家者無量過患故出家者無量功德故住家者有障礙出家者

無障礙住家者是塵垢處出家者是無塵垢處住家者溺欲淤泥出家者出欲淤泥住家者隨愚人法出家者遠愚人法住家者不得正命出家者得其正命住家者是憂悲惱處出家者是歡喜住處住家者是結縛處出家者是解脫處住家者是傷害處出家者非傷害處住家者有貪利苦出家者無貪利樂住家者是憒鬧處出家者是寂靜處住家者是下賤處出家者是高勝處住家者爲煩惱所燒出家者滅煩惱火住家者常爲他人出家者常爲自身住家者以苦爲樂出家者出離爲樂住家者增長棘刺出家者能滅棘刺住家者成就小法出家者成就大法住家者無法用出家者有法用住家者爲三乘毀呰出家者爲三乘稱歎住家者不知足出家者常知足住家者魔王憂念出家者令魔恐怖住家者多放逸出家者無放逸住家者爲人僕使出家者爲僕使主住家者是黑暗處出家者是光明處住家者是增長憍慢處出家者滅憍慢處住家者少果報出家者多果報住家者多諂曲出家者心質直住家者常有憂苦出家者常懷喜樂住家者是欺誑法出家者是眞實法住家者多散亂出家者無散亂住家者是流轉處出家者非流轉處住家者如毒藥出家者如甘露住家者失內思惟出家者得內思惟住家者無皈依處出家者有皈依處住家者多有瞋恚出家者多行慈悲住家者有重擔出家者捨重擔住家者有罪過出家者無罪過住家者流轉生死出家者有其劑限住家者以財物爲寶出家者以功

德爲寶住家者隨流生死出家者逆流生死住家者是煩惱大海出家者是大舟航住家者爲纏所縛出家者離於纏縛住家者爲國王教誡出家者爲佛法教誡住家者伴侣易得出家者伴侣難得住家者傷害爲勝出家者攝受爲勝住家者增長煩惱出家者出離煩惱住家者如住刺林出家者出刺林文殊師利若我毀呰住家讃歎出家言滿虚空説猶無盡此謂住家過患出家功德也

又涅槃經云在家迫迮猶如牢獄一切煩惱因之而生出家寬廓猶如虚空一切善法因之增長在家之人内則憂念妻兒外則王役驅馳若富貴高勝則放逸縱情貧苦下賤則飢寒失志公私擾擾晝夜孜孜衆務牽纏何暇修道

又郁伽長者經云在家之人多諸煩惱父母妻子恩愛所繫常思財色貪求無猒得已守護多諸憂慮流轉六趣違離佛法當作怨家惡知識想應猒家活生出家心無有在家修集無上菩提之道皆因出家得無上道

又出家功德經云若放男女奴婢人民出家功德無量譬天下滿中羅漢百歲供養不如有人爲涅槃故一日一夜出家受戒功德無量又如起七寶塔高至三十三天不如出家功德

又大緣經云以一日夜出家故二十劫不墮三惡道

又僧祇律云以一日夜出家修梵行者離六百六千六十歲三塗苦

又出家功德經云若爲出家苦作留礙抑制

此人即斷佛種諸惡集身猶如大海現得癩病死入黑闇地獄無有出期
又迦葉經云爾時大王太子聞出家功德甚深並皆發心出家已四天下中無一衆生在家者皆悉發心願求出家彼諸衆生既出家已不須種植其地自然生諸粇米諸樹自然生諸衣服一切諸天供侍給使
又佛藏經云當一心行道隨順法行勿念衣食有所須者如來白毫相中一分供諸末代一切出家弟子亦不能盡
又賢愚經云如百盲人有一明醫能治其目一時明見又有百人罪應挑眼一人有力能救其罪令不失目此之二人福雖無量猶不如聽人出家及自出家其德弘大
出家緣第三
初欲出家依律先請二師一是和尚二是阿闍梨請法如律
薩婆多論云若先請和尚受十戒時和尚不現前不得十戒若聞知死受戒不得若不聞死受戒得成闍梨應同
又清信士度人經云若欲剃髮先於落髮處香湯灑地周圓七尺内四角懸旛安一高座擬出家者坐復施二勝座擬二師坐欲出家者著本俗衣服辭拜父母尊親等訖口說偈言
流轉三界中　恩愛不能脫　棄恩入無爲　眞實報恩者
說此偈已脫去俗服善見論云應以香湯洗浴除白衣氣
度人經云雖著出家衣止得著泥洹僧及僧

祇支未得著袈裟入道場時應來至和尚前胡跪和尚應生兒想不得生惡賤心弟子於師應生父想尊重供養和尚爲種種說法誡勗其心已來向闍棃前坐善見論云以香湯灌頂上說偈讃云

善哉大丈夫　能了世無常　捨俗趣泥洹　希有難思議

說此偈已教禮十方佛竟復說偈讃云

皈依大世尊　能度三有苦　亦願諸衆生　普入無爲樂

說此偈已然後闍棃乃爲剃髪度人經云爲剃髪時傍人爲誦出家頌云

毀形守志節　割愛無所親　棄家弘聖道　願度一切人

與剃髪時當頂留五三髪來至和尚前胡跪和尚問言今爲汝除去頂髪許不答言好然後和尚爲著袈裟當正著時依善見論復說偈讃云

大哉解脫服　無相福田衣　披奉如戒行　廣度諸衆生

依度人經云既著袈裟已禮佛行道俗人從後遶三帀已復自說偈生慶荷意云

遇哉值佛者　何人誰不喜　福願與時會　我今獲法利

行道帀已又禮大衆及二師竟然後在下行坐受六親拜賀出家離俗意心懷歡喜父母諸親皆爲作禮悅其道意應中前剃髪最好令及得齋依毗尼母論云剃髪著袈裟已然後和尚爲受三歸五戒等自外法用不可具述臨時斟酌生善爲勝

引證緣第四
如雜寶藏經云昔有一婦女端正殊妙於外道法中出家修道時人問言顏貌如是應當在俗何故出家女人答言如我今日非不端正但以小來猒惡婬欲今故出家我在家時以端正故早蒙處分早生男兒兒遂長大端正無比轉覺羸損如似病者我即問兒病狀之由兒不肯道爲問不止兒不獲已而語母言我止不道恐命不全正欲具道無顏之甚即語母言我欲得母以私情欲以不得故是以病耳母即語言自古已來何有此事復自念言我若不從兒或能死今寧違理以存兒命即便喚兒欲從其意兒將上牀地即礕裂我子即時生身陷入地獄我即驚怖以手挽兒捉得兒髮而我兒髮今日猶故在我懷中感切是事是故出家
又智度論云佛法中出家人雖破戒墮罪罪畢得解脫如優鉢羅華比丘尼本生經中說佛在世時此比丘尼得六神通獲阿羅漢果入貴人舍常讚出家法語諸貴人婦女言姊妹可出家諸貴婦女言我等少壯容色盛美持戒爲難或當破戒比丘尼言破戒便破但出家問言破戒當墮地獄云何可破答言墮地獄便墮諸貴婦女笑之言地獄受罪云何可墮比丘尼言我自憶念本宿世時作戲女著種種衣服而說雜語或時著比丘尼衣以爲戲笑以是因緣故迦葉佛時作比丘尼自恃貴姓端正心生憍慢而破禁戒故墮地獄受種種罪受罪畢竟值釋迦牟尼佛出家得阿羅漢道雖復破戒可得道果

復次如佛在祇洹有一醉婆羅門來到佛所求作比丘佛勑阿難與剃頭著法衣醉酒既醒驚怖已身忽爲比丘即便走去諸比丘問佛何以聽此醉婆羅門作比丘佛言此婆羅門無量劫中都無出家心今因醉故暫發微心以此因緣故後當出家得道如是種種因緣出家之利功德無量以是故白衣雖有五戒不如出家功德大也

又雜寶藏經云昔盧留城有優陀羨王聰明解達有大智慧有一夫人名曰有相端正少雙兼有德行王甚愛敬時彼國法諸爲王者不自彈琴爾時夫人在於曲室共王歡戲自恃王寵遣王彈琴自起爲舞初舉手時王素善相覩見夫人死相已現計其餘命不過七日王即捨琴慘然長歎夫人白王受王恩寵敢於曲室求王彈琴自起爲舞用爲歡樂有何不適捨琴長歎願王告語王不肯答殷勤不已王以實答夫人聞之甚懷憂懼即白王言我聞石室比丘尼說若能信心出家一日必得生天我欲出家願王聽許以不王愛情重語夫人言至六日頭當聽汝去不相免意遂至六日至已語夫人汝有善心求是出家若得生天必來見我我乃聽云作是誓已夫人許可便得出家受八戒齋即於其日飲石蜜漿腹中絞結至七日旦即便命終乘是善緣得生天上憶本誓故來詣王所光明熾盛遍照王宫時王問言汝爲是誰天即答言我是王婦有相夫人王喜白言願來就坐天答之言我今觀王臭穢叵近但以先誓故來見王王聞是已心開意解而自歎言今彼天者

本是我婦出家一日便得生天神志高遠而見鄙賤我今何故而不出家我曾聞說天一爪甲直一閻浮提地我此一國何足可貪作是語已捨位與子出家修道得阿羅漢

又智度論偈云

孔雀雖有色嚴身　不如鴻鶴能遠飛
白衣雖有富貴力　不如出家功德深

又雜譬喻經云昔者兄弟二人居勢富貴資財無量父母終亡無所依仰雖爲兄弟志念各異兄好道義弟愛家業其弟見兄不親家業恒嫌恨之共爲兄弟父母早終勤念生活反棄家業追逐沙門聽受佛經沙門豈能與汝衣財寶耶家轉貧困財物日耗人所嗤笑懈廢門戶繼續父母乃爲孝耳兄報之曰五戒十善供養三寶以道化親乃爲孝耳道俗相反自然之願道之所樂俗之所惡俗之所珍道之所賤智愚不同謀猶明冥是故慧人去冥就明以道致眞卿今所樂苦惱之僞豈知苦辛其弟含恚瞋頭不信兄見如是便謂弟曰卿貪家事以財爲貴吾好經道以慧爲珍今是捨家歸命福田計命寄世忽若飛塵無常卒至爲罪所纏是故捨世避欲就安弟見兄意志趣道義寂然無報兄則去家作沙門夙夜精進坐禪思惟行合經法成道果證弟聞此言瞋恚更盛弟貪家業未曾爲法其後壽終墮於牛中肥盛甚大賈客買取載鹽販之往還數廻牛遂羸頓不能復前上坂困頓躃卧不起賈人撾打搖頭纔動時兄遊行飛在虛空遥見其弟便謂之曰弟居田宅今爲所在而自投身墮牛畜中即以威神照示

本命即自識知淚出自責由行不善慳貪嫉妬不信佛法輕慢聖衆不信兄語觝突自用故墮牛中疲頓困劣悔當何逮兄知心念愴然哀傷即爲牛主説其本末賈人聞之便以施與即將牛去還至寺中使念三寶飯食隨時其命終盡得生忉利天時衆賈客各自念言我等治生不能施與不識道義死亦恐然便共出家捐其妻子棄所珍玩行作沙門精進不懈皆亦得道由是觀之世間財寶不益於人奉敬三寶修身學道世世獲安

又付法藏經云昔尊者羅漢闍夜多將諸弟子詣德乂尸羅城到其城已慘然不悦小復前行路見一烏欣然微笑弟子白師願説因緣尊者答曰我初至城於城門下見一鬼子飢急語我我母入城爲我求食向與母別來經五百歲飢虛困乏命將不遠尊者入城若見我母道我辛苦願語早來我如入城便見彼母具説子意鬼母答我吾入城來經五百歲未曾能得一人涕唾我既新産氣力羸劣設得少唾諸鬼奪我今值一人遇得少唾欲得出城共子分食門下多有大力鬼神畏不敢出唯願尊者送我出城我即將出令共子食我即問鬼生來幾時鬼答我言吾見此城七反成壞我聞鬼言悲歎生死受苦長遠是以慘然時彼烏者乃往過去九十一劫有佛出世號毗婆尸我於爾時爲長者子欲得出家是時出家必得羅漢父母不聽強爲娉妻既得妻已復求出家父母語我若生一子乃當相放我尋受教後生一男至年六歲我復欲去父母教兒來抱我脚啼哭而言父若捨

我誰見養活先當殺兒然後可去我時見巳起愛染心即語子言吾爲汝故不復出家由彼兒故從是巳來九十一劫流轉五道未曽得見今以道眼觀見彼烏乃是前子愍其愚癡久處生死是以微笑以是因緣若復有人障他出家此人罪報常在惡道受極苦痛無得解脫惡道罪畢若生人中生盲無目是故智者若見有人求出家者應勤方便勸佐令成勿作留難

又出家功德經云昔佛在世時佛與阿難入毗舍離城時到乞食有一王子字鞞羅羨那與諸婇女在高樓上共相娛樂佛聞樂音語阿難言我知此人却後七日必當命終若不出家或墮地獄阿難聞巳即往教化勸其出家王子聞勸於六日中極意受樂至第七日求佛出家一日一夜修持淨戒即便命終生四天王天爲北天王毗沙門子與諸婇女受五欲樂極天之壽滿五百歲後生忉利天爲帝釋子壽天千歲次生炎摩復爲王子壽二千歲後生兜率亦爲王子壽四千歲次生化樂爲天王子壽八千歲化樂壽盡復生第六他化自在爲天王子與諸婇女所受五欲於下最勝盡天壽命萬六千歲如是受樂於六欲天往來七返而無中夭一日出家滿二十劫不墮惡道常生天上受福自然最後人中生富貴家財寶具足壯年巳過臨老猒世出家修道成辟支佛名毗流帝棃廣度天人不可限量以是因緣出家功德無量無邊不可爲喻假使羅漢滿四天下若有一人一百歲中盡心供養四事無乏乃至涅槃各爲起塔

花香瓔珞種種供養所得功德不如有人爲求涅槃一日一夜出家持戒之功德也以斯而言出家之法真可尊貴不得以少財色貪著俗事流浪生死自苦其身頌曰

三山羽化竟無成　五熱殷憂徒自縈
並入樊籠處塵館　何如寂慮出危城
鏡智圓規光且淨　月行馳輪皎復晴
側徑崎嶇爾迴轍　通莊達老豈同征

唄讚部第五 此有三緣

述意緣　引證緣　歎德緣

述意緣第一

夫褒述之志寄在詠歌之文詠歌之文依乎聲響故詠歌巧則褒述之志申聲響妙則詠歌之文暢言詞待聲相資之理也尋西方之有唄猶東國之有讚讚者從文以結章唄者短偈以流頌比其事義名異實同是故經言以微妙之音聲歌詠於佛德斯之謂也昔釋尊入定琴歌震於石室婆提颺唄清響徹於淨居覺世至音固無得而稱矣至于末代修習極有明驗是以陳思精想感漁山之梵唱帛橋誓願通大士之妙音藥練勤行受法韻於幽祇文宣勵誠發夢響於齋室並能寫氣天宮摹聲淨刹抑揚詞契吐納節文斯亦神應之顯徵學者之明範也原夫經音爲懿妙出自然製用可修而妍響非習蓋所以炳發道聲移易俗聽當使清而不弱雄而不猛流而不越凝而不滯趣發祇鷲之風韻結霄漢之氣遠聽則汪洋以峻雅近屬則從容以和肅此其大致也經稱深遠雷音其在茲乎若夫稱講聯齋衆集永久夜緩晚遲香銷燭掩

睡蓋覆其六情嬾結纏其四體於是擇妙響以昇座選勝聲以啓軸宮商唄發動玉震金反折四飛哀悅七衆同迦陵之聲等神鸞之響能使寐寤更開惰情還肅滿堂驚耳列席歡心當爾之時乃知經聲之爲貴矣

引證緣第二

如長阿含經云其有音聲五種清淨乃名梵聲何等爲五一者其音正直二者其音和雅三者其音清徹四者其音深滿五者周遍遠聞具此五者乃名梵音

又梵摩喻經云如來說法聲有八種一最好聲二易了聲三柔軟聲四和調聲五尊慧聲六不誤聲七深妙聲八不女聲言不漏闕無得其短者

又十誦律云爲諸天聞唄心喜故開唄聲也

又毗尼母經云佛告諸比丘聽汝等唄唄者言說之辭雖聽言說未知說何等法佛言從修多羅乃至優婆提舍隨意所說十二部經復有疑心若欲次第說文衆大文多恐生疲猒若略撰集好辭直示現義不知如何以是因緣具白世尊佛即聽諸比丘引經中要言妙辭直顯其義爾時有一比丘去佛不遠立高聲作歌音誦經佛聞不聽用此音誦經有五過患同外道歌音說法一不名自持二不稱衆三諸天不悅四語不正難解五語不巧故義亦難解是名五種過也

又賢愚經云昔佛在世時波斯匿王與兵衆至祇洹邊過聞一比丘唄聲雅好軍衆立聽無有猒足象馬竪耳住不肯行王與軍衆即入寺看見唄比丘形貌矬短醜陋極盛王不

忍看王即問佛今此比丘宿作何業得斯果報佛告王曰乃往過去有佛出世號曰迦葉入涅槃後機里毗王收取舍利欲用起塔有四龍王化作人形來到王所問起塔事爲用寶作爲用土耶王即答言欲令塔大無多寶物今是土作令方五里高二十五里龍白王言我是龍王故來相問若用寶作我當佐助王聞歡喜龍復語王言四城門外有四泉水東門泉水取用作甎變成瑠璃南門泉水取用作甎變成黃金西門泉水取用作甎變成白銀北門泉水取用作甎變成白玉王聞是語倍增歡喜即立四監各典一廂其三監者作工欲成一監懈怠工獨不就王行看見以理訶責其人懷怨而白王言此塔太大當何時成王勑作人晝夜勤作一時都訖塔極高峻衆寶莊嚴極有異觀其監見已歡喜踊躍懺悔前過持一金鈴著塔棖頭發其願言令我所生音聲極好一切衆生莫不樂聞將來有佛號釋迦牟尼使我得見度脫生死緣於往昔嫌塔大故生恒醜陋由持金鈴懸塔棖頭乃願見佛從是已來五百世中極好音聲今復值佛出家修道得阿羅漢果以是因緣一切衆生見他作福不應毀呰後得惡報悔無所及也

歎德緣第三

如菩薩本行經云佛告阿難我念往昔有一如來出現於世號曰弗沙多陀阿伽度阿羅訶三藐三佛陀時彼佛在雜寶窟內我見彼佛心生歡喜合十指掌翹於一脚七日七夜而將此偈讚歎彼佛而說偈言

天上天下無如佛　十方世界亦無比
世間所有我盡見　一切無有如佛者
阿難我以此偈歎彼佛已發如是願乃至彼佛語侍者言是人過於九十四劫當得作佛號釋迦牟尼我於彼時得受記已不捨精進增長功德無量世中作梵釋天轉輪聖王以是善業因緣力故我得四種辯才具足無有一人能與我論降伏我者我得成阿耨菩提乃至轉於無上法輪

又涅槃經云時迦葉菩薩即於佛前以偈讚佛

憐愍世間大醫王　身及智慧俱寂靜
無我法中有眞我　是故敬禮無上尊
發心畢竟二不別　如是二心先心難
自未得度先度他　是故我禮初發心

又發菩提心論論主說偈讚佛云

敬禮無邊佛　去來現在佛　等空不動智
救世大悲尊

吾師天中天兩行偈（出普曜經）云何得長壽兩行偈（出涅槃經）如來妙色身兩行偈（出勝鬘經）處世界如虛空兩行偈（出超日慧明經）

大慈哀愍群生　爲蔭蓋盲冥者
開無目使視瞭　化未聞以道明
處世界如虛空　猶蓮華不著水
心清淨超於彼　稽首禮無上尊

述曰漢地流行好爲刪略所以處衆作唄多爲半偈故毗尼母論云不得作半唄得突吉羅罪然此梵唄詞音未審依如西方出何典誥答但聖開作唄依經讚偈取用無妨然關內關外呉蜀唄詞各隨所好唄讚多種但漢

梵既殊音韻不可互用至於吳朝有康僧會法師本居康國人博學辯才譯出經典又善梵音傳泥洹唄聲製哀雅擅美於世音聲之學咸取則焉又昔晉時有道安法師集製三科上經上講布薩等先賢立制不墜於地天下法則人皆習行又至魏時陳思王曹植字子建魏武帝第四子也幼含珪璋七歲屬文下筆便成初不改定世間術藝無不畢善邯鄲淳見而駭服稱爲天人植每讀佛經輙留連嗟翫以爲至道之宗極也遂制轉讀七聲昇降曲折之響世之諷誦咸憲章焉甞遊漁山忽聞空中梵天之響清雅哀婉其聲動心獨聽良久而侍御皆聞植深感神理彌悟法應乃摹其聲節寫爲梵唄撰文製音傳爲後式梵聲顯世始於此焉其所傳唄凡有六契

又百緣經云昔佛在世時舍衛城中有諸人民各自莊嚴作唱妓樂出城遊戲至城門中遇值佛僧入城乞食諸人見佛歡喜禮拜即作妓樂供養佛僧發願而去佛即微笑語阿難言此諸人等由作妓樂供養佛僧緣此功德於未來世一百劫中不墮惡道天上人中常受快樂過百劫後成辟支佛皆同一號名曰妙聲以是因緣若人作樂供養三寶所得功德無量無邊不可思議故法華經偈云

若使人作樂　擊鼓吹角貝　簫笛琴箜篌

琵琶鐃銅鈸　如是衆妙音　盡持以供養

皆已成佛道

又菩薩處胎經云緊那羅住須彌山北過小鐵圍有大黑山亦在十寶山間無有佛法日月星辰由昔布施之力今居七寶宮殿壽命

甚長此王本人中有大長者與造佛塔此緊那羅施一剎柱成辦寺廟復以淨食施於工匠壽盡作胷臆神在兩山間先在人中爲大長者居財無量有一沙門乞食婦擎飯施之乃大嗔怒云何乞人瞻視我婦當令此人手脚斷壞壽終已後受此醜形八十四劫常無手足諸天醯會皆悉與乹闥婆分番上下天欲奏樂而其腋下汗流便自上天有一緊那羅名頭婁摩琴歌諸法實相以讚世尊時須彌山及諸林樹皆悉震動迦葉在座不能自安五百仙人心生狂醉失其神足

又大樹緊那羅王所問經云爾時大樹緊那羅王以已所彈瑠璃之琴閻浮檀金花葉莊嚴善淨業報之所造作在如來前善自調琴及餘八萬四千妓樂是大樹王當彈此琴鼓衆樂時其音普皆聞此三千大千世界是琴音聲及妙歌聲隱蔽欲界諸天音樂所有諸山藥草叢林悉皆遍動如人極醉前却顛倒須彌㠠峨涌没不定一切凡聖唯除菩薩不退轉者其餘一切聞是琴聲及諸樂音各不自安從座起舞一切聲聞放捨威儀誕貌迄樂如小兒舞戲不能自持爾時天冠菩薩語是聲聞大迦葉等汝諸大德已離煩惱得八解脱云何今者各捨威儀如彼小兒舉身動舞於時大德諸聲聞等答言善男子我於是中不得自在如旋嵐大風吹諸樹木彼無有力能自安持非彼本心之所欲樂爾時天冠菩薩語大迦葉汝今觀是不退菩薩威德勢力誰見如是而當不發無上正真菩提道心琴聲威力皆說法音八千菩薩得無生忍頌

曰

玄亮吐清氣　神響徹幽聾　登臺發春詠
高興避希蹤　乘虛感靈覺　漁山震思童
摹寫天歌梵　冀布法音同　哀婉故不下
飄颻數仞中　比丘歌聲唄　人畜震心鐘
斯由暢玄句　即感應遊空　神朝發筌悟
豁爾自靈通

諸經要集卷第四上

音釋

濮博木切　礔裂礔普擊切裂良傑切　嗤尺之切笑也　顊頭顊匹米切不正頭也　娉匹正切娶問也　崎嶇上渠羈切下豈俱切　墼古歷切未燒磚也　棖直庚切　翹渠堯切舉也　睇大計切小視也　珪璋珪古攜切璋諸良切　邯鄲邯胡安切鄲都寒切　摹莫胡切規倣也　醼於甸切合飲也　番孚袁切次也更也　⿰山頗峨⿰山頗普火切峨五何切並傾側也　筌此緣切

諸經要集卷第四下

唐西明寺沙門道世撰

香燈部第六此有四緣

述意緣　華香緣　然燈緣

懸旛緣

述意緣第一

夫因事悟理必藉相以導真瞻仰聖容賴華香以供奉是以寶華飄颺含綺綵而像紅蓮名香鬱馥若輕雲而似碧霧但日舒則夜卷月生則陰滅燈之破暗猶慧之銷障是以虔躬燈王剋成彌陀之尊致力續明遂受定光之號第照輕緣近獲身色之暉燭施微因遠受天眼之報況乃震此大智開彼勝光者哉是以育王臨終之日總造八萬四千之燈普照八萬四千之塔兼復神旛飄舉冀騰翥於大千珠紫相映吐輝煥於百億慧風時動清昇之業有徵微吹時來輪王之報無盡也

華香緣第二

如佛說華聚陀羅尼經云佛言若復有人於如來滅度之後行於曠路見如來塔廟於一華一燈若一團泥用塗像前以用供養乃至能持一錢施於佛像爲補治故若以一掬水用灑佛塔除去不淨以華香供養舉足一步詣於塔寺一稱南無佛故使此人墮三惡道百千萬劫終無是處

又正法念經云若有衆生持戒香塗佛塔命終生香樂天與諸天女常相娛樂從天命終得受人身生大富家

又採華授決經云時有羅閱國王使十餘人常採好華以給王家後宮貴人一日出城採

華遇佛發心稽首爲禮心自念言寧棄身命以華上佛并散聖衆縱使見害不墮苦痛便以華散佛及聖衆却自皈命一心重禮佛知其念甚慈愍之具爲説法諸採華人皆發道意佛即授決後當得佛號曰妙華時採華夫還歸家中與二親别我今命盡爲王見殺父母愕然問何罪咎具答所由無華貢王必見危命故辭别耳二親聞之益以愁慼發篋視之滿中好華香徹四面父母告曰可以進王時王大嗔不見華來將人反縛罪當棄市宫人見其面色不變王怪問之汝等罪過命在當殺何故不懼即白王曰人生有死物成有敗每以罪法不惜身命朝來採華值佛供上以知違命罪當合死寧以有德而死不以無德而生還視華篋續滿如故皆是如來恩仁所覆王甚怪之心不信然故詣佛所問佛是意佛言實然此人至心欲度十方不惜身命故取衆花以散佛上意無想報以得受決將來成佛號曰妙華王大歡喜解縛悔過自責愚意不及菩薩唯原其罪佛言善哉能自改者與無過同

又百緣經云佛在舍衛國祇樹給孤獨園爾時世尊將諸比丘著衣持鉢將詣乞食至一巷中有一婦女抱一小兒在巷坐地時彼小兒逢見世尊心懷歡喜從母索華母即與華小兒得已持詣佛所散於佛上於虚空中變成華蓋隨佛行住小兒見已甚大歡喜發大誓願以此供養善根功德使我來世得成正覺過度衆生如佛無異爾時世尊見此小兒發是願已佛即微笑從其面門出五色光遶

佛三帀還從頂入爾時阿難前白佛言世尊如來尊重不妄有笑以何因緣今者微笑唯願世尊敷演解說佛告阿難汝今見此小兒以華散我於未來世不墮惡趣天上人中常受快樂過十三阿僧祇成辟支佛號曰華盛廣度衆生不可限量是故笑耳爾時諸比丘聞佛所說歡喜奉行

又百緣經云佛在舍衛國祇樹給孤獨園時彼城中豪富長者皆共聚集詣泉水上作唱妓樂而自娛樂爲波羅㮈國作華會時彼會中遣於一人詣林採波羅㮈華作鬘時採華人送來會所路見世尊相好光明普曜如百千日心懷歡喜前禮佛足以所採華散佛而去還復上樹採華枝折墮死命終生忉利天端正殊妙以波羅㮈華而作宮殿帝釋問曰汝於何處造修福業而來生此以本因緣具報帝釋爾時帝釋以偈讚曰

身如人金色　照耀極鮮明　容顏貌端正

諸天中最勝

爾時天子即說偈答帝釋曰

我蒙佛恩德　散以波羅華　由是善因緣

今得是果報

爾時天子即共帝釋來詣佛所佛爲說法心開意解破二十億邪見業障得須陁洹果心懷欣慶即於佛前說偈讚佛

巍巍大世尊　最上無有比　父母及師長

功德無有及　乾竭四大海　超越白骨山

閉塞三惡道　能開三善門

又雜寶藏經云爾時天女說偈曰

我昔以華鬘　奉迦葉佛塔　今生於天上

獲是勝功德　生在於天中　報得金色身
又薩婆多論云若四方僧地不得作塔爲佛法自爲種植若僧和合者得不和合者不得作之若僧地有種種華應淨人取次第與僧隨意供養不得私取自供養三寶若華多僧取不盡若僧和合聽隨意取之若僧坊內不得起塔作像以近人臭穢不清淨故若重閣舍若經像在下重不得在上住若塔地華不得供養僧法正應供養佛此華亦得賣取錢以供養塔用若屬塔水以供養塔用設用有殘若致功力是塔人者應賣此水以錢屬塔不得餘用用則計錢犯罪若塔內無人設水功力一由僧人殘水多少善好籌量用之
又文殊問經云爾時文殊師利白佛言世尊諸供養餘華用治衆病其法云何佛告文殊華各別呪一百八遍
誦佛華呪曰
南無佛闍寫治莎呵
般若波羅蜜華呪曰
那末柯盧履民旨切般若波羅蜜多啇莎呵
佛足華呪曰
那莫波陀制點躭鹽莎呵
菩提樹華呪曰
南無菩提過力龕嵐莎呵
轉法輪處華呪曰
南無達摩斫柯羅夜莎呵
塔華呪曰
那莫輸跋耶莎呵
菩薩華呪曰
南無菩提薩埵野莎呵

衆僧華呪曰
那莫僧伽野莎呵
佛像華呪曰
那莫波羅底那莎訶
佛告文殊師利用此華者若四衆能信修行應當早起清淨澡浴漱口念佛功德恭敬此華不以足蹈及跨華上如法執取安置淨器若人患寒熱額痛皆以冷水磨華以用塗身若吐痢出血或腹内煩疼以漿飲磨華當服此華飲若口有瘡以暖水磨華含此華汁若天雨不止於空閑處以火燒華令雨即止若天亢旱在空閑處以華置水中復呪冷水更灑華上天即降雨若牛馬等本性不調以華飴之即便調伏若諸果樹華實不茂以冷水牛糞磨取華汁以灌其根不得踐溺華實即多若田中多水苗稼損減擣華爲末以散田中即得滋長若國中疾病以冷水磨華塗蠡鼓等吹擊出聲聞者即愈若敵國怨賊欲來侵損以水磨華在於彼處用灑散之即得退散若於高山有磐石處衆多比丘於石上磨華既竟相與禮拜久後石上自生珍寶（簡要略述）（餘廣依經）
佛告文殊一一誦滿一百八遍此呪章句汝於處處當說如佛華法餘華亦爾
又華嚴經云昔人中有香名大象藏因龍闘生若燒一丸興大光明細雲覆上味如甘露七日七夜降香水雨若著身者身則金色若著衣服宮殿樓閣亦悉金色若有衆生得聞此七日七夜歡喜悅樂滅一切病無有横枉遠離恐怖危害之心專向大慈普念衆生我

知彼已而爲説法令無量衆生得不退轉又牛頭栴檀香從離垢山生若以塗身火不能燒

又百緣經云昔佛在世時迦毗羅衛城中有一長者其家巨富財寶無量不可稱計生一男兒容貌端正世所希有身諸毛孔出栴檀香從其口出優鉢華香父母見已歡喜無量因爲立字名栴檀香年漸長大求佛出家得阿羅漢果比丘見已而白佛言此栴檀香宿植何福生於豪族身口出香又值世尊出家得道佛告比丘乃往過去九十一劫毗婆尸佛入涅槃後時有王名槃頭末帝收其舍利造四寶塔高一由旬而供養之時有長者入佛塔中見地破落和泥塗治以栴檀香坌散其上發願而去緣是功德從是已來九十一劫不墮惡道天上人中身口常香受福快樂乃至今者遭值於我出家得道

又大莊嚴論云佛言我昔曾聞迦葉佛時有一法師爲衆説法於大衆中讃迦葉佛以是緣故命終生天於人天中常受快樂於釋迦文佛般涅槃後百歲阿輸迦王時爲大法師得阿羅漢常有妙香從其口出時彼法師去王不遠爲衆説法口中香氣達於王所王聞香氣心生疑惑作是思惟彼比丘者爲和妙香含於口耶香氣乃爾作是念已語比丘言開口漱口猶有香氣比丘白王何故語我張口漱口時王答言我聞香氣心生疑故使張口及以漱口香氣逾盛唯有此香口比丘餘無有香王語比丘願爲我説比丘微笑即説偈言

天地自在者　今當爲汝說　此非沉水香
復非華葉莖　栴檀等諸香　和合能出是
我生希有心　而作如是言　由昔讃迦葉
便獲如是香　彼佛時已合　與新香無異
晝夜恒有香　未曾有斷絶
又日雲經云香煙不盡放地得越棄罪盡五
百歲墮糞屎地獄何以故由放恣心故
又文殊問經云莊嚴供養具以口吹去灰者
墮優鉢羅地獄傍報作風神王
又要用最經云鼻嗅香者由滅香氣無其福
德正報墮波頭摩地獄未來世鼻根無香味
又日供養經云供養時香不合閉者墮黒糞
屎地獄盡其半劫受罪得無信慧報何以故
由起下氣坌香故右三經雖無目録並感賢聖授之故別標記之云爾
又三千威儀云燒香著佛前有三事一易中
故香二當自出香三當布與人具香鑪有三
事一當先到去故灰拾取中香聚一面二當
拭令淨乃著火還取故香著中三火著時熾
然不得吹令炭滅

然燈緣第三

如菩薩本行經云佛言我昔無數劫來放捨
身命於閻浮提作大國王便持刀授與左右
勑令剜身作千燈處出其身肉深如大錢以
酥油灌中而作千燈安炷已訖語婆羅門言
先說經法然後燒燈而婆羅門爲王說偈言
常者皆盡　高者亦墮　合會有離　生者有死
王聞偈已歡喜踊躍令爲法故以身爲燈不
求世榮亦不求二乘之證持是功德願求無
上正眞之道發是願已即時大千世界六種
震動身然千燈一切諸天帝釋梵王輪王等

皆來慰問身然千燈得無痛耶頗有悔耶王答天帝不以爲痛亦無悔恨若無悔恨何以爲證王便誓言而我千燈用求無上之道審當成佛者諸瘡即愈作是語已身即平復無有瘡瘢帝釋諸天王臣眷屬無量庶民異口同音悉讃歎喜皆行十善如阿闍世王受決經云時阿闍世王請佛食已佛還祇洹王與耆婆議曰佛飯已竟更復何宜耆婆言唯多然燈於是王即勑百斛麻油膏從宮門然至祇洹精舍時有貧窮老母見王作此功德乃更感激行乞得兩錢以至油家買油膏主曰母人大貧窮乞得兩錢何不買食以自連繼用此膏爲母曰我聞佛生難值百劫一遇我幸逢佛而無供養今日見王作大功德雖實貧窮欲然一燈作後世本於是膏主喜其至意與兩錢膏應得二合特益三合凡得五合母則往當佛前然之計此不足半夕乃自誓言若我後世得道如佛膏當通夕光明不消作禮而去王所然燈或滅或盡母所然燈光明特朗殊勝諸燈通夕不滅膏又不盡至明朝旦佛告目連天今已曉可滅諸燈目連承教以次滅燈諸燈皆滅唯母一燈三滅不盡便舉袈裟以扇之燈光益明乃以威神引隨嵐風以吹燈燈更熾盛上照梵天傍照三千世界悉見其光佛告目連止止此當來佛之光明功德非汝威神所滅此母自宿命供養百八十億佛已從前佛受決務以經法未暇修檀故今貧窮無有財寶却後三十劫當得作佛號曰須彌燈光如來至眞等正覺世界無有日月人民身中皆有大光光明相照如

忉利天母聞歡喜作禮而去王問耆婆我作功德巍巍如此佛不與我決此母一燈便與授決耆婆曰王所作雖多心不專一不如此母注心於佛也於是後時闍王以至誠心奉獻油華供養佛故佛便授王決曰却後八萬劫劫名喜觀王當爲佛佛號淨其闍王太子名旃陀和利時年八歲見父受決甚大歡喜即脫身衆寶以散佛上曰願淨其佛所我作金輪王得供養佛佛般泥洹我當承續爲佛佛言必如汝願佛號栴檀

又賢愚經云阿難白佛不審世尊過去世中作何善根致斯無極燈供果報佛告阿難過去二阿僧祇九十一劫此閻浮提有大國王名波塞奇大夫人生一太子身紫金色相好具足後漸長大出家成佛教化人民度者甚多爾時父王請佛及僧三月供養有一比丘字阿棃蜜羅（此言聖友）於三月中作燈檀越日日入城求索酥油燈炷之具時王女名曰牟尼登於高樓見此比丘日行入城經營所須心生敬愍遣人往問何所營理比丘報言我今三月與佛及僧作燈檀越求乞酥油燈炷之具使還報知王女歡喜自今已往莫復行乞我當給汝燈炷之具比丘可之於是已後常送酥油燈炷之具聖友比丘誠心凝著佛授其記汝於來世阿僧祇劫當得作佛名曰定光（餘經名然燈佛）王女牟尼聞聖友比丘授記作佛心自念言佛燈之物悉是我有比丘已記我獨不得作是念已往詣佛所自陳所懷佛復授記告牟尼曰汝於來世二阿僧祇九十一劫當得作佛名釋迦牟尼十號具足王女聞

記歡喜發心化成男子重禮佛足求爲沙門佛便聽之精修不息由昔燈明布施從是已來無數劫中天上人間受福自然身體殊異超絶餘人至今成佛受此燈明之報

又施燈功德經云佛告舍利弗或有人於佛塔廟諸形像前而設供養故奉施燈明乃至以少燈炷或酥油塗然持以奉施其明唯照一道一階舍利弗如此福德非是一切聲聞緣覺所能可知唯佛如來乃能知也求世報者福德尚爾況以清淨深樂心相續無間念佛功德照道一階福德尚爾何況全照一階道也或二三四階道或塔身一級二級乃至多級一面二面乃至四面乃至佛形像舍利弗彼所然燈或時速滅或風吹滅或油盡滅或炷盡滅或俱盡滅如是少時於佛塔廟奉施燈明爲信佛法僧故如是少燈奉施福田所得果報福德之聚唯佛能知少燈尚多不可筭數況我滅後於佛塔寺若自作若教他作或然一燈二燈乃至多燈香華瓔珞寶幢旛蓋及餘種種勝妙供養復次若人於佛塔廟施燈明已臨命終時得三種明何等爲三一者彼人臨命終時先所作福悉皆現前憶念善法而不忘失因此念已心生踊悅二者因此便能起念佛能行布施得欣喜心無有死苦三者因此便得念法之心又舍利弗彼人臨命終時更復得見四種光明何等爲四一者臨終見於日輪圓滿涌出二者見淨月輪圓滿涌出三者見諸天衆一處而坐四者見於如來應正遍知坐菩提樹垂得菩提自見已身尊重如來合十指掌恭敬而住又舍

利弗於佛塔廟施燈明已於臨終時得見如是四種光明死已便生三十三天生彼天已於五種事而得清淨一者得清淨力二者於諸天中得殊勝威德三者常得清淨念慧四者常得聞於攝意之聲五者而得眷屬常護彼意心得欣喜於彼天宮捨壽命已不墮惡道生於人中最上種姓信佛法家其時世間若無佛者亦不在輕賤吉凶邪見家生由施燈已復得四種可樂之法何等爲四一者色力二者資財三者大喜四者智慧若人住於大乘於佛塔廟施燈明已得於八種可樂勝法何等爲八一者獲勝肉眼二者得於勝念無能測量三者得於勝達分天眼四者爲於滿足修集道故得不缺戒五者得智滿足證於涅槃六者先所作善得無難處七者所作善業得值諸佛能爲一切衆生之眼八者以彼善根得轉輪王所得輪寶不爲他障其身端正或爲帝釋得大威力具足千眼或爲梵王善弘梵事得大禪定舍利弗以是迴向菩提善根得是八種所樂勝法又舍利弗若人於如來前見他施燈信心清淨合十指掌起隨喜心以此善根得於八種增上之法何等爲八一者得增上色二者得增上眷屬三者得增上戒四者於人天中得增上生五者得增上信六者得增上辯七者得增上聖道八者得呵耨菩提又告舍利弗有五種法最爲難得一者得人身難二者於佛正法得信樂難三者樂於佛法得出家難四者具清淨戒難五者得漏盡難一切衆生於是五法言爲難得汝等已得此經一卷略要之言

又譬喻經云昔佛在世時諸弟子中德各不同如舍利弗智慧第一大目連神通第一如阿那律天眼第一能見三千大千世界乃至微細無幽不覩阿難見已而白佛言此阿那律宿有何業天眼乃爾佛告阿難乃往過去九十一劫毗婆尸佛入涅槃後此人爾時身作劫賊入佛塔中欲盜塔物時佛塔中佛前然燈其燈欲滅賊則以箭正燈使明見佛威光歡然毛竪即自念言他人尚能捨物求福我云何盜便捨而去緣正燈炷福德因緣從是已來九十一劫恒生善處漸捨諸惡福祐日增今得值我出家修道得阿羅漢於衆人中天眼徹視最爲第一何況有人生心割捨然燈佛前所獲福德難可稱量

又智度論云若人盜佛塔中珠及盜燈明死墮地獄若出爲人世世生盲

又灌頂經云救脱菩薩白佛言若族姓男女其有尪羸著床痛惱無救護者我今當勸請諸衆僧七日七夜齋戒一心受持八禁六時行道至四十九遍讀是經典勸然七層之燈懸五色續命神旛阿難問言續命旛燈法則云何救脱菩薩言神旛五色四十九尺燈亦復爾七層之燈一層七燈燈如車輪若遭厄難閉在牢獄枷鎖著身亦應造立旛燈放諸雜類衆生至四十九可得過度危厄之難不爲諸横惡鬼所持

又超日明三昧經云日天王與無數天人來詣佛所稽首言以何等行得爲日天照四天下復以何緣而爲月天照除夜冥佛言有四事一常喜布施二修身慎行三奉戒不犯四

然燈於佛寺若於父母沙門道人皆值光明又身口意行不殺等十善佛言又有四事得爲月王一布施貧匱二奉持五戒三恭事三尊四冥設燈光於君父師等

又僧祇律云佛言從今日聽然燈時當置火一邊漸次然之當先然照舍利及佛形像先禮拜已當依次然餘處滅時不得卒滅當言諸大德欲滅燈不聽用口吹滅義云爲有食火蟲恐人口氣損蟲所以不聽口吹也聽以手扇滅及衣扇滅當歃折頭燋去入時不得卒入當唱言諸大德燈欲入始得入之若不如是越威儀法也

又三千威儀云然燈有五事一當持淨巾拭中外令淨二當作淨炷三當自作麻油四著膏不得令滿亦不得令少五當護令堅莫懸妨人行道

又五百問事云續佛光明晝不得滅佛無明闇以本無言念齊限故滅有罪

又大唐三藏波頗師云佛前燈無處取燈以物傍取不損光者得

懸旛緣第四

如迦葉語阿難經云昔阿育王自於境内造千二百塔王後病困有一沙門省王病王言前爲千二百塔各織作金縷旛欲手自懸旛散華始得成辦而得重病恐不遂願道人語王乞王好叉手一心道人即現神足應時千二百寺皆在王前王見歡喜便使取金旛金華懸諸刹上塔寺低仰即皆就王手王得本願身復病愈即發大意延壽二十五年故名續命神旛

又普廣經云若四輩男女若臨終時若已過

命於其亡日造作黃旛懸著刹上使獲福德離八難苦得生十方諸佛淨土旛蓋供養隨心所願至成菩提旛隨風轉破碎都盡至成微塵旛一轉時轉輪王位乃至吹塵小王之位其報無量然燈供養照諸幽冥苦痛衆生蒙此光明得互相見緣此福德拔彼衆生悉得休息問曰何故經中爲亡人造作黃旛掛於塚塔上者答曰雖未見經釋然可以義求此五大色中黃色居中用表忠誠盡心修福爲引中陰不之惡趣莫生邊國也又黃色像金鬼神冥道將爲金用故俗中解祠之時剪白紙錢鬼得銀錢用剪黃紙錢鬼得金錢用問曰何以得知答曰冥報記冥祥記具述可知

又譬喻經云有人窖粟數百石時有穀賊盜主人粟盡開窖不見一粒主人唯見一蟲身軀極大捉得拷問汝何以盜我粟盡汝是何神蟲報主人言汝將我至四衢路首有識知我者主人取語將至交首道逢有官騎黃馬著黃衣車乘衣服皆同黃色黃官問蟲云穀賊汝何在此主人方知蟲是穀賊主人又問向乘馬黃衣是誰穀賊言是黃金之精以報主人食粟之直主人因此得金用不可盡良由人鬼趣別感見不同故聖制黃旛爲其亡人掛之塚塔令蒐神尋見得寶救濟冥乏也又百緣經云昔佛在世時迦毗羅衛城中有一長者其家巨富財寶無量不可稱計生一男兒端正殊妙與衆超絕其兒初生於虛空中有一大旛遍覆城上父母見已歡喜無量因爲立字名波多迦年漸長大求佛出家得

阿羅漢三明六通具八解脫比丘見已而便白佛言此波多迦宿植何福生便端正與衆超絕於虛空中有大旛蓋遍覆城上又值世尊出家得道佛告比丘乃往過去九十一劫毗婆尸佛入涅槃後時有王名槃頭末帝收其舍利造四寶塔高一由旬而供養之時有一人於彼塔邊施設大會作一長旛懸著塔上發願而去緣是功德從是已來九十一劫不墮惡道天上人中常有大旛覆蔭其上受福快樂乃至今者遭值於我出家得道

又菩薩本行經云昔佛在世與諸比丘及與阿難從鬱單羅延國遊行村落時天盛熱無有陰涼有放羊人見佛涉熱即起淨心編草作蓋用覆佛上遊隨佛行去羊大遠放蓋擲地還趣羊邊佛便微笑告阿難言此放羊人以恭敬心而以草蓋用覆佛上以此功德十三劫中不墮惡道天上人間生尊貴家快樂無極常有自然七寶之蓋而在其上竟十三劫出家修道成辟支佛名阿耨菩提頌曰

久猒無明樹　方欣柰苑鮮　始入香山路
終逢不壞身　定華發智果　神燈照梵天
霓旛同錦色　芬馥合鑪煙　宛轉騰空飈
倒下似紅蓮　凤夜風吹轉　重疊輪王因
攀仰無猒足　結侶感留瞻　何知色中彩
招福壽延年

諸經要集卷第四下

音釋

愕（五各切驚遽貌）　蠡（落戈切蚌蠡）　坌（蒲悶切塵坋也）　歃（所力切小怖貌）
尫羸（上烏光切弱也下力追切瘦也）　窖（古孝切倉也）　拷（苦老切打問也）

諸經要集卷第五

唐西明寺沙門道世撰

受請部第七（此有八緣）

述意緣　供養緣　簡僞緣

聖僧緣　施食緣　食時緣

食法緣　食訖緣

述意緣第一

夫三寶平等曠若虛空無怨無親事絕貴賤無適無莫乃應檀心故冥懷遣相與空際而爲極任時隨緣共法界而等量因既不窮果亦無盡且俗儉財貧限約而施物既有限心亦局執或計人以選德或約行以簡濁或取相以分別或觀容以驅陋如是約人約財局心難記有涯之福不信無邊之報頗霑故昔有毗舍佉母別請五百羅漢如來譏訶不如僧次請一凡僧得福無量故知心無限極則福遍十方財無多少則心該法界也

供養緣第二

如地持論云菩薩供養如來略說十種一身供養二支提供養三現前供養四不現前供養五自作供養六他作供養七財物供養八勝供養九不染汚供養十至處道供養若菩薩於佛色身而設供養是名身供養若菩薩爲如來故若供養偷婆若窟若舍若故若新是名支提供養若菩薩面見佛身及支提而設供養是名現前供養若菩薩於如來及支提希望心俱歡喜心俱現前供養如一如來三世亦然及現前供養如來支提三世十方無量世界若新若故是名菩薩共現前供養若菩薩於不現前如來及支提及涅槃後以

佛舍利起偷婆若多至億百千萬隨力所能是名廣不現前供養以是因緣唱無量大果常攝梵福於無量大劫不墮惡趣無上菩提衆具滿足若菩薩現前供養得大功德不現前供養得大大功德共現前不現前供養得最大大功德若菩薩於如來及支提手自供養不依懈惰令他作是名菩薩自作供養若菩薩於如來及支提不獨供養普令親屬在家出家悉共供養是名自他共供養若菩薩有少許物以慈悲心施彼貧苦薄福衆生令供養如來及支提令得安樂而不自爲是名他作供養自作供養者得大果報他作供養者得大大果報自作他作供養者得最大大果報若菩薩於如來及支提以衣食雜寶種種供養者是名財物供養若菩薩久來以財物供養若多若少現前不現前自作他作淨信心而作供養以是善根迴向無上菩提是名勝供養若菩薩自手供養如來及支提不輕他人不放逸不懈怠至心恭敬不涂汚心不於信心勝人所現諂曲求財亦不得以諸不淨物等供養是名無染供養若菩薩殊勝不染財物供養如來及支提若自力得若從他求若如意得財若化作身若二若三乃至百千萬億身悉禮如來彼一一身化作百千手彼一一手以種種華香供養如來及支提彼一切身悉讚歎如來眞實功德饒益衆生如是等名爲如意自在力供養不待如來出現於世何以故住不退轉地菩薩於一切佛刹未曾障礙故若菩薩不自力得財亦不從他求而爲供養然於他衆生乃至十方無

量世界上中下心所作供養菩薩於彼一切供養以淨信心勝妙解心周遍隨喜是菩薩以少方便與大供養攝大菩提乃至於一犎牛頂於一切衆生修四無量心等是名至處道供養如來第一最上比前財物供養百倍千倍乃至筭數譬喻不得爲比如是十事名菩薩一切種供養如來法僧亦爾當知於此三寶作十種供養菩薩於如來所起六種淨心謂福田無上心恩德無上心於一切衆生無上心如優曇鉢華難遇心於三千大千世界獨一心於世間出世間法一切具足依義心以此六心少想供養如來法僧獲無量功德何況多也

又瑜伽論云云何菩薩於如來所供養如來當知供養略有十種一設利羅供養二别供養三現前供養四不現前供養五自作供養六教他供養七財敬供養八麤大供養九無染供養十正行供養釋文大同

又優婆塞戒經云佛言善男子在家菩薩若欲受持優婆塞戒先當次第供養六方言東方者即是父母若有人能供養父母衣服飲食卧具湯藥房舍財寶恭敬禮拜讚歎尊重是人則能供養東方父母是父母還以五事報之一至心愛念二終不欺誑三捨財與之四爲娉上族五教以世事南方者即是師長若有人能供養師長衣服飲食卧具湯藥尊重讚歎恭敬禮拜早起晚卧受行善教是人則能供養南方師長是師復以五事報之一速教不令失時二盡教不令不盡三勝已不生嫉妒四將付嚴師善友五臨終捨財與之

西方者即是妻子若有人能供給妻子衣服飲食卧具湯藥瓔珞服飾嚴身之具是人則能供養西方妻子是妻子復以十四事報之一所作盡心營之二常作終不懈惰三所作必令終竟四疾作不令失時五常爲瞻視賓客六淨其房舍卧具七愛敬儀則柔輭八僕使輭言教招九善能守護財物十晨起夜寐十一能護淨舍十二能忍教誨十三能覆惡事十四能瞻疾苦北方者即是知識若有人能供施善友任力與之恭敬柔言禮拜讚歎是人則能供養北方善知識是善知識復以四事而還報之一教修善法二令離惡法三有恐怖時能爲救解四放逸之時能令除捨下方者即是奴婢若有人能供給奴婢衣食病瘦醫藥不罵不打是人則能供給下方奴婢是奴婢復以十事報之一不作罪過二不待教作三作必令竟四疾作不令失時五主雖貧窮終不捨離六早起七守物八少恩多報九至心敬念十善覆惡事上方者即是沙門婆羅門等若有供養上方沙門婆羅門衣服飲食房舍卧具病瘦醫藥怖時能救飢饉世施食聞惡能遮禮拜恭敬尊重讚歎是人則能供養上方沙門等是出家人復以五事報之一能令生信二教修智慧三教令行施四教令持戒五教令多聞若有供養是六方者是人則能增長財命能得受持優婆塞戒

又智度論云諸佛恭敬法故供養於法以法爲師何以故三世諸佛皆以諸法實相爲師

問曰如佛不求福德何故供養答曰佛從無量劫中修諸功德常行諸善不但求報敬功

德故而作供養如佛在世時阿那律長老未得天眼前盲無所見而以手縫衣時針衽脫便言誰愛福德爲我衽針是時佛到其所語比丘言我是愛福德人爲汝衽來是比丘識佛聲疾起著衣禮拜佛足白佛言佛功德巳滿云何言愛福德佛言我雖功德巳滿我深知功德恩報力故令我於一切衆生中得最第一由此功德又爲欲教化弟子故語之言我爲作功德汝云何不作如伎家百歲老公而舞有人訶之言老公年巳百歲何用是舞老公答曰我不須舞但欲教子孫故耳佛亦如是功德滿爲教弟子作功德故而作供養故佛乳母大愛道亡四天王舉床送佛在前擎香鑪燒香供養爲報恩故雖不求果而行等供養唯佛應供養佛餘人不知佛德如說偈言

智人能敬智　智論則智喜　智人能知智
如虵知虵足

又頻毗娑羅王作佛供養經云爾時摩竭國頻毗（此云顏色）娑羅（此云端正）往詣佛所白世尊言我典此國界所有資財能有所辦欲盡形壽供養如來及比丘衆衣被飲食牀敷卧具病瘦醫藥亦當勸率臣民使得蒙度得離三塗永處安隱

又雜寶藏經云佛告諸比丘言有八種人應決定施不須生疑一父二母三佛四弟子五遠來之人六遠去之人七病人八看病人

又智度論云諸菩薩無量無盡功德成就以一食供養十方諸佛及僧皆悉充足而亦不盡譬如涌泉出而不竭如文殊師利以一鉢

歡喜丸供養八萬四千僧皆悉充足而亦不盡復次菩薩於此一鉢食供養十方諸佛而十方佛前飲食之具具足而出譬如鬼神得人一口食而千萬倍出

又文殊師利問經云菩薩爲供養佛法僧及父母兄弟得畜財物爲起寺舍造像爲布施若有此因緣得受金銀財物無有罪過

簡僞緣第三

如賢愚經云若有檀越於十六種具足別請雖獲福報亦未爲多何謂十六比丘比丘尼各有八輩不如漫請四人所得功德福多於彼十六分中未及其一將來末世法欲垂盡正使比丘畜妻挾子四人已上名字衆僧應當敬如舍利弗目揵連等爾時彌勒菩薩問衆僧言若有檀越請一持戒清淨沙門就舍供養所得盈利何如有人得十萬錢時憍陳如尋即說言假使有人得百車珍寶計其福利不如請一淨戒沙門就舍供養得利弘多舍利弗言設令有人得一閻浮提滿中珍寶猶不如請一淨戒者就舍供養獲利彌多目揵連言正使有人得一天下乃至滿四天下珍寶其利猶不如請一清淨沙門詣舍供養得利殊勝

又像法決疑經云若檀越設食並請衆僧遣人防門遮障比丘尼及諸老病貧窮乞人不聽入會徒喪飲食了無善分

又普廣經云四輩弟子若行齋戒心當存想請十方僧不擇善惡持戒毀戒高下之行到諸塔寺請僧之時僧次供養無別異想其福衆多無量無邊若值羅漢四道果人及大心

者緣此功德受福無窮一聞說法可得至道無上涅槃

又十誦律云鹿子母別請五百羅漢佛言無智不善若於僧中依次請一人者得大功德果報利益勝別請五百羅漢一切遠近無不悉聞

又請僧福田經及仁王經種種訶責不許別請若別請者是外道法非七佛法

又梵網經云若有檀越來請衆僧客僧有利養分僧房主應次第差客僧受請而先住僧獨受而不差客僧房主得無量罪畜生無異

非沙門非釋種姓犯輕垢罪

又智度論云如有富貴長者作樂供養衆僧白僧執事我次第請僧於舍食日日須請及至沙彌執事不聽沙彌受請諸沙彌言以何意故不聽沙彌答言以檀越不喜請年少故便說偈言

鬢髮白如雪　齒落皮肉皺　僂步形體羸樂請如是事

諸沙彌等皆是大阿羅漢如打師子頭欻然從座而說偈言

檀越無智人　見形不取德　捨是少年相拾取老瘦黒

上尊耆年之相者如佛說偈云

所謂長老相　不必以年耆　形瘦鬢髮白空老内無德　能捨罪福果　精進行梵行已離一切法　是名爲長老

是諸沙彌復作是念我等不應坐觀檀越量僧好惡即說偈言

讃歎訶罵中　我等心雖一　是人毁佛法

不應不教誨　當疾到其舍　以法教語之
我等不度者　是則爲棄物
即時諸沙彌自變其身皆成老年
鬚髮白如雪　秀眉垂覆眼　皮皺如波浪
其脊曲如弓　兩手負杖行　次第而受請
舉身皆震掉　行止不自安　譬如白楊樹
隨風而動搖　檀越見此輩　歡喜延入座
坐已須臾頃　還復年少形　檀越驚怖言
如是耆老相　還變成少年　如服還年藥
是事何由然
諸沙彌言汝莫生疑平量是事甚可傷愍故
現是化汝當深識之聖衆不可量如說偈曰
譬如以蚊觜　猶可測海底　一切天與人
無能量僧者　僧以功德貴　猶尚不分別
而汝以年歲　稱量諸大德　大小生於智
不在於老少　有智勤精進　雖少而是老
懈怠無智慧　雖老而是少　汝今平量僧
是則爲大失
如欲以一指測知大海底爲智者之所笑汝
不聞佛說四事雖小而不可輕太子雖小當
爲國王是不可輕虵子雖小毒能殺人亦不
可輕小火雖微能燒山野亦不可輕沙彌雖
小得聖神通最不可輕檀越聞是事已見是
神通身驚毛竪合手向諸沙彌言諸聖人等
我今懺悔我是凡夫心常懷罪今欲請問於
佛僧寶中信心清淨何者福勝答言我等初
不見佛僧寶中有增減何以故如佛一時入
舍婆提城乞食有婆羅門姓婆羅埵逝佛數
數到其家乞食心作是念是沙門何以來數
數如負其債佛時說偈言

時雨數數墮　五穀數數成　數數修福業
數數受果報　數數受生法　故受數數死
聖法數數成　誰數數生死
婆羅門聞是偈已大聖具知我心慚愧取鉢
入舍盛滿美食以奉上佛佛不受作是言我
爲說偈故得此食我不食也婆羅門言是食
當與誰佛言我不見天及人能消是食者汝
持安置小草地若無蟲水中即如佛教持食
著無蟲水中水即大沸煙火俱出如投大熱
鐵婆羅門見已驚怖言未曾有也乃至食中
神力如是禮佛懺悔乞出家受戒漸漸斷結
得阿羅漢道後摩訶憍曇彌以金色上下寶
衣奉佛佛勸施僧能消能受故知佛寶僧寶
福無多少故說偈言
若人愛敬佛　亦當愛敬僧　不當有分別
同皆爲寶故
又法句喻經世尊說偈云
人當念有意　無食自知少　從是痛用薄
節消而保壽
又十誦律云時王舍城中有居士名尸利仇
多大富多財是外道弟子此人每疑沙門瞿
曇有一切智不行到佛所白言沙門瞿曇明
日我舍食佛以彼應度故默然受請時居士
到舍門外開作大火坑令火無餤煙以沙覆
上即入舍敷不織坐床又以毒和食心生口
言瞿曇若是一切智人當知此事若非一切
智人當墮此坑及中毒死遣使白佛言飲食
已辦佛語阿難令諸比丘皆不得先佛前行
時佛前行比丘後入尸利仇多舍火坑佛變
作蓮華池滿中淨水既甘而冷佛與僧皆行

華葉上入舍坐不織床變令成織佛告尸利當除心中疑我實是一切智人居士見二神力信心即生尊重於佛义手白佛言此食毒藥不堪佛食佛言但施此食僧不得病佛告阿難僧中宣令未唱等供一不得食是佛呪願婬欲瞋恚愚癡是世界中毒佛有實法除一切毒以是實語故毒皆得消除食即清淨衆僧飽滿竟居士於佛前坐聽法即於坐處得法眼淨佛還已集僧告言從今不得在佛前行及和尚師僧上座前行未唱等供不得食也

又摩德勒伽論云衆僧行食時上座應語一切平等與使唱僧跋然後俱食（此云等供是）

聖僧緣第四

自大覺泥洹法歸衆聖開士應真導揚末教並飛化衆刹隨緣攝誘機殊則同室天隔應合則異境對顏宋泰始之末正勝寺釋法願正喜寺釋法鏡等始圖畫聖僧列坐標擬迄至唐初亟降靈瑞或足跡顯露半現於柱間或植杖遺迹印陷於平地所以梁帝聞而讃悅敬心翹仰家國休感必祈齋供到永明八年帝躬弗愈雖和鵲薦術而茵枕猶滯乃結心發誓皈命聖僧勑於延昌殿内七日祈請供飯諸佛及衆聖賢齋室嚴峻輕塵不動七日將滿方感靈應乃有天香妙氣洞鼻徹心映蔽熏鑪無復芳勢又足影綖跡布滿堂中振錫清越響發牖外覩蹤聞香皆肅然魄聳時有徐光顯等十有餘人咸同見聞登共奏啓於是齋坐既畢而御膳康復所以遍朝皈依明驗神應其後徐光顯等道俗數人設齋

奉請並有徵瑞聖人通感不可備載如昔有樹提伽長者造栴檀鉢著絡囊中懸高象牙杙上作是言若沙門婆羅門不以梯杖能得者即與之諸內外道知欲現神通皆掉頭而去賓頭盧聞是事問目連言實爾不答言實爾汝師子吼中第一便往取之其目連懼佛教不肯取賓頭盧即往其舍入禪定便於座上伸手取鉢依四分律當時坐於方石縱廣極大逐身飛空得鉢已還去佛聞訶云比丘爲外道鉢而於未受戒人前現神通力從令盡形擯汝不得住閻浮提於是賓頭盧如佛教勑往西瞿耶尼教化四衆廣宣佛法閻浮提四部弟子思見賓頭盧白佛佛聽還座現神足故不聽涅槃勑令爲末世四部衆作福田其亦自誓二天下有請悉赴

又阿育王經海意比丘從鑊乘空爲王說偈云

汝身同人身　汝力過人力　應令我知之
爲汝作神力

王發心請四方僧說偈云

有諸阿羅漢　當來攝受我　我請阿羅漢
當悉來此處

故依請賓頭盧經云如天竺優婆塞國王長者若設一切會者常請賓頭盧頗羅墮誓阿羅漢賓頭盧者字也頗羅墮者姓也其人爲樹提長者現神足故佛遏之不聽涅槃勑令末法爲四部衆生作福田請時於靜處燒香禮拜向天竺摩梨山至心稱名言大德賓頭盧頗羅墮誓受佛教勑爲末法人作福田願受我請於此處食爲若新作屋舍亦應請之

願受我請於此舍牀敷上宿若普請衆僧澡浴時亦應請之言受我請於此洗浴及未明前具香湯灰水澡豆楊枝香油調和冷暖如人浴法開戶請入然後閉戶如人浴訖頃衆僧乃入凡欲會食澡浴要一切諸僧至心求解脫不疑不昧信心清淨然後可屈近世有一長者聞說賓頭盧大阿羅漢受佛教勑爲末法人作福田即如法施設大會至心請賓頭盧氍毹下遍敷好華欲以驗之大衆食訖發氍毹華皆萎黃懊惱自責不知過所從來更復精竭審問經師重設大會如前布華亦復皆萎復更傾竭盡家財産復作大會猶亦如前懊惱自責更請百餘法師求請所失懺謝罪過如向上座一人年老四布悔其愆咎上座告之汝三會請我我皆受請汝自使奴門中見遮以我年老衣服弊壞謂是被擯賴提沙門不肯見前我以汝請欲强入汝奴以杖打我頭破額右角瘡是汝自爲之何所懊惱言已不現長者乃知是賓頭盧自爾已來諸人設福皆不敢復遮門若得賓頭盧來其坐處華即不萎黃若新立房舍牀榻欲請賓頭盧時皆當香湯灑地然香油燈新牀新褥褥上舊綿敷之以白練覆上初夜如法請之還閉房戶愼勿輕慢窺看皆各至心信其必來精誠感激無不至也來則褥上現有臥處浴室亦現用湯水處受大會請時或在上座或在中座或在下座現作隨處僧形人求其異終不可得去後見坐處華不萎乃知之矣

述曰今見齋家多不依法但逐人情安置凡人全不憂佛及聖僧座如前經所說施主先

須預掃灑佛堂及安置聖僧坐處洗浴潔身燒上名香懸繒旛蓋散衆新華手執香鑪盡誠敬仰奉請三寶及以聖僧十方法界一切聖凡亦皆普請受弟子請降屈聖儀來臨住宅合家大小並共虔誠預前七日已來發此重心若是貧家無好香華復無安置之處然須臨時斟酌未坐前先上好處安置佛座掃灑如法其次好處安置聖僧坐敷設輭物新白淨者布綿在上若施主心重有感食訖後看似人坐處即知報身來赴若無相現但化身來若全輕慢報化俱不至其座不得綵畫錦綺綾羅金銀雜飾及散華置上雖是羅漢然共凡僧同受二百五十別解脫戒所以不受雜綵金銀等物若是諸佛菩薩大乘之人非拘出家相者所以得受種種供養安聖僧座及以獻食亦不得越過尺六高處安置尺六已下如法僧座即得亦不得作塑形聖僧在座安置儻報身自來豈可推却塑像而坐亦不得在寺將常住僧器盛食恐報身來不可觸僧淨器而食若用鉢盂及俗盤器獻者即通化報最爲如法若有聖僧錢還入聖僧用將買鉢盂匙箸銅椀手巾及將買上好盤器背上書題記之餘人不敢雜用日別隨家常食每旦及午盛食常獻佛及僧豈非好事更有餘錢買取一胡牀及一食簞食訖澡豆淨洗置胡牀上以油帊覆之日別如是表供養三寶心常不絕大得功德若多得錢即如西國寺法及俗人舍空靜上處爲聖僧造房堂隨四時冬夏安物供養若在夏內堂內日別敷好淨席儭身單敷銅盆銅瓶澡豆淨巾

若午前并獻飯食夜中然燈燒香隨心量力如法供養若至冬寒安被厚氈炭火湯水燈明隨時供養縱有餘長聖僧錢財不得將入別僧乃至常住僧用亦不得入佛法用亦不得別作聖僧形數見有人索聖僧錢彩畫佛形及四壁畫聖僧迦葉阿難等形以賓頭盧羅漢聖人現在不入涅槃既不得聖僧囑授進止豈得互用浪將別入若已用者並須倍還不還得罪故四分律云許此處不得異處得罪（如似已物他人不問已身餘人輒將作別用豈可得不）

上來所述並依經律聖意錄之不得不行三寶物重不得互用恐差之毫釐失之千里誠言不虛省已用之故梁武帝時漢國大德英儒共請西域三藏纂集聖僧法用翻出五卷如前所述略亦同之

施食緣第五

如增一阿含經云爾時世尊告諸比丘衆生之類有四種食長養衆生何等爲四所謂段食或大或小更樂食念食識食是爲四食彼云何段食謂今人之中所食諸入口之物可食噉者是謂段食云何更樂食謂衣裳繖蓋雜香華熏火及香油與婦人集聚諸餘身體所更樂者是謂更樂食云何念食謂意中所念所想所思惟者或以口說或以體觸及諸所持之法是謂念食云何識食謂意之所知梵天爲首乃至有想無想天以識爲食是謂識食以此四食流轉生死

又增一經云世尊告阿那律曰一切諸法由食而存眼以眠爲食耳以聲爲食鼻以香爲食舌以味爲食身以細滑爲食意以法爲食

涅槃以無放逸爲食爾時佛告諸比丘如此妙法夫飲食有九事人間有四食一段食二更樂食三念食四識食復有五種是出世間食一禪食二願食三念食四八解脫食五喜食是出世間之食當共專念捨除四種之食求辦出世之食

又正法念經云若有衆生信心悲心以種種食施人命終生質多羅天受種種樂命終得受人身大富饒財常行正法

又正法念經云若有衆生見諸病人施其湯藥令離病苦命終生欲境天受五欲樂從天命終若得人身大富多財若見病人臨終渴命以石蜜漿若冷水施此人命終生清涼天受天快樂從天命終得受人身常離飢渴

又涅槃經云因曠野鬼神爲授不殺戒已以不食肉故氣力虛弱命欲將終佛告鬼言我勑聲聞弟子隨有佛法處悉施汝等食若有住處不能施者是魔眷屬非我弟子眞聲聞也然出衆生食時須有分劑若食他施主食即須依五分律云若與乞兒鳥狗等並應量已分內減施與之不得取分外施比見道俗施主儉約不與妻兒先供養衆僧將爲福田至於齋上僧等不費前食然有衆僧先自飽食已將他殘食施乞兒鳥犬等損他施主又自得罪若減已分內將施與人任意多少不論限約也

又依十二頭陀經云若得食時應作是念見渴乏衆生以一分施之我爲施主彼爲受者施已作是願言令一切衆生與福救之莫墮慳貪持至空靜處減一段著淨石上施諸禽獸亦如上願正欲食時作是念言身中有八萬戶蟲蟲得此食皆悉安隱我今以食施此諸蟲後得道時當以法施汝是爲不捨衆生

又灌佛形像經云佛告大衆世人多有發意求所願者布施之日不計少多趣使充饒事業畢竟殘有餚饍噉食不盡皆當送與守寺中持法沙門衆僧自共分之以出物時當望生福不應各各競分歸與妻子是爲種於石上根株焦盡終無生時今以布施者餘福重以施僧是爲施一得萬倍報

又四分律施僧粥得五種利益一除飢二除渴三消宿食四大小便調適五眼目精明僧祇律施粥得十種利益故偈云

持戒清淨人所奉　恭敬隨時以粥施
十利饒益於行者　色力壽樂辭清辯
宿食風除飢渴消　是名爲藥佛所說
欲生人天長壽樂　今當以粥施衆僧

又食施獲五福報經云佛告諸比丘當知食以節度受而不損佛言人持飯食施人有五功德令人得道智者消息意度弘廓則獲五福何等爲五一曰施命二曰施色三曰施力四曰施安五曰施辯何謂施命人不得食顏色顦顇不可顯示不過七日奄忽壽終是故智者則爲施食其施食者則爲施命其施命者世世長壽生天世間壽命延長不中夭殤自然福報財富無量是爲施命何謂施色人不得食時顏色顦顇不可顯示是故智者則爲施食其施食者則爲施色其施色者世世端正生天世間顏色暐曄人見歡喜稽首作禮是爲施色何謂施力人不得食時身羸意弱所作不能是故智者則爲施食其施食者則爲施力其施力者世世多力生天人間力無等雙出入進止力不耗減是爲施力何謂

施安人不得食時心愁身危坐起不定不能自安是故智者則爲施食其施食者則爲施安其施安者世世安隱生天人間不遇衆殃其所到處常遇賢良財富無量不中夭殤是爲施安何謂施辯人不得食時身羸意弱口不能言是故智者則爲施食其施食者則爲施辯口説流利無所躓礙慧辯通達生人天世間聞者歡喜靡不稽首聽採法言是爲五福食之報也

又增一阿含經云施有五事名爲應時一遠來二遠去三病時四冷熱時五初得果蓏若得新穀先與持戒精進人然後自食又施有三法一送食至寺名上就舍供養名中造食乞施發心供養名下

又付法藏經云昔過去九十一劫毗婆尸佛入涅槃後有一比丘甚患頭痛薄拘羅爾時作一貧人見病比丘即便持一呵梨勒果施病比丘比丘服訖病即除愈緣施果故九十一劫天上人中受福快樂未曾有病最後生一婆羅門家其母早亡父便聘妻拘羅年幼見母作餅從母索之後母嫉妬即捉拘羅擲置鏊上鏊雖燋熱不能燒害父從外來見薄拘羅在熱鏊上即便抱下母於後時釜中煑肉時薄拘羅從母索肉母益瞋恚尋擲釜中亦不燒爛父覓不見即便喚之拘羅聞喚釜中而應父即抱出平復如故母後向河拘羅逐去後母瞋忿而作是言此何鬼魅妖祥之物雖復燒煑不能令死即便捉之擲置河中值一大魚即便吞食以福縁故猶復不死有捕魚師捕得此魚詣市賣之索價既多人無

買者至暮欲臭薄拘羅父見便即隨買持來歸家以刀破腹兒在魚腹高聲唱言願父安庠勿令傷兒父開魚腹抱兒而出年漸長大求出家得阿羅漢果從生至老年百六十未曾有病乃至無有身熱頭痛由施藥故得是長壽五處不死鏊鑠不燋釜煑不爛水溺不死魚吞不消刀割不傷以是因縁智者應當作如是事

又雜譬喻經云昔者舍衛國有一貧家庭中有蒲萄樹上有數穗念施道人時國王先前請食一月是貧家力勢不如王正懸一月乃得一道人便持施之語道人言念欲施來已經一月今乃得願道人語優婆夷已一月中施優婆夷言我但施一穗蒲萄那得一月施耶道人言但一月中念欲捨施則爲一月施也

食時縁第六

問曰何名食時何名過食時荅曰依四分律云謂明相出時始得食粥（明相未出即是非時）乃至日中案此午時爲法即是食時（依僧祇律云過此午時影一髮一瞬草葉等即是非時也）四天下准此皆同故毗羅三昧經世尊爲慧法菩薩說云食有四種平旦天食時午法食時暮畜生食時夜鬼神食時佛斷六趣因令同三世佛故曰午時是法食時也過此已後同於下趣非上食時故曰非時也

十誦律云唯天得過中食無罪又十誦律云有閻浮比丘至西瞿耶尼用閻浮提時瞿耶尼比丘往餘三方亦如是若此間宿則用此間時若在彼宿則用彼間時餘三方亦爾故

摩德勒伽論問頗有非時食不犯耶答曰有若住北鬱單越用彼食時不犯餘方亦爾若在閻浮日正午時北方是夜半東方是日沒西方是日出餘方互轉可知

又薩婆多論云釋時有四一始從日出乃至日中其明轉熾名之爲時從中已後至後夜分其明減沒故名非時二從旦至中是作食是俗人醼會遊戲之時入村乞食多有觸惱時乞不生惱故名爲時從中已後至於夜分故名非時三從旦至中俗人作務婬亂未發乞不生惱故名爲時從中已後事務休息婬戲言笑入村乞食喜被誹謗故名非時四從旦至中是乞食時得食濟身寧心修道事順應法故名爲時從中已後宜依修道非乞食時故名非時

食法緣第七

如大遺教經云比丘欲食時當爲檀越燒香三唄讚揚布施可食美食又從上座教言道士各自出澡手漱口已還各就座而坐各說一偈以隨次起不得踰越

又增一經云若有供者手執香鑪而唱時至佛言香爲佛使故須燒香遍請十方（既知燒香本擬請佛爲凡夫隔目覩不知佛令燒香遍請十方一切凡聖表呈福事騰空普赴正行香作唄時一切道俗依華嚴經各說一偈云）

戒香定香解脫香　光明雲臺遍世界
供養十方無量佛　見聞普熏證寂滅

又三千威儀經云坐受香亦得爲女人行香恐觸手染著故開坐受（若恐譏慢令懸放下亦得男子行香女人受香翻前即是）

述曰若得衣食不簡精麤但得支濟身命令

得修道便合佛意如膏車須油何簡精妙但令運轉得達前所即是佳事故雜寶藏經世尊說偈云

此身猶如車　好惡無所擇　香油及臭脂等同於調利

又智度論云食爲行道不爲益身如養馬養豬無異若初得食時先獻三寶後施四生故華嚴經偈云

若得食時　當願衆生　志在佛道　爲法供養

又優婆塞戒經云若自造作衣服鉢器先奉上佛并令父母師長和尚先一受用然後自服若上佛者以花香贖凡所食噉要先施於沙門梵志然後自食正下食時復須作念初下一匙時願斷一切惡盡下第二匙時願修一切善滿下第三匙時所修善根迴施衆生普共成佛若不能口口作念臨欲食時總作一念亦得故摩德勒伽論云若得食時口口作念若得衣時著著作念入房時入入作念若鈍根者總作一念故華嚴經第六卷菩薩有一百四十願凡所施皆爲誦偈念如此食者非有煩惱非離煩惱理事會通利生物善故增一阿含經云施中上者不過法施業中上者不過法業恩中上者不過法恩若過飽食則氣急身滿百脉不通令心壅塞坐念不安若限分少食則身羸心懸氣慮無固故增一阿含經偈云

多食致患苦　少食氣力衰　處中而食者如稱無高下

薩遮尼乾子經偈云

噉食太過人　身重多懈怠　現在未來世

於身失大利　睡眠自受苦　亦惱於他人
迷悶難覺寤　應時籌量食

又五分律云若月直監食人欲知生熟醎酢得貯掌中舌舐嘗之齊法經不許口嘗者爲無好心貪心嘗故犯罪

述曰所以出家之人欲食之時先以淨手從他受者爲出家高勝不同凡下故須受已而食故薩婆多論比丘受食凡有五意一爲斷竊盜因緣故自取而食亦同盜想二爲作證明故儻有失脫不干比丘三爲止誹謗故出家自取非是高勝四爲成少欲知足故若當不受非同俗素五爲生他信敬心見受而食外道生信如昔有一比丘與外道共行止一樹下樹上有果食時將到外道語比丘言上樹取果比丘言我戒法中樹過人不應上又語比丘言何不搖樹取果比丘言我戒法中不得自搖樹落果外道聞已自上樹取果擲地與之語比丘言取果食比丘言我戒法中不得不受而食外道下樹取果授與比丘外道既見如此於一果上尚有如此法何況出世之法外道遂生信敬心知佛法清淨不同外道於是即隨比丘於佛法中出家修道尋得漏盡

又舍利弗問經云佛言外道梵志尚知受取況我弟子而不受食但一切諸物不得不受唯除生寶及施女人若作法者猶應授與體上之衣若貯金器受則制施

述曰一切僧食並須平等無問凡聖上下均普故僧祇律云若檀越須食多與上座者上座應問一切僧盡得爾許不答止上座得耳應言一切平等與若言盡得者應受僧上座法不得隨下便食待行遍唱等供已然後得食上座之法當徐徐食不得速食竟在前出

去應待行水隨順呪願已然後乃出

又處處經云佛言中後不食有其五福一者少婬二者少卧三者得一心四者無有下風五者身得安隱亦不作病是故沙門知福不食

述曰若於食長貪增加煩惱即須觀猒作不淨之想故智度論云說猒想者應當觀是食從不淨生如肉從精血水道生是爲膿蟲住處如酥乳酪血變所成與爛膿無異厨人汗垢種種不淨若著口中腦有爛涎二道流下與唾和合然後成味其狀如吐從腹門入地持水爛風動火煑如釜熟糜滓濁下沉清者在上譬如釀酒滓濁爲屎清者爲尿咽有三孔風吹膩汁散入百脉與先血和合凝變爲肉從新肉生脂骨髓從是中生身根從新舊肉合生五情根從此五根生五識五識次第生意識分別取相籌量好醜然後生我我所心等諸煩惱及諸罪業復次思惟此食工夫甚重計一鉢之飯作夫流汗集合量之食少汗多此食辛苦如是入口即成不淨宿昔之間變成屎尿本是美味惡不欲見行者自思如此弊食我若貪著當墮三塗如是觀食當猒五欲譬如有一婆羅門修淨潔法有事縁故到不淨國自思我當云何得免不淨唯當乾食可得清淨見一老母賣白髓餅而語之言我有因縁住此百日常作餅送來多與汝價老母日日作餅送之婆羅門貪著飽食歡喜老母作餅初時白淨後轉無色無味即問老母何縁爾耶老母言癰瘡瘥故婆羅門問此何謂耶母言我大家夫人隱處生癰以麵

酥付之癰熟膿出和合酥餅日日如是以此作餅與汝是以餅好今夫人癰瘥我當何處更得婆羅門聞之兩拳打頭椎胷乾嘔我當云何破此淨法我爲了矣棄捨緣事馳還本國行者亦爾著是飲食歡喜樂啖不觀不淨後受苦報悔將何及乎

食訖緣第八

如十誦律云有比丘受他請食默然入默然去諸居士訶責云我等不知食好不好諸比丘白佛佛言從今食時爲施主唄讚呪願不知誰作佛言上座作若上座不能差次第能者應作故僧祇律云上座應知前人爲何等施當爲應時呪願

又波離論云出家僧尼白衣等齋訖不用澡豆末巨摩等用澡口者皆不成齋如過去有比丘字蓮提六十歲持齋戒不闕唯一日食用巨摩豆屑等成齋若不爾者皆不成齋此經無目依出要律儀云巨摩者牛糞是也若依此經豈用牛糞淨口耶舍法師傳記云西方俗人外道等宗事梵天牛等以此二事能生萬物養育人民故將牛糞以淨道場佛隨俗法亦以爲淨然不用淨口耶若依四分律等但護行住坐卧四種威儀食五正食四相不乖便成齋法不論澡豆淨口成齋時節若過威儀若失縱用澡屑亦不成齋

又善見論云齋已吐食未出咽喉還咽無犯若出還咽犯罪

又僧祇律云食已若渴佛令取一切穀豆麥煑不破者非時取汁得飲若酥油蜜及石蜜諸生果汁等要以水淨得飲若器底殘水被

雨湔亦名爲淨

善見論云舍樓伽果漿澄汁使清非時得飲謂藕根也

摩德勒伽論云沙糖漿亦得非時飲

僧祇律云人有四百四病風大百一用油脂治之火大熱病百一用酥治之水大冷病百一用蜜治之雜病百一隨用上三藥治之

十誦律云石蜜非時不得輙噉有五種人得非時食謂遠行人病不得食人食少人若施水處和水得飲

五分律云聽饑渴二時得飲故知無病非時縱是石蜜酥油等亦不得食之

僧祇律云胡椒蓽茇薑訶梨勒等此藥無時食和者聽非時服

又四分律云一切苦辛鹹甘等不任爲食者聽非時盡形作藥服

善見論云一切樹木及果根莖枝葉等不任爲食者並得作盡形藥服

述曰比見諸人非時分中食於時食何者是耶謂邊方道俗等聞律開食果汁漿遂即食乾棗汁或生梨蒲萄石榴不擣汁飲幷子總食雖有擣汁非澄使清取濁濃汁幷滓而食或有聞開食舍樓伽果漿以患熱病遂取生藕根生食或有取清飯漿飲或身無飢渴非時食酥油蜜石蜜等或用杏仁煎作稠湯如此濫者非一不可具述若准十誦律非前遠行等五種之人不得輙食食便破齋見犯者多故別疏記頌曰

令月建清齋　佳辰召無疆　四部依時集
七衆會陞堂　蕭條清梵舉　哀婉動宮商

香氣騰空上　乘風散遐方　歎德研沖邃
詞辯暢玄芳　析煩呈妙句　臨時折婉章
緇素相依託　財法發神光　福田今夕滿
恩惠導存亡

諸經要集卷第五

音釋

犛古候切取牛乳也　衽汝鴆切　皺側救切皮縮也　僂力主切俯也　數數並色角切頻也　迄許訖切至也　亟去吏切數也　擯必刃切斥也　氍毹氍其俱切毹山朱切並毛席也　帊普駕切襆也　繖蘇旱切蓋也　分齊分扶問切齊在詣切俱限量也　躓陟利切跲也　鏊疑到切餅鏊也　釜奉甫切鍑屬　滓壯士切澱也　癰於容切　瘥楚懈切瘳也　湔將先切洒滌也　蓽茇蓽壁吉切茇北末切

諸經要集卷第六上

唐西明寺沙門道世撰

受齋部第八（此有二緣）

述意緣　引證緣

述意緣第一

夫正法所以流布貴在尊經福田所以增長功由齋戒故捨一湌之供福紹餘糧施一錢之資果超天報所以福田可重財累可輕共樹無遮之會等招無限之福也

引證緣第二

又舊雜譬喻經云昔有四姓請佛飯時有一人賁牛湩大姓留止飯教持齋戒受聽經已乃歸婦言我朝相待未飯便强令夫飯壞其齋意雖爾七生天上七生世間師曰一日持齋有六十萬歲餘糧復有五福一曰少病二曰身安隱三曰少婬意四曰少睡卧五曰得生天上常識宿命所行事也又波斯匿王欲賞末利夫人香瓔喚出宫視夫人於齋日著素服而出在六萬夫人中明如日月倍好如常王意悚然而敬問曰有何道德炳然有異夫人白王自念少福禀斯女形情態垢穢日夜命促懼墜三塗是以日日奉佛法齋割愛從道世世蒙福願以香瓔奉施世尊

又中阿含經云爾時鹿子母毗舍佉平旦沐浴著白淨衣將子婦等眷屬往詣佛所稽首作禮白世尊曰我今欲持齋善世尊問曰居士婦今持何等齋耶齋有三種云何爲三一者放牛兒齋二者尼揵齋三者聖八支齋云何名放牛兒齋者若放牛兒朝放澤中晡收還村彼還村時作如是念我今日在此處放

牛明日當在彼處放牛我今日在此處飲牛明日當在彼處飲牛我牛今日在此處宿止明當在彼處宿止如是有人若持齋時作是思惟我今日食如此之食明日當食如彼食也我今日飲如此之飲明日當飲如彼飲也我今日含消如此含消明日當含消如彼含消其人於此晝夜樂著欲過是名放牛見齋若如是持齋不獲大利不得大果無大功德不得廣布云何名尼揵齋耶若出家尼揵者彼勸人曰汝於東方過百由延外有衆生者擁護彼故棄捨刀杖如是南西北方亦爾或脫衣裸形我無父母妻子勸進虛妄言將爲眞諦或執苦行自餓諸邪法等是名尼揵齋也若如是持齋者亦不得大利不得大果無大功德不得廣布云何名爲聖八支齋多聞聖弟子若持齋時作如是思惟阿羅訶眞人盡形壽離殺斷殺棄捨刀杖有慚有愧有慈悲心饒益一切乃至蜫蟲於殺淨心乃至盡形壽離非時食斷非時食一食不夜食樂於時食我以此支於阿羅訶等同無異是故說齋彼住此聖八支齋已於上當復憶念如來無所著等十號出世淨法捨離穢汚惡不善法是名聖八支齋也若族姓女持聖八支齋者身壞命終得生六欲天逺得四沙門果

又菩薩受齋經云具自歸佛自歸法自歸比丘僧其身所行惡口所言惡意所念惡今已除棄其若干日若干夜受菩薩齋自歸菩薩佛告須菩提菩薩齋日有十戒第一菩薩齋日不得著脂粉華香第二菩薩齋日不得歌舞搥鼓妓樂莊飾第三菩薩齋日不得卧高

牀上第四菩薩齋日過中巳後不得復食第五菩薩齋日不得持刀金銀珍寶第六菩薩齋日不得乘車牛馬第七菩薩齋日不得捶兒子奴婢畜生第八菩薩齋日皆持是齋從分檀布施得福菩薩齋日去卧時於佛前乂手言今日一切十方其有持齋戒者行六度者其皆助安無量勸助歡喜福施十方一切人非人等所在勤苦厄難之處皆令得福解脫憂苦出生爲人安隱富樂無極第九菩薩齋日不得飲食盡器中第十菩薩齋日不得與女人相形笑共坐席女人亦爾是爲十戒不得犯不得教人犯亦不得勸勉人犯菩薩解齋法言南無佛南無法南無比丘僧其若干日若干夜持菩薩齋從檀布施當得六波羅蜜如諸菩薩六萬菩薩法齋日夜一分禪一分讀經一分卧是爲菩薩齋日法從正月十四日受十七日解從四月八日受十五日解從七月一日受十六日解從九月十四日受十六日解

述曰既受齋已若欲解齋要待大明相出時始得食粥不爾破齋何名明相如薩婆多論云明相有三種色若日照閻浮提樹即有黑色若照樹葉則有青色若過樹葉則有白色於三色中白色爲正始得解齋食其粥也

又僧祇律云佛住舍衛城南方有邑名大林時有商人驅八頭牛到北方俱多國有一商人共在澤中放牛時有離車捕龍食之捕得一龍女女受菩薩法無有害心然離車穿鼻牽行商人見之即起慈心問離車言汝牽此龍欲作何等答言我欲殺商人言勿殺我與

汝一牛貿取捕者不肯乃至八牛方言此肉多美今爲汝故我當放之時商人恐放龍女去已商人念言此是惡人恐復追逐更遣捕取放别池中隨逐看之龍變爲人語商人言天施我命今欲報恩可共入宫當報天恩商人答言龍性卒暴瞋恚無常或能殺我答言不爾前人繫我我力能殺彼人但已受菩薩法都無殺心何況天今施我壽命而當加害若不去者小住此中我先摒擋即便入去後入宫内見龍門邊二龍繫在一柱商人問言汝爲何事被繫答言此龍女半月中三日受齋法我兄弟守護此龍女爲不堅固爲離車所捕以是被繫唯願天慈語令放我龍女摒擋已即呼入宫坐寶牀上龍女白言龍中有食能盡壽消者有二十年消者有七年消者有閻浮提人食者未知天今欲食何食答言欲須閻浮提食者即持種種飲食與之商人問龍女言此龍何故被繫龍女言此有過我欲殺之商人言汝莫殺之爾要當殺之商人云汝放彼者我當食耳白言不得直爾放之當罰六月擯置人間商人見龍宫中種種寶物莊嚴宫殿商人便問言汝有如是莊嚴用受布薩何爲答言我龍法有五事苦何等爲五爲生時眠時婬時瞋時死時一日之中三過皮肉落地熱沙慱身復問汝欲求何等答言樂人道中生爲畜生中苦不知法故欲就如來出家龍女即與八餅金語言此金足汝父母眷屬終身用之不盡語言汝合眼即以神變持著本國以八餅金持與父母此是龍金截已更生盡壽用之不可盡時思念人慈不可不行

暫救龍女恩報彌重
況持大齋受福何盡

頌曰

禁饕緣芳味　持身唯節儉　一坐肅容儀
五萬豐餘歛　戒香飛且馥　情關閉逾掩
勿言徒辛苦　終然越危嶮

破齋部第九（此有二緣）

述意緣　引證緣

述意緣第一

惟夫無常苦空之本念生老病死之源長夜哀倒懸之苦漂淪慇隨流之急思之困厄亦深可懼也良由福田輕薄信施難消齋戒無固事等坏瓶易毀難持又同霜露我人轉熾著逾膠漆不懼累劫之殃但憂一身之命所以飽食長眠何異肫犬破齋夜食鬼道無殊是故施主失應供之福衆僧損良田之美也

引證緣第二

如舍利弗問經云舍利弗白佛言有諸檀越造僧伽藍厚置資給來世僧有似出家僧非時就典食僧索食而食與者食者得何等罪其本檀越得何等福佛言非時食者是破戒人是犯盜人非時與者亦破戒人亦犯盜人盜檀越物是不與取非施主意施主無福以失物故猶有發心置立之善舍利弗言時受時食食不盡者非時復食或有時受至非時食復得福不佛言時食淨者是即福田是即出家是即僧伽是即天人良友是即天人導師其不淨者猶爲破戒是大劫盜是即餓鬼爲罪窟宅非時索者以時非時輙與是典食者是名退道是名惡魔是名三惡道是名破器是癩病人壞善果故偷乞自活是故諸婆

羅門不非時食外道梵志亦不邪命食況我弟子知法行法而當爾耶凡如此者非我弟子是盜我法利著無法人是名盜食非法之人盜與盜受一團一撮片鹽片酢皆死墮燋腸地獄吞熱鐵丸從地獄出生豬狗中食諸不淨又生惡鳥人怪其聲後生餓鬼還伽藍中處其圊内噉食糞穢並百千萬歲更生人中貧窮下賤人所棄惡不可言說人不信用不如盜一人物其罪尚輕割奪多人其良福田故斷絶出世道故

又揵陀國王經云佛在世時時有國王號名揵陀奉事婆羅門婆羅門居在山中多種果樹時有採樵人毀其果樹婆羅門見之便將詣王所言是人無狀殘敗我果樹王當治殺王敬事婆羅門不敢違之即爲殺之自後未久有牛食人稻其主遂捶折其一角血流備面痛不可忍牛徑到王所白言我實無狀食此人少稻令折我角稻主亦追到王所王曉鳥獸語王語牛言我當爲汝殺之牛即報言今雖殺此人亦不能令我不痛但當約勑後莫取之如我王便感念言我事婆羅門但坐果樹令我殺人不如此牛今事此道復不免生死何用此道便到佛所五體投地爲佛作禮願受五戒十善佛言布施持戒現世得福忍辱精進一心智慧其德無量後生天上王即歡喜得須陀洹阿難白佛言此王與牛本何因緣佛言乃昔拘那含牟尼佛時王與牛爲兄弟作優婆塞共持齋戒一日一夜王守法精進不敢懈怠壽終昇天天上壽盡下爲國王牛時犯齋夜食壽終受其罪罪畢復作

牛五百世尚有宿識故來開悟王意牛後七日壽終上生天上佛言四輩弟子受持齋戒不可犯也

又法句喻經云佛在舍衛國祇樹給孤獨園精舍中爲諸天龍鬼說法東方有國名鬱多羅波提有婆羅門等五百人相率欲詣恒水岸邊有三祠神池沐浴垢穢裸形求仙如尼揵法由大澤迷不得過中道乏糧遥望見一大樹如有神氣想有人居馳趣樹下了無所見婆羅門舉聲大哭飢渴餧厄窮死斯澤樹神現身問諸梵志道士那來今欲何行同聲答曰欲詣神池澡浴望仙今日飢渴幸哀矜濟樹神舉手百味飲食從手流溢給衆飲食皆得飽滿其餘飲食足供道糧臨當别去詣神請問本行何德致此巍巍神答梵志吾本所居在舍衛國時國大臣名須達飯佛衆僧於市市酪無提酪者倩我提之往到精舍使我斟酌訖行澡水儼然聽法一切歡喜稱善無量時我奉齋暮還不飡婦怪問我不審何恨也見長者須達於園供佛請我往齋齋名八關其婦嗔恚忿然言曰瞿曇亂俗奚足採納君毀道則禍從此疊踧迫不已便共俱食時我今夜年壽筭盡終於夜半神來生此爲此愚婦破我齋法不卒其業來生斯澤作此樹神提酪之福手出飲食若終齋法應生天上封受自然即爲梵志而作頌曰

祠祀種禍根　日夜長枝條　唐苦敗身本
法齋度世仙

又百緣經云佛在舍衛國祇樹給孤獨園於其初夜有五百天子賫持香華光明赫奕照

祇洹林來詣佛所禮已却坐佛爲說法得須陀洹果遶佛三帀還詣天官於其晨朝阿難請問諸天來緣佛告阿難乃往過去迦葉佛時有二婆羅門隨從國王來詣佛所禮拜問訊時彼從中有一優婆塞勸二婆羅門共受齋法一求生天二求人王受已俱還諸婆羅門聚會之處諸婆羅門言汝等飢渴可共飲食慇懃數勸不免其意求生天者即便飲食以破齋故不果所願其後命終生於龍中不食者得作國王以其先身共受齋故生彼國王園池水中時守園人日日常送種種果蓏奉上獻王於池水中得一美果色香甚好作是念言我雖出入常爲門監所見前却我持此果當用與之作是念已尋即持與門監得已復作是念我雖出入復爲黄門所見前却當用與之作是念已尋即持與黄門得已復作是念夫人爲我常向國王歎譽我德我持此果當用與之作是念已即便持與夫人得已復上大王王得果已即便食之覺甚香美即問夫人汝今何處得是果來夫人即時如實對曰我從黄門得是果來如是展轉推到園子王即召呼吾園之中有是美果何不見送乃與他人園子於是本末自陳王不聽言而告之曰自今已後常送此果若不送者殺汝園子還歸入其園中號啼涕泣不能自制此果無種何由可得時彼龍王聞是哭聲化作人形來問之言汝今何以啼哭乃爾園子具答所由龍聞是語還入水中取好美果著金盤上持與園子因復告言汝持此果奉上獻王幷說吾意云我及國王昔佛在世本是

親友俱作梵志共受八齋各求所願汝戒完具得作國王吾戒不全生在龍中我今還欲奉修齋法求捨此身願爲語汝王爲我求八關齋文送來與我若其相違吾覆汝國用作大海園子於是納受果盤奉獻王已因復說龍所囑之語王聞是已甚用不樂所以然者當爾之時乃至無有佛法之名況復得有八關齋文若其不獲恐見危害思念此理無由可辦時彼國王有一大臣最可敬重而告之言龍從我索八關齋文仰卿得之大臣答曰今世無法云何可得王復告言汝若不獲吾必殺卿大臣聞已即退至家顏色異常甚用愁惱時臣有父年在耆舊每從外來見子顏色改易異常尋則問言即向父說委曲諸理父答子言吾家前柱我見有光汝爲就伐試取破看之得經二卷一是十二因緣二是八關齋文大臣得已甚用歡喜著金盤上奉獻與王王得之喜不能自勝送與龍王龍王得已甚用歡喜賷持珍寶贈遺與王各還所止共五百龍子勤加奉修八關齋法其後命終生忉利天來供養我是彼光耳佛告阿難欲知彼時五百龍子奉修齋法者今五百天子是佛說是緣時有得四沙門果者有發無上菩提心者聞佛所說歡喜奉行頌曰

虧功九仞罷崇山　頓駕千里倦長路
改塗悔善因芳音　易情染惡良妖嫗
五福精修既不成　八關守戒誰能護
攸攸極夜爾何期　淼淼愛流安可度

富貴部第十二（此有二緣）

述意緣　引證緣

述意縁第一

夫行善感樂如影隨形作惡招苦猶聲發響故富同朱頓貴若蕭曹錦繡爲衣金銀作屋雲起龍吹之前風生鳳管之上趍鏘廣殿容與長廊曳珠履於丹墀珥金蟬於青瑣食則珍羞滿席海陸盈前鼎味星羅芬馨雲布坐則高堂雅室玉砌珠簾絲竹管絃淒清飄颻卧則蘭燈炳燿繡幌垂陰錦被既敷氍毹且拂行則駟馬電飛輦輿雷動千乘萬騎隱隱闐闐略述福因善報如是由昔行檀受斯勝利也

引證縁第二

如賢愚經云昔佛在世時舍衛國有一長者豪貴巨富生一男兒面貌端正世所希有父母歡喜因爲立字名檀彌離年漸長大其父命終波斯匿王即以父爵而以封之受王封已其家舍宅變成七寶諸庫藏中悉皆盈滿種種寶物時王太子字毗瑠璃遇得熱病諸醫處藥啓王云須牛頭栴檀用塗其身當得除愈王即募覓若有得者一兩之直賞金千兩無持來者有人白王檀彌離家舍內大有時王聞已躬自往求到檀彌離長者門前見其外門純是白銀即遣門人入通消息時守門人入白長者波斯匿王今在門外長者聞已即出奉迎請王入門內見有一女面首端正世間無比坐白銀床紡白銀縷小女十人侍從左右時王問言是卿婦耶長者答言是守門婢其小女者通白消息次入中門純紺瑠璃門內有女坐瑠璃床面首端正倍勝於前左右侍從復倍前數次入內門純以黃金

門内一女面首端正復倍勝前坐黃金牀紡黃金縷左右侍從復倍上數王復問言是卿婦耶長者答言是守門婢入到舍内見瑠璃地屋間刻鏤種種百獸風吹動之形現地上王見謂水怖不敢前語長者言餘更無地殿前作海彌離白王是瑠璃地非是水也即脫手上七寶環釧擲著于地礙壁乃住王知地已即共入内昇七寶殿婦在殿上坐瑠璃牀更有寶牀請王令坐時婦見王眼中淚出王問之言何故不喜眼中淚出婦答大王但於今者聞王身上煙氣是以淚出王即問言家不然火耶答言不也王復問言用何作食婦答王言須食之時百味自至王復問言不須明耶婦答王言用摩尼珠而以照之遍室大明時檀彌離跪白王曰大王何故勞屈尊神到此波斯匿王具以事答長者聞已即將王入遍示諸藏七寶盈滿牛頭香積不可稱計王須任取王取二兩遣人先送王敬語之令有佛出卿聞不耶彌離答言云何名佛王即爲說彌離歡喜即往佛所佛爲說法得須陀洹果尋即出家得阿羅漢三明六通具八解脫阿難見已而白佛言此檀彌離宿植何業生於人中受天福報又值世尊出家得道佛告阿難乃往過去九十一劫有佛出世號毗婆尸入涅槃後於像法中有五比丘共立要契在一林中精勤修道語一比丘此去城遠乞食勞苦汝當爲福一夏乞食供養我等其一比丘即便入城勸諸檀越日爲送食四人身安專精行道得阿羅漢即語此人緣汝之故我等安隱所作已辦汝願何等其人聞已

歡喜發願使我來世天上人中富貴自然值佛獲道緣是功德從是已來九十一刧不墮惡道天上人中常處豪貴所須自然今值我故出家得道

又賢愚經云昔佛在世時舍衛國中有一長者其家巨富財寶無量不可稱計生一男兒身體金色端正少雙父母見已歡喜無量因爲立字名曰金天其生之日家中自然出一井水縱廣八尺深亦八尺汲用能稱人意須衣出衣須食出食金銀珍寶一切所須作願取之如意即得兒年長大才藝博通其父念言我兒端正容貌絶倫要覓名女金容妙體類我兒者當往求之時閻婆國有大長者而生一女字金光明端正非凡身體金色晃煜照人初生之日亦有自然八尺井水其井亦能出種種寶衣服飲食一切所須稱適人情其父母自念言我女端正人中英妙要得賢士金色光暉類我女者乃共爲婚其女名稱遠徹金天遂娶爲婦後時金天請佛及僧飯食供養飯食訖已佛爲說法金天夫婦及其父母悉皆獲得須陀洹果金天夫婦俱白父母求索出家父母即聽既出家已夫婦並得阿羅漢果一切功德皆悉具足阿難見已而白佛言金天夫婦宿植何福生豪族家身體金色復有自然八尺井水出種種物佛告阿難乃往過去九十一劫毗婆尸佛入涅槃後有諸比丘遊行教化到一村中村人見僧競共供養時有夫婦二人極貧窮家無升斗其夫見他供養衆僧向婦啼哭懊惱淚墮婦臂上婦即問夫何故啼哭夫答婦言我父在積

財滿藏富溢難量至我身上貧窮困極本日雖有而不布施今日值僧貧無可施前身不施今致此貧今又不施未來轉劇吾思惟此是以懊惱婦語夫言雖有空意無錢可施知當如何婦又語夫試至故舍遍推覓之儻或得之夫遂往覓得一金錢持至婦所其婦爾時有一明鏡復得一瓶盛滿淨水安錢瓶中以鏡著上夫婦同心持布施僧發願而去緣是功德從是已來九十一劫不墮惡道天上人中恒爲夫婦身體金色受福快樂今值我故出家得道

又出曜經云昔佛在世時迦毗羅衛國中有目連同產弟大富饒財七寶具足庫藏盈溢奴婢僕從不可稱計時目揵連數往弟家而告弟曰聞卿慳嫉不好布施佛常說施獲報無數卿今施者得福無量弟聞兄教開藏布施更立新藏欲受其報未經旬日財寶竭盡故藏悉空新藏無報其弟懊惱向兄說曰前見兄勑施獲大報不敢違教諸來求乞竭藏施盡故藏悉空新藏無報將無爲兄所疑誤耶兄曰止止莫陳此語勿使外道邪見之人聞此麤言若使福德當有形者虛空境界所不能容吾今權示汝微報即以神力手接其弟至第六天見有宮殿七寶合成香風浴池庫藏盈溢不可稱計玉女營從數千萬衆純女無男即問兄曰是何宮殿巍巍乃爾目連告弟汝自往問弟即自往問天女曰是何宮殿七寶合成巍巍堂堂懸處虛空誰有福德於中受報天女報曰閻浮提內迦毗羅國中釋迦文佛神足弟子名曰目連彼有賢弟大

富長者由好布施後生此處而與我等作其夫主弟聞歡喜善心生馬還至兄所具白其情目連告曰夫人布施爲有報耶爲無報耶弟懷慚愧向兄懺悔後至家中轉更修福命終之後即生天上受斯福報

又樹提伽經云佛在世時有一大富長者名爲樹提伽倉庫盈溢金銀具足奴婢成行無所可欲有一白氎手巾掛著池邊爲天風起吹王殿前王即大會群臣共坐參論羅列卜問怪其所以諸臣皆言國將示與天賜白氎樹提默然王語樹提諸臣皆慶卿何無言樹提答王不敢欺王是臣家拭體白氎掛著池邊爲天風起吹王殿前故默不言却後數日有一九色金華大如車輪墮王殿前王復會臣問答如前樹提答王言臣不敢欺王是臣之家後園之中萎落之華爲天風起吹王殿前故默無言王語樹提卿家能爾卿須還歸任作調度吾領二十萬衆往到卿家看去樹提答言願王相隨不須預去是臣之家自然牀席不須人鋪自然飲食不須人作自然擎來不須呼喚自然擎去不須返顧王即將領二十萬衆到樹提伽南門而入有一童子端正可愛王語樹提是卿兒不答言是臣守閤之奴小復前行至閤門内有一童女顏色端正皮色瑶悅甚復可愛王語樹提是卿女耶婦耶答言是臣守閤之婢小復前行至其堂前白銀爲壁水精爲地王見爲水疑不得前樹提導前王將上堂坐金牀踞玉几樹提伽婦坐百二十重金銀闈帳裏披帳而出爲王設拜眼中淚出王語樹提卿婦拜我何故淚

出臣不敢欺王聞王煙氣眼中涙出王語燕民然脂諸侯然蜜天子然漆漆亦無煙何得涙出樹提答王臣家有一明月神珠掛著堂殿晝夜無異不須火光樹提堂前有一十二重高樓將王上看四面觀視恍忽經月大臣白王國計事大王可還歸王謂須臾小復可忍復遊園池不覺經月問答同前樹提出七寶紇縑綾羅繒綵二十萬衆人馬俱重一時還國王語群臣其樹提伽是我之民女婦宅舍過殊於我我欲伐之可取以不諸臣皆言可取王將四十萬衆椎鍾鳴鼓圍樹提宅數百餘重樹提伽宅南門中有一人力士手捉金杖一擬四十萬衆人馬俱倒手脚繚戾腰髖娿婆狀似醉容頭腦頗頷不復得起於是樹提秉雲母之車來問諸人來時何害卧地不起大王遣來欲伐長者長者力士手捉金杖一擬四十萬衆人馬俱倒不復得起樹提問言欲得起不諸人皆言欲得起樹提一放神力令四十萬衆人馬俱起一時還國王即時便喚樹提伽同車而載往詣佛所白世尊樹提先身作何功德得是果報佛言善聽先有五百同縁在於山阻道逢一病道人賜其菴室米粮燈燭爾時廣乞多願天自供養從空來下變身十八放大光明蕩照天下又願作佛破散鐵圍鑊湯生華地獄出栴檀餓鬼作沙門羅刹坐誦經五百商人賫其重寶由供病僧廣乞天供令得斯報于時施者樹提伽是病僧者我身是也五百商人者皆得阿羅漢道

又百縁經云佛在世時舍衛城中有一長者

財寶無量不可稱計其婦生一男兒端正殊妙世所希有當生之日天降大雨父母歡喜舉國聞知相師占善因爲立字名耶奢蜜多不飲乳餔其牙齒間自然八功德水用自充足年漸長大見佛出家得阿羅漢果諸天世人所見敬仰時諸比丘見是事已請佛爲說宿福因緣爾時世尊告諸比丘此賢劫中有佛出世號曰迦葉於彼法中有一長者年極老耄出家入道不能精勤又復重病良醫占之教當服酥病乃可瘥尋用醫教取酥服之於其夜中藥發熱渴馳走求水水器皆空復趣泉河並皆枯竭如是處處求水不得深自悔責於彼河岸脫衣繫樹捨之還來至其明旦以狀白師師聞是語即答之言汝遭此苦狀似餓鬼汝今可即取我瓶中水至僧中行即受教取瓶水水盡涸竭心懷憂怖謂其命終必墮餓鬼尋詣佛所具陳上事而白世尊幸爲見示佛告比丘汝今當於衆僧之中行好淨水可得脫此餓鬼之身聞已歡喜即便僧中常行淨水經二萬歲即便命終在所生處其牙齒間常有清淨八功德水自然充足不飲乳餔乃至今者遭值於我出家得道比丘聞已歡喜奉行

又阿育王經云昔佛在世時與諸比丘及與阿難前後圍繞入王舍城而行乞食至於巷中見二小兒一名德勝二名無勝弄土而戲擁土作城舍宅倉儲以土爲麨著於倉中此二小兒見佛相好金色光明遍照城內德勝歡喜掬倉中土名爲麨者奉上世尊而發願言使我將來蓋於天地廣設供養緣是善根

發願功德佛般涅槃一百歲後作轉輪王王閻浮提住華氏城正法治世號阿恕伽王分佛舍利而作八萬四千寶塔其王信心常請衆僧宮中供養時王宮中有一婢使最貧下賤見王作福自剋責言王先身時布施如來一掬土故今得富貴今日重作將來轉勝我先身罪今日斯下又復貧窮無可修福將來轉賤何有出期思已啼哭衆僧食訖此婢掃地糞掃中得一銅錢以此一錢即施衆僧心生歡喜其後不久得病命終生阿育王夫人腹中滿足十月產生一女端正殊妙世之少雙其女右手恒常急拳年滿五歲夫人白王所生女子手常拳王即喚來抱著膝上王爲摩手手即尋開當於掌中有一金錢隨取隨生而無窮盡須臾之間金錢滿藏王怪所以即將往問夜奢羅漢上座此女先身作何福德於手掌中有此金錢取已無窮上座答言此女先身是王宮人於糞掃中得一銅錢布施衆僧以此善根得生王家以爲王女緣昔一錢布施衆僧善根因緣恒常手中把一大金錢取無窮盡

又雜寶藏經云昔耆闍崛山中多有僧住諸方人聞送供者衆有一貧窮乞索女人見諸長者送供詣山作是念言此必作會我當往乞便向山中見諸長者以種種食供養衆僧自思惟言彼諸人等先世修福今日富貴今復重作未來轉勝先我不修今世窮苦今若不作未來轉劇思已啼哭先於糞中拾得兩錢恒常保惜已後乞索不得之時當用買食我今持以布施衆僧分一二日不得食意伺

僧食訖即便布施維那僧前欲爲呪願上座不聽自爲呪願復留食施諸人既見上座乞食諸人亦與女大歡喜云我得果報將食出外到一樹下食訖而卧施福所感黃雲覆之時值國王最大夫人亡來七日王遣人訪誰有福德應爲夫人使與相師至彼樹下見此女人相師占之此女福德堪爲夫人即以香湯沐浴清淨與彼夫人衣服令著大小相稱千乘萬騎將至王所王見歡喜心甚敬重後時自念我今所以得是福報緣以兩錢施僧故爾當知彼僧便爲於我有大重恩即白王言我先厮賤王見濟拔得爲人次願聽往彼僧所報恩王言隨意夫人即便車載飲食及以珍寶詣寺布施上座即遣維那呪願不自呪願夫人念言前施兩錢見爲呪願今載珍寶不爲呪願年少比丘亦嫌此事上座爾時語夫人言心念嫌我兩錢施時爲我呪願今載珍寶不爲呪願我佛法中唯貴善心不貴珍寶夫人先施兩錢之時善心極勝今施珍寶吾我貢高是以我今不爲呪願諸年少等亦莫嫌我年少比丘聞已慚愧悉皆獲得須陀洹果夫人聽法慚愧亦得須陀洹果

又雜寶藏經云昔拘留沙國有惡生王詣園堂上見一金猫從東北角入西南角出時王見已即遣人掘得一銅盆受三斛滿中金錢漸漸深掘復得一盆如是次第得三重盆各受三斛悉滿金錢轉復傍掘經於五里步步之中盡得銅盆皆滿金錢王雖得錢怖不敢用怪其所以即詣尊者迦旃延所説其因緣尊者答王此王宿因所獲福報但用無苦王

即請問往昔因緣尊者答言乃往過去九十一劫毗婆尸佛入般涅槃後遺法之中有諸比丘四衢道頭施座置鉢在上教化而作是言誰有人能舉財著此堅牢藏中若入此藏王賊水火所不能奪時有貧人先因賣薪得錢三文見僧教化歡喜布施即以此錢重著鉢中發願而去去家五里步步歡喜到門欲入復遥向僧至心頂禮發願而入時貧人者今王身是緣昔三錢歡喜施僧世世尊貴常得如是三重銅盆滿中金錢緣五里中步步歡喜恒於五里有此金錢以是因緣若布施時應當至心歡喜施與勿生悔心頌曰

韞石諒非真　飾瓶信為假　寵服高門上
濫吹緇軒下　鳳祀結驚心　騶文終好野
真相豈式昭　浮榮未能捨　迹殊冠冕客
事襲驅馳者　已矣歌鄭聲　天然亂周雅
富貴空爭名　寵辱虚相罵　須臾風火燭
幻泡何足把

諸經要集卷第六上

音釋

湩（靚勇切乳汁也）妓（渠几切倡優也）摒擋（摒甲政切擋丁浪切除棄也）饕（吐刀切貪也）坏（普杯切器未燒者）膠（居肴切黏膏也）裸（朗果切赤體也）餒（奴罪切飢也）倩（七政切借使人也）踧（子六切）嫗（衣遇切老嫗也）淼（音渺大水貌）羺（奴侯切胡羊也）闐（亭年切衆盛貌）髖（苦官切股間也）娿（於可切娿娜弱態也）麨（尺沼切乾粮也）騶（側鳩切仁獸也）

諸經要集卷第六下

唐西明寺沙門道世撰

貧賤部第十一（此有五緣）

述意緣　引證緣　須達緣

貧兒緣　貧女緣

述意緣第一

夫貧富貴賤並因往業得失有無皆由昔行故經言欲知過去因當觀現在果欲知未來果當觀現在因所以原憲之家黔婁之室繩樞甕牖無掩風塵席戶蓬扉不遮霜露或舒稻藁以爲薦或裁荷葉以充衣斂肘即兩袖皆穿納屨則雙襟同鈌口腹乃資於安邑宿止則寄於靈臺頭戴十年之冠身披百結之縷鄉里既無田宅洛陽又闕主人浪宕隨時嶔岏度日雖慚靈輙而有翳桑之弊乃愧伯夷便致首陽之苦衆裳頓乏豈見陽春升斗並無何以卒歲所以如此者皆由曩日不行惠施常藴慳貪致令果報一朝頓盡是故行者宜當布施也

引證緣第二

如燈指經云當知貧窮比於地獄失所依憑栖寄無處憂心火熾愁顇燋然華色既衰容轉障礙身體尫羸飢渴消削眼目䁍陷諸節骨立薄皮纏裹筋脉露現頭髮蓬亂手足銳細其色艾白舉體皴裂又無衣裳至糞穢中拾掇麤弊連綴相著纔遮人形赤露四體倚臥糞堆復無席薦諸親舊等見而不識歷巷乞食猶如餓烏至知友邊欲從乞食守門之人遮而不聽伺便輙入復爲排辱舍主既出欲加鞭打俯僂曲躬再拜謝罪舍主輕懱聊

不迴顧設得入舍輕賤之故既不與語又不敷座與少飯食撩擲盂器不使充飽設值大會望乞殘食以輕賤故不喚令坐反被驅走貧窮之人譬如林樹無華衆蜂遠離被霜之草葉自焦卷枯涸之池鴻鴈不遊被燒之林麞鹿不趣田苗刈盡無人捃拾今日貧困説往富樂但謂虚談誰肯信之由我貧窮所向無路譬如曠野爲火所焚人不喜樂如枯樹無蔭無依投者如苗被霜捐棄不收如毒蛇害人皆遠離如雜毒食無有甞者如空塚間無人趣向如惡廁圂臭穢盈集如魁膾者人所惡賤雖説好語他以爲非若造善業他以爲鄙所爲機捷復嫌輕躁若復舒緩又言重直設復讃歎人謂諂譽若不加譽復生誹謗言此貧人常無好語若復教授復言詐僞若廣言説人謂多舌若默無言人謂藏情若正直説復云麤獷若求人意復言諂曲若數親附復言幻惑若不親附復言驕誕若順他所説復言詐取他意若不隨順復言自專若屈意承望罵言寒賤若不屈意言是貧人猶故恃我若小自寛放言其愚癡無有拘忌若自攝檢言其空廉詐自端確若復歡逸言其譸縱狀似狂人若復憂慘言其含毒初無歡心若聞他語有所不盡爲其判釋言其命趣以愚代智耐羞之甚若復默然復言頑嚚不識道理若小戲論言不信罪福若有所索言其茍得不知廉耻若無所索言今雖不求後望大得若言引經書復云詐作聰明若言語樸素復嫌踈鈍若公論事實復言强説若私屏正語復言譏佞若著新衣復言假借嚴飾若

著弊衣復言儜劣寒悴若多飽食復言飢餓饕餮若小飲食復言腹中實餓詐作清廉若說經論言顯已所知彰我闇短若不說經論言愚癡無識可使放牛若自道昔日事業言誇誕自譽若自杜默言門貧淺薄諸貧窮者行來進止言說俯仰盡是僁過富貴之人作諸非法都無過患舉措施爲斯皆得所貧窮之人如起死屍鬼一切怖畏如遇死病難可療治曠野險處絕無水草如墮大海沒溺洪流如人捺咽不得出氣如眼上瞖不知所至如厚垢穢難可洗去亦如怨家雖同衣食不捨惡心如夏曝井人入即斷氣如入深泥滯不可出如山瀑水駃流吹漂樹木摧折貧亦如是多諸艱難夫富貴者有好威德姿貌從容意度寬廣禮義兢興能生智勇增長家業眷屬和讓善名遠聞以此觀之一切世人富貴榮華不足貪著於諸人天尊貴不應逸樂當知貧窮是大苦聚欲斷貧窮不應慳貪是以經中言貧窮者甚爲大苦

須達緣第三

如雜寶藏經云昔佛在世時須達長者最後貧苦財物都盡客作傭力得米四升炊作飯食值阿那律來從乞食婦即取鉢盛滿飯與後須菩提迦葉目連舍利弗等次第來乞悉施滿鉢末後佛來亦與滿鉢須達在外行還到家從婦索食婦即語言其若尊者阿那律來汝當自食爲施尊者不須達答言寧自不食當施尊者婦又語言若復迦葉大目連及須菩提舍利弗等乃至佛來汝當云何亦答婦言寧自不食盡當施與婦即語夫言朝來

諸聖盡來索食所有飲食盡施與之夫聞歡喜而語婦言我等罪盡福德應生即開庫藏穀帛飲食悉皆充滿用盡復生果報云云不可說盡

又雜譬喻經云昔長者須達七貧後貧最劇乃無一錢後糞壤中得一木升其實是栴檀出市賣之得米四升語婦併炊一升吾當索菜茹還時共食佛念曰當度須達令福更生炊米方熟舍利目連迦葉佛來四升米次第炊盡將去後富更請佛僧供養盡空佛為說法得道

又菩薩本行經云初時須達長者家貧燋煎蒙佛說法身心清淨得阿那含道唯有五金錢一日持一錢施佛一錢施法一錢施僧一錢自食一錢作本日日如是常有一錢終無有盡即受五戒欲心已斷婦女各各隨其所樂有一婦人炒穀作麨失火廣燒人畜波斯匿王勑臣作限自今已去夜不得然火及於燈燭其有犯者罰金千兩爾時須達得道在家晝夜坐禪入定夜半鷄鳴然燈坐禪伺捕得之捉燈白王當輸罰負須達白王今我貧窮無百錢產當用何輸王瞋勑使閉著獄中即將須達付獄執守四天王見初夜四天王來下語須達言我與汝錢用輸王罰可得來出為四天王說經便去到中夜天帝復來見之須達為說法竟帝釋便去次到後夜梵天復下見為說法梵天復去時王夜於觀上見獄上火光時王明日即便遣人往語須達坐火被閉而無慚羞續復然火須達答言我不然火若然火者當有煙灰復語須達初夜有

四火中夜有一火倍大前火後夜復有一火隨倍於前言不然火爲是何等須達答言此非是火初夜四天王來見我中夜天帝來見我後夜梵天來見我是天神上光明之燄非是火也使聞其語即往白王王聞如是心驚毛竪王言此人福德殊特乃爾今我云何而毀辱之即勑使言從放出去勿使稽遲便放令去須達得出往至佛所禮佛聽法波斯匿王即便嚴駕尋至佛所人民見王皆悉避起唯有須達心存法味見王不起王心微恨此是我民懷於輕慢見我不起遂懷愠心佛知其意止不說法王白佛言願說經法佛告王言今非是時云何非是人起瞋恚忿結不解貪婬女色自大無敬其心垢濁聞於妙法而不能解以是之故今非是時爲王說法王聞佛語意自念言坐此人故令我今日有二折減又起瞋恚不得聞法爲佛作禮而去出到於外勑語左右此人若出直斫取頭作是語已應時四面虎狼師子毒害之獸悉來圍遶於王王見恐怖還至佛所佛問大王何以來還王白佛言見怖來還佛告王曰識此人不王曰不識佛言此人已得阿那含道王起惡意向此人故是故使爾若不還者王必當危不得全濟王聞佛語即大恐怖即向須達懺悔作禮羊皮四布於須達前王言此是我民而向屈辱實爲甚難須達復言而我貧窮行於布施亦復甚難尸羅師質爲國平正爲賊所捉臨命不犯妄語賊便放之實爲甚難復有天名曰尸迦黎於高樓上卧有天玉女來以持禁戒而不受之實爲甚難於是四人即

於佛前各說頌曰

貧窮布施難　豪貴忍辱難　危嶮持戒難

少壯捨欲難

佛說偈已王及臣民皆大歡喜作禮而去

貧兒緣第四

如辯意長者子經云於是辯意長者子爲佛作禮叉手白佛言唯願世尊過於貧聚及諸衆會明日屈於舍食爾時世尊默然許可諸長者子禮佛而去到舍具饌明日世尊與諸大衆往到其處就坐儼然辯意白父母及諸眷屬前禮佛足各自供侍辯意起行澡水敬意奉食下食未訖有一乞兒前歷座乞佛未呪願無敢與者遍無所得瞋恚而去便生惡念此諸沙門放逸愚惑有何道哉貧者從乞無心見與長者迷惑用爲飼此無慈愍意吾爲王者以鐵輞車轢斷其頭言已便去佛達嚫既訖復有一乞兒而來入乞食坐中衆人各各與之大得飯食歡喜而去即生念言此諸沙門皆有慈心憐吾貧寒施食充飽得濟數日善哉善哉長者乃能供事此諸大士其福無量吾爲王者當供養佛及衆弟子乃至七日猶不報今日飢渴之恩言已便去佛食已訖說法即還精舍之中佛告阿難從今已後嚫訖下食以此爲常時二乞兒展轉乞丐到他國中卧於道邊深草之中時彼國王忽然崩亡無有繼後時國相師明知相法識書記曰當有賤人應爲王者諸臣百官千乘萬騎案行國界誰應爲王顧視道邊深草之中上有雲蓋相師占相曰中有神人即見乞兒相應爲王諸臣拜謁各稱爲臣乞兒驚愕自

云下賤非是王種皆言應相非是強力香湯沐浴著王者之服光相儼然稱善無量導從前後迴車入國時惡念者在深草中卧寐不覺車轢斷其頭王到國中陰陽調和四氣隆赫人民安樂稱王之德爾時國王自念昔者貧窮之人以何因緣得爲國王昔行乞時得蒙佛恩大得飯食便生善念得爲王者供養七日佛之恩德今已果之即召群臣遥向舍衛國焼香作禮即遣使者往請佛言蒙世尊遺恩得爲人王願屈尊神來化此國愚冥之人得見教訓於是佛告諸弟子當受王請佛與弟子無央數衆往到彼國時王出迎爲佛作禮入宫食訖王請世尊説往因緣佛具爲説如前因緣由起善念今王是也時惡念者非直轢頭而死已後入地獄爲火車所轢億劫乃出王今請佛報誓過厚世世受福無有極已爾時世尊以偈頌曰

人心是毒根　口爲禍之門　心念而口言
身受其殃罪　不念人善惡　身作身受患
意欲害於彼　不覺車轢頭　以爲甘露法
令人生天上　心念而口言　身受其福德
有念善惡人　自作安身本　意念一切善
如王得天位

是時國王聞經歡喜舉國臣民得須陀洹道

又賢愚經云佛在舍衛國與諸弟子千二百五十人俱國中有五百乞兒常依如來隨逐衆僧乞丐自活猒心内發求索出家共白佛言如來出世甚爲難遇我等下賤蒙濟身命今貪出家不審許不告諸乞兒我法清淨無有貴賤譬如清水洗諸不淨若貴若賤水之

所洗無不淨者又如大火所至之處其被焼者無不燋然又如虛空貧富貴賤有入中者隨意自恣乞兒聞說並皆歡喜信心倍隆歸誠出家佛告善來頭髮自墮法衣在身沙門形相於是具足佛爲說法成阿羅漢於時國中諸豪長者聞度乞兒皆興慢心云何如來聽此下賤之人在衆僧次我等修福請佛衆食令此下賤坐我床席捉我食器爾時太子祇陀請佛及僧遣使白佛唯願世尊明受我請及比丘僧所度乞兒我不請之慎勿將來明日食時佛告乞兒吾受彼請汝不及例令可往至鬱單越取自然成熟粳米還至其家隨意坐次自食粳米比丘如命即以神足往彼世界各各自取滿鉢還攝威儀乘空而來如鴈飛至祇陀家坐隨次各食於時太子覩衆比丘威儀進止神足福德敬心歡喜歎未曾有而白佛言不審此諸賢聖從何方來佛告祇陀若欲知者正是昨日所不請者具向太子說其因緣爾時祇陀聞說是語極懷慚愧自我愚弊不別明闇不審此徒種何善行今值世尊特蒙殊潤復造何咎乞丐自活佛告祇陀過去久遠時有大國名波羅柰有一山名曰利師古昔諸佛多住其中若無佛時有二千辟支佛恒至其中有一長者名曰散陀寧時世旱儉其家巨富即問藏監今我藏中穀米多少欲請大士未知供不藏監對曰饒多足供即請二千辟支飯食供養差五百使人供設飯食時諸使人猒心便生我等諸人所以辛苦皆由此諸乞兒爾時長者恒令一人知白時到養一狗子日日逐往爾時使

人卒值一日忘不往白狗子時到獨往常處向諸大士高聲而吠諸辟支佛聞其狗吠即知時到來詣便坐如法受食因白長者天今當雨宜可種植長者如言耕種所種之物盡變爲瓠長者見怪隨時溉灌後熟皆大即擘看之隨所種物成治淨好麥滿其中長者歡喜其家滿溢復分親族合國一切咸蒙恩澤是時五百作食之人念言斯之獲果實是大士之恩我等云何惡言向彼即往其所請求改悔復立誓言願使我等於將來世遭值賢聖蒙得解脫由此之故五百世中常作乞兒因其改悔復立誓故今遭我世蒙得過度太子當知爾時大富散陀寧者我身是也時藏臣者今須達是也日日白時到者今優填王是也五百作食人者今此五百阿羅漢是也

爾時祇陀及衆僧者覩其神變皆得四果

貧女緣第五

如賢愚經云昔佛在世時尊者迦旃延在阿槃提國時彼國中有一長者大富饒財家有一婢小有愆過長者鞭打晝夜走使衣不蓋形食不充口年老辛苦思死不得適持坻詣河取水舉聲大哭爾時尊者聞其哭聲往到其所問知因緣即語之言汝若貧者何不賣之老母答言誰買貧者迦旃延言貧實可賣老母向言貧可賣者賣之云何迦旃延言汝若賣者一隨我語告令先洗洗已教施母白尊者我今貧窮身上衣無毛許完納唯有此坻是大家許當以何施即持鉢與教取水施受爲呪願次與授戒復教念佛竟問之言汝止何處婢即答言無定止處隨舂炊磨即宿

其處或在糞堆尊者語言汝好勤心恭謹走使伺其大家一切卧訖竊開戶入於其户内敷草而坐思惟觀佛毋受教已至夜坐處戶内命終生忉利天大家曉見瞋恚而言此婢常不聽入舍何忽此死即便遣人以草繫脚置寒林中此婢生天與五百天子以爲眷屬即以天眼觀見故身生天因緣尋即將彼五百天子齎持香華到寒林中燒香散花供養死屍放天光明照於村林大家見怪普告遠近詣林觀看見已語言此婢已死何故供養天子報言此吾故身即爲具説生天因緣後皆迴詣迦旃延所禮拜供養因緣説法五百天子悉皆獲得須陀洹果既得果已還歸天上以是因緣智者應當如是學之

又佛説摩訶迦葉度貧母經云佛在舍衛國是時摩訶迦葉獨行教化到王舍城常行大哀福於衆生捨諸豪富而從貧乞時欲分衛先入三昧觀何所貧人吾當福之即入王舍大城之中見一孤母最甚貧困在於街巷大糞聚中傍鑿糞聚以爲巖窟羸劣疾病常卧其中孤單零丁無有衣食便於巖窟施小籬柵以障五形迦葉三昧知此人宿不植福是以今貧知母受命終日在近若吾不度永失福堂母時飢困長者青衣而棄米汁臭惡難言母從乞之即以破瓦盛著左右迦葉到所呪願從乞多少施我可得大福爾時老母即説偈言

舉身得疾病　孤窮安可言　一國之最貧
衣食不蓋形　世有不慈人　尚見矜愍憐
云何名慈哀　而不知此死　普世之寒苦

無過我之身　願見哀矜恕　實不爲人惜

摩訶迦葉即答偈言

佛爲三界尊　吾備在其中　欲除汝飢貧
是故從貧乞　若能減身口　分銖巳爲施
長夜得解脫　後生得豪富

爾時老母聞偈歡喜心念前日有臭米汁是以施之則不可飲遥啓迦葉哀我受不迦葉答言大善母即在窟匍匐取之形體裸露不得持出側身僂體籬上授與迦葉受之尊口呪願使蒙福安迦葉心念若吾賫去著餘處飲母則不信謂吾棄之即於母前飲訖盪鉢還著囊中於是老母特復眞信迦葉自念當現神足令此母人必獲大安即在空中廣現神變爾時母人見此踊躍一心長跪遥視迦葉迦葉告曰母今意中所願何等即啓迦葉願以微福得生天上於是迦葉忽然不現老母數日壽終即生忉利天上威德巍巍震動天地光明挺特譬如七日一時俱出照曜天宮帝釋驚悸何人福德感動勝吾即以天眼觀此天女福德使然即知天女本生來處爾時天女即自念言此之福報緣其前世供養迦葉所致假令當以天上珍寶種種百千施上迦葉猶尚未報須臾之恩即將侍女持天香花忽然來下於虛空中散迦葉上然後來下五體投地禮畢却住叉手歎曰

大千國土　佛爲特尊　次有迦葉　能閉罪門
昔在閻浮　糞窟之前　爲其貧母　開說眞言
時母歡喜　貢上米瀋　施如芥子　獲報如山
自致天女　封受自然　是故來下　歸命福田

天女說巳俱還天上帝釋心念女施米汁乃

致此福迦葉大哀但福劣家不往大姓當作良策即與天后持百味食盛小瓶中詣王舍城巷邊作小陋屋變其形狀似于老公身體痟瘦僂行而步公妻二人而共織席貧窮之狀不儲飲食迦葉後行分衛見此貧人而往乞食公言至貧無有如何迦葉呪願良久不去公言我等夫妻甚老織席不暇向乞唯有少飯適欲食之聞仁慈德但從貧乞是以福之今雖窮困意自割捨以施賢者審如所云令吾得福天食之香非世所聞若預開瓶苾芬之香迦葉覺之全不肯取即言道人弊食不多將鉢來取迦葉即以鉢取受呪願施家其香普熏王舍大城及其國界迦葉即嫌其香公夘釋身疾飛空中彈指歡喜迦葉思惟即知帝釋化作老公而爲福祚吾今已受不宜復還迦葉讃歎帝釋種福無猒忍此醜類來下植福必獲影報帝釋及后倍復欣踊是時天上妓樂來迎帝釋到宫倍益歡喜頌曰

浮雲南北竟無歸　子客東西何可依
原憲糟糠竊有望　田氏膏腴詎敢希
鷁鷁燕庭絶車馬　寂寂蓬門掩蓆扉
宿昔偷光恪餘照　今日窮途空自悲

諸經要集卷第六下

音釋

黔婁黔巨鹽切黔婁人名　宕徒浪切放宕也　巑岏巑在丸切山岏五官切　䀹口洽切　皴七倫切皮細起也　掇丁括切取也　厠圂上初吏切下胡困切皆圂也　瞖於計切障也　噠嚫噠唐刺切嚫初覲切　讖楚譖切符韱也　栅楚草切編木爲之也　悸其季切心動也　潘孚袁切漸米汁也

諸經要集卷第七

唐西明寺沙門道世撰

獎導部第十二此有七緣

述意緣　誡男緣　誡女緣
勸導緣　眷屬緣　離著緣
教誡緣

述意緣第一

夫三界輪轉六道泙移神明不朽識慮昏茫乍死乍生時來時往棄捨身命草籌難辨惟大地丘山莫非我故塵滄海川流皆同吾淚血以此而觀誰非親友人鬼雖別生滅固同恩愛之情時復影響群邪愚暗不識親疎遂使喪彼身形養巳軀命更互屠割共爲怨對歷劫相讎苦報難盡靜思此事豈不痛心也

誡男緣第二

夫在家丈夫尊卑有二一貴二賤一富二貧富貴之者人多放逸傲慢貢高輕辱陵下或有乘威籍勢尊巳陵人或有博識聰達恃才陵人或有辯口利詞暢説陵人或有誇豪奢侈輕慢陵人或有美容姿態恃色陵人或有乘肥騁騎恃乘陵人或有資財奴婢恃富陵人如是衆多不可具述衆生愚癡甚爲可愍不知無常將至妄起高心來報湯炭煎煮相待獄卒執乂伺候日久不憂斯事公然喜樂何異豬羊不知死至何異飛蠅貪樂死屍惟古思今富貴非一生滅交臂貴賤同塵富貴者唯見荒墳貧賤者巳同灰壞既知生滅交切即須早巳敬上是以親疎無定貴賤不恒苦樂易位昇沉更代也復思貴賤既有靡恒譬水火更王寒暑迭來故見有財富室温衣

豐食足不勞營覓自然而至復見有貧苦飢弊役力馳求晨起夜寐形骸爲之沮悴心情爲之勞擾縱有所獲百方散失終日顧於富饒而富饒未嘗暫有以此苦故所以勸獎令其惠施力勵修福若復有人衣裘服玩鮮華香潔春秋氣序寒溫冷暖四時變改隨須無闕而復見有尺布不完丈帛殘弊垢穢塵坌臭膩朽爛炎暑不識絺綌氷雪不知繒纊乃至形骸不蔽男女露雜非唯可恥實亦奇苦若見此苦豈可不遠所以勸獎令其修福應施衣服及以室宇豈不見衆人皆有而我獨無是故應須勇猛修習若復有人食則甘味並薦珍羞備舉連机重案滿牀亘席芳脂芬馥馨香具列而復有脫粟之飯不充藜藿之羹常乏鹽梅早自兩無魚菜久巳雙闕乃至

併日而飡糜粥相係雜以水果加以草菜萎黃困篤自濟無方若見此苦豈可不遠所以勸獎令其修福應施飲食及以水漿豈可衆人皆足而我獨困是故應須勇猛修習若復有人榮位通顯乘肥衣輕適意自在行則天人瞻仰住則鬼神敬貴而復見有卑鄙猥賤人所不齒生不知其生死不知其死塗炭溝渠之側坐卧糞壤之中雖有叱咄之聲反致捶撲之苦非唯神鬼不敬乃亦狗犬加毒若見此苦豈可不遠所以勸獎令其修福應滅憍慢奉行謙敬豈可他人常貴而我恒賤是故應當勇猛修習若復有人形貌端正言詞音韻皆合宮商人樂見聞常存廣利仁慈博愛語不傷物而復有人面狀矬醜所言嶮暴唯知自利不計念彼彼忍辱故以致勝報多

瞋恚故所以招惡若見此苦豈可不遠所以勸奬令其修福應滅瞋恚奉行忍辱豈可以令衆人恒處勝地而我永隔淨緣是故應須勇猛修習若復有人意力強幹少於病疾常堪行道無有障礙而復有人羸瘦多患氣力弊苦動輒增困眠坐不安見有此惡實宜捨遠所以勸奬令其修福應施醫藥隨時賑救豈可衆人常無病頓而我永嬰沉滯是故應須勇猛修習凡是如此之事實最應勸若不相勸則學者不勤也

誡女緣第三

夫在家俗女恚毒多過佛說邪諂甚於男子或假塗面首雕飾姿莊或綺羅花服誑誘愚夫或嬌弄脣口斜眄歌笑或咨嗟吟詠瞻視轉變或出肓露手掩面藏頭或緩步徐行摇身弄影或開眼閉目乍悲乍喜幻惑愚夫令心妄著如是妖僞卒難述盡凡夫迷醉皆爲所惑譬如姦賊種種多詐亦如畫瓶儲糞誑人亦如高羅群鳥落之亦如密網衆魚投之亦如闇坑盲者陷之亦如飛蛾見火投之亦如蒼蠅貪樂臭屍近則失國破家觸則如把毒蛇外言如蜜内心如鴆家貧困苦皆由女人出外喪身亦由女人室家不和亦由女人男女反逆亦由女人兄弟離散亦由女人宗親踈索亦由女人墜墮惡道亦由女人不生人天亦由女人障善業道亦由女人不入聖果亦由女人如是過患不可具論衆生如是甚爲可怖常爲欲火所燒而不能離致受殃苦爾來不絶也

又摩鄧女經云時阿難持鉢行乞食已隨水

邊行見一女人在水邊擔水而阿難從女乞水女即與水女隨阿難視所止處女歸告母母名摩鄧女便於家委卧而啼母問何爲悲啼女言母欲嫁我者莫與他人我於水邊見一沙門從我乞水我問字誰答字阿難我得阿難乃可嫁我母不得者我不嫁也母出行問阿難知阿難承事佛人母已知還告女言阿難事佛道人不肯爲汝作夫女啼不食母知蠱道請阿難飯女便大喜母語阿難我女欲爲卿作妻阿難言我持戒不畜妻復言我女不得卿爲夫者便欲自殺阿難言我師是佛不與女人交通母入語女具述此意女對母啼言但爲我閉門無令得出暮自爲夫母便閉門以蠱道法縛阿難至於晡時母爲女布席卧處女便大喜遂自莊飾阿難不就母

令中庭地出火牽阿難衣言汝不爲我女作夫我擲汝火中阿難自鄙爲佛作沙門令反不能得出佛即持神咒心知阿難故救還佛所具白前事女見阿難去於家啼哭不止續念阿難女明日自求阿難復見阿難行乞食隨阿難背後視阿難足視阿難面阿難慚避女隨不止阿難白佛言摩鄧女今日復隨我後佛使追呼佛問女云汝追逐阿難何等所索女言我聞阿難無婦我又無夫欲爲作婦也佛告女言阿難無髮汝今有髮汝能剃髮我使阿難爲汝作夫女言能剃佛言歸報汝母剃頭竟來女歸具白母知母言我生汝護汝頭髮何爲欲得沙門作夫國中大有豪富我自嫁汝女言我寧生死爲阿難作婦母言汝辱我種母爲下刀剃頭已女還到佛所言

我已剃頭髮佛言汝愛阿難何等女言我愛阿難眼愛阿難鼻愛阿難口愛阿難耳愛阿難聲愛阿難行步佛言眼中但有淚鼻中但有涕口中但有唾耳中但有垢身中但有屎尿臭處不淨其夫妻者便有惡露惡露中便生兒子已有兒子便有死亡已有死亡便有哭泣於是身中有何所益女即思念身中惡露便自正心即得羅漢佛知得道即告女言汝起至阿難所女即慚愧低頭長跪佛前言我實愚癡愚癡故逐阿難令我心開如冥中有燈火如人乘船船壞依岸如盲人得扶如老人持杖令佛與我道令我心開如是諸比丘俱問佛是女人何因得道佛告諸比丘是摩鄧女先世時五百世爲阿難作婦常相愛敬故於我法中得道於今夫妻相見如兄如弟如是佛道何用不爲佛說是經諸比丘聞已皆大歡喜

又出曜經云昔舍衛城中有一婦女抱兒持瓶詣井汲水有一男子顏貌端正坐井右邊彈琴自娛時彼女人欲意偏多躭著彼人彼人亦復欲意熾盛躭著女人女人欲意迷荒以索繫小兒頸懸於井中尋還挽出小兒已死愁憂傷結呼天墮淚目外云云

又佛在拘睒彌國國王號曰優填拘留國有逝心名摩因提生女端正華色世間少雙父覩女容一國希有名曰無比鄰國諸王羣僚豪姓靡不娉焉父答曰若有君子顏容與吾女齊吾將應之佛時行在其國逝心覩佛三十二相八十種好身色紫金巍巍堂堂光儀無上心喜而曰吾女獲匹正是斯人歸語其

妻曰吾爲無比得壻促莊飾女當將往也夫妻共服飾之其女行步摇動華光珠琦瓔珞莊嚴光國夫妻俱將至佛所妻道見佛跡相好之文光釆之色非世所有知爲天尊謂其夫曰此人足跡文理乃爾非世可聞斯將非凡必自清淨無復婬欲將不取吾女無自辱也夫曰何以知其然耶妻自說偈言

婬人曳踵行　恚者斂指步　愚者足蹴地
斯跡天人尊

逝心曰非爾女人所知汝不樂者便自還歸吾自將女詣佛所稽首佛足白言大仁勤勞教授身無供養有是麤女願給箕箒佛言汝以女爲好耶答言生得此女顏容實好世間無雙諸國王豪姓多有求者不以與之竊見大仁光色巍巍非世所見貪得供養故冒自歸耳佛言此女之好爲著何許逝心曰從頭至足周旋觀之無不好也佛言惑哉肉眼吾今觀之從頭至足無一好也汝見頭上有髮髮但是毛象馬之尾亦皆爾也髮下有髑髏髑髏是骨屠家猪頭骨亦皆同頭中有腦腦者如泥臊臭逆鼻下之著地莫能蹈者目者是池決之純汁鼻中有涕口但有唾腹藏肝肺皆爾腥臊腸胃膀胱但盛屎尿腐臭難論腹爲革囊裹諸不淨四肢手足骨骨相拄筋攣皮縮但恃氣息以動作之譬如木人機關作之作之訖畢解剥其體節節相離首足狼藉人亦如是有何等好而云少雙昔者吾在貝多樹下第六魔天王莊嚴三女顏容華飾天中無比非徒此倫欲以壞吾道意我便爲說身中穢惡即皆化成老母形壞不復慚愧

而去今此屎囊欲作何變急將還去吾不取也逝心聞佛所說恧然慚耻無辭復白佛曰若仁不取者欲以妻優填王可乎佛不答焉逝心即送女於優填王王獲女大喜悅拜父爲太傅爲女與宮妓樂千人以給侍之王正后師事於佛得須陀洹道此女譖之於王王惑其言以百箭射后后見矢不懼都無恚怒一意念佛慈心長跪向王矢皆繞后三帀還住王前百矢皆爾王乃自覺悵然而懼即駕金車白象馳詣佛所未到下車屏從叉手步進稽首佛足長跪自陳曰吾有重咎愧在三尊所以被婬妖圖欲與邪於佛聖衆有毒惡念以矢百枚射佛弟子如事陳之覩之心懼唯佛至尊無量之慈白衣弟子慈力乃爾豈況無上正眞佛乎我今首過歸命三尊唯佛弘慈原赦其咎佛歎曰善哉王覺惡悔過此明人之行也吾受王善意王稽首如是至三佛亦三受之王又頭腦著地退就座曰稟氣凶頑忿戾自恣無忍辱心三毒不除惡行快意女人妖冶不知其惡自惟死後必入地獄願佛加哀廣說女惡魑魅之態入其羅網尠能自拔我聞其禍必以自誡國人巨細得以改操佛言用此爲問耶但說餘義王曰餘義異日稟之不覩女亂惑意凶禍之大不聞其禍何由遠之願佛具爲我釋地獄之變及女人之穢佛言且聽男子有狂愚之惡却觀女妖王曰善哉願受明教佛曰士有四惡急所當知世有婬天恒想覩女思聞妖聲遠捨正法疑眞信邪欲網所裹沒在盲冥爲欲所使如奴畏主貪樂女色不計九孔惡露之臭穢

渾沌欲中如豬處溷不覺其臭快以爲安不計後當在無擇之獄受痛無極注心在婬吮其涕唾玩其膿血珍之如玉甘之如蜜故曰欲奴之士斯其一惡態也又親之養子懷妊生育比得長大勤苦難論到子成人漂家竭財滕行肘步因媒表情致彼爲妻若在異域尋而追之不問遠近不避勤苦注意在婬捐忘親老既得爲妻貴之如寶欲私相娱樂惡見父母信其妖言或致鬬訟不惟身所從來辜親無量之恩斯其二惡態也又人處世勤身苦勞躬致財賄本有誠信敬道之意尊戴沙門梵志之心覺世非常布施爲福娶妻之後情惑婬欲愚蔽自壅背眞向邪專由女計若有布施之意唯欲發言糚采女色絕清淨行束成小人不識佛經之重識禍福之所歸苟爲婬使投身羅網必墮惡道終而不改斯其三惡態也又爲善人子不惟養恩治生致財不以養親但以東西廣求婬路懷持寶物招人婦女或殺六畜淫祀鬼神飲酒歌舞合會男女快樂歡娱終日彌夕外託祈福内以招姦既醉之後互求方便更相招呼以遂姦情及其獲偶喜無以喻婬結縛著無所復識當爾之時唯此爲樂不覺惡露之臭穢地獄之苦痛一則可笑二則可哀譬如狂荒不知其非斯其四惡態也男子有是四惡用墮三塗當審遠此乃免苦耳又復聽說女人之惡

佛便說偈言（略要）

以爲欲可使　放意不能安　習近於非法
將何以爲賢　常在三惡道　宛轉如車輪
若世時有佛　而已不得聞　女人最爲惡

難與爲因緣　恩愛一縛著　牽人入罪門
女人有何好　但是諸不淨　何不諦計是
爲此發狂荒　其内甚臭穢　外爲嚴飾容
加又含毒螫　劇如蛇與龍　亦如魚食鉤
飛蛾入燈火　專心投色欲　不惟後受禍
佛說如是優填王歡喜即以頭面著地白佛
言實從生已來不聞女人惡態乃爾男子悖
亂隨之墮惡但不知故不制心意從是巳後
終身自悔歸命三尊不敢復犯爲佛作禮歡
喜而退
書云仲尼稱難養小人與女子近之則不遜
遠之則怨也是以經言妖冶女人有八十四
態大態有八慧人所惡一者嫉妬二者妄嗔
三者罵詈四者呪詛五者鎮壓六者慳貪七
者好飾八者含毒是爲八大態是故女人多
諸妖媚願捨諂邪以求正法早得出家自利
利人
又智度論云女人相者若得敬待則令夫心
高若敬待情捨則令夫心怖女人如是恒以
煩惱憂怖女人云何可近親好如說國王有
女名曰拘牟頭有捕魚師名術波伽隨道而
行遥見王女在高樓上窻中見面想像染著
心不暫捨彌歷日月不能飲食母問其故以
情答母我見王女心不能忘母喻兒言汝是
小人王女尊貴不可得也兒言我心願樂不
能暫忘若不如意不能活也母爲子故入王
宫中常送肥魚鳥肉以遺王女而不取價王
女怪而問之欲求何願母白王女願却左右
當以情告我唯有一子敬慕王女情結成病
命不云遠願垂慜念賜其生命王女言汝去

至月十五日於其甲天祠中住天像後毋還語子汝願已得告之如上沐浴新衣在天像後住王女至時白其父王我有不吉須至天祠以求吉福王言大善即嚴車五百乘出至天祠既到勑諸從者齊門而止獨入天祠天神思惟此不應爾王爲施主不可令此小人毀辱王女即厭此人令睡不覺王女既入見其睡重推之不寤即以瓔珞直十萬兩金遺之而去去後此人得覺見有瓔珞又問衆人知王女來情願不遂憂恨懊惱婬火內發自燒而死以是證知女人之心不擇貴賤唯欲是從

又薩婆多論云寧以身分內毒蛇口中不犯女人蛇有三事害人有見而害人有觸而害人有齧而害人女人亦有三害若見女人心發欲想滅人善法若觸女人身犯中罪滅人善法若共交會身犯重罪滅人善法復有七害一者若爲毒蛇所害害此一身若爲女人所害害無數身二者若爲毒蛇所害害報得無記身若爲女人所害害善法身三者若爲毒蛇所害害五識身若爲女人所害害六識身四者若爲毒蛇所害得入清衆若爲女人所害不與僧同五者若爲毒蛇所害得生天上人中值遇賢聖若爲女人所害入三惡道六者若爲毒蛇所害故得四沙門果若爲女人所害於八正道無所成益七者若爲毒蛇所害人則慈念而救護之若爲女人所害衆共棄捨無心喜樂以是因緣故寧以身分內毒蛇口中終不以此而觸女人

又增一阿含經云女人有五力輕慢夫主云

何爲五一色力二親族之力三田業之力四兒力五自守力是謂女人有此五力便輕慢夫主夫有一力盡覆蔽彼女人所謂富貴力也令天魔波旬亦有五力所謂色聲香味觸愚癡之人著此五法不能得度若聖弟子成就一無放逸力不爲所繫則能分別生老病死之法勝魔五力不墮魔境至無爲處爾時世尊便說此偈

戒爲甘露道　放逸爲死徑　不貪則不死
失道爲自喪

爾時世尊告諸比丘女人有五欲想云何爲五一生豪貴之家二嫁適富貴之家三使我夫主言從語用四多有兒五在家獨得由已是謂有此五事可欲之想

又大威德陀羅尼經云佛告阿難譬如有大沙聚將一滴水潤此沙聚可令徹過如一婦人以千數丈夫受欲果報不可令其知足也其婦人有三法不知厭足一自莊嚴二於丈夫邊所受欲樂三哀美言辭阿難其婦人有五疽蟲戶而丈夫無此其五疽蟲在陰道中其一蟲戶有八十蟲兩頭有口悉如針鋒彼之疽蟲常惱彼女而食噉之令其動作動已復行以彼令動是故名惱婬婦女人此不共法以業果報發起欲行貪著丈夫不知厭足其婦女人若見丈夫即作美言瞻視熟視視已復視瞻仰觀察意念欲事面看邪視欲取他面齒銜下唇面作青紫以欲心故額上汗流若安坐時即不欲起若復立時復不欲坐木枝畫地搖弄兩手或行三步至第四步左右瞻看或在門頰頻伸出息委陀屈曲左手

舉衣右手拍髀又以指爪而刮齒牙草枝擿齒手搔腦後宣露胠脛鳴他兒口平行而蹶急視諸方如是等相當知婦人欲事以發厭離棄捨勿令流轉生大暗中

又阿含中解十二因緣經云有阿羅漢以天眼徹視見女人墮地獄中者甚多便問佛何以故佛言用四因緣故一由貪珍寶物衣被欲心多故二由相嫉妬故三由多口舌故四由作姿態婬意多故以是因緣墮獄多耳

勸導緣第四

惟此慢心通於白黑智愚不免豪賤共有但去輕論重在俗爲甚亦有空言我美評說賢良譏毀聖德一切白衣終日行之未曾一日慚愧發露情求勝道退省己躬故外書云力慕善道可用安身力慕孝悌可用榮親亦有君子高尚釋教策奉修行貞仁退讓廉謹信順皆是宿種稟性自然與道何殊亦有出家之人不依聖教違犯戒律不學無知與俗無殊然道俗形乖犯有希數心有明暗過有輕重故出家之人未犯已前念念入道善業已熏福基已厚雖有微惡輕愧而造不能傾動若小慚愧便復清白若論在俗身居無慚之地心有無慚之情畜養妻兒財色五欲盈堂滿室葷辛酒肉隨求所得愛染情深無時暫捨惡緣同住豈得免之此則明暗路分黑白殊隔故知明能滅暗暗不滅明小燈之明已破大暗出家之人雖犯微過前明已成正可光不增暉而本明恒照如器存灶立由安業永也又出家造惡極難如陸地行船在家起過即易如海中汎舟又出家修道易爲如海

中汎舟在家修福甚難如陸地行船船雖是同由處有異故遲疾不同修犯難易亦復如是生死易染善法難成早求自度勵慕出俗又賢愚經云出家功德其福甚多若放男女奴婢若聽人民若自己身出家入道功德無量非譬爲比出家功德高於須彌深於巨海廣於虛空所以然者由出家故必成佛道佛在世時王舍城中有一長者名曰福增年過百歲家中大小莫不厭賤聞說出家功德無量即來佛所求欲出家值佛不在即便往至舍利弗所舍利弗見老不度如是五百大阿羅漢皆悉不度即出寺門住門閫上發聲大哭世尊後至種種慰喻即告目連令其出家目連即與出家授戒復常爲諸年少比丘之所激切便欲投河沒水而死目連觀見以神通力接置岸上問知因緣目連念言此人不以生死怖之無由得道即令至心捉師衣角飛騰虛空到大海邊見一新死端正女人見有一蟲從其口出還從鼻入復從眼出從耳而入目連觀已捨之而去弟子問言是何女人答言此是舍衞城中大薩薄婦容貌端正世間少雙其婦常以三岐木頭擎鏡照面自觀端正便起憍慢深自愛著夫甚敬愛將共入海海惡船破沒水而死漂出在岸此薩薄婦由自愛身死後還生在故身中作此蟲也捨蟲身已墮大地獄受苦無量小復前行見一女人自身負銅鑊揩鑊著水以火然沸脫衣入鑊肉熟離骨沸吹骨出在外風吹尋還成人自取肉食福增問師是何女人其師答言舍衞國中有優婆夷敬信三寶請一比丘

一夏供養在於陌頭作房安置自辦種種香美飲食遣婢送之婢至屏處選好先食餘與比丘大家覺問汝不偷食不婢答言不比丘食訖有殘與我我乃食之若我先食使我世世自食身肉以是因緣先受華報後墮地獄次小前行見一肉樹多有諸蟲圍唼其身無有空處叫喚啼哭如地獄聲弟子問師是何樹耶目連答言是獺利吒營事比丘以自在故費用僧物華果飲食送與白衣以是因緣受此華報後墮地獄唼樹諸蟲即是爾時得物之人次復前行見一男子周帀多有獸頭人身諸惡鬼神手執弓弩三隻毒箭鏃皆火然競共射之洞身燋然福增問師此何人耶目連答言此人前身作大獵師多害禽獸故受斯苦於後命終墮大地獄次復前行見一大山下安刀劒見有一人從上投下刺壞其身投已復上如前不息福增問師此復何人師復答言是王舍城王大關將以勇猛故身處前鋒傷殺物命先受此苦後墮地獄次復前行見一骨山其山高大七百由旬能障蔽日使海陰黑爾時目連於此骨山一大肋上往來經行弟子問師是何骨山師答福增言汝欲知者此即是汝故身骨也福增聞已心驚毛豎惶怖汗出白和尚言聞我今者心未能決願爲特說本末因緣目連告曰生死轉輪無有邊際造善惡業終無朽敗必受其報昔過去時此閻浮提有一國王名曰法增好喜布施持戒聞法慈悲衆生不傷物命正法治國滿二十年其間閑暇共人博戲時有一人犯法殺人臣以白王值王碁戲脫答之言

隨國法治即依律斷殺人應死尋即殺之王戲罷已問諸臣言罪人何所臣答殺竟王聞是語悶絶躃地水灑乃穌垂淚而言宮人妓女象馬七珍悉皆住此唯我一人獨入地獄我今殺人當知便是旃陀羅王不知世世當何所趣我今決定不須爲王即捨王位入山自守其後命終生大海中作摩竭魚其身長大七百由旬諸王大臣自恃勢力枉尅百姓殺戮無邊命終多墮摩竭大魚多有諸蟲唼食其身身癢揩山殺蟲污海血流百里魚一眠時經於百歲饑渴吸水水流入口如注大河爾時適有五百賈客入海採寶値魚張口船疾趣口賈人恐怖舉聲大哭垂入魚口一時同聲稱南無佛魚聞佛聲閉口水停賈人得活魚飢命終生王舍城作汝身也魚死之後夜叉羅刹出置海岸肉消骨在作此骨山法增王者汝身是也緣殺人故墮海作魚福增聞已深畏生死觀見故身解法無常得阿羅漢果

又涅槃經云居家如牢獄妻子如枷鎖財物如重擔親戚如怨家而能一日一夜受持清禁六時行道兼年常三長齋月恒六齋菜蔬節味檢斂身口意不馳外專崇出俗高慕佛法俯仰無虧坐卧無失夜係明相晝思淨法深敬沙門悲心利俗若能如是雖居在家可得度苦故經云佛法欲盡白衣護法修善上生天上如空中雪墮比丘違於戒律墮陷惡道如雨從天落當知於苦修福其福最大於福作罪其罪不輕是以從苦入樂未知樂中之樂從樂入苦方知苦中之苦斯言可驗幸

顧省之

又法句經偈云

熱無過婬　毒無過怒　苦無過身　樂無過滅

佛說偈已告諸比丘往昔久遠無數世時有五通比丘名精進力在山中樹下閑寂求道時有四禽獸依附左右常得安隱一者鴿二者烏三者毒蛇四者鹿是四禽獸者晝行求食暮則還宿四禽獸一夜自相問言世間之苦何者爲重烏言飢渴最苦飢渴之時身羸目冥神識不寧投身羅網不顧鋒刃我等喪身莫不由之以此言之飢渴爲苦鴿言婬欲最苦色欲熾盛無所顧念危身滅命莫不由之毒蛇言瞋恚最苦毒意一起不避親疎亦能殺人復亦自殺鹿言驚怖最苦我在林野心恒怵惕畏懼獵師及諸豺狼髣髴有聲奔投坑岸母子相捐肝膽悼悸以此言之驚怖爲苦比丘聞之即答之曰汝等所論是其末耳不究苦本天下之苦無過有身身是苦器憂畏無量吾以是故捨俗學道滅意斷想不貪四大欲斷苦源志存泥洹是故知身爲大苦本故書云大患莫若於身也

眷屬緣第五

如須摩提長者經云佛在世時舍衛城有大長者子名須摩提是人命終父母宗親及諸知識一時號哭哀悼躃踊稱怨大喚悶絶于地或有喚父母兄弟者或有呼夫主大家者如是種種號咷啼哭又有把土而自坌者又有持刀斷其髮者譬如有人毒箭入心苦惱無量或有以衣自覆而悲泣者譬如大風鼓扇林樹枝柯相振又如失水之魚宛轉在地

又如斬截大樹崩倒狼籍以如是楚毒而加其身爾時世尊知而故問阿難彼諸大衆何故哀號悲泣如是阿難具以白佛唯願世尊爲度一切可往至彼諸佛世尊不以無請而有所説我今爲彼諸人勸請於佛世尊以大慈悲願往至彼爾時如來受阿難請即往其家是時彼諸人等遥見世尊各各以手拭面前來迎佛既至佛所頭面禮足悲哀哽塞不能發言正欲長歎以敬佛故不敢出息噎氣而住爾時佛告長者父母等汝等何故悲泣懊惱著此幻法是諸人等同時發言而白佛言世尊是城中唯有此人聰明智慧端正殊妙年既盛壯於諸人中爲無有上者又復多饒財寶庫藏盈溢車馬衣服奴婢使人如是悉備無所乏短一旦命終是故我等悲泣戀慕不能自勝善哉世尊願爲我等方便説法得離諸惱從今已後更不復受如是諸苦爾時世尊告長者父母宗親知識及諸大衆汝等曾見有生不老病死不諸人白佛言未曾見也佛復告諸大衆汝等欲離生老病死憂悲苦惱者曾復念是恩愛之縛標心正見歸命三寶所以者何於諸世間無過佛者能導盲瞑愚癡之衆佛所説法即是良藥

又法句喻經云昔有婆羅門少年出家學道至六十不能得道婆羅門法六十不得道然後歸家娶婦居家生得一男端正可愛至年七歲書學聰了才辯出口有逾人之操卒得重病一宿命終梵志憐惜不能自勝伏其屍上氣絶復穌親族諫喻奪屍殯斂埋著城外梵志自念我今啼哭計無所益不如往至閻

羅王所乞索兒命於是梵志沐浴齋戒賫持華香發舍而去所在問人閻羅王所治處爲在何許展轉前行行數千里至深山中見諸得道梵志復問如前諸梵志問曰卿問閻羅王所治處欲求何等答曰我有一子辯慧過人近日卒亡悲窮懊惱不能自解欲至王所求乞兒命還將歸家養以備老諸梵志等愍其愚癡即告之曰閻羅王所治之處非是生人所可得到也當示卿方宜從此西行四百餘里有大川其中有城此是諸天神案行世間停宿之城閻羅王常以四月四日案行必過此城卿持齋戒往必見之梵志歡喜奉教而去到其川中見好城郭宮殿屋舍如忉利天梵志詣問燒香翹脚呪願求見閻羅王王勑守門人引見之梵志啓言晚生一男是以備老養育七歲近日命終唯願大王垂恩布施還我兒命閻羅王言所求大善卿兒今在東園中戲自往將去梵志即往見兒與諸小兒共戲即前抱之向之啼哭曰我晝夜念汝食寐不甘汝寧不念父母辛苦以不小兒驚喚逆訶之曰癡騃老公不達道理寄住須臾名人爲子勿妄多言不如早去今我此間自有父母邂逅之間唐自手抱梵志悵然涕泣而去即自念言我聞瞿曇沙門知人鬼神變化之道當往問之於是梵志即還佛所時佛在舍衛祇洹爲大衆說法梵志見佛稽首作禮具以本末向佛陳之實是我兒不肯見召反謂語我爲癡騃老公寄住須臾認我爲子永無父子之情何緣乃爾佛告梵志汝實愚癡人死神去便更受形父母妻子因緣合居

譬如寄客起則離散愚迷縛著計爲巳有憂悲苦惱不識本根沉溺生死未曾休息唯有慧者不貪恩愛覺苦捨習勤修經戒滅除識想生死得盡梵志聞已豁然意解即於座上得羅漢道

又大法炬經云佛言一切衆生皆悉隨其形類而置名字如鳥雀等而彼餓鬼衆生之中無有決定差别名字勿謂天定天也人定人也餓鬼定餓鬼也如一事上有種種名如一人上有種種名如一天上乃至餓鬼畜生有種種名亦復如是亦有多餓鬼全無名字於一彈指頃轉變身體作種種形云何可得呼其名也彼中惡業因緣未盡故於一念中種種變身

又法句喻經云昔佛在舍衛國爲天人說法時城中有婆羅門長者財富無數爲人慳貪不好布施食常閉門不喜人客若其食時輒勑門士堅閉門戸勿令有人妄入門裏乞丐求索爾時長者欻思美食便勑其妻令作飯食教殺肥雞薑椒和調煑之令熟飲食飣餖即時已辦勑外閉門夫妻二人坐一小兒著座中央便共飲食父母取雞肉著兒口中如是數數初不有廢佛知此長者宿福應度化作沙門伺其坐食現出座前便呪願之且言多少布施可得大福長者舉頭見化沙門即罵之言汝爲道人而無羞耻室家坐食何爲搪揬沙門答曰卿自愚癡不知羞耻今我乞士何故慚羞長者問曰吾及室家自共娯樂何故慚羞沙門答曰卿殺父妻母供養怨家不知慚耻反謂乞士何不慚羞於是世尊即

說偈言

所生枝不絕　但用食貪欲　養怨益丘塚
愚人富汲汲　雖獄有鉤鎖　慧人不謂牢
愚見妻子飾　深著愛其牢　慧說愛爲獄
深固難得出　是故當斷棄　不親欲能安

長者聞偈驚而問之道人何故說此答曰案上雞者是卿先世時父以慳貪故常生雞中爲卿所食此小兒者往作羅刹卿作賈客大人乘船入海舟輒失流墮羅刹國中爲羅刹所食如是五百世壽盡來生爲卿作子以卿餘罪未畢故來欲相害耳今是妻者是卿先世時母以恩愛深固今還與卿作婦今卿愚癡不識宿命殺父爲怨以母爲妻五道生死輪轉無際周旋五道誰能知者唯有道人見此覩彼愚者不知豈不慚恥於是長者歘然毛竪如畏怖狀佛現威神令識宿命長者見佛即識宿命尋則懺悔謝過便受五戒佛爲說法得須陀洹道

又佛說長者子懊惱三處經云爾時舍衛城有大富長者財寶無數家無親子恐終後沒官夫婦禱祀歸命三寶精勤不懈便得懷軀婦人黠者有五事應知一知夫婿意二知夫婿念不念三知所因懷軀四別知男女五別知善惡是婦報長者言我已懷軀長者歡喜月滿生男加五乳母供養抱持長大索得好婦其兒夫婦行園園中有樹名無憂華色鮮白絮弱緋色婦語夫言欲得此華夫便上樹爲取華枝細劣即時摧折兒便墮死父母聞之奔趣抱頭摩挱瞻視永絕不穌父母悲哀五內摧傷衆客見之亦代哀痛佛與阿難因

入城見懸獨一子而墮樹死佛告長者人生有死物成有敗對至命盡不可避藏捎去憂念勿復憂慼佛語長者此兒本從忉利天上壽盡來生卿家卿家壽盡便生龍中金翅鳥王即取噉之三處父母一時共啼哭爲是誰子佛即說偈言

天上諸天子　爲是卿子乎　爲在諸龍中
龍神之子耶　時佛自解言　非是諸天子
亦非爲卿子　復非諸龍子　生死諸因緣
無常譬如幻　一切不久立　譬若如過隙

佛語長者死不可離去不可追長者白佛此兒宿命罪福云何佛言此兒前世好喜布施尊敬於人緣此福德生豪富家喜獵傷害今身命短罪福隨人如影隨形長者踊躍逮得法忍

離著緣第六

如十住毗婆沙論云於此家中父母兄弟妻子眷屬車馬等物增長貪求無有厭足家是難滿如海吞流家是無足如火焚薪家是無息覺觀相續家是苦性如怨詐親家是障礙能妨聖道家是鬬亂共相違諍家是多瞋訶責好醜家是無常雖久失壞家是衆苦馳求守護家是疑處猶如怨賊家是顛倒貪著假名家是伎人種種妄飾家是變異貪必離散家是假借無有實事家如眠夢富貴則失家如朝露須臾變滅家如蜜滴其味甚少家如棘叢欲刺傷人家如鐵蟲覺觀常唼如是等患不可具述是故在家菩薩當如是觀知其家過在家妻子眷屬奴婢財物等不能作救作歸非我善友是故宜當急離捨之又無始

巳來一切衆生於六道中互爲父子親踈何定故偈云

無明蔽慧眼　數數生死中　往來多所作
更互爲父子　貪著世間樂　不知有勝事
怨數爲知識　知識數爲怨　是故我方便
莫生憎愛心　若起憎愛心　不能通達法

又大菩薩藏經云舍利子若有衆生味著男女妻妾諸女色欲當知即是味著礫石之雹即是味著利刀之刃即是味著大熱鐵丸即是味著坐熱鐵牀即是味著熱鐵几凳舍利子若有味著花鬘香塗即是味著熱鐵花鬘亦是味著屎尿塗身舍利子若有攝受居家舍宅當知攝受大熱鐵瓮若有攝受奴婢作使當知攝受地獄惡卒若有攝受象馬駞驢牛羊雞豕當知攝受地獄之中黒駮諸狗又是攝受百踰繕那禁衛之卒取要言之若有攝受妻妾男女諸女色欲當知即是攝受一切衆苦憂愁悲惱之聚舍利子寧當依附千踰繕那量大熱鐵牀是牀極熱遍熱猛餤洞然於彼父母所給妻妾諸女色欲乃至不以染愛之心遠觀其相何況親附抱持之者何以故舍利子當知婦人是衆苦本是障礙本是殺害本是繫縛本是憂愁本是怨對本是生盲本當知婦人滅聖慧眼當知婦人如熱鐵花散布於地足蹈其上當知婦人於諸邪性流布增長舍利子何因縁故名爲婦人所言婦者名加重擔何以故能使衆生受重擔故能使衆生持於重擔有所行故能使衆生荷於重擔遍周行故能令衆生於此重擔心疲苦故能令衆生爲於重擔所煎迫故能令

衆生爲於重擔所傷害故舍利子復以何緣名之爲婦所言婦者是諸衆生所輸委處是貪愛奴所流没處是順婦者所輸稅處是婦媚者所迷惑處是婦勝者所歸投處是屈婦者所憑仗處婦自在者所放逸處爲婦奴者所疲苦處隨婦轉者所傾仰處舍利子以如是等諸因緣故名是諸處以之爲婦

又雜阿含經云爾時世尊告諸比丘有三種子何等爲三有隨生子有勝生子有下生子何等爲隨生子謂子父母不殺不盜不婬不妄語不飲酒子亦隨學不殺等是名隨生子何等爲勝生子若父母不受不殺等子能受不殺等是名勝生子云何下生子若父母不受不殺等子亦不能受不殺等是名下生子

教誡緣第七

如中阿含經云時有調馬師名曰只尸來詣佛所稽首佛足退坐一面白佛言世尊我觀世間甚爲輕淺猶如羣馬世間唯我堪能調馬狂逸惡馬我作方便須臾令彼態病悉現隨其態病方便調伏佛告調馬師聚落主汝以幾種方便調伏於馬馬師白佛言有三種法調伏惡馬何等爲三一者柔輭二者麤澀三者柔輭麤澀佛告聚落主汝以三種方便調馬猶不調者當如之何馬師白佛遂不調者便當殺之所以者何莫令辱我調馬師白佛言世尊是無上調御丈夫爲以幾種方便調御丈夫佛告聚落主我亦以三種方便調御丈夫何等爲三一者一向柔輭二者一向麤澀三者柔輭麤澀佛告聚落主所調一向柔輭者如汝所說此是身善行此是身善行

報此是口意善行此是口意善行報是名天是名人是名善趣化生是名涅槃是爲柔輭第二一向麤澀者如汝所說是身惡行是身惡行報是口意惡行是口意惡行報是名地獄是名畜生是名餓鬼是名惡趣是名墮惡趣是名如來麤澀教也第三彼柔輭麤澀俱者謂如來有時說身善行有時說身善行報有時說口意善行有時說口意善行報有時說身惡行有時說身惡行報有時說口意惡行有時說口意惡行報如是名天如是名人如是名善趣如是名涅槃如是名地獄如是名畜生餓鬼如是名惡趣如是名墮惡趣是名如來柔輭麤澀教調馬師白佛言世尊若以三種方便調伏衆生有不調者當如之何佛告聚落主亦當殺之所以者何莫令辱我調馬師白佛言若殺生者於世尊法爲不清淨世尊法中亦不殺生而今言殺其義云何佛告聚落主如來法中亦不殺生然如來法中以三種教授不調伏者不復與語不教不誡豈非死耶調馬師白佛實爾世尊不復與語永不教誡眞爲死也以是之故我從今日離諸惡不善業也聞佛所說歡喜而去

又法句喻經云佛問象師調象之法有幾答曰有三何謂爲三一者剛鉤鉤口著其羈靽二者減食常令飢瘦三者捶杖加其楚痛由鐵鉤鉤口故以制強口由不與食飲故以制身獷由加捶杖故以伏其心佛告居士吾亦有三用調一切亦以自調得至無爲一者以至誠故制御口患二者以慈貞故伏身剛強三者以智慧故滅意癡蓋持是三事度脫一

切離三惡道

又閻羅王五使經云佛告諸比丘人生世間不孝父母不敬沙門不行仁義不學經戒不畏後世者其人身死當墮地獄主者持行白閻羅王言其過惡此人不孝等種種諸過無有福德不恐畏死唯王受罰閻羅王常先安徐然以正語爲現五使者而問言第一汝不見世人始爲嬰兒強卧屎尿不能自護口不知言不知好惡汝見以不人答已見王言汝自謂不如是然人神從彼終即有生雖尚未見常當爲善自端三業奈何放心快志造過罪人答言愚暗不知王言汝自愚癡縱逸作惡非是父母師長君天沙門道人等過也罪自由汝豈得不樂今當受之是謂閻王現第一天使也第二閻王復問子爲人時天使次到汝能覺不人答不覺王曰汝不見世人年老髮白齒墮羸瘦僂步低行起居任杖不能以不人答有是王曰汝謂獨免可得不老凡人已生法皆老耄常當爲善端身口心奉行經戒奈何自恣人答愚癡故爾王曰汝自以愚癡作惡非是父母君天沙門道人過也罪自由汝豈得不樂今當受之是爲閻王現第二天使也第三閻王復問子爲人時豈不見世間男女身有疾病身體苦痛坐起不安命近憂促衆醫不療不人答言有王曰汝可得不病耶人生既老法皆當病聞身強健當勉爲善奉行經戒端身口意奈何自恣人答愚暗故爾王曰汝自以爲愚作惡非關父母君天沙門道人過也罪自由汝豈得不樂今當受之是爲閻王現第三天使也第四閻王復

問子爲人時豈不見世間諸死亡者或藏其屍或棄捐之至於七日肌肉壞敗狐狸百鳥皆就食之凡人已死身惡腐爛汝豈不見人答言有王曰汝謂獨免可得不死耶凡人已生法皆當死聞在世間常爲善事勑身口意奉行經戒奈何自恣人答愚暗故爾王曰汝自作惡非是父母君天沙門道人過也罪自由汝豈得不樂爾當受之是爲閻王現第四天使也第五閻王復問子爲人時豈不見世間弊人惡子爲吏所捕取案官所刑法加之或斷手足或削耳鼻或燒其形懸頭日炙或屠割肢解種種毒痛不人答言有王曰汝謂爲惡獨可脫耶眼見世間罪福分明何不守善勑身口意奉行經戒云何自快人答愚暗故爾王曰汝自用心作不忠正非是父母君天沙門道人過也今是殃罪要當自受是爲閻王現第五天使也佛說經已諸弟子等皆受教誡各前作禮歡喜奉行

又大法句經偈云

雖誦千言不行何益　不如一聞　勤修得益
雖誦千言　義句不正　不如一要　聞可滅意
雖誦千言　不義何益　不如一義　聞行得度
雖誦千言　不敬何益　不如一行　欣樂奉修
雖誦千言　我心不滅　不如一句　捨憍放逸
雖誦千言　求名逾著　不如一說　棄執離著
雖誦千言　不欲除罪　不如一念　去離生死
雖誦千言　色情逾固　不如一解　心境忘懷
雖誦千言　不求出世　不如一悟　絕離三界
雖誦千言　不存悲智　不如一聽　自他兩利
人壽百歲　慳貪逾盛　不如一日　割捨財色

人壽百歲　樂不持戒　不如一日　淨心守戒
人壽百歲　多忿不忍　不如一日　含喜不瞋
人壽百歲　怠惰不勤　不如一日　策勵身心
人壽百歲　情欣放逸　不如一日　歸心空寂
人壽百歲　昏瞶識心　不如一日　洞悟無明
人壽百歲　拙御身心　不如一日　巧便運致
人壽百歲　常懷怯弱　不如一日　勇猛慧力
人壽百歲　不起善願　不如一日　發行四弘
人壽百歲　不生一智　不如一日　慧性聰利

雜阿含經諸天說偈云

士夫生世間　斧在口中生　還自斬其身
斯由其惡言　應毀便稱譽　應譽而更毀
其罪口中生　死則墮惡道

頌曰

建志誠心愚　高慕欣明儔　相與立弘誓
捨俗慕閑丘　蕭散人物外　晃朗免綢繆
寂寂求眞　亹亹勵心柔　警策修三業
激切澄四流　興心願弘誓　救溺運慈舟
喜期歸妙覺　善會涅槃修　存心八正道
立志三祇休

諸經要集卷第七

音釋

懊（五到切慢也）　沮悴（沮慈呂切壞也悴秦醉切憔悴也）　絺綌（絺丑知切綌去逆切並粗葛也）　机（居矣切）　蘩藿（蘩郎奚切藿虛郭切）　猥（烏賄切鄙也）　叱咄（叱昌栗切咄當沒切並嗟咨也）　眄（彌典切邪視也）　鴆（直禁切）　蠱（公戶切左道惑人也）　腥臊（腥桑經切臊蘇高切）　胃（于貴切穀府也）　恧（女六切愧也）　媱妜（媱于金切妜夷質切）　尠（息淺切少也）　擿（他歷切挑也）　唼（子合切聚食也）　搪揬（搪徒郎切揬陀骨切並觸也）　緋（甫微切絳色也）　羈（居宜切）　亹（無匪切不倦之意也）

諸經要集卷第八上

唐西明寺沙門道世撰

報恩部第十三此有三緣

述意緣

報恩緣

背恩緣

述意緣第一

蓋聞三寶重恩四生慈父化育十方等同一子機無細而不臨智有來而必撫遂使優塡刻像鬱爾浮光斯匿鑄形超然避席自兹厥後靈祥屢應嘉聲遠著靡草從風念則罪滅福生敬則善資遠代良由如來長我法身父母養我生身恩德既深昊天難報況復違背重恩豈不永沉苦海是故婦人鴆毒夫蒙國賞樵人害獸雙臂俱落故智度論云知恩者大悲之本開善業之初門人所愛敬名譽遠聞死得生天終成佛道不知恩者甚於畜生也

報恩緣第二

如正法念經云有四種恩甚爲難報何等爲四一者母二者父三者如來四者說法法師若有供養此四種人得無量福現在爲人之所讚歎於未來世能得菩提又大般若經第四百三十三云若有問言誰是知恩能報恩者應正答言佛是知恩能報恩者何以故一切世間知恩報恩無過佛故又增一阿含經云爾時世尊告諸比丘若有衆生知返復者此人可敬小恩尚不可忘何況大恩設離此閒百千由旬猶近我不異我恒歎譽若有衆生不知返復者大恩尚不憶何況小恩彼非

近我我不近彼正使披僧伽黎在吾左右此人猶遠是故比丘當念返復莫學無返復又舍利弗問經云佛言夫受戒隨其力辦可以爲施不限多少文殊師利白佛言云何如來說父母恩大不可不報又言師僧之恩不可稱量其誰爲最佛言夫在家者孝事父母在於膝下莫以報生長與之等以生育恩深故言大也若從師學開發知見次恩大也夫出家者捨於父母生死之家入法門中受微妙法師之力也生長法身出功德財養智慧命功莫大也追其所生乃次之耳又中陰經佛問彌勒閻浮提兒生墮地乃至三歲母之懷抱爲飲幾乳彌勒答曰飲乳一百八十斛除母腹中所食四分東弗于逮兒生墮地乃至三歲飲乳一千八百斛西拘耶尼兒生墮地

乃至三歲飲乳八百八十斛北鬱單越兒生墮地坐著陌頭行人授指嗽指七日成人彼土無乳中陰衆生飲吸於風（古人用其小升准今升一升當舊三升故乳似多）

又難報經云左肩持父右肩持母經歷千年便利背上猶不能報父母之恩又增一阿含經云孝順供養父母功德果報與一生補處菩薩功德一等又六度集經云昔者菩薩爲大理家積財巨億常奉三尊慈向衆生觀市覩鼈心悼之焉問價貴賤鼈主知菩薩有慈悲之德答曰百萬菩薩答曰大善持鼈歸家臨水放之覩其游去悲喜誓曰衆難安全如爾今也廣起弘願諸佛讃善鼈於後夜來齧其門怪門有聲便出見鼈語菩薩曰吾受重潤身得獲全無以答恩水居之物知水盈虛

洪水將至必爲巨害矣願速嚴舟臨時相迎答曰大善明晨詣門如事啓王王以菩薩宿有善名信用其言遷下處高時至鼈來洪水至矣可速下載尋吾所之可獲無患舩尋其後有蛇趣舩菩薩曰取鼈云大善又覩漂狐曰取鼈云亦善又覩漂人搏頰呼天哀濟吾命曰取鼈曰愼無取也凡人心僞尠有終信背恩追勢好爲凶逆菩薩曰蟲類爾濟人類吾賤豈是仁哉吾不忍爲也於是取之鼈曰悔哉遂至豐土鼈辭曰恩畢請退答曰吾獲如來無所著至眞等正覺者必當相度鼈曰大善鼈退蛇狐各去狐以穴爲居獲古人伏藏紫磨名金百斤喜曰當以報彼恩矣馳還白曰小蟲受潤獲濟微命蟲穴居之物求穴以自安獲金百斤斯穴非家非塚非劫非盜吾精誠之致願以貢賢菩薩深惟不取徒捐無益於貧民可以布施衆生獲濟不亦善乎尋而取之漂人覩焉曰分吾半矣菩薩即以十斤惠之漂人曰爾掘塚劫金罪應奈何不分半分與吾必告有司答曰貧民困者吾欲等施爾欲專之不亦偏乎漂人遂告有司菩薩見拘無所告訴唯歸命三尊悔過自責慈願衆生早離八難莫有怨結如今吾也蛇狐會曰奈何斯事蛇曰吾將濟之遂銜良藥開關入獄見菩薩形狀顏色有損愴而悲心謂菩薩言以藥自隨吾將齚太子指其毒尤甚莫能濟賢者以藥自聞傅即瘳矣菩薩默然蛇如所云太子命欲將殞王令曰有濟茲者封之相國吾與參治菩薩上聞傅之即瘳王喜問其所由本末自陳王悵然自咎曰吾闇

甚哉即誅漂人大赦其國封爲相國執手入宫並坐談論佛法遂致太平佛告諸沙門理家者是吾身國王者彌勒是鼈者阿難是狐者鶖鷺子是蛇者目連是漂人者調達是菩薩慈慧度無極行布施如是

又新婆沙論云昔揵馱羅國迦膩色迦王有一黄門恒監内事暫出城外見有羣牛數盈五百來入城内問驅牛者此是何牛答言此牛將去其種於是黄門即自思忖我宿惡業受不男身今應以財救此牛難遂償其價悉令得脱善業力故令此黄門即復男身深生慶悦尋還城内佇立宫門附使啓王請入奉現王令喚入怪問所由於是黄門具奏上事王聞驚喜厚賜珍財轉授高官令知外事

背恩緣第三

如百喻經云昔有一婦荒婬無度欲情既盛嫉惡其夫每思方策頻欲殘害種種設計不得其便會值其夫娉使鄰國婦密爲計造毒藥丸欲用害夫詐語夫言爾今遠使慮有乏短今我造作五百歡喜丸用爲資粮以送於汝汝若出國至他境界飢困之時乃可取食夫用其言至他界已未及食之於夜暗中止宿林間畏懼惡獸上樹避之其歡喜丸忘置樹下即以其夜值五百偷賊盜彼國王五百疋馬并及寶物來止樹下由其逃突盡皆飢渴於其樹下見歡喜丸諸賊取已各食一丸藥毒氣盛五百羣賊一時俱死時樹上人至天明已見此羣賊死在樹下詐以刀箭斫射死屍收其鞍馬并及財寶驅向彼國時彼國王多將人衆尋跡來逐會於中路值於彼人

彼王問言汝是何人何處得馬其人答言我是某國人而於道路值羣賊共相斫射五百羣賊今皆一處死在樹下由是之故我得此馬及以珍寶來投王國若不見信往看賊之瘡痍殺害處所是王即遣親信往看果如其言王時欣然歎未曾有既還國已厚加爵賞封以聚落彼王舊臣咸生妬嫉而白王言彼是遠人未可信伏如何卒爾寵遇過厚至於爵賞逾越舊臣遠人聞已而作是言誰有勇健能共我試請於平原校其技能舊臣愕然無敢敵者後時彼國大曠野中有惡師子截道殺人斷絕王路時彼舊臣詳共議之彼遠人者自謂勇健無能敵者今復若能殺彼師子爲國除害眞爲奇特作是議已便白於王王聞是已給賜刀仗尋即遣之爾時遠人既受勅已堅强其意向師子所師子見之奮吼鳴吼騰躍而前遠人驚怖即便上樹師子張口仰頭向樹其人怖急失所捉刀落師子口師子尋死爾時遠人歡喜踊躍來白於王王倍寵遇時彼國人率爾敬伏咸皆讚歎又諸經要集云有人入林伐木迷惑失路時值大雨日暮飢寒惡蟲毒獸欲侵害之是人入石窟中有一大熊見之怖出熊語之言汝勿恐怖此舍温暖可於中宿時連雨七日常以甘果美水供給此人七日雨止熊將此人示其道徑熊語人言我是罪身多人怨家若有人問者莫言見我人答言爾此人前所見諸獵者問汝從何來見有衆獸不答言見一大熊於我有恩不得示汝獵者言汝是人黨以人類相觀何以惜熊今一失道何時復來汝示

我者我與汝多分此人心變即將獵者示熊處所獵者殺熊即以多分與之此人展手取肉二肘俱墮獵者言汝有何罪答曰是熊看我如父視子我今背恩將是罪報獵者恐怖不敢食肉持施衆僧上座是羅漢語諸下座此是菩薩未來出世當得作佛莫食此肉即時起塔供養王聞此事勑下國内背恩之人無令住此新婆沙論云時上座觀肉是菩薩肉共取香薪焚燒其肉收其餘骨起窣堵波禮拜供養如事佛塔

又九色鹿經云昔者菩薩身爲九色鹿其毛九種色角白如雪常在恒水邊飲食草常與一烏爲知識時水中有一溺人隨流來下或出或沒仰頭呼天山神樹神諸天龍神何不愍我鹿聞下水救之語言汝可騎我背捉我角負出上岸溺人下地遶鹿三帀向鹿叩頭乞爲大夫作奴給其使令採取水草鹿言不用且各自去欲報恩者莫道我在此人貪我皮角必來殺我時國王夫人夜夢見九色鹿即詐病不起王問何以答曰我昨夜夢見非常之鹿其毛九種色其角白如雪我思欲得其皮作坐褥其角作拂柄王當爲我得之王若不得我將死矣王募國中若有能得當分國而治賜其金鉢盛滿銀粟賜其銀鉢盛滿金粟溺人聞之欲取富貴念言鹿是畜生死活何在往至王所言知鹿處王大歡喜言汝若能得其皮角來者報之半國溺人面上即生癩瘡溺人言大王此鹿雖是畜生大有威神王宜多出人兵乃可得耳王即大出人衆逕到恒水邊烏在樹頭見人兵來即呼鹿言

知識且起王兵來至鹿故熟眠臥不覺烏下啄耳鹿方驚覺四向顧望無復走地便往趣王車邊傍臣欲射王曰莫射此鹿非常將是天神鹿言大王且莫射我我前活王國中一人鹿復長跪問王言誰道我在此王便指示車邊癩面人是也鹿即仰頭視此人面眼中淚出不能自勝此人前溺在水中我不惜身命自投水中負此人出約不相道人無返復不如出水中浮木也王有愧色汝受其恩柰何反欲殺之即下勑於國中若有驅逐此鹿者當誅五族衆鹿數千皆來依附飲食水草不侵禾稼風雨時節五穀豐熟人無疾病其世太平時九色鹿我身是也烏者阿難是也國王者今父王悅頭檀是也時王夫人者今孫陀利是也時溺人者調達是也我雖有善心向之故欲害我難有至意又雀王經云昔者菩薩身爲雀王慈心濟衆由護身瘡有虎食獸骨拄其齒困飢將終雀王入口啄骨日日若茲雀口生瘡身爲瘦疵骨出虎活雀飛登樹說佛經曰殺爲凶虐其惡莫大虎聞雀誡動聲勃然恚曰爾始離吾口而敢多言雀覩其不可化即速飛去佛言雀王者是吾身也虎者是調達身又雜寶藏經云時提婆達多心常懷惡故欲害世尊乃雇五百善射婆羅門使持弓箭詣世尊所挽弓射佛所射之箭變成諸華五百婆羅門見是神變皆大怖畏即投弓箭禮佛懺悔佛爲說法皆得須陀洹道復白佛言願聽我等出家學道佛言善來比丘鬚髮自落法服著體重爲說法得阿羅漢道諸比丘白佛言世尊神力甚爲希有

提婆達多常欲害佛然佛恒生大慈佛言非但今日如是於過去時波羅奈國有一商主名不識恩共五百賈客入海採寶得寶還返到淵迴處遇水羅刹而捉其船不能得前衆商人等極大驚怖皆共唱言天神地神日月諸神誰能慈救濟我也有一大龜背廣一里心生悲愍來向船所負載衆人即得度海時龜小睡不識恩者欲以大石打龜頭殺諸賈人言我等蒙龜濟難活命殺之不祥不識恩也不識恩曰我停飢急誰能念恩輙便殺龜而食其肉即日夜中有大羣象蹹殺衆人爾時大龜我身是也爾時不識恩者提婆達多是也五百賈人者五百婆羅門出家得道是也我於往昔濟彼危難今復拔其生死之患也又佛說栴檀樹經云佛告阿難諦聽執受時維耶離國有五百人入海採寶置船步還經歷深山日暮止宿預嚴早發四百九十九人皆引去一人臥熟失伴仍遇天雨雪失去徑路窮厄山中啼哭呼天有大栴檀香樹樹神謂窮人言可止留此自相給衣食到春可去窮人便留至于三月啓樹神言受恩得全身命未有微報顧有二親今在本土實思得還願乞發遣樹神言善便自從意以金一鉼賜之去此不遠當得還邑窮人臨去問樹神言此樹香潔世所希有今當委還願知其名神言不須問也窮人復言依蔭此樹積歷三月若到本國當宣樹恩神便報言樹名栴檀根莖枝葉治人百病其香遠聞世之奇異人所貪求不須道也窮人還至國中親族歡喜後無幾間國王病頭痛禱祀天地山水諸神

痛不消差名醫省視唯得栴檀香以獲病得愈王即募求民間無有便宜令國中得栴檀香者拜爲封侯妻以王女時窮人聞賞祿重便詣王所白言我知栴檀香處王便令近臣將窮人往伐取香樹至到樹所使者見樹洪直枝條茂盛華果煌煌以希見故心不忍伐不伐者則違王命躊躇徘徊不知云何樹神空中言曰便伐但置其根伐已以人血塗之肝腸覆其上樹自當生還復如故使者聞神言如此便令人伐之窮人住在樹邊樹枝跢地摽殺窮人使者便與左右議言向者樹神言當得人血肝腸以祠樹心不知當以誰賽此人今死便以當之則屠割之取其肝血如神所勑樹即更生如本無異車載伐樹以還國中醫即進藥王病得愈舉國歡喜王命國中人民其有病者皆出香給病皆得愈舉國欣欣遂致太平阿難退坐稽首白言是窮人何無返復違樹神靈誓佛報曰乃往古昔維衞佛時有父子三人其父奉行齋戒未曾懈怠大兒常於中庭空中燒香供養十方諸佛小弟愚癡不知三尊輒以衣覆香上兄謂弟言此事大重何以犯之弟發惡意誓言斷兄兩足兄復起念當拍殺弟父言汝二子諍使我頭痛大兒報言願破我身爲藥令父平損口不妄言故世世受罪弟與惡意欲斷兄足後果將人往斷樹身兄欲拍殺弟令作樹神果因樹爲體拍殺弟身時國王頭痛者其父也奉齋精進故得尊貴時言使我頭痛者後果頭痛各受其殃佛言罪福報應如影隨形

頌曰

盛哉能仁　悲救爲先　秉機赴感　鞠養慈憐
狐金蛇賞　閹人形全　知恩報德　幽冥應焉
逆婦鴆夫　天賜命延　賊獸不害　反報遐年
違恩背義　禍害危身　貪香伐樹　肝血塗神

放生部第十四（此有四緣）

述意緣
興害緣
放生緣
救厄緣

述意緣第一

蓋聞元元雜類莫不貪生蠢蠢迷徒咸知畏死所以失林窮虎乃委命於廬中鎩翮驚禽遂投身於案側至如楊生養雀寧有意於玉環孔氏放龜本無情於金印而冥期弗爽雅報斯臻故知因果業行皎然如日且大悲之化救苦爲端弘誓之心濟生爲本但五都名族皆以列鼎相誇三輔逸仁莫不鼓刀成務羣生何罪枉見刑殘含識無僁横逢葅醢致使怨魂不斷苦報相酬今勸仁者同修慈行所有危怖並存放捨縱彼飛沉隨其飲啄當使紫鱗赬尾並相望於江湖錦臆翠毛等逍遥於雲漢或聽三歸而悟道何異聾龍聞四諦而生天更同鸚鳥共立長壽之基同招常命之果也

興害緣第二

如涅槃經云有十六惡律儀何等十六一者爲利餧養羔羊肥已轉賣二者爲利買已屠殺三者爲利餧養猪豚肥已轉賣四者爲利買已屠殺五者爲利餧養牛犢肥已轉賣六者爲利買已屠殺七者爲利養鷄令肥肥已

轉賣八者爲利買巳屠殺九者釣魚十者獵師十一者劫奪十二者魁膾十三者網捕飛鳥十四者兩舌十五者獄卒十六者呪龍能爲衆生永斷如是十六惡業是名修戒

又雜阿毗曇心論云有十二種住不律儀一屠羊二養鷄三養猪四捕鳥五捕魚六獵師七作賊八魁膾九守獄十呪龍十一屠犬十二伺獵屠羊者謂殺羊以殺心故若養若賣若殺悉名屠羊養鷄養猪亦如是捕鳥者若殺鳥自活捕魚獵師亦如是作賊者常行劫害魁膾者主殺人自活守獄者以守獄自活呪龍者習呪龍蛇戲樂自活屠犬者旃陀羅伺獵者王家獵生又對法論云不律儀業者何等名爲不律儀者所謂屠羊養鷄養猪捕鳥捕魚獵鹿罝兔劫盜魁膾害牛縛象立壇呪龍守獄讒構好爲損等屠羊者爲欲活命屠養買賣如是養鷄猪等隨其所應縛象者恒處山林調執野象立壇呪龍者習呪龍蛇戲樂自活讒構者以離間語毀壞他親持用活命或由生彼種姓中或由受持彼事業者謂即生彼家若生餘家如其次第所期現行彼業決定者謂身語方便爲先決定要期現行彼業是名不律儀業

放生緣第三

如梵網經云若佛子以慈心故行放生業一切男子是我父一切女人是我母我生生無不從之受生故六道衆生皆是我父母而殺而食者即殺我父母亦殺我故身一切地水是我先身一切火風是我本體故常行放生生生受生若見世人殺畜生時應方便救護

解其苦難常教化講説菩薩戒救度衆生若父母兄弟死亡之日請法師講菩薩戒經律追福資其亡者得見諸佛生人天上若不爾者犯輕垢罪又僧祇律云一切道俗七衆等並須漉水飲用若漉得水已使能見掌中細文者審悉看之看時如大象載竹車迴頃知無應用使可信者教漉不可信者自漉得蟲還送本取水來處安之若來處遠近有池井七日不消者以蟲著中若知水有蟲不得持器繩借人若池江水有蟲不得唱云此水有蟲若問者答云長者自看若知友同師者語言此中有蟲當漉水用又十誦律有二比丘未曾見佛從北遠道共往舍衛奉見世尊道中渴乏值有蟲水破戒者言可共飲之持戒者言水中有蟲何可得飲破戒者言我若不飲必當渴死不得見佛便飲而去持戒者愼護戒故不飲遂渴乏死即生三十三天身得具足先到佛所頭面禮足佛爲説法得法眼淨受三歸畢還歸天上時飲水者後到佛所佛爲四衆説法即披衣示金色身汝癡人欲看我肉身何爲不如持戒者先見我法身智慧之身佛言從今已去比丘若行二十里外無漉水囊犯罪若自無同意伴有者聽去又有征行軍人有比丘尼教化行人人皆弓頭安漉囊持用濾水官人聞奏國王王聞瞋之皆欲殺却汝小蟲尚畏不殺況見賊肯害之行人向王分䟽云小蟲若於國有害臣皆殺却既無有怨何故不聽濾飲王聞放之由行仁義慈善根力及賊皆來投化又正法念經云經宿之水若不細觀恐生細蟲若不漉治

不飲不用是名細持不殺戒又智度論云過去世時人民多病黄白痿熟菩薩爾時身爲赤魚自以其肉施諸病人以救其疾又有菩薩作一身在林中住見有一人入於深水非人行處爲水神所羂著不可解菩薩至香山取一藥草著其羂上繩即爛壞人得脫去菩薩宿世作如是等無量本生多有所濟名本生經又十誦律云佛言過去世時近雪山下鹿王名曰威德作五百鹿王時有獵師安穀施羂鹿王前行右脚墮毛羂中鹿王心念若我現相則諸鹿不敢食穀須噉穀盡爾乃現脚相時諸鹿皆去唯一女鹿住便說偈言

大王當知　是獵師來　願勤方便　出是羂去

爾時鹿王以偈答言

我勤方便　力勢已盡　毛羂轉急　不能得出

女鹿見獵師到已向說偈言

汝以利刀　先殺我身　然後願放　鹿王令去

獵師聞之生憐愍心以偈答言

我終不殺汝　亦不殺鹿王　放汝及鹿王
隨意之所去

獵師即時解放鹿王佛言昔鹿王者今我身是五百鹿者五百比丘是時有鴈王獵者得之有同伴鴈欲代捨命還說偈相報獵師見愍二鴈並放後求實報恩大意同前又智度論云王聞鹿言即從座起而說偈言

我實是畜獸　名曰人頭鹿　汝雖是鹿身
名爲鹿頭人　以理而言之　非以形爲人
若能有慈悲　雖獸實是人　我從今日始
不食一切肉　我以無畏施　且可安汝意

又善見律云目連爲阿育王演本生經云大

王往昔有一鷓鴣鳥爲人籠繫在地愁怖便大鳴喚同類雲集爲人所殺鷓鴣問道人云我有罪不道人答云汝鳴聲時有殺心不鷓鴣鳥言我鳴命伴來無殺心也道人即答若無殺心汝無罪也而說偈言

不同業而觸　不同心而起　善人攝心住　罪不横加汝

又僧祇律云佛告諸比丘過去世時香山中有仙人住處去山不遠有一池水時水中有鼈出池水食食巳向日張口而眠時香山中有諸獮猴入池飲水巳上岸見此鼈張口而眠時獮猴便作婬法即以身出内鼈口中鼈覺合口藏六甲裏如所說偈言

愚癡人執相　猶如鼈所嚙　失守摩羅捉　非斧則不離

時鼈急捉獮猴却行欲入水獮猴急怖便作是念若我入水必死無疑然苦痛力弱任鼈迴轉流離牽曳遇值嶮處鼈時仰卧是時獮猴兩手抱鼈作是念言誰當爲我脱此苦難獮猴曾知仙人住處彼當救我便抱此鼈向彼處去仙人遥見便作是念咄哉異事念是獮猴爲作何等欲戲弄耶婆羅門故言獮猴是何等物滿鉢持來得何等信而來向我爾時獮猴即說偈言

我愚癡獮猴　無辜觸惱他　救厄者賢士　命急在不久　今日婆羅門　若不救我者　須臾斷生身　困厄還山林

爾時仙人以偈答言

我令汝得脱　還於山林中　恐汝獮猴法　故態還復生　爾時彼仙人　爲說往昔事

鼇汝宿命時　曾號字迦葉　獼猴過去世
號字憍陳如　已作婬欲行　今可斷因緣
迦葉放憍陳　令還山林去　鼇聞是語已
便放獼猴去
諸經要集卷第八上

音釋

優填（梵語也此云出受塡徒年切）鑄（之戍切鎔也）嗽（所角切含吸也）齧（五結切噬也）搏頰（搏補各切手擊也頰古恊切面傍也）尠（息淺切少也）銜（胡監切口含物也）愴（楚亮切悲傷也）齚（側革切齧也）瘳（丑鳩切疾瘉也）殞（于歛切歿也）鶖鷺子（鶖七由切鶖鷺子舍利弗也）娉（匹政切問也）愕（五各切驚遽也）窣堵波（梵語也此云方墳窣蘇骨切）癩（落蓋切惡疾也）疵（疾之切病也）踰（徒合切踐也）躊躇（躊直由切躇直諸切躊躇猶豫也）賽（先代切報也）鎩翮（鎩山戛切羽傷也翮下革切羽翮也）菹醢（菹側魚切酢菜也醢呼改切肉醬也）赬尾（赬丑盈切赤色也）餧（於偽切以食飼之曰餧）魁膾（魁苦回切膾古外切魁膾謂爲首屠者）漉（盧谷切濾也）濾（良倨切漉去滓也）羂（古泫切網也）鶻鵃（鶻之夜切鵃古胡切鶻鵃鳥名）嚙（五巧切噬也）

諸經要集卷第八下

唐西明寺沙門道世撰

放生部第十四之餘

救厄緣第四

如出曜經云南海卒涌驚濤浸灌有三大魚流入淺水自相謂言我等厄此及漫水未減宜可逆上還歸大海復礙水舟不得越過第一魚者盡力跳舟得度次魚復憑草獲過其第三魚氣力消竭爲獵者得之佛見而說偈言曰

是日已過　命則隨減　如魚少水　斯有何樂

又彌勒所問本願經云佛言阿難我本求道時勤苦無數過去世時有王太子號曰寶華端正姝好從園觀出道見一人身患病癩見問病人以何等藥療卿病癩者答曰得王身髓血等以塗我身其病乃愈太子聞已即自破身骨髓血等以與病者至心施與意無悔恨其王太子者即我身是四大海水尚可斗量我身骨髓血等不可稱數求正覺故

又大集經云爾時曠野菩薩現爲鬼身散脂菩薩現爲鹿身慧炬菩薩現獼猴身離愛菩薩現羖羊身盡漏菩薩現鵝王身如是五百諸菩薩等各各現受種種諸身其身悉出大香光明一一菩薩手執燈明爲供養十方諸佛從七佛已來與如是佛用爲眷屬受持五戒發菩提心爲欲調伏一切衆生令發菩提故受此身又雜寶藏經云昔者有一羅漢道人畜一沙彌知此沙彌却後七日必當命終與假歸家至七日頭勑使還來沙彌辭師即便歸去於其道中見衆蟻子隨水漂流命將

欲絶生慈悲心自脫袈裟盛土堰水而取蟻子置高燥處遂悉得活至七日頭還歸師所師甚怪之尋即入定以天眼觀知其更無餘福得爾以救蟻子因緣之故七日不死得延命長又治故塔亦得延命又治補伽藍牆壁鑄孔亦得延命

又大悲經云佛告阿難過去之世有大商主爲採寶故將諸商人入於大海彼所乘船衆寶悉滿至海中間其船卒壞時彼商人心懷怖畏極生憂惱其中或有得船板者或有浮者有命終者我於爾時作彼商主在大海中用以浮囊安隱而度時有五人呼商主言大士商主唯願惠施我等無畏說是語已爾時商主即告之言諸丈夫勿生怖畏我令汝等從此大海安隱得度阿難彼時商主身帶利劒而作是念大海之法不居死屍如其我今自捨身命此諸商人必能得度大海之難作是念已即喚商人置已身上令善捉持彼諸商人有騎背者有抱肩者有捉脛者爾時商主爲欲施彼無怖畏故大悲修心起大勇猛即以利劒斷已命根即取命終于時大海漂其死屍置之岸上時五商人便得度海安隱受樂平吉無難還閻浮提阿難彼時商主豈異人乎我身是也五商人者今五比丘是也是五比丘昔於大海而得度脫今復於此生死大海而得度脫安置無畏涅槃彼岸

又大智度論云乃往過去無量阿僧祇劫有大林樹多諸禽獸野火來燒三邊俱起唯有一邊而臨一水衆獸窮逼逃命無地佛言我於爾時爲大身多力鹿以前脚跨一岸以後脚蹹一岸令衆獸蹈背上而度皮肉盡壞以

慈悲力忍之至死最後一兔來氣力已竭自强努力忍令得過遂以脊折墮水而死如是久有非但今也前得度者今諸弟子是最後一兔者今須跋陀是佛世世樂行精進今猶不息又賢愚經云佛過去久遠世時時世飢儉如來因地慈救衆生作大魚身長五百由旬國人須其肉者無問人畜皆來取噉取已還生經於十二年施其肉血又受生經云昔者菩薩曾爲鼈王生長大海化諸同類子民羣衆皆修仁德王自奉行慈悲救護愍於衆生如母愛子其海深長邊際難限而悉周至靡不更歷於時鼈王出於海外在邊臥息積有日月其背堅燥猶如陸地賈人遠來因止其上破薪然火炊煑飯食繫其牛馬車乘載碩皆著其上鼈王欲起入水畏墮不仁適欲强忍痛不可勝便設權計入淺水處除滅火毒不危衆賈賈衆恐怖謂潮卒漲悲哀呼嗟歸命諸天唯見救濟鼈王心益愍之因報賈人曰愼莫恐怖吾被火焚故捨入水欲令痛息今當相安終不相危衆賈聞之知有活望俱時發聲言南無佛鼈與大慈還負衆賈移在岸邊衆人得脫靡不歡喜遥稱鼈王而歎其德尊爲橋梁多所過度行爲大舟超越三界設得佛道當復救脫生死之厄鼈王報曰善哉善哉當如汝言各自別去佛言時鼈王者我身是也五百賈人者今五百弟子舍利弗等是也又正法念經云若有衆生見犯法者應受死苦以財贖命令其得脫不求恩報命終生常歡喜天從天退還得受人身不遭王難若有衆生持戒見大火起焚燒衆生以

水滅火救諸衆生命終生行道天受種種樂又如度狗子經說昔有一國穀米涌貴人民飢餓時有沙門入城分衛周遍門室無所以獲次至長者大豪貴門得麤惡飯適欲出城門中逢一射獵屠兒抱一狗子持歸欲殺見沙門歡喜前爲作禮沙門呪願老壽長生沙門知有狗子疑欲殺之故問其人今何所賫答曰空行無所獲持沙門又問吾已見之何爲藏匿殺生之罪甚爲不善願持我食貿此狗子令命得濟卿福無量其人答曰不能相與我故行求家門共食卿此小飯何所足乎沙門慇懃曉喻語之其人骶突不肯隨言沙門又言設不肯者可以示我其人即出以示沙門沙門舉飯以飼狗子以手摩捫呪願淚出卿罪所致得是犬身不得自在見殺食噉使爾世世罪滅福生離狗子身得生爲人所在遇法三寶自然狗子得食善心生焉踊躍歡喜知自歸依人將還家屠殺共食狗子命過即生豪貴大長者家適生墮地便有慈心時彼沙門分衛次到長者門裏分衛時長者子見彼沙門憶識本緣便前稽首禮沙門足請前供養百味飲食前白父母言今我欲逐此大和尚奉受經戒爲作弟子父母愛重不肯聽之我今一門有汝一子當以續後家門之主何因便欲棄家而去小兒啼泣不肯飲食不欲聽我便自就死父母見然便聽令去隨師學道除去鬚髮被三法衣諷誦佛經深解其義便得三昧立不退轉開化一切發大道意佛世難值經道難聞能與相值無不蒙度畜生尚有得道豈況於人寧不獲果縱復

鈌犯還生慚愧白淨已來黑垢自滅又雜阿含經云爾時世尊告諸比丘過去世時有一鳥名曰羅婆爲鷹所捉飛騰虛空於空鳴喚言我不自覺忽遭此難我坐捨離父母境界而遊他處故遭此難如何今日爲他所囚不得自在鷹語羅婆汝當何處自有境界而得自在羅婆答言我於田耕壠中自有境界足免諸難是爲我家父母境界鷹於羅婆起憍慢言放汝令去還耕壠中能得脫不於是羅婆得脫鷹爪還到耕壠中大塊之下安住止處然復於塊上欲與鷹鬪鷹則大怒彼是小鳥敢與我鬪瞋恚極盛迅飛直搏於是羅婆入於塊下鷹鳥飛勢臆衝堅塊碎身即死時羅婆鳥深伏塊下仰說偈言

鷹鳥用力來　羅婆依自塊　乘瞋猛盛力
致禍碎其身　我具足通達　依於自境界
伏怨心隨喜　自歡欣其力　縱汝有凶愚
百千龍象力　不如我智慧　十六分之一
觀我智勝殊　摧滅於蒼鷹

頌曰

含識皆畏死　有命懼嶮危　如魚困池涸
難逢流水濟　親疎皆父母　何得不悲時
但慈救厄苦　福報自然隨

與福部第十五此有六緣

述意緣
修福緣
應法緣
嚫施緣
洗僧緣
雜福緣

述意緣第一

昔優塡王初刻栴檀波斯匿始鑄金質皆現寫眞容工圖妙相故能流光動瑞避席施虔爰至髮爪兩塔衣影二臺皆是如來在世已見成軌自收迹河邊闍維林外八王請分還國起塔及瓶炭二所於是十刹興焉其生處得道說法涅槃髮髻頂骨四牙雙跡鉢杖唾壺泥洹僧等皆樹塔勒銘標碣神異爾後百有餘年阿育王遣使浮海壞撤諸塔分取舍利還值風潮頗有遺落故今海族之中時或遇者是後八萬四千因之而起育王諸女亦次發淨心並鐫石鎔金圖寫神狀至能浮江汎海影化東川雖復靈迹潛通而未彰視聽及蔡愔秦景自西域還至始傳畫氎釋迦於是涼臺壽陵並圖其相自茲厥後形像塔廟與時競列洎于梁代遺光興盛但法身無像因感故形現感有參差故形應有殊別若乃心路倉忙則眞儀隔化情志慊切則木石開心故劉殷至孝誠感釜粟爲之生銘丁蘭溫清竭誠木母以之變色魯陽迴戈而日轉杞婦下淚而城崩斯皆隱惻入其性情故使徵祥照乎耳目是知道藉人弘神由物感豈曰虛哉是以祭神如神在則神道交矣敬像如敬佛則法身應矣故入道必以智慧爲本智慧必以福德爲基譬猶鳥備二翼倐舉萬尋車足兩輪一馳千里豈不勤哉豈不勗哉

修福緣第二

如佛說福田經云佛告天帝復有七法廣施名曰福田行者得福即生梵天何謂爲七一者興立佛圖僧房堂閣二者園果浴池樹木

清涼三者常施醫藥療救衆病四者作堅牢船濟度人民五者安設橋梁過度羸弱六者近道作井渴乏得飲七者道作圊厠施便利處是爲七事得梵天福爾時座中有一比丘名曰聽聰聞法欣悅即白佛言我自惟念梵世之時生波羅奈國爲長者子於大道邊起立精舍牀臥漿糧供給衆僧行路頓乏亦得止息緣此功德命終生天爲天帝釋下生世間爲轉輪王各三十六返典領天人九十一劫足下生毛躡空而遊食福自然今值世尊顧臨衆生蠲我愚濁安以靜慧生死栽枯號曰眞人功報誠諦其爲然矣復有一比丘名曰波拘盧即白佛言憶念我昔生拘那竭國爲長者子時世無佛衆僧教化大會說法我往聽法聞法歡喜將一藥果名呵黎勒奉上衆僧緣此果報命終生天下生世間恒處尊貴與衆超絕九十一劫未曾疾病餘福值佛逮得應眞復有一比丘名曰須陀耶即白世尊曰我念宿命生維耶離國爲小民家子時世無佛衆僧教化我時持酪入市欲賣值衆僧大會講法過而立聽聞法歡喜即舉瓶酪布施衆僧僧得呪願益懷欣躍緣此福德命終生天上下生世間恒處尊貴九十一劫末後餘僁下生世間母妊數月得病命終埋母塚中月滿乃生塚中七年飲死母乳用自濟活微福值佛逮得眞諦復有一比丘名曰阿難即白世尊曰憶念我昔生羅閱祇國爲庶民子身生惡瘡治之不差有親友道人來語我言當浴衆僧取其浴汁以用洗瘡亦可得愈又可得福我即歡喜徑到寺中如教至心

更作新井香油浴具洗浴衆僧取其浴汁以用洗瘡尋蒙除愈緣是功德所生端正金色晃昱不受塵垢九十一劫常得淨福增德廣遠今復值佛心垢消除逮得應眞爾時座中有一比丘尼名曰柰女即白佛言我念宿命生波羅柰國爲貧女人時世有佛名曰迦葉時與大衆圍繞說法我時在座聞經歡喜意欲布施顧無所有自惟貧賤心用悲感詣他園圃乞求果蓏當以施佛乞得一柰大而香好擎一盂水并柰一枚奉迦葉佛及諸衆僧佛知至意呪願受之分布水柰一切周普緣此福祚命終生天得爲天后下生世間不由胞胎九十一劫生柰華中端正鮮潔常識宿命今值世尊開示道眼爾時天帝即從座起爲佛作禮長跪叉手白佛言世尊我自惟念先世之時生拘留大國爲長者子青衣抱行入城遊觀偶值衆僧街巷分衞時見人民施者甚多即自念言願得財寶布施衆僧不亦快乎即解珠瓔布施衆僧同心呪願歡喜而去從是因緣壽終生天得爲天帝九十一劫永離八難佛告天帝及諸大衆聽我自說宿命所行昔我前世於波羅柰國近大道邊安設圊厠國中人衆得輕安者莫不感義緣此功德世世清淨累劫行道穢染不汙金色晃昱塵垢不著食自消化無便利之患佛告天帝九十六種道中佛道最尊九十六種法中佛法最眞九十六種衆中佛僧最正所以者何由如來從阿僧祇劫發願誠諦殞命積德誓爲衆生六度四等衆善普備得慧成滿三界天尊無能及者其有衆生發一敬心向如

來者勝獲大千世界珍寶施矣三十七品十二部經分別罪福言皆至誠開三乘教皆得奉行聞者歡喜樂作沙門信佛行法志尚清高捨世貪諍導利世間福天人路通衆僧之由矣是爲最尊無上之道又增一阿含經云爾時世尊告諸比丘有四梵福云何爲四若有信人未曾起窣覩波處(塔也)於中能起窣覩波者是初受梵天之福若有信人能補治故寺者是謂第二受梵天之福若有信人能和合聖衆者是謂第三受梵天之福若佛初轉法輪時諸天世人勸請轉法輪是謂第四受梵天之福爾時有異比丘白世尊言梵天之福竟爲多少世尊告曰閻浮里地衆生所有功德如是展轉從四天下至他化自在天之福故不如一梵天王之福若求其福此是其量也

應法緣第三

若欲修造理須如法造作雖少得福無量若不依法縱多無益故佛在金棺敬福經云經像主莫論道雇經像之匠莫云客作造佛布施二人獲福不可度量欲説其福窮劫不盡受吾約勑是佛眞子如是精誠造少福多問工匠之法作經像得物合取直不佛言不得取價直如賣父母取財者逆過三千眞是天魔急離吾佛法非我眷屬飲酒食五辛之徒不依聖教雖造經像數如塵沙其福甚少蓋不足言劫燒之時不入海龍王宮勞而少功不敬之罪死入地獄主匠無益諸天不祐不如不造直心禮拜得福無量如向所列造多福少若像師造像不具相者五百萬世中諸

根不具第一盡心爲上妙果先昇又罪福決疑經云僧尼白衣等或自捨財及勸化得物擬佛受用經營人將此物造作鳥獸安形像前安佛槃上者計損滿五錢直犯逆罪究竟不還一劫墮阿鼻地獄贖香油燈供養者無犯佛不求利無人堪消初獻佛時上中下座必教白衣奉佛及僧獻佛竟行與僧食不犯若不爾者食佛物故千億歲墮阿鼻地獄檀越不受前教亦招前報若生人間九百萬歲墮下賤生何以故佛物無人能評價故

述曰此謂施主入佛受用所以須贖若如今時齋上每出佛槃飲食情通彼此不局執著食訖還入施主不勞收贖如七月十五日獻佛及僧無佛僧可受用即須贖食以此物食依經獻佛及僧自恣佛僧福田道高資益冥道七世七親現在眷屬得離災難清昇樂處所以俗人田薄不能資導故不通俗也數見白衣獻佛訖將爲自食故別疏記

又觀佛三昧經云時優塡王戀慕世尊鑄金爲像聞佛當下寶階象載金像來迎世尊爾時金像從象上下猶如生佛足步虛空足下雨華亦放光明來迎世尊合掌叉手爲佛作禮爾時世尊亦復長跪合掌向像空中百千化佛亦皆合掌長跪向像爾時世尊而語像言汝於來世大作佛事我滅度後我諸弟子以付囑汝空中化佛異口同音咸作是言若有衆生於佛滅後造立形像持用供養是人來世必得念佛清淨三昧又外國記云佛上忉利天爲母說法經九十日波斯匿王思欲見佛刻牛頭栴檀作如來像置佛坐處佛後還入精舍像出迎佛佛言還坐吾般涅槃後可爲四部衆作諸法式像即還坐此像是衆像之始佛移住兩邊小精舍與像異處相去二十步祇洹精舍本有七層諸國競興供養

不絕臺內長明燈鼠銜燈炷燒諸幡蓋遂及精舍七重都盡諸國王人民皆大悲惱謂檀像已燒却後四五日開東邊小精舍户忽見本像移向彼房衆大歡喜共治精舍得作兩重移像本處又優填王作佛像形經云昔佛在世時拔耆國王名曰優填來至佛所頭面頂禮合掌白佛言世尊若佛滅後其有衆生作佛形像當得何福佛告王曰若當有人作佛形像功德無量不可稱計世世所生不墮惡道天上人中受福快樂身體常作紫磨金色眼目清潔面貌端正身體手足奇絕妙好常爲衆人之所愛敬若生人中常生帝王大臣長者賢善家子所生之處豪尊富貴財産珍寶不可稱數常爲父母兄弟宗親之所愛重若作帝王王中特尊爲諸國王之所歸仰乃至得轉輪聖王王四天下七寶自然千子具足飛昇天上無所不至若生天上天中最勝乃至得作六欲天王於六天中尊貴第一若生梵天作大梵王端正無比勝諸梵天常爲諸梵之所尊敬後皆得生無量壽國作大菩薩最尊第一過無數劫當得成佛入泥洹道若當有人作佛形像獲福如是又法華經偈云

若人爲佛故　建立諸形像　乃至童子戲
若草木及筆　或以指爪甲　而畫作佛像
如是諸人等　皆已成佛道

又造立形像福報經云佛至拘羅瞿國時國主名優填王年始十四聞佛當來即勑傍臣左右皆悉迎佛到已頭面禮佛長跪叉手白佛言天上人中無能及佛者光明巍巍乃能

如是恐佛到已後恐不復見今欲作佛形像恭敬承事得何福報願佛哀愍為我說之爾時世尊說偈答曰

王諦聽吾說　福地無上士　福德無過者
作佛形像報　恒生大富家　尊貴無極珍
眷屬常恭敬　作佛形像報　世世身無患
常得天眼報　無比紺青色　作佛形像報
父母見歡喜　端正威德重　愛樂終無猒
作佛形像報　金色身餤光　猶妙師子像
衆生見歡喜　作佛形像報　閻浮提大姓
剎利婆羅門　福人於中生　作佛形像報
不生邊地國　不盲不醜陋　六情常完具
作佛形像報　臨終識宿命　見佛在其前
不覺死善時　作佛形像報　作大名聞王
金輪飛行帝　典主四天下　作佛形像報
作釋天名因　神足典第二　三十三天奉
作佛形像報　此過出欲界　作妙梵天王
迦夷衆梵恭　作佛形像報　受福正如是
若能刻畫作　天地尚可稱　此福不可量
是故供養佛　華香香汁塗　供養大士者
得漏盡無為

嚫施緣第四

如轉輪五道經云佛言凡作功德隨身之行燒香然燈得福甚多燒香作福及以轉經不得請人而不嚫願如倩人食豈得自飽燒香潔淨然燈續明燒香齋會讀經達嚫以為常法布施得福諸天接將萬惡皆却衆魔降伏懈怠之人不能精進一朝疾病又不吉利便欲燒香方始作福諸天未降諸魔在前競來嬈觸作諸變怪以是之故常當精進罪福隨

人如影隨形種植福田如尼俱類樹本種一核稍稍漸大收子無限佛言阿難施一得萬倍言不虛也佛說偈言

賢者好布施　天神自扶將　施一得萬倍
安樂壽命長　今日施善人　其福不可量
皆當得佛道　度脫諸十方

洗僧緣第五

如譬喻經云佛以臘月八日神通降伏六師六師不如投水而死仍廣說法度諸外道外道伏化白佛言佛以法水洗我心垢我今請僧洗浴以除身穢仍除常緣也（今臘月八日洗僧准此經）

又摩訶刹頭經亦名灌佛形像經云佛告天下人民十方諸佛皆用四月八日夜半時生皆用四月八日夜半時去家學道皆用四月八日夜半時得佛道皆用四月八日夜半時般泥洹佛言所以用四月八日者爲春夏之際殃罪悉畢萬物普生毒氣未行不寒不熱時氣和適今是佛生日故諸天下人民共念佛功德浴佛形像如佛在時以示天下人佛言我爲菩薩時三十六返爲天王帝釋三十六返作金輪王三十六返作飛行皇帝今日諸賢誰有好心念釋迦佛恩德者以香華浴佛形像求第一福者諸天鬼神所證明知四月八日浴佛法時當取三種香一都梁香二藿香三艾納香合三種草香挼而漬之此則青色水若香少者可以紺黛秦皮權代之又用鬱金香手挼漬之於水中挼之以作赤水以水清淨用灌像訖以白練白綿拭之斷後自占更灌名曰清淨其福第一也又温室經云佛告祇域長者澡浴之法當用七物除去

七病得七福報何謂七物一者然火二者淨水三者澡豆四者酥膏五者淳灰六者楊枝七者内衣此是澡浴之法何謂除七病一者四大安隱二者除風三者除濕痺四者除寒氷五者除熱氣六者除垢穢七者身體輕便眼目清明是爲除七病何謂得七福一者四大無病所生常安二者所生清淨面首端正三者身體常香衣服淨潔四者肌體濡澤威光德大五者多饒人從拂拭塵垢六者口齒香好所説信用七者所生之處自然衣服

又十誦律云洗浴得五利一除塵垢二治身皮膚令一色三破寒熱四下風氣五少病痛舍利弗夏盛熱時有一客作人園中汲水灌樹見舍利弗發小信心喚舍利弗脱衣樹下以水洗浴身得清涼作人後命終即生忉利天上有大威力爲功雖少以遇良田獲報甚多即下詣舍利弗所散華供養舍利弗因其信心爲説法要得須陀洹果

又賢愚經云爾時首陀會天下閻浮提世尊所請佛及僧洗浴供養世尊默然許可即設飲食并辦洗具温室暖水調適酥油淀草皆悉備有於是世尊及諸比丘納受其供其洗浴已并享飲食其食甘美世所希有食竟澡漱各還本座是時阿難白佛此天往昔作何功德形體殊妙威相奇特光明顯赫如大寶山佛告阿難乃往過去毗婆尸佛時此天彼世爲貧家子恒行傭作以供身口聞佛説洗僧之德情中欣然便勤作務得少錢穀用設洗具并設飲食請佛衆僧而以盡奉由此福行壽終之後生首陀會天有此光相七佛已

來乃至千佛出世亦皆如是洗佛及僧佛授記曰於未來世兩阿僧祇百劫之中當得作佛號曰淨身十號具足又雜譬喻經云昔佛弟難陀乃往昔維衛佛時人一洗衆僧之福功德自追生在釋種身佩五六之相神容晃昱金色乘前之福與佛同世研精道場便得六通古人施一猶有弘報況今檀越能多行者普等之行必逮尊號加增歡喜廣度一切

又福田經云有比丘名阿難白世尊曰我念宿命生羅閱祇國爲庶民子身生惡瘡治之不差有親友道人來語我言當浴衆僧取其浴水以用洗瘡便可得愈又可得福我即歡喜往到寺中加敬至心更作新井香油浴具洗浴衆僧以汁洗瘡尋蒙除愈從此因緣所生端正金色晃昱不受塵垢九十一劫常得淨福慶祐廣遠今復值佛心垢消滅逮得應真又十誦律云外國浴室形圓猶如圓倉開戶通煙下作伏瀆出水內施三擊閣齊人所及處以瓨盛水滿三重閣火氣上升上閣水熱中閣水暖下閣水冷隨宜自取用無別作湯故云淨水耳又增一阿含經云爾時世尊告諸比丘造作浴室有五功德云何爲五一除風二病得瘥三除去塵垢四身體輕便五得肥白若有四部之衆欲求此五功德者當求造浴室又僧祇律云若欲浴時使園民等掃灑令淨辦其薪炭温暖得所乃打揵椎應知入浴各以腰帶繫衣作識安衣架上入時不得掉兩臂而入一手遮前而入若欲與師揩者當先白已無罪不得一時舉兩手當先令揩一臂一手覆前竟次揩一臂一手及餘

内外已開户而坐令身汗出籌量用水不得多用若池水洗自恣無罪不聽露地裸形而浴若水齊腰腋得用無罪若坐水中至膝亦得出已取已衣著整理而去

雜福緣第六

如薩婆多論云若作僧房及以塔像曠路作井及作橋梁船此人功德一切時生常資施主除三因緣一前事毀壞二此人若死三若起惡邪無此三因緣者福德常生又增一阿含經云爾時世尊告諸比丘有五施不得其福云何爲五一以刀施人二以毒施人三以野牛施人四以婬女施人五以造作神祠是謂有此五施不得其福復有五施人天得福云何爲五一造作園觀二造作林樹三造作橋梁四造作大船五與當來過去造作房舍住處是謂有此五事令得其福爾時世尊便說此偈

園觀施清涼　及作好橋梁　河津度人民
并作好房舍　彼人日夜中　恒當受其福
戒定以成就　此人必生天

又僧祇律有諸天子以偈問佛

何等人趣善　何等人生天　何等人晝夜
長養善功德

爾時世尊以偈答言

曠路作好井　種植園果施　樹林施清涼
橋船度人民　布施修淨戒　智慧捨慳貪
功德日夜增　常生天人中

又正法念經云若有衆生施人美水或覆井泉恐諸毒蛇墮於井中行人飲之而致苦惱命終生三管箜篌天受五欲樂從此命終若

得人身王所愛重若見病困咽喉出聲餘命未盡施其漿飲或施其財以贖彼命命終生深水天如帝釋快樂從天命終隨業流轉不墮三塗得受人身從生至生不遭病苦無有惱亂若有衆生持戒見比丘僧以扇布施令得清涼讀誦經法命終生風行天香氣來吹悦樂無比若有衆生於河津濟造立橋船以善心渡持戒人兼渡餘人不作衆惡命終生鬘持天受五欲樂命盡人中爲王典藏

又譬喻經云昔有母子三人常作三事一作大船置於河中以度百姓二於都市造立好井以供萬民三於四門各作圊厠給人便利修是功德命終之後皆生天上受福自然下生人中富貴長壽所生之處不經三塗設此微福尚獲果報巍巍無量何況有人廣修功德造立塔寺分檀布施作諸福業百千萬倍復勝於此不可計量故成實論引經偈云

若種樹園林　造井橋梁等　是人所爲福
晝夜常增長

又華手經云佛告舍利弗菩薩有四法終不退轉無上菩提何等爲四一者若見塔廟毀壞當加修治若塊若泥乃至一塼二者若於四衢道中多人觀處起塔造像爲作念佛善福之緣塔中畫作若轉法輪及出家相乃至雙樹入涅槃相三者若見有比丘僧二部諍訟勤求方便令其和合四者若見佛法欲壞能讀誦説乃至一偈令法不絶爲護法故敬養法師專心護法不惜身命菩薩若成是四法者世世當作轉輪聖王得大身力如那羅延捨四天下而行出家能得隨意修四梵行

命終生天作大梵王乃至究竟成無上道是故智者欲求佛道當作是學又放牛經出增一阿含別品同譯佛告諸比丘有十一法放牛兒不知放牛便宜不曉養牛何等爲十一一者放牛兒不知色二者不知相三者不知摩刷四者不知護瘡五者不知作煙六者不知擇道行七者不知處牛八者不知何道渡水九者不知逐好水草十者不知𤛓牛不遺殘十一者不知分別養可用不可用如是十一事放牛兒不曉養護其牛者牛終不孳息日日有減此比丘亦有十一種損益不可具述佛於是頌曰

放牛兒審諦　牛主有福德　六頭牛六年
成六十不減　放牛兒聰明　知分別諸相
如此放牛兒　先世佛所譽

頌曰

直影端形　虛巖應響福滋善運果由因上
委質圓音　輸誠閟奬　慧之陰德　冥資功賞

諸經要集卷第八下

音釋

療力嶠切治也　羖公戶切牡羊也　堰於憾切壅水也　鏬呼嫁切孔隙也　觝都禮切抵觸也　捫莫昆切摩也　壠力董切中高處也　涸下各切水竭也　嚫初覲切嚫施也　撤丑列切除去也　鐫子泉切刻也　蔡愔愔於金切蔡愔人名　圊廁圊七情切廁初吏切圊廁溷也　躡眠輒切履踐也　漬疾智切浸潤也　藿虛郭切香草也　紺黛紺古暗切黛待耐切　痺卑利切足冷濕病也　濡而充切與輭同　澡漱澡子皓切洗手也漱蘇奏切蕩口也　犍椎梵語也此云磬又云鐘凡法器皆曰犍椎犍巨寒切椎音槌　堍徒古切瓶也　腋羊益切左右肘脅間曰腋　刷數滑切刮也　𤛓古候切取牛羊乳也　孳即移切生息也　閟彼義切深幽也

諸經要集卷第九上

唐西明寺沙門道世撰

擇交部第十六（此有五緣）

述意緣
善友緣
惡友緣
債負緣
懲過緣

述意緣第一

夫理之所窮唯善與惡顧此二途條然易辨幽則有罪福苦樂顯則有賢愚榮辱愛榮憎辱趣樂背苦含識所必同也今愛榮而不知慕賢求福而不知避禍譬猶播植粃稗而欲歲取精粮驅駕駑蹇而望騰超夐絕不亦惑哉如鳥獸蟲虺之智猶知因風假霞託迅附高以成其事奚況於人而無託友以就其善乎故所託善友則存名而成德所親闇蔽則身悴而名惡也故玄軌之宗出於高範切磋之意事存我友又如搏牛之蝱飛極百步若附鸞尾則一翥萬里此豈非其翼工之所託迅也亦同凡夫弱喪極趣不越人天之善若憑大聖之威則高昇十地同生淨域也

善友緣第二

如涅槃經云阿難比丘說半梵行名善知識佛言不爾具足梵行乃名善知識又云善知識者如法而說如說而行云何名爲如法而說如說而行自不殺生教人不殺生乃至自行正見教人行正見若能如是則得名爲眞善知識自修菩提亦能教人修行菩提以是義故名善知識自能修行信戒布施多聞智

慧亦能教人修行信戒布施多聞智慧復以是義名善知識善知識者有善法故何等善法所作之事不求自樂常爲衆生而求於樂見他有過不訟其短口常宣説純善之事以是義故名善知識善男子如空中月從初一日至十五日漸漸增長善知識者亦復如是令諸學人漸遠惡法增長善法善男子若有親近善知識者本未有定慧解脱解脱知見即便有之未具足者則得增廣又云善友當觀是人貪欲瞋恚愚癡思覺何者偏多若知是人貪欲多者則應爲説不淨觀法瞋恚多者爲説慈悲思覺多者教令數息著我多者當爲分析十八界等聞已修行次第獲得四念處觀身受心法得是觀已次第得觀十二因緣如是觀已次得煖法從得煖法乃至漸得羅漢辟支佛果菩薩大乘佛果等依此而生更無疑滯自利利他不加水乳是名眞善知識法師之位若不具此非善知識加水之法不可依承故佛性論引經偈云

無知無善識　惡友損正行　蜘蛛落乳中
是乳轉成毒

是故要須眞實利益衆生先自調伏然後教人無寡聞失無退行失無散亂失無輕慢失無顛倒失無貪求失無瞋恚失無邪行失無著我失無小行失具此十法名善知識故莊嚴論偈云

多聞及見諦　巧説亦精懃　不退此丈夫
菩薩勝依止

又佛本行經云爾時世尊又共長老難陀至於一賣香邸見彼邸上有諸香裹見已即告

長老難陀作如是言難陀汝來取此邸上諸香裹物難陀爾時即依佛教於彼邸上取諸香裹佛告難陀汝於漏刻一移之頃捉持香裹然後放地爾時長老難陀聞佛如此語已手執此香裹於一刻間還放地上爾時佛告長老難陀汝今當自齅於手看爾時難陀聞佛語已即齅自手佛語難陀汝齅此手作何等氣白佛言世尊其手香氣微妙無量佛告難陀如是如是若人親近諸善知識恒常共居隨順染習相親近故必定當得廣大名聞

爾時世尊因此事故而說偈言

若有手執沉水香　及以藿香麝香等
須臾執持香自染　親附善知識復然

爾時世尊復說偈言

若人親近惡知識　現世不得好名聞
必以惡友相親近　當來亦墮阿鼻獄
若人親近善知識　隨順彼等所業行
雖不現證世間利　未來當得盡苦因

又四分律云親友意者要具七法方成親友一難作能作二難與能與三難忍能忍四密事相告五互相覆藏六遭苦不捨七貧賤不輕如是七法人能行者是親善友應親附之

又大莊嚴論佛說偈言

無病第一利　知足第一富　善友第一親
涅槃第一樂

又迦羅越六向拜經云善知識者有四輩一外如怨家內有厚意二於人前直諫於外說人善三病瘦縣官為共評訟憂解之四見人貧賤心不棄捐當念欲富之善知識者復有四輩一為吏所捕將歸藏匿於後解決之二

有病瘦消損將歸養視之三知識死亡當觀視之四知識已死復念其家

惡友緣第三

如尸迦羅越六向拜經云惡知識者有四輩一內有怨心外强爲知識二於人前好言語背後説人惡三有急時於人前愁苦背後歡喜四外如親厚內與怨謀惡知識復有四輩一小侵之便大怒二有倩使之便不肯行三見人有急時避人走四見人死亡棄之不視

又涅槃經云菩薩摩訶薩觀於惡象及惡知識等無有二何以故俱壞身故菩薩摩訶薩於惡象等心無怖懼於惡知識生怖畏心何以故是惡象等唯能壞身不能壞心惡知識者二俱壞故是惡象等唯壞一身惡知識者壞無量善身無量善心是惡象等唯能破壞不淨臭身惡知識者能壞淨身及以淨心是惡象等能壞肉身惡知識者壞於法身爲惡象殺不至三惡爲惡友殺必至三惡是惡象等但爲身怨惡知識者爲善法怨是故菩薩常當遠離諸惡知識

又增一阿含經世尊説偈云

莫親惡知識　亦莫愚從事　當近善知識

人中最勝者　人中無有惡　習近惡知識

後必種惡根　永在暗中行

又中阿含經云爾時世尊告諸比丘有七怨家法而作怨家第一不欲令怨家有好色雖好沐浴名香塗身然爲色故瞋恚覆心而作怨家第二不欲令怨家安隱睡眠雖卧牀枕覆以錦綺然故憂苦不捨瞋恚覆心而作怨家第三不欲令怨家而得大利雖應得利而

不得利應不得利而得其利彼此二法更互相違瞋恚覆心而作怨家第四不欲令怨家有朋友若有親朋捨離避去因瞋覆心而作怨家第五不欲令怨家有稱譽彼惡名醜聲周聞諸方因瞋覆心而作怨家第六不欲令怨家極大財富彼大富人儻失財物因瞋覆心而作怨家第七不欲令怨家身壞命終往至善處彼身口意惡行已命終必至惡處生地獄中而作怨家

又阿含經云遠惡近善有四法當急走避之去百由旬一由旬四十里百由旬四千里四法者一惡友二惡衆三或多語戲笑四或瞋或鬬

又善生經云受戒者五處不應行謂屠兒婬女酒肆國王旃陀羅舍等有五種業不應作謂賣毒藥釀皮摴蒱圍碁六博歌舞倡伎等

又寶雲經云持戒之人不聽向破戒家乞食

又金剛仙論云出家人不許向屠兒酒肆婬女惡象惡狗等家乞食亦不得數往親近之

又大方廣總持經云佛言善男子佛滅度後若有法師善隨樂欲爲人說法能令菩薩學大乘者及諸大衆有發一毛歡喜之心乃至暫下一滴淚者當知皆是佛之神力若有愚人實非菩薩假稱菩薩謗眞菩薩及所行法復作是言彼何所知彼何所解若彼此和合則能住持流通我法若彼此違諍則正法不行此謗法之人極大罪業墮三惡道難可出離若有愚人作佛所說而不信受雖復讀誦千部大乘爲人解說獲得四禪以謗他故七十劫中受大苦惱況彼愚人實無所知而自

貢高乃至誹謗一四句偈當知是業定墮地獄永不見佛以惡眼視發菩提心人故得無眼報以惡口謗發菩提心人故得無舌報

又賢愚經云昔佛在世時有微妙比丘尼得阿羅漢果與諸尼衆自說往昔所造善惡業行果報告尼衆曰乃往過去有一長者其家巨富唯無子息更取小婦夫甚愛念後生一男夫婦敬重視之無厭大婦心妬私自念言此兒若大當攝家業我唐勤苦聚積何益不如殺之即取鐵針刺兒顖上後遂命終小婦疑是大婦殺即便語言汝殺我子大婦爾時謂無罪福反報之殃即與呪誓若殺汝子使我世世夫爲蛇螫所生兒子水漂狼噉自食子肉身現生埋父母居家失火而死作是誓已後時命終緣殺兒故墮於地獄受無量苦地獄罪畢得生人中爲梵志女年漸長大適娶夫家産生一子後懷妊月滿欲産夫婦相將向父母舍至於中路腹痛遂夜宿樹下夫時別卧前所呪誓今悉受之時有毒蛇螫殺其夫婦見夫死即便悶絶後乃得穌至曉天明便取大兒著於肩上小者抱之涕泣進路路有一河深而且廣即留大兒著於此岸先抱小者渡著彼岸還迎大兒兒見母來入水趣母水即漂亡母尋追之力不能救須臾之間俄爾没死還趣小兒狼來噉訖但見流血狼藉在地母時迷絶良久乃穌遂前進路逢一梵志是父親友即向梵志具陳辛苦梵志憐愍相對啼哭尋問家中平安已不梵志答言父母眷屬大小近已失火一時死盡聞之懊惱死而復穌梵志將歸供給如女後復適

娶妊身欲産夫外飲酒日暮乃還婦暗閉門在內獨坐須臾婦産夫在門外喚婦産未竟無人往開夫破門入捉婦熟打婦陳産意夫瞋怒故尋取兒殺以酥煮之逼婦令食婦食子後心中酸結自惟薄福乃值斯人便棄逃走到波羅柰至一園中樹下坐息有長者子其婦新死日來塚上追戀啼哭見此女人樹下獨坐即便問之遂爲夫婦經於數日夫忽壽終時彼國法若其生時夫婦相愛夫死之時合婦生埋時有羣賊來開其塚賊帥見婦面首端正即納爲婦經於數旬夫破他塚爲主所殺賊伴將屍来付其婦復共生埋經於三日狐狼開塚因而得出自尅責言宿有何罪旬日之間遭斯禍厄死而復穌今何所歸得全餘命聞釋迦佛在祇洹中即往佛所求哀出家由於過去施辟支佛食發願力故今得值佛出家修道得阿羅漢達知先世殺生之業所作呪誓墮於地獄現在辛酸受斯惡報無相代者微妙自說昔大婦者今我身是雖得羅漢恒熱鐵針從頂上入足下而出晝夜患此無復堪忍殃禍如是終無朽敗

又入大乘論堅意菩薩說偈曰

誹謗大乘法　決定趣惡道　焚燒甚苦痛
業報罪信爾　若從地獄出　復受餘惡報
諸根常缺漏　永不聞法音　設使得聞者
復生於謗法　以謗法因緣　還墮於地獄

債負緣第四

如法句喻經云昔佛在世時有比丘名弗迦沙王入羅閱城分衛於城門中有新産牸牛被所觝殺牛主怖懼賣牛轉與他人其牽牛

欲飲水牛從後復觝殺其主其主家人瞋恚取牛殺之於市賣肉有田舍人買取牛頭貫擔持歸去舍里餘坐樹下息以牛頭掛樹枝須臾繩斷牛頭落下正墮人上牛角刺人即時命終一日之中凡殺三人瓶沙王聞之怪其如此即與羣臣往詣佛所具問其意佛告王曰往昔有賈客三人到他國內與生寄住孤獨老母舍應與雇舍直見老母孤獨欺不欲與伺老母不在嘿去不與母歸不見客即問此居皆云已去老母瞋恚尋後逐及疲頓索直三客逆罵我前已與云何復索同聲共觝不肯與直老母單弱不能奈何懊惱啼哭我今窮厄何忍欺觝願我後世所生之處若當相值要當殺汝正使得道終不相置佛語瓶沙王爾時老母者今此牸牛是也三賈客者弗迦沙等三人爲牛所觝殺者是也於是世尊即說偈言

惡口罵詈　憍陵蔑人　興起是行　疾怨滋生
遜言順辭　尊敬於人　棄結忍惡　疾怨自滅
夫士之生　斧在口中　所以斬身　由其惡言

又出曜經云昔罽賓國中有兄弟二人其兄出家得阿羅漢弟在家中治修居業時兄數來教誨勸弟布施持戒修善作福現有名譽死生善處而弟報曰兄今出家不慮官私不念妻子田業財寶我有此務而兄數誨不用兄教後病命終生在牛中爲人所驅馱鹽入城兄從城中出遇見之即爲說法時牛聞之悲哽不樂牛主見已語道人曰汝何道說而使我牛愁憂不樂道人報曰此牛前身本是我弟昔日負君一錢鹽債故墮牛中以償君

力牛主聞已語道人曰君弟昔日與我親友是時牛主即語牛曰吾今放汝不復役使牛聞感激至心念佛自投深澗即便命終得生天上受極快樂以是因緣若人負債不可不償又成實論云若人負債必墮牛羊麞鹿驢馬等中償其宿債

又毗婆沙論云曾聞有一女人爲餓鬼所持即以呪術而問鬼言何以惱他女人鬼答之言此女人者是我怨家五百世中而常殺我我亦五百世中斷其命根若彼能捨舊怨之心我亦能捨爾時女人作是言我今已捨怨心鬼觀女人雖口言捨而心不放即斷其命

又雜寶藏經云目連至恒河邊見五百餓鬼羣來趣水有守水鬼以鐵杖驅逐令不得近於是諸鬼遥詣目連禮目連足各問其罪一鬼曰我受此身常患熱渴先聞恒河水清且涼歡喜趣之沸熱壞身試飲一口五藏燋爛臭不可當何因緣故受如此罪目連曰汝先世時曾作相師相人吉凶少實多虛或毀或譽自稱審諦以動人心詐惑欺誑以求財利迷惑衆生失如意事復有一鬼言我常爲大狗利牙赤白來噉我肉唯有骨在風來吹起肉續復生狗復來噉我此苦何因目連答言汝前世時作天祠主常教衆生殺羊以血祠天汝自食肉是故今日以肉償之復有一鬼言我常身上有糞周遍塗涸亦復噉之是罪何因目連答言汝前世時作婆羅門惡邪不信道人乞食取鉢盛滿糞以飯著上持與道人道人持還以手食飯糞汙其手是故今日受如此罪也復有一鬼言我腹極大如甕咽

喉手脚甚細如針不得飲食何因此苦目連答言汝前世時作聚落主自恃豪貴飲酒縱橫輕欺餘人奪其飲食飢困衆生故受此苦復有一鬼言我常趣溷欲噉食糞有大羣鬼捉杖驅我不得近厠口中爛臭飢困無賴向因如此目連答言汝前世時作佛圖主有諸白衣供養衆僧供辦食具汝以麤供設客僧細者自食故受此苦復有一鬼言我身上遍滿生舌斧來斫舌斷斷復續生如此不已何因故爾目連答言汝前世時作道人衆僧差作蜜漿石蜜塊大難消以斧斫之盜心噉一口以是因緣還斫舌也復有一鬼言我常有七枚熱鐵丸直入我口入腹五藏燋爛出復還入何因故受此罪目連答言汝前世時作沙彌行果蓏子到自師所敬其師故偏心多與實長七枚故受此苦復有一鬼言常有二熱鐵輪在我兩腋下煿身燋爛何因故爾目連答言汝前世時與衆僧作餅盜心取二番挾兩腋底故受此苦復有一鬼言我癭丸極大如甕行時擔著肩上住則坐上進止患苦何因故爾目連答言汝前世時作市令常以輕秤小斗與他重秤大斗自取常自欲大利於已侵剋餘人復有一鬼言我常兩肩有眼胷有口鼻常無有頭何因故爾目連答言汝前世時恒作魁膾弟子若殺罪人時汝常歡喜心以繩著結挽之故受此苦復有一鬼言我常有熱鐵針入出我身受苦無賴何因故爾目連答言汝前世時作調馬師或作調象師象馬難制汝以鐵針刺脚又時行遲亦以針刺故受此苦復有一鬼言我身常有火出

自然懊惱何因故爾目連答言汝前世時作國王夫人更一夫人王甚幸愛常生妬心伺欲危害值王即卧起去時所愛夫人眠猶未起著衣即生惡心正值作餅有熱麻油即以灌其腹上腹爛即死故受此苦復有一鬼言我常有旋風迴轉我身不得自在隨意東西心常惱悶何因故爾目連答言汝前世時常作卜師或時實語或時妄語迷惑人心不得隨意故受此苦復有一鬼言我身常如塊肉無有脚手眼耳鼻等恒爲蟲鳥所食罪苦難堪何因緣故爾目連答言汝前世時常與他藥墮他兒胎故受此苦復有一鬼言我常有熱鐵籠籠絡我身燋熱懊惱何因受此目連答言汝前世時常以羅網掩捕魚鳥故受此苦復有一鬼言我常以物自蒙籠頭亦常畏人來殺我心常怖懼不可堪忍何因故爾目連答言汝前世時婬犯外色常畏人見或畏其夫捉縛打殺或畏官法戮之都市恐怖相續故受此苦復有一鬼問言我受此身肩上常有銅瓶滿中烊銅手捉一杓取自灌頭舉體燋爛如是受苦無數無量有何罪咎目連答言汝前世時出家爲道僧典飲食以一酥瓶私著餘處有客道人來者不與之去已出酥行與舊僧此酥是招提僧物一切有分此人藏隱雖與不等由是緣故受此罪也

譬喻經云昔外國有人死魂自鞭其屍傍人問曰是人已死何以復鞭報曰此是我故身爲我作惡見經戒不讀偷盜欺詐犯人婦女不孝父母兄弟惜財不肯布施今死令我墮惡道中勤苦毒痛不可復言是故來鞭之耳

又依無量壽經云憍梵波提過去世曾作比丘於他粟田邊摘一莖粟觀其生熟數粒墮地五百世作牛償之故智度論云以其習氣後得人身產出牛蹄飼食佛慜度之出家得阿羅漢果

懲過緣第五

如維摩經云故以若干苦切之言乃可入律書云聞諫如流斯言可録很戾不信惡馬難調撫膺多愧常以自箴庶有聞論故序心曲今欲緘其言而整其身者未若先挫其心而次折其意故經云制之一處無事不辦譬如金山窟穴狐兔所不敢停渟淵澄海蛙黽所不肯宿故知潔其心而淨其意者則三塗報息四德常滿防意如城守口如瓶可謂金河遺寄屬在伊人玉門化廣信於斯矣既策斯三業則能除四患何等四患謂生老病死也故受胎經云衆生受胎之時備盡艱難冥冥寞寞狀若浮塵十月將滿母胎知苦業風催促頭向產門墮地鞕觸如在刀山風激冷觸如似寒冰當爾之時生爲實苦又涅槃經云譬如燈炷唯賴膏油膏油既盡勢不久停人亦如是唯賴壯膏壯膏既盡衰老之炷何得久住

又出曜經佛說老苦偈云

少時氣盛壯　爲老所見逼　形衰極枯槁
氣竭憑杖行

又佛說死苦偈云

氣絕神逝　形骸蕭索　人物一統　無生不終

又涅槃經云夫死者於嶮難處無有資糧去處懸遠而無伴侶晝夜常行不知邊際深邃

幽暗無有燈明入無門户而有處所雖無痛處不可療治往無遮止到不得脫

又無量壽經云獨生獨死獨來獨去苦樂之地身自當之無有代者幽幽冥冥别離長久道路不同會見無期甚難甚難復得相值夫生則喜親族歡聚盡慈愛之知死則朝亡暮殯便有恐畏分離之狀歌哭相送往者不知反室空堂寂滅無覩存亡有無變化俄頃故

出曜經佛重說死苦偈云

命如果待熟　常恐會零落　已生皆有苦
孰能致不死

猶如死囚　將詣都市　動向死道　人命如是
如河駛流　往而不返　人命如是　逝者不還

又華嚴經有十種慢業應當避之一於尊重福田和尚阿闍黎父母沙門婆羅門所而不尊重恭敬供養是爲慢業二有諸法師得勝妙法於大乘深法知出生死道得陀羅尼成就多聞具智慧藏善能說法而不信受恭敬供養是爲慢業三聽受法時若聞深法應發離欲心歡喜無量而不讚法師令衆歡喜是爲慢業四起慢心自高陵彼不省已過不調自心是爲慢業五起計我心見有功德智慧者不讚其美見無德者反說其善若聞讚他於彼人所起嫉妬心是爲慢業六若有法師知是法是律是實是佛語以憎嫉故說言非法非律非實非佛語欲壞他信心故是爲慢業七自數高座我爲法師不應執事不應恭敬供養餘人諸修梵行尊長有德悉應恭敬供養於我是爲慢業八遠離顰蹙惡眼視彼常以和顏等觀衆生言常柔軟無有麤獷離

恚恨心而於彼法師求其過惡是爲慢業九以我慢心於多聞者不往恭敬起聽聞法留難亦不諮問何等爲善何等不善何等應作何等不應作何等業長夜饒益一切衆生作何等行不益衆生作何等行從明入明作何等行從冥入冥如是人輩爲我心漂没不能得見出要正道是爲慢業十起慢心故不值諸佛難得之法消盡宿世所種善根不應說而說起訶責心更相譏論住如是法應入邪道但菩提心劣故而不永捨菩薩所行雖不捨菩薩道而於無量百千萬劫尚不值佛何況聞法是爲慢業

又出曜經偈云

衆生爲慢纏　染著於憍慢　爲見所迷惑

不免生死際

故知凡夫爲惡雖少後世染苦獲無邊報如毒在心人意不同白衣營生不知顧死然生不可保死必奄至尋此危命非朝則夕俄頃之間凶變無常徒修田宅愛戀妻兒

又法句喻經云佛在舍衛國時城中有婆羅門年向八十財富無數爲人難化不識道德不計無常更作好舍前廳後堂涼臺温室東西兩廂廡數十梁唯後堂前距陽未訖時婆羅門恒自經營指授衆事佛以道眼見此老公命不終日當就後世不能自知而方忪忪繕治精神無福甚可憐愍佛將阿難往到其門慰問老公得無勞倦今作此舍何所爲安公言前廳待客後堂自處東西二廂當安兒息財物僕使夏上涼臺冬入温室佛語老公久聞宿德思遲談講佛有要偈存亡有益欲

以相贈不審可不願小廢事共坐論說不耶老公答言今正大遽不容坐語後日更來當共善叙所云要偈便可說之於是世尊即說偈言

有子有財　愚唯汲汲　我且非我　何有子財
暑當止此　寒當止此　愚多預慮　莫知來變
愚矇愚蔽　自謂我智　愚而稱智　是謂極愚

婆羅門言善說此偈今實遑遽後來更論之於是世尊傷之而去老公於後自授屋椽椽墮打頭破即時命過室家啼哭驚動四隣佛去未遠便有此變里頭逢諸梵志數十人問佛從何所來佛言屬到此死老公舍爲公說法不信佛語不知無常今者忽然已就後世具爲諸梵志更說前偈義聞之欣然即得道跡於是世尊爲說偈言

愚暗近智　如瓢酙味　雖久狎習　猶不知法
開達近智　如舌嘗味　雖須臾習　即解道要
愚人造行　爲身招禍　快心作惡　自致重殃
爲行不善　退見悔悋　致涕流面　報由宿習

時諸梵志重聞此偈益懷篤信爲佛作禮歡喜奉行

又正法念經云若有衆生見他親友互相破壞以懷怨結能爲和合命終生欲愛天隨心所念即得五欲自娛若有衆生見人破亡爲他抄掠救令得脫或於險處教人正道或疑怖處令他安隱命終生正行天天女供養受五欲樂若生人中生於正見大長者家若有人能柔輭深心離一切垢涅槃解脫猶如在手輭心之人心如白鑞修行善業衆人所信麤獷之人如金剛恒常不忘怨結之心行不

調伏衆人所憎不愛不信爾時孔雀菩薩以佛經偈而説頌曰

善人心柔輭　猶如成鍊金　斯人内外善
速得脱衆苦　若人心器調　一切皆柔輭
斯人生善種　猶如良福田

又訶雕阿那含經云阿那含有八事不欲令人知何等爲八一不求不欲令人知二信不欲令人知三自羞不欲令人知四自慚不欲令人知五精進不欲令人知六自觀不欲令人知七得禪不欲令人知八黠慧不欲令人知所以不欲令人知者不欲煩擾於人故頌曰

膽蔔改蓬心　伊蘭變芳樹　規輪時有缺
皓絲不常素　三益竊所欣　四隙行當護
勗哉深自勉　誠之誠可慕

諸經要集卷第九上

音釋

粃稗（粃卑履切不成粟也稗蒲拜切稊稗也）駑蹇（駑乃都切駑駘也蹇居偃切跛足也）虺（呼鬼切蛇而小）翥（章恕切舉也）析（先擊切分也）摴蒱（摴丑居切蒱薄胡切摴蒱博戲也）顖（息進切頭會腦蓋也）螫（施隻切蟲毒也）罽賓（梵語也此云賤種罽居刈切）煿（補各切火乾也）摘（側革切手取也）渟（特丁切水止曰渟）蛙黽（蛙烏瓜切黽母耿切蛙黽並水蟲）駛（踈士切疾也）忪（職容切心動也）庌（五下切廡也）獷（古猛切惡也）黠（胡八切聰慧也）隙（綺戟切間隙也）

諸經要集卷第九下

唐西明寺沙門道世撰

思慎部第十七此有五緣

述意緣　慎過緣　慎禍緣

慎境緣　慎用緣

述意緣第一

夫思慎防過無患之理緘口息謗離惡之原誡始慎終是君子之鹽梅敬初護末是養生之要趣庶鑒罪福之沉浮知吉凶之樂苦譬目暗於自見借鏡以觀形髮拙於自理必假櫛以自通故面之所以形明鏡之力也髮之所以理玄櫛之功也行之所以芳蓋言之益也果之所以勝蓋因之善也是故身之將敗必不納正諫之言命之將終必不可授之良藥也

慎過緣第二

如大集經濟龍品云爾時衆中有一盲龍名曰頗羅機梨奢舉聲大哭作如是言大聖世尊願救濟我我今身中受大苦惱日夜常爲種種諸蟲之所唼食居熱水中無時暫樂佛言梨奢汝過去世於佛法中曾爲比丘毀破禁戒内懷欺詐外現善相廣貪眷屬弟子衆多名聲四遠莫不聞知我和尚得阿羅漢果以是因緣多得供養獨受用之見持戒人反惡加説彼人懊惱如是念言世世生生中願我所在食汝身肉如是惡業死生龍中是汝前身衆生願故食噉汝身惡業因緣得此盲報又過去無量劫中在融赤銅地獄之中常爲諸蟲之所食噉龍聞此語憂愁啼哭作如是言我等今者皆悉至心咸共懺悔願令此

苦速得解脱彼龍衆中二十六億諸餓龍等念過去身皆悉雨涙念過去身於佛法中雖得出家備造惡業經無量身在三惡道以餘報故猶在龍中受極大苦如青色龍我亦如是爾時世尊語諸龍言汝可持水洗如來足令汝殃罪漸得除滅時一切龍以手掬水水皆成火變作大石滿於手中生大猛燄棄已復生如是至七一切龍衆見如是已驚怖懊惱啼泣雨涙佛教立大誓願已燄火皆滅乃至八過以手捧水洗如來足至心懺悔佛記諸龍彌勒佛時當得人身值佛出家精進持戒得羅漢果時諸龍等得宿命心自念過業於佛法中或爲俗人親屬因緣或復聽法來去因緣所有信心捨施種種華果飲食共諸比丘依次而食或有説云我常喫噉四方衆僧華果飲食或有説言我往寺舍布施衆僧或復禮拜如是喫噉或復説言我從毗婆尸如來法中曽作俗人乃至有説我釋迦牟尼佛法之中曽作俗人或以親舊問訊因緣或復來去聽法因緣往還寺舍有信心人供養僧故捨施華果種種飲食比丘得已迴施於我我得便食彼業因緣於地獄中經無量劫大猛火中或燒或煮或飲烊銅或吞鐵丸從地獄出墮畜生中捨畜生身生餓鬼中如是種種備受辛苦惡業未盡生此龍中常受苦惱佛告諸龍此之惡業與盜佛物等無差別此五逆業其罪如半汝等今當盡受三歸一心修善以此緣故於賢劫中值最後佛名曰樓至於彼佛世罪得除滅時諸龍等聞是語已皆悉至心盡其形壽各受三歸

時彼衆中有盲龍婦口中胮爛滿諸雜蟲狀如戻屎乃至穢惡猶若婦人根中不淨臊臭難看種種噉食膿血流出一切身分常爲蚉虻諸惡毒蠅之所唼食身體臭處不可見聞爾時世尊以大悲心見彼龍婦眼盲困苦如是問言妹何緣故得此惡身於過去世曾爲何業龍婦答言世尊我今此身衆苦逼迫無暫時得停設復欲言而不能説我念過去三十六億於百千年生惡龍中受如是苦乃至日夜剎那不停爲我往昔九十一劫於毗婆尸佛佛法之中作比丘尼思念欲事過於醉人雖復出家不能如法於伽藍内犯於法律恒受三惡道受諸燒煑説此語已願救濟我身爾時世尊聞是語已即以少水瀉龍口中火及蟲膿悉皆滅盡龍口清涼作如是言大聖如來我憶過去迦葉佛時曾作俗人在田犂地有一比丘來從我乞求五十錢我時報言聽待穀熟當與汝食比丘復言若當五十不可得者願乞十文我於爾時瞋彼比丘而語之言乃至十文亦不相與時彼比丘心生懊惱又於餘時往寺舍中入樹林中輙便盜取現在僧物十菴羅果而私食之彼業因緣地獄受苦惡業未盡生野澤中作餓龍身常爲種種諸蟲食噉膿血流溢飢渴苦惱又彼比丘以瞋忿心惡業緣故死便即作小毒龍身生我腋下唻於我血熱氣觸身不可堪忍是故我身熱膿血滿龍白佛言大悲世尊唯願慈哀救濟於我令我脱彼怨家毒龍爾時世尊以手抄水發誠實語作如是言我曾往昔於飢饉世爾時願作大身衆生長廣無量

以神通力於虚空中唱如是言彼野澤中有大身蟲名曰不瞋汝等可往取其身肉以爲飲食可得不飢時彼世中人非人等聞此聲已一切悉往競取食之說是眞實諦信語時彼龍腋下小龍即出時此二龍俱白佛言世尊我等久近離此龍身解脱殃罪佛告龍言此業大重次五無間何以故若有四方常住僧物或現前僧物篤信檀越重心施物或華果樹園飲食資生牀褥敷具疾病湯藥一切所須私自費用或持出外乞與知識親里白衣此罪重於阿鼻地獄所受果報是故汝等可受三歸歸三寶已乃可得往於冷水中如是三稱三受身即安隱得入水中爾時世尊即爲諸龍而說偈言

寧以利刀自割身　肢節身分肌膚肉
所有信心捨施物　俗人食者實爲難
寧呑大赤熱鐵丸　而使口中光燄出
所有衆僧飲食具　不應於外私自用
寧以大火若須彌　以手捉持而自食
其有在家諸俗人　不應輒食施僧食
寧以利刀自屠膾　身體皮膜而自噉
其有在家諸俗人　不應受取僧雜食
寧以自身投於彼　滿室大火猛燄中
其有在家俗人輩　不應坐卧僧牀席
寧以大熱燄鐵錐　拳手握持便燋爛
其有在家俗人等　不應私用於僧物
寧以勝利好刀砧　而自臠切其身肉
勿於出家清淨人　發起一念瞋恚心
寧以自手挑兩眼　捐棄捉之擲於地
其有習行善法者　不應懷忿瞋心視

寧以熱鐵鍱其身　東西起動行坐卧
不應瞋忿心妬嫉　而著衆僧淨施衣
寧飲灰汁鹹鹵水　熱沸爍口猶如火
不應懷貪恚惡心　服食衆僧淨施藥

爾時世尊說此偈已一萬四千諸龍衆皆悉受三歸所有過去現在業報諸苦惱中而得解脫深信三寶其心不退復有八十億諸龍衆等亦於三寶起歸敬心

又大集經云或作比丘所得種種資生之具皆是信心檀越所施而是衆生或自食噉或與他人或共衆人盜竊隱藏私處自用如是業故墮三惡道久受勤苦復有衆生貧窮下賤不得自在是故出家望得富饒解脫安樂既出家已懈怠懶墮不讀誦經禪慧精勤捨而不習樂知僧事復有比丘晝夜精勤樂修善法讀誦經典坐禪習慧不捨須臾以是因緣感諸四輩種種供養時知事人得利養已或自私食或復盜與親舊俗人以是等緣久處惡道出已還入如是愚瞋不見當來果報輕重我今戒勑沙門弟子念法住持不得自稱我是沙門真法行人倚衆僧故受他信施物或餅或菜或果或華但是衆僧所食之物不得輒與一切俗人亦不得云此是我物別衆而食又亦不得以衆僧物貯積興生種種販賣云有利益招世譏嫌又亦不得出貴收賤與世爭利又亦不得為於飲食及僧因緣使諸衆生墮三惡道應須勸引安善法中令比丘衆真信三寶攝諸衆生乃至父母令得安隱置三解脫又十輪經云若有四方僧物資生雜物等持戒破戒如是人等悉不與之

以是因縁命終已後皆墮阿鼻地獄

慎禍縁第三

如舊雜譬喻經云昔有一國五穀熟成人民安寧無有疾病晝夜伎樂人無憂惱王問羣臣我聞天下有禍何類答曰臣亦不見王便使一臣至於隣國求覓買之天神則化作一人於市中賣之狀類如猪持鐵鎖繫縛賣之臣問此名何等答曰禍毋臣曰賣不答曰賣問曰索幾錢答曰千萬問曰此食何等答曰食針一升既買得已臣使家家發求覓針如是人民兩兩三三相逢求針使諸郡縣處處擾亂百姓所在之處患毒無憀臣白王曰雖得禍毋致使民亂男女失業欲殺棄之王審許不王言大善便於城外將殺刺便不入斫則不傷割而不死積薪燒之身赤如火便走出去過里燒里過市燒市入城燒城入國燒國擾亂人民飢餓困苦坐由耽樂買禍所致苦也此喻女色欲火所燒男女貪毒至死不知苦也

慎境縁第四

如正法念經孔雀菩薩告諸大衆若有比丘畏於惡名則離諸過所謂不入女人戲笑之處不入酒肆不近沽酒不與共語不近嗜酒人亦不與語不近賊人不近先作大惡之人不近好鬪之人不近陰惡懷毒人不近無恒數捨道人不近博戲人不近伎樂人不近小兒不近繫縛女色人不近輕躁人不近不護口人不近貪人不近販賣欺誑人不近巧僞市道世所惡賤人不近掘河池人不近黄門女人同路一步不近調象人不近魁膾人不

近調馬人不近斷見人不近無戒人如是惡人不應親近近如是人必與同行是故比丘當畏惡名不應與此不淨業人同路行於一足之地而說頌曰

若人近不善　則爲不善人　是故應離惡
莫行不善業　隨近何等人　數數相親近
近故同其行　或善或不善　一切人求善
當近於善人　如是能得樂　善則非苦因
近善增功德　近惡增尤甚　功德及惡相
令如是略說　若近於善友　則得善名稱
若近不善人　令人速輕賤　常應親善人
遠離於惡友　以近善人故　能捨諸惡業

又雜阿含經云爾時世尊告諸比丘譬如木杵常用不止日夜消滅如是比丘從本已來不閉根門食不知量初夜後夜不勤覺悟修習善法當知是輩終日損減不增善法如彼木杵

又自愛經云佛言夫人處世心懷毒念口施毒言身行毒業斯三出于心身口唱成其惡以加衆生衆生被毒即結怨恨誓心欲報或現世獲或身終後䰟靈昇天即下報之人中畜生鬼神太山更相剋賊皆由宿命非空生也佛說偈言

心爲法心　心尊心使　中心非愚　即言即行
罪苦自追　車轢乎轍　心爲法本　心尊心使
中心念善　即言即行　福樂自追　如影隨形

又舊雜譬喻經云昔有鼈遭遇枯旱湖澤乾竭不能自致有食之池時有大鶴集住其邊鼈從求哀乞相濟度鶴啄銜之飛過都邑鼈不默聲問此何等如是不止鶴便應之口開

鼈墮人得屠食夫人愚頑不謹口舌其譬如是又法句喻經云佛告婆羅門世有四事人不能行行者得福不致此貧何謂爲四一者年盛力壯慎莫憍慢二者年老精進不貪婬佚三者有財珍寶常念布施四者就師學問聽受正言如此老公不行四事謂之有常不計成敗一旦離散譬如老鶴守此空池永無所得於是世尊即說偈言

晝夜慢惰 老不止婬 有財不施 不受佛言
有此四弊 爲自侵欺 咄嗟老至 色變作耄
少時如意 老見蹈賤 不修梵行 又不富貴
老如白鶴 守伺空池 既不守戒 又不積財
老羸氣竭 思故何逮 老如秋葉 汚穢襤褸
命疾既至 不用後悔

又雜寶藏經云佛言昔迦尸國王名爲惡受極作非法苦惱百姓殘賊無道四遠賈客珍奇勝物皆稅奪取不酬其直由是之故國中寶物遂至大貴諸人稱傳惡名流布爾時有鸚鵡王在於林中聞行路人說王之惡即自思念我雖是鳥尚知其非今當詣彼爲說善道彼王若聞我語必作是言彼鳥之王猶有善言奈何人王爲彼譏責儻能改修尋即高飛至王國中迴翔下降在一樹上值王夫人入園遊觀于時鸚鵡鼓翼嚶鳴而語之言王今暴虐無道之甚殘害萬民毒及鳥獸含識嗷嗷人畜憤結呼嗟之音周聞天下夫人苛剋與王無異民之父母豈應如是夫人聞已瞋毒熾盛此何小鳥罵我濫口遣人伺捕爾時鸚鵡不驚不畏入捕者手夫人得之即用與王王語鸚鵡何以罵我鸚鵡答言說王非

法乃欲相益不敢罵王時王問言有何非法答言王有七事非法能危王身問言何等爲七答言一者耽荒女色不敬眞正二者嗜酒醉亂不恤國事三者貪著碁博不修禮敬四者遊獵殺生都無慈心五者好出惡言初不善語六者賦役謫罰倍加常則七者不以義理刧奪民財有此七事能危王身又有三事傾敗王國王復問言何謂三事答言一者親近邪佞諂惡之人二者不附賢聖不受善語三者好伐他國不養人民此三不除傾敗之期非旦則夕夫爲王者率土歸仰王當如橋濟度萬民王當如秤親踈皆平王當如道不違聖蹤王者如日普照世間王者如月與物清涼王如父母恩育慈憐王者如天覆蓋一切王者如地載養萬物王者如火爲諸萬民燒除惡患王者如水潤澤四方應如過去轉輪聖王乃以十善道教化衆生王聞其言深自慚愧鸚鵡之言至誠無疑我爲人王所行無道請遵其教奉以爲師受修正行爾時國内風教旣行惡名消滅夫人臣佐皆生忠敬一切人民無不歡喜爾時鸚鵡者我身是也爾時迦尸國王惡受者今輔相是也爾時夫人今輔相夫人者是也

愼用緣第五

又僧祇律云佛告諸比丘過去世時有城名波羅柰國名伽尸時有一婆羅門於曠野中造立義井爲放牧行者皆就井飲弃及洗浴時日向暮有羣野干來趣井飲地殘水有野干主不飲地水便内頭罐中飲水飲已戴罐高舉撲破瓦罐罐口猶貫其項諸野干輩語

野干主若濕樹葉可用者常當護之況復此鑵利益行人云何打破野干主言我作是樂但當快心那知他事時有行人語婆羅門汝鑵已破復更著之猶如前法爲野干所破乃至十四諸野干輩數數諫之猶不受語時婆羅門便自念言是誰破鑵當往伺之正是野干便作是念我福德井而作留難便作木鑵堅固難破令頭易入難出之者立著井邊然捉杖屛處伺之行人飲訖野干主如前入飲食訖撲地不能令破時婆羅門捉杖打殺空中有天説此偈言

知識慈心語　很戾不受諫　守頑招此禍
自喪其身命　是時癡野干　遭斯木鑵苦

佛告諸比丘爾時野干主者今提婆達多是時羣野干者今諸比丘諫提婆達多者是當知過去時已曾不受知識輭語自喪身命今復不受諸比丘諫當墮惡道長受苦痛頌曰

思慎始終　務在正己　口無二言　心無妄起
少欲知足　忘懷彼此　戰戰兢兢　誡勗憂喜

諸經要集卷第九下

音釋

櫛側瑟切梳也　屎尿屎詩止切尿奴弔切　臊蘇遭切犬豕膏臭也　膜慕各切肤膜也　臠力兗切塊切肉也　鍱與涉切鐵鍱也　鹹鹵鹹胡監切鹽味也鹵郎古切鹾液也　爍書藥切灼爍也　販方願切鬻也　憀力昭切賴也　轢郎擊切車所踐也　啄竹角切鳥食也　襤褸襤盧甘切褸力主切襤褸敝衣也　嚶幺莖切鳥聲　嗷五勞切衆口也　苛胡多切虐也　鑵古玩切汲瓶也　很戾很胡懇切戾郎計切很戾不聽從也

諸經要集卷第十上

唐西明寺沙門道世撰

六度部第十八之一

布施篇第一（此有七緣）

述意緣　慳僞緣　財施緣

法施緣　量施緣　福田緣

相對緣

述意緣第一

夫布施之業乃是衆行之源既標六度之初又題四攝之首所以給孤獨舍散黄金而不恪須達拏王施白象而無惜尚能濟其厄難忘已形軀故薩埵投身以救飢羸之命尸毗割股以代鷹鷂之飡豈況國城妻子何足經懷寶貨倉儲寧容在意俗書尚云解衣推食摩頂至踵車馬衣裘朋友共弊莫不輕財重義愛賢好士且自財物無常何關人事苦心積聚竟復何施四怖交煎五家爭奪何有智人而富寶玩比見凡愚悋惜家財靡有捨心而喪軀命但爲貪生恒憂不活遂使妻兒角目兄弟鬩牆眷屬乖離親朋隔絕良由慳因慳緣慳法慳業乖菩薩之心妨慈悲之道不生救護之意唯起損惱之情如是之愆實由慳貪爲本也

慳僞緣第二

如菩薩處胎經佛說偈言

世多愚惑人　守慳不布施　積財千萬億
稱言是我有　臨欲壽終時　眼見惡鬼神
刀風解其體　無復出入息　貪識隨善惡
受報甚苦辛　將至受罪處　變悔乞何及

又薩遮尼揵子經偈云

貪人多積聚　得不生猒足　無明顛倒心
常念侵損他　現在多怨憎　捨身墮惡道
是故有智者　應當念知足　惜財不布施
藏舉恐人知　捨身空手去　餓鬼中受苦
飢渴寒熱等　憂愁常煎煮　智者不積聚
爲破慳貪故

又分別業報經偈云

修行大布施　急性多瞋怒　不依正憶念
後作大力龍

又菩薩本行經云若見乞者面目顰蹙當知是人開餓鬼門又大集經云有四法障礙大乘何等爲四一不樂惠施二施已生悔三施已觀過四不念苦施心復有四法一爲欲而施二爲瞋而施三爲癡而施四爲怖畏而施復有四法一不至心施二不自手施三不現見施四輕慢施又優婆塞戒經云佛言菩薩布施遠離四惡一破戒二疑網三邪見四慳悋復離五法一施時不選有德無德二施時不説善惡三施時不擇種姓四施時不輕求者五施時不惡口罵詈復有三事施已不得勝妙果報一先多發心後則少與二選擇惡物持以施人三既行施已心生悔恨復有八事施已不得成就上果一施已見受者過二施時心不平等三施已求受者作四施已喜自讚歎五説無後乃與之六施已惡口罵詈七施已求還二倍八施已生於疑心如是施主則不能得親遇諸佛賢聖之人若以具足色香味觸施於彼者是名淨施若偏爲良福田施不樂常施是人未來得果報時不樂惠施若人施已生悔若劫他物持以布施是人

未來雖得財物常耗不集若惱眷屬得物以施是人未來雖得大報身常苦病若人先不能供養父母惱其妻子奴婢困苦而布施者是名惡人是假名施不名義施如是施者名無憐愍不知恩報是人未來雖得財寶常失不集不能出用身多病苦又優婆塞戒經云無財之人自說無財是義不然何以故一切水草人無不有雖是國主不必能施雖是貧窮非不能施何以故貧窮之人亦有食分食已洗器棄蕩滌汁施應食者亦得福德若以塵麨施於蟻子亦得無量福德果報天下極貧誰當無此塵許麨耶極貧乏人誰當赤露無衣服者若有衣服豈無一線一針施人繫瘡一指許財作燈炷耶善男子天下之人誰現貧窮無其身者如其有身見他作福身應往助執役掃灑亦得福報故成實論云掃一閻浮僧地不如掃一手掌佛地又四分律及彌沙塞律云昔佛在世時跋提城內有大居士字曰琝茶饒財珍寶有大威力隨意所欲周給人物倉中有孔大如車軸穀米自出婦以八升米作飯飼四部兵及四方來者食故不盡其兒以千兩金與四部兵及四方乞者隨意施猶不盡兒婦以一裹香塗四部兵并四方來乞者隨意令足香故不盡奴以一犂田耕七壠出米滋多其婢以八升穀與四部兵人馬食之不盡家內良賤共爭各是我福力琝茶詣佛請問是誰力耶佛言汝等共有昔王舍城有一織師織師有婦又有一兒兒又有婦有一奴一婢一時共食有辟支佛來就舍乞食各欲當分捨與辟支佛言各減少

許於汝不少在我得足即共從之辟支佛食已於虛空中現諸神變方去織師眷屬捨命生四天王天至于他化展轉七返餘福此生果報齊等又淨業障經云若菩薩觀慳及施不作二相持戒毀戒不作二相瞋恚忍辱懈怠精進亂心禪定愚癡智慧不作二相是則名爲淨諸業障

財施緣第三

如大寶積經云財施有五種一至心施二信心施三隨時施四自手施五如法施又菩薩地持論云一切施者略說有二種一內物二外物菩薩捨身是名內施若爲食吐衆生食已吐施是名內外施除上所說是名外施菩薩內施有二種一隨所欲作他力自在捨身布施譬如有人爲衣食故繫屬於人爲他僕使如是菩薩不爲利養但爲無上菩提爲安樂衆生爲滿足檀波羅蜜隨所欲作他力自在捨身布施二隨他所須肢節等一切施與菩薩外施復有二種一隨其所求受用樂具歡喜施與二奉事彼故一切捨心一切施與菩薩內外物非無差別等施一切或有所施或有不施若於衆生樂而不安不樂不安則不施與若於衆生安而不樂亦安亦樂是則盡施又大於衆云菩薩有四種施具足智慧何等爲四一以紙筆墨與法師令書寫經二種種校飾莊嚴妙座以施法師三以諸所須供養之具奉上法師四無諂曲心讚歎法師又優婆塞戒經云若以衣施得上妙色若以食施得無上力若以燈施得淨妙眼若以乘施身受安樂若以舍施所須無乏若以淨妙

物施後得好色人所樂見善名流布所求如意生上種姓是不名爲惡若爲自身造作衣服莊嚴之具種種器物作已歡喜自未服用持以施人是人未來得如意樹若有人能日日立要先施他食然後自食若違此要誓輸佛物犯則生愧如其不違即是微妙智慧因緣如是施者諸施中最上是人亦得名上施主若給妻子奴婢衣食恒以憐愍歡喜心與未來則得無量福德若復觀田倉中多有鼠雀犯暴穀米恒生憐愍復作是念如是鼠雀因我得活念已歡喜無觸惱想當知是人得福無量又大菩薩藏經云菩薩爲得阿耨菩提故行檀那波羅蜜多時所修布施又得十種稱讚利益何等爲十一者菩薩摩訶薩以上妙五欲施故獲得清淨戒定慧聚乃以解脱解脱知見聚無不具足二者菩薩以上妙戲樂器施故獲得清淨遊戲法樂無不具足三者菩薩以具足施故感得圓滿法義具足趣菩提座無不具足四者菩薩以手施故感得圓滿清淨法手拯濟衆生無不具足五者菩薩以耳鼻施故獲得諸根圓滿成就無不具足六者菩薩以肢節施故獲得清淨無染威嚴佛身無不具足七者菩薩以目施故獲得觀視一切衆生清淨法眼無有障礙無不具足八者菩薩以血肉施故獲得堅固身命攝持長養一切衆生眞實善權無不具足九者菩薩以髓腦施故獲得圓滿不可破壞等金剛身無不具足十者菩薩以頭施故證得圓滿超過三界無上最上一切智智之首無不具足舍利子菩薩摩訶薩爲得菩提行如

是施攝受如是相貌圓滿佛法稱讚利益上妙功德皆爲滿足檀那波羅蜜多故爾時世尊而說頌曰

行施不求妙色財　亦不願感天人趣
我求無上勝菩提　施微便感無量福

法施緣第四

述曰此明財法相對校量優劣故智度論云佛說施中法施第一何以故財施有量法施無量財施欲界報法施出三界報財施不能斷漏法施清昇彼岸財施但感人天報法施通感三乘果財施愚智俱閑法施唯局智人財施唯能施得福法施通益能所財施愚畜能受法施唯局聰人財施但益色身法施能利心神財施能增貪病法施能除三毒故大集經云施寶雖多不如至心誦持一偈法施最妙勝過飲食又未曾有經云天帝問野干曰施食施法有何功德唯願說之野干答曰布施飲食濟一日之命施珍寶財物濟一世之乏增益繫縛說法教化名爲法施能令衆生出世間道又大丈夫論云財施者人道中有法施者大悲中有財施者除衆生身苦法施者除衆生心苦財施愛多者施與財寶愚癡多者施與其法財施者爲其作無盡錢財法施者爲得無盡智財施者爲得身樂法施者爲得心樂財施者爲衆生所愛法施者爲世間所敬財施者爲愚人所愛法施者爲智者所愛財施者能與現樂法施者能與天道涅槃之樂如偈曰

佛智處虛空　大悲爲密雲　法施如甘雨
充滿陰界池　四攝爲方便　安樂解脫因

修治八正道　能得涅槃果

又月燈三昧經云佛言若有菩薩行於法施有十種利益何等爲十一棄捨惡事二能作善事三住善人法四淨佛國土五趣詣道場六捨所愛事七降伏煩惱八於諸衆生施福德分九於諸衆生修習慈心十見法得於喜樂又菩薩地持論云菩薩知彼邪見求法短者不授其法不與經卷若性貪財賣經卷者亦不施與法若得經卷隱藏不現亦不施與法若非彼人所知義者亦不施與若是彼所知義於此經卷已自知義則便持經隨所樂與若未知義自須修學又知他人所有如是經示語其處若更書與菩薩當自觀心少有法慳者當持經與爲法施故我寧以法施現世癡瘂爲除煩惱猶尚應施況作將來智慧方便又優婆塞戒經云若有比丘比丘尼優婆塞優婆夷能教化人具足戒施多聞智慧若以紙墨令人書寫若自書寫如來正典然後施人令得讀誦是名法施如是施者未來天上得好上色何以故衆生聞法斷除瞋心以是因緣未來世中得成上色衆生聞法慈心不殺以是因緣未來世中得壽命長衆生聞法不盜他財實以是因緣未來世中多饒財寶衆生聞法開心樂施以是因緣未來世中身得大力衆生聞法離諸放逸以是因緣未來世中身得安樂衆生聞法除瞋癡心以是因緣未來世中得無礙辯衆生聞法信心無礙以是因緣未來世中信心明了戒施聞慧亦復如是故知法施殊勝過於財施問既知法施勝過財施今時衆生但學法施不行

財施未知得不答爲不解財施迷心而施苟求色聲人天樂報恐墜三塗不成出世所以聖人慇懃歎法令其悟解三事體空而行財施遠成菩提涅槃勝果自餘戒忍六度萬行皆藉智慧開導成勝

又智度論云前五度譬同盲人第六般若事同有目若不得般若開導前五便墮惡道不成出世若聞法施過於捨財愚人不解即便祕財唯樂讀經若行此法不如有人解心捨施一錢勝過迷心讀經百千萬卷是以如來設教意存解行若唯解無行解則便虚若唯行無解行則便孤要具解行方到彼岸若唯解無行如人有目無足不能遠涉若唯行無解如人有足無目不能見道又唯解無行譬同狂華不結子實若唯行無解譬同子實不依華發是故要須解行雙行方成佛果

量施緣第五

述曰謂能施之人行有智愚若智人行施要觀前人有益便施無益不施故優婆塞戒經云若見貧窮者先語言汝能歸依三寶受齋戒不若言能者先授三歸及齋戒後則與施物若言不能復語言能隨我語念一切法無常無我涅槃寂滅不若言能者教已便施如其無財教餘有財令作是施若其愚人貪著財物不知無常人物屬他戀著慳惜菩薩見此無益之物即令急施廢修道業故大莊嚴論云若物能令起惱則不應畜縱令寶玩要必有離如蜂作蜜他得自不得財寶亦如是又所施之財有是有非非法之物縱將布施得福尠少如法之財得福弘多如大寶積經

云所不應施復有五事一非理求財不以施人物不淨故二酒及毒藥不以施人亂衆生故三罝羅機網不以施人惱衆生故四刀杖弓箭不以施人害衆生故五音樂女色不以施人壞淨心故又地持論云菩薩亦不以不如法食施所謂施出家人餘殘飲食便利涕唾膿血汙食不語不知飯及麥飯不如法和應棄者謂不葱食雜汙不肉食不酒飲雜汙如是和合不如法者不以施人及佛又智度論云若人鞭打拷掠閉繫法得財而作布施生象馬牛中雖受畜生形負重鞭策羈靽乘騎而得好屋好食爲人所重以人供給又如惡人多懷瞋恚心曲不端而行布施當墮龍中得七寶宮殿妙食好色又如憍人多慢瞋心布施墮金翅鳥中常得自在有如意寶珠以爲瓔珞種種所須皆得自恣無不如意變化萬端無事不辦又如宰官之人枉濫人民不順治法而取財物以用布施墮鬼神中作鳩槃茶鬼能種種變化五塵自娛又如多瞋很戾嗜好酒肉之人而行布施墮地行夜叉鬼中常得種種歡樂音樂飲食又如有人剛愎强梁而能布施車馬代步墮虛空夜叉中而有大力所至如風又如有人妬心好諍而能以好房舍卧具衣服飲食布施故生宫觀飛行夜叉中有種種娛樂便身之物若惱前人强求人物而營福者反招其罪不如靜心修治內心得利轉勝又地持論云若菩薩布施令他受苦若彼逼迫侵欺及非法求自力他力不隨所欲爲衆生故寧自棄捨身命不隨彼欲令致逼迫則不施與非是菩薩行淨

施時菩薩外不施者若有衆生求毒火刀酒媒行作戲等一切非法來求乞者菩薩不施若施與者而多起惡墮於惡道不到彼岸若他來索我之身分即須施與不須量他前人起退屈心又優婆塞經云若惱眷屬得物以施是人未來雖得大報身當病苦若先不能供養父母惱其妻子奴婢困苦而布施者是名惡人是假名施不名義施如是施者名無憐愍不知恩報是人未來雖得財寶常求不集不能出用身多病苦以此文證强役人物營修福者反招苦報何名出益今時末世道俗訛替競興齋講强抑求財營修塔寺依經不合反招前罪不如靜坐內修實行出離中勝無過於此若有淨心爲人說法前人敬誠求法捨施即須爲說令成福智不得見有前判雷同總撥妄生譏謗抑過前福又無性攝論釋云謂菩薩見彼有情於其財位有重業障故不施與勿令惠施空無有果設復施彼亦不能受何用施爲如有頌言

如母乳嬰兒　一經月無倦　嬰兒喉若閉
乳母欲何爲

寧使貧乏於財位　遠離惡趣諸惡行
勿被富貴亂諸根　令感當來諸苦器

又增一阿含經云爾時世尊告諸比丘應時之施有五事益云何爲五一者施遠來人二者施遠去人三者施病人四者儉時施五者若初得新果蓏若穀食等先與持戒精進人然後自食是故欲行此五施當念隨時施若應時淨施者還得應時果報謂隨時所宜淨心而施若寒時施溫室氈被薪火暖食等若

熱時施涼室輕衣水扇什物等渴時與漿飢時給食風雨時供送天和請僧如是隨時應情令悅未來獲福還受順報

福田緣第六

如優婆塞戒經云若施畜生得百倍報施破戒者得千倍報施持戒者得十萬倍報施外道離欲人得百萬報施向道者得千億報施須陀洹得無量報向斯陀含亦無量報乃至成佛亦無量報我今爲汝分別諸福田故作是說若能至心生大憐愍施於畜生專心恭敬施於諸佛其福正等無有差別言百倍者得如願壽命色力安辯施於彼者施主後得壽命色力安樂辯才各各百倍乃至無量亦復如是是故我於契經中說我施舍利弗舍利弗亦施於我然我得福多非舍利弗得福多也或有人說受者作惡罪及施主是義不然何以故施主施時爲破彼苦非爲作罪是故施主應得善果受者作惡罪自鍾已不及施主問若施聖人得福多者云何經說智人行施不簡福田答今釋此意義有多途明能施之人有愚智之別所施之境有悲敬之殊悲是貧苦敬是三寶悲是田劣而心勝敬是田勝而心劣若取心勝施佛則不如施貧故像法決疑經云有諸衆生見他聚集作諸福業但求名聞傾家財物以用布施及見貧窮孤獨訶罵驅出不濟一毫如此衆生名爲顛倒作善癡狂修福名爲不正作福如此人等甚可憐愍用財甚多獲福甚少善男子我於一時告諸大衆若人於阿僧祇身供養十方諸佛并諸菩薩及聲聞衆不如有人施畜生

一口飲食其福勝彼百千萬倍無量無邊乃至施與餓狗蟻子等悲田最勝又智度論云如舍利弗以一鉢飯上佛佛則迴施狗而問舍利弗誰得福多舍利弗言如我解佛法義佛施狗得福多若據敬法重人識位修道敬田即勝故優婆塞戒經云若施畜生得百倍報乃至須陀洹得無量報羅漢辟支尚不如佛況餘類也若據平等而行施者無問悲敬等心而施得福弘廣故維摩經云分作二分一分施佛難勝如來一分與城中最下乞人福田無二也又賢愚經云佛姨母摩訶波闍波提佛巳出家手自紡織預作一端金色之氎積心係想唯俟於佛既得見佛喜發心髓即持此氎奉上如來佛告憍曇彌汝持此氎往奉衆僧波提重白佛言自佛出家心每思念故手自紡織規心俟佛唯願垂愍爲我受之佛告之曰知母專心欲用施我然恩愛心福不弘廣若施衆僧獲報彌多我知此事是以相勸又居士請僧福田經云別請五百羅漢不如僧次一凡夫僧吾法中無受別請法若有別請僧者非吾弟子是六師法七佛所不可故知施有三種故不可以一槩論也

相對緣第七

述曰此別有五種相對第一田財相對有四一田勝財劣如童子施土與佛等二財勝田劣如將寶施貧人等三田財俱勝如將寶施佛等四田財俱劣如將草施畜等

第二輕重相對有四一心重財輕如貧女將一氎施大衆得福弘多二財重心輕如王夫人心慢多將寶物施衆僧得福尠下二可知

第三空有相對一空心不空境如雖學空觀然惜財不施還得貧報二空境不空心知財施得富恒多樂捨得福多（下二可知）

第四多少相對如法句喻經云施有四事何等爲四一者施多得福少者如愚癡之人祭祠飲酒歌舞損費錢寶無有福慧是爲施多得福少二施少得福多者如能以慈心奉道德人衆僧食已精進學誦施此雖少其福彌大是爲施少得福多三施少得福少者如慳貪惡意施邪見外道俱兩愚癡是故施少得福亦少四施多得福亦多者若有賢者覺世無常好心出財起立塔寺精舍園果供養三尊衣被履屣牀榻廚饌斯福如五大河流入于大海福流如是世世不斷是爲施多其報亦多

第五染淨相對如智度論云佛法中有四種布施一施者清淨受者不淨二施者不淨受者清淨三施受俱淨四施受俱不淨且偏解一句餘類可解何等二俱清淨者如佛自供養佛故是爲二俱清淨如東方寶積佛功德力所生華寄十住法身普明菩薩送此華來上散釋迦牟尼佛知十方佛是第一福田是爲二俱清淨（餘句可解）

又優婆塞戒經云佛言若人有財見有求者言無言懅當知是人已說來世貧窮薄德如是之人名爲放逸無財之人自說無財是義不然何以故一切水草人無不有雖是國主不必能施雖是貧窮非不能施何以故貧窮之人亦有食分食已洗器棄蕩滌汁施應食者亦得福德若以塵麨施於蟻子亦得無量

福德果報天下極貧誰當無此塵許麨耶誰有一日食三摶麨命不全者是故諸人應以食半施於乞者善男子極貧之人誰有赤體無衣服者若有衣服豈無一線施人繫瘡一指許財作燈炷耶天下之人誰有貧窮當無身者如其有身見他作福身應往助歡喜無猒亦名施主亦得福德或時有分或有與等或有勝者以是因緣我受波斯匿王食時亦呪願王及貧窮人所得福德等無差別如人買香塗香末香散香燒香如是四香有人觸者買者量者等聞無異而是諸香不失毫氂修施之法亦復如是若多若少若麤若細若隨喜心身往佐助若遥見聞心生歡喜其心等故所得果報無有差別若無財物見他施已心不喜信疑於福田是名貧窮若多財寶自在無礙有良福田內無信心不能奉施亦名貧窮是故智者自觀餘一摶食自食則生施他則死猶應施與況復多耶智者復觀世間若有持戒多聞乃至獲得阿羅漢果猶不能遮斷飢渴等苦若難得房舍衣服飲食卧具病藥皆由先世不施因緣破戒之人若樂行施是人雖墮餓鬼畜生常得飽滿無所乏少雖富有天地受無量樂猶不知足是故我應為無上樂而行布施不為人天何以故無常故有邊故若施主歡喜不悔親近善人財富自在生上族家得人天樂至無上果能離一切煩惱結縛若施主能自手施已生上姓家遇善知識多饒財寶眷屬成就能用能施一切衆生喜樂見之見已恭敬尊重讚歎又丈夫論云若慳心多者雖復泥土重於金玉

若悲多者雖施金玉輕於草木若慳心多者喪失財寶心大憂惱若行施者令受者喜悅自亦喜悅設有美食若不施與而食噉者不以爲美設有惡食得行布施然後食者心中歡悅以爲極美若行施竟有餘自食善丈夫者心生喜樂如得涅槃無信心者誰信是語設有麤食有飢者在前尚不能施與況餘勝物而能與人若人於大水邊尚不能以少水施與衆生況餘好財是人於世間糞土易得於水慳貪之人聞乞糞土猶懷悋惜況復財物如有二人一則大富一則貧窮有乞者來如是二人俱懷苦惱有財物者懼其求索無財物者我當云何得少財物與之如是二人憂苦雖同果報各異貧悲念者生天人中受無量樂富慳貪者生餓鬼中受無量苦若菩薩但有悲愍心已具足況與少物菩薩悲心念施無有財物見人乞時不忍言無悲苦墮淚設聞他苦尚不能堪忍況復眼見他苦惱而不救濟者無有是處有悲心者見貧苦衆生無財可與悲苦嘆息無可爲喻救衆生者見衆生受苦悲泣墮淚以墮淚故知其心憂菩薩淚有三時一見修功德人以愛敬故爲之墮淚二見苦惱衆生無功德者以悲愍故爲之墮淚三修大施時悲喜踊躍墮淚計菩薩墮淚已來多四大海水世間衆生捨於親屬悲泣墮淚不及菩薩見貧苦衆生無財施時悲泣墮淚菩薩聞乞者聲爲之墮淚乞者見菩薩兩淚雖不言與當知必得菩薩見乞者來時極生悲苦乞者得財物時心生歡喜得滅悲苦菩薩聞乞言時悲泣墮淚不能自

止乞者言足爾時菩薩修行施已衆生滿足便入山林修行禪定滅除三毒財物倍多無乞可施我今出家斷諸結使

六度部第十八之二

持戒篇第二（此有二緣）

述意緣　勸持緣

述意緣第一

竊聞戒是人師道俗咸奉心爲業主凡聖俱制良由三寶所資四生同潤故經曰正法住正法滅意在玆乎是以持戒爲德顯自大經性善可崇明乎大論或復方之日月譬若寳珠義等塗香事同惜水越度大海號曰牢船生長善芽又稱平地是以菩薩稟受微塵不缺羅漢護持纖芥無犯寧當抱渴而死弗飲水蟲乃可被繫而終無傷草葉書云立身行道揚名於後代言行忠信戰戰兢兢豈可放縱心馬不加轡勒馳騁情猴都無制鎖浮囊既毀前路何期德瓶已破勝緣長絶或復要聚惡人朋結凶黨更相扇動備造愆瑕無慚無愧不羞不恥日更增甚轉復沉浮以若葶藶艾蒿枝葉皆苦訶梨果樹遍體無甘從明入闇無復出期劫數既遥痛傷難忍於是鑊湯奔沸猛氣衝天鑪炭赫曦爆聲烈地鎔銅灌口則腹爛肝銷銅柱逼身則骨肉俱盡宛轉嗚呼何可言念如斯等苦實由毀戒也

勸持緣第二

如大莊嚴論云若能至心持戒乃至殞命得現果報我昔聞難提跋提城有優婆塞兄弟二人並持五戒其弟爾時卒患脅痛氣將欲絶時醫語之食新殺狗肉并使服酒所患必

除病者向言其狗肉者爲可於市買索食之飲酒之事願捨身命終不犯戒而服於酒其兄見弟極爲困急兄賫酒語弟捨戒服酒以療其疾弟白兄言我雖病急願捨我身命不犯戒而飲此酒即説偈言

怪哉臨命終　破我戒瓔珞　以戒莊嚴身
不用殯葬具　人身既難得　遭值戒復難
願捨百年命　不毀破禁戒　無量百千劫
時乃值遇戒　閻浮世間中　人身極難得
雖復得人身　值正法倍難　時復值法寳
愚者不知取　善能分别者　此事亦復難
戒寳入我手　云何復欲奪　乃是怨憎者
非我之所親

兄聞是已答其弟言我以親故不爲沮壞弟白兄言非爲親愛乃是殄敗即説偈言

我欲向勝處　毀戒令墮墜　捨戒乃如是
云何名親愛　我勤習戒根　乃欲見劫奪
所持五戒中　酒戒最爲重　今欲强毀我
不得名爲親

兄問弟言云何以酒爲戒根本耶弟即説偈以答兄言

若於禁戒中　不盡心護持　便爲違大悲
草頭有酒滴　尚不敢甞觸　以是故我知
酒是惡道因　在家修多羅　説酒之惡報
唯佛能分别　誰有能測量　佛説身口意
三業之惡行　唯酒爲根本　復墮惡行中
往者優婆夷　以酒因緣故　遂毀餘四戒
是名惡行數　酒爲放逸報　不飲閉惡道
能獲信樂心　去慳能捨財　首羅聞佛説
能獲無量益　我都無異意　而欲毀犯者

略說而言之　寧捨百年命　不毀犯佛教
寧使身乾枯　終不飲此酒　假使毀犯戒
壽命百千年　不如護禁戒　即時身命滅
決定能使瘥　我猶故不飲　況今不定知
爲瘥爲不瘥　作是決定心　心生大歡喜
即獲見眞諦　所患得消除

又大莊嚴論云我昔曾聞有諸比丘與諸估客入海採寶既至海中船舫破壞爾時有一年少比丘捉得一枚板上座比丘不得板故將没水中于時上座恐怖惶懼恐爲水漂語年少言汝寧不憶佛所制戒當敬上座汝所得板應以與我爾時年少即便思惟如來世尊實有斯語諸有利樂應先與上座復作是念我若以板用與上座必没水中洄澓波浪大海之難極爲深廣我於今者命將不全又我年少初始出家未得道果以此爲憂我今捨身用濟上座正是其時作是念已便說偈言

我爲自全濟　爲隨佛語勝　無量功德聚
名稱遍十方　軀命極鄙賤　云何違聖教
我今受佛戒　至死必堅持　爲順佛語故
奉板遺身命　若不爲難事　終不獲難果
若捨佛所教　失於天人利　及以大涅槃
無上第一樂

既說偈已即輸板與上座既捨板已于時海神感其精誠即接年少比丘置於岸上海神合掌白比丘言我今歸依堅持戒者汝今遭是危難之事能持佛戒海神說偈報曰

汝眞是比丘　實是苦行者　號爾爲沙門
汝實稱斯名　我今當云何　而不加擁護

見諦能持戒　斯事不爲難　凡夫不毀禁
此乃名希有　比丘處安隱　清淨自謹慎
捨已所愛命　護持佛禁戒　難爲而能爲
此最爲希有

又大莊嚴論云我昔曾聞有一比丘次第乞食至穿珠家立於門內時彼珠師爲於國王穿摩尼珠比丘衣赤往映彼珠其色紅赤彼穿珠師即入其舍爲比丘取食時有一鵝見珠赤色其狀似肉即便吞之珠師持食以施比丘尋即覓珠不知所在此珠價貴珠師覓急語比丘言得我珠耶比丘恐殺鵝取珠當設何計得免斯患即說偈言

我今護他命　身分受苦惱　更無餘方便
唯以命代彼　若言他持去　此言復不可
設自得無過　不應作妄語　我今捨身命
爲此鵝命故　故緣我護戒　因用成解脫

爾時珠師雖聞斯偈語比丘言若不見還汝徒受苦終不相置比丘即向四望無可恃怙如鹿入圍莫知所趣比丘無救亦復如是爾時比丘即自斂身端正衣服彼人語比丘言汝今與我鬭耶比丘荅言不共汝鬭我自共諸使鬭又說偈言

我捨身命時　墮地如乾薪　當使人稱美
爲鵝能捨身

時珠師即加打棒以兩手并頭並皆被縛四向顧望莫知所告而作是念生死受苦皆應如是又說偈言

捨此危脆身　以取解脫命　我著糞掃衣
乞食以爲業　住止於樹下　以何因緣故
乃當作偷賊　汝宜善觀察

爾時珠師語比丘言何用多語遂加繫縛倍更撾打以繩急絞耳眼鼻口盡皆血出時彼鵝者即來食血珠師瞋忿打鵝即死比丘問言此鵝死活珠師答言鵝今死活何足故問時彼比丘即向鵝所見鵝既死涕泣不樂即向鵝說偈言

我受諸苦惱　望使此鵝活　我今命未絕
鵝在我前死　我望護汝命　受是極苦辛
何意汝先死　我果報不成

珠師問比丘言鵝今於汝竟是何親愁惱乃爾比丘答言不滿我願所以不樂珠師問言欲作何願比丘以偈答言

菩薩往昔時　捨身以貿鴿　我亦作是意
捨命欲代鵝　欲全此鵝命　久住常安樂
由汝殺鵝故　心願不滿足

爾時比丘更具說已珠師即開鵝腹而還得珠既見珠已便舉聲號哭語比丘言汝護鵝命不惜於身使我造此非法之事即說偈言

汝藏功德事　如似灰覆火　我以愚癡故
燒殺數百身　汝於佛標相　極爲甚相稱
我以愚癡故　不能善觀察　爲癡火所燒
願當暫留住　少聽我懺悔　猶如脚跌者
按地還得起　南無清淨行　南無堅持戒
遭此極苦難　能持禁戒者　爲鵝身受苦
不犯於禁戒　此事實難有

又大莊嚴論云有諸比丘曠野中行爲賊劫掠剥脱衣裳時此羣賊懼諸比丘往告聚落盡欲殺害賊中一人先曾出家語同伴言今者何爲盡欲殺害比丘之法不得傷草今者以草繫諸比丘彼畏傷故終不能得四向馳

告賊即以草而繫縛之捨之而去諸比丘等旣被草縛恐犯禁戒不得挽絶身無衣服爲日所炙蚊虻蠅蚤之所唼嬈從旦被縛至於日夕轉到日没晦冥大暗夜行禽獸交横馳走甚可怖畏有老比丘語諸年少説偈誡言

若有智慧者　能堅持禁戒　求人天涅槃
稱意而獲得　伊維鉢龍王　以其毁禁戒
損傷樹葉故　命終墮龍中

是諸比丘爲苦所逼不得屈伸及以轉動恐傷草命唯當護戒至死不犯即説偈言

我曾往昔來　造作衆惡業　或得生人道
竊盜婬他妻　王法受刑戮　計筭不能數
復受地獄苦　如是亦難計　假使此日光
曝我身命乾　我要持佛戒　終不中毁犯
假使遇惡獸　齓裂我身手　終不敢毁犯
釋師子禁戒　我寧持戒死　不願犯戒生

諸比丘等聞老比丘説是偈已各正其身不動不揺譬如大樹無風之時枝葉不動時彼國王遇出田獵漸漸遊行至諸比丘所繫之處王遥見之心生疑惑謂是露形尼揵子等遣人往看知是比丘王聞是已深生疑怪往比丘所即説偈言

青草用繫手　猶如鸚鵡翅　又如祠天羊
不動亦不揺　雖知處危難　黙住不傷草
如林爲火焚　犛牛爲尾死

説是偈已往至其所以偈問曰

身體極丁壯　無病似有力　以何因縁故
草繫不動揺　汝等豈不知　身自有力耶
爲呪所迷惑　爲是苦行耶　爲自猒患身
願速説其意

於是比丘即以偈答王曰

守護禁戒故　不敢挽頓絶　佛說諸草木
悉是神鬼村　我等不敢違　是以不能絶
如似呪場中　爲蛇晝境界　以神呪力故
毒蛇不敢度　牟尼尊晝界　我等不敢越
得聖之橋津　諸利之首目　誰有智慧者
欲壞戒德瓶

爾時國王聞說偈已心甚歡喜即爲比丘解草繫縛而說偈曰

善哉能堅持　釋師子所說　寧捨已身命
護法不毀犯　我今亦歸命　如是顯大法
歸依離熱惱　牟尼解脫尊　堅持禁戒者
我今亦歸命

諸經要集卷第十上

音釋

鸇（之然切鷂也）踵（之龍切足跟也）詈（力置切罵也）麨（尺沼切乾粮也）跋（蒲撥切）瑉（音民）拯（之肯切）罝（咨邪切兔罟也）羇靽（羇居宜切繫也靽博漫切維也）訛替（訛五禾切謬也替他計切廢也）氈（諸延切毛席也）履屣（履力紙切屣所介切）懅（其據切慚也）轡（彼義切馬韁也）葶藶（葶特丁切藶郎擊切葶藶藥草名）洄澓（洄戶恢切澓房六切洄澓漩流也）撾打（撾陟瓜切打音頂撾打並擊也）跌（徒結切失據也）戮（力竹切殺也）曝（蒲木切日乾也）爴裂（爴居縛切裂良傑切爴裂以爪攫破也）犛（莫交切長髦牛也）

諸經要集卷第十下

唐西明寺沙門道世撰

六度部第十八之三

忍辱篇第三（此有三緣）

述意緣　勸忍緣　忍益緣

述意緣第一

蓋聞忍之爲德最是尊上持戒苦行所不能及是以羼提比丘被刑殘而不恨忍辱仙主受割截而無瞋且慈悲之道救拔爲先菩薩之懷愍惻爲用常應遍遊地獄代其受苦廣度衆生施以安樂豈容微有觸惱大生瞋恨乃至角眼相看惡聲厲色遂加杖木結恨成怨或父子兄弟自相損害朋友眷屬反更侵傷惡逆甚於鵄梟含毒逾於蜂蠆所以歷劫怨讎生生不絶也

勸忍緣第二

如成實論云惡口罵辱小人不堪如石雨鳥惡口罵詈大人堪受如華雨象行者常觀前人本末因緣或於過去爲我父母養育我身不避罪福曽未報恩何須起瞋或爲兄弟妻子眷屬或是聖人昔爲善友凡情不識何須加毀又攝論云由觀五義以除瞋恚一觀一切衆生無不於我有恩二觀一切衆生恒念念滅何人能損何人被損三觀唯法無衆生有何能損及所損四觀一切衆生皆自受苦云何復欲加之以苦五觀一切衆生皆是我子云何於中欲生損害由此五觀故能滅瞋又報恩經云假使熱鐵輪在我頂上旋終不爲此苦而發於惡心又成實論云行慈心者卧安覺安不見惡夢天護人愛不毒不兵水

火不喪又四分律偈云

忍辱第一道　佛說無爲最　出家惱他人

不名爲沙門

又遺教經云能行忍者乃可名爲有力大人又經云見人之過口不得言己身有惡則應發露又書云聞人之過如聞父母之名耳可得聞口不得言又經云讚人之善不言己美又書云君子揚人之美不伐其善又經云布施不望彼報若得人惠毫髮已上皆當呪願慚愧奉受又書云公子有德於人願公子忘之人有德於公子願公子勿忘又云施人慎勿念受施慎勿忘又經云恕己可爲喻勿殺勿行杖又書云己所不欲勿施於人當知內外之教其本均同雖形有黒白然立行無殊若乖斯旨便同鄙俗何依內外如經云佛爲衆生說法斷除無明暗惑猶若良醫隨疾授藥是名內教又書云天道無親唯仁是與是名外教又若出家之人能觀苦空無常無我遠離生死志求出世是爲依內若乖斯行翻爲外俗在家之人若能猒捨俗情欣慕高志專崇三寶修持四德奉行孝悌仁義禮智貞和愛敬能行斯行翻同爲內若違斯旨還同外道在俗之人能隨內教便悟眞理心常會道漸進勝途至趣菩提旣知如是欲行此行唯須自卑推德與他如拭塵巾攬垢向己持淨與人故經云退而得者佛道也故書云君子讓而得之爲義故常須進勝他人恒須尅責己躬也

忍益緣第三

如大寶積經云忍辱有十事一不觀於我及

我所相二不念種姓三破除憍慢四惡來不報五觀無常想六修於慈悲七心不放逸八捨於飢渴苦樂等事九斷除瞋恚十修習智慧若人能成如是十事當知是人能修於忍又月燈三昧經云佛言若有菩薩住於慈忍有十種利益何等爲十一火不能燒二刀不能割三毒不能中四水不能漂五爲非人所護六得身相莊嚴七閉諸惡道八隨其所樂生於梵天九晝夜常安十其身不離喜樂又私訶三昧經云佛言忍有六事得一切智何等爲六一得身力二得口力三得意力四得神足力五得道力六得慧力又六度集經云復有四種忍辱具足智慧何等爲四一於求法時忍他罵詈二於求法時不避飢渴寒熱風雨三於求法時隨順和尚阿闍黎行四於求法時能忍空無相無願又比丘避女人惡名經偈云

雖聞多惡名　若行者忍之　不應苦自害
亦不應起惱　聞聲恐怖者　是則林中獸
是輕躁衆生　不成出家法　仁者當堪耐
下中上惡聲　執心堅住者　是則出家法
不由他人語　令汝成劫賊　亦不由他語
令汝得羅漢　如汝自知已　諸天亦復知

又五分律云佛告諸比丘過去世時阿練若池水邊有二鴈與一龜共結親友後時池水涸竭二鴈作是議言今此池水涸竭親友必受大苦議已語龜言此池水涸竭汝無濟理可銜一木我等各銜一頭將汝著大水處銜木之時慎不可語即便銜之經過聚落諸小兒見皆言鴈銜龜云龜即瞋言何預汝事即

便失木墮地而死爾時世尊因此説偈言

夫士之生　斧在口中　所以斫身　由其惡言
應毀反譽　應譽反毀　自受其殃　終無復樂

佛言龜者調達是也昔以瞋語致有死苦今復瞋罵如來墮大地獄又法句喻經云昔者羅雲未得道時心性麤獷言少誠信佛勑羅雲汝到賢提精舍中住守口攝意勤修經戒羅雲奉教作禮而去住九十日慚愧自悔晝夜不息佛往見之羅雲歡喜趣前禮佛佛告羅雲曰澡槃取水爲吾洗足羅雲受教爲佛洗足訖已佛語羅雲此水可用食飲以不羅雲白言不可復用此水本淨今已洗足受於塵垢故不可用佛語羅雲汝亦如是雖爲吾子國王之孫捨世榮祿得爲沙門不念精進攝身守口三毒垢穢充滿胷懷亦如此水不可復用縱棄槃水槃亦不堪盛食曾受不淨故汝亦如是口無誠信心性剛强不念精進曾受惡名亦如澡槃不中盛食佛以足指撥槃自跳數返汝惜之不羅雲白佛洗足之器雖惜不殷佛語羅雲汝亦如是雖爲沙門不攝身口多所傷衆身死神去輪轉三塗賢聖不惜亦如汝言羅雲聞之慚愧怖悸感激自勵剋骨不忘精進柔和懷忍如地即得阿羅漢道略要

又羅雲忍辱經云爾時羅雲向一不信婆羅門家乞食慳惜不與羅雲被打頭破血出復攝沙鉢中羅雲含忍心不加報即持鉢至河洗頭鉢已而自説云我自行分衞無事横忤我我痛斯須間奈汝長時苦何猶利劒割臭屍臭屍不知痛非劒之不利又如天甘露飼

彼癡國猪捨之走非是甘露之不美我以佛眞言訓世凶愚凶愚不思豈不然乎還巳白佛佛言是巳之衰命終當入無擇地獄獄鬼加痛毒無不至經八萬四千歲其壽乃終更受蟒身毒還自害復受蝮形常食沙土萬歲乃畢以瞋恚意向持戒人故受毒身以沙投鉢中故世世食沙土而死罪畢爲人毋懷之時當有重病家中曰耗兒生鈍頑都無手足其親驚怪皆曰何妖來爲不祥即取捐之著四衢路來往愕然競以瓦石刀杖擊頭陷腦窮苦旬日乃死死巳魂靈即復更生鈍頑如前經五百世重罪乃畢後生爲人常患頭痛所生之處不值佛世常在三塗又新婆沙論云曾聞過去此賢劫中有王名羯利時有仙人號爲忍辱住一林中勤修苦行時王除去男子與内宮眷屬遊戲林間經久疲眠内宮諸女爲華果故遊諸林間遥見仙人於自所止端身靜思便馳趣之皆集其所到巳頂禮圍繞而坐仙人即爲説欲之過諸婇生猒王寤不見諸女便作是念將無有人誘奪去耶即拔劒處處求覓乃見諸女在仙人邊圍繞而坐生大瞋恚是何大鬼誘我諸女即前問言汝是誰耶答言我是仙人復問在此作何事耶答言修忍辱道王作是念此人見我瞋故便言修忍我今試之復問言汝得非想非非想處定耶答言不得如是次第責問乃至汝得初靜慮耶答言不得王倍瞋忿語言汝是未離欲人云何恣情觀我諸女復言我是修忍辱人王言可伸一臂試能忍不爾時仙人便伸一臂王以利劒斬之如斷藕根墮於

地上王復責問汝是何人答言我是修忍人時王復令伸餘一臂即復斬之如前責問仙人亦如前答如是次斬兩足復截兩耳又割其鼻一一問答皆如前說令仙人身七分墮地作七瘡已王心便止仙人告言王今何故自生疲猒假使斷我一切身分猶如芥子乃至微塵我亦不生一念瞋忿終無有二復發是願如汝今日我實無辜而斷我身令成七分作七瘡孔我未來世得阿耨菩提時以大悲心不待汝請最初令汝修七種道斷七隨眠當知爾時忍辱仙人者今釋迦牟尼佛是羯利王者即今具壽憍陳那是憍陳那見聖諦已佛以神力除彼闇障令其憶念過去世事憍陳那聞已極懷恥愧合掌恭敬

六度部第十八之四

精進篇第四（此有三緣）

述意緣　怠惰緣　策修緣

述意緣第一

夫忍行之情猶昧審的之旨未顯所以策勤令心不懈是故經曰汝等比丘當勤精進十力慧日既已潛沒汝等當爲無明所覆又言闡提之人屍卧終日當言成道無有是處釋論云在家懈怠失於俗利出家懶惰喪於法實是以斯那勇猛諸佛稱揚迦葉精奇如來述證書云夙興夜寐竭力致身乃曰忠臣方稱孝子故知放逸懈怠人所不尚精進劬勞無時不可豈得恣其愚懷縱情憍蕩致使善根種子不復開敷道樹枝條彌加枯悴況復命屬死王名繫幽府奄歸長夜頓罷資粮冥曹拷問將何酬答當於此時悔情何及是故

今者勸諸行人及身餘力預備資粮常須檢校三業勿令違於六時每於晝夜從旦至中從中至暮從暮至夜從夜至曉乃至一時一刻一念一刹那檢校三業幾心行善幾心行惡幾心行孝幾心行逆幾心行猒離財色心幾心行貪著財色心幾心行人天善根業幾心行三塗不善業幾心猒離名聞著我心幾心貪求名聞著我心幾心欣修三乘出世心幾心輕慢三乘深樂世間心如是善惡日夜相違行者常須檢校勿令放逸墮於邪網恒省三業遞相誡勗心口相訓心語口言汝常說善莫說非法口還語心汝思正法莫思非法心復語身汝勤精進莫行懈怠如是我心自制我口自愼我身自禁如是自策足得高昇何勞他控横起怨憎故經曰身行善口行善意行善定生善道身行惡口行惡意行惡定生惡趣又如駃馬顧影馳走不同駑畜加諸杖捶若不自誡要假他訶反增觸惱益罪尤深也

懈惰緣第二

如菩薩本行經云佛告阿難夫懈怠者衆行之累居家懈怠則衣食不供産業不舉出家懈怠不能出離生死之苦一切衆事皆由精進而得興起是時帝釋便說偈言

欲求最勝道　不惜其軀命　棄身如糞土
解了無吾我　雖用財寶施　此事不爲難
勇猛如是者　精進得佛疾

又增一阿含經云若有人懈惰種不善行於事有損若能不懈惰此最精妙所以然者彌勒菩薩經三十劫應當作佛我以精進力勇

猛之心便彌勤在後成佛是故當念精進勿有懈怠又譬喻經云迦葉佛時有兄弟二人俱爲沙門兄持戒坐禪一心求道而不布施弟布施修福而喜破戒兄從釋迦出家得阿羅漢果衣常不充食常不飽弟生象中爲象多力能却怨敵國王所愛金銀珍寶瓔珞其身封數百户邑供給此象隨其所須時兄比丘值世大儉遊行乞食七日不得末後得少麤食劣得存命先知此象是前世弟便往詣象手捉象耳而語之言我昔與汝俱有罪也象思比丘語即識宿命已前因緣愁憂不食象子怖懼便往白王王問象子先無人犯此象不象子答曰無他異人唯一沙門來至象邊須臾便去王即遣人覓得沙門問言至象邊何所道耶沙門答曰我語象云我與汝俱有罪耳沙門白王具說如上王意便悟即放沙門又佛說馬有八態譬人經云佛告諸比丘馬有弊惡八態何等爲八一態者解羈韁時便掣車欲走二態者車駕跳梁欲齧其人三態者便舉前兩脚掣車而走四態者便踏車軨五態者使人立持鞞摩身撥車却行六態者便傍行斜走七態者便掣車馳走得值濁泥止住不行八態者懸篼餧之熟視不食其主牽去欲駕之時遽含噏噬欲食不得佛言人亦有弊惡八態何等爲八一態者聞說佛經便走不欲樂聽如馬解羈韁掣車走時二態者聞說經意不解不知語所趣向便瞋跳梁不欲樂聞如馬駕車跳梁欲齧人時三態者聞說經便逆不受如馬舉前兩脚掣車走時四態者聞說經便罵如馬踏車軨時五

態者聞説經便起去如馬人立持軛摩身撥車却行時六態者聞説經不肯聽顛頭邪視耳語如馬傍行邪走時七態者聞説經便欲窮難問之不能相應答便死抵妄語如馬得濁泥便止不復行八態者聞説經不肯聽反念婬泆多求不欲聽受死入惡道時乃遽欲學問行道亦不能復得行道如馬懸羗餧之熟視不肯食其主牽去欲駕之乃遽含喻噬亦不得食佛言我説馬有八態惡人亦有八惡態如是比丘聞經歡喜作禮而去

策修緣第三

如譬喻經云羅閱祇國沙門坐自誓曰我不得道終不起欲睡眠作錐長八寸刺兩髀痛不得眠一年得道又薄俱羅經云薄俱羅稱言我從出家已來八十年中未曾偃卧脇一著牀背有所倚又遺教經云汝等比丘若勤精進則事無難者是故汝等當勤精進譬如小水常流則能穿石若行者之心數數懈廢譬如鑽火未熱而息雖欲得火火難可得是名精進又智度論云身精進爲少心精進爲大外精進爲少内精進爲大復次佛説意業力大故如仙人瞋時能令大國磨滅復次身口作五逆罪大果報一劫在阿鼻地獄受意業力得生非有想非無想處壽八萬大劫亦在十方佛國壽命無量以是故身口精進爲少意精進爲大如是諸經廣歎精進一心正念速得道果未必要須多聞又毗婆沙論云如二人俱至一方一乘疾馬一乘鈍馬雖乘鈍馬以前發故先有所至信解脱人勤行精進先至涅槃即是周利等也又六度經云復

有四種精進具足智慧何等爲四一勤於多聞二勤於總持三勤於樂説四勤於正行又六度集經云佛告弟子當勤精進聽聞諷誦莫得懈怠陰蓋所覆吾念過去無數劫時有佛名一切度王是時衆中有兩比丘一名精進辯二名德樂止共聽法精進辯者聞經歡喜應時即得阿惟越致神通具足德樂止者睡眠不覺獨無所得時精進辯謂德樂止言當勤精進如何睡眠時德樂止聞其教詔便即復住睡眠不能自定詣泉側坐欲思惟定復生睡眠時精進辯以善權往而度之化作蜂王飛趣其眼如欲螫之時德樂止驚覺而坐畏此蜂王須臾復睡時蜂飛入腋下螫其胷腹止驚心悸不敢復睡時泉水中有雜色華種種鮮潔時蜜蜂王飛住華上食甘露味時止端坐視之畏來不敢復睡蜂王食味不出華中須臾之頃蜂王睡眠墮汙泥中身體沐浴已復還飛住其華上時止便向蜂説偈言

是食甘露者　其身得安隱　不當復持歸
遍及其妻子　如何墮泥中　自汙其身體
如是爲黠慧　毀其甘露味　又如此華者
不宜久住中　日沒華還合　求出則不能
當須日光明　爾乃復得出　長夜之疲冥
如是甚勤苦

時蜂王向止説偈報言

佛者譬甘露　聽聞無猒足　不當有懈怠
無益於一切　五道生死海　譬如墮汙泥
愛欲所纏裹　無智爲甚迷　日出衆華開
譬佛之色身　日入華還合　世尊般涅槃

值見如來世　當勤精進受　除去睡陰蓋
莫呼佛常存　深法之要慧　不以色因緣
其現有著者　當知爲善權　善權之所度
有益不唐舉　而現此變化　亦以一切故

時德樂止聞其所說即得不起法忍逮得陀羅尼佛告阿難爾時精進辯者今我身是德樂止者彌勒是也我於爾時俱與彌勒共聽法故彌勒睡眠獨無所得我不行善權而救度者彌勒至今在生死中未得度脱又法句喻經說云昔者外國有清信士供養三寶初無猒極時有沙門與共親友逮得神通生死已盡時清信士因得疾痛醫藥加治不能得瘥時婦在邊悲哀辛苦共爲夫婦獨受斯痛卿設無常我何所依兒女孤單何所恃怙夫聞悲戀應時即死魂神還在婦鼻中化作一蟲婦甚啼哭不能自止時道人往與婦相見知壻命過鼻中作蟲故欲諫喻令捐愁憂婦見道人來增益悲哀奈何和尚夫壻已死時婦洟涕鼻蟲便墮地婦即慚愧欲以脚蹈道人告曰止止莫殺是卿夫壻化作此蟲婦白道人我夫奉經持戒精進難及何緣壽終墮此蟲中道人答曰用卿恩愛悲哀呼嗟起恩愛心因是壽終即墮蟲中道人爲蟲說經應生天上在諸佛前但坐恩愛墮此蟲中亦可慚愧蟲聞其言心開意解便自剋責即時壽終便得上生是以省已爲人不得懈怠自損來報

六度部第十八之五

禪定篇第五（此有二緣）

述意緣　定相緣

述意緣第一

夫神通勝業非定不生無漏慧根非靜不發故經云深修禪定得五神通心在一緣是三昧相書亦有言當使形如枯木心若死灰不充屈於富貴不隕穫於貧賤栖神冥寞之内遺形塵埃之表故攝心一處便是功德叢林散慮片時即名煩惱羅刹所以曇光釋子降猛虎於膝前螺髻仙人宿巢禽於頂上是知大士常修宴坐不斷煩惱而入般涅槃不捨道法而現凡夫事又能觀察此身從頭至足三十六物八萬戸蟲不淨無常苦空非我但衆生心性譬若獼猴戲跳攀緣歡娛奔逸不能寘目束體端心勤意剛强難化儱悷不調習近五塵流轉三界黏外道之黐貫天魔之杖於是永淪苦海長墜嶮獄皆由放散情慮擾亂心神似風裏之燈譬波中之月揺漾輕動浮游汎濫影既不現照豈得明所以衆惡賴此而興福善由斯併廢良由不修斷惑常起貪瞋未服無知偏多受樂遂令障定之惑重沓爭來妨靜之緣交加競集五蓋覆心禪門已閉六塵在念亂想常馳類狂象之無鉤似戲猨之得樹故須念念策心新新集起豈前念皆惡遂剋苦而靜塵後念起善便縱意而揚惡所以論美四時經歎一處然後方能正想華絶凡懷若違此理聖亦不可令萬境森羅不能自觸要須因倚諸根内想感發何以知然今有心感於内事發於外或緣於外起染於内心故知内外相資表裏遞用君臣心識不可備捨故經云心王若正則六臣不邪識意惛沉則其主不明今誨六臣當各慚

愧制馭六根不令馳散也

定相緣第二

如法句經心意品說云昔佛在世時有一道人在河邊樹下學道十二年中貪想不除走心散意但念六欲目色耳聲鼻香口味身受心法身靜意遊曽無寧息十二年中不能得道佛知可度化作沙門往至其所樹下共宿須臾月明有龜從河中出來至樹下復有水狗飢行求食與龜相逢便欲噉龜龜縮其頭尾及其四脚藏於甲中不能得噉水狗小遠復出頭足行步如故不能奈何遂便得脫於是道人問化沙門此龜有護命之鎧水狗不能得其便化沙門答言吾念世人不如此龜不知無常放恣六情外魔得便形壞神去生死無端輪轉五道苦惱百千皆意所造宜自勉勵求滅度安於是化沙門即說偈言

藏六如龜　防意如城　慧與魔戰　勝則無患

又大寶積經云菩薩修定復有十法不與二乘共何等爲十一修定無有吾我具足如來諸禪定故二修定不味不著捨離染心不求已樂三修定具諸通業爲知衆生諸心行故四修定爲知衆心度脫一切諸衆生故五修定行於大悲斷諸衆生煩惱結故六修定諸禪三昧善知入出過於三界故七修定常得自在具足一切諸善法故八修定其心寂滅勝於二乘諸禪三昧故九修定常入智慧過諸世間到彼岸故十修定能興正法紹隆三寶使不斷絶故如是定者不與聲聞辟支佛共又佛言若有菩薩樂於頭陀乞食有十種利益何等爲十一摧我慢憧二不求親愛三

不爲名聞四住在聖種五不諂不誑不現異相又不慠慢六不自高舉七不毀他人八斷除愛恚九名入人家不爲飲食而行法施十有所説法爲人信受又智度論云三昧有二種一佛三昧二菩薩三昧是諸菩薩但於菩薩三昧中得自在非於佛三昧中得自在又諸佛要集經中説云爾時文殊尸利欲見佛集不能得到諸佛各還本處文殊尸利到諸佛集處有一女人近彼佛坐入於三昧文殊尸利入禮佛足已白佛言云何此女人得近佛坐而我不得佛告文殊尸利汝覺此女人令從三昧起汝自問之文殊尸利即彈指覺之而不可覺以大聲喚亦不可覺捉手牽亦不可覺又以神足動大千世界猶亦不覺文殊尸利白佛言世尊我不能令覺是時佛放大光明從下方世界是中有一菩薩名棄諸蓋即從下方出來到佛所頭面禮佛足一面而立佛告棄諸蓋菩薩汝覺此女人即時彈指此女人從三昧起文殊尸利白佛言以何因緣我動三千大千世界不能令此女起棄諸蓋菩薩一彈指便從三昧起佛告文殊尸利汝因此女人初發菩提意是女因棄諸蓋菩薩初發菩提意以是故汝不能令覺汝於諸佛三昧中功德未滿是棄諸蓋菩薩於三昧中得自在佛三昧中始少多入而未得自在故耳述曰且略引一二經文歎修定法自外具明坐禪大小乘觀法儀式備存十卷觀門内學者別尋非此明了

六度部第十八之六

智慧篇第六此有二緣

述意緣　求法緣

述意緣第一

夫二種莊嚴慧名最勝三品次第智曰無愚故經言五度無智以若愚盲所以波若勝出世間破除諸有釋論又言佛是衆生母波若能生佛是則智爲一切衆生之祖母故外書云叡哲欽明乃稱放勛之德仁義禮智方曰宣尼之道當惟智慧之法不可不修出世之因無宜弗習能排巨暗譬滿月之照三塗功遣衆毒似摩衹之除萬惡豈可任無恒没守此長迷取相交纏我心縈結常多有愛恒富無明未達因緣不修對治所以鬱鬱慢山殆高嵩華滔滔愛水遂廣滄溟或横執斷常偏論即離神黄神白我見我知一脚恒翹五邊長炙食草學牛噉糞如犬或盛談下諦寧識中道之宗或封執四違豈悟大乘之旨或謂冥初生覺其外不知世間之常唯此爲貴或復言非有想是證涅槃計自在天能成世界愚戇昏瞢庸昧頑踈看指求月守株求兔薰蕕未辨寧分菽麥雖知歡笑將鸒鷽而不殊徒識語言與狌狌而不異良由不識空理常處無明凡是倒心皆名邪見五住煩惱未滅一毫百八使纏森然尚在是故大士爲求八字不惜軀命恐在緣中逢苦即退故自剋心以牢其志也

求法緣第二

如華嚴經云菩薩爲求法故能施法者作如是言若能投身七仞火坑當與汝法菩薩聞此歡喜無量作是思惟我爲法故尚不惜身命於阿鼻地獄諸惡趣中受無量苦況入人

間微小火坑而得聞法又集一切功德三昧經云釋迦過去久遠作五通仙人名曰最勝又依智度論云釋迦文佛本爲菩薩時名曰樂法時世無佛不聞善語四方求法精進不懈了不能得爾時魔變作婆羅門而語之言我有佛所說一偈汝能以皮爲紙以骨爲筆以血爲墨書寫此偈當以與汝樂法即時自念我世世喪身無數不得是利即自剝皮曝之令乾欲書其偈魔便滅身是時佛知其至心即從下方踊出爲說深法即得無生法忍又涅槃經云菩薩爲法因緣剜身爲燈氎纏皮肉酥油灌之燒以爲炷菩薩爾時受是大苦自訶其心而作是言如是苦者於地獄苦百千萬分猶未及一汝於無量百千劫中受大苦惱都無利益汝若不能受是輕苦云何而能於地獄中救苦衆生菩薩摩訶薩作是觀時身不覺苦其心不退不動不轉菩薩爾時應自深知我定當得阿耨菩提菩薩爾時具足煩惱未有斷者爲法因緣能以頭目髓腦手足血肉施於衆生以釘釘身投巖赴火菩薩爾時雖受如是無量衆苦其心不退不動不轉菩薩當知我今定有不退之心當得阿耨菩提又大集經云菩薩爲於一字一句之義能以十方世界珍寶奉施法王一偈因緣捨於身命雖於無量恒河沙等劫修行布施不如一聞菩提之事心生歡喜於正法所樂聞樂說常爲諸佛諸天所念以念力故世間所有經典書論悉能通達又大方便報恩經云菩薩常勤求善知識爲聞佛法乃至一句一偈一義三界煩惱皆悉萎悴菩薩至心

求佛語時渴法情重不惜身命設踐熱鐵猛火之地不以爲患菩薩爲一偈故尚不惜身命況十二部經爲一偈故尚不惜命況餘財物聞法利益故身得安樂深生信心眞心正見見說法者如見父母心無憍慢爲衆生故至心聽法不爲利養爲衆生故不爲自利爲正法故不畏王難飢渴寒熱虎狼惡獸盜賊等事先自調伏煩惱諸根然後聽法

又華嚴經云菩薩如是方便求法所有珍寶無貴惜者於此物中不生難想若得一句未曾聞法勝得三千世界滿中珍寶得聞一偈勝得轉輪聖王釋提桓因梵天王位處菩薩作是念言我受一句法故設令三千大千世界大火滿中上從梵天而自投下何況小火我尚盡受一切諸地獄苦猶應求法何況人中諸小苦惱爲求法故發如是心如所聞法心常喜樂悉能正觀

又增一阿含經云若不成就六法則不能遠塵離垢得法眼淨何等爲六一不樂聞法二雖聞法不攝耳聽三不爲知解四未得法不方便勤求五所得法不善守護六不成就順忍反此六種則能遠塵離垢得法眼淨又未曾有經云昔毗摩國徙陀山有一野干爲師子所逐墮一丘野井巳經三日開心分死自爲偈言

一切皆無常　恨不飴師子　奈何若厄身
貪命無功死　無功巳可恨　復汙人井水
懺悔十方佛　願垂照我心　前代諸惡業
現償皆令盡　從是值明師　修行盡作佛

帝釋聞之與八萬諸天到其井側曰不聞聖

教久處幽冥向說非凡願更宣法野干答曰天帝無訓不識時宜法師在下自處其上初不修敬而問法要帝釋於是以天衣接取叩頭懺悔憶念我昔曾見世人先敷高座後請法師諸天即各脫寶衣積爲高座野干升座曰有二大因緣一者說法開化人天福無量故二者爲報施食恩報無量故天帝白曰得免井厄功德應大云何恩不及耶答曰生死各宜有人貪生有人樂死有愚癡人不知死後更生違遠佛法不值明師貪生畏死死墮地獄有智慧人奉事三寶遭遇明師改惡修善如斯之人惡生樂死死生天上天帝曰如尊所誨全命無功志願聞施食施法答曰布施飮食濟一日之命施珍寶濟一世之厄增益生死說法教化者能令衆生出世間道得三乘果免三惡道受人天樂是故佛說以法布施功德無量天帝曰師今此形爲是業報爲是應化答曰是罪非應天帝曰我謂是聖方聞罪報未知其故願聞因緣答曰昔生波羅柰國波頭摩城爲貧家子剎利之種幼懷聰朗特好學習至年十一逐師於山不失時節經五十年九十六種經書靡所不達皆由和尚之恩其功難報由先學慧自識宿命由受王位奢婬著樂報盡命終生地獄畜生自下云云略而不述時帝釋與八萬諸天從受十善令還天宮和尚何時捨此罪報得生天上野干曰勉後七日當捨此身生兜率天汝等便可欲生彼天多有菩薩說法教化七日命終生兜率天宮復識宿命行十善道又賢愚經云佛在波羅柰國於林澤中爲諸天人四輩之類

顯說妙法時虛空中有五百鴈羣聞佛音聲深心愛樂迴翔欲下獵師張羂鴈墮其中爲獵師所殺生忉利天處父母膝上若八歲兒端嚴無比光若金山便自念言我何因生此即識宿命愛法果報即共持華下閻浮提至世尊所禮足白言我蒙法音生在妙天願重開示佛說四諦得須陀洹果即還天上此略出歎法功德若廣明求法方軌具在上第二卷敬法中述之

頌曰

川路舟航　彼岸津濟　欲超生死　先資福慧
鏡徹三輪　珠清六蔽　在馭成勒　爲金則礪
抗跡流水　齊鑣草繫　五忍必階　四勤無替
心波洞潔　情塵卷翳　業途既坦　道場斯詣

諸經要集卷第十下

音釋

羼提梵語也此云忍羼初限切　鵄梟鵄赤脂切梟古堯切鵄梟不孝鳥也　蠆丑邁切毒蟲也　銜胡監切口含也　悸其季切心動也　勵力制切勉力也　圂胡慣切與豢同豢豕曰圂　蟒莫朗切大蛇也　蝮方六切毒虺也　寤五故切覺也　遞特計切更迭也　韁居良切紲也　軨郎丁切車轄頭轊也　軛乙革切轅端橫木也　拶子末切挨也　篼當侯切飼馬器也　噏噬噏迄及切飲也噬時制切啗也　顊匹米切傾頭也　泆夷質切淫放也　髀部禮切股也　蜇陟列切蟲毒也　隕穫隕羽敏切穫胡郭切隕穫困迫失志貌　㦬悷㦬力董切悷郎計切㦬悷多惡不調也　黏女廉切相著也　黐丑知切黐膠也　戇陟降切愚戇也　瞢母亘切目不明也　薰蕕薰許云切香草也蕕夷周切臭草也　𥝋𥝋父沸切獸名人身反踵自笑俗謂之土螻　狌狌所庚切能言獸也　剜一丸切刻也　萎悴萎於爲切蔫也悴秦醉切憔悴也　礪力制切砥礪也　鑣甫遙切馬銜也

諸經要集卷第十一

唐西明寺沙門道世撰

業因部第十九此有五緣

述意緣　發業緣　罪行緣

福行緣　雜業緣

述意緣第一

悲夫迷徒障重棄三車而弗御漂淪苦海任燋爛而不疲若蒼蠅之樂臭屍似飛蛾之投火聚良由迷因謬重不識善惡所以樂造苦因隨緣起業備歷艱辛具受塗炭迄今燒煑莫能休息如來大悲不忍永棄示其苦樂令其欣厭也

發業緣第二

問曰云何名業道義答曰身口七業即自體相爲名業道餘三者意相應心又即彼業能作道果名爲業道

問曰若即業名道皆能趣地獄等者何故餘三非是業道答曰如彼七業此三能作彼根本故以相應故不能如彼業故不名業道如對法論云復次有四種諸業差別謂黑黑異熟業白白異熟業黑白黑白異熟業非黑白無異熟業能盡諸業黑黑異熟業者謂不善業由染汙故不可愛異熟故白白異熟業者謂三界善業不染汙故可愛異熟故黑白黑白異熟業者謂欲界雜業善不善雜故非黑白無異熟業能盡諸業者謂於方便無間道中諸無漏業以方便道無間道是彼諸業對治故非黑者離煩惱垢故白者一向清淨故無異熟者生死相違故能盡諸業者由無漏業爲永拔得黑等三有漏業與異熟習氣故

又優婆塞戒經云若善男子有人不解如是業緣無量世中流轉生死雖生非想非非想處壽八萬劫福盡還墮三惡道故佛告善男子一切模畫無勝於意意畫煩惱煩惱畫業業則畫身

又阿毗曇雜心業品偈云

業能莊飾世　趣趣各處處　是以當思業

求離世解脫　身口意集業　在於有有中

彼業爲諸行　嚴飾種種身　身業當知二

謂作及無作　口業亦如是　意業當知思

又彌勒菩薩所問經論云此十不善業道一切惡法皆從貪瞋癡起如依三毒起殺生者若依貪心起者或爲皮肉錢財故斷生命等是名依貪起若依瞋心起者或以瞋心殺害怨家等是名依瞋起若依癡心起者或有人言殺蛇蠍等以生衆生苦惱故雖殺無罪或言波羅斯等言殺却老父母及重病者則無罪報是名依癡起

如依三毒起偷盜者若依貪心起者或爲自身或爲他身或爲飲食等是名依貪起若依瞋心起者或於瞋人邊及瞋人所愛偷盜彼物等是名依瞋起若依癡心起者如有婆羅門言一切大地諸所有物唯是我有何以故以彼國王先施我故以我無力故爲餘姓奪我受用是故我取即是自物不名偷盜是名依癡心起

如依三毒起邪婬者若依貪心起者或於衆生起貪染心不如實修行等是名依貪起若依瞋心起者或依他守護資生依瞋心故起或婬怨家妻妾或婬怨家所愛之人等是名

依瞋起若依癡心起者或有人言譬如碓臼熟華熟果飲食河水及道路等女人行婬無罪或如波羅斯等邪婬母等是名依癡起如依三毒起妄語者(此三可解)如是兩舌惡口綺語(皆亦如是)依貪心起者依貪結生次第二心現前如是名為依貪起依瞋結生者名為依瞋起依癡結生者名為依癡起如貪瞋與邪見皆亦如是應知

問曰於業道中何者是前眷屬何者是後眷屬答曰若起殺生方便如屠兒牧羊或以物買將詣屠所始下一刀或二三刀羊命未斷所有惡業名前眷屬隨下何刀斷其命根即彼念時所有作業及無作業是等皆名根本業道次後所作身行作業是名殺生後眷屬業乃至綺語皆亦如是應知自餘貪瞋邪見業中無前眷屬以初起心即成就根本業道又身口意十不善業道一切皆有前後眷屬此義云何如人起心欲斷此衆生命因復更斷餘衆生命如欲祭天殺害衆生即奪他物欲殺彼人復婬其妻生如是心還使彼妻自殺夫主復以種種鬪亂言説破彼親屬無時非實於彼物中生於貪心即於彼人復生瞋心為殺彼人故生如是邪見增長邪見以斷彼命復欲殺其妻男女等如是次第具足十種不善業道如是等業名前眷屬一切十不善業道皆亦如是應知又離善道非方便修行善業道是方便以遠離根本故反遠離方便故言方便者如彼沙彌欲受大戒將詣戒場禮衆僧足即請和尚受持三衣始作一白作第二白時如是悉皆名前眷屬從第三白

至羯磨竟所起作業及彼念起無作業是等皆名根本業道次說四依乃至不捨所受善行身口作業及無作業如是等悉皆名後眷屬述曰上來雖引經論明業因多種至時斷罪未明輕重故別引優婆塞戒經辨業不同別有四例一將物對意有四二輕重不同有八三上中下不同復八四依薩婆多論有心無心不同復八臨時判罪並皆攝盡

故經第一云有物重意輕有物輕意重有物重意重有物輕意輕第一有物重意輕者如無惡心殺於父母者是第二物輕意重者如以惡心殺於畜生者是第三物重意重者如以極惡心殺所生父母者是第四物輕意輕者如以輕心殺於畜生者是

第二如是惡業復有八種輕重不同何等為八一有方便重根本成已輕二有根本重方便成已輕三有成已重方便根本輕四有方便根本重成已輕五有方便成已重根本輕六有根本成已重方便輕七有方便根本成已重八有方便根本成已輕物是一種以心力故得輕重果如十善業道有其三事一方便二根本三成已若復有人能勤禮拜供養父母師長和尚有德之人先意問訊言則柔輭是名方便若作已竟能修念心歡喜不悔是名成已作時專著是名根本十善既爾十惡亦然

第三是十業道復有三種謂上中下或方便上根本中成已下或方便中根本上成已下或方便下根本上成已中綺互作八准前可知

第四依薩婆多論方便根本成已有心無心

作綺互作八准前可知自下依三界六道發業多少有異

第一就地獄明起不善依毗曇論云有五業道一惡口二綺語三貪四瞋五邪見於中惡口綺語及瞋彼受苦時三種現行惡罵獄卒故惡口現行即此惡口語不應時違法非正即落綺語爾時忿怒即是瞋恚此三不善地獄現行若論貪業及與邪見成就在心而不現行以彼麤凡未斷煩惱故貪邪見成就在心彼處男女各恒受苦無有男女共行邪事是故無此貪心現行以常受苦心識暗鈍不能推求因果有無是故亦無邪見現行自餘殺盜妄語兩舌彼處不行一向是無問若地獄不有現行貪及邪見業道者云何説彼成就此二若煩惱心法未斷已來雖不現行性恒成就不同身口七支色業是麤作法發動方成無造作處則不説成故雜心論云地獄之中無相殺故無殺業道無受財故無盜業道無執受女人故無邪婬業道異想説故名妄語彼無異想故無妄語常樂離故無兩舌爲苦所逼故有惡口不時説故故有綺語貪及邪見成就不行

第二第三明鬼畜道中十惡具有而無身口七支惡律儀也問今畜生中不知言者雖有音聲成口業不答彼起瞋時發聲則别雖非言辯亦成口業故成實論云畜生音聲是口業不答雖無言説之别從心起故亦名爲業亦可言具十者多是龍王辯人意志故具十業道自餘癡鈍畜生但可具身三意三六種餘四不具以口不解語故若據劫初畜生解

人語者此亦可具十惡
第四就人中起罪行者人中即有四天下南閻東弗西耶此三方人起惡多故皆具十惡然東西則輕南方最重以有受惡律儀故若就北單以論罪者彼方唯有四不善業一綺語二貪三瞋四邪見由有歌詠故有綺語貪瞋邪見成而不行問北方有行欲事云何言無邪婬業道答彼方無夫妻共相配匹雖有婬事無相陵奪故無邪婬問既有行婬即貪欲現行云何而言但成不行答彼起婬貪非俗能裁雖數現行聖說無罪但此貪心所起之婬尚非罪業不牵苦報何況內心能起之貪如世夫妻貪愛非制問北方之人既有歌詠等此不應法即是妄語云何不說有妄語業答彼人淳直不行姦偽無誑他心故非妄語彼定千歲故無殺命彼方衣食地有秔米樹有寶衣自然而出無有守掌故無偷盜彼人和柔故無兩舌惡口等業故雜心論云鬱單有四不善業道壽命定故無殺生無受財故無盜無雜愛女人故無邪婬無欺他故無妄語常和合故無兩舌以柔輭故無麤言有歌歎故有綺語若論意業道雖成就而不現行
第五就天起罪行者此欲界六天有殺盜等於中雖有十不善業而無身口七種惡律儀故雜心論云欲界六天有十業道雖不律儀雖不害天而害餘趣如害脩羅亦有截手足斷而復還生若斬首則死展轉相奪乃至十業道一切皆有亦有薄福諸天乏少資緣更相濫竊故有盜業或有諸天自薄所愛婬他

美天故有邪婬自餘七業文顯可知
依十善分別者如毗曇論說於彼地獄趣中唯有意地三善業道然但成就而不現行北方亦同自餘一切皆具十善文顯可知
若論色無色天依阿毗曇則無不善據理而言亦有輕微三業不善謂彼意地有邪慢等身口業過如初禪中婆伽梵王語諸梵衆汝得住此我能令汝盡老死邊汝等不須詣瞿曇所黑齒比丘往彼問言初禪三昧依何三昧生從何三昧滅梵王答言我是諸梵中尊者黑齒比丘言我不問梵王尊卑但問初禪三昧依何三昧生從何三昧滅彼不能答即捉尊者牽出衆外語尊者言我不能知初禪三昧從何三昧生從何三昧滅汝何忍在梵中損辱我也此是諂詐不善煩惱言佛不能令汝解脫即是謗佛綺語惡口上界唯有此諂詐發動身口微不善業然不於他人起麤違損以生上者曾修得定盡離欲界麤貪瞋等故得彼報還能修定雖有煩惱唯是癡心以迷道故起愛慢等樂修善行法望得勝他此等煩惱爲定所壞故不損物不相違害若依毗曇上界煩惱非是不善說爲無記此細貪等能汙淨心雖是無記體是染汙不同報生色心苦樂及威儀等白淨無記故論說爲穢汙無記是汙穢故潤業受生若此煩惱不潤業者業種則燋永不牽報上界衆生不應更生由能潤業故得更生問上界煩惱既能潤業潤生得報何故非記答上界煩惱雖復潤業唯得總報受生而已不由此惑正感樂果亦不招苦故是無記不同下界不善煩惱

感得總報及別報苦

若依成實論上二界中所起邪見皆名不善如彼論說人在色無色界謂是涅槃臨命盡時見欲色中陰即生邪見謂無涅槃謗無上法當知彼中有不善業又論說彼上界邪見是苦因緣道理上界據其位判衆生心細所起惑微多不成業故名無記若據通論不妨於中有起麤邪成不善者毗曇所說義當前判成實所論義當後通又據望理彼細煩惱皆違理起悉是不善准依成實不善惡業三界通起唯有多少增微爲異

述曰向來就凡明諸罪障依身口發業竟若論聖人如須陀洹等出觀失念容有起意輕微不善生惡願等具欲結者貪瞋雖強片似餘凡唯可直起貪欲瞋慢不更思審起邪見心亦不起殺盜等心如依毗曇得有眷屬加拳等事輕不善業若依成論有意不善設動身口不成業報如滴水熱鐵雖濕還乾

罪行緣第三

述曰此明聖者就後福行說有罪行者但此罪行妄見境染執定我人取著違順便令自他皆成惡業是以經云貪欲不生滅不能令心惱若人有我心及有得見者是人爲貪欲將入於地獄是故心外雖無別境稱彼迷情強見起染如夢見境起諸貪瞋稱彼夢者謂實不虛理實無境唯情妄見故智度論說如夢中無喜事而喜無瞋事而瞋無怖事而怖三界衆生亦復如是無明眠故不應瞋而瞋等故知心外雖無別境稱彼迷情妄見起染心外雖無地獄等相惡業成時妄見受苦如

正法念經云閻魔羅人非是衆生罪人見之謂是衆生手中執持焰然鐵鉗彼地獄人惡業既盡命終之後不復見於閻羅獄卒何以故以彼非是衆生數故如油炷盡則無有燈業盡亦爾不復見於閻羅獄卒如閻浮提日光既現則無暗冥惡業盡時閻羅獄卒亦復如是惡眼惡口如衆生相可畏之色皆悉磨滅如破畫壁畫亦隨滅惡業畫壁亦復如是不復見於閻羅獄卒可畏之色以此文證衆生惡業應受苦者自然無中妄見地獄問曰見地獄者所見獄卒及虎狼等可使妄見彼地獄處閻羅在中判諸罪人則有此境云何言無答曰彼見獄主亦是妄見直是罪人惡業熏心令心變異無中妄見實無地獄閻羅在中故唯識論云如地獄中無地獄主而地獄衆生依自然業見地獄主與種種苦而起心見此是地獄處此是夜時此是晝時或以惡業故見狗見烏或見山壓以此文證善惡熏心令心異見實無地獄是故心外雖無地獄惡業成時强自妄見問曰此苦業報既非善事寧不直爾說善令習何須稱情說苦業耶答曰善惡因果法須相對若不說其貪等是過何由得顯施等是善若不宣說三塗是苦無由得顯人天等樂是故須說凡夫罪行令人識知猒離歸善若鈍根者聞此苦業生猒離時即求世樂因此轉心修諸福業若利根者聞此苦業生猒離時即求解脫因此轉心能修道觀便於惑中得起出世因故經說言一切煩惱皆是佛種故知苦業猒離之本起善之緣是故須說若不說此惡業罪行衆

生不識常行不斷雖稱情見說諸過惡然實心外無別業苦唯識無境心體恒淨故經說言雖說言貪欲之過而不見法有可貪者雖說瞋恚之過而不見法有可瞋者雖說愚癡之過而知諸法不癡無礙雖示衆生墮三惡道怖畏之苦而不得地獄餓鬼畜生之相以此文證知罪行因果唯心無外凡愚不解稱情方便須說業苦向來兩門就其實教說罪體眞無別可破以愚未解須定說罪此是別明愚人迷眞妄解故須定說罪行意也

福行緣第四

述曰此明福行者對前罪行說此福行先明凡夫修欲界善者但使亂心修諸事福而生下界名欲界業五道之中皆悉得起先就地獄述者依毗曇說地獄之人亦有三善業即是意地三善根此唯成就非是現行以是難處多不聞法思量趣道故無現行若論生得善根地獄亦有如仙譽國王殺五百婆羅門生地獄中發生信心生甘露國故知現行若依成論亦說地獄有善現行雖無力勵方便起善修獲聖道然有生得善根起善謂諸衆生無始已來曾修世間信進念等未起邪見謗無因果此善不滅生便得之名爲生得善依此善根得起善心若有宿業感緣強者大聖現化令苦止息爲說道法得修方便第二畜生龍等亦有修善如涅槃經佛說義時無量鳥獸發菩提心生於天上若依毗曇鬼畜十善非律儀攝以其身口七善律儀普於一切衆生處起以鬼神不能受故薩婆多論畜生以癡鈍故不發律儀若依成論鬼神畜

等亦有得戒若就人中北單越人唯成意地三善業道而不現行不斷善故至劫盡時人皆修禪彼獨不能離欲非分自餘三方皆有十善有不具者若就欲界六天以論即無出家別解脫戒但有十善及在家戒故成論云如天帝釋多受八戒龍等亦受不局在人若論色界諸天以論依毗曇生上失下上界不起下界善業以其界地因果斷故身生上界下地法斷此據有漏在下成上生上失下便不修起若依成論上得成下亦得寄起下界善業如諸梵天見佛禮拜發言讚歎即是散善此是寄起欲界善業若依毗曇毗婆沙論等梵天禮讚非欲界善是其初禪威儀心起據此所依無記非善據外身口是上色業此明欲界亂善福業依身起處竟

第二明色界四禪定業依身起處若鬼畜中值聖強緣能悟道者亦得修起以其無漏依禪起故縱無根本深定正體必有麤淺未來禪心此未來禪是色界業依此未來斷欲結時此業則招初禪梵果若就人天以論修色界業除北單越無修禪者自餘三方及欲界天皆得修起色界十善謂得禪者意地有三所謂無貪無瞋正見若論身口七善業者謂依定心發得禪戒禪戒則是身口七善故得禪時有色十善若就無色諸天以論依毗曇無色界天不得修起色界定業生上捨下界地斷故若依成論凡生無色亦得起下色界中業此明色界禪定福業十善業道依身起處若論無色四空定業依身起處三界人天皆得修起上來明諸福行依身起處竟若論

聖人起福非關凡夫希故不述

雜業緣第五

述曰此行名聖說不定所謂罪行諸經或說名黑黑業及不善業凡夫福行諸經或說名黑白業及以善業名雖種種行體無殊行體云何如智論說殺害等是不善業布施等是善業此則是說罪福二行言殺等者等取十惡齊名罪行言施等者等取事中戒定等業同是世善俱名福行此世善中八禪定者望欲界亂善名不動行若望出世理觀智慧此緣事住則名福行如說六度前五度中所有禪定通亦名福但諸罪福人行不同或專修福或唯造罪或復有人罪福俱行專修福者所謂淨心爲益他人行施戒等唯造罪者謂無慈潤動身口意皆爲損他罪福俱者謂修福時內心不淨或兼損物此則是其欲界雜業非純淨故亦名不淨若論罪行麤顯可知若論雜業與淨福行有同有異稍隱難知謂諸修福據其外相事中信樂所作皆同若據內心爲自爲他所求各別精麤不等以諸修福外同內異故有純雜二業不同若能調心慈悲愍物隨所施爲皆成大善若不守念視相修福內麤外細唯成雜業稱彼愚情雖謂過世理實遠道亦非淨福以修福時不觀生空我倒常行遍通三性所有作業與倒相應是假取性是故迷道以不著心多求世報又多求名故非淨福以此純雜世俗多迷今略偏論令人識行先論雜業後明淨福但諸雜業自有麤細麤者爲惡兼損他人細者自爲唯求世報先論麤雜若就施論或有非法取

財施者如盜他物以用布施此感來報還常衰耗施巳生悔得果亦然故優婆塞戒經云若人施巳生於悔心若劫他財持以布施是人未來雖得財物常耗不集或有爲施兼損他者謂若施時不正念善或生瞋恚或起高慢當墮惡道雖得福報畜中別受不感人天故分別業報經偈云

修行大布施　急性多瞋怒　不依正憶念
後作大龍身　能修大布施　高心陵蔑人
由斯業行生　大力金翅鳥

若爲修福求世報者如捨財時自求來報或恐身財無常故捨或爲名聞專求自益此非慈悲爲濟貧苦猶如市易非純淨業是以經中名不淨施如百論說爲報施者是名不淨施如市易故報有二種現報者名稱敬愛等後報者後世富貴等名不淨施譬賈客遠到他方雖持雜物多所饒益然非憐愍衆生以自求利故是業不淨布施求報亦復如是以此證知無實慈愍自求名稱或爲來報縱雖廣施皆非淨業業非淨故得報不精故分別業報經云若爲生天施或復求名聞酬恩及望報恐怖故行施獲果不清淨所受多麤澀施行既爾戒等諸善不淨同此故百論云不淨持戒者自求樂報若持戒求天上與天女娛樂若人中富貴受五欲樂爲婬欲故如覆相者內欲他色外作親善是名不淨此外細心不淨持戒如阿難語難陀說偈云

如羝羊相觸　將前而更却　汝爲欲持戒
其事亦如是

開心專爲益他得福則多又於施境有貧有

病或有知法而乏所須若施令彼得益長善所施有宜獲福則多故賢愚經云佛讃五施得福無量所謂施遠來者遠去者病瘦者於飢餓時施於飲食施知法人如是五施現世獲福此施有宜現獲多福不同求名施非要處雖多割捨不得淨報又隨喜他施者若望諸極麤造不善者是其細罪亦得名善若望離欲及專爲他此之雜業則是其罪故智度論云麤人有麤罪細人有細罪故此雜業罪福俱行望心非純是不淨業上來明其罪福俱行是其欲界不淨雜業竟若論淨業翻前可知故百論云淨施者若人愛敬利益得福亦多故因果經偈云

若有貧窮人　無財可布施　見他修施時
而生隨喜心　隨喜之福報　與施等無異

又丈夫論偈云

悲心施一人　功德如大地　爲巳施一切
得報如芥子　救一厄難人　勝餘一切施
衆星雖有光　不如一月明

若諸凡夫造其罪福不解因果善惡無性是爲迷事取性常繫三有故智度論云譬如蠅無處不著唯不著火焰衆生愛著亦復如是是善不善法中皆著乃至非想亦著唯不著般若波羅蜜性空大火以此證知無善惡性常輪五道即當無佛性衆生也此略明凡夫罪福二行迷事取性所依經論竟又雜寶藏經云昔佛在世時波斯匿王有其一女名曰善光聰明端正父母憐愍舉宫愛敬父語女言汝因我力舉宫愛敬女答父言我自有業力不用父王王聞瞋忿而語之言今當試汝

有自業力即遣左右覓一最下貧窮乞人以女付之王語女言汝自有業不假我者從今可驗女猶答言我有業力即共窮人相將出去婦問夫言有父母不夫答婦言我父母先此舍衛城中第一長者父母居家都已死盡無所依怙是以窮乞婦復問言汝今頗知故宅處不答言知處但宅毀壞遂有空地夫婦相將往至故舍周歷案行隨其行處伏藏自出即以珍寶雇人造宅未盈一月宮宅悉成宮人妓女奴婢僕使不可稱計王卒憶念我女善光云何生活有人答王善光女郎宮室錢財不減於王王女即便遣其夫主往請於王王即受請見其家內宮宅莊嚴歎未曾有王往問佛此女先世作何福業得生王家身有光明佛答王言乃往過去九十一劫毗婆尸佛入涅槃後有槃頭王以佛舍利起七寶塔王大夫人見即便以天冠拂飾著像頂上以天冠中如意寶珠著塔棖頭因發願言使我將來身有光明紫磨金色尊榮豪貴莫墮三惡八難之處昔夫人者今善光是後於過去迦葉佛時復以餚饍供養佛僧而夫遮斷婦即勸請我今已請使得充足夫還聽婦爾時婦者今善光是爾時夫者今日夫是由昔遮婦恒常貧賤以還聽故要因其婦得大富貴無其婦時後還貧賤以是因緣善惡之業隨逐受報未曾遺失又雜寶藏經云佛在世時波斯匿王時於眠中聞二內官共諍道理一人說言我依王活一人答言我自依業不依王也王聞可彼依王活者而欲賞之即遣直人語夫人言我今當使一人往者重與財

物尋即遣彼依王活者持所飲酒送與夫人此人出户鼻中血出不得前進尋即倩彼依業者送夫人見已重賜錢財衣服瓔珞來到王前王見深怪即便喚彼依王活者而問之言我使汝去云何不去彼即向王具白情事王聞歎言佛語真實自作其業還自受報不可奪也由是觀善惡報應自業所引非天非王之所能與要須自作自得起於正見言業果報近獲人天遠招佛果若違聖教具受前苦頌曰

尋因途乃異　及捨趣猶并　苦極思歸樂
樂極苦還生　豈非罪福別　皆由封著情
若斷有漏業　常見法身寧

諸經要集卷第十一

音釋

迄（許訖切至也）蠍（許竭切毒蟲也）鏊（五到切餅鏊也）鉗（巨鹽切持火鐵夾也）壓（烏甲切鎮也）棖（直庚切門兩旁木也）

諸經要集卷第十二上

唐西明寺沙門道世撰

欲蓋部第二十（此有三縁）

述意縁　五欲縁　五蓋縁

述意縁第一

竊尋經論行者修道皆云五欲是障道本若不學斷無由證聖欲知根本略述三種一自内五根二外諸五塵三所生五識由此三故能生染欲故涅槃經云善男子譬如惡象心未調順有人乘之不隨意去遠離城邑至空曠處不能善攝此五根者亦復如是將人遠離涅槃城邑至於生死曠野之處善男子譬如佞臣教王作惡五根佞臣亦復如是常教衆生造無量惡譬如惡子不受師長父母教勑則無惡不造不調五根亦復如是不受師長善言教勑無惡不造善男子凡夫之人不攝五根常爲地獄畜生餓鬼之所賊害亦如怨盜害及善人又遺教經云五根賊禍殃及累世爲害甚重不可不愼是故智者制而不隨持之如賊假令縱之皆亦不久見其磨滅也夫論蓋者是蔭覆義謂覆障行者令志性昏沉定慧不明隱沒善人是修道正障故名爲蓋故對法論云此蓋能令善品不得顯了是蓋義覆蔽其心障諸善品令不得轉故名蓋義前之五欲從外五塵而生此之五蓋從内五根而發也

五欲縁第二

第一欲繫苦者夫論五欲者既有其根便發五欲繫縛衆生不得解脱故涅槃經云凡夫之人五欲所縛令魔波旬自在將去如彼獵

師擒捕獮猴擔負歸家善男子譬如國王安住已界身心安樂若至他界則得衆苦一切衆生亦復如是若能自住於已境界則得安樂若至他界則遇惡魔受諸苦惱自境界者謂四念處他境界者謂五欲也五欲者男女身上色聲香味觸等是也即此五欲希須爲義貪著五塵名爲欲也并意識觸緣之境名曰法塵此之六塵非直名爲魔所行處復得惡賊之名故涅槃經云如六大賊能劫一切人民財寶六塵惡賊亦復如是能劫一切衆生善財如六大賊若入人舍則能劫奪現家所有不擇好惡令巨富者忽爾貧窮是六塵賊亦復如是若入人根則能劫奪一切善法善法既盡貧窮孤露作一闡提是故菩薩諦觀六塵如六大賊

第二欲障苦者夫論欲過者謂五欲弊魔六塵惡賊佛判邪惑迷障佛性故涅槃經云衆生五識雖非一念然是有漏復是邪倒增長諸漏爲一切凡夫取著於色乃至著識以著色故則生貪心生貪心故爲色繫縛乃至爲識之所繫縛以繫縛故則不得免於生老病死憂悲大苦一切煩惱又云若有菩薩自言戒淨雖復不與女人和合言語謿調聽其音聲然見男子隨逐女人時或見女人隨逐男時便生貪著如是菩薩成就欲法毀破淨戒汙辱梵行令戒雜穢猒離不著名爲淨戒具足又智度論云菩薩觀種種不淨於諸衰中女衰最重刀火雷電霹靂怨家毒蛇之屬猶可暫近女人慳妬瞋諂妖穢鬬諍貪嫉不可親近何以故女人小人心淺智薄唯欲是親

不覩富貴智德名聞專行欲惡破人善根桎梏枷鎖閉繫囹圄雖曰難解猶尚易開女鎖繫人染著根深無可得脫衆病最重如佛偈言

寧以熱鐵　宛轉眼中　不以染心　邪視女色
含笑作姿　憍慢羞慚　迴面攝眼　美言妬瞋
行步妖穢　以惑於人　婬羅彌網　人皆沒身
坐卧行立　迴眄巧媚　薄智愚人　爲之所醉
執劒向敵　是猶可勝　女賊害人　是不可禁
蚖蛇含毒　猶可手捉　女情惑人　是不可觸
有智之人　所不應視　若欲觀之　當如母姊
諦視觀之　不淨塡積　婬火不除　爲之燒滅

色過既爾自餘香味觸等例皆如然一切衆生無始已來永沉生死不能出離者實由女色繫縛難脫盲無慧眼見生死坑致之陷墜今惟道俗不覩欲患向之馳走何日返之得免斯過心恒被染不能暫捨戒尚不存焉有定慧佛性者哉故涅槃經偈云

作惡不即悔　如乳即成酪　猶灰覆火上
愚者輕蹈之

第三訶欲苦者如智度論云行者當訶五欲云哀哉衆生常爲五欲所惱而求之不已將墜大坑得之轉劇如火炙疥五欲無益如狗齩骨五欲增爭如鳥競肉五欲燒人如逆風執炬五欲害人如踐惡蛇五欲無實如夢所得五欲不久如假借須臾世人愚惑貪著五欲至死不捨爲之後世受無量苦此之五欲得時須臾樂失時爲大苦如蜜塗刀舐者貪甜不知傷舌其五欲者名爲色聲香味觸此之五事禪寂正障若欲修定皆應棄之上來三門

總觀五欲下五門別訶五欲也

第一訶色欲過如頻婆娑羅王以色故身入敵國獨在婬女阿梵婆羅房中優塡王以色染故截五百仙人手如是等種種因緣是名訶色欲過失

第二訶聲欲過者如聲相不停暫聞即滅愚癡之人不解聲相無常變失故於音聲中妄生好樂於已過之聲念而生著如五百仙人在山中住甄陀羅女於雪山池中浴聞其歌聲即失禪定心醉狂逸不能自持失諸功德後墮惡道有智之人觀聲生滅前後不俱無相及者作如是知則不染著若斯人者諸天音樂尚不能亂何況人聲如是等種種因緣是名訶聲欲過失故論云如五百仙人飛行時聞緊陀羅女歌聲心著狂醉皆失神足一時墮地如聲聞聞緊陀羅王屯崙摩彈琴歌聲以諸法實相讚佛是時須彌山及諸樹木皆動大迦葉等諸大弟子皆於座上作舞不能自安天鬘菩薩問大迦葉汝最大耆年行於頭陀第一今何故不能制自心大迦葉荅曰我於人天諸欲心不傾動是菩薩無量功德報聲復以智慧變化作聲所不能忍譬如八方風起不能令須彌山動若劫盡時毗藍風至吹須彌山令如腐草如阿脩琴常自出聲隨意而作無人彈者此亦無散心亦無攝心是福德報生故隨意出聲法身菩薩亦復如是無所分別亦無散心亦無說法相是無量福智因緣故

第三訶香欲過者人謂著香少罪染愛於香開結使門雖復百歲持戒能一時壞之如有

阿羅漢常入龍宮食已以鉢授與沙彌令洗鉢中有殘飯數粒沙彌嗅之大香食之甚美便作方便入師繩床下兩手捉床脚其師至時與繩床俱入龍宮龍言此未得道何以將來師言不覺沙彌得飲食又見龍女身體端正香妙無比心大染著即作惡願我當作福奪此龍處居其宮殿龍言後莫將此沙彌來沙彌還已一心布施持戒專求所願願早作龍是時遶寺足下水出自知必得作龍還至師本入處大池邊以袈裟覆頭而入即死變爲大龍福德大故即殺彼龍舉池盡赤未爾之前諸師及僧訶之沙彌言我心已定心相已出將諸衆僧就池觀之如是因緣由著香過復有一比丘在於林中蓮華池邊經行聞蓮華香鼻受心著池神語言汝何以捨彼林下禪靜坐處而偷我香以著香故諸結臥者皆起時更有一人來入池中多取其華掘挽根莖狼藉而去池神默無所言比丘言此人破汝池華汝都無言我但池岸邊行便見訶罵云我偷香池神言世間惡人常在罪垢糞中不淨沒頭我不共語也如汝是禪行好人而著此香破汝好事是故訶汝譬如白氎鮮淨而有異物點汙衆人皆見彼惡人者譬如黑衣以黑點黑人所不見誰問之者如是等種種因緣是名訶香欲過失

第四訶味欲過者當自覺悟我但以貪著美味故當受罪苦烊銅灌口噉熱鐵丸若不觀食嗜心堅著墮不淨蟲中如一沙彌心常愛酪諸檀越餉僧酪時沙彌每得殘分心中愛著樂喜不離命終之後生此殘酪瓶中沙彌

師得羅漢僧分酪時語言徐徐莫傷此愛酪沙彌諸人言此是蟲何以言愛酪沙彌荅言此蟲本是我沙彌但生貪愛殘酪故生此瓶中師得酪分蟲在中來師言我是汝和尚汝當捨愛酪心求出世解脱蟲解師語重受三歸便即命終得生天上復有一國王名曰月分王有太子愛著美味王守園者日送好果園中有一大樹樹上有鳥養子常飛至香山中取好香果以養其子衆子爭之一果墮地守園人晨朝見之奇色非常即送與王王珍此果香色殊異太子見之便索王愛其子即以與之太子食果得其氣味染心深著日日欲得王即召園人問其所由守園人言此果無種從地得之不知所由來也太子啼泣不食王催責園人仰汝得之園人至得果處見有鳥巢知鳥銜來翳身樹上伺欲取之鳥毋來時即奪得果將送日日如是鳥毋怒之於香山中取毒果其香味色令似前者園人奪得輸王王與太子食之未久身肉爛壞而死如是等種種因緣是訶味欲過失

第五訶觸欲過者此觸是結使之因是縛心之本何以故餘四情各當分此則遍身染著以其難捨常作重罪爾時世尊爲諸比丘説本生因緣過去久遠世時波羅柰國山中有一仙人以仲秋之月於澡槃中小便見鹿鹿合會婬心輙動精流槃中麀鹿飲之即時有娠月滿生子形類如人唯頭有一角其足似鹿鹿當産時至仙人菴邊而産見子是人以付仙人而去仙人出時見此鹿子自念本緣知是巳兒取巳養育及其年大勤教學問通

十八種大經又學坐禪行四無量心得五神通一時上山值大雨泥滑其足不便躃地破其軍持又傷其足便大瞋恚以軍持盛水呪令不雨仙人福德諸龍鬼神皆為不雨不雨故五穀五果盡皆不生人民窮乏無復生路波羅柰王憂愁懊惱命諸大官集議雨事明者言傳聞仙人山中有一角仙人以足不便故上山躃地傷足瞋呪此雨令十二年不墮王思惟言若十二年不雨我國了矣無復人民王即開募其有能令仙人失五通屬我為民者當分國半治是國有婬女名曰扇陀端正巨富來應王募女問諸人此是人不衆人言是仙人所生婬女言若是人者我能壞之作是語已即取金槃盛好寶物語王言我當騎此仙人項來婬女即時求五百乘車載五百美女五百鹿車載種種歡喜丸皆以衆藥草和之以綵畫令似雜果及持種種大力美酒色味如水服樹皮衣行林樹間以像仙人於仙人菴邊作草菴而住一角仙人遊行見之諸女皆出迎逆好華妙香供養仙人仙人大喜諸女以美言敬辭問訊仙人將入房中坐好床褥與好美酒以為淨水與歡喜丸以為果蓏食飲飽已語諸女言我從生已來初未得如此好果好水諸女言我一心行善故天與我願得此好水果仙人問諸女言汝以何故膚色肥盛答言我曹食此好果飲此美水故肥如此女白仙人言汝何以不在此間住答曰我亦可住耳女言可共澡洗即亦可之女手柔軟觸之心動便與諸女更互相洗欲心轉生遂成婬事即失神通天雨大雨七

日七夜令得歡喜飲食七日已後酒食皆盡繼以山水木果其味不美更索前者答言已盡今當共行去此不遠有可得處仙人言隨意即便共出山去城不遠女便在道中卧言我疲極不能復行仙人言汝不能行者騎我項上當擔汝去女先遣信白王可觀我智能王勑嚴駕出而觀之問言何由得爾女白王言我以方便力故故使如此令無所復能令住城中好供養恭敬之恣其所欲拜爲大臣住城少日身轉羸瘦念禪定樂心猒世欲王問仙人汝何不樂身轉羸瘦仙人答王我雖得五欲常自憶念林間閑靜諸仙遊處不能去心王自思惟若能强違其志爲苦苦極則死本以求除旱患今已得之當復何緣强奪其志即發遣之既還山中精進不久還得五通佛告諸比丘其一角仙人者即我身是也其婬女者今耶輸陁羅是爾時以歡喜丸惑我我未斷結爲之所惑今復欲以藥歡喜丸惑我不可得也以是事故知細輭觸法能動仙人何况愚夫如是等種種因緣是名訶觸欲過失如是能訶五欲便除五蓋也

五蓋緣第三

問曰云何名爲五蓋答曰一貪欲蓋二瞋恚蓋三睡眠蓋四掉悔蓋五疑蓋

第一貪欲蓋者謂端坐修禪心生欲覺妄念相續求之不已遂致生患如智度論術婆伽以思王女欲心内發尚能燒身延及天祠况生欲毒熾而不燒諸善法耶心若著欲無由近道故論偈云

入道慚愧人　持鉢攝衆生　云何縱欲塵

沉没於五情　已捨五欲樂　棄之而不顧
如何還欲得　如愚自食吐　諸欲求時苦
得時多怖畏　失時多熱惱　一切無樂處
諸患如是已　云何能捨之　得福禪定樂
則不爲所欺
第二瞋恚蓋者瞋是失諸善法之根本墮諸
惡道之因緣法樂之怨家善心之大賊惡口
之府藏禍患之刀斧若修道時思惟此人惱
我及惱我親讚歎我怨圖度過去未來亦復
如是是爲九惱處故生瞋瞋念覆心故名爲
蓋當急棄之無令增長如智度論釋提婆那
以偈問佛云
何物殺安隱　何物殺無憂　何物毒之根
吞滅一切善
佛説偈答云
殺瞋即安隱　殺瞋即無憂　瞋爲毒之根
瞋滅一切善
如是知已當修慈悲以忍除滅令心清淨觀
聲空假不應起瞋故智度論云菩薩知諸法
不生不滅其性皆空若人瞋恚罵詈若打若
殺如夢如他觀聲本無唯是風聲從縁而有
何須可瞋故論云如人欲語時口中風名優
陀那還入至臍觸臍響出響出時觸七處起
是名語如偈
風名優陀那　觸臍而上出　是風七處起
頂及齗齒脣　舌咽及以胷　是中語言生
愚人不解此　惑者起瞋癡
又優婆塞經云有智之人若遇惡罵當作是
念是罵詈字不一時生初字生時後字未生
後字生已初字已滅若不一時云何是罵直

是風聲我云何瞋故智度論云菩薩觀衆生雖復百千劫罵詈不生瞋心若百千劫稱讚亦不歡喜了知音聲生滅如夢如響

第三睡眠蓋者謂内心昏憒名之爲眠五情暗蔽放恣肢節委卧垂熟名之爲睡此睡眠蓋能破今世後世實樂如此惡法最爲不善何以故餘蓋情覺可除眠如死人無所覺觸以不覺故難可除滅如智度論云菩薩教誡眠睡弟子説偈云

汝等勿抱臭屍卧　種種不淨假名人
如得重病箭入體　諸苦痛集安可眠
如人被縛將去殺　災害垂至安可眠
結賊不滅害未除　如共毒蛇同室宿
亦如臨陣白刃閒　爾時云何而可眠
眠爲大暗無所見　日日欺誑奪人明
以眠覆心無所見　如是大失安可眠

第四掉悔蓋者有三一口掉者謂好喜吟詠諍競是非無益戲論世俗言語等名爲口掉二身掉者謂好喜騎乘馳騁放逸角力相撲扼腕拍掌等名爲身掉三心掉者心情放蕩縱意攀緣思惟文藝世閒才技諸惡覺觀等名爲心掉掉之爲法破出家心故智度論偈云

汝已剃頭著染衣　執持瓦鉢行乞食
云何樂著掉戲法　放逸縱情失法利
既無法利又失世樂覺其過已當急棄之所言悔者若掉無悔則不成蓋何以故掉時猶在緣中故後欲入定時方悔前所作憂惱覆心故名爲蓋此有二種一者因掉後生悔如前所説也二者作大重罪人常懷怖畏毒箭

入心堅不可拔如智度論偈云

不應作而作　應作而不作　悔惱火所燒

後世墮惡道　若人罪能悔　悔已莫復憂

如是心安樂　不應常念著　若有二種悔

若應作不作　不應作而作　是則愚人相

不以心悔故　不作而能作　諸惡事已作

不能令不作

第五疑蓋者謂以疑覆心故於諸法中不得

定心定心無故於佛法中空無所獲如人入

於寶山若無有手無所能取復次通疑甚多

未必障定令障定者有三種疑一疑自二疑

師三疑法一疑自者而作是念我等諸根暗

鈍罪垢深重其非人乎作此自疑定慧不發

若欲學法勿當自輕以宿世善根難測故二

疑師者彼人威儀相貌如是自尚無道何能

教我作是疑慢即爲障定欲除之法如臭皮

囊中金以貪金故不可棄於皮囊行者亦爾

師雖不清淨亦應生於佛想三疑法者如世

人多執本心於所受法不能生信敬心受行

若生猶豫即法不染心何以故如智度論偈

云

如人在歧道　疑惑無所取　諸法實相中

疑亦復如是　疑故不勤求　諸法之實相

是疑從癡生　惡中之惡者　善不善法中

生死及涅槃　定實眞有法　法中莫生疑

汝若懷疑惑　死王獄吏縛　如師子搏鹿

不能得解脫　在世雖有疑　當隨妙善法

譬如觀歧道　利好者應逐

問曰不善法無量無邊何故但捨五法答曰

此五法中名雖似狹義該三毒亦通攝八萬

四千諸塵勞門第一貪欲蓋即是貪毒第二瞋恚蓋即是瞋毒第三睡眠蓋疑蓋即是癡毒其掉悔一蓋即是等分攝合爲四分煩惱一中即有二萬一千四中合有八萬四千諸塵勞門是故若能除此五蓋即能具捨一切不善之法譬如負債得脫重病得瘥如飢餓之人得至豐國如於惡賊之中得自免濟安隱無患行者亦爾除此五蓋其心清淨譬如日月以五事覆謂煙雲塵霧脩羅手障則不明了心亦如是合喻可知頌曰

五欲昏神識　五蓋蔽福力　六根成苦集
六賊亂心識　欲浪逐情飄　愛網隨心織
三毒障人空　四流漂不息　至冬雖改秋
斬籌方未極　觀鴿既無窮　猿攀此焉匿
自非絶欲蓋　何能遠昇陟　齊軒屆寶城
共覩能仁德

四生部第二十一之一（此有六緣）

述意緣　會名緣　相攝緣
五生緣　中陰緣　受胎緣

述意緣第一

夫行善感樂近趣人天遠成佛果作惡招苦近獲三塗遠乖聖道愚人不信智者能知故有四生區別六趣形分明暗異途昇沉殊路業緣之理皎然因果之報恒式也

會名緣第二

如般若經云一者卵生二者胎生三者濕生四者化生又阿含中解十二因緣經云有四種生一腹生者謂人及畜生（胎生者是）二寒熱和合生者謂蟲蛾蚤虱（濕生者是）三化生者謂天及地獄四卵生者謂飛鳥魚鼈又正法念經云

畜生無量略說三處一者水行所謂魚等二者陸行所謂象等三者空行所謂鳥等或以天眼見諸畜生有四種生何等爲四一者胎生所謂象馬牛羊之類二者卵生所謂蛇蚖鵝鴨鷄雉衆鳥三者濕生所謂蚤虱蟻子之類四者化生如長面龍等故經曰生者新諸根起死者諸受根滅又善見論云一者色生二者無色生色生可壞無色生不可壞無色之生依於色生色心相依共成假者名之爲生使前不感後後不赴前名之爲死又涅槃經云衆生佛性住五陰中若壞五陰名曰殺生若有殺生即墮惡道依此生死故有四生依轂而生曰卵含藏而出曰胎假潤而興曰濕欻然而現曰化衆生所攝不過此四也

相攝緣第三

如婆沙論說云此欲界之中具攝六趣色無色界各攝六趣少分所以別者以欲界是亂地故衆生雜惡起業不純或善或惡以不同故隨業受報有多差別上之二界唯是定地衆生純靜起業亦純是故無有多趣差別問曰四生六趣相攝云何答曰如毗曇中說天及地獄一向化生鬼趣唯二謂胎及化人及畜生各具四生故此論問云爲生攝於趣爲趣攝於生即自答云

生攝一切趣　非趣攝於生　謂生中陰增
當知非趣攝

故知生寬趣狹以化生寬故全攝二趣及三趣少分地獄趣中一向化生問曰六欲諸天既行欲同人何故無有胎生答曰欲愛雖同行事不等故樓炭正法念經等云四天忉利

此二地居行欲之時男女形交同人無異而無泄精與人不同自上四天一向全異炎摩天行欲意喜相抱或但執手而爲究竟不至交合兜率天中意嬉語笑即爲究竟不待相抱化樂天中共相瞻視即爲究竟不待語笑他化天中但聞語聲或聞香氣即爲究竟不待瞻視故異於人以天化生故從毋膝化起鬼趣化生可知胎生者少隱如彼淨觀者說謂昔王舍城中有一女人爲鬼精著身生五百鬼子又俱舍論有鬼告目連云我晝生五子夜亦生五子隨生而食噉竟無有飽時此爲胎生鬼也阿脩羅趣亦具胎化二生以有匹配故有胎生脩羅劫初從天而出即是化生又依觀佛三昧經說根本女脩羅元從大海泥卵濕潤中出通彼胎化亦具四生也人具四生者胎生現見可知卵生如涅槃經說如毗舍佉毋生一肉卵於中出其三十二卵如鞞婆沙論云問云何知人中有卵生答曰如佛所說閻浮利地多有商人入海採寶得二鶴隨意所化失一一在與共遊戲寢卧一室共彼合會遂生二卵卵漸濕熟便生二童後大出家學道得阿羅漢果一名尸婆羅二名優鉢尸婆問曰云何知人中有濕生答曰如經所說有頂生王尊者遮羅尊者優婆遮羅梨女及柰女等即其事也問曰云何知人中有化生答曰如劫初人是也已得聖法者不復卵生濕生問曰何故不復卵生濕生耶答曰卵生濕生皆畜生趣所攝也畜具四生者胎卵濕生此三目覩可知其化生者依樓炭經云如四生金翅鳥還食四生龍化生食

四胎生食三（除化）卵生食二（除化及胎）濕生還食濕生一（除三可知）又起世經云大海之北爲諸龍王及一切金翅鳥王故生一大樹名曰居吒奢摩離（此言麤聚）其樹根本周七由旬入地二十由旬身高一百由旬枝葉遍覆五十由旬樹東面有卵生龍及卵生金翅鳥樹南面有胎生龍及胎生金翅鳥樹西面有濕生龍及濕生金翅鳥樹北面有化生龍及化生金翅鳥此四處各有宮殿縱廣六百由旬七重垣墻七寶莊嚴妙香遠熏諸鳥和鳴又彼卵生金翅鳥王若欲摶取卵生龍時便即飛往居吒奢摩離大樹東枝之上觀大海水已乃更飛下以兩翅扇大海令水自開二百由旬即於其中銜卵生龍將出海外隨意而食卵生金翅鳥王唯能取得卵生龍等則不能取胎濕化生龍等若胎生鳥欲取卵生龍者還向樹東海中取之又胎生鳥欲取胎生龍者即向樹南海中取之水開四百由旬此胎生鳥王唯能取卵胎二生龍不能取濕生化生龍也又濕生金翅鳥王欲取卵生龍還向樹東海中取食又濕生鳥王欲取胎生龍即向樹南海中取食水開四百由旬又濕生鳥王欲取濕生龍者即向樹西海中取之水開八百由旬濕生鳥王唯能取卵生胎生濕生龍等不能取化生龍也又化生金翅鳥王欲取卵生龍即向樹東海中取之若欲取胎生龍者向樹南海中取之若欲取濕生龍者即向樹西海中取之若欲取化生龍者即向樹北海中取之水開一千六百由旬彼諸龍等皆爲此金翅鳥王之所食噉又觀佛三昧經云佛言閻

浮提中及四天下有金翅鳥名伽樓羅王於諸鳥中快得自在此鳥業報應食諸龍於閻浮提日食一龍王及五百小龍第二日於弗婆提第三日於瞿耶尼第四日於鬱單越各食如前周而復始經八千歲此鳥爾時死相已現諸龍吐毒無由得食彼鳥飢逼周慞求食了不能得遊巡諸山永不得安至金剛山然得暫住從金剛山直下至大水際從大水際至風輪際爲風所吹還至金剛山如是七返然後命終其命終已以其毒故令十寶山同時火起爾時難陀龍王懼燒此山即大降雨澍如車軸鳥肉散盡唯有心在其心直下如前七返然後還住金剛山頂難陀龍王取此鳥心以爲明珠轉輪王得以爲如意珠又樓炭經云天下諸龍以三熱見燒阿耨達龍王不以三熱見燒一餘龍王熱沙雨身上燒炙甚痛二餘龍王起婬相向熱風來吹其身上燋即失顔色得此蛇身便恐不喜三餘龍王被金翅鳥食悉皆恐怖天下餘龍悉見毒熱唯阿耨達龍王獨不見熱又善見律云佛言龍有五事不得離龍身何者爲五一行婬時若與龍共行婬不得離龍身若與人共行婬不得復龍身二受生不離龍身三脱皮時四眠時五死時是爲五事不得離龍身問四食相攝云何答如毗曇中説總而言之六趣之中皆具四食然有寛狹不同如地獄中得有段食者如有鐵丸及烊銅汁雖復增苦以壞飢渴故名段食又如輕繫獄中得具冷煖二風更互觸身亦名段食唯上二界無有段食以彼身輕妙故論偈云

四食在欲界　四生趣亦然　三食上二界
段食彼則無
問曰未知二趣中何食增耶答曰如毗曇中
說於六趣中謂鬼全趣及於卵生并前三無
色皆思偏增何以然者以彼餓鬼趣中意行
多故卵生衆生在卵殼時以思念母故卵得
不壞前三無色亦如意行思惟多故是故皆
悉思食增也又此人趣及與六欲天中皆段
食偏增何以然者以此二處要假食持身命
故又彼地獄全趣及與非想皆識食偏增何
以然者以地獄中識持名色故非想地中以
識持名故又彼色界及與濕生皆悉觸食偏
增何以然者以色界中受修禪樂觸持身故
濕生之中以因濕觸持身活故

諸經要集卷第十二上

音釋

謿陟交切以言相調也　矎音瞬目動也　劇奇逆切甚也　齩五巧切噬也　舐神紙切餂也　餉式亮切饋也　麀於尤切牝鹿也　躃房益切躃倒也　臍徂奚切　扼腕扼於革切腕烏貫切扼腕捋臂也　縠苦角切　鞞婆沙梵語也此云廣解鞞頻眉切

諸經要集卷第十二下

唐西明寺沙門道世撰

四生部第二十一之二

五生緣第四

如地持論云菩薩生有五種住一切行安樂一切衆生一息苦生二隨類生三勝生四增上生五最後生菩薩以願力故於饑饉世受大魚等身以肉救濟一切衆生於疾病世爲大醫王救治衆病於刀兵世爲大力王救息戰爭以法化邪及諸惡行如是無量皆悉往生是名息苦生菩薩以願自在力故於種種衆生天龍鬼神等遞相惱亂及諸外道起諸邪見悉生其中爲其導首引令入正廣爲宣說是名隨類生菩薩以性受生勝於世間壽色等報是名勝生菩薩從淨心住乃至最上菩薩住於閻浮提自在受生一切受生處於中奇特是名增上生最上菩薩住受生調伏業菩提衆具增上滿足生刹利婆羅門家得阿耨菩提作一切佛事是名最後生三世菩薩皆此五種受生餘無上因此疾得阿耨菩提又瑜伽論云諸菩薩生略有五種攝一切生一切菩薩受無罪生利益安樂一切有情何等爲五一者除災生二者隨類生三者大勢生四者增上生五者最勝生菩薩於諸饑饉作大魚等並給一切皆令飽滿或有疫病作大良醫息除疫疾或有戰爭以大威力善巧息除或有惡王非理治罰以願力哀愍一切或起邪見能除邪惡是名略說除災橫生或有菩薩以大願力生趣異類方便化導令彼行善是名略說隨類受生或有菩薩稟性

生時所感壽量形色族姓自在富等最為殊勝所作事業自他兼利是名略說大勢生或有菩薩住於十地作十王報最為殊勝已得成滿即由此業增上所感是名略說隨增上生或有菩薩於此生中菩提資糧已極圓滿或生大貴國王家能現等覺廣作佛事是名略說最後生若諸菩薩於去來今清淨仁賢妙善生處皆此五生所攝除此無有若過若增唯除凡地菩薩受生何以故此中意取有知菩薩生大菩提果之所依止令諸菩薩疾證菩提

中陰緣第五

如新婆沙論云中有多名或名中有或名健達縛或名求有或名意成問何名中有答居死有後在生有前二有中間有自體起問何故中有名健達縛答以彼食香而存濟此名唯屬欲界中有問何故中有名求有耶答於六處門求生有故問何故中有復名意成答從意生故謂諸有情或從意生或從業生或從異熟生(舊名異報)或從婬欲生從意生者謂劫初人及諸中有色無色界并變化身從業生者謂諸地獄如契經說地獄有情業所繫縛不能免離由業而生不由意樂從異熟生者謂諸飛鳥及鬼神等由彼異熟勢輕健故能飛行空或壁障無礙從婬欲生者謂六欲天及諸人等諸中有身從意生者故乘意行故名為意成(舊名中陰)次依婆沙論問中有諸根具不具者答一切中有皆具諸根初受異熟必圓妙故有說不具者如印印物像現如是中有趣本有故如本有時有根不具此中初說

於理爲善謂中有位於六處門遍求生處根必無缺此説眼等非男女根色界中有無彼根故欲界中有彼亦不定當受卵胎二類生者住中有位有男根至卵胎中有不具若不爾者應無當受卵胎生義問諸趣中有行相云何答地獄中有頭下足上而趣地獄故伽他言

顛墜於地獄　足上頭歸下　由毀謗諸仙樂寂修苦行

此諸天中有足下頭上如人以箭仰射虚空上昇而行往於天趣餘趣中有皆悉傍行如鳥飛空行所至處又如壁上畫作飛仙舉身傍行求當生處問中有行相皆如是耶答不必皆爾且依人中命終者説若地獄死還生地獄不必頭下足上而行若天中死還生天趣不必足下頭上而行若地獄死生於人趣應首上昇若天中死生於人趣應頭歸下鬼及傍生二趣中有隨所住處如應當知次依論問中有生時爲有衣不論答色界中有一切有衣以色界中慚愧增故慚愧即是法身衣服如彼法身具勝衣服生身亦爾故彼中有常與衣俱欲界中有多分無衣以欲界中分無慚愧唯除菩薩及白淨苾芻尼所受中有恒有上妙衣服有餘師説菩薩中有亦無有衣唯白淨尼等所受中有常與衣俱問何緣菩薩中有無衣而白淨尼有衣答白淨尼曾以衣服施四方僧故彼中有常有衣服問若爾菩薩於過去生以妙衣服施四方僧白淨尼等所施衣服碎爲微塵猶未爲比如何菩薩中有無衣而彼有衣服答由彼願力異

菩薩故謂白淨尼以衣奉施四方僧已便發願言願我生生常著衣服乃至中有亦不露形由彼願力所引發故所生之處常豐衣服彼最後身所受中有常有衣服入母胎位乃至出時衣不離體如知彼身漸次增長後出家受具戒已輒成五衣勤修正行不久便證阿羅漢果乃至後涅槃時即以此衣纏身火葬菩薩過去三無數劫所修種種殊勝善行皆爲迴向無上菩提利益安樂諸有情故由斯行願離見相好而無有衣願力有殊不應爲難次依論問在中有位資段食不答色界中有不資段食欲界中有必資段食問欲界中有段食云何有作是說欲界中有至有食處便食彼食至有水處便飲彼水由彼飲食以自存濟此說非理所以者何中有極多難周濟故謂契經說如從倸等瀉秔米等置倉鏤中數極稠密五趣有情所受中有散在處處數量過彼若彼受用諸飲食者一切世間所有飲食唯供狗犬一類中有尚不周濟況餘中有而可充足又中有身既極微輕妙受麤重食身應散壞應作是說中有食香非食麤質故無前過謂有福者歆饗清淨華果食等輕妙香氣以自存活若無福者歆饗糞穢臭爛食等輕細香氣以自存活又彼所食香氣極少中有雖多而得周濟次依論引世尊經中作如是說三事和合得入母胎父母俱有染心和合母身調適無病是時及健達縛正現在前此健達縛爾時二心展轉現前入母胎藏此中三事和合者一者父母交愛和合二者母身是時調適三者健達縛是正現

前時父母俱有染心和合者謂父母俱起婬貪而共合會母身調適是時者謂母起貪身心悅豫名身調適持律者說由母起貪身心渾濁如春夏水渾濁而流不能自持名身渾濁母腹清淨無風熱痰互增逼切故名無病由此九月或十月中任持胎子令不損壞言是時者謂母已有穢惡事日月恒有血水流出此若過多由稀濕故不得成胎此若太少由乾稠故亦不成胎若此血水不少不多不乾不濕方得成胎名爲是時是中有者入胎時故謂母血水於最後時餘有二滴父精最後餘有一滴展轉和合方得成胎及健達縛正現在前者謂即中有此處現在前非於餘處非前非後此健達縛爾時二心展轉現前入母胎藏者謂健達縛將入胎時於父母愛恚二心展轉現起方得入胎若男中有將入胎時於母起愛於父起恚若女中有將入胎時於父起愛於母起恚次依論問中有何處入於母胎有作是說中有無礙隨所樂處而便入胎問若中有身無能障礙如何依住此母胎中答業力所拘故依此住有情業力不可思議無障礙物令有障礙是故於此不應爲難應作是說中有入胎必從生門是所愛故由此理趣諸雙生者後生爲長所以者何先入胎者必後出故問菩薩中有何處入胎答從右脇入正知入胎於母母想無婬愛故復有說者從生門入諸卵胎生法應爾故問輪王獨覺先中有位何處入胎答從右脇入正知入胎於母母想無婬愛故復有說者從生門入諸卵胎生法應爾故有餘師說菩薩

福智極增上故將入胎時無顛倒想不起婬愛輪王獨覺雖有福慧非極增上將入胎時雖無倒想亦起婬愛故入胎位必從生門入也次依論引施設論說若彼父母福業增上子福業劣不得入胎若彼父母福業劣薄子福業勝不得入胎要父母子三福業等方得入胎問若富貴丈夫與貧賤女合或富貴女人與貧賤男合如何中有亦得入胎答富貴男子與貧賤女人合時必於自身起下劣想於彼女人生尊勝想富貴女人與貧賤男子合時必於自身生下劣想於彼男子起尊勝想貧賤男子與富貴女人合時必於自身生尊勝想於彼女人起下劣想貧賤女人與富貴男子合時必於自身起尊勝想於彼男子生下劣想子於父母將入胎位應知亦然故入胎時皆有等義次依論問中有微細一切墻壁山崖樹木皆不能礙此彼中有爲相礙耶有作是說此彼中有亦不相礙以極微細相觸身時不覺知故復有說者此彼中有亦互相礙以相遇時此彼展轉有語言故問若爾寧說中有無礙答於餘無礙非謂中有此彼中有皆相礙耶答自類相礙非於餘類謂地獄中有但礙地獄中有乃至天中有但礙天中有有作是說劣礙於勝以麤重故勝不礙劣以細輕故謂地獄中有礙五中有傍生中有礙四中有鬼中有礙三中有人中有礙二中有天中有唯礙天中有又正法念經云有十七種中陰有法汝當係念行寂滅道若天若人念此道者終不畏於閻羅使者之所加害何等十七中陰有耶

第一若人中死生於天上則見樂相中陰猶如白氎垂欲墮地細輭白淨見園林華池聞諸歌舞戲笑次聞諸香一切愛樂無量種物和合細觸即生天上以善業故現得天樂含笑怡悅顔色清淨親族兄弟悲啼號泣以善相故不聞不見心亦不念於臨終時初生樂處天身相似如印文成見天勝處即生愛境故受天身是則名曰初生中陰有也

第二中陰有者若閻浮提人命終生鬱單越則見細輭赤氎可愛之色即生貪心以手捉持舉手攬之如攬虛空親族謂之兩手摸空復有風吹若此病人冬寒之時暖風來吹除其寒苦若暑熱時涼風來吹除其鬱蒸令心喜樂以心緣故不聞哀泣悲啼之聲若其業動其心亦動聞其悲聲吹生異處是故親族臨終悲哭甚爲障礙若不妨礙生鬱單越中間次第有善相出見青蓮華池鵝鴨鴛鴦充滿池中即走往趣入中遊戲欲入母胎從華池出行於陸地見於父母欲染和合因於不淨以顛倒見見其父身乃是雄鵝母爲雌鵝若男子生自見其身作雄鵝身若女人生自見其身作雌鵝身若男子生於父生礙於母生愛若女人生於父生愛於母生礙是名生鬱單越第二中陰有也

第三中陰有者若閻浮提中死生瞿耶尼則有相現若臨終時見有屋宅盡作黄色猶如金色遍覆如雲見虛空中有黄氎相舉手攬之親族兄弟謂言病人兩手攬空是人爾時善有將盡見身如牛見諸牛羣如夢所見若男子受生見其父母和合而行不淨自見人

身多有宅舍見其父相猶如特牛除去其父與母和合若女人生自見其身猶如乳牛作如是念何故特牛與彼和合不與我對如是念已受女人身是名生瞿耶尼第三中陰有也

第四中陰有者若閻浮提人命終生於弗婆提界則有相現見青氎相一切皆青遍覆虛空見其屋宅悉如虛空恐青氎隱以手遮之親族謂言遮空命終見中陰身猶如馬形自見其父猶如駁馬母如騲馬父母交會愛染和合若男子生作如是念我當與此騲馬和合若女人生自見已身如騲馬形作如是念如是駁馬何故不與我合作是念已即受女身是名生弗婆提第四中陰有也

第五中陰有者若鬱單越人臨命終時見上行相若天業心自在生天以手攬空如夢中所見好華上妙之香第一妙色香氣在手見華生貪今見此樹我當昇之作是念已即上大樹乃是昇於須彌見天世界華果莊嚴我當遊行是名鬱單越人下品受生第五中陰有也

第六中陰有者若鬱單越人以中業故臨命終時欲生天上則有相現見蓮華池甚可愛樂衆蜂莊嚴一切皆香昇此蓮華須臾乘空而飛猶如夢中生於天上作如是念我今當至勝蓮華池是名鬱單越人中品受生第六中陰有也

第七中陰有者鬱單越人以業勝故生三十三天善法堂等臨命終時見勝妙堂莊嚴殊妙其人爾時即昇勝堂生此殿中以爲天子

是名鬱單越人生於天上受上品生第七中陰有也

第八中陰有者若鬱單越人臨命終時則有相現見於園林遊戲之處香潔可愛聞之悦樂不多苦惱其心不濁以清淨心即昇空殿見諸天衆遊空而行猶如夢中三十三天勝妙可愛一切五欲皆悉具足從鬱單越死生此天中是名鬱單越人生此天處熏習遊戲及死時相第八中陰有也

第九中陰有者若瞿耶尼人命終生天有二種業何等爲二一者餘業二者生業生於天上其人臨命終時則有相現以善業故垂捨命時氣不咽濁脉不斷壞諸根清淨見大池水其水調適洋洋而流浮至彼岸既至彼岸見諸天女第一端正種種莊嚴戲笑歌舞其人見已欲心親近前抱女人即時生天受天快樂如夢中陰即滅是名第九中陰有也瞿耶尼人生有三品上中下業同一光明等一中陰一切相似不同鬱單越人三種受生差別相也

第十中陰有者若弗婆提人臨命終時見於死相見於自業或見他業或見殿堂殊勝莊嚴心生歡喜欲近受生於殿堂外見衆婇女與諸丈夫歌頌娛樂於中陰有作如是念欲得同戲即入戲衆猶如睡覺即生天上是名第十中陰有也

第十一中陰有者諸餓鬼等惡業既盡受餘善業本於餘道所作善業猶如父母欲生天中則有相現若餓鬼中死欲生天上於餓鬼中飢渴燒身常貪飲食常念漿水臨命終時不復起念本念皆滅一切惡業皆悉不迎雖

見飲食唯以目視如人夢中見食不飲見天可愛即走往趣至於彼處即生天上是名第十一中陰有也

第十二中陰有者以愚癡故受畜生身無量種類受百千億生死之身墮於地獄餓鬼畜生輪轉世間不可窮盡以餘善業畜生中死生二天處或生四天王天或生三十三天於畜生惡道苦報欲盡將得解脫身則有相現臨命終時見光明現以餘善業癡心薄少或見樂處即走往趣如夢所見走往趣之即生天上是名第十二中陰有也

第十三中陰有者地獄衆生希有難得生於天上餘善因緣如業成熟是地獄人以業盡故將欲得脫從此地獄臨命終時則有相現命欲終時若諸獄卒擲置鑊中猶如水沫滅已不生若以棒打隨打即死不復更生若置鐵函置已即死不復更生若置灰河入已消融不復更生若鐵棒打隨打即死滅已不生若諸鐵鳥食已不生若諸惡獸噉已不生是地獄人惡業既盡命終之後不復見於閻羅獄卒如油炷盡則無燈發地獄中陰有相不現忽於虛空中見有第一歌舞戲笑香風觸身受第一樂欲近生有或生三十三天或生四天王天是名第十三中陰有也

第十四中陰有者若人中死還生人中則有相現於臨終時見如是相見大石山猶如影相在其身上爾時其人作如是念此山或當墮我身上是故動手欲遮此山親里見之謂爲觸於虛空既見此已又見此山猶如白氎即昇此氎乃見赤氎次第臨終復見光明見

其父母愛欲和合而起顛倒若男子生自見其身與母交會謂父妨礙若女人生自見其身與父交會謂母妨礙當於爾時中陰即壞生陰次起如印所印印壞文成是名人中命終還生人中第十四中陰有也

第十五中陰有者天中命終還生天上則無苦惱如餘天子命終之時愛別離苦墮於地獄餓鬼畜生如此天子不失巳身莊嚴之具亦無餘天坐其本處生於勝天若四天王天處命終之後生三十三天可愛勝相是名第十五中陰有相續道也

第十六中陰有相續道者若從上天還生下天見衆蓮華園林浴池皆亦不如既見此巳飢渴苦惱渴仰欲得即往彼生如是雖同生天二種中陰有二種相生是名第十六中陰有相續道也

第十七中陰有相續道者若弗婆提人生瞿耶尼有此等相瞿耶尼人生弗婆提復有何相如是二天下人彼此互生皆以一相臨命終時見黑闇窟於此窟中有赤電光下垂如旛或赤或白其人見之以手攬捉現陰即滅以手接旛次第緣旛入此窟中受中陰身近於生陰見受生法亦如前説或見二牛或見二馬愛染交會即生欲心既生欲心即受生陰是名第十七中陰有也

受胎緣第六

如善見論云女人將欲受胎月華水出時者此是血名欲懷胎時於兒胞處生一血聚七日自破彼此而出若血出不斷者男精不住即共流出若盡出者以男精還復其處然後

成胎故血盡已男精得住即便有胎又女人有七事受胎一相觸二取衣三下精四手摩五見色六聞聲七齅香問何謂相觸受胎答有女人月水生時喜樂男子若男子以身觸其身分即生貪著而便懷胎問何謂取衣受胎答如優陀夷共婦出家欲愛不止各相發問欲精汙衣尼取舐之復取内根即便懷胎問何謂下精受胎答如鹿母齅道士精欲心而飲遂便懷胎生鹿子道士問何謂手摩受胎答如睒菩薩父母俱盲帝釋逆知下來其所以為夫婦既悉出家為道不合陰陽以手摩臍下即便懷胎而生睒子問何謂見色受胎答有一女人月華水成不得男子合欲情極盛唯視男子如宮女人亦復如是即便懷胎問何謂聞聲受胎答如白鷺鳥悉雌無雄到春節時陽氣始布雷鳴初發雌鷺一心聞聲便即懷胎鷄亦有聞雄鷄聲亦得懷胎問何謂齅香受胎答如犛牛母但齅犢氣而亦懷子又增一阿含經云爾時世尊告諸比丘有三因緣識來處受胎一母有欲有父母共集一處然外識未應來趣便不受胎若識來趣父母不集則不成胎二若復母人無欲父欲意盛母不大慇懃則非成胎三若父母共集一處母欲熾盛父不大慇懃則非成胎復有三種一若父母共集一處父有風病母有冷病則非成胎二若母有風病父有冷病則非成胎三若父身水氣偏多母無此患則非成胎復有三種一若父母共集一處父相有子母相無子則不成胎二若母相有子父相無子則不成胎三若父母俱相無子則非成

胎復有三種一若復有時識神趣胎父行不在則非成胎二若有時父母應集一處然母遠行不在則不成胎三父母俱集不行此則受胎復有三種一若有特父母應來集一處然父身遇重患有時識神來趣則非受胎二若母身得重患則非成胎三若父母身俱得重病則非成胎若父母無患識神來趣然父母俱相有兒則成有胎又瑜伽論云復次此胎藏八位差别何等爲八謂羯羅藍位遏部曇位閉尸位鍵南位鉢羅賒佉位髮毛爪位根位形位若已結凝前内稀名羯羅藍若表裏如酪未生肉位名遏部曇若已成肉仍極柔輭名閉尸若已堅厚稍堪摩觸名爲鍵南即此肉摶增長肢分相現名鉢羅賒佉從此已後毛爪現即名此位從此已後眼等根生名爲根位從此已後被所依處分明顯現名爲形位又於胎藏中或由先業力故或由母不避不平等力所生隨順風故令此胎藏或髮或色或皮及餘肢分變異而生髮變異生者謂由先世所作能感此惡不善業及由其母多集灰鹽等味若飲若食令此胎藏髮毛希尠色變異生者謂由先業因如前説及由其母習近烟熱現在緣故令彼胎藏黑黯色生又母習近極寒室等令彼胎藏極白色生又由其母多噉熱食令彼胎藏極赤色生皮變異生謂由宿業因如前説及由其母多習婬欲現在緣故令彼胎藏或癬疥癩等惡皮而生肢分變異生者謂由先業因如前説及由其母多習馳走跳躑威儀及不避不平等現在緣故令彼胎藏諸根肢分缺減而生又

彼胎藏若當爲女於母右脇倚脊向腹而住若當爲男於母左脇倚腹向脊而住又此胎藏極成滿時其母不堪持此重胎内風便發生大苦惱又此胎藏業報所發生分風起令頭向下足便向上胎衣纏裹而趣産門其正出時胎衣遂裂分之兩腋出産門時名正生位生後漸次觸生分觸所謂眼觸乃至意觸

頌曰

業理信多緒　生途非一門　安危誠異轍
清濁豈同源　墜質空遺貌　尋香有去䰟
幽衢下寥落　暠路上飛翻　凝陰淒復緊
聲威聒已宣　投身庇茅屋　懌慮入華園
伉儷情多亂　貪瞋坐自昏　遍知稱正覺
掉手獨爲尊

諸經要集卷第十二下

音釋

歆饗 歆虛金切饗許兩切 痰 徒含切病液也 摸 慕各切捫摸也 駁 奉甫切牡馬也 騲 采老切牝馬也 睒 失冉切 [牛秦] 音秦異牛名也 遏部曇 梵語也此云疱遏阿葛切 鍵南 梵語也此云凝厚鍵音件 黯 乙減切深黑色也 癬 息淺切 暠 何老切明白也 聒 古活切讙語也 懌 羊益切悅懌也 伉儷 伉口浪切儷郎計切伉儷四偶也

諸經要集卷第十三

唐西明寺沙門道世撰

受報部第二十二（此有九緣）

述意緣　報類緣　現報緣
生報緣　後報緣　定報緣
不定緣　善報緣　惡報緣

述意緣第一

夫善惡之業用實三報之徵祥猶形影之相須譬六趣之明驗其三報者以悅天后之耳目翻九色之深恩孤投禽王之全命交受五杌之切酷斯爲現報也羣徒潛淪於幽壑神陟輪飄而不改身酸歷代之殃疊不曉王子之喪目斯生報也外道縱禍於非想迷法永惑於始終爲著翅之暴狸飛沉受困而難計斯爲後報也玄鑒三代弱喪之流深蛇來變坏形之累使悟四諦三明之室令出三報五苦之闇也

報類緣第二

如優婆塞戒經云佛告善男子衆生造業有其四種一者現報（今身作極善惡業即身受之是名現報）二者生報（今身造業次後身受是名生報）三者後報（今身造業次後未受更第二第三生已去受者是名後報）四者無報（猶無他等業是）此無報業復有四種一時定報不定（此於三時決定不改由業有可轉故報不定）二報定時不定（由業力定報不可改然時有可轉故時不定也）三時報俱定（由業定故感時亦生）四時報俱不定（由業不改故時報亦不定）衆生作業有具不具若先念後作名作具足若先不念直造作者名作不具足復有作不具足者謂作業已定果報不定復有作已亦具足者謂作業已定當得報復有作已不具足者果報雖定時節不定復有作已

亦具足者時報俱定復有作已不具足者持戒正見復有作已亦具足者毀戒邪見復有作已不具足者三時生悔復有作已亦具足者三時不悔如惡既爾善亦如是

現報緣第三

如佛說行七行現報經云爾時世尊告諸比丘有七種人可所事可奉敬是世間無上福田云何七種人一者行慈二者行悲三者行喜四者行捨五者行空六者行無相七者行無願其有衆生行此七法於現法中獲其果報阿難白佛言何故不說須陀洹斯陀含阿那含阿羅漢辟支佛乃說此七事乎世尊告曰行慈七人其行與須陀洹乃至佛等其事不同雖供養須陀洹等不現得報然供養此人者於現世得報是故阿難當勤勇猛成辦七法又雜寶藏經云昔乾陀衛國有一屠兒將五百頭小牛盡欲刑犍時有内官以金錢贖牛作羣放去以是因緣現身即得男報具足還到王家遣人通白某甲在外王言是我家人自恣而去未曾通白今何故爾王時即喚問其所以答王言曰向見屠兒將五百頭小牛而欲刑治臣即贖放以是因緣身體得具故不敢入王聞喜愕深於佛法生信敬心夫以華報所感如此況其果報豈可量也又新婆沙論云昔有屠販牛人驅牛涉路人多糧盡飢渴熱乏息而議曰此等羣牛終非已物宜割取舌以濟飢虛即時以鹽塗諸牛口牛貪鹹味出舌舐之即用利刀一時截取以火煨炙而共食之食已相與臨水澡漱俱嚼楊枝揩齒既了擘以刮舌惡業力故諸人舌

根猶如爛果一時俱落此皆現報以業重故

生報緣第四

如涅槃經云善男子如人捨命受大苦時宗親圍繞號哭懊惱其人惶怖莫知依救雖有五情無所覺知肢節戰動不能自轉身體虛冷暖氣欲盡見先所修善惡報相如日垂沒山陵堆阜影現東移理無西逝衆生業果亦復如是此陰滅時彼陰續生如燈生闇滅闇滅燈生善男子如蠟印印泥印與泥合印滅文成而是蠟印不變在泥亦非泥出不餘處來以印因緣而生是文現在陰滅中陰陰生是現在陰終不變爲中陰五陰中陰五陰亦非自生不從餘來因現陰故生中陰陰如印印泥印壞文成名雖無差而時節各異是故我說中陰五陰非肉眼天眼所見是中陰中有三種食一者思食二者觸食三者意食中陰二種一善業果二惡業果因善業故得善覺觀因惡業故得惡覺觀父母交會和合之時隨業因緣向受生處於母生愛於父生瞋父精出時謂是已有見已心悅而生歡喜以是三種煩惱因緣中陰陰壞生後五陰如印印泥印壞文成生時諸根有具不具具者見色則生於貪生於貪故則名爲愛狂故生貪是名無明貪愛無明二因緣故所見境界皆悉顛倒又修行道地經云人行不純或善或惡當至人道父母合會精不失時子來應生其母胎通無所拘礙心懷歡喜而無邪念則爲柔輭堪任受子其精不清不濁中適不强亦無腐敗亦不赤黑不爲風寒衆毒雜錯與小便別應來生者精神便起設是男子不與

女人共俱合者五欲與通男子敬念欲向女人父時精下其神欣喜謂是吾許爾時即失中止五陰便入胞胎父母精合既在胞胎倍用歡躍是爲色陰歡喜之時爲痛樂陰念於精時是爲想陰因本罪福緣得入胎是爲行陰神處胎中則爲識陰如是和合名曰五陰若在胎時即得二根意根身根也至七日住中而不增減又至二七日其胎稍轉譬如薄酪至三七日似如生酪至四七日精凝如熟酪至五七日胎精遂變猶如生酥至六七日變如息肉至七七日轉如段肉至八七日其堅如坏至九七日變爲五皰兩肘兩髀及頭頸從中出也至十七日復有五皰二手腕二脚腕及生其頭至十一七日續生十四皰五手指五足指及眼耳鼻口此從中出至十二七日是諸皰相轉漸成就至十三七日則現腹相至十四七日則生肝肺心及其脾腎至十五七日則生大腸至十六七日則生小腸至十七七日則有胃處至十八七日生藏熟藏起此二處至十九七日則生髀及腨脅骨手掌足趺臂節筋連至二十七日生陰齋乳頤頸形相至二十一七日體骨各分隨其所應兩骨在頭三十二骨著口七骨著頸兩骨著髀兩骨著肘四骨著臂十二骨著胷十八骨著背兩骨著臏四骨著膝四十骨著足復有微骨總有一百八與體肉合具十八骨著在兩脅二骨著肩如是身骨凡有三百而相連結其骨柔輭如初生瓠至二十二七日其骨稍堅如未熟瓠至二十三七日其骨轉堅譬如胡桃此三百骨各相連綴足骨著足膝

骨著膝如是腨骨髀骨臗骨脊骨膂骨脅骨肩骨項骨顖骨臂骨腕手足諸骨等各自轉相連著如是聚骨猶如幻化隨風所由牽引舉動至二十四七日生一百筋連著其身至二十五七日生七千脉尚未具成至二十六七日諸脉悉徹具足成就如蓮根孔至二十七七日有三百六十三筋皆成至二十八七日其肌始生至二十九七日肌肉稍厚至三十七日纔有皮像至三十一七日皮轉厚堅至三十二七日皮革轉成至三十三七日耳鼻脣指諸膝節成至三十四七日生九十九萬毛髮孔猶尚未成至三十五七日毛孔具成至三十六七日爪甲始成至三十七七日其毋腹中若干風起開兒目耳鼻口或有風起染其髮毛或端正或醜陋又有風起成體顏色或白赤黑有好有醜皆由宿行在此七日中生風寒熱大小便通至三十八七日在毋腹中隨其本行自然風起宿行善者便有香風可其身意柔輭無假正其骨節令其端正莫不愛敬本行惡者則起臭風令身不安不可心意吹其骨節令僂斜曲使不端正又不能男人所不喜是為三十八七日九月不滿四日其兒身體骨節則成為人其小兒體而有二分一分從父一分從毋身諸髮毛頰眼舌喉心肝脾腎腸血輭者從毋生也自餘爪齒骨節髓腦筋脉堅者從父生也其小兒在毋腹中處生藏之下熟藏之上若是男兒背外而面向內在其左脅也若是女人背毋而面向外處在右脅也居若痛臭處惡露不淨一切骨節縮不得伸捐在革囊腹綱纏裹藏

血塗染所處逼迮依因屎尿處溺瑕穢若斯其於九月此餘四日宿有善行初日後日發心念言吾在園觀亦在天上其行惡者謂在泥犂世間之獄至三日即中愁不樂到四日時毋腹風起或上或下轉其兒身而令倒懸頭向産門其有福者時心念言我投浴池水中遊戲如墮高牀華香之處也其無福者自發念言吾從山墮投於樹岸溝坑圂中或如地獄羅網棘上曠野石間劒戟之中愁憂不樂善惡之報不同若此其小兒生旣墮地外風所吹人之手觸暖水洗之逼迫毒痛猶如瘡病也以是苦惱恐畏死亡便有癡惑是故迷憒不識來去生在地血惡露臭處鬼魅來娆癎邪所中死屍所觸蠱道顛鬼各伺犯之如四交道墮肉段地烏鵄鵰狼各來爭之諸

邪妖鬼欲得兒便周帀圍繞亦復如是若宿行善德邪不得其便兒巳長大圍哺養身適得穀氣其體即生八十種蟲兩種在髮根一名舌舐二名重舐三種在頭名曰堅固傷損致害一種在腦兩種在腦表一名蜡蛛二名耗擾三名憒亂兩種在額一名甲下二名朽腐兩種在眼一名舌舐二名重舐兩種在耳一名識味二名現味其兩種在耳根一名赤二名復赤兩種在鼻一名肥二名復肥兩種在口一名摇二名動揺兩種在齒中一名惡弊二名凶暴三種在齒根名曰喘息休止捽滅一種在舌名曰甘美一種在舌根名曰柔軟一種在上齗名曰往來一種在咽名爲嗽喉兩種在瞳子一名生二名不熟兩種在肩一名垂二名復垂一種在臂名爲住立一種

在手名爲周旋兩種在胷一名額坑二名廣音一種在心名爲班駮一種在乳名曰湩現一種在齋名爲圍繞兩種在脅一名爲月二名月面兩種在脊一名月行二名月貌一種在背骨間名爲安豐一種在皮裏名爲虎爪兩種在肉一名消膚二名燒樹四種在骨一名爲甚毒二名習毒三名細骨四名雜毒五種在髓一名殺害二名無殺三名破壞四名雜骸五名白骨兩種在腸一名蜣蜋二名蜣觜兩種在細腸一名皃子二名腹子一種在肝名爲銀咮一種在生藏名曰枝牧一種在熟藏名爲大息一種在穀道名爲重身三種在糞中一名筋二名曰結三名曰編髮兩種在尻一名流下二名重流五種在胞一名肉姓二名惡族三名卧瘖四名而瘖五名護計一種在髀名爲撾枝一種在膝名爲現傷一種在蹲名爲鐵嘴一種在足指名爲燒然一種在足心名爲食皮是爲八十種蟲處在一身晝夜食體其人身中因風起病有百一種寒熱共合各有百一凡合計之四百四病在人身中如木生火還自燒然病亦如是如木因體與反來危人如身中蟲擾動不安三十六物假名爲人以僞蓋之誑惑凡愚妄起愛念共相親附智者覩虛安可近之譬如陶器終有破壞此身虛僞會有夭壽貴賤同迷至死不知譬如大城四門失火位次燒之乃到東門皆令灰燼生老病死亦復如是又瑜伽論云又於胎中經三十八七日此之胎藏一切肢分皆悉具足從此已後復經四日方乃出生此說極滿足者或經九月或復過此若

唯經八月此名圓滿若經七月六月不名圓滿或復缺減故法華經偈云

受胎之微形　世世常增長　薄德少福人
衆苦所逼迫

又三昧經云說身内火界漸增水界漸微是故伽邏羅稠漸堅乃至肉團衆生由此薄福從小至大皆受其苦又禪祕要經云人身三分齊爲中原頭爲殿堂額爲天門又處胎經云人受胎時初七日有四大二七日展轉風吹向脇乃至三十八七日風名華令向產門又譬喻經云風振水水振地地振火强者爲男弱者爲女風水相振爲男地水相振爲女又解脫道論云人身地界碎之爲塵一斛二升又增一經云一人身中骨有三百二十毛孔有九萬九千筋脉各有五百身蟲有八十戶又五道受生經云兒生三歲凡飲一百八十斛乳除其胎中食亦分之東弗于逮人飲一千八百斛乳西拘耶尼人飲一萬八百斛乳北鬱單越人七日成身初生之日置陌路道行人授指與㖬所以不飲乳也（此之斛斗是古小斗三升當今一升舊人身形殊大不同今小兒恐怪乳多故別疏記之）

後報緣第五

如婆沙論云有一屠兒七生已來常屠不落三塗然生人天往來此由七生已前曾施辟支佛一食福力故令七生不墮惡道然此人七生已來所作屠罪之業過七生已次第受之無有得脫善惡俱爾（此是後報）又智度論云舍利弗雖復聰明然非一切智於佛智中譬如嬰兒如阿婆檀那經中佛在祇洹住晡時經行舍利弗從佛經行是時有鷹逐鴿鴿飛來

佛邊住佛經行過身影覆鴿上鴿身安隱怖畏即除不復作聲後舍利弗影到鴿便作聲戰怖如初舍利弗白佛言佛及我身俱無三毒以何因緣佛影覆鴿鴿便無聲不復恐怖我影覆上鴿便作聲戰慄如故佛言汝三毒習氣未盡以是故汝影覆時恐怖不除佛語舍利弗汝觀此鴿宿世因緣幾世作鴿舍利弗即時入宿命智三昧觀見此鴿從鴿中來乃至八萬大劫常作鴿身過是已往不能復見舍利弗從三昧起白佛言是鴿八萬大劫中常作鴿身過是已前不能復知佛言汝若不能盡知過去世試觀未來世此鴿何時當脫舍利弗即入三昧觀見乃至八萬大劫亦未免鴿身過是已往不復能知不審此鴿何時當脫佛告舍利弗此鴿除諸聲聞辟支佛所知齊限復於恒河沙等大劫中常作鴿身罪訖得出輪轉五道中後得爲人經五百世中乃得利根是時有佛度無量阿僧祇衆生然後入無餘涅槃遺法在世是人作五戒優婆塞從比丘聞讚佛功德於是初發心願願值佛後於三阿僧祇劫行六波羅蜜十地具足得作佛時度無量衆生已而入涅槃是時舍利弗向佛懺悔白佛言我於一鳥尚不能知其本末何況諸結我知佛智慧如是者爲佛智慧故寧入阿鼻地獄受無量劫苦不以爲難

定報緣第六

如佛說義足經云佛告梵志言世有五事不可得避亦無脫者何等爲五一當耗滅法二當亡棄法三當病瘦法四當老朽法五當死

法法此之五法欲使不耗減是不可得又佛說四不可得經云佛與比丘及諸菩薩明旦持鉢入舍衛城分衛四輩皆從諸天龍神各賫華香妓樂追從於上時佛道眼覩見兄弟同産四人遠家棄業山處閑居得五神通皆號仙人宿對來至自知壽盡悉欲避終各各思議吾等神足飛騰自恣在所至到無所罣礙令反當爲非常所得便危失身命當造方便免斯患難不可就也於是一人則踊在空中而自藏形無常之對安知吾處一人則入市中人鬧之處廣大無量在中避命無常之對趣得一人何必求吾一人則退入于大海三百三十六萬里下不至底上不至表處於其中間無常之對何所求耶一人則計竊至大山無人之處擘山兩解入中還合無常之對安知吾處於時四人各各避命竟不得脱藏在空中者便自墮地猶果熟落其在山中者于彼丧巳禽獸所噉在大海中者則時夭命魚鼈所食入市中者在于衆人而自終没於是世尊覩之如斯謂此四人暗昧不達欲捨宿對三毒不除不至三達無極之慧古今已來誰脱此患佛則頌曰

雖欲藏在空　若處大海中　假使入諸山
而欲自翳形　欲求不死地　未曾可獲之
是故精進學　無身乃爲寧

佛告諸比丘世有四事不可獲致何等爲四一曰年幼顔色煒煒髮黑齒白形貌光澤氣力堅强行步舉止出入自遊上車乘馬衆人瞻戴莫不愛敬一旦忽耄頭白齒落面皺皮緩體重拄杖短氣呻吟欲使常少不至老者

終不可得二謂身體强健骨髓實盛行步無雙飲食自恣莊飾頭首謂爲無比張弓捻矢把執兵仗有所危害不省曲直罵詈衝口謂爲豪强自計吾我無有衰耗疾病卒至伏之著床不能動摇身痛如榜耳鼻口目不聞聲香美味細滑坐起須人惡露自出身卧其上衆患難喻假使欲免常安無病終不可得三謂欲求長壽在世無極得于病死命既甚短懷萬歲慮壽少憂多不察非常五欲自恣放心逸意殺盜婬亂兩舌惡口妄言綺語貪嫉邪見不孝父母不順師友輕陵尊長反逆無道希望豪富謂可永存譏謗聖道以已無雙嘘天獨步慕于世榮不識天地表裏所由不別四大因緣合成猶如幻師不了古今所與之世不受唱導不知生所從來死之所歸心存天地謂是吾許非常對至如風吹雲冀念長生命忽然終不得自在欲使不爾終不可得也四謂父母兄弟室家親族朋友知識恩愛榮樂財物富貴官爵俸禄騎乘遊觀妻妾子息以自嬌恣飲食快意兒郎僕使趨行綺視顧影而步輕慢衆人計已無雙奴客傭馬獸類畜生出入自在無有期度不察前後謂其眷屬從使之衆意可常得宿對卒至如湯消雪心乃懷懼請求濟患安得如願呼嗡命斷魂神獨逝父母兄弟妻子親族朋友知識恩愛眷屬皆自獨留官爵財物僕從各散馳走如星欲求不死終不可得也佛告比丘古今已來天地成立無免此苦四難之患以斯四苦佛興于世

不定緣第七

如十住毗婆沙論云善知不定法者諸法未生未可分別如佛分別業經中説佛告阿難有人身行善業口行善業意行善業是人命終而墮地獄有人身行惡業口行惡業意行惡業是人命終而生天上阿難白佛言何故如是佛言是人先世罪福因緣已熟今世罪福因緣未熟或臨命終正見邪見善惡心起垂終之心其力大故又增一阿含經云爾時世尊告諸比丘今有四人出現於世云何爲四或有人先苦而後樂或有人先樂而後苦或有人先苦而後苦或有人先樂而後樂云何有人先苦而後樂或有一人生卑賤家衣食不充然無邪見以知昔日施德之報感得富貴之家不作施德恒值貧賤無有衣食便向懺悔改往所作所有遺餘與人等分若生人中多財饒寶無所乏短是謂此人先苦後樂何等人先樂而後苦或有人生豪族家衣食充足然彼人恒懷邪見與邊見共相應後生地獄中若得作人在貧窮家無有衣食是謂此人先樂後苦何等人先苦而後苦或有人先生貧賤家衣食不充然懷邪見與邊見共相應後生地獄若生人中極爲貧賤衣食不充是謂先苦而後苦何等人先樂而後樂或有人先生富貴家多財饒寶敬重三尊恒行惠施後生人天恒受富貴多饒財寶是謂此人先樂而後樂

爾時佛告比丘曰或有衆生先苦後樂或有先樂後苦或有先苦後亦苦或有先樂後亦樂若人壽百歲正可十年耳或百歲之中作諸功德或百歲之中造諸惡業彼於異時或

冬受樂夏受苦或少時作福長時作罪後生之時少時受福長時受罪若復少時作罪長時作福後生之時少時受罪長時受樂或先少時作罪後復長時作罪彼人後生之時先苦後亦苦若復少時作福長時復作福彼於後生之時先樂後亦樂爾時世尊告諸比丘有四人出現於世云何爲四或有人身樂心不樂或有人心樂身不樂或有人身心俱樂或有人身心俱不樂何等人身樂心不樂是作福凡夫人於四事供養衣被飲食卧具醫藥無所乏短但不免三惡道苦是謂身樂心不樂何等人心樂身不樂所謂阿羅漢不作功德於四事供養之中不能自辦但免三惡道苦是謂心樂身不樂何等人身心俱不樂所謂凡夫之人不作功德不得四事供養復不免三惡道苦是謂身心俱不樂何等人身心俱樂所謂作功德阿羅漢四事供養無所乏短復免三惡道苦是謂身心俱樂

善報緣第八

如彌勒菩薩所問經論云問云何布施果答曰略說布施有一種果所謂受用果受用果復有二種果所謂現在受用果未來受用果復有三種果即此一種復加般若復有四種果何謂四種一有果而無用二有用而無果三有果亦有用四無果亦無用初有果而無用者謂不至心施不自手施輕心布施彼如是施雖得無量種種果報而不能受用如舍衞天主雖得無量種種珍寶而不能受用二有用而無果者謂自不施見他行施起隨喜心以是義故雖得受用而自無果如天子物

一切沙門婆羅門等雖得衣食及以受用而自無果又如轉輪聖王四兵雖得衣食而不得果三有果亦有用者謂至心施不輕心施如樹提伽諸長者等是四無果亦無用者謂布施已因即滅盡或爲出世聖道障故猶如遠離煩惱聖人復有五種果謂得命色力樂辯等因食得命是故施食即是施命以是因緣後得長命如是施色施力施樂施辯才等皆亦如是復有五種勝果所謂施與父母病人法師菩薩得勝果報父母恩養生長身命是故施者得勝果報又病人者孤獨可愍以是義故起慈悲心施病人者得勝果報又說法者能生法身增長法身示導善惡平正非平正顛倒非顛倒是故施者得勝果報又諸菩薩悉能攝取利益衆生起慈悲心以攝取

三寶不斷絶因以是義故施菩薩者得勝果報以菩薩發心勇猛悲願力大不同餘福其心狹劣也又增一阿含經云世尊告諸比丘我今當說四梵之福云何爲四一若有信善男子善女人未曾起偷婆處於中能起第二補治故寺第三和合聖衆第四若多薩阿竭初轉法輪時諸天世人勸請轉法輪是謂四種受梵之福比丘白世尊曰梵天之福竟爲多少世尊告曰閻浮里地其中衆生所有功德正與一輪王功德等閻浮地人及一輪王功德與瞿耶尼一人功德等其閻浮里地又瞿耶尼二方之福故不如彼弗于逮一人之福其三方人福不如鬱單越一人之福其四天下人福不如四天王之福乃至四天下人福及六欲天福不如一梵天王之福若有善

男子善女人求其福者此是其量也
又中阿含經云爾時世尊告諸比丘若能受持七種人者得生帝釋處即說偈言
供養於父母　及家之尊長　柔和恭遜詞
離麤言兩舌　調伏慳悋心　常修眞實語
彼三十三天　見行此法者　咸各作是言
當來生此天
又雜寶藏經偈云
福業如果熟　不以神祀得　人乘持戒車
後得至天上　定知如燈滅　得至於無爲
一切由行得　求天何所爲

惡報緣第九

夫有形則影現有聲則響應未見形存而影亡聲續而響乖善惡相報理路然矣幸願深信不猜來肖輕重苦報具依下述如身行殺生或刳切臠截炮熬蚶蠣飛鷹走狗射獵衆生者則墮屠裂斫割地獄中蒸煑燒炙衆生者則墮鑊湯鑪炭地獄中以此殺生故於地獄中窮年極劫具受劇苦受苦既畢復墮畜生作諸牛馬猪羊驢騾駱駞鷄狗魚鳥蚌蟞蛤蜊爲人所殺螺蜆之類不得壽終還以身肉供充餚俎在山禽獸無量生死若無微善永無免期脫有片福劣復人身或於胞胎墮落出生喪亡或十二十未有所知從冥入冥人所矜念當知短命皆緣殺生罪也又地持論云殺生之罪能令衆生墮三惡道若生人中得二種果報一者短命二者多病如是十惡一一皆備五種果報一者殺生何故受地獄苦以其殺生苦衆生故所以身壞命終地獄衆苦皆來切已二者殺生何故出爲畜生

以殺生無有慈惻行乖人倫故地獄罪畢受畜生身三者殺生何故復爲餓鬼以其殺生必緣慳心貪著滋味復爲餓鬼四者殺生何故生人而得短壽以其殺生殘害物命故得短壽五者殺生何故兼得多病以殺生違適衆患競集故得多病當知殺生是大苦也又雜寶藏經云時有一鬼白目連言我常兩肩有眼胷有口鼻常無有頭何因緣故目連答言汝前世時恒作魁膾弟子若殺人時汝常有歡喜心以繩著髻挽之以是因緣故受如此罪此是惡行華報地獄苦果方在後也復有一鬼白目連言我身常如塊肉無有手脚眼耳鼻等恒爲蟲鳥所食罪苦難堪何因緣故爾答言汝前世時常與他藥墮他兒胎是故受此罪此是華報地獄苦果方在後身又緣其殺生貪害滋多以滋多故便無義讓而行劫盜今身偷盜不與而取死即當墮鐵窟地獄於遐劫中受諸苦惱受苦既畢墮畜生中身常負重驅蹙捶打無有餘息所食之味唯以水草處此之中無量生死以本因緣若遇微善劣復人身恒爲僕隸驅策走使不得自在償債未畢不得聞法緣此受苦輪迴無窮當知此苦皆緣偷盜今身隱蔽光明不以光明供養三寶反取三寶光明以用自照死即當墮黑耳黑繩黑暗地獄於遐劫中受諸苦惱受苦既畢墮蟣虱中不耐光明在此之中無量生死以本因緣若遇微善劣復人身形容黶黑垢膩不淨臭處穢惡人所猒遠雙眼盲瞎不睹天地當知隱蔽光明亦緣偷盜故故地持經云劫盜之罪亦令衆生墮三惡

道若生人中得二種果報一者貧窮二者共財不得自在劫盜何故墮於地獄以其劫盜剥奪偷竊人財苦衆生故身死即入寒冰地獄備受諸苦劫盜何故出爲畜生以其不行人道故受畜生報身常負重以肉供人償其宿債何故復墮餓鬼緣以慳貪便行劫盜是以畜生罪畢復爲餓鬼何故爲人貧窮緣其劫奪使物空乏所以貧窮何故共財不得自在緣其劫盜偷奪沒官若有錢財則爲五家所共不得自在當知劫盜二大苦也又雜寶藏經說時有一鬼白目連言大德我腹極大如甕咽喉手足甚細如針不得飲食何因緣故受如此苦目連答言汝前世時作聚落主自恃豪貴飲酒縱横輕欺餘人奪其飲食飢困衆生由是因緣受如此罪此是華報地獄苦果方在後也復有一鬼白目連言常有三熱鐵輪在我兩腋下轉身體燋爛何因緣故爾目連答言汝前世時與衆僧作餅盜取二番挾兩腋底是故受如此罪此是華報後方受地獄苦果又緣以盜故心不貞正恣情婬泆今身婬泆現世凶危常自驚恐或爲夫主邊人所知臨時得殃刀杖加形手足分離乃至失命死入地獄卧之鐵床或抱銅柱獄鬼然火以燒其身地獄罪畢當受畜生鷄鴨鳥雀犬豕飛蛾如是無量生死於遐劫中受諸苦惱受苦既畢以本因緣若遇微善劣復人身閨門婬亂妻妾不貞若有寵愛爲人所奪常懷恐怖多危少安當知危苦皆緣邪婬生也故地持論云邪婬之罪亦令衆生墮三惡道若生人中得二種果報一者婦不貞潔二

者不得隨意眷屬邪婬何故墮於地獄以其邪婬干犯非分侵物為苦所以命終受地獄苦何故邪婬出為畜生以其邪婬不順人理所以出獄受畜生身何故邪婬復為餓鬼以其婬泆皆因慳愛慳愛罪故復為餓鬼何故邪婬婦不貞潔緣犯他妻故所得婦常不貞正何故邪婬不得隨意眷屬以其邪婬奪人所寵故其眷屬不得隨意所以復為人之所奪當知邪婬三大苦也如雜寶藏經說昔有一鬼白目連言我以物自蒙籠頭亦常畏人來殺我心常怖懼不可堪忍何因緣故爾答言汝前世時婬犯外色常畏人見或畏其夫主捉縛打殺或畏官法戮之都市常懷恐怖恐怖相續故受如此罪此是惡行華報後方受地獄苦果又緣其邪婬故發言皆妄今身若妄語苦惱衆生死則當墮啼哭地獄於遐劫中受諸苦惱受苦既畢墮餓鬼中在此苦惱無量生死以本因緣若遇微善劣復人身多諸疾病尪羸虛弱顦乏楚痛自嬰苦毒人不愛念當知此苦皆緣妄語生也故地持論云妄語之罪亦令衆生墮三惡道若生人中得二種果報一者多被誹謗二者為人所誑何故妄語墮於地獄緣其妄語不實使人虛爾生苦是以身死受地獄苦何故妄語出為畜生以其欺妄乖人誠信所以出獄受畜生報何故妄語復為餓鬼緣其妄語皆因慳欺慳欺罪故復為餓鬼何故為人多被誹謗以其妄語不誠實故何故妄語為人所誑以其妄語欺誘人故當知妄語四大苦也又緣其妄語使致兩舌今身言無慈愛讒謗毀辱惡

口雜亂死即當墮拔舌烊銅犂耕地獄於遐劫中受諸苦惱受苦既畢墮畜生中噉食糞穢如鵜鶘鳥無有舌根在此之中無量生死以本因緣若遇微善劣復人身舌根不具口氣臭惡瘖瘂謇澀齒不齊白滋歷踈少朓有善言人不信用當知讒亂皆緣兩舌生也故地持論云兩舌之罪亦令衆生墮三惡道若生人中得二種果報一者得弊惡眷屬二者得不和眷屬何故兩舌墮於地獄緣其兩舌離人親愛別離苦故受地獄苦何故兩舌出爲畜生緣其兩舌鬬亂事同野干受畜生身何以兩舌復爲餓鬼以其兩舌亦緣慳嫉慳嫉罪故復爲餓鬼何故兩舌爲人得弊惡眷屬緣以兩舌使人朋儔皆生惡故何故兩舌得不和眷屬緣以兩舌離人親好使不和合故當知兩舌五大苦也又緣其兩舌言輒麤惡令身緣以惡口故鬬亂殘害更相侵伐殺諸衆生死即當墮刀兵地獄於遐劫中受諸苦惱受苦既畢墮畜生中拔脚賣膀輸脞喪髀於遐劫中受諸苦惱受苦既畢在此之中無量生死以本因緣若遇微善劣復人身四肢不具闍刖剠劓形骸殘毀鬼神不衛人所輕棄當知殘害衆生皆緣惡口生也故地持論云惡口之罪亦令衆生墮三惡道若生人中得二種果報一者常聞惡音二者所可言說恒有諍訟何故惡口墮於地獄以其惡口皆欲害人人聞爲苦所以命終受地獄苦何故惡口出爲畜生以其惡口罵人以爲畜生所以出獄即爲畜生何故惡口復爲餓鬼緣其慳恪干觸惡罵所以畜生苦畢復爲餓鬼

何故惡口爲人常聞惡音以其發言麤鄙所聞常惡何故惡口所可言說恒有諍訟以其惡口違逆衆德有所說言常致諍訟當知惡口六大苦也又緣其惡口言輙浮綺都無義益無義益故今身則生憍慢死即當墮束縛地獄於遐劫中受諸苦惱受苦既畢墮畜生中唯念水草不識父母恩養在此之中無量生死以本因緣若遇微善劣復人身生在邊地不知忠孝仁義不見三寶若在中國矬陋傴僂人所陵蔑當知憍慢皆緣無義調戲不節生也故地持論云無義語罪亦令衆生墮三惡道若生人中得二種果報一者所有言語人不信受二者有所言說不能明了何故無義語墮於地獄語既非義事成損彼所以命終受地獄苦何故無義語出爲畜生緣語無義人倫理乖所以出地獄受畜生身何故無義語復爲餓鬼語無義故慳惑所障因慳惑故復爲餓鬼何故無義語罪出生爲人有所言語人不信受緣語無義非可承受何故無義語有所言說不能明了語既無義皆緣暗昧暗昧報故不能明了當知無義語七大苦也又緣無義語故不能廉謹使貪欲無猒今身慳貪不布施死即當墮沸屎地獄於遐劫中受諸苦惱受苦既畢復墮畜生餓鬼中無有衣食資仰於人所噉糞穢不與不得在此之中無量生死以本因緣若遇微善劣復人身飢寒裸露困乏常無人既不與求亦不得縱有纖毫輙遇剝奪守苦無方亡身喪命當知不布施皆緣貪欲生也故地持論云貪欲之罪亦令衆生墮三惡道若生人中得二

種果報一者多欲二者無有猒足何故貪欲墮於地獄緣其貪欲作動身口而苦於物所以身死受地獄苦何故貪欲出爲畜生緣此貪欲動乖人倫是故出獄即爲畜生何故貪欲復爲餓鬼緣此貪欲得必貪惜貪惜罪故復爲餓鬼何故貪欲而復多欲緣此貪欲所欲彌多何故貪欲無有猒足緣此貪欲求無猒足當知貪欲八大苦也又緣貪欲不適意故則有憤怒而起瞋恚今身若多瞋恚者死即當墮泥犂地獄於歷劫中具受衆苦受苦既畢墮畜生中作毒蛇蚖蝮虎豹豺狼在此之中無量生死以本因緣若遇微善劣復人身復多瞋恚面貌醜惡人所憎惡非唯不與親友實亦眼不喜見當知忿恚皆緣瞋惱生也故地持論云瞋恚之罪亦令衆生墮三惡道若生人中得二種果報一者常爲一切求其長短二者常爲衆人之所惱害何故瞋惱墮於地獄緣此瞋惱恚害苦物故受地獄苦何故瞋惱出爲畜生緣此瞋惱不能仁恕所以出獄受畜生身何故瞋惱復爲餓鬼緣此瞋惱從慳心起慳心罪故復爲餓鬼何故瞋惱常爲一切求其長短緣此瞋惱不能含容故爲一切求其長短何故瞋惱常爲衆人之所惱害緣此瞋惱害於人人亦惱害當知瞋惱九大苦也又緣其瞋惱而懷邪僻不信正道今身邪見遮人聽法誦經自不餐采死即當墮聾癡地獄於遐劫中受諸苦惱受苦既畢墮畜生中不聞三寶四諦之聲不知是善殺害鞭打之聲不知是惡在此之中無量生死以本因緣若遇微善劣復人身生在人中

聾瞽不聞石壁不異美言善響絕不覺知當知阻礙聽法皆緣邪見生也故地持論云邪見之罪亦令衆生墮三惡道若生人中得二種果報一者生邪見家二者其心諂曲何故邪見墮於地獄緣以邪見唯向邪道及以神俗謗佛法僧不崇三寶既不崇信斷人正路致令遭苦所以命終入阿鼻獄何故邪見復爲畜生緣以邪見不識正理所以出獄受畜生報何故邪見復爲餓鬼緣此邪見慳心堅著乖僻不捨不捨慳著復爲餓鬼何故邪見生邪見家緣此邪見僻習纏心所以爲人生邪見家何故邪見其心諂曲緣此邪見不中正故所以爲人心常諂曲當知邪見十大苦也如是一一微細衆惡罪業無量無邊皆入地獄備受諸苦非可筭數而知且略言耳若能反惡爲善即是我師又八師經云佛爲梵志說八師之法佛言一謂凶暴殘害物命或爲怨家所見刑戮或爲王法所見誅治滅及門族死入地獄燒煑拷掠萬毒皆更求死不得罪竟乃出或爲餓鬼當爲畜生屠割剥裂死輙更刃魂神展轉更相殘害吾見殺者其罪如此不敢復殺是吾一師佛於是說偈言

殺者心不仁　强弱相傷殘　殺生當過去
結積累劫怨　受罪短命死　驚怛遭暴患
吾用畏是故　慈心伏魔官

二謂盜竊强劫人財或爲財主刀杖加刑應時瓦解或爲王法收繫著獄拷掠榜笞五毒皆至戮之都市門族灰滅死入地獄以手捧火烊銅灌口求死不得罪竟乃出當爲餓鬼意欲飲水水化爲膿所欲食物物化爲炭身

常負重衆惱自隨或爲畜生死輙更刃以肉供人償其宿債吾見盜者其罪如此不敢復盜是吾二師佛於是說偈言

盜者不與取　劫竊人財寶　亡者無多少
忿恚愁毒惱　死受六畜形　償其宿債負
吾用畏是故　棄國施財寶

三謂邪婬犯人婦女或爲夫主邊人所知臨時得殃刀杖加刑手足分離禍及門族或爲王法收捕著獄酷毒掠治身自當辜死入地獄卧之鐵床或抱銅柱獄鬼然火以燒其身地獄罪畢當受畜生若後爲人閨門婬亂遠佛違法不親賢衆常懷恐怖多危少安吾見是故不敢復婬是吾三師佛於是說偈言

婬爲不淨行　迷惑失正道　形消魂魄驚
傷命而早夭　受罪頑癡荒　死復墮惡道
故吾妻子施　建志樂山藪

四謂兩舌惡口妄言綺語譖人無罪謗毀三尊舌致捶杖亦致滅門死入地獄獄中鬼神拔出其舌以牛犂之烊銅灌口求死不得罪畢乃出當爲畜生常食草棘若後爲人言不見信口中恒臭多被誹謗罵詈之聲卧輙惡夢有口不得食佛經之至味吾見是故不敢惡口是吾四師佛於是說偈言

欺者有四過　讒佞傷賢良　受身癡聾盲
謇吃口臭腥　顛狂不能信　死墮拔舌囹
吾修四淨口　自致八音聲

五謂嗜酒酒爲毒氣主成諸惡王道毀仁澤滅臣慢上忠敬朽父禮亡母失慈子凶虐孝道敗夫失信婦奢婬九族諍財産耗亡國危身無不由之酒之亂道三十有五吾見是故

絶酒不飲是吾五師佛於是説偈言

醉者爲不孝　怨禍從内生　迷惑清高士
亂德敗淑貞　故吾不飲酒　慈心濟羣氓
淨慧度八難　自致覺道圓

六謂年老夫老之爲苦頭白齒落目視冥冥耳聽不聰盛去衰至皮緩面皺百節疼痛行步苦極坐起呻吟憂悲心惱識神轉滅便旋即忘命日促盡言之流涕吾見無常災變如此故行求道不欲更之是吾六師佛於是説偈言

吾念世無常　人生要當老　盛去日衰羸
形枯而白首　憂勞百病生　坐起愁痛惱
吾用畏是故　棄國行求道

七謂病瘦肉盡骨立百節皆痛猶被杖楚曰大進退手足不任氣力虛竭坐起須人口燥脣焦筋斷鼻坼目不見色耳不聞音不淨流出身卧其上心懷苦惱言輙悲哀今觀世人年盛力壯華色煒燁福盡罪至無常百變吾覩此患故行求道不欲更之是吾七師佛於是説偈言

念人衰老時　百病同時生　水消而火滅
刀風解其形　骨體筋脉離　大命要當傾
吾用畏是故　求道願不生

八謂人死四百四病同時俱作四大欲散魂神不安風去息絶火滅身冷風先火次魂靈去失身體挺直無所復知旬日之間肉壞血流膖脹爛臭無一可取身中有蟲還食其肉筋脉爛盡骨節解散髑髏髀脛各自異處飛鳥走獸競來食之天龍鬼神帝王人民貧富貴賤無免此患吾見斯變故行求道不欲更

之是吾八師佛於是説偈言
唯念老病死　三界之大患　福盡而命終
棄之於黄泉　身爛還歸土　魂魄隨因緣
吾用畏是故　學道求泥洹
梵志於是心即開解遂得道跡長跪受戒爲清淨士不殺不盜不婬不欺奉孝不醉歡喜爲佛作禮而去故書云五色令人目盲五音令人耳聾五味令人口爽大怒傷陰大喜敗陽麗色伐性之斧美味腐身之毒能悟此旨斯爲大師也頌曰
心境相乘　業結牽纏　七識起發　八識成因
三界受報　六趣遷延　隨處起業　觸處拘連
五陰勞倦　九惱遭迍　自非慈聖　何慧奕神
含情普洽　機悟玄津　舒則利物　卷則收恩

諸經要集卷第十三

音釋

杌 五忽切 酷 苦沃切慘刻也 釁 許覲切隙也 坏 鋪杯切未燒陶器也 揩 苦皆切摖也 擘 博陌切分也 刮 古滑切削刮也 腨 市兗切腓腸也 趺 昉無切足骨也 髖 苦官切兩股間也 瓠 胡故切匏也 瘻 盧候切瘡病也 癇 胡間切癲癇也 蛣 音哲 喘 昌兗切 捽 存兀切 駮 北角切 湩 多貢切 蟯蜋 蟯去羊切蜋呂張切 喋 土皆切 編 卑連切 尻 苦刀切脽也 踹 市兗切脛腸也 嘴 即委切鳥喙也 掁 直更切觸也 榜 薄庚切捶擊也 猜 倉該切疑也 熬 五勞切乾煎也 蚶蠣 蚶呼談切蠣力制切蚶蠣並蚌蛤也 釿 舉欣切斧斤也 車螯 螯牛刀切車螯蛤屬 黶 於琰切黑痕也 鵜鶘 鵜杜奚切鶘戶吳切鵜鶘鳥名也 謇澀 謇居偃切吃也澀所櫛切 閹 央炎切宮刑也 刖 魚厥切斷足也 剠 渠京切墨刑也 劓 牛制切刑鼻也 傴僂 傴於武切僂力主切傴僂背曲也 憤 房吻切懣也

諸經要集卷第十四上

唐西明寺沙門釋道世撰

十惡部第二十三（此有十緣）

殺生緣　偷盜緣　邪婬緣
妄語緣　惡口緣（後五緣在下卷）
兩舌緣　綺語緣　慳貪緣
瞋恚緣　邪見緣

殺生緣第一

夫稟形六趣莫不戀戀而貪生受質二儀並皆區區而畏死雖復昇沉萬品愚智千端至於避苦求安此情何異所以驚禽投案猶請命於魏君窮獸入廬乃祈生於區氏漢王去餌遂感明珠之酬楊寶施華便致白環之報乃至沙彌救蟻現壽長生流水濟魚天降珍寶如此之類寧可具陳豈容縱此無猒供斯有待斷他氣命絕彼陰身遂令抱苦就終銜悲向盡大地雖廣無處逃藏昊天既高靡從啓訴是以經云一切畏刀杖無不愛壽命恕已可為喻勿殺勿行杖但凡俗顛倒邪見無明或為吉凶公私祭祀瞻待賓客營理庖厨烹宰雜類之身供擬衆人之饍或復年移歲晚事隙時閑天黲黲以降霜野炎炎而逼燒於是駕追風之駛馬捧奔電之良鷹鍛則巨闕干將弓則烏號繁弱遂傾諸藪薄罄彼林叢顛覆巢居剖破窟宅罝羅亘野罦網彌山或前路微遮左邀右截埃塵漲日煙火衝天遂使鳥失侶而驚飛獸離群而奔透鴈聞弦而競落猨抱樹而哀吟莫不臨嶮谷而悲號對高林而絕叫於是箭非苟發弓不虛彈達腋洞胸解頭陷腦或復垂綸濁渚散餌清潭

學釣鯉於河津同射鮒於井谷朱鱗已掛無復傳信之能素質既懸長罷躍舟之瑞霏膾形軀有枯盤而雨散或復獫狁孔熾宜伸薄伐邊境逆命事資神武雖復賢良帝主尚動干戈哲后明君猶須征伐所以昇隔之役乃著高名坶野之師方稱盛德其中或有擁百萬而横行提五千而深進碎曹公於赤壁撲項帝於烏江懸莽首於高臺横卓屍於都市並皆英雄一旦威武當時如此之流弗可爲記莫不積骨成山流血漂海今者王師雷動掃殄妖逆揚兵擁節候境覘邊既預前驅叨居後勁雲旗之下寧敢自安霜刃之間信哉多嶮故刀下叩頭稍下乞命如斯之罪不可具陳凡是衆生有相侵害爲怨爲隙負命負身或作短壽之因便招多病之果願從今日求斷相續心盡未來際爲菩提眷屬不壞良緣法城等侶矣

又正法念經云云何不殺若稻穀黍麥生微細蟲不擣不磨知其有蟲護此蟲命不轉與人復不殺生若牛馬駝驢擔負背脊瘡中生蟲若以漿水洗此瘡時不以草藥斷此蟲命以鳥毛羽洗拭取蟲置餘臭爛敗肉之中令其全命兼護此驢牛恐害其命復護蟲命乃至蟻子若晝若夜不行放逸心不念殺若見衆生欲食其蟲以其所食而貿易之令其得脫

又毗柰耶律云昔佛在世時舍衛國中有一婆羅門常供養迦留陀夷羅漢比丘婆羅門唯有一子長爲娶婦時婆羅門臨終勑子吾死之後汝看尊者迦留陀夷如我今日莫使

有乏父母亡後子奉父母教還復供養迦留陀夷如父在日等無有異後於異時婆羅門子出行不在囑婦供養是日便有五百群賊中有一賊面首端正婦遥見之遣使喚來便共私通迦留陀夷數往其家婦恐沙門漏泄此事後共此賊方便殺之波斯匿王聞於尊者迦留陀夷爲賊所殺王憶尊者瞋恚懊惱即時便誅婆羅門家并殺左右十八餘家捕五百賊斬截首足擲著塹中比丘見已而白佛言迦留陀夷本造何惡爲婆羅門婦所殺耶佛告比丘迦留陀夷乃往過去作大天祀主有五百人牽其一羊截於四足將詣天祀而共乞願祀主得已即便殺之由殺羊故墮於地獄受無量苦昔天祀主今迦留陀夷是雖得羅漢餘殃不盡今得此報爾時羊者今婦是也昔五百人截羊足者今日爲王截其手足五百賊是佛告比丘若人殺害所受果報終不朽敗

又賢愚經云昔佛在世時舍衛城中有一長者名黎耆彌有七男兒皆以婚娶最小兒婦字毗舍離甚有賢智無事不知時黎耆彌以其家業悉皆付之由其賢智波斯匿王敬禮爲妹有時懷妊月滿便生三十二卵其一卵中出一男兒顔貌端正勇健非凡一人之力敵於千夫長爲納婦皆是國中豪賢之女時毗舍離請佛及僧於舍供養佛爲說法合家悉得須陀洹果唯最小兒未得道迹乘象出遊逢輔相子乘車橋上便捉擲著橋下塹中傷破身體來告其父輔相語子彼人力壯又是國親難與諍勝當思密報即以七寶作馬

鞭三十二枚純鋼作刀著馬鞭中人贈一枚諸人愛之歡喜納受恒捉在手出入見王國法見王禮不帶刀輔相見受便白王讒毗舍離兒年盛力壯一人當千今懷異計謀欲殺王各作利刀置馬鞭中事審明矣王即索看果如所言王意謂實皆悉殺之殺竟便以三十二頭盛著一函封閉印之送與其妹當日毗舍離請佛及僧就舍供養見王送函謂王助供即欲開看佛止不聽待僧食竟飯食訖已佛爲説法無常苦等時毗舍離得阿那舍果佛去之後開函見兒三十二頭由斷欲愛不至懊惱但作是言痛哉悲矣人生有死不得長久驅馳五道何苦乃爾三十二兒婦家親族聞此事理懊惱唱言大王無道枉殺善人共集兵馬欲往報讎王時恐怖走向佛所諸人引軍圍繞祇洹阿難見王殺毗舍離三十二子婦家親族欲爲報讎合掌問佛有何因緣三十二兒爲王所殺佛告阿難乃往過去三十二人盜他一牛共牽將到一老母舍欲共殺之老母歡喜爲辦殺具臨下刀時牛跪乞命諸人意盛遂爾殺之牛死誓言汝今殺我我將來世終不放汝死已共食老母食飽歡喜之言由來安客未如今日佛告阿難爾時牛者波斯匿王是盜牛人者今毗舍離三十二子是時老母者今毗舍離是由殺牛故五百世中常爲所殺老母歡喜五百世中常爲作母兒被殺時極懷懊惱今值我故得阿那舍果婦家親族聞佛所説恚心便息各作是言此人自種今受其報由殺一牛今尚如是何況多也波斯匿王是我之王云何懷

怨而欲殺害即投王前求哀懺悔王亦釋然不問其罪阿難白佛復修何福豪貴勇健值佛得道佛告阿難乃往過去迦葉佛時有一老母合集衆香以油和之欲往塗塔路中逢值三十二人因而勸之共往塗塔塗竟發願所生之處尊榮富貴恒爲毋子值佛得道從是已來五百世中生恒尊貴常爲毋子今值佛故各得道迹正報頌曰

戲笑殺他命　悲號入地獄　臭穢與烊銅
灌注連相續　奔刀赴火焰　擘裂碎楚毒
億載苦萬端　傷心不可録

習報頌曰

殺生入四趣　受苦三塗畢　得生人道中
短命多憂疾　疫病嬰艱苦　壽短常沉沒
若有智黠人　殺心寧放逸

偷盜緣第二

夫禀形六趣莫不貪欲爲源受質二儀並皆戀財爲本雖復人畜兩殊然慳惜無二故臨財苟得非謂哲人見利忘義匪成君子且錢財玉帛是外所依旛華繒物是内供養理應省已貧窘隨喜他富豈以自貧貪奪他財所以調達取華遂便退落憍梵損粟反受牛身迦葉乞餅被俗譏訶比丘嗅香池神雅責是知偷盜之僁寧非大罪所以朝餐無寄夜寢無依鳥栖鹿宿赤露攣躄傍路安眠循鄽求食遂使毋逐鶬鴰而南去子隨胡馬而北歸夫類日影而西奔婦似川流而東逝莫不望故鄉而腸斷念生處而號啼淚交駛而散血心鬱怏而聚眉如斯之苦皆由前身不施劫盜中來故經曰欲知過去因當看現在果欲

知未來果但觀現在因是故勸諸行者常須誡勗勿起盜心乃至遺落不貪何況故偷他物也（此下有五種盜緣）

第一盜佛物者如涅槃經云造立佛寺用珠華鬘供養不問輙取若知不知皆得方便盜罪又毗奈耶論云若盜佛塔聲聞塔中旛華皆望施主結重罪爲斷彼福故又十誦律云若盜佛圖物精舍中供養具若有守護主計犯重罪如十誦偷佛舍利薩婆多論盜佛像並爲淨心供養自念云彼亦弟子我亦弟子如是之人雖不語取供養皆不犯罪（此謂施主情通者不犯局者犯重也）若依摩德勒伽論云爲轉賣活命故盜佛像舍利者犯大重罪其法物者唯佛可知故四分律下文云時有人盜他經卷佛言佛語無價准紙墨計滿五錢犯重罪自外可知

第二盜僧物者如五分律云貸僧物不還計直犯重罪又觀佛二昧經云盜僧鬘物者過殺八萬四千父母等罪又寶梁經云寧噉身肉終不得用三寶物又依方等經云華聚菩薩云五逆四重我亦能救盜僧物者我不能救又大集經濟龍品云時有諸龍得宿命心自念過業涕泣雨淚來至佛前各如是言我憶往昔於佛法中或爲俗人親屬因緣或復聽法因緣所有信心捨施種種華果飲食共諸比丘依次而食或有說言我曾喫噉四方衆僧華果飲食或有說言我往寺舍布施衆僧或復禮拜如是喫噉乃至七佛已來曾作俗人有信心人爲供養故施諸華果種種飲食比丘得已迴施於我我得便食由彼業緣

於地獄中經無量劫大猛火中或燒或煮或飲烊銅或呑鐵丸從地獄出墮畜生中捨畜生身生餓鬼中如是種種備受辛苦佛告諸龍此之惡業與盜佛物等無差別比五逆業其罪如半然此罪報難可得脫於賢劫中值最後佛名曰樓至於彼佛世罪得除滅述曰何故盜用僧物其罪偏重耶答曰隨盜一物即望十方凡聖上至諸佛下及凡僧隨境無邊還結無邊罪微塵尚可知數此人罪報不可測量所以者何爲其施主本捨一毫一粒擬供十方出家凡聖今其食用日夜修道不欲供俗是以鳴鐘一響遐邇同餐凡聖受用俱成道業冥資施主得益無邊唯斯福利功齊法界招善既多獲罪寧少今見愚迷衆生不簡貴賤不信三寶苟貪福物將用資身或食噉僧食受用華果或騎僧雜畜將僧奴隨逐或借貸僧物經久不還見僧屢索反加凌毀或倚官形勢伺求僧過如是等損具列難盡靜思此咎豈不痛心今惜不與者非是慳惜不惠爲慈愍白衣慮受來苦若當與者非直損俗亦罪及知事未來生處同受其殃故佛本行經云一念之惡能開五不善門一惡能燒人善根二從惡更生惡三爲聖人所訶四退失道果五死入惡道既知不易誡爲大誡後時取受省已用之

第三盜互用物者如寶印經云佛法二物不得互用由無與佛法物作主復無可諮白不同僧物常住招提互有所諮若用僧物修治佛塔者依法取僧和合得用不和合者勸俗人修治若佛塔有物乃至一錢已上以施主

重心故捨諸天及人於此物中應生佛想塔想乃至風吹爛壞不得貨賣供養以如來塔物無人作價也又十誦律云佛聽僧坊佛圖畜使人及象馬牛羊等各有所屬不得互用又僧祇律云供養佛物華多聽轉賣買香燈猶故多者轉賣無盡財中又五百問事口訣云佛幡多者欲作餘佛事用者得若施主不許者不得又四分律云供養佛塔食治塔人得食又善見論云佛前獻佛飯食侍佛比丘得食若無比丘白衣侍佛亦得食又罪福決疑經云初獻佛時上中下座必教白衣奉佛及僧獻佛竟行與僧食不犯若不爾者食佛物故千億歲墮阿鼻地獄檀越不受師教亦招前報若生人間九百萬歲墮下賤處何以故佛物無人能評價故若泛爾齋家及在僧寺二時常食獻佛聖僧食不局入佛僧者不須收贖唱餘食後一切得食若情標施食定入佛僧不通白衣者應贖已取食也或施主本擬作釋迦改作彌陀本作大品改充涅槃本作僧房改供僧食本施二衆改入一衆本擬十方迴入現前本擬大衆迴入別人本擬衆僧迴入白衣皆違反施主計錢多少滿五成重滅五得蘭故四分律云許此處乃與彼處皆犯罪也（斷罪輕重者仍量前施意）准此之文檢校佛像有餘彩色不得作菩薩聖僧等形以師徒位別故不得互用乃可作餘莊嚴具還將供養佛不犯若施主情通一鋪佛像任意莊嚴種種道俗凡聖形像諸雜供養名華草木山池鳥獸不局佛像者通作無罪故五百問事云用佛彩色作鳥獸形得罪除在佛前爲供

養故不犯數聞邊方道俗不閑戒律雖有好心經營三寶任已凡情互用三寶物乃至齋上聖僧錢或將自入或入常住僧或作佛像或壁上畫迦葉阿難等形並不合用得罪具如上受請篇說問曰今時齋上有佛錢未審此錢入何等用答曰若施主本心定入造像還如前互用文斷只得造佛不得別用若如今時齋家凡僧食後通出佛僧錢知施主不別標局者任將買香沽油造幡營造佛堂種種供佛受用並得但不得入經僧別人用上來略述並依經律文斷不是人情若不依法反結無知不學之罪自外不盡者具如僧尼十卷律鈔廣說故知撿校三寶事重不輕自非明解戒律深信因果謹慎用心怖怕業道常勤作意不護人情如是之人始堪作綱維

知事自外不合作也又寶梁經云佛告迦葉我聽二種比丘得營衆事何等爲二一能淨持戒二畏於後世喻如金剛復有二種何等爲二一識知業報二有諸慚愧及以悔心復有二種何等爲二一阿羅漢二能修八背捨者如是二種比丘我聽營事自無瘡疣能護他人意以此事難故語迦葉於佛法中種種出家種種性種種心種種解脫種種斷結或有阿蘭若或有乞食或有樂住山林或有樂近聚落清淨持戒或有能離四扼或有勤修多聞或有辯說諸法或有善持戒律或有善持毗尼儀式或有遊諸城邑聚落爲人說法有如是等諸比丘僧營事比丘善取如是諸人心想故經云彼營事比丘應當分別常住僧物不得與招提僧招提僧物不得與常住

僧物共雜（此二種物不得互用佛物亦不得與二物雜）常住僧物招提僧物不應與佛若常住僧物多而招提僧有所須者營事比丘應集僧行籌索欲僧和合者應以常住僧物分與招提僧若如來塔或有所須若欲敗壞者若常住僧若招提僧物多者營事比丘應集行籌索欲作如是言是佛塔壞今有所須此常住僧物招提僧物多大德僧聽若僧時到僧忍聽若僧不惜所得施物若常住僧物招提僧物我今持用修治佛塔若僧不和合營事比丘應勸化在家人求索財物修治佛塔若佛物多者不得分與常住招提僧何以故於此物中應生世尊想佛所有物乃至一線皆是施主信心施佛是故諸天世人於此物中生佛塔想而況寶物若於佛塔中寧令風吹雨爛破盡不應以此衣貿易寶物何以故如來塔物無人能與作價者又佛無所須故如是營事人者三寶之物不應令雜以自雜用得大苦報若受一劫若過一劫以侵三寶物故又寶梁經云佛言營事比丘若生瞋心於持戒大德人所以自在故驅令役使故墮地獄若得爲人作奴僕爲主苦役人所鞭打又營事比丘以自在故更作重制過僧常限謫罰比丘非時令作以此不善根故墮於多釘小地獄中生此中已以百千釘釘挓其身其身熾然如大火聚又營事比丘於持戒有大德所以重事怖之以瞋心語故生地獄中其所得舌長五百由旬以百千釘而釘其舌一一釘中出大火燄又營事比丘數得僧物慳惜藏舉或非時與僧或復難與或困苦與或少與或不與或

有與者或不與者以此不善根故有穢惡餓鬼常食糞丸此人命終當生其中於百千歲常不得食或時食變爲糞屎或作膿血是故迦葉營事比丘寧自噉身肉終不雜用三寶之物作衣鉢飲食

第四盜凡物者如善見論云爲他別人乃至三寶守護財物若謹愼掌護堅鎖藏戶而賊從孔中屋中竊取或逼迫取非守物人能禁限者但望本主結罪皆不合徵若主掌懈慢不勤守護爲賊所偷者掌物人償之以望守護主結罪故十誦律云遠處受他寄物在道損破若好心捉破者不應償惡心捉破者須償若借他物不問好心惡心若破一切須償又十誦律云賊偷物來或好心施或因他逐恐怖故施得取以成物主故但莫從賊乞自與者得取已染壞色著有主識認取者應還又摩德勒伽論云若狂人自持物施不知父母親眷者得取若父母可知不自手與者不得取又十誦律云若取他虎殘肉者犯小罪由不斷望故若取師子殘者不犯由斷望故又薩婆多論云盜一切鳥獸殘者得小罪今時儉世多有俗人毀壞他鼠窟取其貯粟胡桃果子等此犯罪也四分律云若與想取已有想取糞掃想取暫用想取親友意想取等皆不犯其親友者依律要具七法始名親友一難作能作二難與能與三難忍能忍四密事相告五互相覆藏六遭苦不捨七貧賤不輕如是七法人能行者是親善友取而不犯也又增一阿含經云佛告比丘若人作賊偷盜他物爲主所執縛送付王治其盜罪王即遣人閉著牢獄或截手足或刵耳

鼻或剥其皮或抽其筋或取倒懸或時鋸解或以火炙或則湯煮或以生革轉絡其頭或復烊銅而灌其身或以長橛而刺其髖或使惡象而以蹈殺或開其腹抽腸貯草或時反縛打惡聲鼓將詣市所標下斬首或復節節肢解其形或以刀破或時箭射如是種種苦切殺之以此偷盜惡業因緣命終之後生地獄中猛火燒身鎔銅灌口鑊湯鑪炭刀山劒樹煻灰糞屎磨摩碓擣受如是等種種諸苦酸楚毒害痛不能稱計百千萬歲脫出無期地獄罪畢生畜生中象馬牛羊駝驢犬等經百千歲以償他力畜生罪畢生餓鬼中飢渴苦惱不可具言初不聞有漿水之名經百千歲受如是苦惡道罪畢出生人中若生人中得二種報一者貧窮衣不蓋形食不充口二者常爲王賊火水及以惡賊劫奪又正法念經云何名盜若人思惟欲令種種穀麥我獨成就令世間人五穀不登常作如是不善思惟復於異時衆生薄福田苗不收如是惡人見世飢饉心生歡喜如我所念於市糶賣曲心巧僞量諸穀麥誑惑於人究竟成業若心思惟名爲思業若作誑時名爲誑業作誑業已名究竟業

第五盜遺物者如正法念經云若見道邊遺落之物若金若銀及餘財寶取已唱令此是誰物若有人言此是我物當問其相實者當還若無人認七日持行日日唱之若無主認以此寶物付王大臣州郡令長若王大臣州郡令長見福德人不取此物後當護持佛法衆僧是名不盜又僧祇律云若見遺衣物者

當唱令令人認之無主認者懸著高顯處令人見若言是我物應問言汝物何處失答相應者與若無識者應停至三月已若塔園中得即作塔用僧園中得者四方僧用若貴價物者謂金銀瓔珞不得露現唱令得寶人應審諦數看有何相貌然後舉之來認時相應者對衆多人與不得屏處還教受三歸語言佛不制戒者汝眼看不得若無人來認者停至三年如前處當界用之若治塔得寶藏者即作塔用僧地亦然故成實論云伏藏取用無罪佛在世時給孤長者是聖人亦取此物故知無罪又自然得物不名劫盜又僧祇律云入聚落中有遺落物不得取與比丘者即是施主聚落中風吹衣不得作糞掃想取若曠路無人處得取又五分律云若舉衣經十二年不還者集僧評價作四方僧用若彼後還以僧物償不受者善

正報頌曰

劫盜供他用　泥犁獨自沉　玃鳥金剛嘴
啄腦擘其心　灌口以銅汁　碎身鐵棒砧
怕懼周慞走　還投刀劍林

習報頌曰

劫盜所獲報　地獄被銷融　罪畢生人道
飢貧以自終　共財被他制　何殊下賤中
寄言懷操者　當須自固窮

諸經要集卷第十四

音釋

餌（而氏切）
黲（七感切淺青黑色也）
駛（疎士切馬行疾也）
藪（蘇后切）
罄（苦定切空也）
罦（扶遊切翻車網也）
鮒（扶句切魚名）
枮（陟林切櫍也）
獫狁（獫音險狁音尹獫狁匈奴也）
陑（汝之切地名）
坶（莫六切地名與海同通作牧）
稍（所角切矛屬）
塹（七豔切坑也）
擘（博陌切鈢也）
黠（胡八切慧也）
攣癢（攣呂員切癢渠員切）
貸（他代切借也）
扼（於華切與軏同）
挓（陟華切與磔同張申也）
刖（魚厥切斷也）
橛（其月切杙也）
髖（苦官切尻也）
攫（厥縛切）

諸經要集卷第十四下

唐西明寺沙門釋道世撰

十惡部第二十三之餘

邪婬緣第三

夫婬聲敗德智者之所不行欲相迷神聖人之所皆離是以周幽喪國信褒姒之態晉獻亡家實麗姬之罪獨角山上不悟騎頸之羞期在廟堂寧悟焚身之痛皆爲欲界衆生不修觀解繫地煩惱不能斷伏且地水火風誰爲主宰身受心法本性皆空薄皮厚皮周旋不淨生藏熟藏穢惡誰論常欲牽人墮三惡道是以菩薩大士恒修觀行臭處流溢徧身皆滿六塵怨賊每相觸惱五陰旃陀羅難可親近凡夫顛倒縱此貪迷妄見妖姿封著華態皓齒丹脣長眉高髻弄影逶迤增妍美艶所以洛川解珮能税駕於陳王漢曲弄珠遂留情於交甫巫山臺上託雲雨以去來舒姑水側寄泉流而還往遂使然香之氣迴襲韓壽之衣彈琴之曲懸領相如之意或因薦枕而成親或藉掛冠而爲密豈知形如聚沫質似浮雲内外俱空須臾散滅舉身不淨徧體無常方棄溝渠以充螻蟻凡是衆生有比邪行乖梵天道障菩提業爲四趣因感三塗果是知三有之本寔由婬業六趣之報特因愛染以潤業偏重故聖制不爲也（此下有四種緣）

第一訶欲多苦者如涅槃經偈云

若常愁苦　愁遂增多　如人喜眠　眠則滋多
貪婬嗜酒　亦復如是

又正法念經偈云

如火益乾薪　增長火熾然　如是愛樂者

愛火轉增長　薪火雖熾然　人皆能捨離
愛火燒世間　纏綿不可捨
又智度論偈云
世人愚惑貪著五欲　至死不捨　爲之後世
受無量苦　譬如愚人　貪著好果　上樹食之
不肯時下　人伐其樹　樹傾乃墮　身手毀壞
痛苦而死　得時樂少　失時苦多　如蜜塗刀
舐者貪甜不知傷舌　後受大苦
又成實論偈云
貪欲實苦　凡夫顛倒　妄生樂想　智者見苦
見苦則斷　愛欲無猒　如飲鹹水　轉增其渴
以增渴故　何得有樂　譬如狗齩　血塗枯骨
增涎唼合　想謂有美　貪欲亦爾　於無味中
邪倒力故　謂爲受味　故知色欲　苦實樂虛
要無貪求　方名眞樂

第二觀婬女不淨者但惟諸女外假容儀內
懷臭穢迷人著相不覺虛誑唯大智者能知
可惡也又禪祕要經云長老目連得羅漢道
本婦將從盛服莊嚴欲壞目連目連爾時爲
說偈言
汝身骨連立　皮肉相纏裹　不淨內充滿
無一是好物　韋囊盛屎尿　九孔常流出
如鬼無所宜　何足以自貴　汝身如行廁
薄皮以自覆　智者所棄遠　如人捨廁去
若人知汝身　如我所惡猒　一切皆遠離
如人避屎坑　汝身自莊嚴　華香以瓔珞
凡夫所貪愛　智者所不惑　汝身不淨聚
集諸穢惡物　如莊嚴廁舍　愚人以爲好
汝脇肋著脊　如椽依梁棟　五臟在腹內
不淨如屎篋　汝身如糞舍　愚夫所貪寶

飾以珠瓔珞　外好如畫瓶　若人欲染空
始終不可著　汝欲來嬈我　如蛾自投火
一切諸欲毒　我今已滅盡　五欲已遠離
魔網已壞裂　我心如虛空　一切無所著
正使天欲來　不能染我心

又增一阿含經云寧以火燒鐵錐而烙于眼不以視色興起亂想又正法念經云女人之性心多嫉妬以是因緣女人死後多生餓鬼趣中雖有美言心如毒害强知虛詐能惑世間

第三女人難親可猒者如優填王經偈云

女人最爲惡　難與爲因緣　恩愛一縛著
牽人入罪門

非直牽人入三惡道　天中退落　亦由女惑

又正法念經偈云

天中大繫縛　無過於女色　女人縛諸天
將至三惡道

又智度論云菩薩觀欲種種不淨於諸衰中女衰最重火刀雷電霹靂怨家毒蛇之屬猶可暫近女人慳妬瞋諂妖穢鬪諍貪嫉不可親近故佛說偈云

寧以赤鐵　宛轉眼中　不以散心　邪視女色
含笑作姿　憍慢羞慚　迴面攝眼　美言妬瞋
行步妖穢　以惑於人　婬羅彌網　人皆投身
坐卧行立　迴眄巧媚　薄智愚人　爲之心醉
執劒向敵　是猶可勝　女賊害人　是不可禁
毒蛇含毒　猶可手捉　女情惑人　是不可觸

又增一經偈云

莫與女交通　亦莫共言語　有能遠離者
則離於八難

又薩遮尼乾子經尼乾子說偈云

自妻不生足　好婬他婦女　是人無慚愧

受苦常無樂　現在未來世　受苦及打縛

捨身生地獄　受苦常無樂

又雜譬喻經云佛在世時有一婆羅門生兩頭女女皆端正乃故懸金九十日内募索有能訶我女醜者便當與金竟無募者將至佛所佛便訶言此女皆醜無有一好阿難白佛言此女實好而佛言惡有何不好佛言人眼不視色是爲好眼耳鼻舌亦爾身不著細滑是爲好身手不盜他財是爲好手今觀此女眼視色耳聽音鼻嗅香身喜細滑手喜盜財如此之者皆不好也又佛般泥洹經云佛告柰女好邪婬者有五自妨一名聲不好二王法所疾三懷畏多疑四死入地獄五地獄罪竟受畜生形皆罪所致能自滅心不邪婬者有五增福一多人稱譽二不畏縣官三身得安隱四死上天生五從意清淨得泥洹道

第四女人姦僞者如舊雜譬喻經云昔有大姓家子端正以金作女像語父母言有女似此者見乃當取時他國有女貌亦端正亦作金色男白父母言有男似此乃當嫁之父母各聞便遠娉合時國王舉鏡自照謂群臣曰天下顔貌有如我不諸臣荅曰臣聞彼國有男端正無比則遣使請之使至告之王欲見賢者則嚴車進去已自念王以我明達故來相呼則還取書而見婦與奴爲姦悵然懷憾爲之結氣顔色衰醜臣見如此謂行道消瘦馬廐安之夜於廐中見王正大夫人與看馬兒私通心乃自悟王大夫人尚當如此何況

我婦意解心悅顏色如故則與王相見王曰何因止外三日答曰臣來有忘還歸取之而見婦與奴爲姦意忿顏色衰變故住廐中三日昨見正夫人來與養馬見私通夫人乃爾何況餘人意解顏色復故王言我婦尚爾何況凡女兩人俱捨便入山中剃髮作沙門思惟女人不可從事精進不懈俱得辟支佛道

又舊雜譬喻經云昔有婦人生一女端正無比年始三歲國王取視呼道人相後堪爲夫人不道人報王此女有夫王後得之王言我當牢藏豈可復得便呼鵠來汝處在何鵠白王言我止大山半腹有樹人畜不歷下有洄水船所不行王言我以此女寄汝將養便攝持去日日從王取飯與女如是久後上有一聚卒爲水漂去有一樹奇逐水下流有一男子得抱持樹墮洄水中不得去洄有蒲萄樹涌出住倚山崎男子尋之得上鵠樹與女私通女便藏之鵠覺女身重左右求得男子舉攝棄之如事白王王曰前道人善巧相人也師曰人有宿對非力所制逢對則可畜生亦然

又舊雜譬喻經云昔有國王護持女急正夫人語太子曰我爲汝母生來不見國中欲一迴出汝可白王如是至三太子白王王則聽可太子自爲御車群臣於路奉迎設拜夫人出手開帳令人得見太子見女人而如是便詐腹痛而還夫人言曰我無相甚矣太子自念我母尚當如此何況餘乎夜便委國捨去入山遊觀時道邊有樹下有泉水太子上樹逢見梵志獨行入水池浴出已飯食作術吐出一壺壺中有女與屏處室梵志將卧女

人復吐出一壺壺中有男復與共卧卧已吞壺須臾之頃梵志起已復内婦著壺中吞已杖持而去太子歸國白王請梵志及諸臣下作三人食持著一邊梵志既至言我獨自太子曰梵志汝當出婦共食梵志不得已出婦太子語婦汝當出夫共食如是至三不得已出男共食食已便去王問太子汝何因知之答曰我母觀國我爲御車母開帳出手令人見之我念女人能多樂欲便詐腹痛還入山中見梵志藏婦腹中如是女人姦不可絶願大王放赦宫中自在行來王勑後宫其欲行者任從志也師曰天下不可信者女人是也

又舊譬喻經云昔有四姓藏婦不使人見婦使青衣人作地突與琢銀兒私通夫後覺婦婦言我生不邪行卿莫妄語夫言吾不信汝當將汝至神樹所立誓婦言甚佳夫持齋七日始入齋室婦密語琢銀兒汝詐作狂亂頭於市逢人抱持牽引弄之夫齋竟便將婦出婦言我不見市卿將我過市琢銀兒便來抱持詐狂卧地婦便嗁呼其夫何爲使人抱持我耶夫言此是狂人何須記録夫婦俱到神所叩頭言我生來不作惡但爲狂人所抱婦便得活夫默然而慚佛言當知一切女人姦詐如是不可信也

又十誦律云佛在舍衛國有一婆羅門生女面貌端正顔色清淨名曰妙光相師占曰是女後當與五百男共通諸人聞已女年十二無有求者時婆羅門有隣比賈客常入海採寶是賈客於樓上遥見是女即生欲心問餘人言是誰女耶答是某甲婆羅門女有取者耶答言無有求者問何故

無人求耶答曰此女有一過罪相師占曰是女後當與五百男子共通所以無求者時賈客念言除沙門釋子無入我舍者即往求取女到家未久賈客結伴欲入海中喚守門者語言我欲入海莫聽男子强入我舍除沙門釋子此是無過人答言可爾賈客去後沙門於舍乞食是女見已語言共我行欲諸比丘不知白佛佛言此舍必有非梵行汝不應往此女後得病於夜命終其家人以莊嚴具蓋棄死處時有五百群賊於此處行見死女即生欲心便就行欲是女先語沙門婆羅門共我行欲以此因緣故墮惡道在彼國北方生作婬龍名毗摩達多

正報頌曰

邪婬入地獄　登彼刀葉林　熱鐵釘其口
烊銅灌入心　毒龍碎骨髓　金剛鼠食陰
銅柱緣上下　鐵牀卧隱深

習報頌曰

昏婬亂情色　受苦無表裏　餘業得人身
自妻恒背已　彼此懷猜忌　孰肯順情旨
稍有性靈人　寧得無慚耻

妄語緣第四

惟夫禀形人世逢斯穢濁之時受質僞身恒在虛詐之境所以妄想虛構惑倒交懷違心背理出語皆虛誑惑前人令他妄解致使萬苦爭纏百憂總萃種虛妄之因感得輕賤之報地獄重苦更加湯炭迷法亂真寔由妄語也如正法念經偈言

妄語言説者　惱一切衆生　彼常如黑暗
有命亦同死　語刀自割舌　云何舌不墮

若妄語言說　則失實功德　若人妄說語
口中有毒蛇　刀在口中住　餤火口中然
口中毒是毒　地上毒非毒　口毒割衆生
命終墮地獄　若人妄說語　自口中出膿
舌則是濁泥　舌亦如熾火　若人妄說語
彼人速輕賤　爲善人捨離　天則不攝護
常憎嫉他人　與諸衆生惡　方便惱亂他
因是入地獄

又優婆塞戒經偈云

若復有人　樂於妄語　是人現得　惡口惡色
所言雖實　人不信受　衆皆憎惡　不喜見之
是名現世　惡業之報　捨此身已　入於地獄
受大苦楚　飢渴熱惱　是名後世　惡業之報
若得人身　口不具足　所說雖實　人不信受
見者不樂　雖說正法　人不樂聞　是一惡人

因緣力故一切外物資生減少以此證知妄語之人三世受苦又禪祕要經云若有四衆於佛法中爲利養故貪求無猒爲好名聞而假僞作惡實不坐禪身口放逸行放逸行實貪利養故自言坐禪如是比丘犯偷蘭遮過時不說自不改悔經須臾間即犯十三僧殘若經一日至於二日當知此比丘是人中賊羅刹魁膾必墮惡道犯大重罪若比丘比丘尼實不見白骨自言見白骨乃至阿那般那是比丘比丘尼誑惑諸天龍鬼神等此惡人輩是魔波旬種爲妄語故自說言我得不淨觀乃至頂法此妄語人命終之後疾於雹雨必定當墮阿鼻地獄壽命一劫從地獄出墮餓鬼中八千歲時噉熱鐵丸從餓鬼出墮畜生中身恒負重死復剥皮經五

百身還生人中聾盲瘖瘂癃殘百病以爲衣服如是經苦不可具說

又正法念經偈云

甘露及毒藥　皆在人舌中　甘露謂實語
妄語則爲毒　若人須甘露　彼人住實語
若人須毒者　彼人妄語說　毒不決定死
妄語則決定　若人妄語說　彼得言死人
妄語不自利　亦不益他人　若自他不樂
云何妄語說　若人惡分別　喜樂妄說語
死墮火刀上　得如是苦惱　毒害雖甚惡
唯能殺一身　妄語惡業者　百千身被壞

又佛說須賴經云佛言夫妄言者爲自欺身亦欺他人妄言者令人身臭心口無信令其心惱妄言者令其口臭令其身色天神所棄妄言者亡失一切諸善根本於已愚冥迷失善路妄言者一切惡本斷絕善行閑居之本

又正法念經閻羅王責疏罪人說偈云

實語得安樂　實語得涅槃　妄語生苦果
今來在此受　若不捨妄語　則得一切苦
實語不須買　易得而不難　實非異國來
非從異人求　何故捨實語　喜樂妄語說
妄語言說者　是地獄因緣　因緣前已作
唱喚何所益　妄語第一火　尚能燒大海
況燒妄語人　猶如燒草木　若人捨實語
而作妄言說　如是癡惡人　棄寶而取石
若人不自愛　而愛於地獄　自身妄語火
此處自燒身　實語甚易得　莊嚴一切人
捨實語妄語　癡故到此處

又智度論說偈云

實語第一戒　實語昇天梯　實語小如大

妄語入地獄

又薩婆多論云不妄語者若説法議論傳語一切是非莫自稱爲是常令推寄有本則無過也不爾斧在口中又十誦律云若語高姓人云是下賤若語兩眼人云是一眼並是妄語又語一眼人汝是瞎眼人並得輕惱他罪

正報頌曰

妄語誑人巧　地獄受罪拙　焰鋸解其形
熱鐵耕其舌　灌之以烊銅　壓之以剛鐵
悲痛碎骨髓　呻吟常嗚咽

習報頌曰

妄語入三塗　三塗罪已決　餘業生人道
被謗常憂結　還爲他所誑　恨心如火熱
智者勿尤人　驗果因須滅

惡口緣第五

凡夫毒熾恚火常然逢緣起障觸境生瞋所以發言一怒衝口燒心損害前人痛於刀割乖菩薩之善心違如來之慈訓故業報差別經偈云

麤言觸惱人　好發他陰私　剛强難調伏
生焰口餓鬼

又智度論云或有餓鬼先世惡口好以麤語加彼衆生衆生憎惡見之如讎以此罪故墮餓鬼中又法句經云雖爲沙門不攝身口麤言惡説多所中傷衆所不愛智者不惜身死神去輪轉三塗自生自死苦惱無量諸佛賢聖所不愛惜假令衆生身雖無過不愼口業亦墮惡道故論云時有一鬼頭似豬頭臭蟲從口出身有金色光明是鬼宿世作比丘惡口罵詈客比丘身持淨戒故身有光明口有

惡言故蟲從口出又增一阿含經云寧以利劍截割其舌不以惡言麤語墮三惡道又護口經云過去迦葉如來出現於世敷說法教教化已周於無餘泥洹界而般涅槃後時有三藏比丘名曰黃頭衆僧告勅一切雜使不命卿涉但與諸後學者說諸妙法時三藏比丘內心輕蔑不免僧命便與後學敷顯經義喚受義者曰逺前象頭次喚第二者曰馬頭復喚駱駝頭豬頭羊頭師子頭虎頭如是喚衆獸之類不可稱數雖授經義不免其罪身壞命終入地獄中經歷數千萬劫受苦無量餘罪未畢從地獄出生大海中受水性形一身百頭形體極大異類見之皆悉馳走又出曜經云昔佛在世時尊者滿足詣餓鬼界見一餓鬼形狀醜陋見者毛竪莫不畏懼身出熾焰如大火聚口出蛆蟲膿血流溢臭氣叵近或口出火長數十丈或眼耳鼻身體肢節放諸火焰長數十丈脣口垂倒像如野豬身體縱廣一由旬地手自抓摑舉聲號哭馳走東西滿足見問汝作何罪今受此苦餓鬼報曰吾昔出家戀著房舍慳貪不捨自恃豪族出言臭惡若見持戒精進比丘輒復罵辱戾口戾眼或戾是非故受此苦寧以利刀自割其舌積劫受苦不以一日罵謗精進持戒比丘尊者若還閻浮提地時以我形狀誡諸比丘善護口過勿妄出言見持戒者念宣其德自我受此餓鬼形來數千萬歲常受此苦却後命終當入地獄說此語已號哭投地如太山崩天黜地覆斯由口過故使然矣又百緣經云有長者婦懷妊身體臭穢都不可近年

滿生兒連骸骨立羸瘦憔悴不可目視又多糞屎塗身而生年漸長大不欲在家貪嗜糞穢不肯捨離父母諸親惡不欲見驅令遠舍使不得近即便在外常食糞穢諸人見已因爲立字名嚪婆羅值佛出家得阿羅漢果由過去世時有佛出世名拘留孫出家爲寺主有諸檀越洗浴衆僧訖復以香油塗身有一羅漢寺主見已瞋恚駡詈汝出家人香油塗身如似人糞塗汝身上羅漢愍之爲現神通寺主見已懺悔辭謝願除罪咎緣是惡駡詈五百世中身常臭穢不可附近由昔出家向彼悔故今得值我出家得道是故衆生應護口業莫相駡辱又賢愚經云昔佛在世時與諸比丘向毗舍離到梨越河見人捕魚網得一魚身有百頭有五百人挽不出水是時河邊有五百人而共放牛即借挽之千人併力方得出水見而怪之衆人競看佛與比丘往到魚所而問魚言汝是迦毗梨不魚答言是復問魚言教汝匠者今在何處魚答佛言墮阿鼻獄阿難見已問其因緣佛告阿難乃往過去迦葉佛時有婆羅門生一男兒字迦毗梨聰明博達多聞第一父死之後其母問兒汝今高朗世間頗有更勝汝不兒答母言沙門殊勝我有所疑往問沙門爲我解説令我開解彼若問我我不能答母即語言汝今何不學習其法兒答母言若欲習者當作沙門我是白衣何緣得學母語兒言汝今且可僞作沙門學達還家兒受母教即作比丘經少時間學通三藏還來歸家母復問兒今得勝未兒答母言猶未勝也母語兒言自今已往

若共談論儻不如時便可罵辱汝當得勝兒受毋教後論不如即便罵言汝等沙門愚騃無識頭如獸頭百獸之頭無不比之緣是罵故今受魚身一身百頭駝驢牛馬豬羊犬等衆獸之頭無不備有阿難問佛何時當得脫此魚身佛告阿難此賢劫中千佛過去猶故不脫此魚身以是因緣身口意業不可不慎又王玄策行傳云佛在世時遊毗耶梨城觀一切衆生有苦惱者即欲救拔乃觀見此國有鷄越吒二衆總五百人於婆（去聲）羅俱末底河網得摩竭大魚十有八首三十六眼其頭多獸（自外同前）佛爲説法魚聞法已便即命終得生天上而爲天子却觀其本身是大魚蒙佛説法遂得生天乃持諸種香華瓔珞寶珠從天而下至佛供養于時二衆並發心悔過即於俱末底河北一百餘步燒焚魚網銅瓶盛灰埋之向説法處於上起塔尊像儼然至今現在雕飾如法觀者生善又百緣經云昔佛在世時波斯匿王婦末利夫人產生一女字曰金剛面貌極醜身體麤澀猶如蛇皮頭髮麤強猶如馬尾王見不喜勑閉深宮不令出外年漸長大任當嫁娶便遣一臣推覓一人本是豪族今貧乏者卿可將來臣受勑已覓得付王王將屏處密私語言聞卿豪族今者貧窮我有一女面貌極醜卿幸納受當相供給時此貧人跪白王曰正使大王以狗見賜亦不敢違豈況王女末利所生王即妻之爲造宅舍門戶七重王囑女夫自捉戶鉤出入牢閉勿使人見王出財物供給女壻無所乏少拜爲大臣後與豪貴共爲邑會聚會之契

令婦共赴自餘諸人各將婦來唯比大臣獨不將赴衆人疑怪彼人婦者或能端正或可極醜不能顯現是以不來復於後會密共勸酒令使醉卧解取門鉤遣其五人造家往看至家開門婦疑非夫內自剋責懊惱而言我宿何罪爲夫幽閉不覩日月即便志心遥禮世尊願佛慈悲來到我前暫救我厄佛知其意即於女前地中涌出紺髮相現其女舉頭見佛髮相敬心歡喜女髮自然如紺青色佛漸現面女心倍喜面復端正惡相麤皮自然化滅佛悉現身令女盡見更增歡喜身體端正猶如天女佛便爲說種種法要得須陀洹果時佛去後五人入見端正少雙觀看已竟還閉門戶繫鉤本處其人還家見婦端正欣然問言汝是何人婦答夫言我是汝婦夫即語言汝前極醜何緣端正乃爾婦便白夫具說上事婦復白夫我欲見王汝當爲我通白消息夫往白王女即今者欲來相見王答女夫莫道此事急當牢閉慎勿令出女夫白王女即今者蒙佛威神便得端正天女無異王聞是已即遣往迎見女端正歡喜無量將詣佛所而白佛言不審此女宿種何福乃生豪貴而復醜陋佛告王言乃往過去波羅柰國有一長者恒常供養一辟支佛身體醜陋時長者家有一小女見辟支佛惡心罵言面貌醜陋身皮麤惡何斯可憎時辟支佛欲入涅槃便現神力作十八變其女見已即時自責求哀懺悔緣於過去罵辟支佛故生常醜陋由還懺悔今得端正以供養故所生之處尊榮富貴快樂無極又與起行經云釋迦過去

以惡語道迦葉秃頭沙門何有佛道故今六年受日食一麻一米大豆小豆苦行如是又修行道地經偈云

口癡而心剛　不柔無善言　常懷惡兩舌
不念人善利　所言不了了　藏惡在於心
如灰覆炭火　設躡燒人足　共語常柔和
順從言可人　言行而相副　心身不傷人
譬如好華樹　成實亦甘美　佛尊解說是
心口之相謀

又百緣經云佛在世時王舍城中有一長者財寶無量不可稱計其婦足滿十月便欲產子然不肯出尋重有娠滿足十月復產一子先懷者住在右脇如是次第懷妊九子各滿十月而產唯先一子故在脇中不肯出外其母極患設諸湯藥以自療治病無降損囑及家中我腹中子故活不死今若設終必開我腹取子養育其母於時不免所患即便命終時諸眷屬載其屍骸詣於塚間請大醫耆婆破腹看之得一小兒形狀故小頭鬚皓白俯僂而行四向顧視語諸親言汝等當知我由先身惡口罵辱衆僧故處此熟藏中經六十年受是苦惱難可叵當諸親聞已號啼悲哭不能答之爾時世尊遥知此兒善根已熟將諸大衆往到屍所告小兒言汝是長老比丘不答言實是第二第三亦如是問故言道是時諸大衆見此小兒與佛答對各懷疑惑前白佛言今此老兒宿造何業在腹髮白俯僂而行復與如來共相答問爾時世尊告諸大衆此賢劫中有佛出世號曰迦葉有諸比丘夏坐安居衆僧和合差一比丘年在老耄爲

僧維那共立制限於此夏坐要得道者聽共自恣若未得者不聽自恣令此維那獨不得道僧皆不聽布薩自恣心懷懊惱而作是言我獨爲爾營理僧事令汝等輩安隱修行令復還返更不聽自恣布薩羯磨即便瞋恚罵辱衆僧尋即牽捉閉著室中作是唱言使汝等輩常處暗冥不見光明如我今者處此暗室作是語已自戮命終墮地獄中受大苦惱令始得脫故在胎中受是苦惱衆僧聞已各護三業猒離生死得四沙門果者有發辟支佛心者有發無上菩提心者時諸親屬還將老兒詣家養育年漸長大放令出家得阿羅漢果佛告比丘緣於往昔供養衆僧及作維那營理僧事故今得値我出家得道比丘聞已歡喜奉行

正報頌曰

惡口如毒箭　著物則被傷　地獄開門待

投之以鑊湯　割舌令自噉　楚毒難思量

若與身無益　慎口也何妨

習報頌曰

惡口多觸忤　地獄被燒然　人中有餘報

還聞刀劒言　設令有談論　諍訟被他怨

往報甘心受　改惡善自鮮

諸經要集卷第十四下

音釋

逶迤（逶於爲切迤余支切逶迤自得也）　襲（似入切入也）　齩（五巧切齧也）　韛（蒲拜切韋囊也）　烙（盧各切燒灼也）　矚（書涉切目動貌）　賈客（賈公戶切行賣曰商坐販曰賈）　猜（倉才切疑也）　癃（力中切病也）　蛆（七余切）　抓摑（抓側交切摑古陌切）　嚪（徒敢切）　騃（五駭切癡也）　屏處（屏必郢切蔽也）　僂（力主切俯也）

諸經要集卷第十五 十惡之三

唐 西 明 寺 沙 門 釋 道 世 撰

兩舌緣第六

夫生老病死無自出之期菩提涅槃有修入之路諸佛所以得道由行四攝故凡聖歸依菩薩所以成聖由行六度故黑白欽仰今見流俗之徒乃專構屏辭惡傳彼此令他眷屬分離朋友分散樂種不和之業感得生離之苦縱使善心教離惡人亦是破壞有益無罪故成實論云若善心教化雖爲別離而不得罪若以惡心令他鬪亂則是兩舌得罪最深謂墮地獄畜生餓鬼若生人中被他誹謗唯得弊惡破壞眷屬當如上說妄語過中爲乖彼此而妄語者據此義邊即是兩舌若說此罪三世招苦如上巳說不須重述如四分律云佛告諸比丘汝等當聽古昔有兩惡獸爲伴一名善牙師子二名善搏虎晝夜伺捕衆鹿時有一野干逐彼二獸後食其殘肉以自全命時彼野干竊自生念我今不能久與相逐當以何方便鬪亂彼二獸令不復相隨時野干即往善牙師子所如是語善牙善搏虎有如是語言我生處勝種姓勝形色勝汝力勢勝汝何以故我日日得好美食善牙師子逐我後食我殘肉以自全命即說偈言

形色及所生　大力而復勝　善牙不能善
善搏如是說

善牙問野干言汝以何事得知答言汝等二獸共集一處相見自知爾時野干竊語善牙已便往語善搏虎言汝知不善牙有如是語而我今日種姓生處悉皆勝汝力勢亦勝何

以故我常食好肉善搏虎食我残肉而自活命爾時即說偈言

形色及所生　大力而復勝　善搏不能善

善牙如是說

善搏問言汝以何事得知答言汝等二獸共集一處相見自知後二獸共集一處瞋眼相視善牙師子便作是念我不應不問便先下手打彼爾時善牙師子向善搏虎而說偈言

形色及所生　大力而復勝　善牙不如我

善搏說是耶

彼自念言必是野干鬪亂我等善搏虎說偈答善牙師子言

善搏不說是　形色及所生　大力而復勝

善牙不能善　若受無利言　信他彼此語

親厚自破壞　便成於怨家　若以知真實

當滅除瞋惱　今可至誠說　令身得利益

今當善降伏　除滅惡知識　可殺此野干

鬪亂我等者　即打野干殺

爾時佛告諸比丘此二獸為彼所破共集一處相見不悅況復於人為人所破心能不惱

又正法念經云閻羅王責疏罪人說偈云

大喜多言語　增貪令他畏　口過自誇誕

兩舌第一處

又華手經佛說偈言

惡口而兩舌　好出他人過　如是不善人

無惡而不造

又智度論云實語者不假布施持戒學問多聞但修實語得無量福又報恩經佛說偈言

佛告阿難　人生世間　禍從口出　當護於口

甚於猛火　猛火熾然　燒世間財　惡口熾然

燒七聖財一切衆生禍從口出鑿身之斧滅身之禍

正報頌曰

兩舌鬭亂人　地獄被分裂　獄卒擘其口
皴刀割其舌　苦痛既如此　加之以飢渴
惡業不自由　還飲身中血

習報頌曰

讒毀害人深　同受三塗苦　設使得人身
餘報乃依怙　眷屬多弊惡　違逆恣瞋怒
但令惡不忘　地獄無今古

綺語緣第七

夫忠言所以顯理綺語所以乖眞由忠故有實有實故德生德生故所以成聖由綺語故虛妄虛妄故罪生罪生故受苦故知趣理求聖要須實說說若虛假終爲乖理謂言不正皆名綺語但諸綺語不益自他唯增放逸長諸不善死落三塗後生人時所說正語人亦不信凡所言說言不辯了亦名綺語故成實論云語雖是實非時而說亦落綺語也如智度論說偈言

有墮餓鬼中　火燄從口出　四向發大聲
是爲口過報　雖復多聞見　在大衆說法
以不成信業　人皆不信受　若欲廣多聞
爲人所信受　是故當至誠　不應作綺語

又薩婆多論云口中四過互歷各作四句一或有兩舌非妄語非惡口如有一人傳此人語向彼人說當實說故非妄語輭語說故非惡口以分離心故名兩舌第二或有兩舌是妄語非惡口如有一人傳此人語向彼人說以別離心故是兩舌以妄說故是妄語以輭

語說故非惡口第三或有兩舌是惡口非妄語如有一人傳此人語向彼人說以別離心故是兩舌以麤語故是惡口當實說故故非妄語第四或有兩舌是妄語是惡口如有一人傳向彼人說以別離心故是兩舌以妄說故是妄語以惡聲說故是惡口自外妄語惡口各作四句亦如是綺語一種各不相離故不別說故成實論云餘口三業或合或離綺語一種必不相離正報頌曰

綺語無義理　令人心惑亂　為喪他善根
烊銅擘口灌　啖鐵燒其舌　腹臟皆燋爛
此痛不可忍　悲號常呌喚

習報頌曰

浮言翳眞理　為此沉惡趣　去彼暫歸人
出言無曉喻　生無信仰心　恒被他笑具
為人覺羞耻　何不出典句

慳貪緣第八

夫群生惑病著我為端凡品邪迷慳貪為本所以善輕毫髮惡重丘山福少春冰貧多秋雨六塵之網未易能超三毒之津無由可渡身重常沒譬等河東之魚鼓翅欲飛難同天上之鳥致使貧窮相次競加侵逼苦惱連綿爭來損害似飛蛾拂燄自取燒然如蠶作繭非他纏縛良由慳惜貪障受罪飢寒施是富因常招豐樂也如分別業報經偈言

常樂修智慧　而不行布施　所生常聰哲
貧窶無財產　唯樂行布施　而不修智慧
所生得大財　愚暗無知見　施慧二俱修
所生具財智　二俱不修者　長夜處貧暗

又攝論云慳惜是多財障嫉妒是尊貴障又

衆生起貪無過色財第一愛色多過如前已述不同意者今更略說如涅槃經說譬如有人以羅刹女而爲婦妾是羅刹女隨所生子生已便噉子既盡已後噉其夫愛羅刹女亦復如是隨諸衆生生善根子隨生隨食善子既盡又噉衆生令墮地獄畜生餓鬼又如有人性愛好華不見華莖毒蛇過患即便前捉捉巳蛇蜇螫巳命終一切凡夫亦復如是貪五欲華不見是愛毒蛇過患而便受取即爲愛毒之所蜇螫命終之後墮三惡道又智度論云財物是種種煩惱罪業因緣若持戒禪定智慧種種善法是涅槃因緣以是故財物尚應自棄何况好福田中而不布施譬如有兄弟二人各擔十斤金行道中更無餘伴兄作是念我何以不殺弟取金此曠路中人無知者弟復生念欲殺兄取金兄弟各有惡心語言視瞻皆異兄弟即復自悟還生悔心我等非人與禽獸何異同産兄弟而爲少金故而生惡心兄弟共至泉水邊兄以金投著水中弟言善哉善哉弟復棄金水中兄言善哉善哉兄弟更互相問何以故言善哉各相答言我以此金故生不善心欲相危害今得棄之故言善哉二說各爾以是因緣常應自捨又大莊嚴論云我曾聞舍衛國中佛與阿難曠野中行於一田畔見有伏藏佛告阿難是大毒蛇阿難白佛是惡毒蛇爾時田中有一耕人聞佛阿難說有毒蛇作是念言我當視之沙門以何爲惡毒蛇即往其所見真金聚而作是言沙門所言是毒蛇者乃是好金即取此金還置家中其人先貧衣食不供以得

金故轉得富饒衣食自恣王家禁司怪其卒富而糺舉之繫在獄中先所得金旣已用盡猶不得免將加刑戮其人唱言毒蛇阿難惡毒蛇世尊傍人聞之以狀白王王喚彼人而問之曰何故唱言毒蛇阿難惡毒蛇世尊其人白王我於往日在田耕種聞佛阿難說言毒蛇惡毒蛇我於今者方乃悟解王聞此說遂放去之

又增一阿含經云昔佛在世時舍衛城中有一長者名曰婆提居家巨富財產無量金銀不可稱計其家雖富慳悋守護不著不敢服飾飲食極爲麤鄙亦不施與妻子眷屬奴婢僕從朋友知識及諸沙門婆羅門等復起邪見斷於善根然無子息命終之後所有財寶盡沒入官波斯匿王自往收斂收攝已訖迴詣佛所而白佛言婆提長者今日命終之後爲生何處佛告王曰婆提長者故福已盡新業不造由起邪見斷於善根命終生在啼哭地獄波斯匿王聞佛所說涕泣流淚而白佛言婆提長者昔作何業生在富家復作何惡然不得食此極富之樂佛告王曰過去久遠有迦葉佛入涅槃後時此長者生舍衛國作田家子有辟支佛來詣其家而從乞食時此長者便持食施辟支得食飛空而去長者見已作是誓願持此善根使我世世所生之處不墮三塗常多財寶布施已後生其悔心我向者食應與奴僕不應與此禿頭沙門佛告王曰婆提長者由於過去施辟支佛食發願功德所生之處常多財寶無所乏少緣其施後生變悔心在所生處雖處富貴不得食此

極富之樂慳惜守護不自衣食復不施與妻子眷屬亦不布施朋友知識及諸沙門婆羅門等是故智者聞此因緣若有財物應當布施勿生慳悋施時至心自手奉與施已歡喜莫生悔心能如此施得大果報無量無邊又出曜經云昔佛在世時舍衛國中有一長者名曰難陀巨富多財金銀珍寶象馬車乘奴婢僕使服飾田業不可限量一國之富無有過者雖處豪富而無信心慳貪嫉妬門閤七重勑守門人有人來乞一不得入中庭屋上安鐵䟽籠恐有飛鳥食噉穀米四壁牆下以白墡泥恐鼠穿穴傷損財物唯有一子名栴檀香臨終勑子吾患必死若吾死後所有財寶勿費損耗莫與沙門及婆羅門若有乞兒莫施一錢此諸財物足供七世勑已命終還生舍衛旃陀羅家盲母腹中後生出胎生盲無目盲母念言若生男者吾今目冥須見扶侍聞兒生盲倍增愁憂悲泣說偈曰

子盲吾亦盲　二俱無兩目　遇此衰耗物

益我愁憂苦

是時盲母養兒已大年八九歲堪能行來與杖一枚食器一具而告子曰汝自乞活不須住此吾亦無目復當乞求以濟餘命此盲小兒家家乞求遂後漸至栴檀香家在門外立唱盲兒乞時守門人瞋恚捉手擲著深坑傷折左臂復打頭破所乞得食盡棄在地有人臨見甚憐愍傷往詣盲母盲母聞已匍匐拄杖到盲兒所抱著膝上而語兒言汝有何僣遭此苦厄子報母曰我向者至栴檀香家門外而乞便遇惡人打擲如是佛時知已告阿

難言禍災禍災難陀長者命終與彼旃陀羅家盲婦作子生無兩目昔所居業豪富無量象馬七珍不可稱計而今復得親用不耶然由慳貪受此盲報從此命終入阿鼻獄佛於過中與比丘衆國城人民圍繞往到栴檀香門盲小兒所時栴檀香聞佛在外出門禮拜在一面立佛知衆集復見栴檀廣爲衆說慳貪嫉妬受罪無量加說惠施受福無窮欲使離有趣無爲道爾時世尊欲與栴檀香拔地獄苦告小兒曰汝是難陀長者非耶小兒報曰實是難陀如是至三大衆聞此愕然而言難陀長者乃受此形時栴檀香聞見此事悲泣墮淚不能自止禮佛求救願拔罪根即請佛僧明日舍食佛明日食竟爲說妙法時栴檀香得須陀洹果佛告阿難若人積財不自衣食復不布施愚中之愚是故智者應當行施求離生死莫生慳悋受無邊苦

又十誦律云佛在舍衛國時有長老迦留陀夷得阿羅漢道持鉢入城乞食到一婆羅門舍主人不在婦閉門作煎餅迦留陀夷比丘即入禪定起神通從外地没涌出中庭乃以指彈婦即迴顧作是念言此沙門從何處入此必貪餅故來我終不與即語夷言縱使眼脫我亦不與而以神力即兩眼脫出復念縱出眼如椀我亦不與即變眼如椀復念縱若倒立我前我亦不與即於前倒立復念縱汝若死我亦不與即入滅受想定心想皆滅無所覺知時婆羅門婦牽挽不動即大驚怖念是沙門常遊波斯匿王宮是末利夫人之師若聞在我家死者我等大衰即語比丘言汝

若活者我求與一餅迦留陀夷便出於定婦即看餅先煎餅好者意惜不與更刮盆邊得一小團麵煎之轉勝以先者與適舉一餅餘皆相著迦留語言姊與我幾許舉四餅欲持與之迦留語言我不須是餅可與祇洹中僧是婦先世已種善根即自思惟是比丘實不貪餅但愍我故而來乞耳即持餅筐詣祇洹中施衆僧竟在迦留前坐迦留陀夷觀其因緣爲說妙法即於座上得法眼淨作優婆夷返舍報夫夫聞即詣迦留陀夷所迦留陀夷爲說妙法得法眼淨作優婆塞當盡財力供養闍梨乃至身死猶命子供養令後不斷

又百緣經云佛在王舍城迦蘭陀竹林爾時目連在一樹下見一餓鬼身如焦柱腹如太山咽如細針髮如錐刀纏刺其身諸肢節間皆悉火然渴乏欲死脣口乾燋欲趣河泉變爲涸竭假令天降甘雨墮其身上皆變爲火目連即問業緣餓鬼答言我渴乏不能答汝你自問佛目連即詣佛所具述前事向佛廣說宿造何業受是苦惱爾時世尊告目連言汝今諦聽吾當爲汝分別解說此賢劫中波羅柰國有佛出世號曰迦葉有一沙門涉路而行極患熱渴時有女人名曰惡見井傍汲水僧從乞水女報之曰使汝渴死我終不與令我水減不可持去于時沙門既不得水復道而去時彼女人遂復慳貪有來乞者終不施與其後命終墮餓鬼中以是業緣受如是苦佛告目連欲知彼時女人不施水者今此餓鬼是佛說是惡見緣時諸比丘等捨慳貪業得四沙門果者或有發無上菩提心者聞

佛所説歡喜奉行

又付法藏經云時有僧伽耶舍羅漢有大智慧言辭清辯昔雖出家未證道迹遊行大海邊見一宫殿七寶莊嚴光明殊勝僧伽耶舍食時已到即往彼宫説偈乞食云

飢爲第一病　行爲第一苦　如是知法者
可得涅槃道

是時舍主即出奉迎敷置茵褥請入就座耶舍見其家内有二餓鬼裸形黒瘦飢虚羸乏鎖其身首各著一牀復有一鉢滿中香飯以缾盛水安置其側爾時舍主即取此食奉施比丘語言大德慎勿以食與此餓鬼爾時比丘見其飢困即以少飯而施與之鬼得食已即吐膿血徧流在地汚其宫殿爾時比丘怪而問之此鬼何緣受斯罪報舍主答曰斯鬼前世一是吾息一是兒婦我昔布施作諸功德而彼夫妻恒懷恚惜我數數教誨都不納受因立誓曰如此罪業必獲惡報若受罪時我當看汝由是因緣得斯苦惱小復前行至一住處堂閣嚴飾種種奇妙滿中衆僧經行禪思日時以到鳴椎集食食將欲訖爾時餚饍變成膿血便以鉢器共相打擲頭面破壞血流汚身而作是言何爲惜食今受此苦耶舍前問其意答言長老我等先世迦葉佛時同止一處客比丘來咸共瞋恚藏惜飲食而不共分以此緣故今受此苦

正報頌曰

貪慾詐道德　刻削爲技業　巧誑懷萬端
求利心千市　受罪地獄中　習氣猶行劫
交刀割肉盡　白骨連相揆

習報頌曰

爲茲貪恣故　惡道轉沉淪　罪畢生人道
餘風尚襲身　恒抱豺狼志　誰人喜見憐
終身不悟此　可笑頑愚人

瞋恚緣第九

夫四蛇躁動三毒奔馳六賊相侵百憂總萃或宿重相嫌伺求長短素懷結忿專加相害了無仁義頓失慈悲殺法殺緣教死讚死或復潛行毒藥密遣呪邪遂使含毒腑臟鴆裂肝心令其銜悲長夜抱痛幽泉宛轉何辭煩怨誰訴故經曰長者宅中多生毒樹羅剎海上屢乞浮囊亦如乾薪萬束片火能焚暗室百年一燈便破故知瞋心甚於猛火行者應自防護劫功德賊無過斯害若起一念恚火便燒衆善功德是以惡性之人人畜皆畏不簡善人語則成毒好壞他心令他猒惡人無愛者衆所畏棄如避狼虎現被輕殘死墮地獄是故智者見此等過以忍滅之不畏衆苦也如正法念經云若起瞋恚自燒其身其心嘿毒顏色變異他人所棄皆悉驚避衆人不愛輕毀鄙賤身壞命終墮於地獄以瞋恚故無惡不作是故智者捨瞋如火知瞋過故能自利益爲欲自利利益他人應當行忍譬如大火焚燒屋宅有勇健者以水滅之智慧之水能滅恚火亦復如是能忍之人第一善心能捨瞋恚衆人所愛衆人樂見人所信受顏色清淨其心寂靜心不躁動善淨深心離身口過離心愁惱離惡道畏離於怨憎離惡名稱離於憂惱離怨家畏離於惡人惡口罵詈離於悔畏離惡聲畏離無利畏離於苦畏離

於慢畏若人能離如是之畏一切功德皆悉具足名稱普聞得現在未來二世之樂衆人觀之猶如父母是忍辱人衆人親近是故瞋怒猶如毒蛇亦如刀火以忍滅之能令皆盡能忍瞋恚是名爲忍若有善人能修行善應作是念忍者如寶應善護之但諸衆生善惡相别愚人淩罵過他爲勝智人下默以爲第一愚人因起小諍遂成大怨若已得勝他怨轉深若自理屈反加憂苦若能慎言不說人短縱他罵我皆是往業非爲横報

又六度集經云昔者菩薩身爲象王其心弘遠照知有佛法僧常三自歸依每以普慈拯濟衆生誓願得佛當度一切從五百象時有兩妻象王於水中得一蓮華厥色甚妙以惠嫡妻嫡妻得華欣懌曰水寒尤甚何緣有斯華乎小妻貪嫉恚而誓曰會以重毒鴆殺汝矣結氣而殞魂靈感化爲四姓女顔華絶人智意流通博識古今仰觀天文明時盛衰王聞若茲娉爲夫人至即陳化治國之政義合忠臣王悅而敬之每言輒從夫人曰吾夢覩六牙之象心欲其牙以爲珮几王不致之吾即死矣王曰無妖言人聞見笑爾時夫人心生憂結王請議臣四人自云已夢曰古今有斯象乎一臣對曰無有之也一臣曰王不夢也一臣曰嘗聞有之所在彌遠一臣曰若能致之帝釋今詳於茲矣四臣即召四方射師問之南方師曰吾亡父嘗云有之然遠難致臣上聞云斯人知之王即現之夫人曰汝直南行三千里入山行二日許即至象所道邊作坑除汝鬚髮著沙門服於坑中射之截取

其牙將二牙來象師如命行之象處先射象脚著法衣服持鉢於坑中止住象王見沙門即低頭言和南道士將以何事殺吾軀命答曰欲得汝牙象曰吾痛難忍疾取牙去無亂吾心令惡念生也志念惡者死入泰山餓鬼畜生道中夫懷忍行慈惡來善往菩薩之上行也人即截牙象曰道士汝當却行無令群象尋足跡也象遣人去遠其痛難忍躃地大呼奄然而死即生天上群象四來咸曰何人殺吾王者行索不得還守王屍悲痛哀號獵師以牙還王覩象牙心即慟怖夫人以牙著手中適欲視之雷電霹靂推之吐血死入地獄佛告諸沙門爾時象王者我身是也大婦者求夷是獵師者調達是夫人者好首是菩薩執志度無極行持戒如是

又智度論釋提問佛云

何物殺安隱　何物殺無憂　何物毒之根
吞滅一切善

佛偈答云

殺瞋則安隱　殺瞋則無憂　瞋爲毒之根
瞋滅一切善

又雜寶藏經偈云

得勝增長怨　負則益憂苦　不諍勝負者
其樂最第一

若行忍者則有五德一無恨二無訶三衆人所愛四有好名聞五生善道此之五德名平和事又長阿含經偈云

愚罵而智默　則爲住勝彼　彼愚無知見
謂我懷恐怖　我觀第一義　忍默爲最上
惡中之惡者　於瞋復生瞋　能於瞋不瞋

爲戰中最上　夫人有二緣　爲巳亦爲他
衆人有諍訟　不報者爲勝　夫人有二緣
爲巳亦爲他　見無諍訟者　不謂爲愚騃
若人有大力　能忍無力者　此力爲第一
於忍中最上　愚自謂有力　此力非爲力
如法忍力者　此力不可沮

又修行道地經偈云

其口言柔輭　而心懷毒害　視人甚歡喜
相隨如可親　口言而柔順　其心内含毒
如樹華色鮮　其實苦若毒

又赤觜烏喻經云昔有烏名曰拘耆（此言赤觜烏）遊在叢林樹産孺諸子在於樹上時有拘耆與一獼猴共爲親厚時叢樹間有一毒蛇伺行不在噉拘耆子無復遺餘拘耆失子悲鳴啼呼不知所在熟自思惟知蛇所噉獼猴歸見問之何爲荅曰蛇噉我子了盡無餘獼猴曰我當報之時毒蛇行獼猴前燒之蛇怒纒獼猴獼猴捉得頭曳至石上磨破而死棄擲而還拘耆踊躍畜生尚有相報何況於人

又雜譬喻經云昔有一蛇頭尾自諍頭語尾曰我應爲大尾語頭曰我應爲大頭曰我有耳能聽有目能視有口能食行時在前故可爲大汝無此術云何爲大尾曰我令汝去故得去耳我若不去以身繞木三帀三日不巳不得求食飢餓垂死頭語尾曰汝可放我聽汝爲大尾聞其言即時放之復語尾曰汝既爲大聽汝前行尾在前行未經數步墮大深坑而死喻衆生無智强爲人我終墮三塗

又僧祇律云過去世時有一群雞依榛林住有狸侵食唯餘一雌烏來覆之共生一子子

作聲時烏說偈言

此兒非我有　野父聚落母　共合生兒子
非烏復非雞　若欲學父聲　復是雞所生
若欲學母鳴　其父復是烏　學烏似雞鳴
學雞作烏聲　烏雞若兼學　是二俱不成

此喻道人雖持禁戒雜染不純相中似善口出惡言欲喚是善口復出惡欲喚非善相復出家

又伐毒樹經云昔舍衛國有官園生一毒樹人遊樹下皆悉頭痛欲裂或患腰疼伐已還生樹中之妙衆人見喜不知識者皆來遭死有智語之當盡其根適欲掘根復恐死定進退思惟出家學道亦復如是佛說偈言

伐樹不盡根　雖伐猶復生　伐愛不盡本
數數復生苦

心悟尅責即得初果

又孛經說偈云

惡從心生　反以自賊　如鐵生垢　消毀其形
樹繁華果　還折其枝　虺蛇含毒　反害其軀

又善見論說偈云

若人起瞋心　譬如車奔逸　車工能制之
不足以爲難　人能制瞋心　此事最爲難

又修行道地經偈云

其有從瞋恚　怨害向他人　後生墮蛇蚖
或作殘賊獸　譬如竹樹劈　芭蕉騾懷妊
還害亦如是　故當發慈心

又百緣經云佛在王舍城迦蘭陀竹林時彼城中有一長者名曰賢面財寶無量不可稱計多諸諂曲慳貪嫉妬終無施心乃至飛鳥驅不近舍有諸沙門及婆羅門貧窮乞丐從

其乞者惡口罵之其後命終受毒蛇身還守本財有近之者瞋目猛盛怒眼視之能令使死頻婆娑羅王聞已心懷驚怪今此毒蛇見人則害唯佛能調作是念已即將群臣往詣佛所頂禮佛足却坐一面具白前事唯願世尊降伏此蛇莫使害人佛默許可於其後日著衣持鉢往詣蛇所蛇見佛來瞋恚熾盛欲螫如來佛以慈力於五指端放五色光明照彼蛇身即得清涼熱毒消除心懷喜悅舉頭四顧是何福人能放此光照我身體使得清涼快不可言爾時世尊見蛇調伏而告本緣蛇聞佛語深自剋責蓋障雲除自憶宿命作長者時所作惡業今得是報方於佛前深生信敬佛告之言汝於前身不順我語受此蛇形今宜調順受我教勑蛇答佛言隨佛見授不敢違勑佛告蛇言汝若調順入我鉢中佛語已竟尋入鉢中將詣林中王及群臣聞佛世尊調化毒蛇盛鉢中來合國人民皆往共看蛇見衆人深生慚愧猒此蛇身即便命終生忉利天即自念言我造何福得來生天即自觀察見在世間受毒蛇身由見佛故生信敬心猒惡蛇身得來生此受天快樂今當還報佛世尊恩齎持香華光明照曜來詣佛所前禮佛足供養已訖却坐一面聽佛說法心開意解得須陀洹果即於佛前說偈讚佛

巍巍大聖尊　功德悉滿足　能開諸盲冥
尋得於道果　除去煩惱垢　超越生死海
今蒙佛恩德　得閉三惡道

爾時天子讚歎佛已繞佛三帀還詣天宮時頻婆娑羅王聞佛說慳貪緣時會諸人有得

四沙門果者有發無上菩提心者歡喜奉行

又百緣經云佛在驕薩羅國將諸比丘欲詣勒那樹下至一澤中有五百水牛甚大凶惡復有五百放牛之人遥見佛來將諸比丘從此道中行高聲叫喚唯願世尊莫此道行此牛群中有大惡牛觝突傷人難可得過爾時佛告放牛人言汝等今者莫大憂怖彼水牛者設來觝我吾自知時語言之頃惡牛卒來翘尾低角跑地喚吼跳躑直前爾時如來於五指端化五師子在佛左右四面周帀有大火坑時彼惡牛甚大惶怖四向馳走無有去處唯佛足前有少許地宴然清涼馳奔趣向心意泰然無復怖畏長跪伏首䑛世尊足復便仰頭視佛如來喜不自勝爾時世尊知彼惡牛心已調伏即便爲牛而說偈言

盛心興惡意　欲來傷害我　歸誠望得勝

返來䑛我足

時彼水牛聞佛世尊說此偈已深生慚愧歘然悟解蓋障雲除知是先身在人道中所作惡業倍生慚愧不食水草即便命終生忉利天忽然長大如八歲兒便自念言我修何福生此天上尋觀察知在世間時受水牛身蒙佛化度得來生此我今當還報佛之恩作是念已齎持香華來詣佛所光明赫奕照佛世尊前禮佛足却坐一面佛即爲其說四諦法心開意解得須陀洹果繞佛三帀還乎天宫時諸五百牧牛人於其晨朝來詣佛所爲說妙法心開意解各獲道迹求索出家佛即告言善來比丘鬚髮自落法服著身便成沙門精勤修習得阿羅漢果時諸比丘見是事已

而白佛言今此水牛及五百放牛人宿造何業生水牛中復修何福值佛世尊佛告諸比丘汝等欲知宿業所造諸惡業緣今當爲汝等說偈云

宿造善惡業　五劫而不朽　善業因緣故今獲如是報

於賢劫中波羅柰國有佛出世號曰迦葉於彼法中有一三藏比丘將五百弟子遊行他國在大衆中而共論議有難問者不能通達便生瞋恚反更惡駡汝等今者無所曉知强難問我狀似水牛觝突人來時諸弟子咸皆然可各自散去以是惡口業因緣故五百世中生水牛中及放牛人共相隨逐乃至今者故未得脱佛告諸比丘欲知彼三藏比丘者今此群中惡水牛是彼時弟子者今五百放牛人是佛說是水牛因緣時各各自護身口意業猒惡生死得四沙門果有發無上菩提心者聞佛所說歡喜奉行

正報頌曰

愚人瞋恚重　地獄被燒然　豺狼諍圍繞毒蛇競來前　喹㗪怒目食　背脇縱横穿自作還自受　恚火競相煎

習報頌曰

怒心多毒害　沉没苦惡道　出彼得人身餘報他還惱　見者求其過　憎嫌如毒草此既無宜利　愚瞋何所寶

邪見緣第十

夫創入佛法要須信心爲首譬如有人至於寶山若無信手空無所獲故經說愚癡之人不識因果妄起邪見謗無三寶四諦無禍無

福乃至無善無惡亦無善惡業報亦無今代後代衆生受生如是之人破善惡法名斷善根決定當墮阿鼻地獄也如大品經云若人不信謗大乘般若經直墮阿鼻地獄無量百千萬億歲中受極苦痛從一地獄至一地獄若此劫盡生於他方大地獄中他方劫盡復生此方大地獄中如是展轉徧十方界他方劫盡還生此間大地獄中地獄罪畢生畜生中亦遍十方界畜生罪畢來生人中無佛法處貧窮下賤諸根不具常癡狂騃無所別知雖非愚畜縱是聰人妄生異執者亦名邪見故成實論云癡有差別所以者何非一切癡盡是不善若癡增上轉成邪見則名不善業道是故從癡增長邪見則成重罪必墮阿鼻地獄直就邪見自有輕重輕者可轉重不可轉故菩薩地經云邪見有二種一者可轉二者不可轉誹謗因果言無聖人名不可轉非因見因非果見果是名可轉是故惡業名爲邪見善業者名爲正見不謗四諦迷聖道者不知理道從自心生唯常苦身以求解脫如犬逐塊不知尋本故大莊嚴論云譬如師子人打射時而彼師子尋逐人來譬如癡犬有人打擲便逐瓦石不知尋本言師子者喻智慧人解求其本而滅煩惱言癡犬者即是外道五熱炙身不識心本（四面安火上有日炙身處其中以苦求道）但諸凡愚多迷眞道不知觀察身心無我但學苦行以爲道者即同外道妄行邪法謬執乘眞唯成惡法故智度論云邪見罪重故雖持戒等身口業好皆隨邪見惡心不善如佛自說譬喻如種苦種雖復四大所成皆作苦

味邪見之人此亦如是雖持戒精進皆成惡法不如不執少行惠施無執易化有執難度非直自壞亦損他人故成實論云寧止不行勿行邪道身壞命終墮於惡趣

又正法念經閻羅王說偈責䟽罪人云

汝邪見愚癡　癡羂所縛人　今墮此地獄
在於大苦海　惡見燒福盡　人中最凡鄙
汝畏地獄縛　此是汝宅舍　若屬邪見者
彼人非黠慧　一切地獄行　怨家心所誑
心是第一怨　此怨最爲惡　此怨能縛人
送引閻羅處

爾時世尊而說偈云

癡心彌尼魚　住於愛舍宅　作業時喜笑
受苦時號哭

又修行道地經偈云

其口有愚癡　人心懷暗冥　都不能念惡
亦無念善心　瞢瞢常昏昏　萬事不能爲
如暴中炊煮　無所能成熟　多習愚癡者
諸根不完具　生於牛羊中　然後墮地獄

月光童子經亦名佛說申日經云時有長者名曰申日取外道六師計欲請佛僧令長者中門外鑿作五丈六尺深坑以炭火過半細鐵爲椽土薄覆上設衆飲食以毒著中火坑不禁毒飯是害以此圖之何憂不死如教作之外道皆喜於是申日便詣佛所慇懃請佛及諸聖衆是時世尊愍其狂愚欲濟脫之默然受請申日內喜果如其計豈知須彌之毒火劫燒千剎土刀劒鋒刃中不能動佛一毛之力今以火坑毒飯欲毀於佛譬如蚊蝱欲隳太山蠅蠓之翅欲障日月徒自毀壞不如

早悔爾時長者罪蓋所覆心不開解世尊心念令受長者申日之請不與常同廣現威神震動十方百千聖衆兼諸龍神空飛地行不可筭計一時到家爲作利益佛以神德即變火坑成七寶池八味具足飲飯天甘食者充悅六師惶怖各以逃竄長者歸伏稽首于地嗚呼佛足長跪自陳令知覺悟從佛得度諸來會者皆樂法音得福獲度不可稱計

又觀佛三昧經云爾時世尊告父王言舍衛城中須達長者有一老母名毗低羅謹勤家業長者勑使手執庫鑰出内取與一切委之須達請佛及僧供給所須時病比丘多所求索老母慳貪瞋嫌佛法及與衆僧而作是言我長者愚癡迷惑受沙門術是諸乞士多求無猒何道之有作是語已復發惡願何時當得不聞佛名不聞僧名如是惡聲轉展徧舍衛城末利夫人聞此語已而作是言須達長者如好蓮華人所樂見云何復有毒蛇護之喚須達婦而語之言汝家老婢惡口誹謗何不擯出時須達婦跪白夫人央掘魔等弊惡之人佛尚能伏何況老婢末利聞之歡喜語言我明請佛汝遣婢來到明食時長者遣婢持滿瓶金助王供養末利見來而作是言此邪見人佛若化度我必獲利佛於爾時從正門入難陀侍左阿難侍右羅睺佛後老婢見佛心驚毛竪言此惡人隨我後至即時退走從狗竇出狗竇即閉四門皆塞唯正門開婢即覆面以扇自障佛在其前令扇如鏡無所障礙迴頭東視東方有佛南西北方亦皆如是舉頭仰看上方有佛低頭伏地地化爲佛

以手覆面手十指頭皆化爲佛老婢閉目心眼即開見虛空化佛滿十方界當時城中有二十五旃陀羅女復有五十婆羅門女及諸雜類并及末利夫人宮中合五百女不信佛者見佛如來足步虛空爲於老婢現無數身皆破邪見低頭禮佛稱南無佛稱已尋見化佛如林即發菩提老婢邪見仍未生信由見佛故除却八十萬億劫中生死之罪得見佛已疾走歸家白長者言我於今日遇大惡對見於瞿曇在王宮門作諸幻化身如金山目逾青蓮放勝光明作此語已入木籠中以百張皮覆木籠上白氎纏頭却卧黑處佛還祇洹末利白佛願化邪女莫還精舍佛告末利此婢罪重於佛無緣於羅睺羅有大因緣佛既還已遣羅睺羅詣須達家度彼老婢羅睺

變作轉輪聖王時千二百五十比丘化爲千子到須達家以彼老婢爲玉女寶爾時聖王即便以如意珠照曜女面令女自見如玉女寶倍大歡喜而作是言諸沙門等高談大語自言有道無一効驗聖王出世弘利處多令我老弊如玉女寶作是語已五體投地禮於聖王時典藏臣宣王十善女聞十善心大歡喜聖王所說義無不善爲王作禮悔過自責心既調伏時羅睺羅及諸比丘還復本形老婢見已即作是言佛法清淨不捨衆生如我弊惡猶尚化度即受五戒成須陀洹將詣佛所爲佛作禮懺悔前罪求佛出家得阿羅漢於虛空中作十八變波斯匿王末利夫人見白佛言此婢前世有何罪咎生爲婢使復有何福值佛得道佛告王曰過去久遠有佛出

世名一寶蓋燈王入涅槃後於像法中有王名曰雜寶華光子名快見出家學道自恃王子常懷憍慢和尚爲説甚深般若波羅蜜經大空之義王子聞已謬解邪説師滅度後即作是言我大和尚空無智慧但讚空義願我後生不樂見也我阿闍梨智慧辯才願於生生爲善知識作是語已教諸徒衆皆行邪見雖持禁戒由謗般若謬解邪説命終之後墮阿鼻獄八十億劫受苦無量罪畢出獄爲貧賤人五百身中聾癡無目千二百身恒爲人婢佛告大王時和尚者今我身是阿闍梨者今羅睺羅是王子比丘者老婢是徒衆弟子者今邪見女等發菩提心者是

又薩遮尼乾子經云昔佛在世時鬱闍延城有嚴熾王問薩遮尼乾子言若有惡人不信三寶焚燒塔寺經書形像惡言毀呰言造作者無有福德其供養者虛損現在無益未來或嫌塔寺及諸形像妨是處所破壞除滅送置餘處或破沙門房舍窟宅或取佛物法物僧物園林田宅象馬車乘奴婢六畜衣服卧具一切珍寶或捉沙門策役驅使責其發調罷令還俗或時輕心種種戲弄或時毀呰罵詈誹謗或以杖木自手鞭打或以種種傷害其身如是惡人攝在何等衆生分中答言大王攝在惡逆衆生分中大王應當上品治罪所以然者以作根本極重罪故有五種罪名爲根本何等爲五一破壞塔寺焚燒經像又取三寶物自作教人見作助喜是名第一根本重罪二謗三乘法毀呰留難隱蔽覆藏是名第二根本重罪三若有沙門信心出家剃

除鬚髮身被袈裟或有持戒或不持戒繫閉牢獄枷鎖打縛策役驅使責諸發調或脫袈裟逼令還俗或斷其命是名第三根本重罪四於五逆中若作一逆是名第四根本重罪五謗無一切善惡業報長夜常行十不善業不畏後世自作教人堅住不捨是名第五根本重罪若犯如是根本重罪而不自悔決定燒滅一切善根趣大地獄受無間苦永無出期若國內有如是惡人毀滅三寶一切羅漢諸佛聖人出國而去諸天悲泣善神不護各自相殺四方賊起龍王隱伏水旱不調風雨失時五穀不熟人民飢餓迊相食噉白骨滿野多饒瘦病死亡無數人民不知自思是過反怨諸天及善神祇

又觀佛三昧經云有七種重罪一一罪能令衆生墮阿鼻地獄經八萬四千大劫一不信因果二毀無十方佛三斷學般若四犯四重虛食信施五用僧祇物六逼掠淨行比丘尼七六親所行不淨行

又小五濁經云五逆罪人別有五逆罪第一慢二親而事鬼神第二嫉妬國君第三復生輕薄第四戕其身命而貴其財第五去福就罪又中阿含經云佛告比丘若凡愚人作身惡行口惡行意惡行命終之後生於惡趣泥犁之中受極苦痛一向無樂譬如有人犯盜付王治其盜罪王即遣人於晨朝時以一百戟而以刺之彼命故存至於日中王復勑以二百戟刺彼命故存至於晡時王復勑以三百戟刺彼人身分皆悉破盡其命故存佛告比丘於意云何此人被戟爲苦不耶比丘答

佛一戟刺時猶尚苦痛況三百戟佛即以手取小沙石如豆等許告諸比丘我手中石比雪山石何者爲多比丘答佛雪山石多不可爲喻佛告比丘三百戟苦比泥犁苦如小沙石泥犁之苦如雪山石百千萬倍不可爲喻泥犁中苦其事云何若有衆生墮泥犁中獄卒以斧燒令極然斫身八楞及以四方經百千歲極令苦痛而不命終要令惡盡復坐鐵牀以鐵鉗口吞熱鐵丸經百千歲復坐鐵牀烊銅灌口經百千歲復卧鐵地以熱鐵釘釘其身首經百千歲復出其舌使舐鐵地以釘釘之如張牛皮經百千歲復挽項筋縛著車上經百千歲復燒鐵地令在上行經百千歲復燒火山令下舉足著上血肉即消舉足還生經百千歲復鑊煑之經百千歲極令苦痛而不命終要令惡盡乃得出耳是爲泥犁地獄中苦地獄罪畢生於種種畜生之中常處暗冥共相噉食受苦無量不可具説畜生罪畢或生人中若從畜生爲人甚難猶如盲龜遇浮木孔設生人中貧窮下賤爲他役使形貌醜陋或根殘缺或復短命若作惡業身死還生在泥犁中輪轉無窮不可具説佛告比丘凡夫愚人作身口意三惡行者獲罪如是佛告比丘若智慧人作身善行口善行意善行命終生於善處天上一向受樂如轉輪王與七寶俱人間四妙佛告比丘於意云何此爲樂不比丘答佛一寶一妙猶爲極樂何況七寶四妙居也佛還以手取小沙石如豆等許告諸比丘我手中石比雪山石何者爲多比丘答佛雪山石多不可爲喻佛告比丘轉

輪王樂比天上樂如小沙石天上之樂如雪山石百千萬倍不可爲喻天上之樂其事云何若生天上所受六塵無不隨意受極快樂不可具說若從天上來生人間生帝王家或生大姓大富大貴饒財多寶名稱遠聞端正殊妙衆人所愛佛告比丘若智慧人作身口意三善行者獲福如是佛告比丘此是世間有漏之樂若修善根迴向菩提於生死中所受果報乃至涅槃終無有盡

正報頌曰

六賊姦邪僞　七識亂乖真　謗毀玄正理
妄語復貪瞋　惡業縱橫作　忠言不喜聞
一入無間獄　萬苦競纏身

習報頌曰

邪見習癡業　阿鼻受楚毒　劫盡人中生
復與邪相續　邪正既相違　自然成謟曲
此心若不改　連環未絕獄

諸經要集卷第十五

音釋

寠（其吕切貧也）　蜇螫（蜇陟列切螫施隻切蜇螫並蟲行毒也）　糺（居黝切彈也）　噤（巨禁切）　匍匐（匍薄胡切匐蒲北切匍匐盡力也）　愕（五各切驚遽貌）　裸（郎果切赤體也）　躃（毗亦切倒也）　沮（在吕切遏也）　榛（鉏臻切木叢生也）　觝（都禮切觸也）

諸經要集卷第十六

唐西明寺沙門釋道世撰

詐僞部第二十四（此有六緣）

述意緣　詐親緣　詐毒緣

詐貴緣　詐怖緣　詐畜緣

述意緣第一

夫至道無隅貴在忠言故出其言善則千里應之出其言不善則咫尺如聾但教流末代人法訛替或憑真以構僞或飾虛以詐真良由人懷邪正故法有真假名利既侵則我人逾盛現親尚無附之況元來疎薄故難交友故經云直心是道場不虛假故也

詐親緣第二

如雜寶藏經云一切姦猾諂僞詐惑外狀似直內懷姦私是故智者應察真僞如往昔有婆羅門其年既老躭娶少婦婦嫌夫老傍婬不已勸夫設會請諸少壯婆羅門等夫疑有妄不肯延致前婦之子墮於火中爾時少婦眼看不捉婆羅門言見今墮火何故不捉婦即答言我自少來唯近已夫不近餘男云何令我捉此男子老夫聞已謂如其言便設大會集婆羅門爾時少婦便共交通老夫見已心懷忿恨即取寶物棄婦而去於其路中見一婆羅門便共爲伴至暮共宿明旦前行語老婆羅門言於昨宿處有一草葉著我衣裳我自少來無侵世物欲還草葉歸彼主人爾且停住待我往還老婆羅門深信其言倍生愛敬許當住待詐捉草葉入溝偃卧良久乃還云葉歸了老婆羅門因便利故即以寶物而用寄之此人尋後齎寶便走老婆羅門見

偷已物惋彼不已小復前行憩一樹下見一鸛雀口中御草語諸鳥言我等共相憐愍集會一處而共住止爾時諸鳥皆信其言而來聚集時此鸛雀趣鳥飛後就他巢窠啄卵而食諸鳥將至更復銜草諸鳥知諂悉捨而去於此樹下更經少時見一外道出家之人身被納衣安行徐步口云去去衆生老婆羅門而問之言何以安行口唱去去外道答言我出家人憐愍一切畏傷蟲蟻是故爾耳時婆羅門見其此語深生篤信尋至其家於其暮宿但聞歌舞之聲便出看之乃見出家外道住室有一地孔内出婦女與共交歡彈琴舞戲老婆羅門見已思惟天下萬物無一可信故說偈言

不捉他男子　以草還主人　鸛雀詐銜草
外道畏蟲傷　口言唱去去　如是詐諂僞
都無可信者　來苦實難當

故涅槃經云佛言如我昔日所說偈言

一切江河　必有迴曲　一切叢林　必名樹木
一切女人　必有諂曲　一切自在　必受安樂

詐毒緣第三

如雜寶藏經云提婆達多作種種因緣欲得殺佛然不能得時南天竺國有婆羅門來善知呪術和合毒藥提婆即合毒藥以散佛上風吹此藥反墮已頭上即便悶絶躃地欲死醫不能治阿難白佛言世尊提婆達多被毒欲死佛憐愍故爲說實語我從菩薩成佛已來於提婆達多常生慈悲無有惡心者毒當自滅作是語已毒即消滅諸比丘言希有世尊提婆達多恒起惡心於如來如來云何猶

故活之佛言非但今日惡心向我過去亦爾即問佛言惡心於佛其事云何佛言過去之世迦尸國中有波羅柰城有二輔相一名斯那二名惡意斯那常順法行惡意恒作惡行好爲讒構而語王言斯那欲作惡逆王即收閉諸天善神於虛空中出聲而言如此賢人實無過罪云何拘縛第二惡意劫王庫藏反著斯那王亦不信王言捉此惡意付與斯那仰使斷之斯那即教惡意向王懺悔惡意自知有罪便走向毗提醯王所作一寶篋盛二惡蛇見毒具足令毗提醯王遣使送與彼國王并及斯那二人共看莫示餘人王見寶篋極以嚴飾心大歡喜即喚斯那欲共發看斯那答言遠來之物不得自看遠來果食不得即食何以故彼有惡人或能以惡來見中傷王言我必欲看慇懃三諫王不用語復白王言不用臣語王自看之臣不能看王即發看兩眼盲冥不見於物斯那憂苦愁悴欲死遣人四出遍歷諸國遠覓良藥既得好藥以治王眼平復如故爾時王者舍利弗是爾時斯那者我身是爾時惡意者提婆達多是也

詐貴緣第四

如僧祇律云佛告諸比丘過去世時有城名波羅柰國名伽尸時有弗盧醯大學婆羅門爲國王師常教學五百弟子時婆羅門家生一奴名迦羅訶常使供給諸童子等是奴利根聞說法言盡能憶持此奴一時共諸童子小有嫌恨便走他國詐自稱言我是弗盧醯婆羅門子字耶若達多語此國師言我是波羅柰國王師弗盧醯子故來至此欲從大師

學婆羅門法師答言可爾是奴聰明本巳曾聞今日復重聞聞悉能持其師大喜即令教授五百門徒汝代我教我當往來王家是師無有男兒唯有一女即告之曰耶若達多當用我語汝莫還本國我今以女妻汝答言從教共作生活家漸豐樂耶若達多爲人難可婦爲作食恒瞋生熟不能適口婦常念言脫有行人從波羅柰國來者當從彼受飲食法用然後供養夫主彼弗盧醯婆羅門具聞是事便作是念我奴迦羅訶逃在他國當往捉來或可得直便詣彼國時奴與諸門徒詣園遊戲在於中路遥見本主即便驚怖密語門徒汝等還去各自誦習門徒去巳便到主前頭面禮足白其主言我來此國稱道大家是我之父便投此國師大學經典與女爲婦願尊今日勿彰我事當與奴直奉上大家主婆羅門善解世事即答言汝實我兒但早發遣奴即將至婦家告家中言我所親來其婦歡喜爲辦種種飲食奉食訖巳伺小空閑密禮婆羅門足而問之曰我奉事夫飲食供養常不可意願尊指授本在家時何所食噉當如先法爲作飲食客婆羅門便即瞋恚而作是念如是如是困苦他女汝但速發遣我臨去時教汝一偈使夫無言女聞歡喜辭出而退即語夫言尊者婆羅門故從遠來宜早發遣夫即念言如婦所說宜應早遣莫令久住恐言漏失損我不少便大與財物教婦作食自行供之夫爲曹主求伴不在婦奉食訖禮足辭別請求先偈即教偈言

無親遊他方　欺誑天下人　麤食是常食

細食復何嫌
今與汝此偈若彼瞋恚嫌食惡時便在其邊
背面微誦令其得聞作是教已便還本國是
奴送主去已每至食時還復瞋恚婦於夫邊
試誦其偈夫聞是偈心即不喜便作是念咄
是老物發我臭穢從是已後常作輭語求婦
不瞋恐婦向人說其陰私佛告諸比丘時本
主弗盧醯婆羅門者即我身是時奴迦羅訶
者今闡陀比丘是彼於爾時已曾恃我凌他
今復如是恃我勢力凌易他人也
詐怖緣第五
如智度論云一切諸法皆是虛誑衆生愚癡
不識親踈瞋罵加害乃至奪命起此重罪故
墮三塗受無量苦譬如山中有一佛圖彼中
有一別房房中有鬼來恐惱道人是諸道人
皆捨房去有一客僧來維那處分令住此空
房而語之言此房中有鬼神喜惱人能住中
者住客僧自以持戒力多聞故言小鬼何所
能爲我能伏之即入房住暮更有一僧來求
此住處維那亦令在此房住亦語有鬼惱人
其人亦言小鬼何所能爲我當伏之先入者
閉戶端坐待鬼後來者夜暗打門求入先入
者謂爲是鬼不爲開戶後來者極力打門在
内道人以力拒之外者得勝排門得入内者
打之外者亦打至旦相見乃是故舊同學識
已各相愧謝衆人雲集笑而怪之衆生亦如
是五陰皆虛無我無人取相鬪諍橫加毒害
若披解在地但有骨肉無人無我是故菩薩
語衆生言汝等莫於根本空中鬪諍人身尚
不可得何況值佛

詐畜緣第六

如舊雜譬喻經云昔有婦人富有金銀與男子交通盡取金銀衣物相逐俱去到一急水河邊男子語言汝持財物來我先渡之當還迎汝男子渡已便走不還婦人猶住水邊憂苦無人可救唯見一野狐捕得一鷹復見河魚捨鷹捕魚魚既不得復失本鷹婦語狐曰汝何太癡貪捕其兩不得其一狐言我癡尚可汝癡劇我也

又僧祇律云佛告諸比丘過去世時非時連雨七日不止諸放牧者七日不出時有餓狼飢行求食徧歷七村都無所得便自剋責我何薄相經歷七村都無所得不如守齋住還山林自於窟穴咒願言使一切衆生皆得安隱然後攝身安坐閉目帝釋至齋日即乘伊羅白龍象觀察世間持戒破戒到彼山窟見狼閉目思惟便作是念咄哉狼獸甚爲奇特人尚無此心況此狼獸而能如是便欲試之知其虛實帝釋即變身化爲一羊在窟前往高聲命群狼時見羊便作是念奇哉齋福報應忽至我遊七村求食不獲今暫守齋餚饍自來厨供已到但當食已然後守齋即便出穴往趣羊所羊見狼來便驚奔走狼便尋逐羊去不住追之既遠羊化爲狗方口耷耳反來逐狼急聲喚之狼見狗來驚怖還走狗急追之劣乃得免還至窟中便作是念我欲食彼返欲噉我爾時帝釋便於狼前作跛脚羊鳴喚而住狼作是念前者是狗我飢悶眼華謂爲是羊今所見者此眞是羊復更諦觀看耳角尾眞實是羊便出往趣羊復驚走奔逐

垂得復化作狗返還逐狼亦復如前我欲食彼返欲見敢時天帝釋即於狼前化爲羔子鳴群喚母狼便瞋言汝作肉段我尚不出況爲羔子而欲見欺還更守齋靜心思惟時天帝釋知狼心念還齋化作羊羔於狼前住狼便說偈言

若真實爲羊　猶故不能出　況復作虛妄
如前恐怖我　見我還齋已　汝復來見試
假使爲肉段　猶尚不可信　況作羊羔子
而詐喚咩咩

於是世尊而說偈言

若有出家人　持戒心輕慓　不能捨利養
猶如狼守齋

又五分律云佛告諸比丘乃往古昔有一摩納在山窟中誦剎利書有一野狐住其左右專聽誦書心有所解作是念言我解此書語足堪作諸獸中王作是念已便起遊行逢羸瘦野狐便欲殺之彼言何故殺我答言我是獸王汝不伏我是以相殺彼言願莫殺我我當隨從於是二狐便共遊行復逢一狐又欲殺之問答如上亦言隨從如是展轉伏一切狐便以群狐伏一切象復以衆象伏一切虎復以衆虎伏一切師子遂權得爲王既作王已復作是念我今爲獸中王不應以獸爲婦便乘白象率諸群獸不可稱數圍迦夷城數千帀王遣使問汝諸群獸何故如是野狐答言我是獸中王應娶汝女與我者善若不與我者當滅汝國還白如此王集群臣共議唯除一臣皆云應與所以者何國之所恃唯賴象馬我有象馬彼有師子象馬聞氣惶怖伏

地戰必不如爲獸所滅何惜一女而喪一國時一大臣聰叡遠略而白王言臣觀古今未曾聞見人王之女與下賤獸臣雖闇昧要殺此狐使諸群獸各各散走王即問言計將焉出大臣答言王但剋期戰日先當從彼求索一願願令師子先戰後吼彼謂吾畏必令師子先吼後戰王至戰日當勑城內人畜皆令塞耳王用其語還使剋期幷求上願至于戰日復遣信求然後出軍軍鋒欲交野狐果令師子先吼野狐聞之心破七分便於象上墜落于地於是群獸一時散走佛以是事而說偈言

野狐憍慢盛　欲求其眷屬　行到迦夷城
自稱是獸王　人憍亦如是　規統於徒衆
在摩竭之國　法主以自號

爾時迦夷王者我身是聰叡大臣者舍利弗是野狐王者調達是告諸比丘調達往昔詐得眷屬今亦如是故佛說偈云

善人共會易　惡人善會難　惡人共會易
善人共會難

又佛本行經云爾時佛告諸比丘言我念往昔有一河名波利耶多（此言彼岸）時彼河岸有一人是結華鬘師其人有園在彼河側而彼河內時有一龜從水而出至華園中求食而行處處經歷蹋壞其華時彼園主見龜壞華園主即捉置於一筐篋中將欲殺食彼龜作念云何得脫此難作何方便誑此園主即向園主而說偈言

我從水出身有泥　汝但置華洗我體
我身既有泥不淨　恐畏汙汝篋及華

時彼園主作如是念善哉此龜善言教我今不得不取其言我洗其身勿令泥污我之華鬘作是念已即手執龜將向水所欲洗龜身是時彼人即提龜出置於石上抄水欲洗是時彼龜出大筋力忽投入水時華鬘師見龜沒水作如是言奇哉是龜乃能如是誑惑於我我今還可誘誑是龜使令出水時華鬘師即向彼龜而說偈言

賢龜諦聽我作意　汝今新舊甚衆多
我作華鬘繫汝咽　恣汝歸家作喜樂

爾時彼龜作如是念此華鬘師妄言誑我彼毋患著床其婦採華造鬘欲賣以用活命今作是言定是誑我欲食我故誘我出耳是時彼龜向華鬘師而說偈言

汝家造酒欲會親　廣作種種諸味食
汝至家內作是語　龜肉煮以脂糝頭

爾時佛告諸比丘言汝諸比丘欲知彼時入水龜者我身是也華鬘師者魔波旬是其於爾時欲誑惑於我而不能著今復欲誑何由可得

又佛告諸比丘言我念往昔於大海中有一大虬其虬有婦身正懷妊忽然思欲獼猴心食以是因緣其身羸瘦痿黃宛轉戰慄不安時彼特虬見婦身體如是羸瘦無有顏色見已問言賢善仁者汝何所患欲思何食我不聞汝從我索食何故如是時其牸虬默然不報其夫復問汝今何故不向我道婦報夫言汝若能與我隨心所願我當說之若不能者我何暇說夫復答言汝但說看若可得理我當方便會覓令得婦即語言我今意思獼猴

心食汝能得不夫即報言汝所須者此事甚難所以者何我居大海獼猴在山樹何由可得婦言奈何若不得是物此胎必墮我身不久恐取命終是時其夫復語婦言賢善仁者汝且容忍我今求去若成此事深不可言則我與汝並皆慶快爾時彼虬即從海出至於岸上去岸不遠有一大樹名優曇婆羅（此言求願）時彼樹上有一大獼猴在於樹頭取樹子食是時彼虬既見獼猴在樹上坐食於樹子見已漸漸到於樹下到已即便共相慰喻以善語言問訊獼猴善哉善哉婆私師吒在此樹上作於何事不甚辛勤受苦惱耶求食易得無疲倦不獼猴報言如是仁者我今不大受於苦惱虬復重更語獼猴言汝在此處何所食噉獼猴報言我在優曇婆羅樹上食噉其樹子是時虬復語獼猴言我今見汝甚大歡喜徧滿身體不能自勝我欲將汝作於善友共相愛敬汝取我語何須住此又復此樹子少無多云何乃能此處願樂汝可下來隨逐於我我當將汝渡海彼岸別有大林種種諸樹華果豐饒獼猴問言我云何得至彼處海水深廣甚難越渡云何堪渡是時彼虬報獼猴言我背負汝將渡彼岸汝今但當從樹下來騎我背上爾時獼猴心無定故狹劣愚癡心生歡喜從樹而下上虬背上欲隨虬去其虬內心生如是念善哉善哉我願已成即欲相將至自居處及獼猴俱沒於水猴問虬言善友何故忽沒於水虬即報言我婦懷妊彼如是思欲食汝心以是因緣我將汝來爾時獼猴作如是念嗚呼我今甚不吉利自取磨

滅作何方便而得免此急速厄難不失身命復如是念我須誑虬作是念已而語虬言仁者善友我心留在優曇婆羅樹上寄著不持將行仁於當時云何不依實語我知今須我心我於當時即將相隨善友還迴放我取心得已還來時彼虬聞獼猴語已二俱還出獼猴見虬欲出水岸是時獼猴努力奮迅捷疾跳躑出大筋力從虬背上跳下上彼優曇大樹之上其虬在下少時停待見猴淹遲不下而語之言親密善友汝速下來共汝相隨至於我家獼猴默然不肯下樹虬見獼猴經久不下而說偈言

善友獼猴得心已　願從樹上速下來
我當送汝至彼林　多饒種種諸果處

爾時獼猴作是思惟此虬無知即說偈言

汝虬計校雖能寬　而心智慮甚狹劣
汝但審諦自思惟　一切衆類誰無心
彼林雖復子豐饒　及諸菴羅等妙果
我今意實不在彼　寧自食此優曇婆

爾時佛告諸比丘言當知彼時大獼猴者我身是也彼虬者魔波旬是彼時猶尚誑惑於我而不能得令復欲將世間五欲之事而來誘我豈能動我此之坐處

又雜寶藏經云昔有烏梟共相怨憎烏待晝日知梟無見踏殺群梟散食其肉梟便於夜知烏眼闇復啄群烏開啄其腹亦復散食畏晝畏夜無有竟已有一智烏語衆烏言已爲怨憎不可求解終相誅滅勢不兩全宜作方便彌覆諸梟然後我等可得歡樂若其不爾終爲所敗衆烏答言當作何方得滅讎賊智

烏答言爾等衆烏拔我毛羽啄破我頭我當設計要令彌覆即如其言憔悴形容向梟穴外而自悲鳴聞其聲已便言今爾何故破傷來至我所烏語梟言衆烏鞞我不得生活故來相投以避怨惡時梟憐愍遂便養給恒與殘肉日月轉久毛羽平復烏作微計銜乾樹枝并諸草木著梟穴中似如報恩梟語烏言何用是爲烏即答言孔穴之中純是冷石用此草木以御風寒梟以爲爾默然不答而烏於是即求守孔穴作給使令用報恩養時會雪寒嚴風猛盛衆梟率爾來集孔中烏得其便尋生歡喜銜牧人火用燒梟孔衆梟一時於孔焚滅爾時諸天說偈言曰

諸有宿嫌處　不應生體信　如烏作詐善
焚滅衆梟身

又六度集經云昔者菩薩爲孔雀王從妻五百棄其舊匹欲娶青雀爲妻其青雀妻唯食甘露美果孔雀爲妻日行取之其國王夫人有疾夢覩孔雀云其肉可爲藥寤已啓聞王令獵士疾行索之夫人曰有能得之者娉以季女賜金千觔國諸獵士分布行索覩孔雀王從一青雀在常食處即以蜜麨每處塗樹孔雀輒取以供其妻射師以蜜麨塗身踞坐而候孔雀取麨人應獲之焉孔雀曰子之勤身必爲利也吾示子金山可爲無盡之寶子原吾命矣獵者又曰大王賜吾千觔金妻以季女豈信汝言乎剋以送獻汝矣孔雀曰大王懷仁潤無不周願納微言乞得少水吾以慈呪服之疾即瘳矣若其無効受罪不晚王順其意夫人服之衆疾皆瘳華色煒曄宮人

皆然舉國歎王弘慈活於孔雀之命獲延一國之壽孔雀曰願得投身于彼大湖并呪其水率土黎民衆疾可瘳若有疑望願以杖捶吾足王曰許可孔雀如之國人飲水並皆得力聾聽盲視瘂語躄伸衆疾皆然夫人疾除國並得無病兼無害孔雀之心孔雀具知向王陳曰受王生潤之恩吾報濟一國之命報畢乞退王曰可爾雀即翔飛昇樹重曰天下有三癡王曰何謂三耶一者吾癡二者獵士癡三者大王癡王曰願釋之也雀曰諸佛重戒以色爲火燒身危命貪色之由也吾捨五百供養之妻而貪青雀索食供之有如僕使爲狂網所得殆危身命斯吾癡也獵者之癡吾至誠之言捨一山之金棄無窮之寶信夫人邪僞之欺望季女之妻覩世狂愚皆斯類矣損佛真誠之戒信鬼魅之欺酒藥婬亂或受破門之禍或死入太山其苦無數思還爲人猶無羽之鳥欲飛昇天豈不難哉婬婦之妖蠱喻彼魑魅靡不由之亡國危身而愚夫尊之萬言無一誠也而射師信之斯謂獵者愚矣王得天醫除一國疾諸毒都滅顔如盛華巨細欣賴而王放之斯謂王愚矣佛告舍利弗孔雀王者自是之後周旋八方輒以神藥慈心布施愈衆生病孔雀王者吾身也國王者舍利弗是獵師者調達是也夫人者調達婦是菩薩慈慧度無極行布施如是

又雜寶藏經云佛言乃往過去時有蓮華池多有水鳥在中而住時有鸛雀在於池中徐步舉脚諸鳥皆言此鳥善行威儀庠序不惱水性時有白鵝而說偈言

舉脚而徐步　音聲極柔輭　欺誑於世間
誰不知諂譺
鸛雀語言何爲作此語求共作親善白鵝答
言我知汝諂譺終不親善汝欲知爾時鵝王
者即我身是也爾時鸛雀者今提婆達多是
也
又雜寶藏經云佛言於過去世雪山之側有
山鷄王多將鷄衆而隨從之鷄冠極赤身體
甚白語諸鷄言汝等遠離城邑聚落莫與人
民之所噉食我等多諸怨嫉好自慎護時聚
落中有一猫子聞彼有鷄便往趣之在於樹
下徐行低視而語鷄言我爲汝婦汝爲我夫
而汝身形端正可愛頭上冠赤身體俱白我
相承事安隱快樂鷄即說偈言
猫子黄眼愚小物　觸事懷害欲噉食
不見有畜如此婦　而得壽命安隱者
爾時鷄者我身是也昔時猫者提婆達多是
也昔於過去欲誘誑我今日復欲誘誑我索
我徒衆頌曰
姦情詐癡　令信匪疑　僞現依附　妄納相依
外親内損　夙夜侵移　久共同住　方覺漸衰
惰慢部第二十五此有三緣
述意緣　引證緣　立志緣
述意緣第一
夫人所以不得道者由於心神昏墮心神所
以昏墮由於外物擾之者多其事略三一則
勢利榮名二則妖妍靡曼三則甘脂肥濃榮
名雖日用於心要無晷刻之累妖妍靡曼方
之已深甘脂肥濃爲累甚切萬事云云皆三
者之枝葉耳聖人知不斷此三事故求道無

從可得如水火擁之亟之則其用彌全決之散之則其勞彌薄故論云質微則勢重質重則勢微是以思之測之寔由勤功而悟道惰之慢之良因貪聲色而障聖所以釋氏震法鼓於鹿苑夫子揚德音於鄹魯尚耳目所不聞豈心識之能契也

引證緣第二

如薩婆多論云波羅提木叉之戒五道而言唯人道得戒餘四不得如天道以著樂深重不能得戒如昔一時大目連以弟子有病上忉利天以問耆婆正值諸天入歡喜園爾時目連在於路側立待一切諸天無顧看者唯耆婆後至顧見目連向舉一手乘車直過目連自念此本人間是我弟子今受天福以著天樂都失本心即以神力制車令住耆婆下車禮目連足目連種種因緣訶責耆婆答目連曰以我人中為大德弟子是故舉手問訊頗見諸天有爾者不爾時目連勸誡釋提桓因佛世難值何不數數相近諮受正法帝釋欲解目連意故遣使勑一天子令來返覆三喚猶故不來後不應已而來帝白目連曰此天子唯有一天女一妓樂以自娛樂以染欲情深雖復命重不能自割故不肯來況作天王種種宮觀無數天女須食自然百味百千妓樂以自娛樂視東忘西雖知佛世難遇正法難聞而以染樂纏縛不得自在知復如何三塗苦難無緣得戒人中唯三天下得戒北欝單越無有佛法不得戒以福報障并愚癡故不受聖法

又善見律云時有六群比丘自身在下請法

人在高而爲説法以慢法故佛訶責之佛語比丘往昔波羅柰國有一居士名曰車波加其婦懷妊思菴羅果語其壻言我思菴羅果君爲我覓其夫答言此非果時我云何得婦語夫言君若不得我必當死夫聞婦語心自念言唯王園中有非時果我當往偷作是念巳即夜入王園取果未得明相巳出不得出園於是樹上藏住時王與婆羅門入園欲食菴羅果婆羅門在下王在高座婆羅門爲王説法偷果人樹上自念言我偷果事應合死因王聽婆羅門説法故我今得脱我今無法王亦無法婆羅門亦無法何以故我爲婦故而偷王果王由憍慢故師在下座自在高座而聽説法婆羅門爲貪利養故自在下座爲王説法我今三人相與無法我今得脱即便下樹往至王前而説偈言

二人不知法　二人不見法　教者不依法
聽者不解法　爲是飲食故　我言是無法
爲以名利故　毀碎出家法

王聞此偈恕偷果人罪我爲凡時尚見非法況今成佛汝諸弟子爲下人説法時偷果人者我是也

又智度論云如迦葉佛時有兄弟二人出家求道一人持戒誦經坐禪一人廣求檀越修諸福業至釋迦佛出世一人生長者家一人作大白象力能破賊長者子出家學道得六神通阿羅漢果而以薄福乞食難得他日持鉢入城乞食徧不能得到白象廐見王供象種種豐足語此象言我之與汝俱有罪過象即感信三日不食守象人怖求覓道人見而

問言汝作何術令王白象病不能食耶答曰此象是我先身時弟共於迦葉佛時出家學道我但持戒誦經坐禪不行布施弟但廣求檀越作諸布施不持戒不學問以其不持戒誦經坐禪故今作此象大修布施故飲食備具種種豐足我但行道不修布施故今雖得道果乞食不能得以是事故因縁不同雖值佛世猶故飢渴

又百喻經云昔外國節慶之日一切婦女盡持優鉢羅華以爲鬘飾有一貧人其婦語言爾若能得優鉢羅華來與我爲爾作妻若不能得我捨爾去其夫先來常善能作鴛鴦之鳴即入王池作鴛鴦鳴偷優鉢羅華時守池者而作是問池中者誰而此貧人失口答言我是鴛鴦守者捉得將詣王所而於中道復更和聲作鴛鴦鳴守池者言爾先不作今作何益世間愚人亦復如是終身殘害作衆惡業不習心行使令調善臨命終時方言我今欲得修善獄卒將去付閻羅王雖欲修善亦無所及如彼愚人欲到王所作鴛鴦鳴

又百喻經云昔有大富長者左右之人欲取其意皆盡恭敬長者唾時左右侍人以脚踏却有一愚者不及得踏而作是言若唾地者諸人踏却欲唾之時我當先踏於是長者正欲咳唾時此愚人即便舉脚踏長者口破脣折齒長者語言汝何以故踏我脣口愚人具答所由故唾欲出舉脚先踏望得汝意凡物須時時未及到强設功力反得苦惱以是之故世人當知時與非時

立志緣第三

如雜譬喻經云昔有人名薩薄聞於外國更有異寶欲往治生而二國中間有羅刹難不可得過薩薄遊行見市西門有一道人空牀上坐云賣五戒薩薄問言五戒云何答曰無形直口授心持後得生天現世能却羅刹鬼難薩薄欲買問索幾錢答金錢一千即就受竟語言卿向外國到界畔上羅刹若來卿但語言我是釋迦五戒弟子薩薄少時到二國中間見有羅刹身長一丈三尺頭黄衣蓑眼如赤丁舉體鱗甲更互開口如魚鼓鰓仰接飛鷰蹈地没滕口熱血流羣衆數千直捉薩薄薩薄語言我是釋迦五戒弟子羅刹聞此永不肯放薩薄聊以兩拳扠之拳扠之入鱗甲拔不得出又以脚蹹頭衝拔復不出五體没鱗甲中唯背得動羅刹以偈語言

汝身及手足　一切悉被羇　但當去就死
跳踉復何爲

薩薄志意猶固以偈語羅刹曰

我身及手足　一時雖被繫　攝心如金石
終不爲汝嬈

羅刹又語薩薄曰

吾是鬼中王　爲人多力膂　從來食汝輩
不可得稱數　但當去就死　何爲自寛語

薩薄更欲駡怒自念此身輪廻三界未曾乞人我今當以乞此羅刹作一頓飽食即説偈言

我此腥臊身　久欲相去離　羅刹得我便
悉持以布施　志求摩訶乘　果成一切智

羅刹聰明解薩薄語便生愧心放薩薄去長跪合掌向其謝曰

君是度人師　三界之希有　志求摩訶乘
成佛當不久　是故自歸命　頭面禮稽首

羅刹悔過竟送薩薄至外國大得珍寶又送還家大修功德遂成道迹故知戒力不可思議勸諸行者堅持禁戒還如此人立志勇猛

又智度論云有大力毒龍以眼視人弱者即死以氣噓人强者亦死時龍受一日戒出家入林樹間思惟坐久疲懈而睡龍法眠時形狀如蛇七寶雜色獵者見之驚喜言曰以此希有難得之皮獻上國王以爲彤飾不亦宜乎便以杖按其頭刀剥其皮龍自念言我力能傾國土此一小物豈能困我我今以持戒故不計此身當從佛語自忍閉目不視閉氣不喘憐愍此人爲持戒故一心受剥不生悔意既以失皮赤肉在地時日大熱宛轉土中欲趣大水見諸小蟲來食其身爲持戒故不復敢動自思惟言今我此身以施諸蟲爲佛道故今以肉施以充其身後以法施以益其心身乾命終即生忉利天上畜生尚能堅持禁戒至死不犯況復於人寧容故犯

又五分律云佛言乃往過去有一黒蛇螫一犢子還入穴中有一呪師以羖羊呪呪令出穴不能令出呪師便於犢子前然火呪之化成火蜂入蛇穴中燒蛇蛇不堪痛然後出穴羖羊以角抄著呪師前呪師語言汝還舐毒不爾投此火中黒蛇即説偈言

我既吐此毒　終不還收之　若有死事至
畢命不復迴

於是遂不收毒自投火中佛言爾時黒蛇者今舍利弗是昔受如此死苦猶不收毒況今

更取所棄之藥

又雜寶藏經云佛言過去世時亦復曾遊迦尸國毗提醯國二國中間有大曠野有惡鬼名沙吒盧斷絶道路一切人民無得過者有一商主名曰師子將五百商人欲過此路諸人恐怖畏不可過商主語言愼莫怖畏但從我後於是前行到于鬼所而語鬼言汝不聞我名也答言我聞汝名故來欲戰問言汝何所能即捉弓箭而射是鬼五百發箭皆没鬼腹弓刀器仗亦入鬼腹直前拳打拳復入去以右手托右手亦著以右脚踏右脚亦著以左脚踏左脚亦著又以頭打頭亦復著鬼作偈言

汝以手脚及與頭　一切諸物悉以著
餘人何物而不著

商主以偈答言

我今手足及與頭　一切錢財及刀仗
此諸雜物雖入没　唯有精進不著汝
精進若當不休息　與汝鬪諍終不廢
我今精進不休息　終不於汝生怖畏

時鬼答言今爲汝等故五百賈客盡皆放去

又雜婆沙論云魔王遂見菩薩坐菩提樹端身不動誓取菩提速出自宫往菩薩所謂菩薩曰刹利帝子可起此座今濁惡時衆生剛强定不能證無上菩提且應現受轉輪王位我以七寶當相奉獻菩薩告曰汝今所言如誘童子日月星辰可令墮落山河大地可昇虚空欲令我今不取大覺起此座者定無是處後魔將三十六俱胝魔軍各現種種可畏形勢執持戰具色類無邊徧三十六踰繕那

量俱時奔趣菩提樹下惱亂菩薩皆不能得菩薩身心不動逾於須彌山也

又僧伽羅刹經云昔者菩薩現爲鸚䳇常處于樹風吹彼樹更相切磨便有火出火漸熾盛遂焚一山鸚䳇思惟猶如飛鳥軀止于樹故當反復起報恩心何況於我長夜處之而不滅火即往詣海以其兩翅取大海水至彼火上而灑於火以口灑水東西馳奔時有善神感其勤苦尋爲滅火

又智度論云昔野火燒林林中有一雉勤身自力飛來入水以水灑林往返疲乏不以爲苦時天帝釋來問之言汝作何等答曰我救此林愍衆生故此林蔭育處居日久清涼快樂我諸種類及諸宗親皆悉依仰我有身力云何不救天帝問言汝乃精勤當至幾時雉言以死爲期天帝言誰爲汝證即自立誓我心至誠信不虛者願火即自滅是時淨居天知雉弘誓即爲滅火始終常茂不爲火燒故經云人有善願天必從之斯言驗矣

頌曰

惰學迷三教　問者不知一　合萼不結核
敷華何得實　徒生高慢心　陵他非好畢
墜落幽暗道　關閉牢深密　一入百千年
萬億苦逼切　對苦悔無知　方由梋慢梋
至人善取譬　立志須明律　英雄慢法時
焉知悔今日

諸經要集卷第十六

音釋

惋烏貫切惋歎也　憩去刈切息也　劇奇逆切甚也　耷丁盍切耳大垂也　咩彌爾切　僄匹昭切輕也　痿於危切　慄力質切懼也　麨尺沼切乾糧也　躄彼戟切足屈不能行也　蠱公户切惑也　鄒側鳩切縣名　鰓蘇來切魚頰也　跳踉跳徒聊切踉力張切跳踉踴躍也　媲匹詣切配也　嘘朽居切吹也　羖公户切牡羊也　榍先結切

諸經要集卷第十七上

唐西明寺沙門釋道世撰

酒肉部第二十六此有三緣

述意緣　飲酒緣　食肉緣

述意緣第一

夫酒爲放逸之門大聖知其苦本所以遠酣肆離酒緣棄醉朋近法友出昏門入醒境肉是斷大慈之種大聖知其殺因所以去腥臊淨身口噉蔬菜懲心神招慈善感延年故俗禮記云見其生不忍其死聞其聲不食其肉斯亦不殺之義也若使噉食酒肉之者即同畜生豺狼禽獸亦即具殺一切眷屬食噉諸親及讎怨報歷劫長夜無有窮已如婆沙論説有一女人五百世害狼兒狼兒亦五百世害其子又有女人五百世斷鬼命根鬼亦五百世斷其命根故知經歷六道備受怨報或經爲師長或是父母或是兄弟或是姊妹或是兒孫或是朋友今是凡身各無道眼不能分別還相噉食不自覺知噉食之時此物有靈即生瞋恨還成怨讎骨肉至親反變成怨如是之事豈可不思暫爭舌端一時少味永與怨親長爲怨對可爲痛心難以言説是故涅槃經云一切肉者悉斷及自死者猶斷何況不自死者又楞伽經云爲利殺衆生以財網諸肉二業俱不善死墮叫呼獄何謂以利網肉陸設罝罘水設網罟此是以利網肉何謂以財網肉若於屠殺人間以錢買肉此是以財網肉若令此人不以財網肉者習惡律儀捕害衆生此人爲當專自供口亦復別有所擬若別有所擬向食肉者豈無殺分何得

云我不殺生此是灼然違背經文斷大慈種障不見佛也

飲酒緣第二

述曰此之一教有權有實權則漸誘之訓以輕脫重初開無犯據其障理非無其過若約實教輕重倶禁始末不犯是名持戒初據權說者故未曾有經云爾時國王太子名曰祇陀聞佛所說十善道法果報無窮長跪叉手白佛言佛昔令我受持五戒今欲還捨所以者何五戒法中酒戒難持畏得罪故世尊告曰汝飲酒時爲何惡耶祇陀白佛國中豪强時時相率齎持酒食共相娛樂以致歡樂自無惡也何以故得酒念戒無放逸故是故飲酒不行惡也佛言善哉善哉祇陀汝今已得智慧方便若世間人能如汝者終身飲酒有何惡哉如是行者乃應生福無有罪也若人飲酒不起惡業歡喜心故不起煩惱喜心因緣受善果報如持五戒何有失乎飲酒念戒益增其福先持五戒今受十善功德倍勝十善報也

時波斯匿王白佛言世尊如佛所說心歡喜時不起惡業名有漏善者是事不然何以故人飲酒時心則歡喜歡喜忘故不起煩惱無煩惱故不行惱害不害物故三業清淨清淨之道即無漏業世尊憶念我昔遊行獵戲忘將厨宰於深山中覺飢欲食左右答言王朝去時不被命勑令將厨宰即時無食我聞是語走馬還宫教令索食王家厨監名修迦羅修迦羅言即無現食今方當作我時飢逼忿不思惟勑臣斬殺厨監臣被王教即共議言

簡括國中唯此一人忠良直事今若殺者更無有能爲王監厨稱王意者時末利夫人聞王教勅殺修迦羅情甚愛惜知王飢之即令辦具好肉美酒沐浴名香莊嚴身體將諸妓女往至我所我見夫人裝束嚴麗將從妓女好酒肉來瞋心即歇何以故末利夫人持佛五戒斷酒不飲我心常恨今日忽然將酒肉來共相娛樂展釋情故即與夫人飲酒食肉作衆妓樂歡喜娛樂恚心即滅夫人知我忘失怒意即遣黄門輒傳我命令語外臣莫殺厨監即奉教旨我至明旦深自責悔愁憂不食顏色顦顇夫人問我何故憂愁爲何患耶我言吾因昨日爲飢火所逼瞋恚心故殺修迦羅自計國中更無有人堪監我厨如修迦羅者爲是之故悔恨愁耳夫人笑曰其人猶在願王莫愁我重問曰爲實如是爲戲言耶答言實在非戲言也我今左右喚厨監來使者往召須臾將來我大歡喜憂愁即除王白佛言末利夫人持佛五戒月行六齋一日之中終身五戒已犯飲酒妄語二戒八齋戒中頓犯二戒此事云何所犯戒罪輕耶重耶世尊答曰如此犯戒得大功德無有罪也何以故爲利益故如我前說夫人修善凡有二種一有漏善二無漏善末利夫人所犯戒者入有漏善不犯戒者名無漏善依語議者破戒修善名有漏善依義語者凡心所起善皆無漏業王白佛言如世尊說末利夫人飲酒破戒不起惡心而有功德無罪報者一切人民亦復皆然何以故我念近昔舍衛城中有諸豪族剎利王公因小諍競乃至大怨各各結

謀與兵相伐兩家並是國親非可執録紛紜鬪戰不從理諫深爲憂之復自念言昔太子時共大臣提韋羅相忿情實不分意欲誅滅因太后與酒飲已情和思惟是已即勑忠臣令辦好酒及諸甘饍又使宣令國中豪族群臣士民悉皆令集欲有所論國中大事諸臣諍競兩徒眷屬各有五百應召來集於王殿上莊嚴大樂王勑忠臣辦瑠璃椀椀受三升諸寶椀中盛滿好酒我於衆前先喫一椀王曰今論國事想無異心今當人人辨此一椀甘露良藥然後論事咸言唯諾作唱大樂諸人得酒并聞音樂心中歡樂忘失讎恨因酒息諍而得太平此豈非是酒之功也竊見世間貧窮小人奴客婢使夷蠻之人或因節日或於酒店聚會飲酒歡樂心故不須人教各

各起舞未得酒時都無是事是故當知人因飲酒則致歡樂心歡樂時不起惡念不起惡念則是善心善心因緣應受善報獼猴得酒尚能起舞況於世人如世尊說施善善報施惡惡報末利夫人皆由前身以好施人故今得好報世尊云何令持五戒月行六齋六齋之日不好莊嚴香華服飾作唱妓樂又復不聽附近夫壻愛好之姿竟何所施徒云其功豈非苦也佛告王曰大王所難非不如是末利夫人在年少時若我不勑令受戒法修智慧者云何當有今日之德以能得度復度王身如斯之功復歸誰也此之以上略明權教也

述曰此下第二約其實說輕重不犯眞名持戒故大聖知時量機通塞通則開禁隨時量前損益如匿王欲殺厨監太子欲害其父比

並因酒忘忿得全身命免其大罪以輕脫重不受累殃然非無飲酒之咎來報之罪不得見有前開遂即雷同總犯各須量其教意復省已身行德優劣得預聖人斯匿末利開禁以不既不同此即須依經纖毫勿犯最爲殊勝故四分律云是我弟子者乃至不以草頭滴酒入口何況多飲是故咽咽結提

又成實論問云飲酒是實罪耶答曰非也所以者何飲酒不爲惱衆生故而是罪因若人飲酒則開不善門以能障定及諸善法如植衆果必有墻障故知酒過如果無園又優婆塞經云若復有人樂飲酒者是人現世喜失財物身心多病常樂鬬諍惡名遠聞喪失智慧心無慚愧得惡色力常爲一切之所訶責人不樂見不能修善是名飲酒現世惡報捨此身已處在地獄受飢渴等無量苦惱是名後世惡業之果若得人身心常狂亂不能繫念思惟善法是一惡因緣力故令一切外物資生悉皆敗爛又長阿含經云其飲酒者有六種失一者失財二者生病三者鬬諍四者惡名流布五者恚怒暴生六者智慧日損又智度論云飲酒有三十五過失何等三十五答曰一現世財物虛竭何以故飲酒醉亂心無節限用費無度故二衆病之門三鬬諍之本四裸露無恥五醜名惡露人所不敬六無復智慧七應所得物而不得已所得物而散失八伏匿之事盡向人說九種種事業廢不成辦十醉爲愁本何以故醉中多失醒則慚愧憂愁十一身力轉少十二身色壞十三不知敬父十四不知敬母十五不敬沙門十六

不敬婆羅門十七不敬叔伯及尊長何以故醉悶憒惱無所別故十八不尊敬佛十九不敬法二十不敬僧二十一朋黨惡人二十二踈遠賢善二十三作破戒人二十四無慚愧二十五不守六情二十六縱色放逸二十七人所憎惡不喜見之二十八貴重親屬及諸知識所共擯棄二十九行不善法三十棄捨善法三十一明人智士所不信用何以故酒放逸故三十二遠離涅槃三十三種狂癡因緣三十四身壞命終墮惡道泥犁中三十五若得為人所生之處常當狂癡如是種種過失是故不飲酒又沙彌尼戒經云不得飲酒不得嗜酒不得甞酒酒有三十六失失道破家危身喪命皆悉由之牽東引西持南著北不能諷經不敬三尊輕易師友不孝父母心閉意塞世世愚癡不值大道其心無識故不飲酒欲離五陰五欲五蓋得五神通得度五道故不飲酒又薩遮尼乾子經偈云

飲酒多放逸　現世常愚癡　忘失一切事
常被智者訶　來世常暗鈍　多失諸功德
是故黠慧人　離諸飲酒失

又十住婆沙論問曰若有人捨施酒未知得罪以不答曰施者得福受者不得飲故論云是菩薩或時樂捨一切須食與食須飲與飲若以酒施應生是念今是行檀時隨所須與後當方便教使離酒得念智慧令不放逸何以故檀波羅蜜法悉滿人願在家菩薩以酒施者是則無罪又梵網經云若自身手過酒器與人飲酒者五百世中無手何況自飲不得教一切人飲及一切眾生飲酒況自飲酒

又優婆塞五戒相經云佛在支提國跋陀羅婆提邑是處有惡龍名菴羅婆提陀兇暴害人無人得到其處象馬無能近者乃至諸鳥不得過上秋穀熟時並皆破滅時有長老莎伽陀羅漢比丘遊行支提國漸到跋陀羅婆提邑過是夜已晨朝著衣持鉢入村乞食時聞此邑有惡龍兇暴害人鳥獸及破滅秋穀聞已乞食到菴婆提羅龍住處衆鳥樹下敷座具大坐龍聞衣氣即發瞋恚從身出煙長老莎伽陀即入三昧以神通力身亦出煙龍倍瞋恚身上出火莎伽陀復入火光三昧身亦出火龍復雨雹莎伽陀即變雹作釋俱餅髓餅等龍復放霹靂莎伽陀變作種種歡喜丸龍便雨弓箭刀矟莎伽陀即變作優鉢羅華波頭摩華等龍復雨毒蛇蜈蚣土虺蚰蜒莎伽陀即變作優鉢羅華瓔珞瞻蔔華瓔珞等如是等龍所有勢力盡現向莎伽陀皆不能勝即失威力光明莎伽陀知龍力盡不能復動即變作細身從龍兩耳入從兩眼出兩眼出已從鼻入從鼻入已從口中出在龍頭上往來經行不傷龍身爾時龍見如是事已心即大驚怖毛竪合掌向莎伽陀言我歸依汝莎伽陀答言汝莫歸依我當歸依我師佛龍答言我從今歸依三寶知我盡形作佛優婆塞是龍受三自歸作佛弟子已更不復作如先兇惡事諸人及鳥獸皆得到所秋穀不傷名聲流布諸國皆知長老莎伽陀能降惡龍折伏令善因莎伽陀名聲流布諸人皆作食傳爭請之是中有一貧女人信敬請得莎伽陀是女爲辦酥乳糜食之女人念思惟是

沙門噉是酥乳糜或當冷發便取似水色酒持與莎伽陀莎伽陀不看便取飲已爲說法便去過向寺中爾時酒勢便發近寺門邊不覺倒地僧伽梨衣漉水囊鉢杖等各在一處身在一處醉無所覺知佛與阿難行到是處見是比丘知而故問阿難此是何人答言世尊此是長老莎伽陀佛即語阿難是處爲我敷座辦水集僧阿難受教敷座辦水集僧已白佛言衆僧已集佛自知時佛即洗足問諸比丘汝等曾見聞有龍名菴婆羅提陀咒暴惡害先無有人到其住處乃至鳥獸無能到上秋穀熟時破滅諸穀莎伽陀能折伏令善鳥獸得到泉上下是中有見者言見聞者言聞佛語諸比丘 於汝意云何此善男子莎伽陀今能折伏蝦蟆不答言不能佛言聖人飲酒尚如是失何況凡夫如是過罪皆由飲酒從今自後若言我是佛弟子者不得飲酒乃至小草頭一滴亦不得飲佛種種訶責飲酒過失已依律因此比丘便制不飲酒戒問曰未審天上有酒味不答曰無實麴米所造之酒但有業化所作酒也故正法念經云彼夜摩天男共天女衆入池遊戲同飲天酒離於醉過現樂功德味觸色香皆悉具足其中諸天有以殊器而飲酒者受用酥陀之食色觸香味皆悉具足彼如是念此水爲酒令我得飲即於念時皆是天酒離於醉過天既飲之增長勝樂善業力故心生歡喜然彼諸天自業力故如是受樂有鳥名爲常樂見彼諸天在歡喜河而飲酒故爲說偈言

沒入放逸海　貪著諸境界　此酒能迷心

何用復飲酒　爲境界火燒　不知作不作
園林生貪心　何用復飲酒
彼常樂鳥見樂飲酒天在河飲酒爲調伏故
說如是偈
又正法念經閻羅王責疏罪人說偈云
酒能亂人心　令人如羊等　不知作不作
如是應捨酒　若酒醉之人　如死人無異
若欲常不死　彼人應捨酒　酒是諸過處
恒常不饒益　一切惡道階　黑暗所在處
飲酒到地獄　亦到餓鬼處　行於畜生業
是酒過所誑　酒爲毒中毒　地獄中地獄
病中之大病　是智者所說　若人飲酒者
無因緣歡喜　無因緣而瞋　無因緣作惡
於佛所生癡　壞世出世事　燒解脫如火
所謂酒一法　若人能捨酒　正行於法戒
彼到第一處　無死無生處

問曰無病飲酒得罪有病開飲不答曰依四分律實病餘藥治不差以酒爲藥者不犯問曰開服幾許答曰依文殊師利問經云若合藥醫師所說多藥相和少酒多藥得用又舍利弗問經云舍利弗白佛言云何世尊說遮道法不得飲酒如葶藶子是名破戒開放逸門云何迦蘭陀竹園精舍有一比丘疾病經年危篤將死時優波離問言汝須何藥我爲汝覓天上人間乃至十方是所應用我皆爲取答曰我所須藥是違毗尼故我不覓以至於此寧盡身命無容犯律優波離言汝藥是何答曰師言須酒五升優波離曰若爲病開如來所許爲乞得酒服已消差差已懷慚猶謂犯律往至佛所慇懃悔過佛爲說法聞已

歡喜得羅漢道佛言酒有多失開放逸門飲如葶薩子犯罪已積若消病苦非先所斷述曰不得見前文開籠通總飲必須實病重困臨終先用餘藥治皆不差要須酒和得差者依前方開比見無識之人身力强壯日別馳走不依衆儀少有微患便長情貪不護道業妄引經律云佛開種種湯藥名衣上服施佛及僧因公傍私詭誑道俗是故智人守戒如命不敢犯之是故薩遮尼乾子經偈云

酒爲放逸根　不飲閉惡道　寧捨百千身
不毀犯法教　寧使身乾枯　終不飲此酒
假使毀犯戒　壽命滿百年　不如護禁戒
即時身磨滅　決定能使差　我猶故不飲
況今不定知　爲差爲不差　作是決定心
心生大歡喜　即獲見眞諦　所患即消除

當知衆生所有病者皆由貪瞋我慢爲因從因有果得此苦報非由不得藥酒病不得差故涅槃經云一切衆生有四毒箭則爲病因何等爲四一貪欲二瞋恚三愚癡四憍慢若有病因則有病生所謂愛熱肺病上氣吐逆膚體瘤瘖其心悶亂下痢噦噎小便淋瀝眼耳疼痛腹背脹滿顛狂乾消鬼魅所著如是種種身心諸病若識病本斷惡修善三世苦報求除不受若不觀理縱用天下藥酒所治其病轉增難可得差又毗尼母經云尊者彌沙塞說曰莎提比丘小小因酒長養身命後出家已不得酒故四大不調諸比丘白佛佛言病者聽甕上嗅之若差不聽嗅不差者聽用酒洗身若復不差聽用酒和麵作餅食之若復不差聽酒中自漬又新婆沙論云如契

經尊者舍利子於憍薩羅國住一林中時有活命出家外道亦住彼林隣近尊者去林不遠諸村邑中有時廣設四月節會時彼外道巡諸村邑飽食豬肉恣情飲酒竊持殘者還至林中見舍利子坐一樹下酒所昏故起輕懱心我今與彼雖俱出家我獨富樂而彼貧苦尋趣尊者作是頌曰

我已飽酒肉　復竊持餘來　地上草木山
皆視如金聚

時舍利子聞已念言此死外道都無慚愧乃能無賴說此伽陀我今亦應對彼說頌作是念已即說頌曰

我常飽無相　恒住空定門　地上草木山
皆視如唾處

今此頌中尊者舍利子作師子吼說三解脫門謂於初句說無相解脫門於第二句說空解脫門於後二句說無願解脫門

諸經要集卷第十七 上

音釋

蘇所居切與蔬同　懲直陵切戒也　罝罘罝子邪切罘縛謀切罝罘兔網也　罟公戶切網也　顦顇顦昨焦切顇秦醉切顦顇憂瘁也　憒古對切亂也　雹蒲角切雨冰也　蚰蜒蚰以周切蜒以然切蚰蜒蟲名　瞻蔔梵語也此云黃華蔔蒲北切　葶藶葶特丁切藶郎擊切　㿇私習切痛㿇㿇也　噦噎噦於月切嘔也噎烏結切氣窒也　淋瀝淋力尋切瀝郎擊切淋瀝點滴也　脹知亮切　魅靡寄切精恠也　漬疾智切浸也

諸經要集卷第十七下

唐西明寺沙門釋道世撰

酒肉部第二十六之餘

食肉緣第三

述曰此之一教亦有權實言權教者據毗尼律中世尊初成道時爲度麤惡凡夫未堪說細且於漸教之中說三種淨肉離見聞疑不爲已殺鳥殘自死者開聽食之先麤後細漸令離過是别時之意不了之說若據實教始從得道至涅槃夜大聖慇懃始終不開又涅槃經云一切衆生聞其肉氣皆悉恐怖生畏死想水陸空行有命之類悉捨之走咸言此人是我等怨是故菩薩不習食肉爲度衆生示現食肉雖現食之其實不食但諸衆生有執見者不解如來方便說意便即偏執毗尼局教言佛聽食三種淨肉亦謗我言如來自食彼愚癡人成大罪障長夜墮於無利益處亦不得見現在未來賢聖弟子況當得見諸佛如來大慧諸聲聞人等當所應食米麵油蜜等能生淨命非法貯畜非法受取我說不淨尚不聽食何況聽食肉血不淨耶非直食肉壞善障道乃至邪命諂曲以求自活亦是障道又文殊師利問經云若爲已殺不得噉若肉林中已自腐爛欲食得食若欲噉肉者當說此呪

多經吔（此言如是）阿㮈摩阿㮈摩（此言無我無我）阿視婆多阿視婆多（此言無壽命無壽命）那舍那舍（此言失失）陀訶陀訶（此言燒燒）婆弗婆弗（此言破破）僧柯慄多弭（此言有爲）莎訶（此言除殺去）

此呪三說乃得噉肉飯亦不食何以故若思

惟飯不應食何況當噉肉佛告文殊師利以衆生無慈悲力懷殺害意爲此因緣故斷食肉若能不懷害心大慈悲心爲教化一切衆生故無有過罪

述曰此亦初教漸制巳前故除爲巳殺者不得噉食若自死腐爛如草木想且開食之等欲食者令誦呪生慚愧心然後開食若制斷巳後一切雜肉無問自死鳥殘皆不得食如未曾有經開飲酒文殊問經開食肉等計此經等並是如來初成道時量衆生機不可頓斷頓制所以漸開漸制後知衆生根熟便則永斷永制纖毫不許若不抄出根元時有愚人偏讀此經即便縱犯不解開遮通塞有異所以總録漸頓之文知其本末之意庶令永斷開顯梵行也

問曰酒是和神之藥肉爲充飢之饍古今同味今獨何見鄙而不食若使佛教清禁居喪禮制即如對於嚴君勑賜俗食豈闕僧過拒而不食耶答曰貪財喜色貞夫所鄙好饍嗜美廉士所惡割情從道前賢所歎抑慾崇德往哲同嗟況肉由殺命酒能亂神不食是理寧可爲非縱逢上抑終須嚴斷雖違君命還順佛心

問曰肉由害命斷之且然酒不損生何爲頓制若使無損計罪無過言非飲漿食飯亦應得罪而實不爾酒何偏斷答曰結戒隨事得罪據心肉體因害食之即罪酒性非損過由弊神餘處生過過生由酒斷酒即除所以遮制不同非謂酒體是罪

問曰罪有遮性酒體生罪今有耐酒之人能

飲不醉又不弊神亦不生罪此人飲酒應不得罪斯則能飲無過不能招咎何關斷酒以成戒善可謂能飲耐酒常名持戒少飲即醉是大罪人答曰制戒防非本爲生善戒是止惡身口無違緣中止息遮性兩斷乃名戒善令耐酒之人旣不亂神未破餘戒實理非罪正以飲生罪因外違遮教緣中生犯仍名有罪以乖不飲猶非持戒

第一據實有損者依經食肉之人有十種過失第一明一切衆生無始已來皆是已親不合食肉故入楞伽經云我觀衆生輪迴五道同在生死共相生育遞爲父母兄弟姊妹若男若女中表內外六親眷屬或生餘道善道惡道常爲眷屬以是因緣我觀衆生更相噉肉無非親者由貪肉味遞互相噉常生害心增長苦業流轉生死不得出離佛說是時諸惡羅刹聞佛所說悉捨惡心止不食肉遞相勸發菩薩之心護衆生命亦自護身離一切諸肉不食悲泣流淚白言世尊我聞佛說諦觀六道我所噉肉皆是我親乃知食肉衆生是我大怨斷大慈種長不善業是大苦本我從今日斷不食肉及我眷屬亦不聽食如來弟子有不食者我當晝夜親近擁護若食肉者我當與作大不饒益大慧羅刹惡鬼常食肉者聞我所說尚發慈心捨肉不食況我弟子行善法者當聽食肉若食肉者當知即是衆生大怨斷我聖種大慧若我弟子聞我所說不諦觀察而食肉者當知即是旃陀羅種非我弟子我非其師

第二明食肉衆生見者皆悉驚怖故不應食

如彼經說食肉之人衆生聞氣悉皆驚怖逃走遠離是故菩薩修如實行爲化衆生不應食肉譬如旃陀羅獵師屠兒捕魚鳥人一切行處衆生遥見作如是念我今定死而此來者是大惡人不識罪福斷衆生命求現前利今來至此爲覓我等今我等身悉皆有肉是故今來我等定死大慧由人食肉能令衆生見者皆生如是驚怖大慧一切虚空地中衆生見食肉者皆生恐怖而起疑念我於今者爲死爲活如是惡人不修慈心亦如豺狼遊行世間常覓肉食如牛噉草蜣蜋逐糞不知飽足我身是肉正是其食不應逢見即捨逃走離之遠去如人畏懼羅刹無異

第三明食肉之人壞他信心是故不應食肉也如彼經云若食肉者衆生即失一切信心便言世間無所信者斷於信報是故大慧菩薩爲護衆生信心一切諸肉悉不應食何以故世間有人見食肉故謗毀三寶作如是言於佛法中何處當有眞實沙門婆羅門修梵行者捨於聖人本所應食食於衆生猶如羅刹斷我法輪絶滅聖種一切皆由食肉者過是故大慧我弟子者爲護惡人毀謗三寶乃至不應生念肉想何況食噉也

第四明慈心少欲行人不應食肉如彼經說菩薩爲求出離生死應當專念慈悲之行少欲知足猒世間苦速求解脱若捨憒閙就於空閑住屍陀林阿蘭若處塚間樹下獨坐思惟觀諸世間無一可樂妻子眷屬如枷鎖想宫殿臺觀如牢獄想觀諸珍寶如糞聚想見諸飲食如膿血想受諸飲食如塗癰瘡想趣

得存命繫念聖道不爲貪味酒肉葱韮蒜薤臭味悉捨不食若如是者是眞修行堪受一切人天供養若於世間不生猒離貪著諸味酒肉葷辛皆便噉食不應受於世間信施也第五明食肉之人皆是過去曾作惡羅刹由習氣故今故貪肉是故不應食肉也如彼經說有諸衆生過去曾修無量因緣有微善根得聞我法信心出家在我法中過去曾作羅刹眷屬虎狼師子猫狸中生雖在我法食肉餘習見食肉者歡喜親近入諸城邑聚落塔寺飲酒噉肉以爲歡樂諸天人觀猶如羅刹爭噉死屍等無有異而不自知已失我衆成羅刹眷屬雖服袈裟剃除鬚髮有命看見心生恐怖如畏羅刹此明食肉皆是過去曾作羅刹師子虎狼猫狸中來故應截斷也

第六明食肉之人學世呪術尚不得成況出世法何由可證是故行者不應食肉如彼經說世間邪見諸呪術師若其食肉呪術不成爲成邪術尚不食肉況我弟子爲求如來無上聖道出世解脫修大慈悲精勤苦行猶恐不得何處當有如是解脫爲彼癡人食肉而得其報是故大慧我諸弟子爲求出世解脫樂故不應食肉也

第七明衆生皆愛身命與已無別是故行者不應食肉如彼經說食肉能起色力貪味人多貪著應當諦觀一切世間有身命者各自寶重畏於死苦護惜已身人畜無別寧當樂存疥野干身不能捨命受諸天樂何以故畏死苦故以是觀察死爲大苦是可畏法自身畏死云何當殺而食他肉是故大慧欲食肉

者先自念身次觀衆生不應食肉也
第八明食肉之人諸天賢聖皆悉遠離惡神恐怖是故行者不應食肉如彼經說夫食肉者諸天遠離何況聖人是故菩薩爲見聖人當修慈悲不應食肉大慧食肉之人睡眠亦苦起時亦苦若於夢中見種種惡驚怖毛竪心常不安無慈心故乏諸善力若其獨在空閑之處多爲非人而伺其便虎狼師子亦來伺求欲食其肉心常驚怖不得安隱也
第九明食肉之人淨者尚不應食況不淨肉是故行者不應食肉如彼經說我說凡夫爲求淨命噉於淨食尚應生心如子肉想何況聽食非聖人食聖人離著以肉能生無量諸過失於出世一切功德云何言我聽諸弟子食諸肉血不淨等味言我聽者是則謗我故肉律云食生肉血等得偷蘭遮罪
第十明食肉之人死則還生惡羅刹等中是故行者不應食肉如彼經說食肉衆生依於過去食肉熏故多生羅刹師子虎狼豺豹猫狸鵄梟鵰鷲鷹鷂等中有命之類各自護身不令得便受飢餓苦常生惡心念食他肉命終復墮惡道受生人身難得何況當有得涅槃道當知食肉有如是等無量諸過是故行者不食即是無量功德之聚也又央掘摩經云文殊師利白佛言世尊因如來藏故諸佛不食肉耶佛言如是一切衆生無始生死生死輪轉無非父母兄弟姊妹猶如技兒變易無常自肉他肉則是一肉是故諸佛悉不食肉復告文殊師利一切衆生界我界即是一界所食之肉即是一肉是故諸佛悉不食肉

佛告文殊若自死牛牛主持皮用作革屣施持戒人爲應受不不爲受者是比丘法若受者非然不破戒以從展轉離殺因緣故也又此經說衆生身内有八十萬戸蟲若斷一衆生命即斷八十萬戸蟲命若炙若煮若醃若曝皆有小蟲飛蛾蝇蛆而附近之如是展轉傍殺無量物命雖不自手而殺然屠者不敢自食皆爲食肉之人殺之故知食肉之人即兼有殺業之罪或有出家僧尼躬在伽藍共諸白衣公然聚會飲酒食肉葷辛雜穢汙涂伽藍不愧尊顔如斯渾雜豈勝外道又尼羅浮陀地獄經云身如段肉無有識知此是何人皆由飲酒出家僧尼豈不深信經教心生重愧自棄正法同於外道若噉衆生父肉衆生亦噉父肉若噉衆生母肉衆生亦噉母肉如是姊兄弟妹男女六親並有相對怨怨相讎未可得脫又沙彌尼戒經云不得殺生慈愍群生如父母念子如哀蠕動猶如赤子何謂不殺護身口意身不輕人畜喘息之類手亦不殺亦不教人見殺不食聞殺不食疑殺不食爲我殺不食口不說言當殺當害報怨亦不得言死快殺快其肉肥其肉瘦其肉多好其肉少惡意亦不念哀念衆生如己骨髓如父如母如子如身等無差別普等一心常志大乘又賢愚經云佛告波斯匿王曰過去久遠阿僧祇劫此閻浮提有一大國名波羅奈於時國王名波羅摩達王將四種兵入山獵戲王到澤上馳逐禽獸單隻一乘獨到深林王時疲極下馬小休爾時林中有牸師子懷欲心盛行求其偶因不能得值於林間見

王獨坐婬意轉盛思欲從王近到其邊舉尾背住王知其意而自思惟此是猛獸力能殺我若不從意儻見危害王以怖畏故即從師子成欲事已師子還去諸兵群從已復來到王與人衆即還宮城爾時師子從是懷胎日月滿足便生一兒形盡似人唯足𤙖斕師子憶識知是王有便啣檐來著於王前王亦思憶知是已兒即收取養以足斑駁字爲斑足養之漸大雄才志猛父王崩亡斑足繼治時斑足王有二夫人一是王種二是婆羅門種斑足出遊勑二夫人隨我後往誰先到者當與一日極相娛樂其隨後者吾不見之王去之後其二夫人極自莊飾嚴駕俱往到於道中見於天祠梵志種者下車作禮禮已後到王從本言而不前之於是夫人瞋怨天神由

禮汝故使王見薄若有天力何不護我後壞天祠令平如地守天祠神悲惱至宮欲傷王宮天神遮不聽入有一仙人住止山中王恒供養日日食時飛來入宮不食餚饌粗食麤供偶值一日仙人不來天神知之化作其形坐於常處不肯就食欲得魚肉即如語辦食已還去明舊仙來爲設肉食仙人瞋王王言大仙先日勑作今何不食仙人語言昨日有患一日不來是誰語汝但相輕試令王是後十二年中恒食人肉作是語竟飛還山中是後厨監忘不辦肉臨時無計出外求肉見死小兒肥白在地念且稱急即却頭足檐至厨中加諸美藥作食與王王得食之覺美倍常即問厨監由來食肉未有斯美此是何肉厨監惶怖腹拍王前若王原罪乃敢實說王答

之言但實説之不問汝罪厨監白王具述前報王言此肉甚美自今巳後如是求辦厨監白王前者偶值死兒更求叵得王又語言汝但密取設令有覺斷處由我厨監受教夜恒密取得便殺之日日供王於時城中人民之類各各行哭云亡小兒展轉相問何由乃爾諸臣聚議當試微伺即於街里處處安人見王厨監抄他小兒伺捕得之縛將詣王具以前事白王王言是我所教諸臣懷恨各自外議王便是賊食我等子噉人之王云何共治當共除之去此禍害一切同心咸共齊謀一時同合即圍其王當取殺之王見兵集驚怖問言汝等何故而圍逼我諸臣答言夫爲王者養民爲事方驅厨子殺人爲食不任苦酷故欲殺王王語諸臣自今巳後更不復爲唯見恕放當自改勵諸臣語曰終不相放不須多云時王聞巳自知必死即語諸臣雖當殺我小緩須臾聽我一言即自立誓我身由來所修善行爲王正治供養仙人合集衆德迴令今日我得變成飛行羅刹其語巳訖尋語而成即飛虛空告諸臣曰汝等合力欲强殺我賴我大幸復能自拔自今巳後汝等好忍所愛妻兒我次第食語訖飛去止山林間飛行搏人擔以爲食人民之類恐怖藏避如是之後殺噉多人諸羅刹輩附爲翼從徒衆漸多所害轉廣後諸羅刹白斑足王我等奉事爲王願爲一會王即許之當取諸王令滿五百與汝爲會許之巳訖一一往取閉著深山巳得四百九十九王殘少一人後捕得須陁素彌大有高德從羅刹王乞得七日假假滿

還來須陀素彌廣爲說法分別殺罪及其惡報復說慈心不殺之福斑足歡喜敬戴爲禮承用其教無復害心即放諸王各還本國須陀素彌即使兵衆還將斑足安置本國前仙人立誓十二年滿自是已後更不敢人遂還霸王治民如舊爾時須陀素彌王者今我身是斑足王者今央掘摩羅是爾時諸人十二年中爲斑足王所食噉者今此諸人央掘摩羅所殺者是此諸人等世世常爲央掘所殺我亦世世降之以善央掘摩者指鬘比丘是時波斯匿王復白佛言指鬘比丘殺此人多食已得道當受報不佛告大王行必有報今此比丘在於房中地獄之火從毛孔出極患苦痛酸切叵言佛勑一比丘汝持戶排往指鬘房刺戶孔中比丘即往奉教爲之排入戶內尋自融消比丘驚愕還來白佛佛告比丘行報如是王及衆會莫不信解頌曰

財色與酒　名爲三惑　臣躭喪家　君重亡國
肉障大慈　辛遮淨德　懷道君子　斯穢不欲

占相部第二十七 此有三緣

述意緣　觀相緣　歸信緣

述意緣第一

夫大教無私至德同感凡情業行造化殊方心境相乘苦樂報異如蠟印泥印成文現業相既分覩報可測故使在人畜以別響處胡漢以分形貴賤有尊卑之別聖凡有善惡之異也

觀相緣第二

如正見經云時佛會中有一比丘名曰正見新入法服有疑念言佛說有後世生至於人

死皆無相報何以知乎此問未發佛已預知佛告諸弟子譬如樹本以一核種四大包毓自致巨盛芽葉莖節展轉變易遂成大樹樹復生果果復成樹歲月增益如是無數佛告諸弟子欲踧集華實莖節更還作核可得以不諸弟子言不可得也彼已轉變日就朽敗核種復生如是無極轉生轉易終皆歸朽不可復還使成本核也佛告諸弟子生死亦如此本由癡出展轉合成十二因緣識神轉易隨行而使更有父母更受形體不復識故不得還報譬如冶家鎔石作鐵鑄鐵爲器成器可還使作石乎正見答言實不可成鐵爲石佛言識之轉徙住在中陰如石成鐵轉受他體如鐵成器形消體易不得復還故識稟受人身更有父母已有父母便有六閉一住在中陰不得復還二隨所受身胞內三初生迫痛忘故識想四生墮地故所識念滅更起新見想五已生便著食念故識念斷六從生日長大習所新無復宿識佛言諸弟子識神隨作善惡臨死隨行所見非故身不可復還識故面相答報也未有道意無有淨眼身死識去隨行變化轉受他體何得相報也譬如月晦夜陰以五色物著冥暗中千萬億人不能視物若人把炬照之皆别五色如愚癡人暗蔽惡道未得慧眼往來相報如月晦夜欲視五色終不得見若修經戒守攝其意如持炬火别色譬如無手欲書無目欲視暗夜貫針水中求火終不可得汝諸弟子勤行經戒深思生死本從何來終歸何所得淨結除所疑自解正見聞已歡喜奉行

阿育王太子法益壞目因緣經云六道各有
其相
第一地獄相者
夫人根元　流浪生死　漂滯馳騁　隨於五趣
彼終生此　皆有因緣　人根相貌　今為汝說
行步蹎蹶　不自覺知　視瞻眩惑　恒喜多忘
舉動輕飄　浮遊曠野　此人乃從　活地獄來
肢節煩痛　睡眠驚覺　夢悟兇惡　黑繩獄來
麤髮戾眼　長齒喜瞋　聲濁暴疾　合會獄來
語聲高大　不知慚愧　喜鬪喚聲　不別真偽
眠卧呻吟　夢數驚喚　當知此人　啼哭獄來
恒喜悲泣　登高望遠　好鬪家人　無有親踈
言便致患　經宿不食　此人本從　大啼哭來
身大脚細　筋力薄少　言語咽塞　聲如破甕
神識不定　心無孝順　當知此人　阿鼻獄來

身體麤醜　長苦寒戰　好熱喜渴　慳貪嫉妬
見人施惠　自生煩惱　此人乃從　熱地獄來
見火驚恐　復喜暖熱　行步輕便　不避時宜
所作尋悔　復欲更施　此人復從　大熱獄來
小眼喜瞋　所受多忘　所造短狹　無廣大心
見大而懼　視小歡娛　此人乃從　優鉢獄來
赤眼醜形　常喜鬪訟　誹謗聖賢　諸得道者
晝夜伺人　非法之行　當知此人　鉢頭獄來
眼規三角　不孝二親　生便短命　拘牟獄來
好帶刀劒　強撩人鬪　必為人殺　邠持獄來
身生瘡痍　口氣臭處　與人無親　曠地獄來
形體長大　行步劣弱　少髮薄皮　恒多病痛
見人則瞋　貪餮無猒　當知此人　從焰獄來
體白眼青　語便流沫　言無端緒　好弄塵土
見深淤泥　身卧其上　此人乃從　灰地獄來

卷頭黃目　人所惡見　臨事惶怖　劍樹獄來
手恒執刀　聞鬪便喜　爲刀所害　從刀獄來
體黑咽塞　喜止冥室　口出惡言　熱灰獄來
薄力少氣　不得自在　得失之宜　一不由已
設見屠殺　不離其側　當知此人　從剝獄來
瞋喜無常　尋知變悔　時能辭謝　不經日夜
懇責其心　如被刑罰　此人乃從　麹地獄來
喜宿臭處　好食麤弊　所著醜陋　從屎獄來
顏色醜惡　口氣麤獷　好譏鬪人　善香獄來
當觀此貌　所從來處　知之遠離　如避劫燒
地獄之相　略說如是
第二畜生相者
次說畜生　受形殊異　專心思察　無造彼緣
語言舒遲　不起瞋恚　謙効尊長　從象中來
身大臭穢　堪忍寒熱　健瞋難解　從駱駝來
遠行健食　不避險難　憶事識眞　從馬中來
恩和寬仁　堪履寒熱　所行無記　從牛中來
高聲無愧　多所愛念　不別是非　從驢中來
長幼無畏　恒貪肉食　衆事不難　從師子來
身長眼圓　遊於曠野　憎嫉妻子　從虎中來
毛長眼小　少於瞋恚　不樂一處　從禽中來
性無反覆　喜殺害蟲　獨樂丘塚　從狐中來
少聲無健　無有婬欲　不愛妻子　從狼中來
不好妙服　伺捕姦非　少眠多怒　從狗中來
身短毛長　饒食睡眠　不喜淨處　從猪中來
毛黃卒暴　獨樂山陵　貪食華果　從獼猴來
多妄強顏　無所畏難　行知反覆　從烏中來
情多色欲　少於分義　心無有記　從鴿中來
所行返戾　強辯耐辱　不孝父母　從鸕鳩中來
亦不知法　復不知非　晝夜愚惑　從羊中來

好妄喜談　數親豪族　衆人所愛　鸚鵡中來
所行卒暴　樂人衆中　言語多煩　鸛鵒中來
行步舒緩　意有所規　多害生類　從鶴中來
體小好婬　意不專定　見色心惑　從雀中來
眼赤齒短　語便吐沫　卧則纏身　從虵中來
語則瞋恚　不察來義　口出火毒　從鵄中來
獨處貪食　聲響喑呃　夜則少睡　從猫中來
穿墻竊盜　貪財健恐　亦無親疎　從鼠中來
深觀相貌　從畜生來

第三餓鬼相者

身長多懼　以髮纏身　衣裳垢坋　從餓鬼來
婬泆慳貪　嫉彼所得　不好惠施　從餓鬼來
不孝父母　家室大小　動則諍訟　從餓鬼來
不信至誠　所行趣爲　薄力少知　從餓鬼來
聲壞響塞　卒興瞋恚　食便好熱　從餓鬼來
恒乏財貨　空貧匱陋　智者所嗤　從餓鬼來
門不事佛　不好聞法　永絶天路　從餓鬼來
不教妻子　兄弟姊妹　人所憎嫉　從餓鬼來
生則孤裸　無人瞻視　終歸來處　不離宿緣
意志褊狹　不好榮飾　所行醜陋　從餓鬼來
所爲不獲　所作事煩　人所驅逐　從餓鬼來
或事喜敗　不審根元　不受人諫　從餓鬼來
不樂淨處　喜居厠溷　顔貌臭穢　從風神來
身大喜好　喜貪食肉　獨樂神祠　從閱叉來
健瞋合鬪　見物貪著　無有患忘　從閱叉來
見者毛竪　直前熟視　如似所失　從羅刹來
體狹皮薄　顔色和悅　聞樂喜欣　乾沓和來
意好輕飄　香熏自塗　多諸技術　乾沓和來
恒喜歌舞　男女所傳　先語後笑　甄陀中來
情性柔輭　曉了時節　能斷漏結　真陀羅來

此餓鬼相 閱叉羅剎

第四脩羅相者

圓眼面方 黄體金髮 盡備技術 阿須倫來
直前視地 無有疑難 見恐輙繫 阿須倫來
此是須倫 略說其相

第五人相者

知趣所生 所執不忘 曉了事業 從人道來
解諸幻僞 已不爲之 所作平等 從人道來
善惡之言 初不忘失 不信姦僞 從人道來
貪婬慳嫉 執心難捨 盡解方俗 從人道來
信意惠施 解法非法 心不偏頗 從人道來
不失時節 亦不懈怠 恭敬賢聖 從人道來
設見沙門 持戒多聞 至心承事 從人道來
供事諸佛 正法衆僧 隨時聞法 從人道來
聞法能知 聞惡不爲 速遠泥洹 從人道來
此是人相 粗說其貌

第六天相者

依須彌山 有五種天 本所造緣 其相不同
腰細脚麤 恒喜含笑 智者當察 從曲天來
意好微妙 少於資財 見鬪則懼 從尸天來
身長體白 顔色端正 不好火光 從婆天來
常懷悅豫 聞惡不懅 不從彼受 從樂天來
思惟忍苦 好分別義 慈孝父母 毗沙天來
宿不樂家 喜遊林藪 忘念女色 從二天來
財寶雖多 生卑賤家 心樂清淨 從三天來
任己自行 所爲不剋 望斷願違 從燄天來
意喜他婬 不守己妻 爲鬼所使 他化天來
承事父母 恒法則義 已短彼受 兜率天來
非道求道 心無恬想 不樂在家 從梵天來
意願性質 恒貪睡眠 亦不解法 無想天來

六趣衆生　各有元本　性行不同　志操殊異

歸信緣第三

如那先比丘問佛經云時有彌蘭王問羅漢那先比丘言人在世間作惡至百歲臨欲死時念佛死後生天我不信是語復言殺一衆生死即入泥犁中我亦不信是也那先比丘問王如人持小石置在水上石浮耶没耶王言其石没也那先言如令持百枚大石置在船上其船没不王言不没那先言船中百枚大石因船故不得没人雖有本惡一時念佛用是不入泥犁便生天上何不信耶其小石没者如人作惡不知佛經死後便入泥犁何不信耶王言善哉善哉那先比丘言如兩人俱死一人生第七梵天一人生罽賓國此二人遠近雖異死則一時俱到如有一雙飛鳥一於高樹上止一於果樹上止兩鳥一時俱飛其影俱到地耶那先比丘言如愚人作惡得殃大智人作惡得殃小譬如燒鐵在地一人知爲燒鐵一人不知兩人俱取然不知者手爛大智者小壞作惡亦爾愚者不能自悔故其殃得大智者作惡知不當爲日自悔過故其殃少耳又四品學經云凡俗之人或有不如畜生畜生或勝於人所以者何人作罪不止死入地獄罪畢始爲餓鬼餓鬼罪畢轉爲畜生畜生罪畢乃還爲人以畜生中畢罪便得爲人是故當勤作善奉三尊之教長離三惡道受天人福後長解脱又四十二章經云佛言天下有五難貧窮布施難豪貴學道難判命不死難得覩佛經難生值佛世難又雜譬喻經云有十八事於世甚難一值佛世

難二正使值佛得爲人難三正使成人在中國生難四正使在中國生種姓家難五正使在種姓家四肢六情完具難六正使四肢六情完具得財產難七正使得財產值善知識難八正使值善知識具智慧難九正使得智慧具善心難十正使得善心能布施難十一正使能布施欲得賢善有德人難十二正使得賢善值有德人往至其所難十三正使至其所得宜適難十四正使得宜適得受聽說難十五正使聽說得正解智慧難十六正使得解能受深經難十七正使能受深經得如說修行難十八正使能受深經得如說修行得證聖果難是爲十八事難又罪業報應經偈云

水流不常滿　火盛不久燃　日出須臾沒
月滿已復缺　尊榮豪貴者　無常復過是

故知人身難遇易失以易失故不須生著當知人身念念近死如牽猪羊詣於屠所故涅槃經云觀是壽命常爲無量怨讎所繞念念損減無有增長猶如暴水不得停住亦如朝露勢不久停如囚趣市步步近死又摩耶經偈言

譬如旃陀羅　驅牛就屠所　步步近死地
人命疾過是

又叔迦經中說叔迦婆羅門子白佛言在家白衣能修福德善根勝出家者是事云何佛言我於此中不定答出家或有不修善根則不如在家在家能修則勝出家（爲判而言出家之人明解法多故勝在家稀故說不如出家之人也）又三千威儀云出家人所作業務者一者坐禪二者誦經法三者勸

化衆事若具足作 三業者是應出家人法若不行者徒生徒死唯有受罪之因又百喻經云昔有一人事須火用及以冷水即便宿火以澡鑵盛水置於火上後欲取火而火都滅欲取冷水而水復熱火及冷水二事俱失世間之人入佛法中出家求道既得出家還念妻子五欲之樂由是之故失其功德之火兼失持戒之水念欲之人亦復如是頌曰

善惡相異　聖凡道合　五陰雖同　六道乖法
占候覩色　各知先業　苦樂殊形　孰能止遏

諸經要集卷第十七下

音釋

經 音姪 哋 託何切 蟯蜋 蟯去羊切蜋呂張切蟯蜋轉糞九蟲名 鬧 奴教切不靜也 蒜 蘇貫切與蒜同 鵄梟 鵄赤脂切梟古堯切鵄梟並鳥名 鵰鷲 鵰都聊切鷲疾救切鵰鷲並鳥名 醃 於炎切菹也 曝 步木切日乾也 蠕 而兖切蟲動貌 喘 昌兖切息也 媥斕 編布還切斕落干切媥斕色不純也 啣 胡讒切與銜同 駁 北角切班色不純也駁 毓 余六切與育同養也 蹎蹶 蹎都年切蹎也蹶居月切僵也 淤 依據切濁泥也 喑啞 音於禽切啞音厄 圿 音戛垢也 匱 求位切乏也 嗤 尺之切笑也 褊 俾緬切褊小也 溷 胡困切廁也

諸經要集卷第十八

唐西明寺沙門釋道世撰

地獄部第二十八（此有八緣）

述意緣　會名緣　受報緣
時量緣　典主緣　王都緣
業因緣　誡勗緣

述意緣第一

夫擁其流者未若杜其源揚其湯者未若撲其火何者源出於水源未杜而水不窮火沸於湯火未撲而湯詎息故有杜源之客不擁流而自乾撲火之賔不揚湯而自息類斯而談可得詳矣如猒其果者未若絶其因怖其苦者豈若懲其惡因資於果因未絶而果不窮惡生於苦惡未懲而苦詎息故使絶因之士不猒果而自亡懲惡之賢不怖苦而自離凡百君子書其誡歟

會名緣第二

問曰云何名地獄耶答曰依立世阿毗曇論云梵名泥犁耶以無戲樂故又無喜樂故又無行出故又無福德故又因不除雜惡業故故於中生復説此道於欲界中最爲下劣名曰非道因是事故説地獄名泥犁耶如婆沙論中名不自在謂彼罪人爲獄卒阿傍之所拘制不得自在故名地獄亦名不可愛樂故名地獄又地者底也謂下底萬物之中地最在下故名爲底也獄其局也局謂拘局不得自在故名地獄又名泥犁者梵音此名無有謂彼獄中無有義利名無有也

問曰地獄多種或在地下或處地上或居虚空何故並名地獄答曰舊翻地獄名狹處局

不攝地空今依新翻經論梵本正音名那落迦或云捺落迦此總攝人處苦集故名捺落迦又新婆沙論云問何故彼趣名捺落迦答彼諸有情無悅無愛無味無利無喜樂故名捺落迦或有說者由彼先時造作增長增上暴惡身語意惡行往彼令彼相續故名捺落迦有說彼趣以顛墜故名捺落迦如有頌曰

顛墜於地獄　足上頭歸下　由毀謗諸仙
樂寂修苦行

有說捺落名人迦名為惡惡人生彼處故名捺落迦問何故最下大者名無間地獄耶答彼處恒受苦受無喜樂間故名無間問餘地獄中豈有歌舞飲食受喜樂異熟故不名無間耶答餘地獄中雖無異熟喜樂而有等流喜樂如於施設論說等活地獄中時有涼風所吹血肉還生有時出聲唱等活彼諸有情忽然還活唯於如是血肉生時及還活時暫生喜樂間苦受故不名無間也

受報緣第三

如新婆沙論云問曰地獄在何處答曰多分在此贍部洲下云何安立有說從此洲下四萬踰繕那至無間地獄底無間地獄縱廣高下各二萬踰繕那次上一萬九千踰繕那中安立餘七地獄謂次上有極熱地獄次上有熱地獄次上有大嘷叫地獄次上有嘷叫地獄次上有衆合地獄次上有黑繩地獄次上有等活地獄此七地獄一一縱廣萬踰繕那次上餘有一千踰繕那五百踰繕那是白墡五百踰繕那是泥有說從此泥下有無間地獄在於中央餘七地獄周迴圍繞如今聚落

圍繞大城問曰若爾施設論說當云何通如說贍部洲周圍六千踰繕那三踰繕那半一一地獄其量廣大云何於此洲下得相容受答曰此贍部洲上尖下闊猶如穀聚故得容受由此經中說四大海漸入漸深又一一大地獄有十六增謂各有四門一一門外各有四增一塘煨增謂此增內塘煨沒膝二屎糞增謂此增內屎糞泥滿三鋒刃增謂此增內復有三種一刀刃路謂於此中仰布刀刃以爲道路二劒葉林謂此林上純以利劒刃爲葉三鐵刺林謂此林上有利鐵刺長十六指刀刃路等三種雖殊而鐵林同故此增攝四烈大河謂此增內有四大河熱鹹水并本地獄以爲十七如是八大地獄并諸眷屬便有一百三十六所是故經說有一百三十六捺落迦故長阿含經云大地獄其數總八其八地獄各有十六小地獄圍繞如四天下外有八萬天下而圍繞八萬天下外復有大海海外復有大金剛山山外復有山亦名金剛（樓炭經云大鐵圍山）二山中間日月神天威光並不照八大地獄者一想二黑繩三堆壓四叫喚五大叫喚六燒炙七大燒炙八無間（樓炭及餘經名有不同者由翻有訛正大意並同）第一想地獄十六者其中衆生手生鐵爪遞相瞋忿以爪相爴應手肉墮想以爲死故名其想復次其中衆生懷毒害想手執刀劒遞相斫刺㓨剥臠割身碎在地想謂爲死冷風來吹復活起彼自想言我今已活久受罪已出想地獄慞惶求救不覺忽到黑沙地獄熱風暴起吹熱黑沙來著其身燒皮徹骨身中

焰起迴旋周還身燒燋爛其罪未畢故使不
死久受苦已出黑沙地獄到沸屎地獄有沸
屎鐵丸自然滿前驅迫罪人使抱鐵丸燒其
身手足復使撮著口中從咽至腹通徹下過
無不燋爛有鐵觜蟲唼肉達髓苦毒無量受
罪未畢復不肯死久受苦已出沸屎地獄到
鐵釘地獄獄卒撲之偃熱鐵上舒展其身以
釘釘手足周徧身體盡五百釘苦毒號吟仍
不復死久受苦已出鐵釘地獄到飢餓地獄
即撲熱鐵上銷銅灌口從咽至腹通徹下過
無不燋爛餘罪未盡猶復不死久受苦已出
飢地獄到渴地獄即撲罪人熱鐵上以鐵丸
著其口中燒其脣口通徹下過無不燋爛苦
毒啼哭久受苦已出渴地獄到一銅鑊地獄
獄卒努目捉罪人足倒投鑊中隨湯涌沸上
下迴旋身壞爛熟萬苦並至故令猶不死久
受苦已出一銅鑊地獄至多銅鑊地獄捉罪
人足倒投鑊中隨湯涌沸上下迴旋舉身爛
壞以鐵鉤取置餘鑊中悲叫苦毒故使不死
久受苦已出多銅鑊地獄至石磨地獄捉彼
罪人撲熱石上舒展手足以大熱石壓其身
上迴轉揩磨骨肉糜碎苦毒切痛故使不死
久受苦已出石磨獄至膿血地獄膿血沸涌
罪人於中東西馳走湯其身體頭面爛壞又
取膿血食之通徹下過苦毒難忍故令不死
久受苦已乃出膿血地獄至量火地獄有大
火聚其火焰熾驅迫罪人手把熱鐵升以量
火聚徧燒身體苦毒熱痛呻吟號哭故令不
死久受苦已出量火地獄到灰河地獄縱廣
深淺各五百由旬灰湯涌沸惡氣燵焞迴波

相搏聲響可畏從底至上鐵刺縱横其河岸上有劒樹林枝葉華實皆是刀劒罪人入河隨波上下迴覆沉没鐵刺刺身内外通徹膿血流出苦痛萬端故令不死乃出灰河至彼岸上刀劒割刺身體傷壞復有豺狼來囓罪人生食其肉走上劒樹劒刃下向下劒樹時劒刃上向手攀手絶足踏足斷皮肉墮落唯有白骨筋脉相連時劒樹上有鐵觜鳥啄頭食腦苦毒號叫故使不死還入灰河隨波沉没鐵刺刺身苦毒萬端皮肉爛壞膿血流出唯有白骨浮漂於外冷風來吹尋便起立宿對所牽不覺忽至鐵丸地獄有熱鐵丸獄鬼驅捉走手足爛壞舉身火然萬毒並至故令不死久受苦已乃出鐵丸地獄至斤斧地獄捉此罪人撲熱鐵上以熱鐵斤斧斫其手足耳鼻身體苦毒號叫猶復不死久受苦已出斤斧獄至豺狼地獄有群豺狼競來齩齧肉墮骨傷膿血流出苦痛萬端故令不死久受苦已乃出豺狼獄至劒樹地獄入彼劒林有暴風起吹劒樹葉墮其身上頭面身體無不傷壞有鐵觜鳥啄其兩目苦痛悲號故使不死久受苦已乃出劒樹獄至寒冰地獄有大寒風吹其身上舉體凍傷皮肉墮落苦毒叫喚然後命終身爲不善口意亦然斯墮想地獄懔懼毛竪

第二黒繩大地獄有十六小地獄周帀圍繞各縱廣五百由旬何故名黒繩其諸獄卒捉彼罪人撲熱鐵上舒展其身以熱鐵繩拼之使直熱鐵斧逐繩道斫罪人作百千段復次以鐵繩拼鋸解之復次懸熱鐵繩交横無數

驅迫罪人使行繩間惡風暴起吹諸鐵繩歷絡其身燒皮徹肉燋骨沸髓苦毒萬端餘罪未畢故使不死故名黑繩久受苦巳乃出黑繩至黑沙地獄乃至寒冰地獄然後命終不可具述餘十六地獄受苦痛事准前同法然受苦加重由惡意向父母佛及聲聞即墮黑繩地獄苦痛不可稱計

第三堆壓大地獄亦有十六小地獄圍繞各縱廣五百由旬何故名堆壓有大石山兩兩相對人入此中山自然合堆壓其身骨肉糜碎山還故處苦毒萬端故使不死復有大鐵象舉身火然哮呼而來蹵踏罪人宛轉其上身體糜碎膿血流出號咷悲叫故使不死復捉罪人卧大石上以大石壓復取罪人卧地鐵杵擣之從足至頭皮肉糜碎膿血流出萬毒並至餘罪未畢故令不死故名堆壓久受苦巳乃出堆壓地獄到黑沙地獄乃至寒冰地獄然後命終但造三惡業不修三善行即墮堆壓地獄苦痛不可稱計

第四叫喚大地獄亦有十六小地獄圍繞各縱廣五百由旬何故名叫喚地獄獄卒捉罪人擲大鑊中又置大鐵鑊中熱湯涌沸煮彼罪人號咷叫喚苦痛辛酸又取彼罪人擲大鏊上反覆煎熬久受苦巳乃出叫喚至黑沙地獄乃至寒冰地獄爾乃命終由瞋恚懷毒造諸惡行故墮叫喚地獄

第五大叫喚地獄亦有十六小地獄圍繞大小同前何故名大叫喚地獄取彼罪人著大鐵釜中又置鐵鑊中熱湯涌沸煮彼罪人又擲大鐵鏊上反覆並熬號咷大叫苦痛辛酸

餘罪未畢故使不死名大叫喚久受苦已出大叫喚乃至寒冰地獄爾乃命終由集衆邪見爲愛網所牽造卑陋行墮大叫喚地獄

第六燒炙地獄亦有十六小地獄圍繞大小同前何故名燒炙將諸罪人置鐵城中其城火然内外俱赤燒炙罪人又著鐵樓上其樓火然内外俱赤又擲著大鐵陶中其陶火然内外俱赤燒炙罪人皮肉燋爛萬毒並至餘罪未畢故使不死故名燒炙久受苦已出燒炙地獄乃至寒冰地獄然後命終爲燒炙衆生故墮燒炙地獄長夜受此燒炙苦痛

第七大燒炙地獄亦有十六小地獄圍繞大小同前何故名大燒炙地獄謂將諸罪人置鐵城中其城火然内外俱赤燒炙罪人皮肉燋爛萬毒並至有大火坑火𦦨熾盛其坑兩岸有大火山捉彼罪人貫鐵叉上竪著火中熏火燒炙皮肉燋爛餘罪未畢故使不死久受苦已出大燒炙乃至寒冰爾乃命終由捨善業爲衆惡行故墮大燒炙地獄

第八無間地獄亦有十六小地獄圍繞大小同前云何名阿鼻地獄此云無間地獄何名無間獄卒捉彼罪人剥取其皮從足至頂即以其皮纏罪人身著火車輪碾熱鐵地周行往返身體碎爛皮肉墮落萬毒並至故使不死又有鐵城四面火起東𦦨至西西𦦨至東南北上下亦復如是𦦨熾迴遑間無空處東西馳走燒炙其身皮肉燋爛苦痛辛酸萬毒並至罪人在中久乃開門其諸罪人奔走往趣身諸肢節皆火𦦨出走欲至門門自然閉餘罪未畢故使不死又其中罪人舉目所見

但見惡色耳聞惡聲鼻聞臭氣身觸苦痛意念惡法彈指之頃無不苦時故名無間地獄久受苦已從無間出乃至寒冰地獄爾乃命終爲重罪行生惡趣業故墮無間地獄受罪不可稱計名八大地獄各歷十六受罪如前

又觀佛三昧海經云阿鼻地獄者縱廣正等八千由旬七重鐵城七層鐵網有十八隔周帀七重皆是刀林復有七重劒樹四角有四大銅狗廣長四十由旬眼如掣電牙如劒樹齒如刀山舌如鐵刺一切身毛皆然猛火其煙惡臭有十八獄卒口如夜叉六十四眼散迸鐵丸狗牙上出高四由旬牙端火流燒前鐵車輪輞出火鋒刃劒戟燒阿鼻城赤如鎔銅獄卒八頭十六角頭上火然火變成鋼復成刀輪輪輪相次在火燄間滿阿鼻城城內有七鐵幢火涌如沸鐵流融迸涌出四門上有十八釜沸銅涌漫滿於城中一一隔門有八萬四千鐵蟒大蛇吐毒火中身滿城內其蛇哮吼如天震雷雨大鐵丸五百夜叉五百億蟲八萬四千嘴頭上火流如雨而下滿阿鼻城此蟲若下猛火大熾照八萬四千由旬獄上衝大海水沃燋山下貫大海底形如車軸若有殺父害母罵辱六親命終之時銅狗化十八車狀如寶蓋一切火燄化爲玉女罪人遙見心喜欲往風刀解時寒急作聲寧得好火安車上然火自爆便即命終坐金車上瞻玉女者皆捉鐵斧斬截其身屈伸臂頃直落阿鼻從上鬲下如旋火輪至於下鬲身遍鬲內銅狗大吼嚙骨唼髓獄卒羅剎捉大鐵叉叉頭令起徧體火燄滿阿鼻獄閻羅王大

聲告勑曰癡人獄種汝在世時不孝父母邪慢無道汝今生處名阿鼻獄如是展轉經歷大苦說不可盡地獄一日一夜受罪如閻浮提六十小劫如是一大劫具五逆者受罪五劫復有衆生犯四重禁虚食信施誹謗邪見不識因果斷學般若毀十方佛偷僧祇物婬泆無道逼掠淨戒尼姊妹親戚造衆惡事此人罪報臨命終時此等罪人經八萬四千大劫復入東方十八鬲中如前受苦南西北方亦復如是身滿阿鼻獄四肢復滿十八鬲中阿鼻地獄有十八小地獄小地獄中各有十八寒冰地獄十八黑暗地獄十八小熱地獄十八刀輪地獄十八劒輪地獄十八火車地獄十八沸屎地獄十八鑊湯地獄十八灰河地獄五百億劒林地獄五百億刺林地獄五百億銅柱地獄五百億鐵機地獄五百億鐵網地獄十八鐵窟地獄十八鐵丸地獄十八尖石地獄十八飲銅地獄如是阿鼻大地獄中有此十八地獄一一獄中別有十八鬲小地獄始從寒冰乃至飲銅總有一百四十二鬲地獄各有造業不同然共歷此獄受苦皆徧

又起世經云佛告諸比丘阿毗至大地獄中亦有十六諸小地獄而爲眷屬以自圍繞各廣五百由旬所有衆生有生者出者住者惡業果故自然出生諸守獄卒各以兩手執彼衆生身撲置熾然熱鐵地上火燄直上一向猛盛覆面於地便持利刀從脚踝上破出其筋手捉挽之乃至項筋皆相連引貫徹心髓痛苦難論如是挽已令駕鐵車馳奔而走其

車甚熱光燄熾然所行之處純是洞然熱鐵險道去已復去隨獄卒意無暫時停欲向何方稱意即去隨所去處獄卒挽之未曾捨離隨所經歷銷鑠罪人身諸肉血無復遺餘往昔人非人時所作業者一切悉受以不善報故從於東方有大火聚忽爾出生熾然赤色極大猛燄一向燄赫南西北方四維上下各各如是諸大火聚之所圍繞漸漸逼近受諸苦痛從於東壁出大火燄直射西壁到已而住從於西壁出大火光燄直射北壁從於北壁出大火光燄直射南壁從下射上自上射下縱横相接上下交射熱光赫奕騰燄相衝爾時獄卒以諸罪人擲置六種大火聚內乃至受於極嚴切苦命亦未終彼不善業未畢未盡於其中間具足而受此阿毗至大地獄中諸衆生等以諸不善業果報故經無量時長遠道中受諸苦已地獄四門還復更開於門開時諸衆生等聞聲見開向門而走作如是念我等今者必應得脫彼人如是大馳走時其身轉復熾然猛烈譬如壯夫執乾草炬逆風而走彼炬既然轉復熾盛彼諸衆生走已復走彼人身分轉更熾然欲舉足時肉血俱散欲下足時肉血還生乃到獄門其門還閉既不得出其心悶亂覆面倒地徧燒身皮次燒其肉復燒其骨乃至徹髓煙燄洞然其煙熢焞其燄炎赫煙燄相雜熱惱復倍彼人於中受極嚴苦惡業未滅一切悉受此阿毗至大地獄中於一切時無有須臾暫受安樂如彈指頃如是次第具受此苦世尊告諸比丘作如是言汝應當知彼世中間别有十地

獄何等爲十一頞浮陀地獄二泥羅浮陀地獄三阿呼地獄四呼呼婆地獄五阿吒吒地獄六搔犍提迦地獄七優鉢羅地獄八波頭摩地獄九奔荼梨地獄十拘牟陀地獄何因何緣名頞浮陀地獄耶此諸衆生所有身形猶如泡沫是故名爲頞浮陀地獄復何因緣名泥羅浮陀地獄此諸衆生所有身形譬如肉段是故名泥羅浮陀地獄復何因緣名阿呼地獄此諸衆生受嚴切苦逼迫之時叫喚而言阿呼阿呼甚大苦也是故名爲阿呼地獄復何因緣名呼呼婆地獄此諸衆生爲彼地獄極苦逼時叫喚而言呼呼婆是故名爲呼呼婆地獄復何因緣名阿吒吒地獄此諸衆生以極苦惱逼切其身但得唱言阿吒吒然其舌聲不能出口是故名爲阿吒吒地獄復何因緣名搔犍提迦地獄此諸衆生地獄之中猛火燄色如搔犍提迦華是故名爲搔犍提迦地獄復何因緣名優鉢羅地獄此諸衆生地獄之中猛火燄色如優鉢羅華是故名爲優鉢羅地獄復何因緣名拘牟陀地獄此諸衆生地獄之中猛火燄色如拘牟陀華是故名爲拘牟陀地獄復何因緣名奔荼梨地獄此諸衆生地獄之中猛火燄色如奔荼梨迦華是故名爲奔荼梨迦地獄復何因緣名波頭摩地獄此諸衆生地獄之中猛火燄色如波頭摩華是故名波頭摩華地獄又立世阿毗曇論云世尊説有大地獄名曰黑闇各各世界外邊悉有皆無覆蓋此中衆生自舉手眼不能見雖復日月具大威神所有光明不照彼色諸佛出世大光徧照因此光明

互得相見住在兩兩世界鐵輪外邊名曰界外是寒冰地獄於兩山間有十名一名頞浮陀乃至第十名波頭摩彼中衆生傍行作向上想猶如守宮鐵輪外邊恒作傍行是其身量如頞多大因冷風觸其身坼破譬如熟瓜如竹葦林致大火燒爆聲吒吒如是衆生彼寒風觸骨破爆聲吒吒遠徹因是聲故互得相知或往來相觸故互得相知有諸衆生此中受生若有衆生於此間死多往生此寒冰地獄在鐵輪外若餘世界有衆生死應生寒冰地獄多彼世界鐵輪外生兩界中間其最狹處八萬由旬在下無底向上無覆其最廣處十六萬由旬

時量緣第四

如起世經云佛言如憍薩羅國斛量胡麻滿二十斛高盛不槩有一丈夫滿百年已取一胡麻如是次第滿百年已復取一粒擲置餘處擲滿二十斛胡麻盡已爾所時節我說其壽猶未畢盡且以此數略而計之名一頞浮陀壽如是二十頞浮陀壽爲一泥羅浮陀壽二十泥羅浮陀壽爲一阿呼壽二十阿呼壽爲一呼呼婆壽二十呼呼婆壽爲一阿吒吒壽二十阿吒吒壽爲一搔犍提迦壽二十搔犍提迦壽爲一優鉢羅壽二十優鉢羅壽爲一拘牟陀壽二十拘牟陀壽爲一奔茶梨迦壽二十奔茶梨迦壽爲一波頭摩壽二十波頭摩壽爲一中劫又那先比丘問佛經云如世間火不如泥犁中火熱如持小石著世間火中至暮不消取大石著泥犁火中即消亦如有人作惡死在泥犁中數千萬歲其人不

死亦如大蟒蛟龍等以沙石爲食即消如人懷胎腹中有子不消此並由善惡業力致使消與不消如人所作善惡隨人如影隨身人死但亡其身不亡其行譬如然火夜書火滅字在火至後成今世所作行後世成之又如鉢頭摩地獄中火餤熾盛罪人去此火一百由旬火已燒炙若去六十由旬罪人兩耳已聾無所聞知若去火五十由旬其罪人兩目已盲無所復見如瞿波利比丘已懷惡心謗舍利弗目犍連身壞命終墮此鉢頭摩地獄中又如起世經云波頭摩地獄所住之處若諸衆生離其處所一百由旬便爲彼獄火餤所及若離五十由旬所住衆生爲彼火熏皆盲無眼若離二十五由旬所住衆生身之肉血燋然破散謂於梵行出家人邊生垢濁心故損惱心故毒惡心故不利益心故無慈心故無淨心故自受斯殃是故於一切梵行人所起慈身口意業常受安樂

典主緣第五

如問地獄經及淨度三昧經云總括地獄有一百三十四界先述獄主名字處所閻羅王者昔爲毗沙國王經與維陀始生王共戰兵力不敵因立誓願願爲地獄主臣佐十八人領百萬之衆頭有角耳皆悉忿對同立誓曰後當奉助治此罪人毗沙王者今閻羅王是十八大臣者今諸小王是百萬之衆諸阿傍是問地獄經云十八王者即主領十八地獄一迦延典泥犁二屈尊典刀山三沸進壽典沸沙四曰沸曲典沸屎五迦世典黑耳六嗑蹉典火車七湯謂典鑊湯八鐵迦然典鐵牀

九惡生典嘘山十寒冰（經闕王名）十一毗迦典剥皮十二摇頭典畜生十三提薄典刀兵十四夷火典鐵磨十五悦頭典冰地獄十六鐵箭（經闕王名）十七名身典蛆蟲十八觀身典烊銅又淨度三昧經云復有三十地獄各有主典不煩具録但列五官名字知一者鮮官禁殺二者水官禁盜三者鐵官禁婬四者土官禁兩舌五者天官禁酒

王都緣第六

如起世經云當閻浮洲南二鐵圍山外有閻摩王宮殿住處縱廣正等六十由旬七重牆壁七重欄楯七重鈴網其外七重多羅行樹周帀圍繞雜色可觀七寶所成於其四方各有諸門一一諸門皆有却敵樓櫓臺殿園苑華池有種種樹美果彌滿香風遠熏衆鳥和鳴王以惡業不善果故於夜三時及晝三時自然有赤融銅汁在前出生其王宮殿即變爲鐵五欲功德皆没不現王見此已怖畏不安諸毛皆竪即便出外若在宮外即走入内時守獄者取閻摩王高舉撲之置熱鐵地上其地熾然極大猛盛光焰炎赫撲令卧已即以鐵鉗開張其口以融銅汁瀉置口中時閻摩王被燒脣口次燒其舌後燒咽喉復燒大腸及小腸等次第燋然從下而出爾時彼王作如是念一切衆生以於往昔身作惡行口作惡行意作惡行弁餘衆生同作業者皆受此苦願我從今捨此身已更得身時俱於人間相逢受生於如來法中當得信解剃除鬚髮著袈裟衣得正信解從家出家既出家已自得通證生死已盡梵行已立所應作者皆

已作訖更不復於後世受生發如是等熏習善念即於所住宮殿還成七寶猶如諸天五欲功德現前具足以三業善便得快樂如長阿含經王亦三時受苦大意亦同此經

又新婆沙論問諸地獄卒爲是有情數爲是非有情數耶答若以鐵鎖繫縛初生地獄有情徃閻摩王所者是有情數若以種種苦具於地獄中害有情者是非有情數贍部洲下有大地獄贍部洲上亦有邊地獄及獨地獄或在谷中或在山上或在曠野或在空中於餘三洲唯有邊地獄獨地獄無大地獄所以者何唯贍部洲人造善猛利彼作惡亦復猛利非餘洲故有說北拘盧洲亦無邊地獄等是受純淨業果處故問若餘洲無大地獄者彼諸有情造無間業斷善根等當於何處受異熟耶答即此贍部洲下大地獄受問地獄有情其形云何答其形如人問語言云何答彼初生時皆作聖語後受苦時雖出種種受苦痛聲乃至無有一言可了唯有斫刺破裂之聲

業因緣第七

如罪業報應教化地獄經云爾時信相菩薩爲諸衆生而作發起白佛言世尊今有受罪衆生爲諸獄卒剉碓斬身從頭至足乃至其頂斬之已訖巧風吹活而復斬之何罪所致佛言以前世時坐不信三尊不孝父母屠兒魁膾斬截衆生故獲斯罪

第二復有衆生身體頑痺眉鬚墮落舉身洪爛鳥栖鹿宿人跡永絕點汚親族人不喜見名之癩病何罪所致佛言以前世時坐不信

三尊不孝父母破壞塔寺剥脱道人斫射賢聖傷害師長常無返復背恩忘義常巧茍且婬匿尊卑無所忌諱故獲斯罪

第三復有衆生身體長大聾騃無足宛轉腹行唯食泥土以自活命爲諸小蟲之所唼食常受此苦不可堪處何罪所致佛言以前世時坐爲人自用不信好言善語不孝父母反戾時君若爲帝王大臣四鎮方伯州郡令長官禁督護恃其威勢侵奪民物無有道理使苦憔悴呼嗟而行故獲斯罪

第四復有衆生兩目盲瞎都無所見或觝樹木或墮溝坑於時死已更復受身亦復如是何罪所致佛言以前世時坐不信罪福障佛光明縫鷹眼合籠繫衆生皮囊盛頭不得所見故獲斯罪

第五復有衆生聾吃瘖瘂口不能言若有所説閉目舉手乃不言了何罪所致佛言以前世時坐誹謗三尊輕毀聖道論他好醜求人長短强誣良善憎嫉賢人故獲斯罪

第六復有衆生腹大項細不能下食若有所食變爲膿血何罪所致佛言以前世時偷盜僧食或爲大會福食屏處偷噉慳惜已物但貪他財常行惡心與人毒藥氣息不通故獲斯罪

第七復有衆生常爲獄卒熱燒鐵釘釘人百節骨頭釘之已訖自然火生焚燒身體悉皆燋爛何罪所致佛言以前世時坐爲針灸醫師針人身體不能差病誑他取財徒憂苦痛令他苦惱故獲斯罪

第八復有衆生常在鑊湯中爲牛頭阿傍以

三股鐵叉叉人内著鑊湯中煑之令爛還復吹活而復煑之何罪所致佛言以前世時信邪倒見祠祀鬼神屠殺衆生湯灌搣毛鑊湯煑煎不可限量故獲斯罪

第九復有衆生常在火城中煻煨齊心四門俱開若欲趣門門即閉之東西馳走不能自免爲火燒盡何罪所致佛言以前世時坐焚燒山澤火煨雞子燒煑衆生身爛皮剥故獲斯罪

第十復有衆生常在雪山中寒風所吹皮肉剥裂求死不得何罪所致佛言以前世時坐横道作賊剥脱人衣使冬月之日令他凍死生剥牛羊痛不可堪故獲斯罪

第十一復有衆生常在刀山劒樹之上若有所捉即便割傷肢節斷壞何罪所致佛言以前世時坐屠殺爲業烹害衆生屠割剥裂骨肉分離頭脚星散懸於高格秤量而賣或復生懸衆生苦痛難處故獲斯罪

第十二復有衆生五根不具何罪所致佛言以前世時坐飛鷹走狗彈射禽獸或斷其頭或斷其足生搣鳥翼故獲斯罪

第十三復有衆生攣躄背傴腰臗不隨脚跛手拘不能挆涉何罪所致佛言以前世時坐爲人野畋行道安槍或安射戈施張弶穽陷墜衆生頭破脚折傷損非一故獲斯罪

第十四復有衆生常爲獄卒桎梏其身不得免脱何罪所致佛言以前世時坐網捕衆生籠繫人畜飢窮困苦或爲宰主令長貪取財錢枉繫良善怨酷昊天不得縱意故獲斯罪

第十五復有衆生或顛或狂或癡或騃不別

好醜何罪所致佛言以前世時飲酒醉亂犯三十六失復得癡身如似醉人不識尊卑不別好醜故獲斯罪

第十六復有衆生其形甚小陰藏甚大挽之身疲背復進引行立坐卧以之爲妨何罪所致佛言以前世時坐持生販賣自譽巳物毀呰他財囂升弄斗挈秤前後欺誑於人故獲斯罪

第十七復有衆生男根不具而爲黄門身不妻娶何罪所致佛言以前世時坐犍象馬牛羊豬狗死而復穌故獲斯罪

第十八復有衆生從生至老無有兒子孤立獨存何罪所致佛言以前世時坐爲人暴惡不信罪福百鳥產乳之時齎持瓶器傾大水渚求拾鴻鶴鸚鵡鵝鴈諸鳥卵轂擔歸煑噉諸鳥失子悲鳴叫裂眼中出血故獲斯罪

第十九復有衆生少小孤寒無有父母兄弟爲他作使辛苦活命長大成人橫羅殃禍縣官所縛繫閉牢獄無人追餉飢窮困苦無所告及何罪所致佛言以前世時坐喜捕拾鵰鷲鷹鷂熊羆虎豹枷鎖而畜孤此衆生父母兄弟常恒憂悲悲鳴叫裂哀感人心不能供養常苦飢餓骨立皮連求死不得故獲斯罪

第二十復有衆生其形甚醜身黑如漆面目復青頭頰俱堆皰面平鼻兩眼黄赤牙齒踈缺口氣腥臭矬短擁腫大腹凸髖脚復繚戾僂脊脽肋費衣健食惡瘡膿血水腫乾痟疥癩癰疽種種諸惡集在其身雖親附人人不在意若他作罪橫羅其殃永不見佛永不聞法永不識僧何罪所致佛言以前世時坐爲

人子不孝父母為臣不忠其君為君不敬其下朋友不賞其信鄉黨不以其齒朝廷不以其爵妄為趨作心意顛倒無有其度不信三尊殺君害師伐國掠民攻城破塢偷寨過盜惡業非一美已惡人侵陵孤老誣謗賢聖輕慢尊長欺誑下賤一切罪業悉具犯之衆惡集報故獲斯罪

爾時一切諸受罪衆生聞佛作如是說悲號動地淚下如雨而白佛言唯願世尊久住說法令我等輩而得解脫佛言若我久住薄德之人不種善根謂我常在不念無常善男子譬如孩兒母常在側不生難遭之想若母去者便生渴仰思戀之心母方還來乃至歡喜善男子我今亦復如是知諸衆生善惡業緣受報好醜故般涅槃爾時世尊即為此諸受苦衆生而說偈言

水流不常滿　火盛不久然　日出須臾沒
月滿已復缺　尊榮豪貴者　無常復過是
念當勤精進　頂禮無上尊

又舊雜譬喻經云昔有六人為伴造罪俱墮地獄同在一釜中皆欲說本罪一人言沙二人言那三人言特四人言涉五人言享六人言陀羅佛見之笑目連問佛何以故笑佛言有六人為伴俱墮地獄共在一釜中各欲說本罪熱湯沸涌不能再言各一語便迴下一人言沙者世間六十億萬歲在泥犁中始為一日何時當竟第二人言那者無有出期亦不知何時得脫第三人言特者咄咄我當用作生不能自制意奪五家分供養三尊愚貪無足今悔何益第四人言涉者言我治生亦

不至誠財産屬他爲得苦痛第五人言辜者誰當保我從地獄出便不犯道禁得生天樂者第六人言陀羅者是事上頭本不爲心計譬如御車失道入邪折軸車壞悔無所及又十輪經云有五逆罪爲最極惡何者爲五謂故心殺父毋阿羅漢破壞聲聞和合僧事乃至惡心出佛身血諸如是等名爲五逆若人於五逆中作一一逆者不得出家受具足戒若聽出家則犯重罪應擯令出若已有出家諸威儀者不應加其鞭杖及諸繫閉復有四種大罪同於四逆犯根本罪何者爲四殺辟支佛婬阿羅漢比丘尼若人捨財與佛法僧主掌此物而輒用之若人倒見破壞比丘僧若人於此四根本罪中犯一一罪悉不聽佛法出家設使出家不得聽受具足戒若受具者應驅令出以有出家威儀法故不應鞭杖繫閉奪其生命如是皆犯根本罪非逆罪也有是根本罪亦是逆罪若人出家受具足戒得見諦道斷其命根是名亦逆亦根本罪如是衆生於我戒律中應驅令出有是根本罪非逆罪若人出家凡夫衆生故害其命是名犯根本非逆罪也若有四方僧物飲食敷具悉不應與同共利養也有是非根本非逆罪若有衆生於佛法僧而生疑心此中出家乃至見他讀誦而作留難乃至一偈此非根本罪亦非逆罪是名甚惡近於逆罪若不懺悔除其罪根終不聽使佛法出家設使出家受具足戒不悔過者亦驅令出何以故不信正法毀謗三乘壞正法眼欲滅法燈斷三寶種減損人天而無利益墮於惡道此二種人名

謗正法毀呰賢聖地獄刼壽增長惡法是名根本大重罪也何者是不威儀根本法罪若比丘故婬故殺凡人不與而取犯故妄語於此四中若犯一一罪悉不聽取四方僧物飲食卧具皆悉不得共同受用然帝王大臣不應加其鞭杖繫閉刑罰乃至奪命何故名爲根本重罪若人作如是行身壞命終墮於惡趣是惡道根本是故名爲根本罪也譬如鐵丸雖擲空中終不暫住速疾投地如是五逆犯四重禁及二種衆生毀壞正法誹謗賢聖如是等十一種罪中若人犯一一罪者身壞命終皆墮阿鼻地獄又如正法念經說阿鼻地獄中苦千倍過前七大地獄壽經一刼其身長大五百由旬造四逆人四百由旬造三逆人三百由旬造二逆人二百由旬造一逆人一百由旬彼五逆業人臨欲死時唱喚失糞咽喉抒氣如是死滅中有色生不見其對其身猶如八歲小兒閻羅王然餤鐵縎繫縛其咽及束兩手頭面在下足在於上經二千年皆向下行多燒焰鬘先燒其頭次燒其身彼六欲天聞彼阿鼻地獄中氣即皆消盡何以故以阿鼻獄人極大臭故又觀佛三昧海經云佛告阿難若有衆生殺父害母罵辱六親作是罪者命終之時揮霍之間譬如壯士屈伸臂頃直落阿鼻大地獄中化閻羅王大聲告勑癡人獄種汝在世時不孝父母邪慢無道汝今生處名阿鼻地獄作是語已即滅不現爾時獄卒復驅罪人從於下鬲乃至上鬲經歷八萬四千鬲中挦身而過至鐵網際一日一夜乃爾周遍阿鼻地獄一日一夜比

此閻浮提日月歲數經六十小劫如是壽命盡一大劫具五逆者其人受罪足滿五劫復有衆生犯四重禁虚食信施誹謗邪見不識因果斷學般若毀十方佛偷僧祇物婬泆無道逼掠淨戒諸比丘尼姊妹親戚不知慚愧毀辱所親造衆惡事此人罪報臨命終時刀風解身俄爾之間身如鐵華滿十八鬲中一一華八萬四千葉一一葉頭身手肢節各在一鬲間地獄不大此身不小徧滿如此大地獄中經歷八萬四千大劫此泥犁滅復入東方十八鬲中如前受苦此阿鼻獄南西北方各經十八鬲謗方等經具五逆罪破壞僧祇汙比丘比丘尼斷諸善根如此罪人具衆罪者身滿阿鼻獄四肢復滿十八鬲中此阿鼻獄但燒如此獄種衆生劫欲盡時東門即開見東門外清泉流水華果林樹一切俱現是諸罪人從下鬲見眼火暫歇從下鬲起宛轉腹行涌身上走到上鬲中手攀刀輪時虚空中雨熱鐵丸走趣東門既至門閫獄卒羅刹手捉鐵叉逆刺其眼鐵狗嚙心悶絶而死死已復生見南門開如前不異如是西門北門亦復如此如此時間經歷半劫阿鼻獄死生寒冰中寒冰獄死生黑暗處八千萬歲目無所見受大蟲身宛轉腹行諸情暗塞無所解知百千狐狼牽掣食之命終之後生畜生中五千萬身受鳥獸形還生人中聾盲瘖瘂疥癩癰疽貧窮下賤一切諸衰以爲嚴飾受此賤形經五百身後復還生餓鬼道中餓鬼道中遇善知識諸大菩薩訶責其言汝於前身無量世時作無限罪誹謗不信墮阿鼻獄受

諸苦惱不可具說汝今應當發慈悲心時諸餓鬼聞是語已稱南無佛稱佛恩力尋即命終生四天處生彼天已悔過自責發菩提心諸佛心光不捨是等攝受是輩如羅睺羅教避地獄如愛眼目故起世經世尊說偈言

若人身口意造業　作已入於惡道中
如是當生活地獄　最爲可畏毛竪處
經歷無數千億歲　死已須臾還復活
怨讎各各相執對　由此衆生更相殺
若於父母起惡心　或佛菩薩聲聞衆
此等皆墮黑繩獄　其處受苦極嚴熾
教他正行令邪曲　見人有善必破壞
此等亦墮黑繩獄　兩舌惡口多妄語
樂作三種重惡業　不修三種善根芽
此等癡人必當入　合大地獄久受苦
或殺羊馬及諸牛　種種諸獸雞豬等
并殺諸餘蟲蟻類　彼人當墮合地獄
世間怖畏相多種　以此逼迫惱衆生
當墮磑山地獄中　受於推壓舂擣苦
貪欲恚癡結使故　迴轉正理令別異
判是作非乖法律　彼爲刀劒輪所傷
倚恃强勢劫奪他　有力無力皆悉取
若作如是諸逼惱　當爲鐵象所蹴踏
若樂殺害諸衆生　身手血塗心嚴惡
常行如是不淨業　彼等當生叫喚處
種種觸惱衆生故　於叫喚獄被燒煮
其中復有大叫喚　此由諂曲姦猾心
諸見稠林所覆蔽　愛網彌密所沉淪
常行如是最下業　彼則墮於大叫喚
若至如是大叫喚　熾然鐵城毛竪處

其中鐵堂及鐵屋　諸來入者悉燒然
若作世間諸事業　恒多惱亂諸衆生
彼等當生熱惱處　於無量時受熱惱
世間沙門婆羅門　父母尊長諸耆舊
若恒觸惱令不喜　彼等皆墮熱惱獄
生天淨業不樂修　所愛至親常遠離
喜作如是諸事者　彼人當入熱惱獄
惡向沙門婆羅門　并諸善人父母等
或復害於餘尊者　彼墮熱惱常熾然
恒多造作諸惡業　不曾發起一善心
是人直趣阿鼻獄　當受無量衆苦惱
若說正法爲非法　說諸非法爲正法
既無增益於善事　彼人當入阿鼻獄
活及黒繩此兩獄　合會叫喚等爲五
熱惱大熱共成七　阿毗地獄爲第八
此八名爲大地獄　嚴熾苦切難忍受
惡業之人所作故　其中小獄有十六

誡勗緣第八

如起世經云佛告諸比丘有三天使在於世間何等爲三一老二病三死有人放逸三業惡行身壞命終生地獄中諸守獄者應時即來驅彼衆生至閻羅王前白言大王此等衆生昔在人間縱逸自在不善三業今來生此唯願大王善教示之王問罪人汝昔人間第一天使善教示汝善訶責汝豈得不見出現生耶答言大天我實不見王重告言汝豈不見爲人身時或作婦女或作丈夫衰老相現齒落髮白皮膚緩皺黒黶徧體狀若胡麻膞僂背曲行步跛蹇足不依身左右傾側頸細皮寛兩邊垂緩猶若牛頡脣口乾枯喉舌燥

澀身體屈弱氣力綿微喘息出聲猶如挽鋸向前欲倒恃杖而行盛年衰損血肉消竭羸瘦尫弱趣來世路舉動沉滯無復壯形乃至身心恒常戰掉一切肢節疲懈難攝汝見之否答言大天我實見之時王告言汝愚癡人無有智慧昔日既見如是相貌云何不作如是思惟我今具有如是老法未得遠離可作善業使我長夜利益安樂彼人復答言大天我實不作如是思惟以心縱蕩行放逸故王又告言汝愚癡人不修善業當具足受放逸之罪此之苦報非他人作是汝自業今還聚集受此報也爾時閻摩王第二訶之告言諸人豈不見第二天使世間出耶答言大天我實不見王復告言汝豈不見昔在世間作人身時若婦女身若丈夫身四大和合忽爾乖違病苦所侵纏綿困篤或卧小大牀上糞屎汚穢宛轉其中不得自在眠卧起坐仰人扶侍洗拭抱持與飲與食一切須人汝見之否彼人答言大天我實見之王復告言癡人汝見如是云何不思今我亦有如是之法未離患法可作善業令我當來長夜得大利益大安樂事彼人答言不也我實不作如是思惟以懈怠心行放逸故王告癡人汝既嬾墮不作善業受此惡報非他人造還自受報爾時閻摩王第三訶之語言汝愚癡人汝昔人時豈可不見第三天使世間出耶答言大天我實不見王復告言汝人間時豈復不見若婦女身若丈夫身隨時命終置於牀上以雜色衣而蒙覆之將出聚落斗帳軒蓋種種莊嚴眷屬圍繞舉手散髮灰土坌頭極大悲惱號

咷哭泣舉聲大呌搥胸哀慟酸哽楚切汝悉見不答言大天我實見之時王告言癡人汝昔既見如此何不思惟我亦有死未得免離今當作善爲我長夜得大利益彼人答言大天我實不作如是思惟何以故以放逸故時王告言汝既放逸不作善業自造此惡非他人造得此果報汝還自受以此三使教示訶責已勑令將去時守獄者即執罪人兩足兩臂以頭向下以足向上遥擲置於諸地獄中

頌曰

生來死還送　日往復月旋　弱喪昏風動
流浪逐物遷　愚戇失正路　漂没入重淵
一墜幽暗處　萬劫鋒刃前　六道旋還苦
三業未曾全　隨流無人救　悽傷還自憐
歸誠觀像物　方知虛妄筌　苦海深河趣
思登般若船

諸經要集卷第十八

音釋

煻煨 煻徒郎切煨烏恢切煻煨灰火也　爴 居縛切爪持也　剫 音拔剥也　唼 子合切與呷同　熢浡 熢薄紅切浡薄没切煙起貌　⿰齒齊 才詣切齧没齒也　嚙 倪結切與齧同　拼 補耕切　鏊 五到切燒器　輞 文紡切車輞也　鋼 古郎切堅鐵也　蟒 莫朗切大蛇也　爆 巴校切火裂也　鬲 古核切　踝 胡瓦切腿兩旁曰內外踝　⿰山盍 苦盍切　笧 楚革切　痺 必至切濕病也　謇吃 謇居偃切吃居乙切謇吃言難也　搣 彌列切手拔也　髖 苦官切兩股間也　跛 布火切足偏廢也　畋 徒年切獵也　弶穽 弶其亮切施罟於道曰弶穽疾政切陷坑也　桎梏 桎之日切足械也梏古篤切手械也　頰 古協切面旁也　皰 匹貌切　矬 昨禾切短也　凸 徒結切高起也　繚戾 繚力聊切戾郎計切繚戾纏糾也　眶 去王切　釜 扶雨切鍑屬　抒 直呂切泄也　磑 五對切　猾 胡八切狡猾也　黶 於琰切　⿰古頁 戶吾切牛頷下垂皮也　搥 直追切擊也　戇 陟降切愚也　筌 此緣切

諸經要集卷第十九

唐西明寺沙門釋道世撰

送終部第二十九此有九緣

述意緣　瞻病緣　醫療緣
安置緣　斂念緣　捨命緣
遣送緣　受生緣　祭祠緣

述意緣第一

夫三界遐曠六道繁興莫不皆依四大相資五根成體聚則爲身散則歸空然風火性殊地水質異各稱其分皆欲求適求適之理既難所以調和之乖爲易忽一大不調四大俱損如地大增則形體黯黑肌肉青瘀癥瘕結聚如鐵如石若地大虧則四肢尫弱多失半體偏枯殘戾毀明失聰若水大增則膚肉虛滿體無華色舉身瘇黃神顏慘怛長手脚洪腫膀胱脹急若水大損則瘦削骨立筋現脉沉脣舌乾燥耳鼻燋閉五藏內煎津液外竭六腑消耗不能自立若火大增則舉體煩爗燋熱如燒癰癲疽腫痍瘡潰爛膿血流溢臭穢競充若火大損則四體羸瘠腑藏冰冷焦腸凝寒口若含霜夏暑重裘未嘗溫慰食不消化恒常嘔逆若風大增則氣滿胸塞腑胃否隔手足緩弱四體疼痺若風大損則身形羸瘠氣裁如綫動轉疲乏引息如抽咳嗽噫噦咽舌難急腹瘚背僂心內若冰頸筋喉脉奮作鼓脹如是種種皆是四大乍增乍損致有痾疾既一大嬰羸則三大皆苦展轉皆病俱生煎惱四大交反六腑難調良由宿積惡因今遭苦報無愧無恥無恩無義常隨四時資給所須晝夜將養未曾荷恩微失供承便

招病苦既知無恩徒勞養育縱加美食華服終成糞穢但趣得支身以除飢渴終不爲汝踵前蓄積以勞我心廢求修道實由身爲苦器陰是坏瓶易損難持劇同泡沫四大浮虚極相乖反五陰緣假多生惱患所以禀形人世逢此穢濁之時受質僞身居斯怖畏之境幽冥無量神鬼恒沙種族尤多筭籌未辯或依房依廟附岳附丘凡有含靈並皆祇響致使神爽冥昧識慮昏茫至於寤寐多有恐怖庶得臨危攝念無俟三稱在嶮逢安寧勞千遍願增益神道加足威光以善利生無相惱害誠言可録信驗有徵矣

瞻病緣第二

唯居凡位誰之無病以有報身常加疹疾或有捨俗出家孤遊獨宿或有貧病老弱無人侍衛若不至看命將安寄故四分律佛言自今已去應看病人應作瞻病人若欲供養我者應先供養病人乃至路值五衆出家人病佛制七衆皆令住看若捨而不看皆結有罪故諸佛心者以大慈悲爲體隨順我語即是佛心也如僧祇律云若道逢出家五衆病人即應覓車乘馱載令如法供養乃至死時亦應闍維殯埋不得捨棄病人有九法成就必當横死一知非饒益食而貪食二不知籌量三内食未消而食四食未消而擿吐出五已消應出而強持六食不隨病七隨病食而不籌量八懈怠九無慧（如藥師經亦有九横大意可知）又增一阿含經云爾時世尊告諸比丘若瞻病人成就五法不得時差恒在牀褥云何爲五一瞻病之人不別良藥二懈怠無勇猛心三常喜

瞋恚亦好睡眠四但貪衣食故瞻視病人五不以法供養故亦不與人語談往反是謂瞻病之人成就五法不得時差（翻前五法病得速差）又善生經佛偈讃曰

人當瞻疾病　問訊諸危厄　善惡有報應
如種果獲實　世尊則爲父　經法以爲母
同學者兄弟　同是而得度

又法句喻經云昔有一國名曰賢提時有長老比丘長病委頓羸瘦垢穢在賢提精舍中臥無瞻視者佛將五百比丘往到其所使諸比丘傳共視之爲作漿粥而諸比丘聞其臭處皆共賤之佛使帝釋取其湯水佛以金剛之手洗病比丘身體地尋震動豁然大明莫大驚肅國王臣民天龍鬼神無央數人往到佛所稽首作禮白佛言佛爲世尊三界無比道德巳備云何屈意洗病比丘佛告國王及衆會者言如來所以出現於世正爲此窮厄無護者耳供養病瘦沙門道人及諸貧窮孤獨老人其福無量所願如意會當得道王白佛言今此比丘宿有何罪因病積年療治不差佛告王曰往昔有王名曰惡行治政嚴暴使一多力五百主令鞭人五百假王威怒私作寒暑若欲鞭者索其價數得物者鞭輕不得鞭重擧國患之有一賢者爲人所謗應當得鞭報五百言吾是佛弟子素無罪過爲人所枉願小垂恕五百聞是佛弟子輕手撾鞭無著身者五百壽終墮地獄中拷掠萬毒罪滅復出墮畜生中恒被撾杖五百餘世罪畢爲人常嬰重病痛不離身爾時國王者今調達是五百者今此病比丘是時賢者今吾身

是吾以前世爲其所愬鞭不著身是故世尊躬爲洗之人作善惡殃福隨人雖更生死不可得免於是世尊即說偈言

撾杖良善　妄讒無罪　其殃十倍　災迅無救
生受酷痛　形體毀折　自然惱病　失意恍惚
人所輕笑　或縣官厄　財產耗盡　親戚離别
宅舍所有　災火焚燒　死入地獄　如是爲十

時病比丘聞佛此偈及宿命事剋心自責所患除愈得阿羅漢道賢提國王沒命奉行得須陀洹道又善生經云瞻病人不應生猒若自無物出外求之若不得物貸三寶物看差已十倍還之又五百問事云看病人將病人物爲病人供給所須不問病者或問起嫌並不得用若已取者應償不還犯重罪又四分律云看病得五功德一知病人可食不可食可食便與二不惡賤病人大小便利唾吐三有慈愍心不爲衣食故看四能經理湯藥乃至差病若命終五能爲病人說法令歡喜已身善法增長

醫療緣第三

夫人有四肢五藏一覺一寐呼吸吐納精氣往來流而爲榮衛暢而爲氣色發而爲音聲此人之常數也陽用其精陰用其形人人所同也及其失也蒸則生熱否則生寒結而爲瘤贅陷而爲癰疽奔而爲喘竭而爲焦故良醫導之以針石救之以藥餌聖人和之以至德並之以人事故體有可愈之疾天地有可消之災也如增一阿含經云爾時世尊告諸比丘有三大患云何爲三一風爲大患二痰爲大患三冷爲大患然有三良藥治若風患

者酥爲良藥及酥所作飯食若痰患者蜜爲良藥及蜜所作飯食若冷患者油爲良藥及油所作飯食是謂三大患有此三藥治如是比丘亦有三大患一貪欲二瞋恚三愚癡然有三良藥治一若貪欲起時以不淨法治及思惟不淨道二若瞋恚大患者以慈心法治及思惟慈心道三若愚癡大患者以智慧法治及因緣所起道是謂比丘有此三大患者有此三藥治又智度論云般若波羅蜜能除八萬四千病根本此之八萬四千皆從四病起一貪二瞋三癡四等分此之四病各分二萬一千以不淨觀除貪欲二萬一千煩惱以慈悲觀除瞋恚二萬一千煩惱以因緣觀除愚癡二萬一千煩惱總用上藥除等分病二萬一千煩惱譬如寶珠能除黑闇般若波羅蜜亦能除三毒煩惱病

安置緣第四

蓋聞三界之宅寔四大之器六塵之境是五陰之所居良由妄想虛構惑倒交興致使萬苦爭纏百憂總萃今既報熟命臨風燭然衆生貪著至死不覺恐在舊所戀愛資財染著眷屬佛教移處令生猒離知無常將至使與心正念也

如僧祇律云若是大德病者應在露現處上好房中擬道俗問訊生善瞻病人每須燒香然燈香汁塗地供待人客依西域祇桓寺圖云寺西北角日光沒處爲無常院若有病者安置在中堂號無常多生猒背去者極衆還唯一二其堂内安置一立像金色塗者面向東方當置病人在像前坐若無力者令病人

卧面向西方觀佛相好其像手中繫一五色綵旛令病人手執旛脚作往生淨土之意坐處雖有便利世尊不以爲惡原其此土本是雜穢之處猶降靈俯接下類群生况今將命投佛寧相棄捨隨病人所樂何境或作彌陀彌勒阿閦觀音等形如前安置燒香散華供養不絶生病者善心

斂念緣第五

夫三界非有五陰皆無四倒十纏共相和合一切如電揮萬劫於俄頃丘井易淪括百年於指掌迷途遂遠弱喪亡歸區區七尺莫知其假耳目之外終日空談靡依靡救不信不受生靈一謝再返無期所以撫心自惻臨危修念也

如十誦律云看病人應隨病者先所習學而讚歎之不得毀呰退本善心又四分律云爲病人說法令其歡喜又毗尼母論云病人不用看病人語看病人違病者意並得罪又華嚴經臨終爲病人說偈曰

又放光明名見佛　彼光覺悟命終者
念佛三昧必見佛　命終之後生佛前
念彼臨終勸念善　又示尊像令瞻敬
又復勸令歸依佛　因是得成見佛光

又往生論云若善男子善女人修五念成就者畢竟得生安樂國土見彼阿彌陀佛何等爲五一者禮拜二者讚歎三者作願四者觀察五者迴向又隨願往生經云佛告普廣菩薩若四輩男子女人臨終之日願生十方佛刹土者當先洗浴身體著鮮潔之衣燒衆名香懸繒旛蓋歌讚三寶讀誦尊經爲病者說

因縁譬喻善巧言詞微妙經義苦空非實四大假合形如芭蕉中無有實又如電光不得久停故云色不久鮮當歸壞敗精誠行道可得度苦隨心所願無不獲果

述曰如前教已復將經像至病人所題其經名像名告語示之使開目覩見令其惺悟兼請有德智人讀誦大乘助揚讚唄旛華亂墜宛轉目前香氣氛氳常注鼻根恒與善語勿傳惡言以臨終時多有惡業相現不能立志排除是故瞻病之人特須方便善巧誘訹使心心相續刹那不駐乘此福力作往生淨土之意故智度論云從生作善臨終惡念便生惡道從生作惡臨終善念而生天上又維摩經云憶所修福念於淨命又正法念經云若有衆生持戒之人於破戒病人不求恩惠心不疲猒供養病人命終生普觀天五欲縱逸不知猒足

捨命縁第六

唯四大毒器有穢斯充六賊狂主是境皆著無復逆流之期唯有循環之勢至如析一毛以利天下則恪而弗爲撤一餐以續餘糧則惜而弗與淪滯生死封執有爲諸佛爲其歘眉菩薩於兹泣血竊見俗徒貴勝父母喪亡多造葬儀廣殺生命聚集親族供待人客苟求現勝不避業因或畏外譏不修内典所以父亡於斯重苦毋終偏增湯炭是以宛轉三界綿歷六道四趣易歸萬劫難啓痛慈毋之幽靈憨逆子之酬毒但亢陽如久必思甘雨之澤災癘若多兊待良醫之藥唯斯考妣既是凡夫能無惡業罪因不滅苦報難排若不

憑諸勝福樂果何容得證庶使臨終發願令入屍陀葬具資財並修功德冀濟飛走之飢得免將來之債也

如十二品生死經云佛言人死有十二品何等十二一曰無餘死者謂羅漢無所著也二曰度於死者謂阿那含不復還也三曰有餘死者謂斯陀含往而還也四曰學度死者謂須陀洹見道迹也五曰無欺死者謂八輩人也六曰歡喜死者謂行一心也七曰數數死者謂惡戒人也八曰悔死者謂凡夫也九曰横死者謂孤獨苦也十曰縛著死者謂畜生也十一曰燒灼死者謂地獄也十二曰飢渴死者謂餓鬼也比丘當曉知是勿爲放逸也又淨度三昧經云若人造善惡生天墮地獄臨命終時各有迎人病欲死時眼自見來迎應生天上者天人持天衣妓樂來迎應生他方者眼見尊人爲說妙言若爲惡墮地獄者眼見兵士持刀盾矛戟索圍繞之所見不同口不能言各隨所作得其果報天無枉濫平直無二隨其所作天網治之又華嚴經云人欲終時見中陰相若行惡業者見三惡受苦或見閻羅持諸兵杖囚執將去或聞苦聲若行善者見諸天宮殿妓女莊嚴遊戲快樂如是勝事又法句喻經云昔佛在祇桓精舍爲天人說法有一長者居在路側財富無數止有一子其年二十新爲娶妻未滿七日夫婦相敬欲至後園上春三月看戲園中有一柰樹高大好華婦欲得華無人取與夫爲上樹乃至細枝折墮地死居家大小奔走見所呼天嗥哭斷絶復穌聞者莫不傷心棺斂送還

家啼哭不止世尊愍傷其愚往問訊之長者室家大小見佛悲感作禮具陳辛苦佛語長者止息聽法萬物無常不可久保生則有死罪福相追此兒三處爲其哭泣懊惱斷絕亦復難勝竟爲誰子何者爲親於是世尊即說偈言

命如華果熟　常恐會零落　已生皆有苦
孰能致不死　從初樂愛欲　可望入胞影
受形命如電　晝夜流難止　是身爲死物
精神無形法　作命死復生　罪福不敗亡
終始非一世　從癡愛長久　自從受苦樂
身死神不喪

長者聞偈意解忘憂長跪白佛此兒宿命作何罪釁盛美之壽而便中天唯願說本所行罪佛告長者乃往昔時有一小兒持弓箭入神樹中戲邊有三人亦在中看樹上有雀小兒欲射三人勸言若能得中雀世閒健兒小兒美言引弓射之中雀即死三人共笑助之喜歡而自各去經歷生死數劫之中所在相會受罪三人中一人有福今在天上一人生海中爲化生龍王一人今日長者身是小兒者前生天上爲天作子而終墮樹命終即生海中爲龍王作子即以生日金翅鳥王而取食之今日三處懊惱涕泣寧可言也以其前世助其喜故此三人受報如此於是佛即說偈言

識神造三界　善不善三處　陰行而默至
所生如響應　色欲不色有　一切因宿行
如種隨本像　自然報如影

佛說偈已長者意解大小歡喜皆得須陀洹

道又四分律云爾時佛爲利益衆生王命終説偈云

一切要歸盡　高者會當墮　生者無不死
有命皆無常　衆生墮有數　一切皆有爲
一切諸世間　無有不老死　衆生是常法
生生皆歸死　隨其所造業　罪福有果報
惡業墮地獄　善業生天上　高行生善道
得無漏涅槃

遣送緣第七

述曰生死連環不離俗諦雖復出家志求勝道分段難捨變易未除仍依三界隨俗遷流至於存亡皆依内外臨終之日安置得所葬送威儀具在下説且論亡屍安置南北䰟魄不同今此略述禮記禮運曰體魄則降知氣在上死者北首生者南向郊特生曰䰟氣歸於天形魄歸於地故祭求諸陰陽之義祭義曰氣也者神之盛䰟也者鬼之盛左傳昭二曰子産對趙景子曰人生死化曰魄既生魄陽曰䰟用此物精多則魄䰟强是以有精爽至於神明匹夫匹婦强死其䰟魄猶能憑依於人以爲淫厲況良宵乎淮南子曰天氣爲䰟地氣爲魄魄問於䰟曰道何以爲體䰟曰以無有形乎魄曰有形也若也無有何而問也䰟曰吾直有所遇之耳視之無形聽之無聲謂之幽冥幽冥者所以喻道而非道也問曰既知䰟與魄别今時俗亡何故以衣喚魂不云喚魄答曰䰟是靈魄是屍故禮以初亡之時以己所著之衣將向屍魄之上以䰟外出故將衣喚魂魂識己衣尋衣歸魄若魂歸於魄則屍口纊動若䰟不歸於魄則口纊不

動以理而言故云招魂不言喚魄故蕭喪服要記曰魯哀公葬其父孔子問曰寧設魂衣乎哀公曰魂衣起伯桃伯桃荆山之下道逢寒死友人羊角哀往迎其屍愍魂神之寒故改作魂衣吾父生服錦繡死于衣被何用衣爲問曰何須旛上書其姓名答曰旛招魂置其乾地以魂識其名尋名入於闇室亦投之於魄或入於重（直龍切）室重者重（徒用切）也以重之内具安祭食以存亡各別明闇不同故鬼神闇食生人明食故重用蘧蒢裹其食具以安重内置其坤地也

依如西域葬法有四一水漂二火焚三土埋四屍林五分律云若火燒時安在石上不得草土上恐傷蟲故四分律云如來輪王二人悉火葬餘人通前五分律云屍應埋之（此謂王法不許施身復恐夏殺蟲故令埋之自外無難水林亦得也）依四分律云及五百問事云若見如來塔廟及見五衆出家人塚塔大於己者皆須展轉依生時年臘而設禮之若一切白衣見出家人塚塔不簡大小皆須敬禮述曰既知如此諸道俗等若見師僧父母亡柩外人弔來小於亡者至其屍所如常設禮已先至孝子所默慰弔之後至大德所具展哀情弔而拜之亦見愚癡白衣妄行法教展轉教他不聽禮父母叔伯尊親亡靈口云我既受戒彼爲鬼神故不合禮恐破戒故此不會聖意反招無知之罪伏惟師僧等長養我法身父母叔伯等長養我生身依斯乳哺長大成人思此恩德昊天難報歷劫酬恩豈一生能謝不存敬恩反起慢惰繼踵鄙夫何成孝子故世尊極聖尚自躬扶亡

父屍送況下凡愚輒生怠慢故涅槃經云知恩者大悲之本不知恩者甚於畜生又淨飯王泥洹經云白淨王在舍夷國病篤將終思見佛及難陀等佛在王舍城耆闍崛山中去此懸遠五十由旬佛在靈鷲山天耳遥聞父思憶聲即共阿難等乘空而至以手摩王額上慰勞王已爲王說摩訶波羅本生經王聞得阿那含果王捉佛手捧置心上佛又說法得阿羅漢果無常對至命盡氣絕忽就後世至闍維時佛共難陀等喪頭前肅恭而立阿難羅云在喪足後阿難陀長跪白佛言唯願聽我擔伯父棺羅云復言唯願聽我擔祖王棺世尊慰言當來世人皆兇暴不報父母育養之恩爲是不孝衆生設其化法故如來躬欲擔於父王之棺即時三千大千世界六種震動一切衆山岠峨涌沒如水上船爾時一切諸天龍神皆來赴喪舉聲啼哭四天王將鬼神億百千衆皆共舉喪白佛言佛爲當來諸不孝父母者故以大慈悲親欲自身擔父王棺四王俱白佛言我等是佛弟子從佛聞法得須陀洹以是之故我曹宜擔父王之棺佛聽四王擔父王棺即變爲人一切人民莫不啼泣世尊躬自手執香鑪在前行詣於墓所令千羅漢往大海渚上取牛頭栴檀種種香木以火焚之佛言苦空無常猶如幻化水月鏡像燒身既竟爾時諸王各持五百瓶乳以用滅火滅火之後競共收骨盛置金剛函即於其上便共起塔懸繒幡蓋供養塔廟佛告衆會父王淨飯是清淨人生淨居天又佛母泥洹經云大愛道比丘尼即是佛姨母不

忍見佛後當滅度欲先滅度與除饉女五百人即是比丘尼也康僧會注法鏡經云凡夫貪染六塵猶餓夫貪飯不知猒足今聖人斷貪除六情飢饉故號出家尼爲除飢饉也以手摩佛足繞佛三帀稽首而去現神足德於自座没從東方來在虛空中作十八變現八方上下亦復如是放大光明以照諸冥上曜諸天五百除饉變化俱然同前泥洹佛勸理家作五百轝牀麻油香華樟柟梓材事各五百眞伎正音當以供養一切凡聖覩之莫不哀泣闍維畢捧舍利詣佛所於是四方各二百五十應眞神足飛來稽首佛足至舍利所千比丘俱皆就座佛告阿難取舍利盛之以鉢著吾手中阿難如命佛告諸比丘斯舍利本是穢身兇愚惡暴嫉妬陰謀敗道壞德今毋能拔興丈夫行獲應眞道還靈卒無何其健哉勑令興廟供

養又增一阿含經云佛告阿難陀羅雲汝等轝大愛道身我當親自供養爾時釋提桓因四天王等前白佛言唯願勿自勞神我等自當供養佛言止止所以然者父母生子多有所益長養恩重乳哺懷抱要當報恩不得不報過去未來諸佛母先取滅度諸佛皆自供養闍維舍利也時毗沙門天王使諸鬼神往柟檀林取柟檀薪至曠野之間佛躬自轝牀一脚阿難轝一脚羅雲轝一脚難陀轝一脚飛在虛空往至塚間爾時佛自取柟檀木著大愛道身上佛言有四人應起塔供養一者佛二者辟支佛三者漏盡阿羅漢四者轉輪聖王皆以十善化物故爾時人民即取舍利各起塔供養依雜阿含經愛道姨母即是難陀親母也又增一阿含經云四部弟子中略

取前後者且列八人比丘中最初得道者如拘隣比丘善能勸化不失威儀最後得道者如須跋陀羅臨得道日入般涅槃比丘尼中最初得道者如大愛道尼最後得道者如陀羅俱夷國尼優婆塞中最初得道者如商客男最後得道者如俱夷那摩羅優婆夷中最初得道者難婆女最後得道者如藍優婆夷

受生緣第八

夫生則八識扶持死則四大離散迅矣百齡終歸磨滅循環三界迴轉靡停故經曰有始必終既生則滅聖教不虛目覩交臂所以於此緣中略述六門第一門中臨命終時檢身冷熱驗其善惡具知來報故瑜伽論云此有情者非色非心假爲命者大小皆同死通漸頓諸師相傳造善之人從下冷觸至齊已上煖氣後盡即生人中若至頭面熱氣後盡即生天道若造惡者與此相違從上至腰熱氣後盡者生於鬼趣從腰至膝熱氣盡者生於畜生從膝已下乃至脚盡生地獄中無學之人入涅槃者或在心煖或在頂也然瑜伽論云羯羅藍義最初託處即名肉心如是識於此處最初託生即從此處最後捨命釋云依瑜伽論由造善生上故從下漸捨至肉心後方說上捨由造惡生下故先從上捨至肉心後方從下捨也依俱舍論云若人正死於何身分中意識斷滅若一時身死根共意識一時俱滅若人次第死此中偈曰次第死脚臍於心意識斷下人天不生論中釋曰若人必往惡道受生及人道如此人等次第於阿羅漢此人於心意識斷絕有餘部說於頭上何

以故身根於此等處與意識俱滅故若人正死此身根如熱石水漸漸縮減於脚等處次第而滅釋云俱舍論述小乘義故云身死於此等處與意識俱滅若依大乘身根於此等處與本識俱滅也第二受生方法者依俱舍論云爲行至應生道處故起此中陰衆生由宿業勢力所生眼根雖住最遠處能見應生處於中見父母變異事若變成男於母即起男人欲心倒若變成女於父即起女人欲心倒此心起瞋此中有衆生由二起顛倒心故求欲戲往至生處是即樂得屬已是時不淨已至胎處即生歡喜仍託彼生從此剎那是衆生五陰和合堅實中有五陰即滅如此方說受生若胎是男依母左脇面向母背蹲坐若胎是女依母右脇面向父脇而住若胎非男非女隨欲類託生住亦如此無有中有異於男女皆具根故是故或男或女託生而住後時在胎中增長或作黄門若託生胎卵二生道理如此若衆生欲受濕生愛樂香故至生處此香或淨或不淨隨宿業故若是化生受樂處所故至生處如是若爾地獄衆生云何生樂處所由心顛倒故此衆生見寒風冷雨觸惱身見地獄火猛熾盛可愛欲得煖觸故往入彼復見身爲熱風光及火焰等所炙苦痛難忍見寒冷地獄清涼愛樂冷觸故往入彼胎卵二生於父母變異事生處濕化二生不由託赤白爲身故無此變濕生但愛著香故至所生處隨業善惡所愛之香自有淨穢化生但愛所依之處地獄雖是苦處然罪人樂亦得愛處於中受生何以故非愛不受

生故論云如往昔造作能感如此生樂見身是如此位見彼衆生亦爾是故往彼先舊諸師作如此說若衆生年三十時行殺生業網捕衆生行此事時必有伴類此業能感地獄生後於中陰中見自身如昔年三十行網捕時故言位又見昔伴與昔不差見地獄時如昔見江湖諸伴類等相牽共入其中緣此起變即於中受生後解昔所造業雖多必以一業牽地獄生或於年二十時作此業或三十時作此業後於中陰中見自身如昔作業時少老見地獄衆生並如巳年時年時既相似於此衆生起變即往就彼由此愛故受生依經部師作如此釋又瑜伽論云若居薄福者當生下賤家彼於死時及入胎時便聞種種紛亂之聲及自望見入於叢林竹葦蘆荻等中若多福者當生尊貴家彼於爾時便自聞有寂靜美妙可意音聲及自望見昇宮殿等可意相見又俱舍論云若人臨終起邪見心是人以先不善爲因邪見爲緣故墮地獄有論師言一切不善皆是地獄因此不善之餘生畜生餓鬼中又往業盛故墮畜生中如婬欲盛故生於鴿雀鴛鴦之中瞋恚盛故生於蚖蝮虵蠍中愚癡盛故生猪羊蚌蛤中憍慢盛故生於師子虎狼中掉戲盛故生獼猴中慳嫉盛故生餓狗中若有少分施善餘福雖生畜生於中微樂身口二業雖由心爲主然其口業受報者多如罵人輕躁喻如獼猴即生猴中若言貪㤥如鳥語如狗吠騃如猪羊聲如驢鳴行如駱駝背高如象惡如逸牛婬如鳥雀怯如猫狸諂如野狐如是諸惡隨口

受報然由三毒爲本三毒之中貪愛爲重如捉布一頭餘則盡隨故智度論云若不斷愛愛則同生是故四生皆由愛起 如說多欲生鳥雀中多貪味故廁中受生又愛欲故卵生胎生貪香味故受濕生隨其所愛故起殷重業則受化生若殷重心樂行罪業死時望見地獄受其化生若殷重受福上界化生故成論云如樹根不拔其樹猶生貪根不拔苦樹常在又瑜伽論云云何生我愛無間已生故無始樂著戲論因已熏習故淨不淨業因已熏習故彼所依體由二種因增上力故從種子即於是處中有異熟無間得生死時如秤兩頭低昂時等而此中有必具諸根造惡業者所得中有如黑羺光或陰暗夜作善業者如白衣光或晴明夜俱舍論云此中有具足五根金剛等所不能礙須彌山下金剛中有蝦蟇於中受生中有細色金剛不能礙之有天眼者能見此事更舉所聞事證曾聞人說燒鐵令熱破之見蟲第三壽量長短者俱舍論云若不定生處於餘處此道中皆得受生譬如牛於夏時欲事偏多狗於秋時熊於冬時馬於春時野牛等欲事無時是時此衆生應生牛中若非夏時則生野牛中若應生狗中非時則生野干中又俱舍小乘師有四釋不同一說促時死已即受陰生二說得住七七日滿已處中有不限時節三說得住四十九日生緣未具死已更受亦不限時節四說隨受生緣乃至經劫住不命終第五依瑜伽論云若未得生緣極七日住死而復生乃至七七日受死生自此已後決得生緣此與前

四皆不同也第四通力遲速者俱舍論云此中陰遊空而去如人捨命應至無量世界外受生俄頃即到二乘通力未出一世界中陰已至無量世界外縱佛神力亦不得能遮令不往生得住餘道以業力定故論通勝者據勝凡夫二乘神通婆沙論云神足勝者據佛神通速也第五互見不同者依俱舍論云若同生道中陰定互相見若人有天眼最清淨是一道慧類此人亦得見彼生若報得天眼則不能見以最細故如薩婆多部云若同於人道中受生同是人道中陰互得相見此義爲定不能見餘道中陰若人修得天眼此天眼則是道類能見中陰色若報得天眼則不能見中陰色中陰色細餘色故依正量部人天道中陰備能見五道中陰色人道中陰能見四道除天道中陰非其所能見如是次第除前乃至地獄道中陰除前四道中陰非其所見唯見地獄道中陰第六身量大小者俱舍論云身量如六七歲小兒而識解聰利菩薩在中陰如圓满少壯人具大小相是故雖在中陰正欲入胎而能徧照萬俱胝剡浮洲

祭祠緣第九

竊聞金玉異珍在人共寳玄儒别義遐邇同遵豈必尼生自國便欲師之佛處遠邦有心捐棄不勝事切輒陳愚見是非之理不敢自專昔孔丘辭逝廟千載之規模釋迦言往寺萬代之靈塔欲使見形剋念面像歸心敬師忠主其義一也至如丁蘭束帶孝事木母之形無盡解瓔奉承多寳佛塔眇尋曠古邈想清塵既踵成林於理不越又案禮經云天子

七廟諸侯五廟大夫卿士各有階級故天曰神祭天於圓丘地曰祇祭地於方澤人曰鬼祭之於宗廟龍鬼降雨之勞牛畜挽犂之効猶或立形村市樹像城門豈況天上天下三界大師此方他方四生慈父威德爲萬億所遵風化爲百靈之範故善人廻向若群流之歸溟壑大光攝受如兩曜之伴衆星自月支遺影那竭灰身舍利徧流祇洹遂造乃聖乃賢憑茲景福或尊或貴冀此獲安者矣如長阿含經云一切人民所居舍宅皆有鬼神無有空者街巷道陌屠膾市肆及諸山塜皆有鬼神無有空處凡諸鬼神皆隨所依即以爲名若人初生皆有鬼神隨逐擁護若人欲死鬼收精氣行十惡人若百若千共一神護行十善者猶如國王以百千人而侍衛之又十方譬喻經云天上天下鬼神知人壽命罪福當至未至不能活人不能殺人不能使人富貴貧賤但欲使人作惡犯殺因人衰耗而枉亂之語其福禍令人向欲得設祠祀耳故知空祭鬼神欲來現福難可得力也又普曜經於時迦葉以偈報佛

自念祠祀來　已歷八十年　奉風水火神
日月諸山川　夙夜不懈癈　心中無他念
至竟無所獲　值佛乃安寧

又雜寶藏經云昔日有一婆羅門事廟室天晝夜奉事天即問言汝求何等婆羅門言我今求作此天祀主天言彼有群牛汝問最前行者即如天語往問彼牛汝今何似爲苦爲樂牛即答言極爲大苦剌剌兩肋柴戾脊破駕挽載重無休息時復問言汝以何緣受是

牛形牛答之言我是天祠主自恣極意用天祀物命終作牛受是苦惱聞是語已即還天所天即問言汝今欲得作天祠主不婆羅門言我觀此事實不敢作天言人行善惡自得其報婆羅門悔過即修諸善改往前惡又雜寶藏經云昔有老公其家巨富而此老公思得肉食詭作方便指田頭樹語諸子言今我家業所以諧富由此樹神恩福故爾今日汝等宜可群中取羊以用祭祀時諸子等承父教勅尋即殺羊禱賽此樹即於樹下立天祠舍其父後時壽盡命終行業所追還生己家羊群之中時值諸子欲祀樹神遂取一羊遇得其父將欲殺之羊便啞啞哭而言曰而此樹者有何神靈我於徃時爲思肉故妄使汝祀皆共汝等同食此肉今償殃罪獨先當之時有羅漢過到乞食見其亡父受於羊身即借主人道眼令自觀察乃知其父心懷懊惱即壞樹神悔過修福不復殺生又優婆塞戒經云佛言或有說言子修善法父作不善因子修善令父不墮三惡道者是義不然何以故身口意業各別異故若父喪已墮餓鬼中子爲追福當知即得若生天中都不思念人中之物何以故天上成就勝妙寶故若入地獄受諸苦惱不暇思念是故不得畜生人中亦復如是若謂餓鬼何緣獨得以其本有愛貪慳恪故墮餓鬼中旣爲餓鬼常悔本過思念欲得是故得之若所爲者生餘道中其餘眷屬墮餓鬼者皆悉得之是故智者應爲餓鬼懃作福德（正法念經大意亦同）若有祠祀誰是受者隨其祠處而爲受者若近樹林則樹神受舍

河泉井山林堆阜亦復如是是人祀已亦得福德何以故令彼受者生喜心故是祀福德能護身財若説殺生祠祀得福是義不然何以故不見世人種伊蘭子生栴檀樹斷衆生命而得福德若欲祠者當用香華乳酪酥果爲亡追福則有三時春時正月夏時五月秋時九月若以房舍卧具湯藥園林池井牛羊象馬種種資生布施於他施已命終是人福德隨所施物住用久近福德常生是福追人如影隨形或有説言終已便失是義不然何以故物壞不用三時中失非命盡失若出家人劾在家人歲節之日棄飲食者隨世法故非眞實也亦信世法出世法故若能隨家所有好惡常樂施者名一切施若以身分及以妻子所重之物施於人者是則名爲不思議施又婆沙論云爲餓鬼作福鬼得飲食亦增益身臭者得香惡色得好色又經云如諸鬼等所食不同或膿或糞得是施已一切變成上妙色味若鬼異處受生親爲施時彼鬼業力遥知生喜若還在家受苦報者親爲施者鬼自親見生喜又婆沙論云有人不如法求財及其得時以慳惜故於已眷屬尚無心與況復餘人以無施心故身壞命終墮餓鬼中若在本舍邊不淨糞穢廁溷中住諸親里等生苦惱心作如是念彼積聚財自不受用又不施人以苦惱故欲施其食請諸眷屬親友知識沙門婆羅門施其飲食爾時餓鬼親自見之於眷屬財物生已有想作如是念如此財物我所積聚今施與人心大歡喜於福田所生信敬心若生餘道多不得力縱令亡人

不得此福故為修善自得大利如似起慈自常獲福又智度論云如慈心念諸衆生令得快樂衆生雖無所得念者大得其福若不樂施縱生天得聖還乏衣食故優婆塞戒經云持戒雖得羅漢不遮飢苦若樂行施雖墮鬼畜常飽無乏又未曾有經云有王白佛言我父先王奉事外道常行布施求梵天福如斯功德生何天耶佛告王曰前王果報今在地獄所以者何不值善時不遇善友無善方便雖修功德不得免罪布施之功不無失也後罪畢時方當受福當知修福不與罪合先帝大王有五種惡業生地獄中一者憍慢妬弊事無麤細便起鞭罸不忍辱故二者貪愛寳貨斷事不平致令天下懷怨恨故三者遊獵嬉戲困苦人民傷害衆生所愛命故四者耽著女色得新厭舊撫綏不平致怨恨故五者破戒以此文證故知事邪修福善惡恒别苦樂兩報不相雜亂何况利根多聞正信三寶而招苦報又惟無三昧經云佛告阿難善男子人求道安禪先當斷念人生世間所以不得道者但坐思想穢念多故一念來一念去一日一宿有八億四千萬念念念不息一善念者亦得善果報一惡念者亦得惡果報如響應聲如影隨形是故善惡罪福各别又中阿含經云若為死人布施祭祀者若生入餓鬼中者得食除餘趣不得由各有活命食故若親族不生中者但施自得其福乃至施主生六趣中施物常隨以持戒故雖得人身必須餘福助報又往生經云亡後作福死者七分獲一餘者屬現造者又灌頂經云阿難問

佛言若人命終送著山野造立墳塔是人精魂在中以不佛言亦在亦不在若人生時不造善根不識三寶而不爲惡無善受福無惡受殃無善知識爲其修福是以精䰟在塚塔中未有去處是故言在或其前生在世之時大修福善精勤行道或生天上三十三天在中受福或生人間豪姓之家到處自然隨意所生又不在者或其前生在世之時然禱祀邪道不信眞正邪命自活諂僞欺人墮在餓鬼畜生之中備受衆苦經歷地獄故言不在塚塔中也或不在者或是五穀之骨未朽爛時故有微靈骨若糜爛此靈即滅無有氣勢亦不能爲人作諸禍福靈未滅時或是鄉親命終之人在世無福又行邪諂應墮鬼神或爲樹木雜物之精無天福可受地獄不攝縱捨世間浮遊人村既其無食恐動於人作諸變怪扇動人心或有魍魅邪師以倚爲福覓諸福祐欲得長生愚癡邪見殺生祠祀死入地獄餓鬼畜生無有出時不可不愼之又若人臨終之日當爲燒香然燈續明於塔寺中表刹之上懸過命幡轉讀尊經竟三七日所以然者命終之人在中陰中身如小兒罪福未定應爲修福願亡者生神使生十方無量刹土承此功德必得往生亡者在世若有罪愆應墮八難以幡燈功德必得解脱若有善願應生父母在於異方不得疾生以幡燈功德皆得疾生無復留難若得生已當爲人作福德之子不爲邪鬼之所得便種族豪强是故應修福善幡燈功德又若四輩男女若臨終時若已命過是其七日造作黃幡懸著刹

上使獲福德離八難苦得生十方諸佛淨土旛蓋供養隨心所願至成菩提旛隨風轉破散都盡至成微塵風吹微塵其福無量旛一轉時轉輪王位乃至吹塵小王之位其報無量燈四十九照諸幽冥苦痛衆生蒙此光明皆得相見緣此福德拔彼衆生悉得休息又淨度三昧經云八王日諸天帝釋鎮臣三十二人四鎮大王司命司録閻羅大王八王使者盡出四布覆行復隨四王十五日三十日所奏案校人民立行善惡地獄王亦遣輔臣小王同時俱出有罪即記前齋八王日犯過福強有救安隱無他用福原赦到後齋日重犯罪數多者減壽録名剋死歲月日時關下地獄地獄承文書即遣獄鬼持名録名獄鬼無慈死日未到強催作惡令命促盡福多者增壽益筭天遣善神營護其身移下地獄拔除罪名除死定生後生天上又觀佛三昧經云爾時曠野鬼神白佛言我恒噉人今者不殺當食何物佛勑鬼王汝但不殺我勑弟子當施汝食乃至法滅以我力故令汝飽滿鬼王聞喜受佛五戒故涅槃經云制諸聲聞弟子出衆生食濟曠鬼神又智度論云鬼神得人少許飯食即能變使多令得充足又譬喻經云佛與阿難到河邊行見五百餓鬼歌吟而行復見數百好人啼哭而過阿難問佛鬼何以歌舞人何以啼哭佛答阿難餓鬼家兒子親屬爲其作福行得解脱是以歌舞好人家兒子親屬唯爲殺害無有與作福之者後大火逼之是以啼哭也又宿願果報經云昔有婆羅門夫婦二人無有兒子財富無數臨

壽終時自相謂言各當吞錢以爲資粮其國俗法死者不埋但著樹下各吞五十金錢身爛錢出國中有一賢者行見愍之泫然流淚傷其慳貪取爲設福請佛及僧盡供辦擘飯佛前稱名呪願時慳夫婦受餓鬼苦即生天上爲請四輩時生天上者即得天眼知爲作福從天來下化作年少佐助檀越佛言此厨間少年是其檀越佛爲說法即得道迹賢者亦得道迹衆僧歡喜皆得生天又百喻經云昔有賈客欲入大海要須導師即共求覓得一導師相將發引至曠野中有一天寺當須人祀然後得過於是衆賈共思量言我等盡親如何可殺唯此導師中用祀天即殺導師以用祭祀祀天已竟迷失道路不知所趣窮困死盡一切世人亦復如是欲入法海取其珍寶當修善行以爲導師毀破善行生死曠路永無出期經歷三塗受苦長遠如彼商賈將入大海殺其導師迷失津濟終致困死頌曰

高堂信逆旅　懷業理常牽　玉匣方委觀
金臺不復延　挽聲隨徑遠　蘿影帶松懸
詎能留十念　唯應逐四緣　幻工作同異
變弄巧多般　愚俗諍人我　誰復非謂賢
謬者疑久固　達者知幻遷　昇沉苦樂異
徒祭哭蒼天

諸經要集卷第十九

音釋

黰（乙減切深黑也）瘀（依倨切血壅也）癥瘕（癥知陵切腸病也瘕公遐切腹內久病也）膀胱（膀步光切胱古黃切膀胱水府也）㸌（胡郭切熱也）膈（古伯切胸膈也）㾫（於琰切）痾（烏何切病也）疹（丑刃切病也）惴（之睡切憂懼也）痰（徒含切病液也）阿閦（梵語也此云無動閦初六切）訹（思律切誘也）殮（力驗切殯殮也）纊（苦謗切細絮也）蘧蒢（蘧其居切蒢直魚切）柩（巨救切尸在棺也）岠峨（岠普火切峨五可切岠峨傾側貌）柟（那含切與楠同）羺（奴鉤切胡羊）啞（烏奚切聲也）

諸經要集卷第二十上

唐 西明寺沙門釋道世撰

雜要部第二十（此有十三緣）

述意緣第一

夫神理無聲因言詞以寫意言詞無迹緣文字以圖音故字爲言蹄言爲理筌音義合符不可偏失是以文字應用彌綸宇宙雖迹繁翰墨而理契乎神但以經論浩愽具録難周記傳紛綸事有廣略所以道達群方開示後學設教緣迹煥然備悉訓俗事原鬱爾咸在捜檢條章討撮樞要緝綴翰墨具列前篇其餘雜務汲引濟俗現可行者疏之於後冀令昏昧漸除法燈遐照也

怨苦緣第二

如中阿含經云爾時世尊告諸比丘衆生無始生死長夜輪轉不知苦之本際諸比丘於意云何若此大地一切草木以四指量斬以爲籌以數汝等長夜輪轉生死所依父母籌數已盡其諸父母數猶不盡諸比丘如是無始生死長夜輪轉不知苦之本際佛告諸比丘汝等輪轉生死飲其母乳多於恒河及四大海水所以者何汝等長夜或生象中飲其母乳無量無數或生駝馬牛驢諸禽獸類飲其母乳其數無量汝等長夜棄於塜間膿血流出亦復如是或墮地獄畜生餓鬼髓血流

出亦復如是佛告諸比丘汝等長夜輪轉生死所出身血甚多無數過於恒水及四大海汝於長夜曾生象中或截耳鼻頭尾四足其血無量或受馬駝驢牛禽獸類等斷截耳鼻頭足四體其血無量或身壞命終棄於塚間膿血流出其數無量或墮地獄畜生餓鬼身壞命終其流血出亦復如是或長夜輪轉生死喪失父母兄弟姊妹宗親知識或喪失錢財爲之流淚甚多無量過四大海水佛告諸比丘汝等見諸衆生安隱諸樂當作是念我等長夜輪轉生死亦曾受斯樂其趣無量或見諸衆生受諸苦惱當作是念我昔長夜輪轉生死以來亦曾受如是之苦其數無量或見諸衆生而生恐怖衣毛爲竪當作是念我等過去必曾殺生爲傷害者爲惡知識於無始生死長夜輪轉不知苦之本際或見諸衆生愛念歡喜者當作是念如是過去世時必爲我等父母兄弟姊妹妻子親屬師友知識如是長夜生死輪轉無明所蓋愛繫其頸故長夜輪轉不知苦之本際是故諸比丘當如是學精勤方便斷除諸大莫令增長爾時世尊即說偈言

一人一劫中　積聚其身骨　常積不腐壞
如毗富羅山　若諸聖弟子　正智見眞諦
此苦及苦因　離苦得寂滅　修習八道迹
正向般涅槃　極至於七有　天人來往生
盡一切諸結　究竟於苦邊

佛告諸比丘衆生無始生死長夜輪轉不知苦之本際無有一處不生不死者如是長夜無始生死不知苦之本際亦無有一處無父

毋兄弟妻子眷屬宗親師長者譬如大雨滴泡一生一滅如是衆生無明所蓋愛繫其頸長夜輪轉不知苦之本際譬如普天大雨洪澍東西南北無斷絶處如是四方無量國土刧成刧壞如天大雨普雨天下無斷絶處長夜輪轉不知苦之本際譬如擲杖空中或頭落地或尾落地或中落地如是無始生死長夜輪轉或墮地獄或墮畜生或墮餓鬼又正法念經云爾時夜摩天王爲諸天衆以要言之於天人中有十六苦何等十六天人之中善道所攝一者中陰苦二者住胎苦三者出胎苦四者希求食苦五者怨憎會苦六者於恩愛别離苦七者寒熱苦八者病苦九者他給使苦十者追求營作苦十一者近惡知識苦十二者妻子親里衰惱苦十三者飢渴苦十四者爲他輕毁苦十五者老苦十六者死苦如是十六人中大苦於人世間乃至命終及餘衆苦於生死中不可堪忍於有爲中無有少樂一切無常一切敗壞爾時夜摩天王以偈頌曰

於人世界中　有陰皆是苦　有生必歸死
有死必有生　若住於中陰　自業受苦惱
長夜遠行苦　此苦不可說　沒於屎尿中
熱氣之所燒　如是住胎苦　不可得具說
常貪於食味　其心常希望　於味變大苦
此苦不可說　心小常希望　於欲不知足
所受諸苦惱　此苦不可說　怨憎大聚會
猶如大火毒　所生諸苦惱　此苦不可說
於恩愛别離　衆生起大苦　大惡難堪忍
此苦不可說　寒熱大苦畏　生無量種苦

生無量種惡　此苦不可說　病苦害人命
病爲死王使　衆生受斯苦　此苦不可說
爲他所策使　常無有自在　衆生受斯苦
此苦不可說　愛妻燒衆生　追求受大苦
次第乃至死　此苦不可說　若近惡知識
衆苦常不斷　當受惡道苦　此苦不可說
妻子得衰惱　見則生大苦　出過於地獄
此苦不可說　飢渴自燒身　猶如猛燄火
能壞於身心　此苦不可說　常爲輕賤他
親里及知識　生於憂悲苦　此苦不可說
人爲老所壓　身羸心意劣　傴僂拄杖行
此苦不可說　人爲死所執　從此至他世
是死爲大苦　不可得宣說

八苦緣第三

如五王經云佛爲五王說法云人生在世常有無量衆苦切身今粗爲汝等略說八苦何謂八苦一生苦二老苦三病苦四死苦五恩愛別苦六所求不得苦七怨憎會苦八憂悲苦是爲八苦也何謂生苦人死之時不知精神趣向何道未得生處普受中陰之形至其三七日中父母和合便來受胎一七日如薄酪二七日如稠酪三七日如凝酥四七日如肉團五七日五皰成就巧風入腹吹其身體六情開張在母腹中生藏之下熟藏之上母噉一杯熱食灌其身體如入鑊湯母飲一杯冷水亦如寒冰切身母飽之時迫迮身體痛不可言母飢之時腹中了了亦如倒懸受苦無量至其滿月欲生之時頭向産門劇如兩石夾山欲生之時母危父怖生墮草上身體細輭草觸其身如履刀劍忽然失聲大呼此

是苦不諸人咸言此是大苦
何謂老苦謂父母養育至年長大自用强健
擔輕負重不自裁量寒熱失度老年頭白齒
落目視䀮眈耳聽不聰盛去衰至皮緩面皺
百節疼痛行步苦極坐起呻吟憂悲心惱識
神轉滅便旋即忘命日促盡言之流涕坐起
須人此是苦不答曰大苦
何謂病苦人有四大和合而成一大不調百
一病生四大不調四百四病同時俱作地大
不調舉身沉重水大不調舉身胖腫火大不
調舉身熱蒸風大不調舉身㑌强百節苦痛
猶被杖楚四大進退手足不任氣力虛竭坐
起須人口燥脣燋筋斷鼻坼目不見色耳不
聞音不淨流出身卧其上心懷苦惱言趣悲
哀六親在側晝夜共有初不休息餚饍美食
入口皆苦此是苦不答曰實是大苦
何謂死苦人死之時四百四病同時俱作四
大欲散魂神不安欲死之時刀風解形無處
不痛白汗流出兩手摸空室家内外在其左
右憂悲涕泣痛徹骨髓不能自勝死者去之
風逝氣絶火滅身冷風先火次魂靈去矣身
體挺直無所復知旬日之間肉壞血流胖脹
爛臭甚不可近棄之曠野衆鳥噉食肉盡骨
乾髑髏異處此是苦不答言實是大苦
何謂恩愛别苦謂室家内外兄弟妻子共相
戀慕一朝破亡爲人抄劫各自分張父東子
西母南女北非唯一處爲人奴婢各自悲呼
心肉斷絶杳杳冥冥無有相見之期此是苦
不答言實是大苦
何謂所求不得苦家内錢財散用追趍大官

吏民望得富貴勤苦求之不止會遇得之而作邊境令長未經幾時貪取民物爲人告言一朝有事檻車立待欲殺之時憂苦無量不知死活何日此是苦不答言實是大苦

何謂怨憎會苦世人薄俗共居愛欲之中爭不急之事更相殺害遂成大怨各自相避隱藏無地各磨刀錯箭挾弓持杖恐畏相見會遇狹道相逢張弓㵱箭兩刃相向不知勝負是誰當爾之時怖畏無量此是苦不答曰實是大苦

何謂憂悲苦惱謂人生在世長命者乃至百歲短命者胞胎傷墮長命之者與其百歲夜消其半餘年五十在其酒醉疾病不知作人減少五歲小時愚癡至年十五未知禮儀年過八十志鈍無智耳聾目瞑無有法則復減二十年已九十年過餘有十歲之中多諸憂愁天下欲亂時亦愁天下旱時亦愁天下大水亦愁天下大霜亦愁天下不熟亦愁家室內外多諸疾病亦愁持家財物治生恐失亦愁官家百調未及輸亦愁家人遭官繫閉牢獄未知出期亦愁兄弟遠行未歸亦愁居家窮寒無有衣食亦愁比舍村落有事亦愁社稷不辦亦愁室家死亡無有財物殯葬亦愁至春種作無有耕牛亦愁如是種種憂悲無有樂時至其節日共相集聚應當歡樂方共悲啼相向此是苦不答言實是大苦又金色王經云有一天女向金色王而說偈言

何法名爲苦　所謂貧窮是　何苦最爲重
所謂貧窮苦　死苦與貧窮　二苦等無異
寧當受死苦　不用貧窮生

蟲寓緣第四

如禪祕要經云復次舍利弗若行者入禪定時欲覺起貪婬風動四百四脉從眼至身根一時動搖諸情閉塞動於心風使心顛狂因是發狂鬼魅所著晝夜思欲如救頭然當疾治之治之法者教此行者觀子藏子藏者在生藏下熟藏之上九十九重膜如死豬胞四百四脉從於子藏猶如樹枝布散諸根如盛屎囊一千九百節似芭蕉葉八十戶蟲圍繞周帀一百四脉及以子藏猶如馬腸直至產門如臂釧形團圓大小上圓下尖狀如貝齒九十九重一一重間有四百四蟲一一蟲有十二頭十二口人飲水時水精入脉布散諸蟲入毗羅蟲頂直至產門半月半月出不淨水諸蟲各吐猶如敗膿入九十蟲口中從十二蟲六竅中出如敗絳汁復有諸蟲細於秋毫遊戲其中諸男子等宿惡罪故四百四脉從眼根布散四肢流注諸腸至生藏下熟藏上肺脾腎脉於其兩邊各有六十四蟲各十二頭亦十二口婉踡相著狀如指環盛青色膿如野豬精臭惡叵甚至藏陰處分為三支二九在上如芭蕉葉有一千二百脉一一脉中生於風蟲細若秋毫似毗蘭多鳥觜諸蟲中生筋色蟲（此蟲形體似筋連持子藏能動諸脉吸精出入男蟲青白女蟲紅赤）七萬八千共相纏裹狀如螺環似瞿師羅鳥眼九十八脉上衝於心乃至頂髻諸男子等眼觸於色風動心相四百四脉為風所使動轉不停八十戶蟲一時張口眼出諸膿流注諸脉乃至蟲頂諸蟲崩動狂無所知觸前女根男精青白是諸蟲淚女精黃赤是諸蟲

膿九十八使所熏修法八十戶蟲地水火風之所動作

佛告舍利弗若有四衆著慚愧衣服慚愧藥欲求解脱度世苦者當學此法如飲甘露學此法者想前子藏乃至女根男子身分大小諸蟲張口竪牙瞋目吐膿以手反之置左膝端數息令定一千九百九十九過觀此想成已置右膝端如前觀之復以手反之用覆頭上令此諸蟲衆不淨物先適兩眼耳鼻及口無處不至見此事已於好女色及好男色乃至天子天女若眼視之如見癩人那利瘡蟲如地獄箭半多羅鬼神狀如阿鼻地獄猛火熱焰應當諦觀自身他身是欲界一切衆生身分不淨皆悉如是舍利弗汝今知不衆生身根根本種子悉不清淨不可具說但當數息一心觀之若服此藥是大丈夫天人之師調御人主免欲淤泥不爲欲水恩愛大河之所漂没婬泆不祥幻色妖鬼之所嬈害當知是人未出生死其身香潔如優波羅人中香象龍王力士摩醯首羅所不能及大力丈夫天人所敬佛告舍利弗汝好受持爲四衆説慎勿忘失時舍利弗及阿難等聞佛所説歡喜奉行

又正法念經云比丘修行者如實見身從頭至足循身觀察彼以聞慧或以天眼見髑髏内自有蟲行名曰腦行遊行骨内生於腦中或行或住當食此腦復有諸蟲住髑髏中若行若食遶食髑髏復有髮蟲住於骨外食於髮根以蟲瞋故令髮墮落復有耳蟲住在耳中食耳中肉以蟲瞋故令人耳痛或令耳聾

復有鼻蟲住在鼻中食鼻中肉以蟲瞋故能令其人飲食不美腦涎流下以蟲食腦涎是故令人飲食不美復有脂蟲生在脂中住於脂中常食人脂以蟲瞋故令人頭痛復有續蟲生於節間有名身蟲住入人牙以蟲瞋故令人脉痛猶如針刺復有諸蟲名曰食涎住舌根中以蟲瞋故令人口燥復有諸蟲名曰牙根蟲住於牙根以蟲瞋故令人牙疼復有諸蟲名嘔吐蟲以食違故多生嘔吐是故名內修行者循身觀是十種蟲住於頭中或以聞慧或以天眼初觀咽喉有蟲名曰食涎齟嚼食時猶如嘔吐涎唾和雜欲咽之時與腦涎合喉中涎蟲共食此食以自活命若蟲增長令人欶病若多食膩或多食垢或食熏食或食醋食或食冷食蟲則增長令人咽喉生於病疾復以聞慧或以天眼見消唾蟲住咽喉中若人不食如上膩等蟲則安隱能消於唾於十脉中流出美味安隱受樂若人多唾蟲則得病以蟲病故則吐冷沫故胸中成病復以聞慧或以天眼觀於吐蟲住人身中住於十脉流注之處若人食時如是之蟲從下脉中涌身上行至咽喉中即令人吐生於五種嘔吐一風吐二癊吐三唾吐四雜吐五蠅吐若蟲安隱則於胃口順入腹中復以聞慧或以天眼見蠅食不淨故蠅入咽喉中令吐蟲動則便大吐復以聞慧或以天眼見醉味蟲行於舌端乃至令脉於其中間或行或住微細無足若食美食蟲則昏醉增長若食不美蟲則瘦弱若我不食醉蟲則病不得安隱復以聞慧或以天眼見放逸蟲住於頂上若

至腦門令人疾病若至頂上令人生瘡若至咽喉猶如蟻子滿咽喉中若住本處病則不生復以聞慧或以天眼見六味蟲所貪嗜味者我亦貪嗜隨此味蟲所不嗜者我亦不便若得熱病蟲亦先得如是熱病以是過故令於病人所食不美無有食味復以聞慧或以天眼見抒氣蟲以瞋恚故食腦作孔或咽喉痛或咽喉塞生於死苦此抒氣蟲共咽喉中一切諸蟲皆悉撩亂生諸痛惱此抒氣蟲當爲噎覆其蟲短小有面有足復以聞慧或以天眼見憎味蟲住於頭下咽喉根中云何此蟲爲我病惱或作安隱彼見此蟲憎疾諸味唯嗜一味或嗜甜味憎於餘味或嗜醋味憎於餘味隨所憎味我亦憎之隨蟲所嗜我亦嗜之舌端有脉隨順於味令蟲乾燥以蟲瞋故令舌瘖瘖而重或令咽喉即得微病若不瞋恚咽喉則無如上諸病復以聞慧或以天眼見嗜睡蟲其形微細狀如牖塵住一切脉流行趣味住骨髓內或住肉內或髑髏內或在頰內或齒骨內或咽骨中或在耳中或在眼中或在鼻中或在鬢髮此嗜睡蟲風吹流轉若此蟲病若蟲疲極住於心中心如蓮華晝則開張無日光故夜則還合心亦如是蟲住其中多取境界諸根疲極蟲則睡眠人亦睡眠一切衆生悉有睡眠若此睡蟲晝日疲極人亦睡眠復以聞慧或以天眼見有腫蟲行於身中其身微細隨蟲飲血處則有腫起瘖瘖而疼或在面上或在頂上或在咽喉或在腦門或在餘處所在之處能令生腫若住筋中則無病苦復以聞慧或以天眼見十種

蟲至於肝肺人則得病何等爲十一名食毛蟲二名孔穴行蟲三名禪都摩羅蟲四名赤蟲五名食汁蟲六名毛燈蟲七名瞋血蟲八名食肉蟲九名瘤瘤蟲十名醋蟲此諸蟲等其形微細無足無目行於血中痛癢爲相復以聞慧或以天眼見食毛蟲若起瞋恚能噉鬚眉皆令墮落令人癩病若孔穴行蟲而起瞋恚行於血中令身麤澀頭痺無知若禪都摩羅蟲流行血中或在鼻中或在口中令人口鼻皆悉臭惡若其赤蟲而起瞋恚行於血中能令其人咽喉生瘡若食汁蟲而起瞋恚行於血中令人身體作青癜瘓或黑或黃癜瘓之病若毛燈蟲起於瞋恚血中流行則生病苦瘡癬熱黃疥癩破裂若瞋血蟲以瞋恚故血中流行或作赤病女人赤下身體搔癢疥瘡膿爛若食肉蟲瞋而生病惱頭旋迴轉於咽喉中口中生瘡下門生瘡若瘤瘤蟲血中流行則生病疾疲頓困極不欲飲食若醋蟲瞋恚亦令其人得如是病復觀十種蟲行於陰中何等爲十一名生瘡蟲二名刺蟲三名閉筋蟲四名動脉蟲五名食皮蟲六名動脂蟲七名和集蟲八名臭蟲九名濕生蟲十名熱蟲復以聞慧或以天眼見於瘡蟲隨有瘡處諸蟲圍繞噉食此瘡或於咽喉而生瘡病或見刺蟲若生瞋恚令人下痢猶如火燒口中乾燥飲食不消若人愁惱蟲則歡喜噛人血脉以爲衰惱或下赤血或不消下痢或見閉筋蟲行於麤筋或行細筋若覺蟲行筋則疼痛若不覺行筋則不疼一切骨肉皆亦消瘦筋中疼痛若蟲瞋恚人不能食若住筋

中而飲人血令人無力若食人肉令人羸瘦或見動脉蟲是蟲徧行一切脉中其身微細行無障礙若蟲住入食脉之中則有病過令身乾燥不喜飲食若蟲住水脉之中則有病生令口乾燥若在汗脉令人一切毛孔無汗若在尿脉令人淋病或令精壞或令痛苦若蟲瞋恚行下門中令人大便閉塞不通苦惱垂死或見食皮蟲以食過故蟲則瞋恚令人面色醜惡或生惡皰或癢或赤或黃或破或復令其髮爪墮落令人惡病或皮斷壞或肉爛壞或見動脂蟲住在身中脂脉之內若食有過若多睡眠此蟲則瞋不消飲食或生疥瘙或生惡腫毛根瘭病或得癭病或脉脹或乾瘠或身臭病或食時流汗或見和集蟲集二種身一者覺身二者不覺身皮肉血等是名覺身髮爪齒等是名不覺身以食過故蟲則無力人亦無力不能速疾行來往返睡眠瞢瞢或多燋渴皮肉骨血髓精損減或見臭蟲住在肉中屎尿之中以食過故蟲則瞋恚身肉屎尿唾涕皆臭鼻中爛膿或眼淚爛臭隨蟲行處皆悉臭穢若衣若敷若食住在齒中以蟲臭故食亦隨臭衣敷盡臭舌上多有血垢臭穢身垢亦臭或見濕行蟲行背肉中知食消已入腰三孔取人糞穢汁則成尿滓則為糞令入下門復次修行觀者內身循身觀觀十種蟲行於身中一切人身皆從中出何等為十一名瘤瘤蟲二名惙惙蟲三名苗華蟲四名火餤蟲五名黑蟲六名大食蟲七名暖行蟲八名作熱蟲九名火蟲十名大火蟲此諸蟲等住陰黃中復以聞慧或以天眼

見瘤瘤蟲以食過故蟲則瞋恚食人眼睫令人眼癢多出眵淚此微細蟲若行眼中眼則多病或令目壞若入睛中眼生白瞖其蟲赤色若蟲不瞋則無此病或見惙惙蟲住在人身行於陰中陰黄覆身若入骨中令人蒸熱若行皮中晝夜常熱手足皆熱若入皮裏身則汗出或見苗華蟲行住陰中利背短足身如火藏不欲食飲隨所行處則大熱爛身肉增長其身蒸熱若蟲順行則無此疾或見火焰蟲住在身中行黄陰中或安不安以食過故蟲則瞋恚從頂至足行無障礙能令身中一切熱血生於熱瘡若血若陰行於口中耳中流出若蟲不瞋則無此病或見黑蟲住在身內行於黄中或安不安以食過故蟲則瞋恚令人面皺或生多黡或黒或黄或赤或令

身臭或令雀目或口中生瘡或大小便處生瘡若蟲不瞋則無此病或見大食蟲以食過故則生瞋恚住陰黄中隨食消化若蟲不瞋則無此病或見暖行蟲常愛暖食憎於冷食若我食冷蟲則瞋恚口多出水或㾓或睡或心陰薹瞢或身疼强或復多唾或咽喉病若蟲不瞋則無此病或見熱蟲住人身中以食過故病垢增長妨出入息令身麤大或咽喉塞令大小便悉皆白色不愛寒冷不受淡食或見食火蟲住在身內行住陰中此蟲寒時則便歡喜熱時痿弱寒歡喜故人則憶食熱時火增不欲飲食於冬寒時陰則清涼熱則陰發或見大火蟲若人性不便而强食之以食過故蟲則瞋恚噉身肉蟲令人腸痛或脚手疼隨食蟲處則皆疼痛若蟲不瞋則無如

上復次修行者内身循身觀彼以聞慧或以天眼觀於骨中有十種蟲何等爲十一名舐骨蟲二名嚙骨蟲三名割節蟲四名赤口臭蟲五名爛蟲六名赤口蟲七名頭頭摩蟲八名食皮蟲九名風刀蟲十名刀口蟲如此十蟲行於骨中違情損身不可具述復次修行者内身循身觀復以聞慧或以天眼見十種蟲行於尿中何等爲十一名生蟲二名針口蟲三名節蟲四名無足蟲五名散汁蟲六名三焦蟲七名破腸蟲八名閉塞蟲九名善色蟲十名穢門糞蟲其毛可惡住糞穢中此十種蟲若違性瞋故亦損人身備在經文不可具述復次修行者内身循身觀復以聞慧或以天眼見十種蟲行於髓中有行精蟲何等爲十一名毛蟲二名黑口蟲三名無力蟲四名大痛蟲五名煩悶蟲六名火蟲七名滑蟲八名下流蟲九名起身根蟲十名憶念歡喜蟲此之十蟲若違性瞋故亦損人身具如經説不可具述

諸經要集卷第二十上

音釋

嚏都計切氣噴鼻也
傴僂傴於語切僂力主切背曲不申也
了都了切懸也
瞍睆瞍先口切睆呼光切瞍睆目不明也
倔强倔巨勿切强其兩切倔强梗戾貌
髑髏髑徒谷切髏落侯切髑髏首骨也
膜慕各切肉間腠膜也
婉綣婉於阮切婉順也綣口阮切繾綣也
齟嚼齟慈呂切嚼在爵切
癢余兩切
痶瘓痶他典切痶他短切痶瘓病也
搔痒搔蘇刀切爬也痒余兩切與癢同
瘙蘇到切皮上小痒瘡也
瘭布昭切病也
瘿於郢切頸臃病也
惙陟劣切
眵赤脂切目汁凝也
窳以主切懶也

諸經要集卷第二十下

唐西明寺沙門釋道世撰

雜要部第二十之餘

五辛緣第五

如楞伽經云佛言大慧如是一切葱韮蒜臭穢不淨能障聖道亦障世間人天淨處何況諸佛淨土果報酒亦如是又涅槃經云乃至食葱韮蒜薤亦皆如是當生苦處穢汚不淨能障聖道亦障世間人天淨處何況諸佛淨土果報酒亦如是能障聖道能損善業能生諸過又雜阿含經云不應食五辛何等爲五一者木葱二者茖葱三者蒜四者興渠五者蘭葱又梵網經云若佛子不得食五辛大蒜茖葱慈葱蘭葱興渠是五種不得食又五辛報應經云七衆等不得食肉葷辛讀誦經論得罪有病開在伽藍外白衣家服已滿四十九日香湯澡浴竟然後許讀誦經論不犯又僧祇十誦五分律等更無餘治開病比丘服蒜聽七日在一邊小房内不得卧僧牀褥衆大小便處講堂處皆不得到又不得受請及僧中食不得就佛禮拜得在下風處遥禮七日滿已澡浴熏衣方得入衆若有患瘡醫教須香治者佛令先供養佛已然後許塗身還在屏處一同前法出家性潔尚令作法如是豈順穢俗凡夫輙開食耶

嚏氣緣第六

如僧祇律云若在禪坊中嚏者不得放恣大嚏若嚏來時當忍以手掩鼻若不可忍者以手遮鼻而嚏勿令涕唾汚比座若上座嚏者應言和南下座嚏黙然又四分律云時世尊嚏諸比丘呪願言長壽時有居士嚏及禮拜

比丘佛令比丘呪願言長壽又僧祇律云佛言若急下風來當制若不可忍者當向下座不得在前縱氣若氣來不可忍者當下道在下風放之又毗尼母經云氣有二種一者上氣二者下氣上氣欲出時莫當人張口令出要迴面向無人處張口令出若下氣欲出時不聽衆中出要作方便出外至無人處令出然後來入衆莫使衆識嫌汚賤入塔時不應放下氣安塔樹下大衆中皆不得令出氣師前大德上座前亦不得放下風出聲若腹中有病急者應出外去莫令人生汚賤心

便利緣第七

如優鉢祇王經云伽藍法界地漫大小行者五百身墮拔波地獄經二十小劫常遣肘手抱此大小便處臭穢之地乃至黃泉又毗尼母經云諸比丘住處房前閑處小便汚地臭氣皆不可行佛聞之告諸比丘從今已去不聽諸比丘僧伽藍處處小行當聚一屏猥處若瓦瓶若木筩埋地中小行已以物蓋頭莫令有臭氣若上廁去時應先取籌草至戶前三彈指作聲若人非人令得覺知若無籌不得壁上拭不得廁板梁杙上拭不得用石不得青草土塊輭木皮輭葉竒木皆不得用所應用者木竹葦作籌度量法極長者一搩手短者四指已用者不得振令汚淨者不得著淨籌中是名上廁用籌法上廁有二處一者起止處二者用水處用水處坐起褰衣一切如起止處無異廁戶前著淨瓶水復應著一小瓶若自有瓶者當自用若無瓶者用廁邊小瓶不得直用僧大瓶水令汚是名上廁用

水法塔前衆僧前和尚阿闍棃前不得張口大涕唾著地若欲涕唾者當屏猥處莫令人惡賤是涕唾法又三千威儀中云若不洗大小便比丘得突吉羅罪亦不得淨僧坐具上坐及禮三寶設禮無福德又至舍後上厠有二十五種事一欲大小便當行時不得道上爲上座作禮二亦莫受人禮三往時當直低頭視地四往當三彈指五已有人彈指不得逼六已上正住彈指乃踞身七正踞中坐八不得一足前一足後九不得令身倚十斂衣不得使垂圊中十一不得大咽使面赤十二當直視前不得顧聽十三不得污壁十四不得低頭視圊中十五不得視陰十六不得以手持陰十七不得草畫地十八不得持草畫壁作字十九用水不得大費二十不得污濺二十一用水不得使前手著後手二十二用土當三過二十三當用澡豆二十四得三過用水二十五設見水草土盡語直日主者若自手取爲善又僧祇律云大小行已不用水洗而受用僧坐具牀褥得罪又十誦律云不洗大行處不得坐卧僧卧具上得罪又摩得勒伽論云不洗大小行處不得禮拜除無水處若爲非人所瞋水神所瞋或爲服藥等開不犯又雜譬喻經云有一比丘不彈指來大小便濆污中鬼面上魔鬼大恚欲殺沙門持戒魔鬼隨逐伺覓其短不能得便既知此事上廁必須謦咳作聲又賢愚經云昔佛在世時舍衛城中有一貧人名曰尼提極貧下賤常客除糞佛知應度即將阿難往到其所正值尼提擔糞出城而欲棄之瓶破污身遥見世尊深生慚愧

不忍見佛佛到其所廣爲説法即生信心欲得出家佛使阿難將至河中與水洗訖將詣祇洹佛爲説法得須陀洹尋即出家得阿羅漢果國人及王聞其出家皆生怨恨云何佛聽此人出家波斯匿王即往佛所欲破此事正值尼提在祇洹門大石上坐縫補故衣七百諸天香華供養王見歡喜請通白佛尼提比丘身没石中出入自在通白已竟王到佛所先問此事向者比丘姓字何等佛告王曰是王國中下賤之人除糞尼提王聞佛語謗心即除到尼提所執足作禮懺悔辭謝王白佛言尼提比丘宿作何業受此賤身佛告王曰昔迦葉佛入涅槃後有一比丘出家自在秉捉僧事身暫有患懶起出入便利器中使一弟子擔往棄之然其弟子是須陀洹以是因緣流浪生死恒爲下賤五百世中爲人除糞由昔出家持戒功德今得值佛出家得道以是義故不得房内便利具招前報數見俗人懈怠不能自運置穢器房中便利令他日別將棄未來定墮地獄縱得出獄猶作猪狗蜣蜋廁中穢蟲也又佛説除災患經云佛告阿難乃前世過去迦葉佛時人壽二萬歲佛事終竟復捨壽命爾時有王名曰善頭供養舍利起七寶塔高一由延一切衆生然燈燒香香華繒綵供養禮事時有衆女欲供養塔便共相率掃除塔地時有狗糞汚穢塔地時有一女人手撮除棄復有一人見其以手除地狗糞便唾笑之曰汝手已汚不可復近彼女逆罵汝弊婬物水洗我手便可復淨佛天人師敬意無巳手除不淨巳便澡手繞塔求

願令掃塔地汚穢得除令我世世勞垢消滅清淨無穢時諸女人掃塔地者今此會中諸女人是爾時掃地願滅塵勞服甘露味爾時以手除狗糞女者今柰女是爾時發願不與汚穢會所生清淨以是福報不因胞胎臭穢之處每因華生以其爾時發一惡聲罵言婬女故今受是婬女之名值佛聞法得須陀洹又雜寶藏經云南天竺法家有一童女必使早起淨掃庭中門戶左右有長者女早起掃地會值如來於門前過見生歡喜注意看佛壽命全促即終生天夫生天者法有三念自思惟言本是何身自知人身今生何處定知是天昔作何業來生於此知由見佛歡喜善業得此果報感佛重恩來供養佛佛為說法得須陀洹又新婆沙論云昔怛叉尸羅國有一女人至月光王捨千頭處禮無憂王所起靈廟見有狗糞在佛座前尋作是思此處清淨如何狗糞汚穢其中以手捧除香泥塗飾善業力故令此女人徧體生香如栴檀樹口中常出青蓮華香若諸眾生由不護淨故因內煩惱感諸外穢故論頌言

世間諸穢草　能穢汚良田　如是諸貪穢
穢汚諸含識　世間諸穢草　能穢汚良田
如是諸瞋穢　穢汚諸含識

又賢愚經云佛在世時羅閱城邊有一汪水汚泥不淨多諸糞穢國中人民以屎尿投中有一大蟲其形像蛇加有四足於其汪水東西馳走或沒或出經歷年載常處其中受苦無量爾時世尊將諸比丘至彼坑所問諸比丘汝識此蟲宿緣行不諸比丘咸皆不知佛

告比丘毗婆尸佛時有衆賈客入海取寶大獲珍寶平安還到選寶上者用施衆僧規俟僧食僧受其寶付授摩摩帝於後僧食向盡乃從其索不與衆僧苦索摩摩帝瞋恚而語之言汝曹敢屎此寶屬我何緣乃索由其欺僧惡口罵故身壞命終墮阿鼻獄身常宛轉沸屎之中九十一劫乃從獄出今墮此中自從七佛已來皆作其蟲至賢劫千佛各各皆爾又百緣經云佛在王舍城迦蘭陀竹林時尊者舍利弗大目揵連設欲食時先觀地獄畜生餓鬼然後方食目連見一餓鬼身如燋柱腹如大山咽如細針髮如錐刀纏刺其身諸肢節間皆悉火出呻吟大喚四向馳走求索屎尿以爲飲食疲苦終日而不能得即問鬼言汝造何業受如是苦餓鬼答言有日之處不須燈燭如來世尊今現在世汝可自問我今飢渴不能答汝爾時目連尋往佛所具問如來所造業行受如是苦具以上問爾時世尊告目連曰汝今善聽吾爲汝說此賢劫中舍衛城中有一長者財寶無量不可稱計常令僕使壓甘蔗汁以輸大家有辟支佛甚患渴病良醫處藥教服甘蔗汁病乃可差時辟支佛往長者家乞甘蔗汁時彼長者見來歡喜尋勑其婦富那奇我有急緣定欲出去汝今在後取甘蔗汁施辟支佛時婦答言汝但出去我後自與時夫出已取辟支佛鉢於其屏處小便鉢中以甘蔗汁蓋覆鉢上與辟支佛辟支受已尋知非是投棄於地空鉢還歸其後命終墮餓鬼中常爲飢渴所見逼切以是業緣受如是苦佛告目連欲知爾時彼

長者婦今富那奇餓鬼是佛説是時諸比丘等捨慳貪緣猒惡生死有得四沙門果者有發辟支佛心者有發無上菩提心者爾時諸比丘聞佛所説歡喜奉行

護淨緣第八

如十誦律云如何漱口佛言以水著口中三迴轉之是名淨口法又僧祇律云爾時世尊大會説法有比丘口臭在下風而住佛知而故問是比丘何故獨坐答言世尊制戒不聽嚼木所以口臭恐熏汚人故在下風佛言聽用嚼木極長者六指極短四指已上嚼時當在屏處先淨洗手嚼已水洗棄之嚼時不得咽之若醫言爲差病須咽者聽若無齒者當用灰滷土塼礓石草木洗口已食若食上欲行水當淨水先洗手器然後行水若手汚者當以葉承取若口飲時不得没脣使器著頟當拄脣而飲飲時不得盡飲當留沙許淘蕩已從口處棄之行水當好護淨器若見没脣著頟者當放置一處以草作識令人知不淨若作非時漿飲亦如前法又僧祇律云比丘晨起應淨洗手不得麤洗五指復不得齊至腕當齊手腕以前令淨不得粗魯洗不得揩令血出當以苷摩草末若灰土澡豆皂莢洗手揩令作聲淨洗手已更相揩者便名不淨應更洗手比丘食前當護手若摩頭捉衣等更須洗（比丘尚爾白衣亦然）讀經受食等准用行之手淨尚爾何況手殺生命飲血噉肉以汚身口縱欲傳法心亦不淨又四分律云時諸比丘患屋内臭佛言應掃灑若故臭以香泥泥若復臭應屋四角懸香又十誦律云時有比丘

不嚼楊枝口中氣臭白佛佛言聽嚼楊枝有五利益一口不苦二口不臭三除風四除熱病五除痰癊復有五事利益一除風二除熱三別味四能食五眼明又四分律云不嚼楊枝有五過失一口氣臭二不善別味三熱癊病不消四不引食五眼不明五分律云嚼已應洗棄之以恐蟲食死故又三千威儀云用楊枝有五事一斷當如度二破當如法三嚼頭不得過三分四梳齒當中三齒五當汁澡自用刮舌有五事一不得過三反二舌上血出當止三不得大振手汚僧伽梨若足四棄楊枝莫當人道五當著屏處

鳴鐘緣第九

如付法藏經云時有國王名罽昵吒貪虐無道數出征伐勞役人民不知猒足欲王四海戍備邊境親戚分離若斯之苦何時寧息宜可同心共屏除之然後我等乃當快樂因王病虐以被鎮之人坐其上須臾氣絶由聽馬鳴比丘說法緣故生大海中作千頭魚劍輪迴注斬截其首續復尋生次第更斬如是展轉乃至無量須臾之間頭滿大海時有羅漢爲僧維那王即白言今此劍輪聞揵椎音即便停止於其中間苦痛小息唯願大德垂哀矜愍若鳴揵椎延令長久羅漢愍念爲長打之過七日已受苦便畢而此寺上因彼王故次第相傳長打揵椎至於今日猶故如本

述曰既知經意鳴鐘濟苦兼以集衆即須維那將欲打鐘斂容合掌發願利生之意因鐘念善便共受苦畢又增一阿含經云若打鐘時願一切惡道諸苦並皆停止若聞鐘聲兼

説偈讃得除五百億劫生死重罪

降伏魔鬼怨　除結盡無餘　露地擊揵椎
比丘聞當集　諸欲聞法人　度流生死海
聞此妙響音　善當來集此

又雜喩經説偈云

聞鐘卧不起　護塔善神瞋　現在縁果薄
來報受虵身　所在聞鐘聲　卧者必須起
合掌發善心　賢聖皆歡喜

洪鐘震響覺群迷　聲徧十方無量土
含識群生普聞知　拔除衆生長夜苦
六識常昏終夜苦　無明被覆久迷情
晝夜聞鐘開覺悟　怡神淨剎得神通

入衆縁第十

如四分律云凡欲入衆當具五法一應以慈心二應自卑下如拭塵巾三應知坐起法若見上座不應安坐若見下座不應起立四彼至僧中不爲雜説談世俗事若自説若請他説五若見僧中不可事心不安忍應作默然任之故智度論云佛聖弟子住和合故有二種法一賢聖語二賢聖默今見齋會之處後生前到已得上好之處若見上座老師都不起迎逆遜讓坐處汚法之深寔由年少復見向他貴勝之家或經新喪重孝爲考妣遠忌在會道俗放情歡笑喧亂大衆豈免俗譏高僧之類又三千威儀經云凡欲上牀當具七法一詳踞牀二不得匍匐上三不使牀有聲四不得大拂牀有聲五不得大吒嘆息思惟世事六不得狗群卧七應以時節早起又地持論云若見衆生當慰問歡顔先語平視和色正念在前若菩薩知他衆生有實功德以

嫌恨心不向人說亦不讚歎有讚歎者不唱善哉是名爲犯衆多犯是犯染汙起故梁攝論云菩薩若見衆生當歡笑先言然後共語故五分律云不忍辱人有五過失一兇惡不忍二後悔恨三多人不愛四惡聲流布五死墮惡道

衰相緣第十一

如分別緣起初法門經云世尊告曰老有五種衰損一者鬚髮衰損以被鬚髮色變壞故二者身相衰損形色膚力皆衰損故三者作業衰損發言氣上喘息愈急身顫掉故住便傴曲以腰脊皆無力故坐即低屈身羸弱故行必按杖身虛劣故凡所思惟知識愚鈍念惛亂故四者受用衰損於現資具受用劣故於戲樂具一切不能現受用故於諸色根所行境界不能速疾明利而行或不行故五者命根衰損壽量將盡隣近死故遇少厄緣不堪忍故又阿含經云頭白有四因緣一者火多二者憂多三者病多四者種早白人病瘦有四因緣一少食二有憂三多愁四有病未調有四事先不語人一頭白二老三病四死是四事亦不可避亦不可却一切味不過八種一苦二澁三辛四醎五淡六甜七醋八不了了味

眠夢緣第十二

如善見律云夢有四種一四大不和夢二先見夢三天人夢四想夢云何四大不和夢答眠時夢見山崩或飛騰虛空或見虎狼師子賊逐此是四大不和夢虛而不實云何先見夢答或晝日見或白或黒或男或女夜則夢

見是名先見夢此亦不實云何天人夢若善知識天人爲現善夢令人得善若惡知識者爲現惡夢此即眞實云何想夢者答此人前身或有福德或有罪障若福德者現善夢罪者現惡夢如菩薩母初欲入毋胎時夢見白象從忉利天下入其右脇此是想夢也若夢禮佛誦經持戒布施種種功德此亦想夢問夢爲善不善無記耶答亦善不善無記若夢見禮佛聽法說法此是善功德若夢見殺盗婬此是不善夢若夢見青黄赤白色等此是無記夢也問曰若爾者應受果報答曰不受果報何以故以心業羸弱故不感起是故律云除夢中不犯又迦延論云云何一切睡眠相應耶答曰或睡不眠相應如未眠時身不輭心不輭身重心重身瞪瞢心瞪瞢身憒心憒身睡心睡爲睡所纒是謂睡不眠相應云何眠不睡相應答曰不染汙心眠夢是謂眠不睡相應云何睡眠相應答曰染汙心眠夢是謂睡眠相應云何不睡不眠答曰除上爾所事問眠當言善不善無記耶答曰眠或善或不善或無記云何爲善答曰善心眠夢云何不善答曰不善心眠夢云何無記答曰除上爾所事如夢中施與作福持戒守齋如善心眠時所作福當言餘福迴向是名善云何眠時所作不福當言迴耶答曰如夢中殺盗等如不善心眠餘不福心迴是名不善云何眠時所作福不福不當言迴答曰如眠時非福心非不福心迴如無記心眠時所作福非福不當言迴是名無記問夢名何等法答曰是五蓋中無明蓋也又十誦律云有比丘衆

中睡佛言聽水洗頭猶睡不可佛令比丘以五法用水洗他一者憐愍二者不惱他三者睡眠四者頭倚墻壁五者舒脚坐猶睡不止聽以手振若故睡不止佛言聽以擲擲若故睡不止佛聽用禪杖若取禪杖時應生敬心以兩手捉杖放戴頂上若坐睡不止應起看餘睡者以禪杖築築已還坐若無睡者還以禪杖著本處以坐若故睡不止佛聽用禪鎮安孔作之以繩貫孔中繩頭施紐掛耳上去額前四指著禪鎮時禪鎮墮地佛言禪鎮墮者應起庠行如鵝行法

雜行緣第十三

如四分律云跋難陀比丘在道行持大圓蓋諸居士遥見謂是王若大臣恐怖避道諦視乃知比丘白佛佛言比丘不應持蓋在道行亦不應懸爲天雨時在寺内樹皮若葉若竹作蓋亦不許捉王大扇若行患熱聽以樹葉雜物作扇時諸比丘患蟲草塵露墮身上佛言聽作拂若以草樹皮葉或以縷線裁碎繒帛作時有比丘得尾拂佛言聽畜時有年少比丘不解時事數相涉聽用筭子記數又四分律云時諸比丘自作妓若吹唄供養佛言不應爾彼畏慎不敢令白衣作妓供養佛言聽又佛言彼不知供養塔飲食誰當應食佛言比丘若沙彌若優婆塞若經營作者應食又薩婆多論云凡出家人市買之法不得下價索他物得突吉羅罪衆僧衣未三唱得益價三唱已不應益價衆僧亦不應與衣已屬他故比丘三唱得衣不應悔設悔莫還衆僧亦莫還直又新婆沙論問異生聖者誰有怖

耶有作是說異生是怖（異生舊名凡夫）聖者無怖所以者何聖者已離五怖畏故五怖畏者一不活畏二惡名畏三怯衆畏四命終畏五惡趣畏又雜寶藏經云佛言此如意珠是摩竭大魚腦中出魚身長二十八萬里此珠名曰金剛堅也有第一力耐使一切被毒之人見悉消滅又見光觸身亦復消毒第二力者熱病之人見則除愈光觸其身亦復得差第三力者人有無量百千怨家捉此珠者悉得親善諸天一爪甲價直一閻浮提人物又四分律云時諸比丘患蛇入屋未離欲比丘恐怖佛言聽驚若以筒盛棄之若以網繫置地解放有鼠入屋作檻盛出棄之患蝎蜈蚣蚰蜒入屋若以弊物若泥團掃箒盛裹棄之在外解放若房舍夜患蝙蝠晝患鸋鳥入佛言聽織作籠䟽障若作向櫺子遮時有老病比丘拾虱棄地佛言不應爾聽以器盛若綿拾著中若虱走出應作筒盛若虱出筒應作蓋塞（隨其寒暑加以膩食將養之）又四分律云時六群比丘誦外道安置舍宅吉凶符書呪技節呪刹利呪知人生死吉凶呪解諸音聲呪佛言不應爾彼教他彼以活命故佛言皆不應爾

爾時世尊在毗舍離國時諸離奢乘象馬車乘輦轝捉持刀劒來欲見世尊彼留刀杖在寺外入內問訊世尊時諸白衣持刀劒來寄諸比丘藏畏慎不敢受佛言爲檀越堅牢固藏舉者聽又五百問事云不得口吹經上塵像塵准之雖非正經然須慎之亦不得燒故經得重罪如燒父母不知有罪者輕又僧祇律云然火向有七事無利益一壞眼二壞色

三身羸四衣垢壞五臥具壞六生犯戒緣七增世俗話又月上女經云維摩詰妻名曰無垢其妻九月生女名爲月上又佛說離垢施女經云波斯匿王有女名曰維摩羅達晉言離垢施厥年十二端正姝妙極有聰慧又轉女身經云須達長者妻名曰淨日有女名無垢光頌曰

雜務簡要　捨茲煩染　萬行貞固　六塵方掩
烈烈霜心　昭昭玉臉　如彼瓊林　皎無瑕點

諸經要集卷第二十下

音釋

萻古伯切葱也　猥烏賄切鄙也　筩徒紅切　揲陟葉切與牒同　謦棄挺切謦欬逆氣聲也　滷郎古切液也　礓居良切石名　苣其呂切　莢古協切　罽古制切　昵尼質切　吒陟駕切　顫之膳切　掉徒弔切顫掉四支寒動也　振直庚切撞也　唄蒲拜切梵音也　蝙蝠蝙卑連切蝠方六切蝙蝠飛鼠也　櫺力丁切窻隔也

顯密圓通成佛心要集

宣政殿學士金紫榮祿大夫行給事中知武定軍節度使
事上護軍穎川郡開國公食邑三千戶同修國史陳覺撰

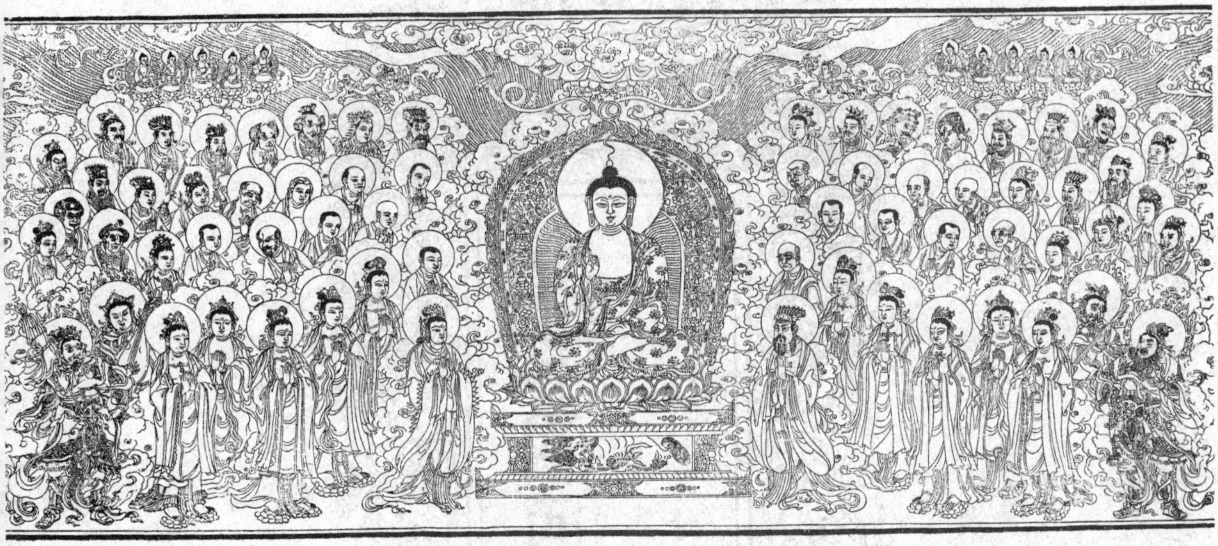

清刻龍藏佛說法變相圖

顯密圓通成佛心要集序

宣政殿學士金紫榮祿大夫行給事中知武定軍節度使事上護軍穎川郡開國公食邑三千戶同修國史陳覺撰

昔如來居出世之尊垂化人之道闡揚大教誘掖群迷開種種之門方便雖陳於萬法入圓圓之海旨趣皆歸於一乘然而顯教密宗該性含相顯之義泒分五教總名素怛纜密之部囊括三藏獨號陁羅尼習顯教者且以空有禪律而自違不盡究竟之圓理學密部者但以壇印字聲而爲法未知祕奧之神宗遂使顯教密教矛盾而相攻性宗相宗鑿枘而難入互成非毀謗議之心生焉竟執邊隅圓通之性懵矣向匪至智孰融異端事必有成人能弘道今顯密圓通法師者時推英悟天假辯聰髫齔禮於名師十五歷於學肆參禪訪道博達多聞內精五教之宗外善百家

之與利名不染愛惡非交既而猒處都城肆志巖壑積累載之勤悴窮大藏之淵源撮樞要而誠誦在心剖義理而若指諸掌以謂所閱大小之教不出顯密之兩途皆證聖之要津入眞之妙道覽其文體則異猶盤盂自列於方圓歸乎正理則同若器室咸資於無有而學者妄生異議昧此通方因是錯綜靈編纂集心要文成一卷理盡萬途會四教總歸於圓宗收五密咸入於獨部和乳酪之味都作醍醐采雲霞之滋並爲甘露誠諸佛之會要爲後人之指南使披覽者似獲如意之珠所求皆遂遵依者如食善見之果無疾不瘳覺學愧荒虛辭非華麗曾因暇日得造吾師每親揮麈之談頗廣窺斑之見屬當傳世爰託撰文素慙舒理之能聊著冠篇之引

顯密圓通成佛心要集卷上

五臺山金河寺沙門道殿集

原夫如來一代教海雖文言浩瀚理趣淵沖而顯之與密統盡無遺顯謂諸乘經律論是也密謂諸部陁羅尼是也爰自摩騰入漢三藏漸布於支那無畏來唐五密盛興於華夏九流共仰七衆同遵法無是非之言人析修證之路暨經年遠誤見彌多或習顯教輕誣密部之宗或專密言昧黷顯教之趣或攻名相鮮知入道之門或學字聲罕識持明之軌遂使甚深觀行變作名言祕密神宗翻成音韻今迺不揆瑣才雙依顯密二宗略示成佛心要庶望將來悉得圓通故依教理略啓四門一顯教心要二密教心要三顯密雙辯四慶遇述懷（已下四段之中爲避文繁或暗用聖教或義引經文覽者應知）且初顯教心要者謂賢首清涼共判如來一代時教而有五種一小乘教謂阿含等六百餘卷經婆沙等六百餘卷論說一切法從因緣生明三界不安了人空眞理修自利之行忻小乘之果二大乘始教有二一法相宗謂深密佛地等數十本經瑜伽唯識等數百卷論說一切法皆是唯識了二空眞理修六度萬行趣大乘佛果於中多談法相之義二無相宗謂諸部般若等千餘卷經中百門等數本論文說一切法本來是空無始迷情妄認爲有欲證菩提以爲所得修習萬行於中多談無相空義斯之兩宗皆是大乘初門故名曰始始者初也三一乘終教謂法華涅槃等四十餘部經寶性佛性等十餘部論說一切衆生皆有佛性從本已來靈明不昧了了常如

無始迷倒不自覺悟欲成佛果須先了悟自家佛性後方稱性修習本有無量妙行多談法性是大乘盡理之教故名曰終終者盡也四一乘頓教謂楞伽思益經文達磨所傳禪宗說一切妄相本空真心本淨元無煩惱本是菩提唯談真性不依位次成佛故名曰頓五不思議乘圓教謂華嚴一經十地一論全說毗盧法界普賢行海於中所有若事若理若因若果一具一切重重無盡總含諸教無法不收稱性自在無障無礙逈殊偏說故名爲圓此之五教前前者是淺是權後後者是深是實若以圓教望之前四皆是應根權施設也今且據對待而論言前四是權圓教爲實若定執圓教爲實鈌前四教亦非圓暢若五教俱傳偏圓共讃逗根方足已下爲圓教中具含前教行門故不別說今依圓教修行略分爲二初悟毗盧法界後修普賢行海且初悟毗盧法界者謂華嚴經所說一真無障礙法界或名一心於中本具三世間一器世間謂一切國土二衆生世間謂一切有情三者正覺世間謂一切聖人四法界一事法界二理法界三事理無礙法界四事事無礙法界一切染淨諸法未有一法出此法界此是一切凡夫聖人根本之真心也亦是根本之真身況言真心而有二種一同教真心二別教真心於同教中復有二種一終教真心二頓教真心且初終教真心者故首楞嚴經云當知虛空生汝心內猶如片雲點太清裏況諸世界在虛空耶自家真心猶如太清之天十方虛空喻似一片雲即知真心極太虛空極小虛空比於真心尚爾極小況諸世界在虛空中耶又云空生大覺中如海一漚發有漏微塵國皆依空所生大覺即是真心異名真心廣大猶如大海虛空微小似一浮漚況諸國土皆依虛空生耶若比真心即是小中之小又云真心徧圓含裹十方反觀父母所生之

身如彼十方虛空之內吹一微塵若存若亡又云不知色身外洎山河虛空大地咸是妙明眞心中物又云一切世間諸所有物皆即菩提妙明眞心既言皆即菩提妙明眞心非是世間諸法在眞心內別有其體即知盡法界所有虛空大地情與非情全是一味妙明眞心凝然清淨不增不滅一切衆生從無始來迷却此心妄認四大爲身緣慮爲心譬如百千箇澄清大海不認但認一小浮漚若了四大之身緣慮之心緣生無性全是眞心如了浮漚緣生無體全是海水近有儒生罕覽佛經聞斯廣大眞心懵然未信余尋喻云此是如來親說但是自心迷倒不見安得不信且如俗書莊子云北溟有魚其名爲鯤鯤之大不知其幾千里化而爲鳥其名爲鵬鵬之背不知其幾千里怒而飛其翼若垂天之雲將徙於南溟水擊三千里摶扶搖而上者九萬里列子云世豈知有此物哉大禹行而見之伯益知而名之夷堅聞而志之不可爲自目不親覩亦不信有此物耶俗書所說有相物情尚爾何況如來所說無相眞心也寶性論云鷇居者不知宇宙之通泰是也後頓教一心者謂絕待一心彌滿清淨中不容他一切妄相本來是無絕待眞心本來清淨華嚴經云法性本空寂無取亦無見性空即是佛不可得思量起信論云一切諸法從本已來離言說相離名字相離心緣相畢竟平等無有變易不可破壞唯是一心故名眞如謂前終教隨衆生迷說有色身山河虛空大地世間諸法令諸衆生翻妄歸眞了達色身山河虛空大地世間諸法全是一味妙明眞心今頓教中本無色身山河虛空大地世間諸法本是一味絕待眞心故清涼云總不說法相唯辯眞性即知周徧法界本是一味絕待眞心寂然清淨不生不滅不增不減欲要易解周遍法界喻似一顆瑩淨圓珠朗然清淨無影無像無內無外清涼云照體獨立物我一如達磨云我法以心傳心不立文字即傳此心

曹溪云明鏡本清淨何假拂塵埃亦是此心也一切衆生從無始來不了此心妄見諸相猶如眼病横見空華圓覺經云妄認四大爲自身相六塵縁影爲自心相譬彼病目見空中華若了眞心本無諸相如虚空中本無諸華圓覺經云如來因地修圓覺者知是空華即無流轉亦無身心受彼生死非作故無本性無故今頓教中空華之喻甚爲切要今時緇素宗禪者極廣洎乎開示此心多不入神如葉公好龍眞龍現前愕然不顧若未悟此心非是眞禪是故欲修禪行先須了悟此一心也

二别教一心者謂一眞無障礙大法界心含三世間具四法界全此全彼而無障礙即知包羅法界圓裹十方全是一眞大法界心於此一眞大法界内所有若凡若聖若理若事隨舉一法亦皆全是大法界心乃至唯舉一塵亦皆全是大法界心華嚴經云華藏世界所有塵一一塵中見法界又一塵既是大法界心於此一塵大法界内復舉一塵亦皆全是大法界心若横若竪重重擧之重重皆是大法界心故清涼大師於華嚴十地品疏説帝網無盡一心也一切衆生從無始來迷妄不知無盡法界是自身心於中本具帝網無盡色心功德即與毗盧遮那身心齊等却將自家無障無礙佛之身心顛倒執爲雜染衆生譬如金輪聖王統四天下身智具足富樂無比忽然昏睡夢爲蟻子於夢位中但認已爲蟻子不覺本是輪王無盡法界之佛世喻難況今但喻迷眞執妄之義智者應知是故欲求成就究竟佛果切須悟此毗盧法界若未悟此法界縱經多劫修習萬行徒自勞苦不得名爲眞實菩薩亦不能生如來家故華嚴經云不了於自心云何知正道彼由顛倒慧增長一切惡清涼云不依此悟所作非眞

自爲修行元來結業此無盡法界一心入罕能知知亦寡信信亦鮮解解亦難臻此境是以多劫菩薩不信不解上首聲聞如盲如聾其有宿熏圓根宜此駐意若能信悟在懷當日生於佛家恐人難信今舉例況之如法苑珠林說有一術人路行見一人擔擔上有籠子可受升餘告擔人云我步行疲極欲寄君籠子內願相許耳擔人慮是狂人便語云任君入耳乃跳入籠子中籠子非大人術人非小擔之而行也不覺重行數十里擔人於一樹下住食乃呼術人共食術人云我自有飲食擔人視之見籠中有種種器物飲食告擔人云我欲與婦共食即口中吐出一婦女子容貌甚美二人共食食已其夫便睡婦告擔人我有外夫欲來共食夫若覺時君勿道之婦便口中出一丈夫共食三人籠中全不過窄良久其夫身動欲覺其外夫告擔人云且去其婦即置外夫口中器物飲食亦置口中其夫覺已復置婦在口中云云此是世間小術尚爾重重相容而無障礙豈況毗盧無障礙法界耶應須諦而信之思而解之勿要高推聖境虛度一生者哉後修普賢行海者既得了悟無障礙法界於自本心於中本具十華藏世界微塵數相好帝網無盡神通功德與十方諸佛更無差別柰無始局執妄情習以性成卒難頓盡致令自家神通功德不能盡得自在受用故須稱自家毗盧法界修本有普賢行海令無盡功用疾得現前華嚴經云修此法者少作功力疾得菩提雖普賢行海浩瀚無涯一藏教中所說行門皆是華嚴普賢之行但應權淺根宜支流出也今就觀行略示五門一諸法如夢幻觀二眞如絕相觀三事理無礙觀四帝網無盡觀五無障礙法界觀且初諸法如夢幻觀者即當事法界觀謂常觀一切染淨諸法全體不實皆如夢幻此能觀智亦如夢幻華嚴經云譬如夢中見種種諸異相世間亦如是與夢無差別又云度脫諸衆生令知法如幻衆生不異幻了幻無衆生又金剛經云一切有爲法如夢幻泡影如露亦如電應作如是觀肇公云虛兮妄兮三界不實夢兮幻兮六道無物一切衆生從無始來執一切法

而爲實有，致使起惑造業，循環六道。若常想一切名利怨親、三界六道，全體不實，皆如夢幻，則愛惡自然淡薄，悲智自然增明。

此夢幻觀，圓覺疏中名起幻消塵觀，天台名假觀，亦名方便隨緣止。謂分明鑒照曰觀，寂然不亂曰止，即觀中便有止，止中便具觀，乃止觀雙運也。餘諸止觀准此解之。若人雖信解圓教，而煩惱厚重，不能習得此夢幻觀者，應作不淨觀。謂觀身五種不淨：一種子不淨，謂父精母血赤白二色和合成故。智度論云：是身種不淨，非餘妙寶物，不由白淨生，但從穢道出。二住處不淨，謂在毋腹中生藏之下、熟藏之上，不淨流溢，汙穢充滿，彼中住故。又海山云：不淨乃作衣裝，汙穢便爲飲食。三自體不淨，謂三十六物皆是不淨，共和合故。言三十六者，外有十二：髮、毛、爪、齒、垢、汗、大小二遺、眵、淚、涕、唾。次有十二：皮、膚、血、肉、肪、膈、腦、膜、骨、髓、筋、脉。中有十二：心、肝、膽、肺、脾、腎、腸、胃、生臟、熟臟、赤痰、白瘀。即知從頂至足皆是不淨。永嘉師云：革囊盛糞，膿血之聚，不淨流溢，蟲蛆住處，鮑肆廁孔，亦所不及。四自相不淨，謂九竅常流諸穢惡故。言九竅者，兩耳出垢，兩眼出眵淚，兩鼻出膿涕，口出涎唾，大便道出屎，小便道出尿。智度論云：種種不淨物，充滿於身中，常流出不淨，如漏囊盛物。五究竟不淨，謂命終身壞，脺脹臭穢，膿血蛆分，不堪近故。天台云：從足至頭，從頭至足，循身觀察，推見脺脹壞爛，大小便道蟲膿流出，臭極死狗。心地觀經云：應觀自身臭穢不淨，猶如死狗。金光明經云：我從久來恃此身，臭穢膿流不可愛，雖常供養懷怨害，終歸棄我不知恩。觀自身竟，復觀他人，若男若女，所有之身，皆具五種不淨，乃至觀一切世間有情之身皆是不淨。故起信論云：應觀世間一切有身，悉皆不淨，種種穢汙，無一可樂。既觀皆是不淨，貪愛之心自然不起。阿含經說：昔有國王，嗜欲無厭。有一比丘以僞諱曰：自爲眵淚瘀，鼻是穢涕囊，口爲涎唾器，腹是屎尿倉。但王無慧目，爲色所躭荒。貧道見之惡，出家修道場。天台云：雖觀不淨，能成大事，如海中屍，依之得度。或作骨鏁觀，應先觀想自身額上皮肉爛墜，唯見白骨。漸漸從狹至寬，想於一頭皮肉爛墜，見於白骨，乃至全身皆見白骨。既見自身一具骨鏁分明現已，復觀餘人爛墜亦爾。觀第二具已，漸次觀於一房、一寺、一城、一國，乃至遍地，以海爲邊，骨鏁充滿。爲令觀心增長，復却從寬至狹，漸略而觀，唯見一國皆是骨鏁，漸見一城、一寺、一房、一具。又於一具中，乃至漸漸唯見眉間少許白骨。見眉間已，專法一緣，湛然而住。如是修習，乃至得定。此觀成就，一切貪愛自然消亡。或作數息觀，應從淺至深，次第進修。先須調和自家氣息，不溢不滑，專注一心，數出入息。先數入息，後數出息，從一至十，終而復始。想心在數，不令散亂。若覺自心不假功力，任運從一至十，住數息中，然更一心，隨息出入。若息入時，心乃隨之，從鼻至喉，從喉至心、臍、臆、髀、脛，乃至脚指；若息出時，心亦隨

之息出離身爲至一揲一尋等一心恒隨息之出入若覺心息任運相依然更繫念唯在眉間或在鼻端安止其心觀息住身如珠中纏爲冷爲暖爲損爲益若覺身湛湛然悅樂然更諦觀微細之息及觀全身三十六物內外不淨又觀心識剎那不住如是修習覺息出入遍諸毛孔心眼開明徹見身內三十六物及諸蟲戶方更轉修其餘行門更有別說恐繁且止如經中說觀出入息三世諸佛入道之初門也或作我空觀應須作意推尋今此之身本來無我但是色心二法和合爲相色有地水火風之四類所謂毛髮爪齒皮肉筋骨髓腦垢色皆是其地涕唾膿血津液涎沫痰淚精氣大小便利皆是水暖是其火動轉是風心有受想行識之四類所謂領納是受取像是想造作是行了別是識於此八類何者是我若皆是我即有八我又況色中復有三百六十段骨段段各別皮毛筋肉肝心脾腎各不同是諸心數等亦各不同見不是鬪喜不是怒既有此衆多之物不知定取何者爲我若皆是我我即百千一身之中多生紛亂離此之外復無別法翻覆推我皆不可得便知此身但是衆緣假和合相本來無我行者晝夜恒作此觀甚妙爲一切衆生從無始來執身爲我因寶此我貪求名利欲榮益我嗔違情境恐侵損我愚癡之情非理計校今既常觀此身本來無我即三毒自滅三毒既滅三界自離也或作法空觀應須諦觀此身色心二法一色有地水火風心有受想行識於此八法一一諦觀皆從緣生都無自性八法當體皆是空也初心行者宜習此等觀門隨心所樂或一或二乃至五種皆得修習心觀法門唯貴修鍊鍊之有味說之言淡也二眞如絕相觀者即當理法界觀於中安心復有三門一者常觀遍法界唯是一味清淨眞如本無差別事相此能觀智亦是一味眞如華嚴經云一切法無生一切法無滅若能如是解諸佛常現前又七祖禪師云無念念者即念眞如六祖釋無念云無者無諸相念者念眞如此乃想念諸法全是眞如雖然想念本無想念之相故起信論云雖念無有能念可念此中所想眞如即是前頓教中所說絕待眞心也此門行者常想一切諸法唯是一味清淨眞如本無生滅是名眞如三昧亦名一行三昧亦名無生三昧二者若念起時但起覺心故七祖云念起即覺覺之即無修行妙門唯在於此即此覺心便名爲觀此亦雖起覺心本無起覺之相此門行者一切時中心念若起但起覺心便是修行要妙之門三

者擬心即差動念便乖但棲心無寄理自玄會故華嚴經云法性本空寂無取亦無見性空即是佛不可得思量又古德云實相言思斷眞如絶見聞此是安心處異學徒云云此但任其本性自照更不起新生慧解故圓覺經云但諸菩薩及末世衆生居一切時不起妄念於諸妄心亦不息滅住妄想境不加了知於無了知不辯眞實又賢首云若起心作凡行聖行非是眞行不作一切行行心無寄是名大行此門即以本性自照名觀此門行者一切時中心無所寄是名眞修雖然備修萬行於萬行中心無所寄又禪宗東夏七代祖師所傳心要而有三門攝盡無遺一見性門先須了悟絶待眞心一切妄相本無眞心本淨即心是佛非假外求即前頓教一心是也二安心門如上所說想念眞如等三門是也三發行門須備修菩薩六度萬行具依三門即是正禪隨闕一門便成偏見達磨云我法以心傳心不立文字此心是一切衆生清淨本覺亦名佛性欲求佛道須悟此心即是見性門又云如是安心所謂壁觀令修道人心住眞理寂然無爲喻似牆壁不起一分別即是安心門又云如是發行所謂四行一報怨行謂修道人若受苦時當自念言我從往昔無數劫中棄本逐末流浪諸趣多起怨憎違害無限今雖無犯是我宿殃惡業果熟非天非人所能見與甘心忍受都無怨訴經云逢苦不憂何以故識達故二隨緣行謂修道人若得勝報榮譽等事當自念言一切諸法皆從緣生是我過去修因所感今方得之緣盡還無何喜之有得失隨緣心無增減喜風不動嗔風不生三無所求行世人長迷處處貪著名之爲求智者悟眞理將俗反三界九居猶如火宅有身皆苦誰得而安於三界内無所願樂經云有求皆苦無求乃樂四稱法行謂性淨眞理目之爲法而此理性本無慳等一切萬惡應稱理性修布施等一切萬善斯之四行即是發行門又草堂禪師圓覺疏中亦有三門大同於此一先悟圓覺性謂一味清淨眞心二次發菩提心謂大悲大智大願三後修菩薩行謂六度萬行等法斯之三門禪學之者甚爲切要若不圓修三門無由離諸邪見謂古來禪宗諸家語錄多分但應當時根宜或唯說見性或但言安心或只談發行又於安心發行中後各有多途或但明一途等云云今此諸門心若通達然後披覽諸家禪教乃各知其旨歸

三事理無礙觀者即當事理無礙法界觀謂常觀一切染淨事法緣生無性全是眞理眞理

全是一切染淨事法如觀波全是濕濕全是波故起信論云雖念諸法自性不生而復即念因緣和合善惡之業苦樂等報不失不壞理不礙事也如濕性雖一不礙波浪成多雖念因緣善惡業報而亦即念性不可得事不礙理也如波浪雖多不礙全是濕性若習假空中三觀者謂想一切諸法緣生無性舉體全空即是空觀如觀鏡中像全無實體若想一切諸法雖有不實皆如夢幻即是假觀如觀鏡中像有而不實若想一切諸法全是一味妙明真心如前終教所明廣大真心是也即是中觀如觀明鏡此之三觀或單修一門或漸次供修或一時齊修任器取捨四帝網無盡觀者即當事事無礙法界觀於中略示五門一禮敬門二供養門三懺悔門四發願門五持誦門初禮敬門者謂想盡虛空遍法界塵塵剎剎帝網無盡三寶前各有帝網無盡自身每一一身各禮帝網無盡三寶每一一三寶前各有自家帝網無盡身禮更想此一門盡未來際無有休歇念念相續無有間斷身語意業無有疲猒或坐中作此觀想或晨昏禮佛暫時歛念入此觀門功德無盡清涼云不入此觀徒自疲勞或且入純門想遍法界純是毗盧佛或准提等每一尊前且想一身禮更若難入且想十尊佛每一尊前有一身禮習之稍熟漸增百尊千尊乃至無盡下准此門習之二供養門想盡虛空遍法界塵塵剎剎帝網無盡三寶前各有帝網無盡自身每一一身各出帝網無盡供具所謂香華燈燭衣服飲食幢旛傘蓋瓔珞雲樓閣雲等每一一身所出供具各供養帝網無盡三寶每一一三寶前有帝網無盡身供養更想此一門盡未來際無有休歇念念相續無有間斷身語意業無有疲猒或坐中想此供養或佛前燒香奉華時暫入此觀或無香華但合掌入此觀門功德亦無窮盡三懺悔門想盡虛空遍法界塵塵剎剎帝網無盡三寶前各有帝網無盡身每一一身盡皆志誠懺悔帝網無盡罪障所謂自從

無始迄至今身所造五逆十惡等罪煩惱所知等障每一一身懺悔帝網無盡罪障每一一罪障有帝網無盡身懺悔總想此一門盡未來際無有休歇念念相續無有間斷身語意業無有疲猒（或坐中想此懺悔或佛前懺悔時作此觀門）

四發願門想盡虛空遍法界塵塵剎剎帝網無盡三寶前各有帝網無盡身每一一身各發帝網無盡願所謂無邊衆生誓願度無邊煩惱誓願斷無邊佛法誓願學無邊福智誓願集無上菩提誓願成并自心所發善願盡總發之每一一身發帝網無盡願每一一願有帝網無盡身發總想此一門盡未來際無有休歇念念相續無有間斷身語意業無有疲猒（或坐中念錬或佛前發願時作此觀想）

五持誦門想盡虛空遍法界塵塵剎剎帝網無盡三寶前各有帝網無盡身每一一身各持帝網無盡真言教法諸佛菩薩名號每一一真言教法諸佛菩薩名號有帝網無盡身持總想此一門盡未來際無有休歇念念相續無有間斷身語意業無有疲猒（或持課誦經等時先作此觀想竟然後持誦甚妙上之五門既爾若其餘行門准此習之若習相即觀者而有四句一者一即一謂觀一毛即一耳時一耳同時却即一毛二者一切即一三老一即一切此兩句應合而觀之謂觀一切塵即一佛時一佛同時却即一切塵四者一切即一切謂觀一切人即一切佛時一切佛同時却即一切人每句之中一切諸法例准觀之若習相入觀者亦有四句一一者一攝一帶之入一謂觀一人攝一佛帶之將入一菩薩中如東鏡攝南鏡帶之將入西鏡中二者一攝一切帶之入一華攝一切河帶之將入一山中三者一切攝一帶之入一切謂觀一切塵攝一佛帶之將入一切毛中四者一切攝一切帶之入一切謂觀一切樹攝一切神帶之將入一切海中每句之中一切諸法例准觀之此相即相入二觀隨觀每句之中復有總觀別觀等多黏觀心恐繁不示但專心修錬自然曉達故裴公法界觀序云但使學人冥此境於自心心慧既明自見無盡之義不在備通教典碎列科段若習同時具足相應觀）

者謂隨觀一法同時具足法界諸法也其餘玄門例此解之若有樂習圓宗三觀三止者謂行者觀一人時便成三觀三止且就一人之身具明三諦人身假相有故名俗諦人身緣生無性色體空故名真諦人身假相無別自性舉體全是寂照真理名中道諦然此三諦體用無礙空有相融即一而三即三而一法本如是依此三諦行者觀察成三觀三止謂行者心觀人身假相幻有名假觀即此觀心了假相時離實有執名方便隨緣止又觀人身色體全空名爲空觀即此觀心了色空時離於色體實有之執名體真止又觀人身舉體全是中道實性名中道觀即此觀心離相有執及離體空執名遠離二邊分別止如是觀心於一念中齊見三諦義立三觀離常種執義立三止三觀三止只是一心即一三六即六常一將此一心契同所觀三諦體用空有無礙之境心境常融復常歷然既觀一人之身而成三觀三止觀一切法例皆如是問曰夫大行統唯無念何以此帝網相即等觀令人起無盡想念豈不疲役身心耶答云若此見者是離念外求無念者尚未得於真無念真無念者本無無何能更得念與無念之無礙又若得真無念但是無盡行中之一行豈得總遮無盡之圓行耶此問意出華嚴大疏若不習帝網相即等觀終不能得無礙佛果今有小根聞此法門即嫌繁亂全不介懷昔人云井蛙不能居海泰山難以處囊也是

五無障礙法界觀者即當四法界依總法界觀所謂常觀想一切染淨諸法舉體全是無障礙法界之心此能觀智亦想全是法界之心華嚴經云知一切法即心自性成就慧身不由他悟又清涼云若知觸物皆心方了心性今此無障礙法界中本具三世間四法界一切染淨諸法未有一法出此法界而此法界全此全彼互無障礙則知根根塵塵全是無障礙法界若於四威儀中常觀根根塵塵皆是重重無盡法界即習普眼之境界也此觀是一切三昧觀門根本若常修習一切三昧觀門自然現前上來所說諸多觀門或樂總修者或修一二者任情皆得但專切修鍊一生不剋三生必圓又行者須起思想想得現前常現不隱方是華嚴圓教真行清涼疏主事事無礙十玄門中多有六句前五句是起想修鍊鍊得現前更不想鍊雖不想

鍊常現不隱方成第六行句法界觀云深細思之令現在前圓明顯現稱行境界（圭山禪師釋云思之令現爲眞解也已現即不更思雖不更思而亦常現不隱方爲實行）又一行禪師云先須起想想得現前然後用般若空而淨除之即成不思議大用頓入佛果若不起心觀之錯會般若意也縱爾入空亦失圓頓之道圓宗行者鍊修功至豁然言亡慮絶了了分明方爲眞行若得如是四威儀中常見不思議境界頓修道者於此留心本來如是但昧之不見又修心行者或有諸黏善惡夢境或逢種種魔障或現種種違順境界或聞種種善惡之聲或諸黏蟲蟻身上行走或身心不安多思多慮或入觀時種種相現不與本觀相應等皆須觀之如夢如幻全體非實或觀之皆是自家眞心起信論云當念唯心境界則滅終不爲惱上來顯教心要竟

二密教心要者謂神變疏鈔曼荼羅疏鈔皆判陁羅尼教是密圓也前顯教圓宗須要先悟毗盧法界後依悟修滿普賢行海得離生死證成十身無礙佛果如病人得好藥方須要自知分兩炮炙法則合成服之方能除病身安今密圓神呪一切衆生并因位菩薩雖不解得但誦持之便具毗盧法界普賢行海自然得離生死成就十身無礙佛果如病人得合成妙藥雖不知分兩和合法則但服之自然除病身安故首楞嚴經云諸佛密呪秘密之法唯佛與佛自相解了非是餘聖所能通達但誦持之能滅大過速登聖位又云神呪是諸佛密印佛佛相傳不通他解賢首般若疏云呪是諸佛祕密之法非因位所解但

當誦持不須強釋又遠公涅槃疏云眞言未必專是天竺人語翻譯者不解是以不翻又天台止觀云上聖方能顯密兩說凡人但能宣傳顯教不能宣傳密教也自古諸師皆說陁羅尼因位聖賢不能曉解但信而持之滅障成德問曰何以諸佛密呪不通他解答云謂呪圓解偏解生呪喪是以不通他解密義在此宜可思之故法華鈔云諸佛祕法不顯其義故云密言也般若經云總持猶妙藥亦如天甘露能療衆惑病服者常安樂又理趣經中如來說有五藏一經藏如牛乳二律藏如酪三論藏如生酥四般若藏如熟酥五陁羅尼藏如醍醐醍醐之味乳酪等中最爲第一能除諸病令諸有情身心安樂西天多用醍醐療病陁羅尼者經律等中最爲第一能除諸罪令諸衆生解脫生死速證涅槃安樂法身彼理趣疏云性德力大密呪功

強解行雖劣解脫則疾問曰賢首大師等但判華嚴經爲圓餘教皆非今判陁羅尼又是圓教豈不違賢首等耶答云圓宗有二一顯圓二密圓賢首但據顯教正判華嚴爲圓今神變疏鈔曼荼羅疏鈔類彼顯圓判斯密教亦是圓宗顯密旣異乃諸師無違也依密圓修鍊亦分爲二一持誦儀軌二驗成行相且初持誦儀軌者謂眞言行者每日欲依法持誦時先須金剛正坐以右脚壓左脚胜上或隨意坐亦得手結大三昧印二手仰掌展舒以右手在左手上二大拇指甲相著安臍輪下此印能滅一切狂亂妄念雜染思惟澄定身心方入淨法界三昧謂想自身頂上有一梵書𑖨𑖼嚂字此字遍有光明猶如明珠或如滿月想此字已復以左手結金剛拳印以大拇指捻無名指根第一節餘四指握大拇指作拳此印能除內外障染成就一切功德右手持數珠口誦淨法界

眞言二十一遍眞言曰

唵嚂（或只單持嚂字亦得或名覽字）

（此是梵書唵嚂字）此淨法界嚂字若想若誦能令三業悉皆清淨一切罪障盡得消除又能成辦一切勝事隨所住處悉得清淨衣服不淨便成淨衣身不澡浴便當澡浴若用水作淨不名眞淨若用此法界心嚂字淨之即名畢竟清淨譬如靈丹一粒點鐵成金眞言一字變染令淨偈云囉字色鮮白空點以嚴之（梵書囉安上安空點即成嚂字也）如彼髻明珠置之於頂上眞言同法界無量衆罪除一切觸穢處當加此字門（若實外緣不具無水洗浴闕新淨衣但用此嚂字淨之若外緣具者先用水了著新淨衣更用此嚂字淨之即內外俱清淨也廣如諸真言儀軌經說）

次誦護身眞言二十一遍眞言曰

唵齒臨（二合臨字去聲彈舌呼之）

（此是梵書唵齒臨字已下例准知之）若誦此呪能滅五逆十惡一切罪業能除一切種種病苦災障惡夢邪魅鬼神諸不祥事而能成辦一切勝事令一切所願皆得圓滿此呪是諸佛心若人專心誦一遍能守護自身一切鬼神天魔不敢侵近誦兩遍能守護同伴誦三遍能守一宅中人誦四遍能守護一城中人乃至七遍能守護四天下人（廣如文殊根本一字呪經說上二呪各持一百八遍亦得）

次誦六字大明眞言一百八遍眞言曰

唵麽抳鉢訥銘（二合）吽

（二合）若誦此呪隨所住處有無量諸佛菩薩天龍八部集會又具無量三昧法門誦持之人七代種族皆得解脫腹中諸蟲當得菩薩之位是人日日得具六波羅密

圓滿功德得無盡辯才清淨智聚口中所出之氣觸他人身蒙所觸者離諸嗔毒當得菩薩之位假若四天下人皆得七地菩薩之位彼諸菩薩所有功德與誦六字呪一遍功德等無有異此呪是觀音菩薩微妙本心若人書寫此六字大明則同書寫八萬四千法藏所獲功德等無有異若以金寶造如來像數如微塵不如書寫此六字中一字功德若人得此六字大明是人貪嗔癡不能染著若戴持此呪在身者亦不染著貪嗔癡病此戴持人身手所觸眼目所覩一切有情速得菩薩之位永不復受生老病死等苦說此六字大明竟有七十七俱胝佛一時現前同聲說准提呪即知此六字大明與准提真言次第相須也（廣如大乘莊嚴寶王經說）然後結准提印當於心上以准提真言與一字大輪呪一處同誦一百八遍竟於頂上散其手印（或有不樂大輪呪者只持准提真言亦得准提印法以二手無名指并小指相叉於內二中指直豎相拄二頭指屈附二中指第一節二大拇指捻右手無名指中節若有請召二頭指來去正結印誦呪欲記數時於自身分手指上記或准提菩薩手臂上記或於觀心上記或十記皆得或結印誦得一千八十遍更好或一百八遍外但以左手作金剛拳印右手掐數珠持亦得若務忙者只散持之）七俱胝佛母心大准提陁羅尼真言曰

南無颯哆喃三藐三菩馱俱胝喃怛你也（二合）他

唵折隸主隸准提娑婆（二合）訶部林（二合）

（二合）佛言此呪能滅十惡五逆一切罪障成就一切白法功德持此呪者不問在家出家飲酒食肉有妻子不揀淨穢但至心持誦能使短命衆生增壽

無量迦摩羅疾尚得除差何況餘病若不消滅無有是處若誦滿四十九日准提菩薩令二聖者常隨其人所有善惡心之所念皆於耳邊一一具報若有無福無相求官不遂貧苦所逼者常誦此呪能令現世得輪王福所求官位必得稱遂（禪宗傳燈錄中引古人云俱胝只念三行呪便得名超一切人是也）若求智慧得大智慧求男女者便得男女凡有所求無不稱遂似如意珠一切隨心又誦此呪能令國王大臣及諸四衆生愛敬心見即歡喜誦此呪人水不能溺火不能燒毒藥怨家軍陣强賊及惡龍獸諸鬼魅等皆不能害若欲請梵王帝釋四天王閻羅天子等但誦此呪隨請必至不敢前次所有驅使隨心皆得此呪於南贍部洲有大勢力移須彌山竭大海水呪乾枯木能生華果何況更能依法持誦不轉肉身得大神足往兜率天若求長生及諸仙藥但依法誦呪即得見觀世音菩薩或金剛手菩薩授與神仙妙藥隨取食之即成仙道得延壽命齊於日月證菩薩位若依法誦滿一百萬遍便得往詣十方淨土歷事諸佛普聞妙法得證菩提若欲成就壇法不同諸部廣修供養掘地香塗之所建立但以一新鏡未曾用者於佛像前隨月十五日夜面向東方置鏡坐前隨力莊嚴諸供養具燒安息香及淨水然後結印在於心上呪鏡一百八遍以囊盛鏡常將隨身每欲念誦但以鏡壇置於面前結印誦呪若不能逐日對鏡念誦但於十齋日對鏡念誦除十齋日外不對鏡壇持誦亦得（密藏之中今此鏡壇最爲要妙總攝一切諸壇若無鏡者但想一鏡者於面前持誦淨諸惡趣經等多說想成壇法）

持誦爲上或不能想得壇者但只專注持呪十齋日者所謂一日八日十四日十五日十八日二十三日二十四日二十八日二十九日三十日此准提呪一切諸佛菩薩等同説獨部别行總攝二十五部眞言壇法准梵本有十萬偈説文龍樹菩薩以偈讚曰

准提功德聚　寂靜心常誦　一切諸大難
無能侵是人　天上及人間　受福如佛等
遇此如意珠　定獲無等等

廣如諸准提經并持明藏龍樹儀説又此准提或名准泥或名尊那等但是梵音不同耳大輪一字呪即部林是也亦名末法中一字心呪此呪於末法時法欲滅時有大勢力能於世間作大利益能護如來一切法藏能降伏一切八部之衆能摧世間一切惡呪是一切諸佛之頂是文殊菩薩之心能施一切衆生無畏能與一切衆生快樂凡有修持隨意得果同如意珠能滿一切之願若誦此呪於四方面五百驛內諸惡鬼神皆自馳散諸惡星曜及諸天魔不敢侵近若持誦餘一切眞言恐不成就即用此呪共餘眞言一處同誦持之決定成就若不成就及無現驗其呪神等即當頭破七分是知此呪能助一切眞言疾得成就或别持此呪亦得廣如文殊儀軌經於法中一字心呪經説上來次第持誦至准提呪若不能結得准提印者但以左手作金剛拳印右手持珠誦之或不能從前淨法界眞言等次第持誦者只持准提神呪更或根鈍不能具受此准提者只唵字已下持之唵字已上是歸敬詞唵字等是正呪也每持誦了却用右手作金剛拳印口誦吽字眞言而印五處先印額上次印左肩次印右肩次印心上後印喉上印竟頂上散之能

除一切魔障成就一切勝事或比至持課先印五處亦得又隨所住處欲辟除鬼神結金剛界但誦准提真言呪香水二十一遍八方上下灑之即成辟除結界又正持誦時准俱胝陁羅尼經金剛頂經五字陁羅尼頌等數本經教中說隨根所樂亦有多種一瑜伽持但想心月中布字謂想自心如一月輪湛然清淨內外分明以梵書𑖌𑖼唵字安心月中以𑖓折𑖩𑖸隸𑖓𑖲主𑖩𑖸隸𑖓𑖲𑖽准𑖟𑖸提𑖭𑖿𑖪𑖯娑婆𑖮𑖯訶字從前右旋次第周布輪緣（去聲呼之）終而復始二出入息持謂出入息中想有真言梵字息出字出息入字入字字朗然如貫明珠不得間斷（或息出時想自心月輪中九聖梵字字字連環皆有五色光明從自口中流入准提菩薩口中右旋安布准提菩薩心月輪內若息入時想准提菩薩心月輪中字亦字字連環皆有五色光明從准提菩薩口出流入自口中右旋安布心月輪內如是終而復始想之甚妙）三金剛持脣齒不動舌不至腭但口中微動四微聲持但令自耳聞之不緩不急字字須得分明稱之五高聲持令他聞之滅罪復有二種持誦一無數持誦謂不持珠定數常無間斷持之二有數持誦謂掐數珠每日須得限定其數不須闕少（若掐數珠所獲功德諸經廣讚如數珠功德經說若有人手持數珠雖不念誦佛名及陁羅尼者此人亦獲福無量又金剛頂念珠經偈云若安頂髻淨無間由戴頂上滅四重手持臂上除衆罪能令行人速清淨又一字頂輪儀說若用藍字真言加持數珠七遍用持課時一遍或千遍若掐數珠至母珠却迴不得越過母珠）每日依法持誦時須限定其時分若一時持謂早晨若二時持并黃昏若三時持加正午（若忙務者不拘時分但有暇時持之）若上根持謂須得三密相應一身密結印二語密誦呪三意密或想真言梵字或緣持誦之聲或想准提菩薩或想菩薩手中所執杵瓶華果等物

故神變經䟽云若用三密爲門不須經歷劫數具修諸行只於此生滿足諸波羅蜜又正持誦未滿一百八遍不得共人語話若欲語話時於自舌上想一梵書𑖨𑖽嚂字縱語話不成間斷問曰爲當只持一道眞言功德成就爲復廣持多本眞言功德成就答有二門一者隨根所樂門謂根有多種好樂不同或有樂持三道五道十道乃至百道等中間隨根所樂不同皆得持誦二者疾得成就門謂欲求一切功德疾得成就宜專持誦一道眞言成時一切眞言功德皆悉成就故文殊儀軌經說若欲一切功德成就不得於別眞言而起思想是也如上雖有數道眞言皆是持誦准提眞言之次第問曰既專誦一呪疾得成就何以多示准提眞言令人持誦答云一爲准提總含一切諸眞言故准提能含諸呪諸呪不含准提如大海能攝百川百川不攝大海（准提總含諸呪如下所明）二爲准提壇法人易成辦故但以一新鏡未曾用者便是壇法不同餘呪建辦壇法須得揀選淨處香泥塗地廣造佛像多用供具方能成就（有財物者廣造佛像多辦供具於佛像前安置鏡壇對之持誦更妙）三爲准提不揀染淨得持誦故不問在家出家飲酒食肉有妻子等皆持誦不同餘呪須要持戒方得誦習（今爲俗流之輩帶妻挾子飲酒噉肉是其常業雖逢僧人教示習性難以改革若不用此大不思議呪法救脫如是人等何曰得出生死其有齋戒清淨依法持誦者更爲勝妙故准提經云何況更能結齋具戒依法持誦不轉空身徃第四天得入神足是也）所以多示准提眞言令人持誦若有樂持餘眞言者隨心皆得勿要定執一途耳（雖專誦二呪須先起圓信信五部呪皆是成佛之門若受一欽餘多成謗法也）又眞言行者每日對鏡初欲持

誦時或只依前先想自身頂上有一梵書嚂字猶如明珠然後持課又准大乘觀想曼拏羅經持明藏成就儀軌經尊勝佛頂修瑜伽法等數十本經教中說或想自身頂上嚂字變作三角火輪從頂至足燒盡自身遍周法界唯見清淨縱有五無間罪用此字燒身亦皆除滅無遺次想一梵書阿字生成自身謂阿字即體是無相法界從無相法界生成行者之身復想一暗字在自頂門十字縫中謂暗字即體是十方諸佛光明法水用灌佛子之頂此是祕密灌頂法門然後持誦或想自心如一月輪圓滿清淨於月輪中有一梵書唵字如來因位多年修道不得菩提後習此觀於初夜分便成正覺謂唵字具含無量法門是一切眞言之母一切如來皆因觀想此字而得成佛或心月輪中想一阿字謂阿字是毗盧佛身亦是法界亦是菩提心若人想念能生無量功德或心月輪中想一吽字謂吽字總攝金剛部一切眞言是金剛部主身亦是三解脫門若常想念能除一切罪障成就一切功德或舌上想一嚂字或吽字想竟然後持誦或想自身頭上出大蓮華於蓮華上現出阿字復想阿字變成月輪又想月輪變成吽字吽字變成五股金剛杵又想此杵移於舌上方得名爲金剛舌然後持誦次於二手中亦想阿字阿字變成月輪月輪變成吽字吽字變爲白色五股金剛杵方得名爲金剛手然後結一切印或想准提九聖梵字每一一字有種種光明安自身分之中所謂想唵字安頭上折字安兩目隸字安項頸主字安於心隸字安兩肩准字安臍中提字安兩脞娑婆二合安兩脛訶字安兩足想安布已然後持誦持明藏儀軌經說若於准提菩薩法中求成就者先觀准提菩薩根本微妙字輪安自身分一一分明是人先身所造一切罪業悉得除滅凡有所求決定成就安布九字藏經數處說也觀想梵字所有功德廣如諸陁羅尼經中說之此上梵字

觀門若四威儀中常思之更妙凡諸經中說想眞言字者皆是梵字非是此方文字故一字頂輪王儀軌云所言觀諸字唯瞻於梵字非是隨方文有大神用力或有不能想得梵字者但只專心持誦亦具一切三昧故大悲心經云陀羅尼是禪定藏百千三昧常現前故若人緊切持誦時或逢種種魔障或忽然怕怖或舌難持誦或身心不安或多嗔多睡或見諸異相或於呪反生疑心不欲持誦等云云若對治者應觀梵書[梵字]囉字或觀[梵字]嚂字或觀[梵字]阿字等但隨觀一字彼境界自然消滅若分別心多當觀[梵字]灑字即成無分別若著有心多應觀[梵字]含字即因緣法本空也此上且約一途而說若實言之隨一字一切處皆得用之謂一字實具一切字一切功用是一切諸佛菩薩也問曰何以梵字皆有如是不思議神用答謂每一一字即體是諸佛菩薩身心故又即體是離相法界故又即體

是教理行果故所以有不思議神用西天梵字法爾本有但世界初成時梵王傳說不同此方字是蒼頡等創製若爾應西天梵字皆有不思議神用何得偏說眞言中字答謂眞言中字法爾諸佛不思議力加持故法性如是故偏有神用如此方言語是一唯急急如律令等語呪火不燒呪水不熱蓋作呪語偏有功用非餘一切言語皆有如是功用西方字亦爾字雖是一謂作眞言中字偏有神用非餘一切字皆有如是神用也問曰上說對壇結印誦呪等豈不是有相耶答云圓宗無障礙法界體上本具無盡法門禪宗無相法門但是無盡門中之一門耳今密宗壇法手印眞言即體便是無障礙法界也如華嚴經䟽鈔十玄門中託事顯法門說金色世界即是本性彌勒樓閣即是法門勝熱婆羅門火聚力山即是般若無分別智等是也今有人云持呪結印對壇是滯相者此乃只說

禪宗中論之即是離相外求於無相古師指爲外道見也非是佛教之意耳又首楞嚴經疏云持誦神呪能刧諸惡能集衆善愚蘇問知斯旨見持呪者往往興謗謂非修行未有一佛不由神呪而得成道者衆生矣請細覽之以革斯弊問曰上引古來諸師皆云呪是諸佛祕密之法非因位所解何却如前解說阿字是毗盧佛身吽字是三解脫門等耶答云准賢首般若心經疏及神變疏并密藏諸陁羅尼經意而有二門一不可說門謂呪是諸佛密法佛佛相傳不通他解但當誦持不須強釋二強說門謂真言中隨舉一字或作人或作法橫竪該羅自在解說舉要而言無盡法門於一字中總解說盡方是陁羅尼字義就此言之假使十方諸佛經恒沙劫共說真言一字中義亦不能盡何況餘人說者尚難豈況受者所以且於一字中少分或作人或作法而解說之前說阿字是毗盧佛身吽字是三解脫門等即是強說中少分一途之義餘處有文解釋真言字義句義皆是此強說門中少分一途義耳若於真言一字中或作二義五義十義乃至百義等解釋名少分義若作一義解釋名一途義耳上言唯佛所知不通他解者據密教本宗不可說門言也此不可說門義當顯圓離言果海此強說門義當顯圓帶言因分

問曰或有衆生欲除種種災障或欲增長福慧或欲祈證聖果等爲當只依前儀軌持誦耶爲復更別有方法耶答曰但只依前儀軌持誦凡有所求決定成就或有樂隨所求之事各別作法者今與略示法式准千手千眼觀自在菩薩修行儀軌經七俱胝大明陁羅尼經神變經疏及諸真言儀軌等說有五種壇法所謂息災法增益法敬愛法降伏法出世間法

若作息災法者（爲除惡業重罪煩惱等障種種災難官事口舌鬼魅所著惡星陵逼等）行者面向比交脚竪膝而坐像面向南於准提像前安置鏡壇（更想一白色圓壇於圓壇中遍想□嚩字或□鑁字尊像供具并行者自身俱想在圓壇之中或於像前只塗拭一圓壇亦得）觀准提作白色所獻華果飲食并自身衣服皆作白色塗香用白檀燒香用沈水然酥燈以慈心相應從月一日初夜時起首至月八日滿每日三時澡浴三時換衣至日滿時或斷食或食三白食（三白食謂乳酪粳米飯或粥無力者尊像供具衣服但運心想之亦得下准此知之）若念誦時前次第持誦至准提呪誦一百八遍已然後但從唵字誦之妙言曰

唵折隷主隸准提與某甲除災難娑婆訶（若爲自己於娑婆字上稱自己名及所爲事若爲他人稱他人名及所爲事）

若作增益法者（爲求遷加官榮增長壽命及求福德聰明眷屬勢力錢財豐盛穀麥成熟及求伏藏寶珠仙藥五通等）行者面向東跏趺而坐像面向西於准提像前安置鏡壇（更想一黃色方壇於方壇中遍想□阿字或□暗字尊像供具并行者自身俱想在方壇之中或於像前只塗拭一方壇亦得）觀准提作黃色所獻華果飲食并自身衣服等皆作黃色塗香用白檀加少鬱金燒白檀香然芝麻油燈以喜悅心相應從月九日日初出時起首至十五日滿每日准前三時澡浴換衣至日滿時准前斷食及三白食念誦如前妙言曰

唵折隸主隸准提與某甲所求如意娑婆訶（稱名及所爲事例准前知）

若作敬愛法者（爲求一切聖賢加護天龍八部歡喜及求說法辯才言音清雅聞者喜悅及求一切人敬愛知友親近眷家和順等）行者面向西結賢坐像面向東於准提像前安置鏡壇（更想一赤色半月形壇於半月壇中遍想□賀字或□含字尊像供具并行者自身俱想在半月壇

(中或於像前只塗拭一半月形壇亦得)觀准提作赤色身著緋衣所獻華果飲食幷自身衣服盡皆赤色塗香用鬱金燒香以丁香蘇合香蜜和燒之然諸果油燈以喜怒心相應從十六日後夜時起首至二十三日滿每日澡浴斷食念誦法准前行妙言曰

唵折隸主隸准提令一切人敬愛某甲娑婆訶(稱名及隨所爲事例准前知)

若作降伏法者(爲降伏一切惡毒鬼神及惡龍獸損害一切有情者及調伏一切惡人於國不忠生及道心者及滅三寶毀眞言者或與持呪人作諸障難者如是一切惡人持呪行者運大慈悲得作此法若爲自已所求及有怨讎作此法者准諸經說必定反招災禍及反得盡世癡騃學者知之)行者面向南作蹲踞坐左脚押右脚像面向北於准提像前安置鏡壇(更想一青色三角壇於三角壇中遍想□囉字或□藍字尊像供具幷行者自身俱想在三角壇中或於像前只塗拭一三角壇亦得)觀准提作青色或黑色著青黑衣自身衣服亦皆青色獻青色華𣈆華不香華及曼陁羅華等飲食用石榴汁染作黑色或作青色塗香用栢木閼伽用牛尿以黑色華及芥子栢木塗香等各取少分置閼伽水燒安息香然芥子油燈以怨怒心相應從二十四日午時或夜半起首至月盡日滿每日澡浴斷食念誦法准前行妙言曰

吽折隸主隸准提吽發吒(二合)□(此是梵書發吒字若惡人等身心不安或得大病或命欲終即當勸彼令發善心若是悔過自責永斷惡心者即爲彼人作息災法念誦彼人即免災難此上是四種成就之法若欲於此四種法中求成就者須得預前持誦准提眞言五十萬遍或七十萬遍或百萬遍而爲先行方於四種成就法中隨心所欲作一法時決定成就每見今時或釋或儒爲利爲名終年親附竟日趨參用盡身心罕有稱懷無常來至又生下劣之處何如依諸佛之聖言誦祕密之神呪於上增益等法中頻頻作之所求之事決定遂心一切罪業悉得消滅無常來至又生勝處現

在未來供獲利樂豈不善哉有斯鉅利故佛說之若作出世間法者爲欲速滿福德智慧二種資粮及頓圓十波羅密超越三無數劫今世祈剋聖果現前行者在於山間深谷殊勝巖窟清淨伽藍運大悲心常樂利樂無邊有情同准提王菩薩仗託無盡諸佛菩薩大悲願力助護限四月四日一期之内阻絶人客黙斷語言三密相應心無間斷行者面向東餘方亦得就中向東最吉或全跏坐或半跏坐或隨意坐俱得像面向西於准提像前安置鏡壇行者頂上想覽字變成火輪燒盡自已有漏之身復想大蓮華上有阿字生成無漏智身更想暗字灌頂已又想覽字變成大火燒此有爲世界如同劫火燒盡無遺但有空寂復想建立無爲之壇於最下方遍想欠字雜色而爲空輪於空輪上遍想含字黑色變成風輪風輪上遍想藍字赤色變成火輪火輪上遍想鑁字白色變成水輪水輪上遍想阿字黄色變成金剛地於金剛地上遍想有大蓮華一一蓮華上皆有准提菩薩無量聖衆圍遶一一准提前皆有行者自身一一身各出無量華果飲食幢旛等諸供養具而爲供養又皆對准提鏡壇三密相應又行者若無准提像并華果飲食等供具但作此觀亦得吉祥成就一心諦想准提菩薩具無盡相好光明於菩薩心月輪中想有九聖字壇行者想自心月輪中亦有九字壇并自身分中想布九聖之字心月輪并身分布字如前已說所獻華果飲食香燭等於上息災增益敬愛三法之中所説物色皆得用之行者衣服但一切新淨者皆得作法就中黄衣最吉又行者不須苦節勞形恐心神散亂於行住坐卧四威儀中皆得三密修習於見聞覺知唯觀阿字於一眞清淨法界亦常作觀行依前次第軌儀持誦至准提眞言從頭無記無數專精念誦勤策身心不令懈怠欲近成就時必有種種障起應作降伏息災等法隨行者根性差别於其中間必獲三昧現前即於定中見無數佛會聞妙法音證得十地菩薩之位此一

種法唯求出世間若欲於此法中求成就者須得預前持誦准提真言五百萬遍或七百萬遍或千萬遍而爲先行方作此法定有靈驗二驗成行相者謂准泥陁羅尼經金剛頂經蘇悉地等共十餘本經皆說真言行者用功持誦或夢見諸佛菩薩聖僧天女或夢見自身騰空自在或渡大海或浮江河或上樓臺高樹或登白山或乘師子白馬白象或夢見好華果或夢見著黃衣白衣沙門或喫白物吐黑物或吞日月等即是無始罪滅之相或正持誦時見諸黏光明或見空中遍地奇特之華或見諸佛菩薩聖僧天仙等或見諸佛淨土或自遊佛國親承供養或暫時聞經於多劫或見燈光高一二尺乃至一丈或無火爐中自有煙起或見佛像幡蓋自動或聞諸佛菩薩種種美聲或覺自身巍巍高大或齒落重生或髮白返黑或身潤白不生蚤虱或貪嗔癡心自然消滅或總持不忘一字能演多義或智慧頓生自然通曉一切經律論或一切三昧法門自然現前或福德頓高四衆歸仰等云云此上所說是經文今有闕僧儒士汎參禪理者厥見相以爲妖異此則非但毀謗最上乘教亦是捨相取性之邪見也不知其相本來是性耳若逢如上之事但是福慧增長近成就相莫生疑惑之心勿起取捨之念應觀所逢境界皆是𑖀阿字或𑖨𑖽嚂字等或想皆如夢幻或想皆是法界一心若得如是應驗更須策發三業加功誦持不得宣說呪中境界衒賣與人唯同道者不爲名利敬讚方得說之若成就時而有九品初下三品者若下品成就能攝伏一切四衆凡有所求舉意從心一切天龍而來問訊又能伏一切蟲獸及鬼魅等中品成就能驅使一切天龍八部能開一切伏

藏或要入脩羅宮龍宮便得入之去住隨心上品成就便得仙道乘空往來天上天下而得自在世出世事無不通達中三品者若下品成就便得諸呪仙中爲王住壽無數歲福德智慧三界無比中品成就便得神通往餘世界爲轉輪王住壽一劫上品成就現證初地已上菩薩之位上三品者若下品成就得至五地已上菩薩之位中品成就得至八地已上菩薩之位上品成就三密變成三身只於此生得證無上菩提之果此是持呪人九品成就若直求成佛不須求下三品等成就若准神變疏有五品成就一現至信位二至初地三至四地四至八地五至成佛此局當經今通依諸經故說有九品謂准提眞言總含諸部神呪問曰云何得知准提總含諸部神呪答謂一藏經中神呪不出二十五部一佛部謂諸佛呪二蓮華部謂諸菩薩呪三金剛部謂諸金剛神呪四寶部謂諸天呪五羯磨部謂諸鬼神呪此五部每部復各有五即成二十五部今准提總攝二十五部故准提經云獨部別行總攝二十五部又云若欲召二十五部天魔等專誦此呪隨請必至又云五部金剛四天王共結總持三昧界又大教王經云七俱胝如來三身讚說准提菩薩眞言能度一切賢聖若人持誦一切所求悉得成就不久證得大准提果是知准提眞言密藏之中最爲第一是眞言之母神呪之王准提眞言既總攝二十五部眞言准提鏡壇亦總攝二十五部壇法謂二十五部中壇法或用形像印法梵字等各各不同今准提鏡壇總攝此一切諸壇法也故准提經云總攝二十五部大曼荼羅梵語曼荼羅此云壇也是知鏡壇最尊最上能摧一切魔障能生一切功

德眼見身戴皆獲利樂故昔人云壇者生也出生無盡功德故壇者集也無邊聖賢集會之處如方珠勺月水出圓鏡對日火生磁石引針琥珀拾芥尚有難測功用況諸佛不思議壇法耶今有寡見聞者迷於密教見用鏡壇却生毀謗然三世如來未有一佛不依壇法而得成道度衆生也幸廣見聞速改斯謬

上來密教心要竟

顯密圓通成佛心要集卷上

音釋

素怛嚩梵語也此云契經嚩魯敢切鑿內鑿在到切孔枘寵也枘儒稅切木耑也殿時人切腞充之切目汁凝也肪音方脂也⿰月高姑勞切與膏同臗音寬尻也搩陟格切張申曰搩⿰番去逋潘切嚂盧甘切搯苦甲切爪剌也埿年題切塗也咢逆各切與齶同鏒七敢切

顯密圓通成佛心要集卷下 供佛利生儀附

五臺山金河寺沙門道㲀集

三顯密雙辯者若雙依顯密二宗修者上上根也謂心造法界帝網等觀口誦准提六字等呪此有二類一久修者顯密齊運二初習者先作顯教普賢觀已方乃三密加持或先用三密竟然後作觀二類皆得余雖下材心尚顯密雙修故仁王般若陁羅尼釋并仁王儀軌皆云若不修三密門不依普賢行願得成佛者無有是處又華嚴經字輪儀軌云夫欲頓入一乘修習毗盧遮那法身觀者先應發起普賢行願復以三密加持身心則能悟入文殊師利大智慧海是知上根須要顯密雙修中下之根隨心所樂或顯或密科修一門皆得然顯圓華嚴諸佛共讚菩薩同遵西天東夏上智上賢無不歸心爲大教廣行人多見聞不假讚揚密圓神呪是諸佛之頂菩薩之心功能廣大利樂無邊爲時流少知今略叙述亦分爲二一叙述密呪功德深廣二問荅密呪法器勝劣且初叙述密呪功德深廣者粗依聖教略出十門廣有無量爲人多不知密教深勝故以十門讚揚用警未聞若實一向捨顯讚密亦非通人華嚴經云受一非餘魔所攝持勸諸後學若顯若密或性或相行則任在一門信須圓通無礙勿同盲人摸象弟子洗足余曾有偈云大聖親宣五教文千門萬戶入天眞遍觀受一非餘者盡是佛家不了人又既准提總攝二十五部即知已下十門皆說准提陁羅尼功德也

一護持國王安樂人民門

二能滅罪障遠離鬼神門

三除身心病增長福慧門

四凡所求事皆不思議門

五利樂有情救脫幽靈門

六是諸佛母教行本源門
七四衆易修金剛守護門
八令凡同佛如來歸命門
九具自他力現成菩提門
十諸佛如來尚乃求學門

初護持國王安樂人民門者謂祕密藏諸陁羅尼經皆說陁羅尼能護持國王安樂人民故寶星陁羅尼經云一切國土中所有陁羅尼流行之地令其人王常得擁護勢力自在亦能擁護王之政化所有王子妃后宰相輔臣諸官將等皆得擁護令獲安樂國中所有內外怨敵謀計姧詐疾疫飢饉亢旱水澇惡獸毒龍如是一切不祥之事皆悉斷滅復令財穀豐饒庫藏盈溢華果榮盛人民安樂又寶藏陁羅尼經說陁羅尼流行之處能擁護國王王子妃后公主百寮輔相令其災難消滅所願圓成善神加護不令鬼魔來相嬈惱復於國內護十種果報一國中無他兵怨賊侵嬈二國中無諸星宿變怪而起災患三國中無惡鬼神行諸疾疫善神衛護萬民安樂四國中無諸風火霜雹等難五國中人無怨家得便六國中人不爲諸魔所逼七國中人無諸橫死八國中五穀成熟甘果豐足九國中善龍入境依時降雨無有旱澇不調之名十國中人不爲虎狼兕獸諸惡雜毒損害又七佛神呪經云陁羅尼若日月失度能使正行穀米不登能使豐登大臣謀反惡心自滅疾疫刀兵悉能攘之又云其諸人王欲得現世安樂離衆患難其王應當勤心讀誦陁羅尼亦當勸於后妃婇女諸王子等勤心修習

又守護國界主陁羅尼經云何以偏說護於國主謂國主若安樂時萬民安樂是以偏說護於國主葉衣觀自在菩薩經云陁羅尼能除一切有情災禍疾疫飢儉劫賊刀兵水旱不調星宿失度亦能增長福德國界豐盛人民安樂國王男女皆得長壽又蘇婆呼童子經云離眞言外更無別法能與衆生樂者廣如諸陁羅尼經中說之昔有遼國天佑皇帝法輪廣運佛慧流通堅持密呪聿獲神功遂得禾登九穗麥秀兩岐寶祚恒安兆民永樂斯乃陀羅尼之驗也

二能滅罪障遠離鬼神門者謂菩提場莊嚴陁羅尼經最勝總持經樓閣陁羅尼等二十餘本經皆說若書寫陁羅尼置佛像中塔中杵中或書在幢上堂殿上或紙素竹帛上或樺皮牆壁板木等上有衆生得覩視者或身手觸者或影中過者或眞言字上塵飄在身者又或書之戴在頂上者身上者衣中者或書之播上若風吹旛動其播所指處衆生或書鐘鼓鈴鐸螺鈸等出聲物上有聞聲者此上來所說諸衆生等縱有五無間之罪諸佛不懺之業悉皆滅盡來世生諸佛國何況親誦持者故昔人云五無間之極舋應念雲消十惡業之巨愆纔聞霧散又隨求頌云縱犯波羅十惡罪殺阿羅漢及尊親五逆根本七無遮應念隨聲並消滅眞言聖力功無量故我稱讚不思議又末法中一字呪等諸陁羅尼經說持呪者於四方面五百驛内諸惡星曜鬼神天魔等盡皆馳散而去有發善心守護者不去若有固爾不去作障礙者便令頭

破百分身心粉碎由是行者無諸魔障得至菩提問曰有人言持呪者能惹魔障令何却説能離魔障答曰此是閭巷之談聖教無文令密部諸經皆説陁羅尼能離魔障且置勿論如顯教法華經中恐有講誦修習法華者有魔障起故説陁羅尼品令除惡魔故彼經云若不順我呪惱亂説法者頭破作七分如阿梨樹枝又釋摩訶衍論令坐禪人須得誦呪除魔又止觀云若諸魔障惱亂坐禪行者當誦大乘方等教中諸治魔呪若出禪時亦當誦呪又金光明經説十地菩薩尚以呪護持何況凡夫故首楞嚴經云若不持呪而坐道場令其身心遠諸魔事無有是處又云末世衆生樂修三昧恐同邪魔應當勸令持我神呪若未能誦寫於禪堂或戴身上一切諸魔所不能動如是等文藏教彌多現見世人被鬼神惱害持呪者尚能除得況於自已敢惱害耶

三除身心病增長福慧門者謂聖六字陁羅尼經普賢陁羅尼經文殊一字呪等十五餘本經皆説眞言行人能除種種身心病苦言身病者所謂一切熱病冷病風病瘧病眼病耳病鼻病舌病口病齒病脣病喉病面病頭病頸病胷病脅病腹病手病背病腰病臍病髀病膝病脚病痔病痢病痰病氣病痳病疔病腫病班病疥病疱病癩病癬病痒病瘡病狂病癲癇病鬼魅病舉要而言或四大種種病或五臟種種病或鬼神所作種種病或宿業所感種種病如是等病以神呪不思議力悉能除愈故持句神呪經大悲心陁羅尼經

皆云陁羅尼能令枯木還生華果況有情病而不除也問曰眞言行者許加持鬼神療他人病不答謂妙臂童子經蘇悉地經等皆云若求上品大成就事不得用眞言加持鬼神禁諸蟲蛇療他人病作此能妨大事後學宜依佛語誡之誡之若實大悲深廣懷菩薩心不在所遮故羂索經云除鬼神病須三業清淨具慈悲心此諸菩薩方能爲之又一切貪嗔癡心病自然消滅故白傘蓋陁羅尼經云若有宿習貪心等不能除滅應當一心誦我神呪如摩登伽女與阿難是曩劫恩愛以我呪力愛心永斷成阿羅漢彼是婬女無心修行神呪冥資速證無學何況本心求菩提者又大悲經云至心稱念陁羅尼婬欲火滅邪心除又如意輪等諸陁羅尼經說眞言行人現能增長一切福慧凡所出言人皆信受所用衣物財寶等舉意從心能令五百由旬內人天鬼神盡來歸仰又自然通曉一切經律論并世間典籍或得總持不忘日記千頌故大佛頂經云若讀若誦陁羅尼者此諸衆生縱其自身不作福業十方如來所有功德悉與此人又云若持神呪不生疑悔是善男子於此父母所生之身不得心通十方諸佛便爲妄語又云未精進者令得精進無智慧者令得智慧等云云如世間藥餌尚能令人去除睡眠增長精神豈況神呪不生智慧耶又不空羂索神呪心經云若有四衆受持齋戒專心持誦神呪七遍不雜異語當知是人現世定得二十種勝利云何二十一者身無衆病安隱快樂二者由先業力雖有病生而速除愈三者身體柔輭皮膚光澤面目鮮明四者衆人愛敬五者密護諸根六者多獲財寶隨意受用七者所有財寶王賊水火不能侵損八者所作事業皆善成辦九者所有種植不畏惡龍霜雹風雨十者若有稼穡災橫所侵持誦神呪加持灰或水經七遍已於其田中八方結界上下散灑災橫爾時皆即除滅十一者不爲一切暴惡鬼神羅刹等吸奪精氣十二者一切有情見聞歡喜愛樂尊重常無猒足十三者常不怖畏一切怨讎十四者設有怨讎速自消滅十

五者人非人等不能侵害十六者厭魅呪詛蠱道不著十七者煩惱纏垢不數現行十八者刀毒水火不能傷害十九者諸天善神常隨衛護二十者生生不離慈悲喜捨又下一面觀世音神呪經云若有淨信善男子善女人等誦持神呪者現身獲得十種勝利何等爲十一者身常無病二者恒爲十方諸佛攝受三者財寶衣食受用無盡四者能伏怨敵而無所畏五者令諸尊貴恭敬信言六者蠱毒鬼魅不能中傷七者一切刀杖所不能害八者水不能溺九者火不能燒十者終不橫死

四凡所求事皆不思議門者謂觀自在儀軌經文殊師利儀軌經一字頂輪等十餘本經皆說眞言行人求成就時用四種物一者弓箭鉞斧鉤輪杵鏡或數珠餅鉢袈裟等僧家所用種種之物二者雄黄雌黄等種種藥物三者取河岸上土和泥作師子象馬牛驢或鷄鵝孔雀金翅鳥等種種禽獸之形四者或塑畫雕刻種種佛菩薩明王等形像隨心所樂科作一事依法成已而置壇中如法誦呪若得火燄出時或手執或塗身或乘之與助伴知識飛騰虚空或有人見成就者或成就者見彼人等總得騰空遊諸世界供養諸佛菩薩皆壽命一劫獲初地百法明門若煙出時依前用之得諸仙中爲王住壽萬萬歲若煖氣出時得一切人天敬愛所求如意此是上中下三品成就相也若火光出上品煙出中品煖氣出下品也又云若火光現得一切呪神常來擁護八部之衆皆常恭敬一切神呪用之皆得㝡勝靈驗若煙相現隨所去處而無障難所求遂心若煖氣現得一切諸人并鬼神等同心敬愛西方有一人得上品成就引五百人昇空如此方淮南王藥就鷄犬舐鼎皆得昇空故昔人云淮南成道犬吠雲中王喬得仙劒飛天上藥力尚爾況佛不思議呪耶神變疏云人手執仙方未曾和合服用却謗白日昇空者以爲虚談全成不可又大教王等諸陁羅尼

經說或令人追龍女爲妻降藥叉作奴執羂索入修羅宮呪死屍令開伏藏或說成於聖藥或說勑於財寶等云云顯教之中此事罕聞故先德云三乘教外别有持明是也問曰諸佛本意令斷貪嗔等何却令人起貪心求世事名利等耶答云諸佛有不思議度生方便謂有衆生不肯直求菩提且隨其所樂令持呪求之由神呪不思議力所求之事盡得遂心一切罪業亦得消滅自然超凡入聖如小兒有病不肯服藥被有智醫人塗在母乳其小兒本食母乳不覺服著良藥除却病苦故羂索心呪經云若有衆生設以諂曲爲求富貴名利等得聞此呪彼諸衆生生生處處成就智慧福聚之香神變疏云真言境界十地菩薩尚非其境況生死中人乎（有人云陁羅尼多令人有所希求反損陷衆生者此是離求外别取無求全同斷見外道今佛教說終日求之不見求相是眞無求非同木石全不希求也故觀音鈔云雖念念求而無能求所求之相又況諸佛大慈大悲豈可故意損害衆生）

五利樂有情救脫幽靈門者謂大寶樓閣經大悲心經牟梨呪等十五餘本經皆說若有衆生得見持呪人身者或聞語音者或影中過者盡滅十惡五逆之罪來世生諸佛國又持呪人眼所見者身所觸者諸有情等亦滅一切罪來世生諸佛國又持呪人路行有風吹衣此風已去所吹者或江河中洗身此水已去所漂者或天雨時仰空誦呪其雨滴所霑者或山頂上誦呪盡目所覩處如上所說諸衆生等皆得滅一切罪來世生諸佛淨土蓮華化生如世間有毒藥處下風過者觸著風時便致損傷尚有難測功力況不思議神

呪耶又羂索經說若聞陁羅尼而生毀謗者亦獲利益如人惡心入龍腦栴檀等林中斫截踐踏龍腦樹等其人亦身惹香氣故佛頂頌云神通勝化不思議陁羅尼門最第一又無垢淨光經云空羂索經佛頂尊勝經隨求經等皆說若亡人廣造惡業死墮三塗真言行者即稱亡人名字專心誦呪亡者應時得離惡趣生於天上又以真言呪土砂或蓮華散亡者墓上屍上亡者即得生於諸佛淨土又亡人衣物或身分骨肉等得持呪人影映著亦得生諸佛國又書陁羅尼置亡人骨上屍上亡人即得生於天宮故先哲云塵飄影爍神翫天宮土散水霑識分惡趣問曰亡人造業既成已墮三塗之中云何真言行者或稱亡人名字或呪砂土置屍塚上便令亡人轉惡道苦得佛國樂耶非唯俗士懷疑兼乃緇流難信答云智者以譬喻得解今舉喻況之如世禁呪之人禁火不燒禁刀不斫禁蛇不螫尚能變有毒而作無毒豈況如來神呪不能改苦得樂耶又如列子書說師文善彈琴正當春時而叩商弦以召南呂涼風總至草木成實（商金音屬秋南呂八月律由得秋氣草木成實）正秋而叩角弦以激夾鍾涼風徐迴草木發榮（角木音屬春夾鍾二月律由得春氣草木榮華）當夏而叩羽弦以召黃鍾霜雪交下川池暴凍（羽水音屬冬黃鍾十一月律得冬氣故凝陰冰凍）及冬而叩徵弦以激蕤賓陽光熾烈堅冰消散（徵火音屬夏蕤賓五月律得夏氣故堅氷消散）此是世間彈琴之術尚能變秋作春更冬為夏況如來大不思議神呪豈不能改惡道苦得佛國樂耶又莊子云六合之外聖人存而不論華嚴經說十

地菩薩一舉足量智功德九地菩薩不能知况我如來是諸聖中王所有祕密心印豈可以凡夫妄情而欲籌量者哉其猶井坎之魚爭知東海之深廣也唯宜諦而信之故觀世音菩薩祕密藏神呪經云若有受持神呪之者凡有所作必得成就唯須深信不得生疑持呪之者既能利樂有情救脫幽靈准千手千眼觀世音菩薩大悲心陁羅尼經說其持呪人不受十五種惡死一者不令其人飢餓困苦死二者不爲枷禁杖楚死三者不爲冤家讎對死四者不爲軍陣相殺死五者不爲虎狼惡獸殘害死六者不爲毒蛇蚖蝎所中死七者不爲水火漂焚死八者不爲毒藥所中死九者不爲蠱毒所害死十者不爲狂亂失念死十一者不爲山樹崖岸墜落死十二者不爲惡人厭魅死十三者不爲邪神惡鬼得便死十四者不爲惡病纏身死十五者不爲非分自害死又不空羂索神呪心經說誦呪之人臨命終時獲八種勝利一者臨命終時見觀自在菩薩作苾芻相來現其前歡喜慰喻二者安隱命終無諸苦痛三者將捨命時眼不反戴口無欠呿手絕紛擾足離舒捲不泄便利無顛墜牀四者將捨命時住正憶念意無亂想五者當命終時不覆面死六者將捨命時得無盡辯七者既捨命已隨願往生諸佛淨國八者常與善友不相捨離又十一面觀世音神呪經說誦呪之人得四種功德一者臨命終時得見諸佛二者終不墮諸惡趣三者不因險厄而死四者得生極樂世界

六是諸佛母教行本源門者謂一切諸佛皆從陁羅尼所生樓閣經云眞言是諸佛之母成佛種子若無眞言終不能成無上正覺又三藏教盡從陁羅尼所出故最上大乘寶王經中說有四乘一聲聞乘二緣覺乘三方廣大乘四最上金剛乘謂陁羅尼藏是也一切法皆從金剛乘陁羅尼中流出神變鈔云千流萬派起自崐崘積石之山十二分經出乎總持祕密之藏又萬行總從陁羅尼所流謂眞言中每一一字全是無相法界萬行無不從法界所流故持明藏儀軌經云唵字即是無相法界神變疏云無相法界全是眞言眞

言全是無相法界又眞言亦名三藏有持呪者皆號三藏謂眞言中每一一字皆含戒定慧三且萬行不出六度六度不離三學既眞言名三藏即知眞言總含萬行眞言是總行其餘法門是支流行門也問曰上引經云陁羅尼是禪定藏百千三昧常現前故今又說眞言總含三藏即知眞言備含一切禪定之門何以今時禪者不許持呪耶答云准諸傳記竺天華夏古來禪德衆善奉行何況神呪是無相定門諸佛心印耶故白傘蓋陁羅尼頌云開無相門圓寂宗字字觀照金剛定又云瑜伽妙旨傳心印摩訶衍行總持門如龍樹菩薩准傳燈錄是西天禪宗第十四祖節略持明藏經弘揚准提神呪一行禪師是中夏聖人贊述神變眞言智者禪師得宿命通廣示持呪軌儀契符禪師人問最上乘法直教持誦一密言古來禪師豈不許持呪耶又禪宗既說一切諸法皆是眞如持誦眞言豈非是眞如耶今有或禪或講見弘密呪恐失已利心生嫉妬者請現在未來徒防惡報故佛頂無垢光明陁羅尼經說昔無垢婆羅門爲人宣說秘密神呪有光明長者先有多人歸仰恐失已利而生惡心興惡心已便得癩病受大苦惱直至命終墮於無間大地獄中受苦一劫又墮傍生中受苦一劫復生地獄中受苦一劫方得爲人生無兩目以宿緣力再遇無垢婆羅門作大慈悲宣說密呪聞之歡喜承彼呪力死生天上等上說謗之獲益但有遠益非無謗罪如光明長者是也蓋爲密呪是諸佛心印有無量明王諸天龍神等護持致使謗之者現世多得癩病奉勸時流切宜愼之七四衆易修金剛守護門者謂一切四衆但解言語者行住坐卧四威儀中而易誦習又但口誦便是眞行能除煩惱安樂法身不假備通教典如病人得藥服之便能除病身安不在廣會醫書故般若經云總持猶妙藥亦如天甘露能療衆惑病服者常安樂佛頂陁羅尼疏云齋戒不稟而自備果證不遠而不可消難獲利自行化他因人果人靡不由此而辦其事又曼荼羅疏云念如來之神呪心心暗契如來心諷菩薩之密言願願冥符菩薩願何生死而不逃何涅槃而不得若依餘宗修行須要廣知聖教明悟眞心然後修行

方是正行若未悟而修皆非正行如世病人須要廣知醫書明閑藥性方得治病者即萬中難得一也是知神呪行門省略功德甚深普引七衆速至菩提最爲要道故義淨三藏云昇天乘龍役使百神利生之道唯呪是親問曰夫依顯教須得依教生信依信生解依解起行行成得果今密宗神呪不令生解但誦持之便得道果既越常規難以生信答曰如世間病人不解醫方遇神妙藥而服食之便得病除身安彼既不解藥性何得病除身安世藥尚爾況如來不思議呪耶又如來之教不可以一理推既言顯密有異不須一槩要解起信鈔云膠柱調絃全歸愚者守株待兎且非智人唯宜信而持之速得道果若不生信空無所獲大悲心經說誦持呪者一切

所求皆得果遂唯除於呪生疑又云若有生疑不信其人百萬劫中常處惡道不聞三寶又諸經說真言行者四威儀中有無量天龍八部諸金剛衆常守護之故廣大圓滿無礙大悲心陀羅尼經云誦持陀羅尼者是無畏藏龍天善神常護持故又云若能如法誦呪即有一切善神龍王金剛密跡常隨衛護不離其側如護眼睛如護已命又持呪者若在空山曠野獨宿孤眠是諸善神番代宿衛辟除災障若在深山迷失道路善神王化作善人示其正道若逢賊陣被他抄掠墮落他國善神龍王接還本土若在山林曠野乏少水火龍王護故化出水火故彼頌云龍天衆聖同慈護百千三昧頓熏修又大佛頂陀羅尼經說設有衆生於散亂心口持神呪常有八

萬四千那由他恒河沙俱胝金剛藏王菩薩種族一一皆有諸金剛衆而爲眷屬晝夜常隨侍衞此人縱令魔王求其方便終不可得諸小鬼神去此善人十由旬外若魔眷屬欲來侵擾是善人者諸金剛衆而以寶杵殞碎其首猶如微塵恒令此人所作如願故彼頌云八萬四千金剛衆行住坐卧每隨身密部諸經廣說護持誦呪之人欲要知者請看藏教

八令凡同佛如來歸命門者謂眞言行者持誦神呪課數滿時身語意三所作善惡之業皆成無漏功德法門故白傘蓋頌云誦滿一萬八千遍遍遍入於無相定號成堅固金剛幢自在得名人中佛縱使罵詈不爲過諸天常聞梵語聲大悲心陀羅尼經云誦持陀羅尼者口中所出言音若善若惡一切天龍聞者皆是清淨法音又偈云譬如靈丹藥點鐵成金寶誦持陀羅尼變凡作賢聖又神變疏云眞言行者能令三業即同本尊三業又持呪行者得諸佛歸命故佛頂偈云十方世界諸如來護念歸命受持者是也

九具自他力現成菩提門者謂顯教中有自力他力二門十住論念佛鏡等說一自力門謂修六度萬行等名難行道如人陸地步行千里程則遲到二他力門謂念佛等名易行道如人水路乘船行千里程則疾到今眞言中密具自他二力謂大乘寶王等諸經中說眞言行者日日得具六波羅密圓滿功德又佛頂頌云不持齋者名持齋不持戒者名持戒僧破二百五十戒比丘尼犯八波羅聞念

佛頂陁羅尼便得具足聲戒彼佛頂疏云菩薩行門隨行則具今不行而備蓋神呪之力具足萬行斯言不誣矣則是自力門又眞言中每一一字皆是諸佛全身末法中一字呪經云吾滅度之後變身作此呪等即是他力門又諸經說眞言行者現世能成無上菩提故樓閣經云我於無量倶胝百千劫雖行苦行猶不得菩提由纔聞陁羅尼故加行相應便成正覺又五字陁羅尼頌云諸佛本誓力現成諸聖事即於一坐中便成最正覺又陀羅尼序云若學蘊於心即凡夫三業成功德聚只於此生便得菩提何勞修進多劫又神變疏判陁羅尼爲大不思議成佛神通乘謂依餘門成佛如乘羊馬行千里程經久方到依陁羅尼門成佛如乘神通行千里程擧意便到所至處雖無異所乘法有遲疾也又餘門成佛如磨黃石取如意珠依眞言門成佛如神通力取如意珠又云如餘菩薩爲求菩提雖難行苦行如救頭然經無量劫尚不能得如是成就眞言行者不虧法則只於此生得菩提也故神變鈔云頓超地位譬之以神通速離纏痾喻之以呪術又大敎王經云若不依祕密課誦修行終不成於無上菩提也

十諸佛如來尚乃求學門者如大乘莊嚴寶王經說諸佛亦求神呪何況凡夫而不持誦耶故彼經說觀音菩薩一毛孔中有無量國土無量諸佛菩薩等普賢菩薩入觀音一毛孔中經十二年不知分齊又云觀音有六字大明陀羅尼一切如來皆不知其所得之處因位菩薩云何得知乃至說蓮華上佛成佛

竟方經歷諸佛求此六字大明等問曰佛具一切智豈不知得陁羅尼也答有三義一者表此陁羅尼最勝最深令人生於尊重所以言佛不知而自求之二者謂權教中佛不能知得圓宗密呪如小乘極果不能知得大乘深法三者密宗神呪即體便是圓圓果海故佛不得如釋大乘論說圓圓海佛亦不得今六字大明准提神呪即體便是圓圓果海也今密部一切神呪當顯教中所詮法也實而論之具含能所詮一切神呪說文當顯教中能詮言也今六字准提當顯教中果海也問曰寶王經只言六字大明佛不知得云何今說准提佛亦不知得答云彼寶王經說六字大明已便說准提是知准提同是果海又佛知佛說者真言於五部中佛部中收今准提獨出五部之外若非圓圓果海是何法耶又問曰夫真言者但是能詮言教即以聲名句文爲體何得判爲圓圓果海答云若作此問蓋是未知密教宗旨今密教中祕密神呪即是所詮之法一切說文是能詮言如上已說又設縱神呪便屬能詮若伸此問但是小乘之見解也謂小乘教中能詮言教多以聲名句文爲體大乘始教或以聲名句文爲體或以唯識爲體終教中說以無性真如爲體頓教之中以絕待真如爲體圓教中說或以十玄爲體或海印三昧爲體彼顯教中能詮之言尚爾即是絕待真如十玄門等況密宗神呪當顯圓中一真法界耶又釋摩訶衍論據生滅門中能詮之教會相歸性以真如爲體或一心爲體真如門中即絕待真如爲體又甚深玄理論不動本源論此二論中廣畧解說不二果海當彼二論中能詮之言以何爲體以理推徵即知以不二果海爲體彼能詮言尚爾即是不二果海況今六字大明准提神呪義當彼二論中所詮法耶又自古諸師皆云祕密神呪是諸佛心印唯佛得知非因位所解又今莊嚴寶王經說佛亦不知神呪若非圓圓果海是何法耶頒諸學者虛懷體之勿滯局之情

問曰何以圓圓果海諸佛不得答云謂圓圓果海是本性成就之法表非是諸佛修因斷障所得故又表逈出因果之外故所以言諸佛不得而自求之據實而論諸佛皆知得也故賢首云性德果海即十方境界是也問曰六字大明准提神呪既是圓圓果海即是十

佛境界何以凡夫而得持誦答云今密教中說以眞言不思議力令凡夫三業同如來三業而得持誦又密宗神呪若據所知所解即唯是諸佛境界今因位凡夫雖非知解但當持誦自然滅障成德超凡入聖也斯之一義語驚俗聽理越常情人既罕聞庸流難信博學上智細而詳之於上三義任情取捨上來十門略述密部盡依經典非是下愚能知密旨故神變鈔云金剛手方可探其賾蓮華眼始能窺其奧二問答密呪法器勝劣者問曰上之十門盡敘述圓教中眞言爲當一切眞言而有勝劣五教各不同耶爲復一切眞言而無勝劣皆是圓教耶答云准神變疏而有二門一隨他意門一切眞言而有勝劣諸部不同又清涼疏主於經律論三藏之外立一雜藏收陁羅尼而成四藏三乘各四成十二藏旣三乘中各有陁羅尼例知五教下亦各有密呪也如諸阿含經中呪即是小教諸般若經中呪即是始教金光明經中呪即是終教楞伽經中呪即是頓教大乘莊嚴寶王經中六字大明准提神呪即是圓教（又上來十門中所引諸陁羅尼經多是圓教）梵語陁羅尼此云總持即以教理行果四法爲體五教中陁羅尼各總含攝當教中教理行果也（五教勝劣今舉喻況之令初學易知一小教如鐵二始教如銅三終教如銀四頓教如金五圓教似如意珠）二隨自意門一切眞言更無勝劣皆是毗盧遮那大不思議祕密心印（一代教中乃至鬼神所說眞言皆是毗盧遮那如來欲普門益生全體變作彼鬼神類而說眞言非實鬼神能說眞言餘類皆爾）又賢首清涼以義判教一經之中容有多教即知一切經中眞言皆是圓教一切眞言名總持者能

總含攝無盡教理行果也實而言之雙用二門妙契佛心故神變疏云真言行者能於差別中解無差別義於無差別中解差別義當知是人善達真言相也問曰上說密部包廣包深難思難議未審此法被何根器答云所被根器亦有二門一就隨他意門真言既有五教不同根器亦乃五種各異五教中陁羅尼各總被當教中上中下三根也故曼荼羅疏中亦說陁羅尼通被勝劣諸根二就隨自意門一切陁羅尼皆被不思議圓根故佛頂頌云神通勝化不思議陁羅尼門最第一今有未曾鑚仰密教者多云陁羅尼藏唯被下根斯言甚謬且諸經中說陁羅尼或名最上乘或名無上乘或名金剛乘或名不思議乘豈可唯被下根耶故清涼云以淺爲深有符理之得以深爲淺有謗法之愆與諸學者切宜留心不得固執先聞而生輕忽五天中夏顯密雙明方是通人上來顯密雙辯竟

四慶遇述懷者謂如來一代聖教不出顯密兩門（仁王經鈔云如來一切教不越顯密兩宗）於顯教中雖五教不同而華嚴一經最尊最妙是諸佛之髓菩薩之心具包三藏總含五教（梵本有十萬偈此方已翻譯者或八十卷六十卷四十卷等雖文義廣博其中最津要者唯別行普賢行願品一卷經文是華嚴之關鍵修行之樞機可讚可崇西天道流無不依之修行也）於密部中雖五部有異而准提一呪最靈最勝是諸佛之母菩薩之命具包三密總含五部（梵本有十萬偈此方已翻譯者有諸師諸本雖儀式稍異其中最綱要者准唐善無畏三藏所譯一卷經文是諸壇之領袖七衆之藥餌可傳可尚東夏高德無不依之持誦也）今此兩宗准纂靈記并義淨傳說自如來滅度已後時人不聞不知（不聞顯圓不知密圓）至龍樹菩薩七百

年中出世雙弘顯密圓宗方乃流行人世今居末法之中得值天佑皇帝菩薩國王率土之内流通二教一介微僧幸得遭逢感慶之心終日有懷似病人逢靈丹妙藥密夫得如意寶珠喜躍不已形於詠言乃成頌曰

數年何幸頓忘愁　顯密雙逢稱所求
五部神功功可賴　十玄妙觀觀無休
音高音下眞言轉　身去身來華藏遊
法界衆生歡喜事　只疑都在我心頭

顯密圓通成佛心要卷下

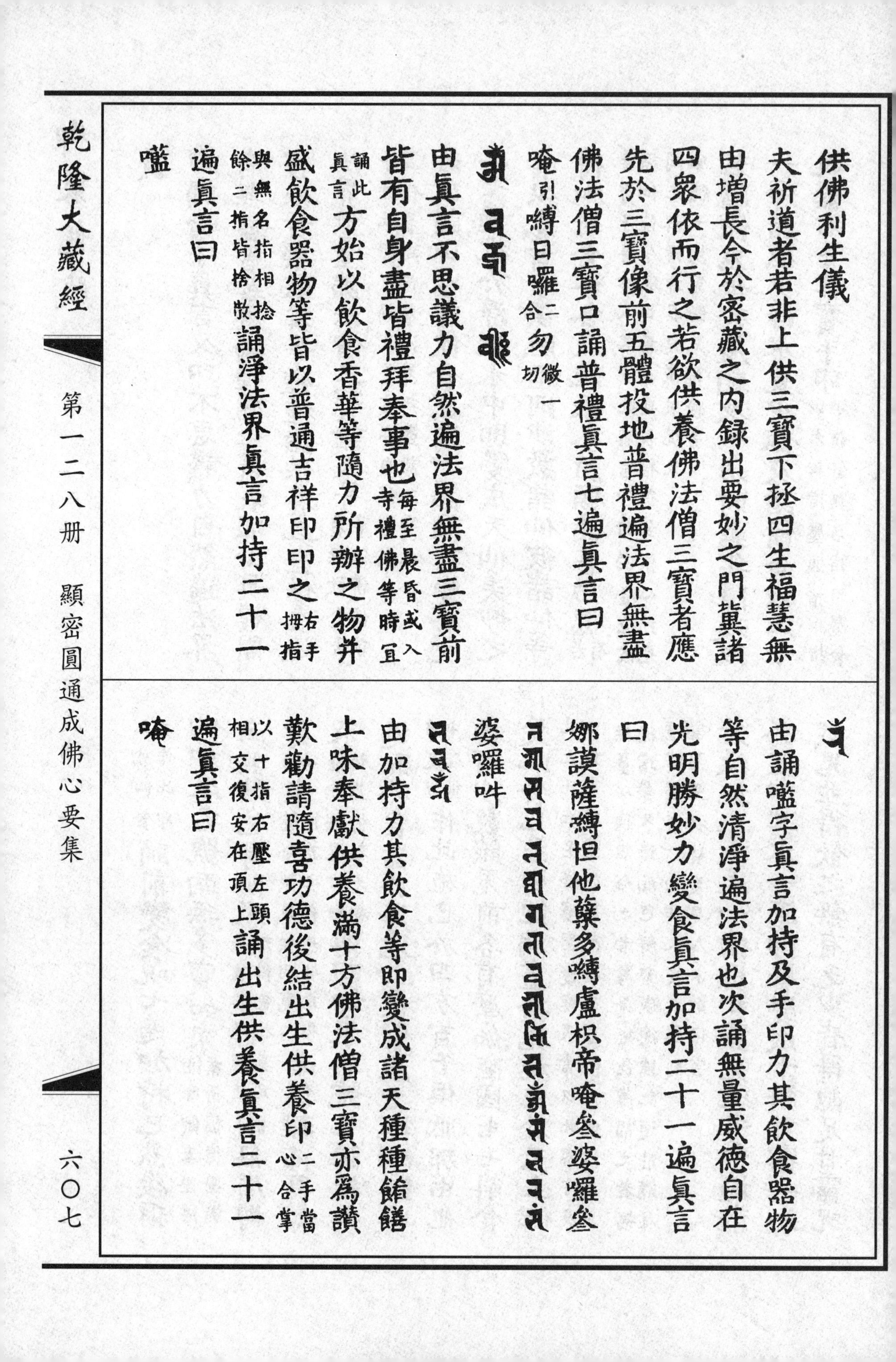

供佛利生儀

夫祈道者若非上供三寶下拯四生福慧無由增長今於密藏之内録出要妙之門冀諸四衆依而行之若欲供養佛法僧三寶者應先於三寶像前五體投地普禮遍法界無盡佛法僧三寶口誦普禮眞言七遍眞言曰

唵(引)嚩日囉(二合)勿(微一切)

由眞言不思議力自然遍法界無盡三寶前皆有自身盡皆禮拜奉事也(每至晨昏或入寺禮佛等時宜誦此眞言)方始以飲食香華等隨力所辦之物并盛飲食器物等皆以普通吉祥印(印之右手拇指與無名指相捻餘二指皆捨散)誦淨法界眞言加持二十一遍眞言曰

嚂

由誦嚂字眞言加持及手印力其飲食器物等自然清淨遍法界也次誦無量威德自在光明勝妙力變食眞言加持二十一遍眞言曰

娜謨薩嚩怛他蘖多嚩盧枳帝唵參婆囉參婆囉吽

由加持力其飲食等即變成諸天種種餚饍上味奉獻供養滿十方佛法僧三寶亦爲讚歎勸請隨喜功德後結出生供養印(二手當心合掌以十指右壓左頭相交復安在頂上)誦出生供養眞言二十一遍眞言曰

唵

由誦唵字真言及印不思議力自然遍法界有無盡香華燈燭幢旛傘蓋衣服卧具樓閣宫殿音樂歌舞等種種諸供養具盡供養遍法界無量佛法僧三寶諸天等若無飲食香華但佛像前手結此印口誦此真言亦自然有無盡供養遍供養法界無盡諸三寶也若施諸山以淨飲食盛滿一器誦前變食呪二七遍投於淨流水中即變成天仙美妙之食供養百千俱胝恒河沙數諸仙彼諸仙等得加持食各各成就根本所願諸善功德若有善男子善女人等以此密言加持於食施彼諸仙能令現世壽命延長福德安樂心所見聞正解清淨具足成就梵天威德一切冤讎不能侵害若濟餓鬼每於晨朝及一切時悉無障礙取一淨器盛少淨水置少飯及諸餅食以左手執器右手作寶手印以大拇指壓頭指中指小指舒無名指用攪食

上施仙食亦作此印誦前變食呪七遍加持已然後稱四如來名號南無多寶如來能除餓鬼慳悋業得福德圓滿南無妙色身如來能破餓鬼醜陋形得色相具足南無廣博身如來能令餓鬼咽喉寬大所施之食悉皆充足南無離怖畏如來能除餓鬼一切怖畏得離鬼趣稱四如來名號已彈指七遍取於食器於淨地上展臂瀉之或淨石上生食臺上淨足器中皆得作此施已於四方百千俱胝那由他恒河沙數餓鬼前各有摩伽陁國七七斛食受此食已悉皆飽滿盡捨鬼趣生於天上若有比丘比丘尼優婆塞優婆夷常以此密言及四如來名號加持於食施諸餓鬼便能具足無量功德短命之者壽命延長薄福之者福德增榮又得顏色鮮潔威德強記速能滿足檀波羅蜜一切非人夜叉羅刹諸惡鬼神皆畏是人不敢侵害若欲施水取水一掬用甘露呪呪之七遍散於空中其水一滴即皆變成十斛甘露一切餓鬼並得飲之無有乏少皆得飽足甘露呪

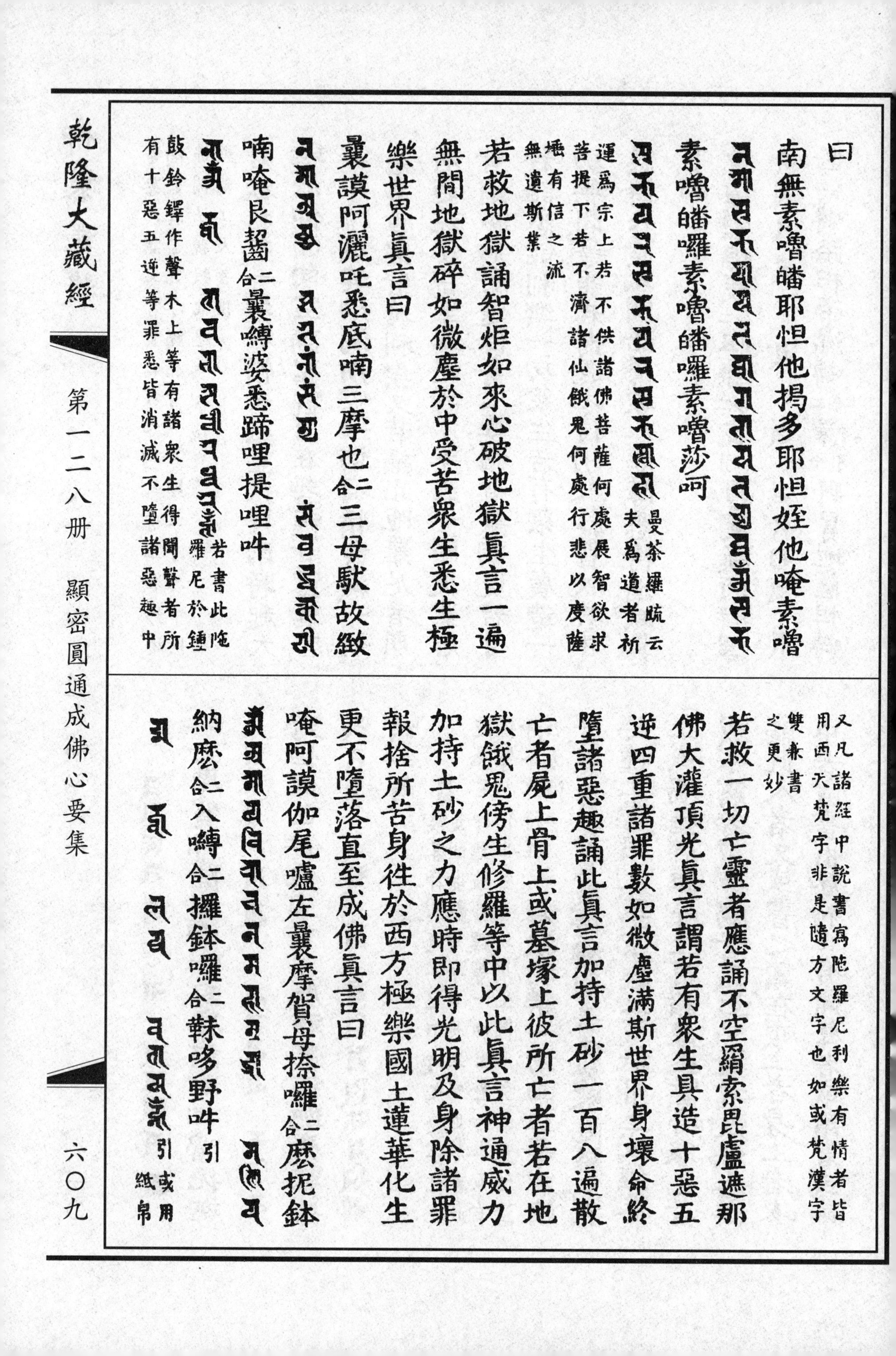

曰

南無素嚕皤耶怛他揭多耶怛姪他唵素嚕素嚕皤囉素嚕皤囉素嚕莎呵（曼茶羅䟽云夫爲道者祈運爲宗上若不供諸佛菩薩何處展智欲求菩提下若不濟諸仙餓鬼何處行悲以度薩埵有信之流無遺斯業）

若救地獄誦智炬如來心破地獄眞言一遍無間地獄碎如微塵於中受苦衆生悉生極樂世界眞言曰

曩謨阿灑吒悉底喃三摩也(二合)三母馱故緻喃唵艮罯(二合)曩嚩婆悉蹄哩提哩吽（若書此陁羅尼於鍾鼓鈴鐸作聲木上等有諸衆生得聞聲者所有十惡五逆等罪悉皆消滅不墮諸惡趣中）

（又凡諸經中說書寫陁羅尼利樂有情者皆用西天梵字非是隨方文字也如或梵漢字雙兼書之更妙）

若救一切亡靈者應誦不空羂索毘盧遮那佛大灌頂光眞言謂若有衆生具造十惡五逆四重諸罪數如微塵滿斯世界身壞命終墮諸惡趣誦此眞言加持土砂一百八遍散亡者屍上骨上或墓塚上彼所亡者若在地獄餓鬼傍生修羅等中以此眞言神通威力加持土砂之力應時即得光明及身除諸罪報捨所苦身往於西方極樂國土蓮華化生更不墮落直至成佛眞言曰

唵阿謨伽尾嚧左曩摩賀母捺囉(二合)麽抳鉢納麽(二合)入嚩(二合)攞鉢囉(二合)韈哆野吽(引)

（引）（或用紙帛）

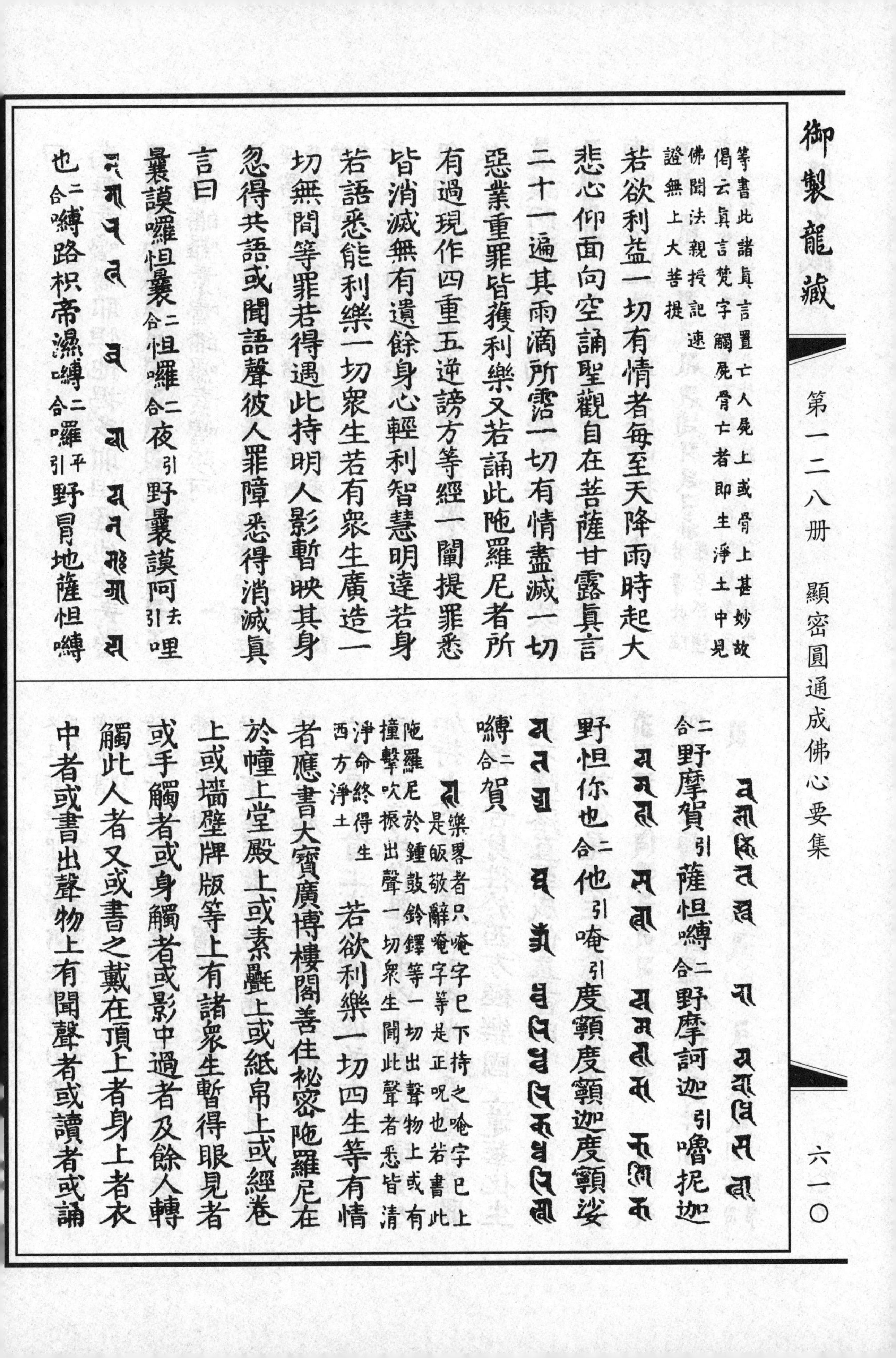

等書此諸眞言置亡人屍上或骨上甚妙故偈云眞言梵字觸屍骨亡者即生淨土中見佛聞法親授記速證無上大菩提

若欲利益一切有情者每至天降雨時起大悲心仰面向空誦聖觀自在菩薩甘露眞言二十一遍其雨滴所霑一切有情盡滅一切惡業重罪皆獲利樂又若誦此陁羅尼者所有過現作四重五逆謗方等經一闡提罪悉皆消滅無有遺餘身心輕利智慧明達若身若語悉能利樂一切衆生若有衆生廣造一切無間等罪若得遇此持明人影暫映其身忽得共語或聞語聲彼人罪障悉得消滅眞言曰

[illegible]
曩謨囉怛曩(二合)怛囉(二合)夜(引)野曩謨阿(去引)哩

[illegible]
也(二合)嚩路枳帝濕嚩(二合)囉(平引)野冐地薩怛嚩

[illegible]
(二合)野摩賀(引)薩怛嚩(二合)野摩訶迦(引)嚕抳迦

[illegible]
野怛你也(二合)他(引)唵(引)度顰度顰迦度顰娑

[illegible]
嚩(二合)賀

[illegible]
樂畧者只唵字已下持之唵字已上是皈敬辭唵字等是正呪也若書此陁羅尼於鍾鼓鈴鐸等一切出聲物上或有撞擊吹振出聲一切衆生聞此聲者悉皆清淨命終得生西方淨土

若欲利樂一切四生等有情者應書大寶廣博樓閣善住祕密陁羅尼在於幢上堂殿上或素氎上或紙帛上或經卷上或墻壁牌版等上有諸衆生暫得眼見者或手觸者或身觸者或影中過者及餘人轉觸此人者又或書之戴在頂上者身上者衣中者或書出聲物上有聞聲者或讀者或誦

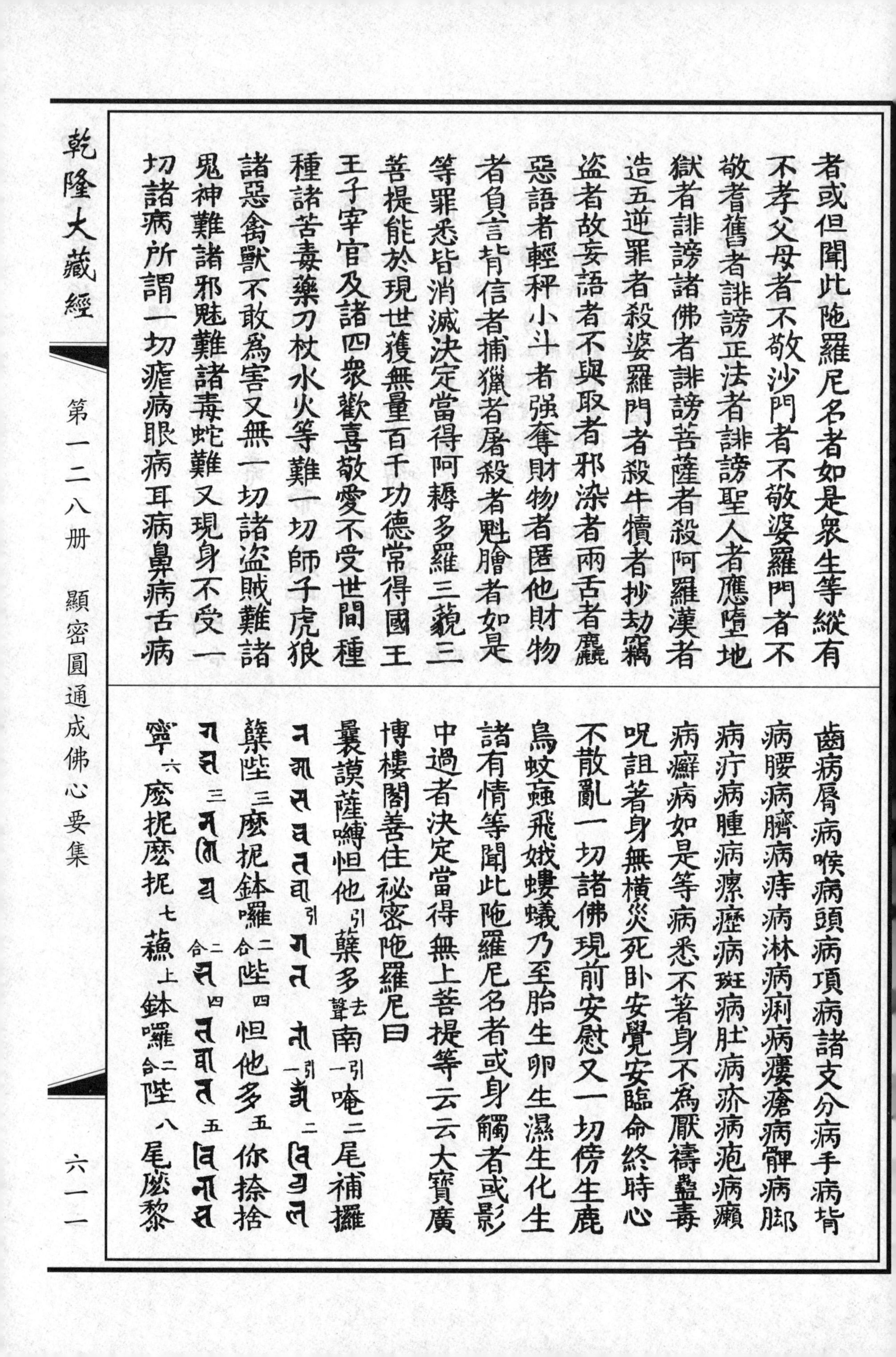

者或但聞此陁羅尼名者如是衆生等縱有不孝父母者不敬沙門者不敬婆羅門者不敬耆舊者誹謗正法者誹謗聖人者應墮地獄者誹謗諸佛者誹謗菩薩者殺阿羅漢者造五逆罪者殺婆羅門者殺牛犢者抄刼竊盜者故妄語者不與取者邪淫者兩舌者麤惡語者輕秤小斗者强奪財物者匿他財物者負言背信者捕獵者屠殺者魁膾者如是等罪悉皆消滅決定當得阿耨多羅三藐三菩提能於現世獲無量百千功德常得國王王子宰官及諸四衆歡喜敬愛不受世間種種諸苦毒藥刀杖水火等難一切師子虎狼諸惡禽獸不敢爲害又無一切諸盜賊難諸鬼神難諸邪魅難諸毒蛇難又現身不受一切諸病所謂一切瘧病眼病耳病鼻病舌病齒病脣病喉病頭病項病諸支分病手病背病腰病臍病痔病淋病痢病瘻瘡病髀病脚病疔病腫病瘰癧病斑病肚病疥病疱病癩病癬病如是等病悉不著身不爲厭禱蠱毒呪詛著身無橫災死卧安覺安臨命終時心不散亂一切諸佛現前安慰又一切傍生鹿鳥蚊䖟飛蛾螻蟻乃至胎生卵生濕生化生諸有情等聞此陁羅尼名者或身觸者或影中過者決定當得無上菩提等云云大寶廣博樓閣善住祕密陁羅尼曰

曩謨薩嚩怛他引蘖多去聲一引南一引唵二尾補攞

蘖陛三麽抳鉢囉二合陛四怛他多五你捺捨

寧六麽抳麽抳七蘓上鉢囉二合陛八尾麽黎

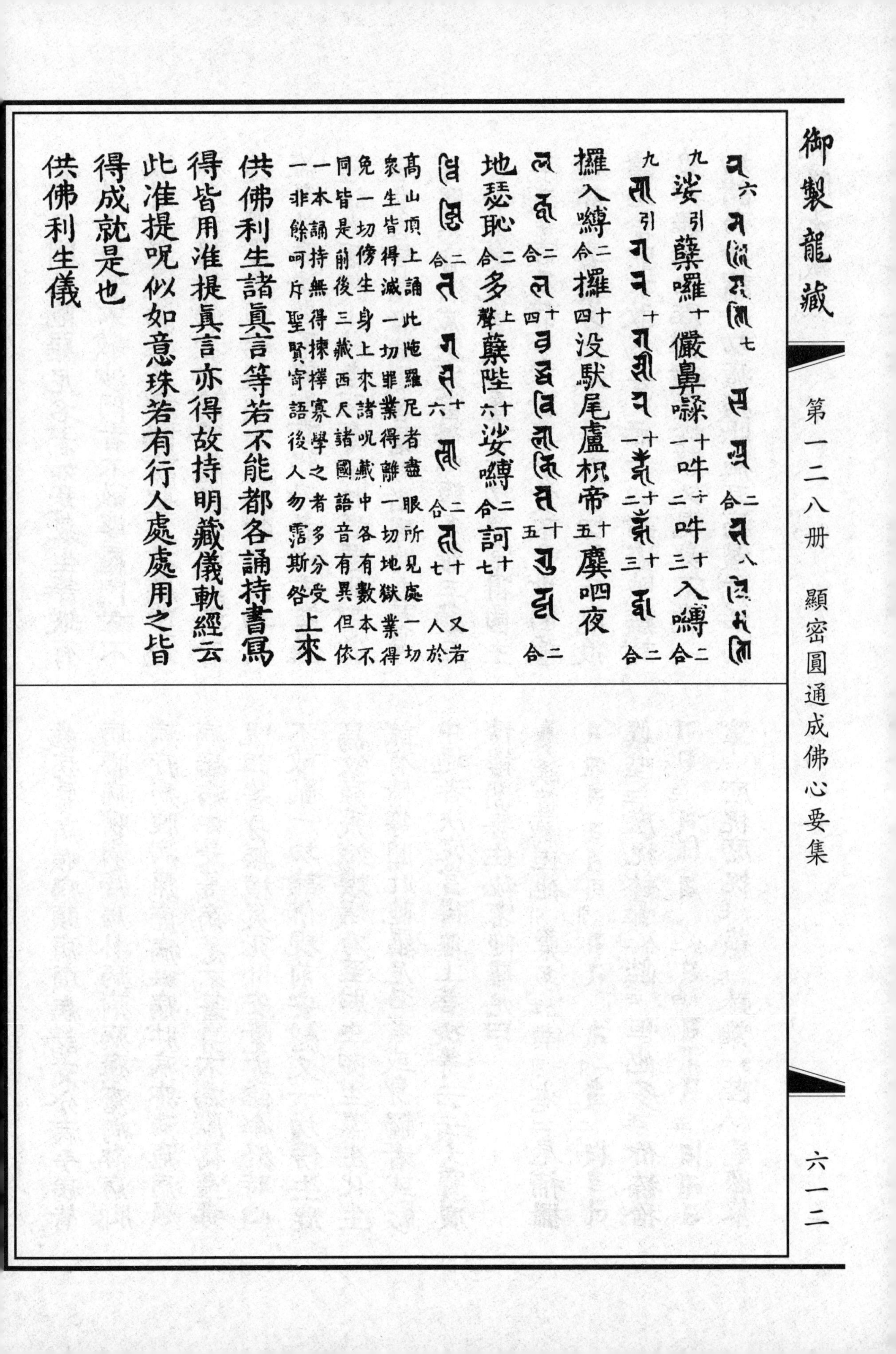

[illegible]六[illegible]七[illegible]二合[illegible]八[illegible]

九娑引蘖囉十儼鼻㗚十一吽十二吽十三入嚩二合

九[illegible]引[illegible]十[illegible]十一[illegible]十二[illegible]十三[illegible]二合

攞入嚩二合攞十四没馱尾盧枳帝十五麌呬夜

[illegible]二合[illegible]十四[illegible]十五[illegible]二合

地瑟恥二合多上聲蘖陛十六娑嚩二合訶十七

[illegible]二合[illegible]十六[illegible]二合[illegible]十七

又若人於高山頂上誦此陁羅尼者盡眼所見處一切衆生皆得滅一切罪業得離一切地獄業得免一切傍生身上來諸呪藏中各有數本不同皆是前後三藏西天諸國語音有異但依一本誦持無得揀擇寡學之者多分受上來一一非餘呵斥聖賢寄語後人勿霑斯咎

供佛利生諸眞言等若不能都各誦持書寫得皆用准提眞言亦得故持明藏儀軌經云此准提呪似如意珠若有行人處處用之皆得成就是也

供佛利生儀

顯密圓通成佛心要并供佛利生儀後序

門人比丘性嘉述

恭聞大日雄尊始王華嚴之界圓音妙法遍周帝網之區稱其性演重重無盡之門就其根開種種有限之義爰自結集之後洎于翻譯已還五藏八藏以殊分一乘三乘而異設若廼舉其大柄振其宏綱則唯密及顯斯可得而稱矣謂密言玄妙統五部之真詮顯字淵沖貫十宗之微旨應根派異涇渭雙流會旨源同清濁共濕然而去聖時遥群生見差或密顯偏修或有空別立或學聲字迷神呪之本宗或滯名言昧佛經之正意雖有觀心照性然多背正趨邪各計斷常競封人法弘性弘相商參互起於多端宗律宗禪水火交騰於異義遂使滔滔性海罕挹波瀾爍爍義天難窺光彩斯蓋未遇通人與開示焉今我親教和尚諱道㲀字法幢俗姓杜氏雲中人也家傳十善世禀五常始從齠齓之年習於儒釋之典天然聰辯性自仁賢博學則侔羅什之多聞持明則具佛圖之靈異禪心鏡淨神遊華藏之間戒體冰清行出塵勞之外加以霜松潔操水月虛襟曲己利人輕身為法恒思至理匿在筌蹄每念生靈懵於修證由是尋原討本採異搜奇研精甫僅於十旬析理遂成於一卷號之曰顯密圓通成佛心要并供佛利生儀其文則精雋簡約其義則淵奧該弘窮顯密之根源盡修行之岐路四門朗朗如皓月之呈輝十段明明若群星之列耀五法界之妙觀爍爛於行間三祕密之神宗昭彰於字下包括鷲峯之妙典彌綸龍藏

之遺文會萬法以無違皆歸圓敎融諸呪而不滯盡是總持使瓦礫並作於眞金草木悉成於妙藥寔乃改張異見端正前修依之則無塞不通弘之則無根不被其猶出匣之鏡動則臨人射空之箭發必有中盡善盡美兼質兼文有玄之又玄之宗祕之又祕之趣使將來者開卷便知聖旨得意皆是全才貧子獲衣內之珠輪王雪夢中之恥比秀南能之心印詎假躬參西林東社之靈編無勞親閲眞可謂登覺山之捷徑濟苦海之逆船一十二分教之蓍龜八萬四千行之鈐鍵抉學人之疑膜有類金錍斷釋子之邪心無殊寶劒復有供佛供僧之祕法濟仙濟鬼之玄門拯幽靈之神方利含生之聖術其功德之廣大逾五嶽之峥嶸其利益之宏深越四溟之浩淼若非鍊智鍊神精教精理內憑呪力外感佛加曷以著斯絕妙之文哉性嘉叨承宿幸忝會此生自得伏膺親蒙誨道七十子仲尼門下入室徒忻一千華黃梅山中傳衣匪預雖滴露之添江之力輕塵無足嶽之能但竭愚衷聊為後序所願萬靈密佑四衆圓修長然心要之燈恒照愚冥之路云爾

切以藏海汪洋深廣莫窺其涯涘聖途坦蕩指歸直造於根源別圓通顯密之要門極性相有空之至理惟持明者斯問津焉管主八緣幸釋流慶逢聖世聲敎熾餤佛法莫盛於當今車書混同華竺咸歸於至化眷此霾塵之寶奚其韞櫝之緘敬鐫刻於斯文俾流通而入藏恭願法輪大轉億萬年睿筭永祝帝齡佛日高懸一大事因緣俱明本智文英武

烈子孝臣忠干戈息於八方風雨調於六合

功能最勝筆舌奚殫恩有普資自他俱利者

音釋

澇郎到切積水也　痔丈里切後病也　痳音林小便難病　疔音丁　癇音閑病也　羂古泫切　餌音耳食也　痾於何切病也　緻直利切　⿰寧頁乃廷切　㲲達協切毛布也　瘻郎豆切漏病也　瘰郎果切筋結病也瘰癧　蘗魚列切　攞勒可切　懵毋亘切不明也　雋祖峻切與俊同　鈐巨廉切錧鍩也　鎞邊迷切掠器　切　鐫子全切劖刻也

十門辯惑論

唐大慈恩寺沙門釋復禮撰

清刻龍藏佛說法變相圖

十門辯惑論卷上

唐大慈恩寺沙門釋復禮撰

答太子文學權無二釋典稽疑

序曰

權文學聲冠應行地參園綺搢紳嘉其令望緇素挹其芳猷而頃著十疑干我二諦公孫生之聰辯自昔難酬舍利子之雄才嗟今莫擬豈當仁而抗議試言志以成文必也正名乎稱之曰十門辯惑雖詩云勸誡蔽之可幾乎一言而法唯秘密述之取忘乎三轉遂取類觀象載盈卷軸煩而無當有愧知音者焉

通力上感門一　應形俯化門二
淨穢土別門三　迷悟見殊門四
顯實得記門五　反經讚道門六
觀業救捨門七　隨教抑揚門八

化佛隱顯門九　聖王興替門十

通力上感門第一

稽疑曰竊見維摩神力掌運如來但十地之觀如來尚隔羅縠如何一掌之內能肇十號之尊乎非獨以卑移尊於理非順寔亦佛與菩薩豈無等差如有等差安能運佛如無等差何須成佛也若維摩是如來助佛揚化未知何名何號何論何經請煩上智示下愚也

辯惑曰嘗聞逆情而取匹夫雖賤而難奪順理而求萬乘雖尊而可降山澤通氣未始一其崇卑金石同聲何必均其小大況惟諸佛有平等誓願時乘應物菩薩能遊戲神通坐忘致遠遞相影響咸赴機緣哉維摩詰者蓋是法身大士德超羣聖啓權智以有生示居家而弘道蓮華總持之力來自他方芥子解脫之門開於此國未曾有室括囊無外不思議道利用無方是以五百聲聞咸辭問疾八千菩薩莫能造命彌勒居一生之地服其懸解文殊是衆佛之師謝其眞入而菴園之集因淨名而發興淨名之跡藉無動而方明故如來乃睠於此方居士敬延於右掌三昧之力有感必通十號之尊不行而至矣然則至誠感神者莫知神之巨細孝德動天者孰知天之高下矧乎慧眼遐觀見牟尼於寶相神足甫運持妙喜於華鬘而不能屈彼仁尊入茲國界豈唯羅縠之喻比而可通亦將金粟之名傳而有據者也吉藏師云金粟事出思惟三昧經自云未見其本今撿諸經錄目無此經名竊謂西國有經東方未譯矣

應形俯化門第二

稽疑曰龍女成佛少選之間若其眞者佛道

甚易云何勤苦無量方得成佛也如其化者化是不實豈以不寔化羣生也佛無不實語何爲若斯哉且文殊乃然燈之師釋迦又然燈之弟子文殊既爲諸佛之毋應成佛在然燈之前况彌勒未通文殊已悟龍女成佛文殊之力今龍女成佛於前彌勒成佛於後而文殊不成安能無惑若先成者成在何經經云何佛若未成者何事淹留請示淹留之意也如文殊未成爲是則諸佛成者應非如已成者非非則文殊豈是是非之理請爲言之

辯惑曰至人無已爲物有形高卑不可已跡定隱顯不可已情測龍女雖身遊五道而位光十地文殊雖名稱菩薩而實是如來何以明之按法華經云有娑竭羅龍王女年始八歲智慧利根善知衆生諸根行業乃至辯才無礙能至菩提詳夫智慧利根者非下趣之所有也知諸根行業者非小乘之事也辯才無礙者善慧之地也能至菩提者等覺之道也斯則三祇功畢十度因圓獻寶珠而轉女形坐蓮華而陞覺位義殊早計事同俯拾而惑者見龍王女即謂是三塗而嬰五障聞發心即謂自凡位而希聖果殊不知五道有示生之義四發有補處之文智積所以懷疑身子由其致詰蓬之心也何其曲哉又按首楞嚴經云文殊是過去平等國龍種上尊如來央崛魔羅經云是北方常喜世界摩尼寶積佛文殊師利佛土嚴淨經云未來作佛名普見竊以文殊智包權實體兼眞應或成道先劫已爲龍種之尊或流形此界尚號法王之子或正位北方久名寶積或授記來劫將稱

普見變化十方而無礙周行三際而不動無取無得而成果不去不來而見身豈可以一相求未可以一名定故遇然燈而函丈逢釋迦而避席慈氏造之以決疑龍女師之而進道然龍女自垢身而明速疾誘物持經文殊處因位而示淹留勸人後已並曲成方便實爲利益且君子之道貞而不諒聖人之事巽巳行權同許車而不與類化城而復進既信彼之非妄仍疑此之不實吁嗟七竅一猶未達乎

淨穢土別門第三

稽疑曰佛說法華經之時五十小劫但春秋夜明以爲釋迦生也正法一千像法一千並謂滅度之後同斯一劫若西域聽法之人神力促爲食頃此則不聽之人已隔五十小劫何則初未聞佛神力豈加神力不加合成灰燼今既不成煨燼則是千餘年耳苟知千餘非謬安有五十小劫若以雖不聞佛神力亦加則佛成道之初六千俱合得果何止頻婆一國十二萬人哉持此相況不加明矣

沙門復禮曰法華經序品云日月燈明佛說法華經經六十小劫謂如食頃涌出品云五十小劫謂如半日今發難在釋迦之佛引文兼燈明之事但取意而直通不依文以反詰

辯惑曰佛有眞身焉應身焉眞土焉應土焉眞身眞土絕名相而獨立應形應國隨物感而多狀淨者見之謂之淨穢者見之謂之穢乆者見之謂之乆近者見之謂之近各滯所封罕能達觀故身子覩穢而迷淨空承日月之談彌勒執近而疑乆仍生父子之喻及其按地顯莊嚴之國下塵比僧祇之壽執穢之情始去封近之見方除然示淨所以除穢穢

去而淨可留乎說久所以破近近亡而久可存乎非淨非穢方爲妙土非久非近始曰眞身然則四十餘年者穢土化身也五十小劫者淨土報身也化身遷動自可以年月測報體圓常詎可以時代限既報化分跡久近殊歸以久難近得無爲謬法華壽量之品維摩佛國之文斯義朗然豈俟多述或曰釋迦利見元是化身娑婆盡野本非淨國耆闍穢國之靈鎭法華化身之妙典今乃以報身而述化身將淨國而明穢國其爲謬也不亦大哉

釋曰是何言歟是何言歟先豈不云乎淨穢久近生於所見生於所見者同處而異見非別處而異見也且釋迦一佛也或以之見久或以之見近娑婆一界也或以之見淨或以之見穢久與淨菩薩上乘之見也近與穢凡夫下乘之見也若然者穢既娑婆矣而淨得非乎近既釋迦矣而久得異乎而云釋迦但是化身娑婆唯曰穢土義符偏著理異玄同況乎法華數品靈山一集初則會三歸一迴小道以入大乘次則三變八方引穢心而觀淨土大乘已入無復小乘淨土已觀何有穢土故始自集分身之佛至乎說壽量之經並於淨土之中而演常身之義故經云如是我成佛已來甚大久遠壽命無量阿僧祇劫常住不滅又云常在靈鷲山及餘諸住處衆生見劫盡大火所燒時我此土安隱天人常充滿故知聖壽遐長非界塵之能數妙境安固豈劫災之所焚何乃推始起於春秋以五十小劫爲焉有數未經於水火將一千餘年爲指實不見履霜者必疑堅氷乎

迷悟見殊門第四

稽疑曰說法華之時神光遠照他界說維摩之日寶蓋廣覆大千未知此方何爲不見若以無緣不得見者無緣則罪人也有緣則福人也逸多殺父毋豈福人哉而許出家也闍王害父因毋豈福人哉而照月光三昧也此地萬里爲國賢哲相仍豈無一人有緣何爲獨隔不言林放反勝太山乎

辯惑曰蒼旻信廣醯雞甕遊而不見白日盡明仙鼠晝伏而奚覩豈資始之有外而照臨之不及哉固以近物爲之覆則不能遠察倒情爲之惑則不能順辯假使語之曰有天焉有日焉天周三百度廣而覆下日徑一千里而明照外瞻彼二蟲必以狂而不信也今未破業障者何異甕遊乎未開慧目者孰非晝伏乎雖寶蓋曾懸百億四天之上毫光溥照萬八千國之中而有漏宵昏方馳大夢無明被覆何階徹視若不見則無者蒼旻白日可無耶若不見而有者寶蓋毫光非有耶反覆相明言而足矣況乎魯史直書記祥輝於卯夜孔君多識推聖德於西方並紛綸而有據豈寂寞而無朕故知君子或默以昭彰而感通中士若存尚河漢而驚怖其有飾智憑陵之伍懷愚混沌之流將撫掌而大噱或絕脊而曾毀非其人也道可虛行者哉故仲尼體無化之先涉於有季路問死對之反詰於生仁義稍檢其性靈道德粗明其徼妙然後應真西舉像教東來八萬法門吞納九流而微顯三千寶塔充滿四瀛而輪奐若先霞而後日類始雲而終雨教之有漸不亦宜乎然則

有緣無緣者三乘菩提之性也福人罪人者六趣生死之業也業有輕重性分生熟性猶生福雖多而難啓緣既熟罪雖重而可化福尚難啓而況於罪者乎罪猶可化而況於福者乎故有遠得四禪矜小功而背誕具行三逆知昨非而迴向迴向者生於正解正解生而罪可滅背誕與於邪見邪見與而福自亡福亡永劫而沉淪罪滅即身而解脫故語曰蹈道則爲君子違之則爲小人仁遠乎哉行之即是借以明義誰曰不然老子曰常善救人故無棄人常善救物故無棄物又人之不善何棄之有況大悲平等而有所棄哉譬夫良工相木名醫瞻病可用而用之不簡木之美惡可療而療之不擇病之輕重人或問之曰伊蘭惡木也汝何以用之迦摩重病也汝何以療之仁將此爲是問乎爲非問乎必以爲非問也如來善別機根巧知藥病雖逸多行衛頑之惡闍王有楚穆之罪然以曾發菩提之心可用也今興悔解之念可療也可療而療之可用而用之引使歸心化令入道開其與進之路塞彼爲亂之源俾有罪者自新於孝慈無過者守卒於純至善權方便其利博哉然闍王問道而反迷自同於林放夫子知機而仰聖可比於泰山賢哲相仍雖三復而無失何爲獨隔請再思而可矣

顯實得記門第五

稽疑曰提婆是佛弟子勸闍王害佛尚爲天王如來善星是佛子罪輕於提婆何爲生入地獄但害者應重謗者應輕今乃重者爲如來輕者入地獄以斯示後何以安哉若以善

星是化者後應成佛有授記乎無授記乎如有授記請指言之也如無授記安得爲化哉若以善星爲眞者何不同之昆季陞天宮以謗之入地獄以懼之忍其入地獄豈慈悲也但拯樹提於烈火之中飛巨石於高旻之上懼曠野之鬼神伏闍王之醉象何爲於善星也不若斯以救之哉

辯惑曰盖聞如來設教有大小一乘調達所行有權實兩事大乘闡其實小乘語其權若晦實論權有害佛之逆而招地獄之苦若廢權談實無破僧之罪故受天王之記權也有報與善星可得異乎實也無罪與善星可得同乎不同非設難之地不異又無難可設來論疑旨於何而致耶況謗害輕重更殊高議何者夫害雖是逆或不壞於見謗則壞見而成於逆成逆但嬰業障近招無間之殃壞見斯斷善根乃受闡提之號所以訶罵調達唯曰癡人題目善星則云邪見斷可知矣又問善星爲眞爲化者凡化之爲理必當以混眞爲妙眞妙之爲事自然以似化爲恒眞化相涉魚魯難辯然則綆短汲深淸泉無以上濟智小謀大美餗固其傍覆輕而議之則吾豈敢聊復稽之聖典匪曰攻乎異端試論之曰夫牟尼一代涅槃爲最後之說迦葉再請善星是厮下之人穢圂嗟其永墜苦獄見其生入又惡友行惡報息已明其是權善星斷善涅槃不言其爲化豈無爲化之理曾無是化之文以此而推眞亦可矣至若廣持衆部守筌而詎得魚徧習諸禪爲山而已止簣同碩鼠之爲技若飛鳥之能言雖篭門人還如伯

寮空稱佛子更甚商均中夜披衣發怖小男之語通衢掃跡滅表大人之相逢餔糟之人言其證道見食吐之鬼唱巳生天彼何人斯頑之甚也夫以辯才第一尚招螢火之譏智慧無雙未免金師之誤故知有根力解力照徃照令俾化者不可逃其眞愚者不能隱其智斯大聖之分也非常人之所及也嗟夫玉毫巳翳金口莫宣但可稟教而爲解膚巨棄文而生意若斯而巳哉夫可與爲善不可與惡者上智也可與爲惡不可與善者下愚也與善而善與惡而惡者中人也語曰唯上智與下愚不移明中人則可移也故宣父至聖不迴盜跖之心清河中賢能變周處之節今難陀之等者中人也若善星之輩者至愚也故可誘可逼困而學之成羅漢謗因謗果人斯下矣作闡提豈大聖忍其苦哉蓋下愚不可救耳譬夫厥田上上詎可使燋種生芽有渰凄凄不能遺枯條布葉豈可閒然於時雨有望於良疇者哉洎乎力士之慢可降嬰兒之厄可拯曠野之神可化宮城之象可伏連類雖廣一以貫之方於闡提固無等級故經云害蟻子有罪殺闡提無過尚復引使出家置之左右譬羸老之馬未可先乘同荆棘之田寧望後種知見在之無益冀將來之有因畢下趣而向人天發廣心而成福智是知慈悲之大方便之巧天地不足儔陰陽無以測迴向者若子之事父行莫大之誹謗者猶臣之叛君惡不可解然不解本乎滅趾莫大始自因心初有其微卒成其著樞機之發可不慎歟

反經讃道門第六

稽疑曰提婆達多後爲如來者則是菩薩也豈有菩薩而勸人害父乎若業合害者闍王必應自害何爲待勸而害也若業非害者菩薩初無害心不應勸人令害也聖人設教何至斯哉

辯惑曰山非自高而所以高者澤下夏非自暑所以暑者冬寒故水火相革而變生鹽梅相糅而功著相糅也者相異也爲功則大同相革也者相反也在變則咸順故可否相濟損益相成殊途而同歸何莫由斯道詳夫大權菩薩住不思議應物而遊從人之利害放情而動忘己之得失人之利矣己雖失而行之人之害矣己雖得而違之而大智若愚正言似反見之者誹謗聞之者聽瑩然則凡夫之行有否有臧聖人之道或逆或順凡夫之行褊否臧不足以訓時聖人之道弘逆順咸可以匠物順而匠物者文殊之等也逆而匠物者調達之流也或曰順以化人久事斯語逆而教俗深異所聞將以搢紳希更指掌釋曰起予者商也聊爲子言之夫善著則顯惡惡著則明善必然之分其理不忒故聖人之用權道也惡既著矣善自明矣惡著俾人之内省善明使物之思齊思齊既可以勸善内省又可以止惡順而弘道者亦以止勸也逆而行事者亦以止勸也止勸既均矣優劣可得乎而人聞師利是聖人即扣頭伸敬調達多爲菩薩即扼腕不平斯蓋朝三暮四識五迷十可爲受化之人耳安知爲化之理哉孔子曰三人同行必有我師焉擇其善者而從

之其不善者而改之不善爲師茲理久著仲尼既稱誘矣調達何用不滅也故經云由提婆達多善知識故令我具足六波羅蜜即其義也或人又曰若順道不能勸善也可須反經以勸之順道不能止惡也可須反經以止之今順而爲化既足矣何用返經而爲化乎釋曰夫二儀覆載四序生成夏氣長羸隴麥以之憔悴秋風淒緊巖桂以之芳菲春日遲遲未可使菊華榮曜冬霜凛凛詎能遣松貞搖落惟夫大悲運物若兩儀之覆載因機設教猶四序之生成禀悟各殊似數物之榮悴智者因喻而得解庶幾沿淺及深乎又曰爲惡以化人者惡亦化乎惡人若已能化者何用善人爲化乎釋曰惡人爲逆果或賒而未受大士行權報在今而必驗今則斯須可觀物恐怖而能悛賒則寘寞難知人僥倖而冀免故惡人不足以化物必俟大權爲化焉然調達始終行事權實雙辯經云惡友猶是權名論曰大賔方爲實稱故鷲山會上天王記十號之尊柰國經中地獄比三禪之樂至仁不匱應同頴叔小惡無犯豈作潘崇因以父王定業不移必遇其逆佛弟因之有勸示受其殃實也未始勸人權有也令人見勸既令人見勸也亦令人見殃也殃生於勸勸止則殃息見勸故殃怖殃而止勸斯則調達之勸欲令人不勸耳令不勸故勸則勸爲不勸乎權有勸尚爲不勸寔無勸安得有勸哉此迺錫類之義本全同惡之疑可息仁而能反兼四子以爲師非道可行篤一乘而通達子夏既其默識師利曾何致疑介如石馬豈俟終

日矣

十門辯惑論卷上

音釋

搢紳搢即刃切紳失人切搢紳謂插笏於紳也縠胡祿切縐紗也睠音眷

顧念也眹直忍切幾微萌兆曰眹混沌混胡本切沌徒損切混沌猶言

糸分辯也噱渠畧切唱噱笑不止貌膂力舉切脊骨也粗坐五切畧也

徼吉弔切至精也瀛以成切海也奐火貫切眾多曰奐綆古杏切汲

井索也餗思穀切鼎實也圂胡困切濁也簣求位切土籠也簉初救

切渰衣儉切雲興貌糅女救切雜也僥倖僥古堯切倖胡耿切

十門辯惑論卷下

唐大慈恩寺沙門釋復禮撰

觀業救捨門第七

稽疑曰頻婆娑羅首供養佛佛見韋提之時頻婆幽而未死以佛大悲神力芥子尚納須彌如何不救頻婆令其遇害至於闍王瘡痏特照神光將入地獄遂延遐壽於逆子何幸獨得延齡於賢父何辜獨不延也但頻婆證果賢王也應救而不救之闍王賊臣逆子也不應救而救之何以勸將來何以示人子顛而不扶焉用彼相任子害父佛何爲哉

辯惑曰夫業之爲理也大矣哉深焉不測廣焉不極渺渺綿綿變化消息夷兮無形希兮無聲無形無聲庶類以生生極之謂命習成之謂性其體也若無而有其用也不疾而速方其來也不可排方其謝也不可止至若天地之廣陰陽之靈日月貞明於上山川紀理於下幽顯異致而云爲種植殊途而布護人咸見其然也而莫知所以然也故或推之於自然或付之於造化或言始生於元氣或云稍長於盤古或謂中有神我傍與衆物或執上有梵天下生羣類或道寔爲自性從無形而變有形或計體是微塵從不化而生所化斯皆失其本而迷其末昧其源而惑其流所以異見紛馳殊情競舉豈知業因心起心爲業用業引心而受形心隨業而作境六道昇降財成而不越二儀上下剖判而斯分然則因業受身身還造業從心作境境復生心無始無終譬之於輪轉非空非有喻之於幻化四生易其滋蔓三界難以歸根而業之以善

惡分流報之以苦樂殊應積善餘慶爲善所以致樂積惡餘殃作惡所以階苦若影隨形而曲直雖離朱督繩不能比其定若響隨聲而大小雖師曠調軫未可喻其均不見形直而影斜豈有善修而報苦不聞聲小而響著詎有惡成而果樂亦猶田畯勉職黍稷盈疇農夫失時茨棘遍野借使耕而鹵莽其事耘而滅裂其業欲望不稂不莠如坻如京採薜荔於水中搴芙蓉於木末也或曰善爲福始惡是禍源同影響之無違類耕耘之有報敬聞命矣何迺頻婆爲善翻以禍終阿闍積釁仍蒙福末釋曰不亦善乎而問之也子聞業之有報也未聞報之有時也夫業之感報有三時不同焉有見報業者此身作業即身而受也有生報業者今身造業次生而受也有後報業者次生未受後生方受也初猶禾菽之類也經時即熟焉次猶薤秫之等也易歲乃登焉後猶桃李之輩也積年方實焉故昔勤今惰者野無秋實之望家有歲積之盈昔惰今勤者朝無數粒之資夕有餘粮之畜豈可以見勤者不足謂不足非始於惰乎見惰者有餘謂有餘非始於勤乎冀以象而申意更借事而明理曰有二人相與爲鄰築室焉一人先拙而後巧一人先巧而後廢先拙者築室甚陋居而習技技成而思巧既巧而變其拙矣先巧者築室甚精居而自養養善過而業廢既廢而失其巧矣雖失其巧其屋尚精焉雖變其拙其居猶陋焉及乎歲序綿移風雨飄浸舊宇既廢新搆聿興即工拙所營精陋復反矣因斯而談身者心之宅而業之

果也業者心之用而身之因也工拙相代者善惡更習也舊宇新構者前身後生也頻婆雖令無遺行而昔有不臧阿闍雖見是惡人而往修善業不臧所以遇禍修善所以延齡其致可尋何足多恠來論曰以佛大悲神力芥子尚納須彌如何不救頻婆令其遇害釋曰夫業有決定也者有不定也者不定則易轉其業可亡決定則難移其報必受頻婆定業也如何可救乎故良醫不能愈命盡之人慈母不能乳口噤之子矣然則人而有業物也無心無心則我心能制山大或可入於小有業則彼業爲主命促不可引而長今乃以無心而例有心將有業而齊無業北轅適越相去不亦漸遙哉又曰於逆子何幸獨得延齡於賢父何辜獨不延也釋曰按涅槃經頻婆娑羅往於毗富羅山遊行射獵周遍曠野悉無所得唯見一仙五通具足即勑左右而令殺之其仙誓言我於未來亦當如是而害汝命又云佛語闍王汝昔已於毗婆尸佛初發阿耨菩提之心竊以馳騁發狂肆虐於五通之上景行行止歸心於七佛之初或宿善不亡因懺洗而延壽或餘殃未殄遭殺逆而非命非命由乎肆虐詎是無辜延壽始乎歸心寧稱有幸請循三報之理當反一隅之惑又曰頻婆得果賢王也應救而不救之闍王賊臣逆子也不應救而救之釋曰觀無量壽經云頻婆娑羅幽閉置於七重室內自然增進成阿那含諸經論並云阿那含者名爲不還更不還生欲界故涅槃云阿闍唯見見在不見未來父王無辜橫加逆害心生悔熱遍

體生瘡又云若不隨順耆婆語者來月七日墮阿鼻獄詳夫幽憤而陞上果雖外凶而內吉寘目而超下界雖名死而實生救之即翻損任之即自益至若身瘡而心熱罔知回向之路業深而報近將墜泥犁之城救之即爲益任之即爲損斯即觀其所應救救之以爲益察其所應捨捨之以爲利而曰應救而不救之不應救而救之聖心雖微知之何陋矣然定報受之而不易明業之難犯也重罪悔之而以輕明行之可革也行可革惡人遷善於濫觴業難犯善人止惡於探湯惡止善行即有恥且格斯蓋導之以德也豈若齊之以刑也父子咸已進於道何顛不扶乎賢愚並可從於化何來不勸乎知我者希則我貴矣

隨教抑揚門第八

稽疑曰涅槃章門總括羣品不依涅槃恐難成佛何爲讚功德之處輕於般若法華乎若以般若捨執著爲優即涅槃爲半偈捨身豈劣於般若也若以法華證大乘爲優即涅槃以大空爲門豈劣於法華也法門不二何爲二之哉

辯惑曰真身寂靜豈存言說至理希微本亡性相雖無言說不違言說之道雖無性相而爲性相之津譬夫明鏡無爲形來而像著幽谷不撓聲及而響盈然則衆籟參差無谷不能以致響羣物絡繹無鏡何居而生像故知形聲爲之感鏡谷爲之應感應一虧視聽兼失矣竊以如來有無緣大慈不思弘願者明鏡幽谷也衆生有聞熏習之種發菩提之心者羣形衆聲也丑毫明而三十二相著鏡中

之像也金口發而一十二部宣谷中之響也自波羅苑内明苦集滅道堅固林中說常樂我淨其間八藏咸闡三乘競馳甘露之味不殊大雲之澤無别然而小草大草受之者少多有緣無緣服之者生死漸頓於焉百慮半滿所以多門本乎其源莫非一致故自本而觀也泯然平等矣自末而觀也森然不同矣不同所以各解平等所以一音一音故法門以之不二各解故教迹以之非一若乃演六度之法談四絶之理即有以明空依空而起行斯般若之爲義也明七種譬喻辯三法平等破二以歸一迴小以從大斯法華之爲旨也弘三點之奥闡四德之妙異客出其家珍新醫用其舊乳斯涅槃之爲致也此並大乘之秘府方等之妙門賢聖仰止之崇山經論朝宗之巨海得之者咸可以致遠失之者誰能以不泥來論云不依涅槃恐難成佛仁欲謂不依法華般若而可成佛者乎然則法華是衆經之王般若爲諸佛之母孰見無母而孕子無王而統人哉義無優劣斷可知矣來論又云何因讃功德之處輕於般若法華乎夫以隨時之義沿革不可守其常唯變所適取捨必貴存其會和扁隨病而授藥班倕任物而施巧豈寒温不變規矩有恒哉況尋繹誠文有異來旨經云上語亦善中下亦善金剛寶藏滿足無缺又云如諸藥中醍醐第一又云亦如日出放千光明又云譬如衆流皆歸於海又云修行是經即得具足十事功德夫以分流設險海若爲百谷之王列曜成文日天作三光之生金剛寶中之第一醍醐藥

中之最上三語僉義何句義而非玄十事以成何功業而不備其比興也如彼其稱揚也如此靜而詳校諒已非輕矧如涅槃梵本偈逾三萬震旦所譯纔出十千法鏡開而未全玄珠得而方半也或曰教迹非一法門不二辯讃德之有無明經本之廣略怡然理順矣但高下相傾長短相形既法華云此經第一餘經得非其亞乎涅槃云此經尊勝餘經得非卑劣乎般若云此法門不可思議餘法門得非可思議者乎斯義不明前疑復振也釋曰夫以利涉大川則舟檝爲之最載馳廣陸則車騎爲之先燕處超然宮觀爲之長雖水陸殊位動靜異宜而萬國非止一人也九州非止一地也故畫艦芳橈周流而莫輟騰駒繡轂馳騁而未已跱鳳華居寢處而寧廢斯即舟檝未嘗不爲最車騎未嘗不爲先宮觀未嘗不爲長也其有局於水鄉者得車即破之專於山野者與舟即剖之身不下堂者莫辯舟車之所用心務行邁者罔知棟宇之所適若斯人者何足與言於道哉孔子曰教人親愛莫善於孝教人禮順莫善於悌又曰法象莫大乎天地著明莫大乎日月此亦各隨其義以稱莫善也以云莫大也諸經言乎第一者蓋亦從此而明歟

化佛隱顯門第九

稽疑曰二月十五日佛將涅槃促純陀獻食爲滅時將至又却後三月正應此期聖衆勸請佛云當滅但佛無虚語即此滅非虚何爲犢子梵志月餘方乃報佛便似未滅其故何哉如其已滅梵志不應遣報如其未滅不知

滅在何時其滅時之經滅時之日佇承高旨可得聞乎沙門復禮曰涅槃云犢子梵志滿十五日得須陀洹於娑羅林修行二法不久得阿羅漢遣信報佛入般涅槃月餘之言異吾所聞之也辯惑曰原夫佛陀以圓覺爲義涅槃以至寂爲體圓覺者道無不窮理無不照至寂者累無不遣功無不忘忘功而遣累不可謂之有照理而窮道不可謂之無然而有以無生無因有立或虧其一必喪其兩既至寂不可謂之有矣而可謂之無乎圓覺不可謂之無矣而可謂之有乎不可謂有而不無寂之極也不可謂無而不有覺之妙也怳兮惚若存若没窈兮冥不滅不生夫生者法之始興也滅者法之初謝也初謝則本有今無始興則本無今有如來非本無今有也惡乎而謂生涅槃非本有今無也惡乎而謂滅有生滅然後有始終有始終然後有久近有久近然後分歲月生滅尚無矣歲月何寄哉故舍利問於没生居士詰而莫對迦葉疑於壞滅大師訶而後辯是知解脫之理涅槃之性不可以生滅求不可以有無取子何迺以生滅心行而問涅槃實相歟仁今問涅槃以時日亦猶量虛空以尺丈虛空無尺丈不可以尺丈量可以尺丈量非是虛空也涅槃無時日不可以時日定可以時日定非是涅槃也何者夫尺丈生於形質時日本乎始終無形質即無尺丈無始終固無時日明矣無而致問何其迂哉經云夫如來者天上人中最尊最勝豈是行耶又云如來身者是常住身金剛之身即是法身又云非身是身不生不滅又云常法之中虛空第一如來亦爾壽命之中最爲第

一富哉聖教盡然妙理自可悟之以真常奚更疑之以生滅或曰聞真常之義欲甘於夕死聽涅槃之名尚昧於朝徹若如來常住不滅者何故稱般涅槃耶釋曰涅槃有四種子未聞無住之義歟夫無住涅槃者真如妙性爲之體大悲般若爲之助般若故不住生死大悲故不住涅槃不住涅槃故雖證而不取不住生死故雖在而不著證而不取故有感所以即與在而不著故無緣所以即謝斯則寂然不動形遍十方澹爾無思智周萬物應見不疲而寂滅隱顯無恒而常住豈若聲聞離苦永入無餘緣覺猒身長辭有患形同槁木慮已燒然心類死灰曾微覺了均絕聖之獨善違博施之兼仁乎故涅槃經云我以久住大般涅槃種種示現神通變化又云大般涅槃能建大義斯無住涅槃之用也豈乖真常之義哉或人又曰涅槃之道若常者何有雙林之事耶釋曰佛有三身之義矣法身也報身也化身也法身以性淨真如爲之體出纏被了爲之義報身以酬因果德爲之性寘真照俗爲之業化身以內依勝智爲之本外應羣情爲之相法身猶虛空之性雲蒸即翳霧斂即明其性本常矣報身若乘空之日赫矣高升朗焉大照其體恒在矣化身如鑒水之影沚清即見流濁迺昏顯晦不恒往來無定至若七蓮承足聖業肇而開圖雙樹恬神能事終而息駕其中或離經辯志晦明於初學或納采問名同塵於始禮金輪至而羅七寶朱鬣騰而出九重縱神力而降魔兇邪革面揚辯才而伏衆聖賢稽顙一一國土處處

分身遍他方而不窮盡未來而無替斯皆應情之化鑒水之影也亦何傷於涅槃常住之義夫或人又曰二身蘊粹而圓常八相逐情而興廢是則眞爲寂靜化是推遷鶴林之事不無犢子之疑佇決釋曰向辯眞化之不一未明眞化之不異夫化佛者豈他歟報身圓應之用也報身者何哉悲智所成之體也悲以廣濟爲理智以善權爲業所以因時降迹隨物見身身迹者用也悲智者體也體是其本用是其末依體起用攝末歸本欲求其異理可然乎而迺定化體之推遷異眞身之寂靜斯爲未得矣斯爲未得矣然此且明報身起化也未明化身即法也化身即法理微矣還寄影喻而迷焉夫水中之日影也不從外來不從內出不此不彼不異不一不無其狀不有其質倏焉而存忽焉而失像著而動性虛而謐執實者爲妄知妄者了實曰何謂也曰若從外來者水外寧在乎若從內出者水內先有乎若言在此者於彼不見乎若言在彼者於此不覩乎若言是異者一見有二乎若言是一者二見豈一乎若言是無者於見可亡乎若言是有者求體曾得乎謂其生生無所從謂其滅滅無所往不生矣不滅矣性相寂然心言路斷斯可謂見水影之實性也見影之性者可見化身實性也見化之性者即證法身之體也故淨名經云佛身者即法身也又云如自觀身實相觀佛亦然般若云若見諸相非相即見如來又云離一切諸相即名諸佛引而申之類而長之近取諸身遠取諸物于何不寂滅于何不清淨是以舉足

下足道場觸處而無盡開眼閉眼諸佛現前而不滅須菩提之宴坐常見法身蓮華色之爭前暫窺形相迷悟之分優劣若此豈可以有無生滅而見於化身哉夫知劒者忘其質器候其光彩識馬者略其形色視其駿異然後切玉似泥一日千里反是者豈曰知劒識馬乎鑽仰於法門研精於佛事亦猶於是矣至若聞誕於右脅謂之生化於北首謂之滅坐於蓮華謂之有焚於香木謂之無此蓋尋常之流雷同之見亦何足以枉於高問歟經云持戒比丘不應於佛生有爲想若言有爲即是妄語又云寧以利刀自割其舌終不説言如來無常又云不可筭數般涅槃時及般涅槃若也隨問而即對逐事而同執會經文之同別定滅時之遠近使二字智聾而不聞八味口爽而常失吁可畏矣非所敢言慼人率爾而興喟然而歎曰前言之過也駟不及舌也甞聞井蛙棲甃莫辦括地之深澤鷃搶榆詎識垂天之廣物既然矣人亦有諸至若涅槃四門不生不滅佛身三種非一非異比空性而難量方水影而恒靜並得其所未得聞其所未聞而今而後奉之無斁故知同凡偃卧示迹彌留出自塵勞之情何預金剛之體體唯一相始終不可措其詞情也多端前後不可齊其見遍知示滅之日梵志遣報之期在而不論置之莫荅者不亦以是乎對曰然子得之矣余無所隱乎子矣

聖王興替門第十

稽疑曰輪王撫運之日化四天下又說法華之時輪王預聽但兩儀開闢載籍詳焉唯聞

玉環西獻豈見金輪東轉雖緇素有殊而聞見無別未悟輪王聖躬何爲不至於此若以乘虛來往非人所知人既不知馬用王也何不肆覲東后風伯前驅寶馬共天馬爭飛金輪與日輪競耀千乘萬騎雜沓青漢之間振鼓鳴簫嘈囋丹霞之表發號令撫惸鰥恤飢寒理冤滯使軒羲之帝仰霄際以承風堯舜之君望天衢而慕德然後下碧空而朝萬國乘白雲以禮百神舉玉匱之仙鐏奏鈞天之廣樂豈非聖王之盛事歟又蚩尤作亂追風召雨共工觸山傾天絕地八年九潦伊耆致昏墊之憂鑠石流金成湯有剪髮之厄兩漢之末八埏雲擾二晉之間萬方鼎沸而王遠遊西域無拯溺之心遥視東方無巡撫之意爲聖王者其若斯哉遂使疑億兆之心失人神之望不知有王耶無王耶控鐵圍而三十二相者其道合然耶不合然耶傾心遠聽佇聞嘉旨

辯惑曰夫以勾芒司春不能於隆冬發煦羲和馭日未嘗於靜夜舒景故若華照曜將列宿而分時蘭風披拂與零霜而別候寒溫甫爾也昏旦頃焉也而物既謝不可以覆追時未臻不可以預覩況乎今昔之遼哉夫輪王之興也七寶應圖十善裁化鐵圍所界君天下而光宅金輪所遊大域中而利往千馬伏輒自空表而飛來四龍守藏從地中而涌出寶田氣色詎別於寒暑珠桂光明莫分於曉夜家給人足俗阜時雍下有知於上上無事於下至若孕質奇表卜年景曆三十二相不獨於日角珠衡八十千齡豈兼於鬼神用教

雖巍巍矣蕩蕩矣聖王之盛事矣蓋是劫增之日殊非壽減之辰求古於今聞其難得按諸經論三千國土同時而成成已住同時而壞壞已空成住壞空各二十劫如是循環終而復始於住劫之中從閻浮提人壽無量歲乃至八萬歲其間有轉輪王出興馬故俱舍論云輪王八萬出雜心論云劫增轉輪王出也若乃庖羲結網黃帝垂衣共工亂常蚩尤作暴並望古非綿邈之代形今是斯須之間故皇王繼踵不逢寶馬之巡狩大盜排肩莫遇神兵之戡翦唐虞已下從而可知焉來論云佛說法華之時輪王預聽釋曰竊以聖人作萬物覩諸佛興十方萃是知四兵匼從寧此界之飛皇千子陪遊乃他方之聖帝故彼經偈云又千萬億國轉輪聖王至請原始要終取其義矣來論又云兩儀開闢載籍詳焉唯聞玉環西獻豈見金輪東轉釋曰夫載籍之興本乎書契書契之作原乎易象因三才而畫卦布六位以重爻澤上於天後聖取而成則鳥行於地前哲像以爲文斯乃書契兆之於皇雄文字成之於倉頡故云易之上古是曰羲爻書之首篇不過堯典載籍遠近昭然可明而乃謂經史之文詳開闢之事理不然矣若博採圖牒傍存子說則元神是巨靈所契昆陵爲大帝所居華胥桂州依俙得其地容成太上髣髴臻其道而文物並闕而不論聖政粗論而不備但龍師已下之日浸經誥盈車而未周人皇已上之歲多圖書數卷而便盡以時比事義可通乎然則昔有聖王金輪屢其東轉近無哲后玉環遂以西獻人逐時而興替物隨人而去來取類虛舟異夫膠柱者矣或曰若輪王但生於八萬歲時者何故玉毫在家之日七

寶咸臻鐵輪當宇之辰百年已滅釋曰有化而爲瑞者有假以爲名者化而爲瑞不君於萬國假以爲名莫徵於七寶故仙人相如金之質必成十號之尊如來記獻土之童但王一分之地鐵輪之事未聞實録或曰佛記作輪王四分之一者謂金輪王四分之一也若然者鐵輪可非輪王乎但言作鐵輪王即明矣何故須言四分之一乎夫輪王者降七寶之祥行十善之化何故始行十惡然無七寶乎或人又曰皇王者所以理人也人不自理故立主以理之至如二十住劫初八萬增年之極俗淳和而有道人朴略而無競當斯時也何用聖王哉釋曰三界受形莫離於苦宅六情對境悉嬰於惑網是非因而互反善惡所以相攻假令有頂地之高陛三災不及非想天之寂靜四空爲上苦蘊猶其逼迫使法尚以驅馳況乎欲界之人哉若也聞太古謂無爲之極稱遂初言有道之最此蓋醉於巫咸耳安知眞諦之妙歟

沙門復禮曰言者所以出意非意也迹者所以明本非本也故大聖之垂教或迹淺而本深或言乖而意合未得其門者能無岐路乎但不遠而復斯即善矣檀越曩構淳因福覆遐而日用今資異氣貞襟秀而天挺藹君子之松栢湛人倫之水鏡文場翹楚稱其雅論高才學肆英髦許其博聞彊記何其美矣至若開邃鍵而探賾振芳毫而討論理尚違於得象言將涉於非聖若疑而叙意異三子而何傷若謗以爲瞬載一車而可怪然敬尋來翰云晚披釋典捧卷竭誠斯言訒乎亦勤之至也幸甚幸甚貧道不涯賤質濫齒玄門若春露之輕滋學慚瀉器同秋螢之末景業謝

傳燈夫以聞斯行諸是仲尼之所釋離乎車矣非有若之能對況一乘妙義三藏微言者歟涉兎未足以窮深奔蜂豈期於化大于時大唐永隆二年歲次辛巳孟秋之朔日也

十門辯惑論卷下

音釋

痏 羽軌切瘡痏也　畯 祖峻切玉大夫也　稂 魯當切草名秀屬　莠 與久切狗尾草也　麰 莫浮切大麥也　䅘 落哀切麥也　倕 音垂神農時巧工也　檝 即葉切與楫同　艗 魚狄切畫艗船頭畫艗鳥也　橈 如招切短櫂也　輟 陟劣切止也　跱 池爾切峙立也　怳惚 怳呼晃切惚呼骨切怳惚不明貌　謐 彌畢切安也　脅 虛業切腋下也　喟 丘愧切歎息聲也　甃 側救切井甓也　搶 千羊切集也　揄 羊朱切木名　斁 夷益切厭也　嘈囋 嘈昨勞切囋才葛切嘈囋鼓聲也　惸 渠營切無兄弟日惸　昏墊 墊都念切昏墊謂昏瞀墊溺也　鑠 書藥切銷也　挻 時連切八挻地之八際也　煦 香句切温潤也　軛 於華切轅端横木駕馬領者　俙 香衣切依俙猶髣髴也　髦 莫高切俊也　鍵 渠長切户鑰牡也　睽 傾睢切異也　訒 而振切難也

大唐西域求法高僧傳

唐三藏法師義淨奉詔撰

清刻龍藏佛說法變相圖

大唐西域求法高僧傳卷上

唐三藏法師義淨奉　詔撰

觀夫自古神州之地輕生徇法之賓顯法師則創闢荒途奘法師乃中開正路其間或西越紫塞而孤征或南渡滄溟以單逝莫不咸思聖跡罄五體而歸禮俱懷旋踵報四恩以流望然而勝途多難寶處彌長苗秀盈十而蓋多結實罕一而全少寔由茫茫象磧長川吐赫日之光浩浩鯨波巨壑起滔天之浪獨步鐵門之外亘萬嶺而投身孤漂銅柱之前跨千江而遺命（跋南國有千江口）或亡飡幾日輟飲數晨可謂思慮銷精神憂勞排正色致使去者數盈半百留者僅有幾人設令得到西國者以大唐無寺飄寄棲然為客遑遑停託無所遂使流離萍轉罕居一處身既不安道寧

隆矣嗚呼實可嘉其美誠蕽傳芳於來葉粗
據聞見撰題行狀云爾其中次第多以去時
年代近遠存亡而比先後
太州玄照法師　齊州道希法師
齊州師鞭法師
新羅阿離耶跋摩法師
新羅慧業法師　新羅玄太法師
新羅玄恪法師　新羅復有二人
覩貨羅佛陀跋摩師
并州道方法師　并州道生法師
并州常慜禪師弟子一人
京師末底僧訶師　京師玄會法師
質多跋摩師
土蕃公主妳母息二人
隆法師

益州明遠法師　益州義朗律師智岸并弟
益州會寧律師　交州運期法師
交州木叉提婆師　交州窺沖法師
交州慧琰法師　信胄法師
愛州智行法師　愛州大乘燈禪師
康國僧伽跋摩師　高昌彼岸智岸二人
洛陽曇閏法師　洛陽義輝論師
又大唐三人　新羅慧輪法師
荊州道琳法師　荊州曇光律師大唐一人
荊州慧命禪師　潤州玄逵律師
晋州善行法師　襄陽靈運法師
澧州僧哲禪師弟子一人
洛陽智弘律師　荊州無行禪師
荊州法振禪師乘悟乘如
澧州大津法師

右總五十六人先多零落淨來日有無行師道琳師慧輪師僧哲師智弘師五人見在計當垂拱元年與無行師執別西國不委今者何處存亡耳

沙門玄照法師者大州仙掌人也梵名般迦舍末底(此云照慧)乃祖乃父冠冕相承而髫髻之秋抽簪出俗成人之歲思禮聖蹤遂適京師尋聽經論以貞觀年中乃於大興聖寺玄證師處初學梵語於是杖錫西邁掛想祇園背金府而出流沙踐鐵門而登雪嶺漱香池以結念畢契四弘陟葱阜而翹心誓度三有途經速利過覩貨羅遠跨胡疆到土蕃國蒙文成公主送往北天漸向闍闌陀國未至之間長途險隘爲賊見拘既而商旅計窮控告無所遂乃援神寫契伏聖明衷夢而感徵覺見羣賊皆睡私引出圍遂便免難住闍闌陀國經于四載蒙國王欽重留之供養學經律習梵文既得少通漸次南上到莫訶菩提復經四夏自恨生不遇聖幸覩遺蹤仰慈氏所制眞容著精誠而無替爰以翹敬之餘沉情俱舍既解對法清想律儀兩教斯明後之那爛陀寺留住三年就勝光法師學中百等論復就寶師子大德受瑜伽十七地禪門定瀲亟覩關涯既盡宏綱遂往弶伽河北受國王苫部供養住信者等寺復歷三年後因唐使王玄策歸鄉表奏言其實德遂蒙降勑旨重詣西天追玄照入京路次泥波羅國蒙國王發遣送至土蕃重見文成公主深致禮遇資給歸唐於是巡涉西蕃而至東夏以九月而辭苫部正月便到洛陽五月之間途經萬里于

時麟德年中駕幸東洛奉謁闕庭遂蒙勑旨令往羯濕彌囉國取長年婆羅門盧迦溢多既與洛陽諸德相見略論佛法綱紀敬愛寺導律師觀法師等請譯薩婆多部律攝既而勑令促去不遂本懷所將梵本悉留京下於是重涉流沙還經磧石崎嶇棧道之側曳半影而斜通揺泊繩橋之下没全軀以傍渡遭土蕃賊脫首得全遇兇奴寇僅存餘命行至北印度界見唐使人引盧迦溢多於路相遇盧迦溢多復令玄照及使傔數人向西印度羅荼國取長年藥路過縛渇羅到納婆毗訶羅(此云新寺)覩如來澡盆及諸聖跡漸至迦畢試國禮如來頂骨香華具設取其印文觀來生善惡復過信度國方達羅荼矣蒙王禮敬安居四載轉歷南天將諸雜藥望歸東夏到金剛座旋之那爛陀寺淨與相見盡平生之志願契總會於龍華但以泥波羅道土蕃擁塞不通迦畢試途多氏捉而難度遂且棲志鷲峯沉情竹苑雖每有傳燈之望而未諧落葉之心嗟乎苦行標誠利生不遂思攀雲駕墜翼中天在中印度菴摩羅跛國遘疾而卒春秋六十餘矣(言多氏者即大食國也)

傷曰卓矣壯志頴秀生田頻經細柳幾步祁連祥河濯流竹苑揺芊翹心念念渇想玄玄專希演法志託提生嗚呼不遂愴矣無成兩河沉骨八水揚名善乎守死哲人利貞(兩河即在西國八水乃屬東郡)

道希法師者齊州歷成人也梵名室利提婆(此云吉祥天)乃門傳禮義家襲縉紳幼漸玄門少懷貞操涉流沙之廣蕩觀化中天陟雪嶺之

欽岑輕生徇法行至土蕃中途危厄恐戒撿難護遂便暫捨行至西方更復重受周遊諸國遂達莫訶菩提翹仰聖蹤經于數載旣住那爛陀亦在俱尸國蒙菴摩羅跋國王甚相敬待在那爛陀寺頻學大乘住輸婆伴娜（在涅槃處寺名也）專功律藏復習聲明頗盡綱目有文情善草隷在大覺寺造唐碑一首所將唐國新舊經論四百餘卷並在那爛陀矣淨在西國未及相見住菴摩羅跋國遭疾而終春秋五十餘矣後因巡禮見希公住房傷其不達聊題一絕　百苦亡勞獨進影四恩在念契流通如何未盡傳燈志溘然於此遇途窮

師鞭法師者齊州人也善禁呪閑梵語與玄照師從北天向西印度到菴摩羅割波城爲國王所敬居王寺與道希法師相見伸鄉國之好同居一夏遇疾而終年三十五矣

阿離耶跋摩者新羅人也以貞觀年中出長安之廣脇（王城山名）追求正教親禮聖蹤住那爛陀寺多閑律論抄寫衆經痛矣歸心所期不契出雞貴之東境沒龍泉之西裔即於此寺無常年七十餘矣（雞貴者梵云雞矩吒醫說羅矩矩吒是雞醫說羅是貴即高麗國也相傳云彼國敬雞神而取尊故戴翎羽而表飾矣那爛陀有池名曰龍泉西方喚高麗矩吒吒醫說羅也）

慧業法師者新羅人也在貞觀年中往遊西域住菩提寺觀禮聖蹤於那爛陀久而聽讀淨因檢唐本忽見梁論下記云在佛齒木樹下新羅僧慧業寫記訪問寺僧云終於此年將六十餘矣所寫梵本並在那爛陀寺

玄太法師者新羅人也梵名薩婆愼若提婆（此云一切智天）永徽年內取土蕃道經泥波羅到中

印度禮菩提樹詳檢經論旋踵東土行至土峪渾逢道希法師覆相引致還向大覺寺後歸唐國莫知所終矣

玄恪法師者新羅人也與玄照法師貞觀年中相隨而至大覺寺既伸禮敬遇疾而亡年過不惑之期耳

復有新羅僧二人莫知其諱發自長安遠之南海汎舶至室利佛逝國西婆魯師國遇疾俱亡

佛陀達摩者即覩貨速利國人也大形摸足氣力習小教常乞食少因興易遂届神州云於益府出家性好遊涉九州之地無不履焉後遂西遊周觀聖迹淨於那爛陀見矣後乃轉向北天年五十許

道方法師者并州人也出沙磧到泥波羅至大覺寺住得爲主人經數年後還向泥波羅于今現在既虧戒檢不習經書年將老矣

道生法師者并州人也梵名旃達羅提婆此云月天以貞觀末年從土蕃路往遊中國到菩提寺禮制底訖在那爛陀學爲童子王深所禮敬復向此寺東行十二驛有王寺全是小乘於其寺內停住多載學小乘三藏精順正理多賷經像言歸本國行至泥波羅遘疾而卒可在知命之年矣

常慜禪師者并州人也自落髮投簪披緇釋素精勤匪懈念誦無歇常發大誓願生極樂所作淨業稱念佛名福基既廣數難詳悉後遊京洛專崇斯業幽誠冥兆有所感徵遂願寫般若經滿於萬卷冀得遠詣西方禮如來所行聖跡以此勝福迴向願生遂詣闕上書

請於諸州教化抄寫般若且心所志也天必從之乃蒙授墨勑南遊江表敬寫般若以報天澤要心既滿遂至海濱附舶南征往訶陵國從此附舶往末羅瑜國復從此國欲詣中天然所附商舶載物既重解纜未遠忽起滄波不經半日遂便沉没當没之時商人爭上小舶互相戰闘其舶主既有信心高聲唱言師來上舶常慜曰可載餘人我不去也所以然者若輕生爲物順菩提心亡已濟人斯大士行於是合掌西方稱彌陁佛念念之頃舶沉身没聲盡而終春秋五十餘矣有弟子一人不知何許人也號咷悲泣亦念西方與之俱没其得濟之人具陳斯事耳

傷曰悼矣偉人爲物流身明同水鏡貴等和珍涅而不黑磨而不磷投軀慧巘養智芳津在自國而弘自業適他土而作他因覲將沉之險難決於已而亡親在物常慜子其寡鄰穢體散鯨波以取滅淨願詣安養而流神道乎不昧德也寧湮布慈光之赫赫竟塵劫而新新

末底僧訶者（此云師子惠）京師人也俗姓皇甫莫知本諱與師鞭同遊俱到中土住信者寺少閑梵語未詳經論思還故里路過泥波羅國遇患身死年四十餘

玄會法師者京師人云是安將軍之息也從北印度入羯濕彌羅國爲國王賞識乘王象奏王樂日日向龍池山寺供養寺是五百羅漢受供之處即尊者阿難陁室灑末田地所化龍王之地也（室灑譯爲所教舊云弟子非也）復勸化羯濕彌羅王大放恩赦國內有死囚千餘人勸王

釋放出入王宅既漸年載後因失意遂乃南遊至大覺寺禮菩提樹覩木真池登鷲峯山陟尊足嶺禀識聰敏多繕工伎雖復經過未幾而梵韻清徹少攜經教思返故居到泥波羅不幸而卒春秋僅過而立矣泥波羅既有毒藥所以到彼多亡也

復有一人與北道使人相逐至縛渴羅國於新寺小乘師處出家名質多跋摩後將受具而不食三淨其師曰如來大師親開五正既其無罪爾何不食對曰諸大乘經具有令制是所舊習性不能改師曰我依三藏律有成科汝之引文非吾所學若懷別見我非汝師遂强令進乃掩泣而食方爲受具少閑梵語覆取北路而歸莫知所至傳聞於天竺之僧矣

復有二人在泥波羅國是土蕃公主妳母之息也初並出家後一歸俗住天王寺善梵語并梵書年三十五矣

隆法師者不知何所人也以貞觀年內從北道而出取北印度欲觀化中天誦得梵本法華經到健陀羅國遇疾而亡北方僧來傳說如此

明遠法師者益州清城人也梵名振多提婆此云思天幼順法訓長而彌修容儀雅麗詳序清道善中百議莊周早遊七澤之間後歷三吳之表重學經論更習定門於是棲隱廬峯經于夏日既慨聖教陵遲遂乃振錫南遊届于交阯鼓舶鯨波到訶陵國次至師子洲爲君王禮敬乃潛形閣內密取佛牙望歸本國以興供養既得入手翻被奪將事不遂所懷頗

見陵辱向南印度傳聞師子洲人云往大覺中方寂無消息應是在路而終莫委年幾其師子洲防守佛牙異常牢固置高樓上幾閉重關鏁鑰泥封五官共印若開一戶則響徹城郭每日供養香華遍覆至心祈請則牙出華上或見異光衆皆共覩傳云此洲若失佛牙並被羅刹之所吞食爲防此患非常守護亦有傳云當向支那矣斯乃聖力遐被有感便通豈由人事强申非分耳

義朗律師者益州成都人也善閑律典兼解瑜伽發自長安彌歷江漢與同州僧智岸并弟一人名義玄年始弱冠知欽正理頗閑內典尤善文筆思瞻聖迹遂與弟俱遊秀季良昆遞相攜帶鶺鴒存念魚水敦懷既至烏雷同附商舶掛百丈陵萬波越舸扶南綴纜郎迦蒙郎迦戍國王待以上賓之禮智岸遇疾於此而亡朗公既懷死別之恨與弟附舶向師子洲披求異典頂禮佛牙漸之西國傳聞如此而今不知的在何所師子洲既不見中印度復不聞多是魂歸異代矣年四十餘耳

會寧律師益州成都人也禀志操行意存弘益少而聰慧投跡法場敬勝理若髻珠棄榮華如脫屣薄善經論尤精律典思存演法結念西方爰以麟德年中杖錫南海汎舶至訶陵洲停住三載遂共訶陵國多聞僧若那跋陀羅於阿笈摩經內譯出如來涅槃焚身之事斯與大乘涅槃頗不相涉然大乘涅槃西國淨親見目云其大數有二十五千頌翻譯可成六十餘卷檢其全部竟而不獲但得初大衆問品一夾有四千餘頌會寧既譯得阿

笈摩本遂令小僧運期奉齎經還至交府馳驛京兆奏上闕庭冀使未聞流布東夏運期從京還達交阯告諸道俗蒙贈小絹數百疋重詣訶陵報德智賢若那跋達羅也與會寧相見於是會寧方適西國比於所在每察風聞尋聽五天絕無蹤緒准斯理也即其人已亡傷乎嗟矣會寧爲法孤征纔翻二軸啓望天庭終斯寶渚擁居化城身雖没而道著時縱遠而遺名將菩薩之先志共後念以揚聲春秋可三十四五矣

運期師者交州人也與曇閏同遊仗智賢受具旋迴南海十有餘年善崑崙音頗知梵語後便歸俗住室利佛遊國于今現在既而往復宏波傳經帝里布未曾教斯人之力年可三十矣

木叉提婆者交州人也此云解脫天不閑本諱汎舶南溟經遊諸國到大覺寺遍禮聖蹤於此而殞年可二十四五矣

窺沖法師者交州人即明遠室灑也梵名質呾囉提婆與明遠同舶而汎南海到師子洲向西印度見玄照師共詣中土其人禀性聰𣪍善誦梵經所在至處恒編演唱之首禮菩提樹到王舍城遘疾竹園淹留而卒年三十許

慧琰法師者交州人也即行公之室灑隨師到僧訶羅國遂停彼國莫辯存亡

信胄法師不知何所人也梵名設喇陀跋摩此云信胄取北道而到西國禮謁既周住信者寺於寺上層造一塼閣施上卧具永貽供養遇疾數日餘命輟然忽於夜中云有菩薩授手

迎接端居合掌太息而終年三十五矣

智行法師者愛州人也梵名般若提婆(此云慧天)汎南海詣西天遍禮尊儀至弶伽河北居信者寺而卒年五十餘矣

大乘燈禪師者愛州人也梵名莫訶夜那鉢地已波(此云大乘燈)幼隨父母汎舶往杜和羅鉢底國方始出家後隨唐使郯緒相逐入京於慈恩寺三藏法師玄奘處進受具戒居京數載頗覽經書而思禮聖蹤情契西極體蘊忠恕性合廉隅戒巘存懷禪枝叶慮以爲溺有者假緣緣非則墜有離生者記助助是則乖生乃畢志王城敦心竹苑冀摧八難終求四輪遂持佛像攜經論既越南溟到師子國觀禮佛牙備盡靈異過南印度覆屆東天往耽摩立底國既入江口遭賊破舶唯身得存淹停斯國十有二歲頗閑梵語誦緣生等經兼循修福業因遇商侶與淨相隨詣中印度先到那爛陀次向金剛座旋過薜舍離後到俱尸國與無行禪師同遊此地燈師每歎曰本意弘法重之東夏寧志不我遂奄爾衰年今日雖不契懷來生願畢斯志然常爲覩史多天業冀會慈氏日晝龍華一兩枝用標心至燈公因道行之次過道希法師所住舊房當于時也其人已亡漢本尚存梵夾猶列覩之潸然流涕而歎昔在長安同遊法席今於他國但遇室筵

傷曰嗟矣死王其力彌強傳燈之士奄爾云亡神州望斷聖境魂揚眷餘悵而流涕慨布素而情傷禪師在俱尸城般涅槃寺而歸寂滅于時年餘耳順矣

僧伽跋摩者康國人也少出流沙遊步京輦禀素崇信戒行清嚴檀捨是修慈悲在念以顯慶年内奉勑與使人相隨禮覲西國到大覺寺於金剛座廣興薦設七日七夜然燈續明獻大法會又於菩提院内無憂樹下雕刻佛及觀自在菩薩像盛興慶讃時人歎希後還唐國又奉勑令往交阯採藥于時交州時屬大儉人物飢餓於日日中營辦飲食救濟孤苦悲心内結涕泣外流時人號爲常啼菩薩也纔染微疾奄爾而終春秋六十餘矣

彼岸法師智岸法師並是高昌人也少長京師傳燈在念既而歸心勝理遂乃觀化中天與使人王玄廓相隨汎舶海中遇疾俱卒所將漢本瑜伽及餘經論咸在室利佛逝國矣

曇閏法師洛陽人也善呪術學玄理探律典翫醫明善容儀極詳審杖錫江表拯物爲懷漸次南行達于交阯住經載稔緇素欽風附舶南上期西印度至訶陵北渤盆國遇疾而終年三十矣

義輝論師洛陽人也受性聰敏理思鉤深博學爲懷尋眞是務聽攝論俱舍等頗亦有功但以義有異同情生舛互而欲異觀梵本親聽微言遂指掌中天還望東夏惜哉苗而不實壯志先秋到郎迦戍國嬰疾而亡年三十餘矣

復有大唐三僧從北道到烏長那國傳聞向佛頂骨處禮拜今亦不委存亡烏長僧至傳說之矣

慧輪師者新羅人也梵名般若跋摩（此云慧甲）自本國出家翹心聖迹汎舶而陵閶越涉步而

屆長安奉勑隨玄照法師西行以充侍者既之西國遍禮聖蹤居菴摩羅跋國在信者寺住經十載近住次東邊北方覩貨羅僧寺元是覩貨羅人爲本國僧所造其寺巨富資産豐饒供養飡設餘莫加也寺名健陀羅山茶慧輪住此既善梵言薄閑俱舍來日尚存年向四十矣其北方僧來者皆住此寺爲主人耳大覺寺西有迦畢施國寺寺亦巨富多諸碩德普學小乘北方僧來亦住此寺名窶拏折里多（此云德行）大覺東北兩驛許有寺名屈録迦即是南方屈録迦國王昔所造也寺雖貧素而戒行清嚴近者日軍王復於故寺之側更造一寺今始新成南國僧來多住於此諸方皆悉有寺所以本國通流神州獨無一處致令往還艱苦耳那爛陀寺東四十驛許尋殑伽河而下至蜜栗伽悉伽鉢娜寺（此云鹿寺也）去此寺不遠有一故寺但有塼基厥號支那寺古老相傳云是昔室利笈多大王爲支那國僧所造（支那即廣州也莫訶支那即京師也亦云提婆佛呾羅此云天子也）于時有唐僧二十許人從蜀川牂牁道而出（蜀川寺此寺有五百餘驛）向莫訶菩提禮拜王見敬重遂施此地以充停息給大村封二十四所於後唐僧亡没村乃割屬餘人現有三村人屬鹿園寺矣准量支那寺至今可五百餘年矣現今地屬東印度王其王名提婆跋摩每言曰若有大唐天子處數僧來者我爲重興此寺還其村封令不絕也誠可歎曰雖有鵲巢之易而樂福者難逢必若心存濟益奏請弘此誠非小事也金剛座大覺寺即僧訶羅國王所造師子洲僧舊住於此大覺寺東北行七

驛許至那爛陁寺乃是古王室利鑠羯羅昳底爲北天苾芻曷羅社槃社所造此寺初基纔餘方堵其後代國王苗裔相承造製宏壯則贍部洲中當今無以加也軌模不可具述但且略叙區寰耳然其寺形畟方如域四面直簷長廊遍帀皆是塼室重疊三層層高丈餘橫梁板闐本無椽瓦用塼平覆寺皆正直隨意旋往其房後壁即爲外面也疊塼峻高三四丈上作人頭高共人等其僧房也面有九焉一一房中可方丈許後面通牕户向簷矣其門既高唯安一扇皆相瞻望不許安簾出外平觀四面皆覩互相檢察寧容片私於一角頭作閣道還往寺上四角各爲塼堂多聞大德而住於此寺門西向飛閣淩虛雕刻奇形妙盡工飾其門乃與房相連元不別作

但前出兩步齊安四柱其門雖非過大實乃裝架彌堅每至食時重關返閉既是聖教意在防私寺内之地方三十步許皆以塼砌小者或十步或五步耳凡所覆屋脊上簷前房内之地並用塼屑如桃棗大和雜粘泥以杵平築周壝石灰雜以麻筋并油及麻滓爛皮之屬浸漬多日泥於塼地之上覆以青草經三數日看其欲乾重以滑石揩拭拂赤土汁或丹朱之類後以油塗鮮澄若鏡其堂殿階陛悉皆如此一作已後縱人踐蹋動經一二十載曾不圮坼不同石灰水沾便脫如斯等類乃有八寺上皆平通規矩相似於寺東面取房或一或三用安尊像或可即於此面前出多少別起臺觀爲佛殿矣於寺西面大院之外方列大窣覩波(舊云塔者訛略)及諸制底(舊云支提)

者訛也數乃盈百聖跡相連不可稱説金寶瑩飾實成希有其間僧徒綱軌出納之儀具如中方録及寄歸傳所述寺内但以最老上座而為尊主不論其德諸有門鑰每宵封印將付上座更無別置寺主維那但造寺之人名為寺主梵云毗訶羅莎弭若作番直典掌寺門及和僧白事者名毗訶羅波羅譯為護寺若鳴揵稚及監食者名為羯磨陀那譯為授事言維那者略也衆僧有事集衆平章令其護寺巡行告白一一人前皆須合掌各伸其事若一人不許則事不得成全無衆前打槌秉白之法若見不許以理喻之未有挾强便加壓伏其守庫當莊之流雖三二人亦遣典庫家人合掌為白若和方可費用誠無獨任之咎若不白而獨用者下至半升之粟即交被驅擯若一人稱豪獨用僧物處斷綱務不白大衆者名為俱攞鉢底譯為家主斯乃佛法之大疣人神所共怨雖復於寺有益而終獲罪彌深智者必不為也又諸外道先有九十六部今但十餘若有齋會聚集各各自居一處並與僧尼無競先後既其法別理不同行各習所宗坐無交雜此之寺制理極嚴峻每半月令典事佐史巡房讀制衆僧名字不貫王籍其有犯者衆自治罰為此僧徒咸相敬懼其寺受用雖迮而益利彌寛曾憶在京見人畫出祇洹寺樣咸是憑虛為廣異聞略陳梗槩云爾

又五天之地但是大寺君王悉皆令置漏水為此晝夜期候不難准如律教夜分三分初後制令禪誦中間隨意消息其漏水法廣如

寄歸傳中所述雖復言陳寺樣終恐在事還迷爲此畫出其圖冀令目擊無滯如能奏請依樣造之即王舍支那理成無別耳乃歎曰衆美仍羅列羣英已古今也知生死分那得不傷心

寺樣

此是室利那爛陀莫訶毗訶羅様唐譯云吉祥神龍大住處也西國凡唤君王及大官屬幷大寺舍皆先云室利意取吉祥尊貴之義那爛陀乃是龍名近此有龍名那伽爛陀故以爲號毗訶羅是住處義此云寺者不是正翻如觀一寺餘七同然背上平直通人還往凡觀寺樣者須面西看之欲使西出其門方得眞勢於門南畔可二十步有窣堵波高百許尺是世尊昔日夏三月安居處梵名慕攞健陀俱胝唐云根本香殿矣門北畔五十步許復有大窣堵波更高於此是幼日王所造皆並塼作裝飾精妙金牀寶地供養希有中有如來轉法輪像次此西南有小制底高一丈餘是婆羅門執雀請問處唐云雀離浮圖此即是也根本殿西有佛齒木樹非是楊柳其次西畔有其戒壇方可大尺一丈餘即於平地周疊塼墻可高二尺許墻内坐基可高五寸中有小制底壇東殿角有佛經行之基疊塼爲之寛可二肘長十四五肘高可二肘餘上乃石灰素作蓮華開勢高可二肘闊一尺許有十四五表佛足跡此寺則南望王城纔三十里鷲峯竹苑皆在城傍西南向大覺正南尊足山並可七驛北向薜舍離乃二十五驛西瞻鹿苑二十餘驛東向耽摩立底國

有六七十驛即是海口昇船歸唐之處此寺内僧衆有三千五百人屬寺村莊二百一所並是積代君王給其人戶來充供養言驛者即當一踰繕那也

重曰

龍池龜浴地隔天津途遥去馬道絶來人致令傳說罕得其真模形別匠軌製殊陳依俙畫古髣髴驚新庶觀者之虔想若佛在而翹神

大唐西域求法高僧傳卷上

音釋

鯨渠京切魚名　輟陟劣切止也　鬆鬠鬆作孔切鬠古詣切鬆鬠束髮也　壃居良切界也　激力驗切水波也　崎嶇崎去奇切嶇豈俱切崎嶇嶮峻也　慊詰念切從也　溘口合切奄也　磧七迹切　舶傍陌切大船也　覯古候切見也　鶺鴒鶺資昔切鴒郎丁切鶺鴒鳥名　遘古候切遇也　潸師姦切涕淚流貌　閩武巾切南粤也　牂牁牂則郎切牁音歌牂牁郡名　糏先結切碎也　揩拭揩苦皆切拭賞職切

大唐西域求法高僧傳卷下

唐三藏法師 義淨奉 詔撰

道琳法師者荊州江陵人也梵名尸羅鉢頗（此云戒光）弱冠之年披緇離俗成人之歲訪友尋眞搜律藏而戒珠瑩啓禪門而定水清禀性虛潔雅操廉貞濯青溪以恬志漱玉泉而養靈既常坐不卧一食全誠後復慨大教東流時經多載定門先入律典頗窺遂欲尋流討源遠遊西國乃杖錫遐逝鼓舶南溟越銅柱而届郎迦歷訶陵而經裸國所在國王禮待極致慇厚經乎數載到東印度耽摩立底國住經三年學梵語於是捨戒重受學習一切有部律非唯學兼定慧蓋亦情耽呪藏後乃觀化中天頂禮金剛御座菩提聖儀復至那爛陀寺搜覽大乘經論漬情俱舍經於數年至於鷲嶺杖林山園鵠樹備盡翹仰並展精誠乃遊南天竺國搜訪玄謨向西印度於羅茶國住經年稔更立靈壇重禀明呪嘗試論之曰夫明呪者梵云毗睇陁羅必㨖家毗睇譯爲明呪陁羅是持必㨖家是藏應云持明呪藏然相承云此呪藏梵本有十萬頌唐譯可成三百卷現今求覓多失少全而大聖没後阿離野那伽曷樹那即龍樹菩薩特精斯要時彼弟子厥號難陁聰明博識漬意斯典在西印度經十二年專心持呪遂便感應每至食時食從空下又誦呪求如意瓶不久便獲乃於瓶中得經歡喜不以呪結其瓶遂去於是難陁法師恐明呪散失遂便撮集可十二千頌成一家之言每於一頌之内離合呪印之文雖復言同字同實乃義别用别自非

口相傳授而實解悟無因後陳那論師見其製作巧殊人智思極情端撫經歎曰嚮使此賢致意因明者我復何顏之有乎是知智士識已之度量愚者闇他之淺深矣斯之呪藏東夏未流所以道琳意存斯妙故呪藏云升天乘龍役使百神利生之道唯呪是親淨於那爛陀亦屢入壇場希心此要而爲功不並就遂泯斯懷爲廣異聽粗題綱目云爾道琳遂從西境轉向北天觀化羯濕彌羅便入烏長那國詢訪定門搜求般若次往迦畢試國禮烏率膩沙（佛頂骨也）自爾之後不委何託淨迴至南海羯荼國有北方胡至云有兩僧胡國逢見說其狀跡應是其人與智弘相隨擬歸故國聞爲途賊斯擁還乃覆向北天年應五十餘矣

曇光律師者荊州江陵人也既其出俗遠適京師即誠律師之室灑善談論有文情學兼内外戒行清謹南遊溟渤望禮西天承已至訶利雞羅國在東天之東年在盛壯不委何之中方寂無消息應是擯落江山耳又見訶利雞羅國僧說有一唐僧年餘五十得王敬重秉權一寺多齎經像好行楚撻即於此國遇疾而瘞他鄉矣

慧命禪師者荊州江陵人也戒行疎通有懷節操學兼内外逸志雲表仰祥河而標想念竹苑而翹心汎舶行至占波遭風而屢遘艱苦適馬援之銅柱息上景而歸唐

玄逵律師者潤州江寧人也俗姓胡令族高宗兼文兼武尚仁貴義敬法敬僧枝葉蟬聯嘉聲靡墜律師則童子出家長而欽德及其

進具卓爾不羣遍閑律部偏務禪寂戒行嚴峻誠罕其流聽諸大經頗究玄義博翫文什草隸尤精空有三衣袒膊爲飾不披覆膊衣角搭肩入寺徒跣行途著履縱使時人見笑高節曾不閒然不臥長坐詎脇安眠之席杜多乞食寧過酒肆之門善人皆愛草鞋巧知皮赤無過監者足不履地能閑露脚是儀嗟乎此子聞與理諧激揚清波恥汩泥而從俗獨醒在旦豈共醉而居昏纔於丹陽一面遂即同契南上昆季留連愴矣三荆之析友于攀絕傷哉八翼之離以爲傳法在懷無抑高節行至廣州遂染風疾以斯嬰帶弗遂遠懷於是悵恨而歸返錫吳楚年二十五六後僧哲師至西國云其人已亡有疾于懷嗟乎不幸勝途多難驗非虛矣實冀還以法資空有

鬱藍之望復欲旋歸遺鍔徒懷隴樹之心乃歎曰淑人斯去誰當繼來不幸短命嗚呼哀哉九仞希岳一簣便摧秀而不實嗚呼哀哉解乎易得行也難求嗟爾幼年業德俱修傳燈念往嬰痼情收慨乎壯志哀哉去留燕傳爾之令節秉輝曜於長秋于時逵師言離廣府還望桂林去留愴然自述贈懷云爾

標心之梵宇運想入仙洲嬰痼乖同好沉情阻若抽葉落乍難聚情離不可收何日乘杯至詳觀演法流淨以咸亨元年在西京尋聽于時與并部處一法師萊州弘禕論師更有三二諸德同契鷲峯標心覺樹然而一公屬母親之年老遂懷戀於并川禕師遇玄瞻於江寧乃敦情於安養玄逵既到廣府復阻先心唯與晉州小僧善行同去神州故友索爾

分飛印度新知冥焉未會此時躑躅難以爲懷戲擬四愁聊題兩絕而已　五言我行之數萬愁緒百重思那教六尺影獨步五天陲

五言（重自解憂曰）上將可陵師疋士志難移如論惜短命何得滿長衹于時咸亨三年坐夏楊府初秋忽過龔州使君馮孝詮至廣府與波斯舶主期會南行復蒙使君命往崗州重爲檀主及弟孝誕使君孝軫使君郡君寗氏郡君彭氏等合門眷屬咸見資贈爭抽上賄各捨奇飡庶無乏於海途恐有勞於險地篤如親之惠順給孤之心共作歸依同緣勝境所以得成禮謁者蓋馮家之力也又嶺南法俗共鯁去留之心北土英儒俱懷生別之恨至十一月遂乃面翼軫背番禺指鹿園而遐想望雞峯而太息于時廣莫初飆向朱方而百丈雙桂離箕創節棄玄朔而五兩單飛長截洪溟似山之濤橫海斜通巨壑如雲之浪滔天未隔兩旬果之佛逝經停六月漸學聲明王贈支持送末羅瑜國（今改爲室利佛逝）復停兩月轉向羯荼至十二月舉帆還乘王舶漸向東天矣從羯荼北行十日餘至裸人國向東望岸可一二里許但見椰子樹檳榔林森然可愛彼見舶至爭乘小艇有盈百數皆將椰子芭蕉及藤竹器來求市易其所愛者但唯鐵焉大如兩指得椰子或五或十丈夫悉皆露體婦女以片葉遮形商人戲授其衣即便搖手不用傳聞斯國當蜀川西南界矣此國既不出鐵亦寡金銀但食椰子藷根無多稻穀是以盧阿最爲珍貴（此國名鐵爲盧呵）其人容色不黑量等中形巧織團藤箱餘處莫能及若

不共交易便放毒箭一中之者無復再生從茲更半月許望西北行遂達耽摩立底國即東印度之南界也去莫訶菩提及那爛陀可六十餘驛於此創與大乘燈師相見留住一載學梵語習聲論遂與燈師同行取正西路商人數百詣中天矣去莫訶菩提有十日在過大山澤路險難通要藉多人必無孤進于時淨染時患身體疲羸求趁商徒旋困不能及雖可勵已求進五里終須百息其時有那爛陀寺二十許僧并燈上人並皆前去唯餘單已孤步險隘日晚晡時山賊便至援弓大喚來見相陵先撮上衣次抽下服空有條帶亦並奪將當是時也實謂長辭人代無諧禮謁之心體散鋒端不遂本求之望又彼國相傳若得白色之人殺充天祭既思此說更軫于懷乃入泥坑遍塗形體以葉遮蔽扶杖徐行日云暮矣營處尚遠至夜兩更方及徒侶聞燈上人村外長叫既其相見念授一衣池内洗身方入村矣從此北行數日先到那爛陀敬根本塔次上耆闍崛見疊衣處後往大覺寺禮真容像山東道俗所贈紽絹持作如來等量袈裟親奉披服濮州玄律師附羅蓋數萬爲持奉上曹州安道禪師寄拜禮菩提像亦爲禮訖于時五體布地一想虔誠先爲東夏四恩普及法界含識願龍華總會遇慈氏尊並契真宗獲無生智次乃遍禮聖跡過方丈而屆拘尸所在欽誠入鹿園而跨雞嶺住那爛陀寺十載求經方始旋踵言歸還耽摩立底未至之間遭大劫賊僅免兕刃之禍得存朝夕之命於此升舶過羯荼國所將梵

本三藏五十萬餘頌唐譯可成千卷攡居佛逝矣

善行師者晉州人也少辭桑梓訪道東山長習律儀寄情明呪温恭儉素利物是心則淨之門人也隨至室利佛逝有懷中土旣沉痼疾返棹而歸年三十許

靈運師者襄陽人也梵名般若提婆志懷耿介情存出俗追尋聖跡與僧哲同遊越南溟達西國極閑梵語利物在懷所在至處君王禮敬遂於那爛陁畫慈氏真容菩提樹像一同尺量妙簡工人賫以歸國廣興佛事翻譯聖教實有堪能矣

僧哲禪師者澧州人也幼敦高節早託玄門而解悟之機實有灌瓶之妙談論之銳固當重席之美沉深律苑控總禪畦中百兩門久提綱目莊劉二籍亟盡樞關思慕聖蹤汎舶西域旣至西土適化隨緣巡禮略周歸東印度到三摩呾吒國國王名曷羅社跋吒其王旣深敬三寶爲大鄔波索迦深誠徹信光絶前後每於日日造拓模泥像十萬軀讀大般若十萬頌用鮮華十萬朶親自供養所呈薦設積與人齊整駕將行觀音先發旛旗鼓樂漲日彌空佛像僧徒並居前引王乃後從於王城内僧尼有四千許人皆受王供養每於晨朝令使入寺合掌房前急行疾問大王奉問法師等宿夜得安和不僧答曰願大王無病長壽國祚安寧使返報已方論國事五天所有聰明大德廣慧才人博學十八部經通解五明大論者並集玆國矣良以其王仁聲普洎駿骨遐收之所致也其僧哲住此王寺

尤蒙别禮存情梵本頗有日新矣來時不與相見承聞尚在年可四十許僧哲弟子玄遊者高麗國人也隨師於師子國出家因住彼矣

智弘律師者洛陽人也即聘西域太史王玄策之姪也年纔弱歲早狎冲虛志蔑輕肥懷情棲遁遂往少林山飡松服餌樂誦經典頗工文筆既而悟朝市之諠譁尚法門之澄寂遂背八水而去三吳捨素禔而擐緇服事瑳禪師爲師稟承思慧而未經多載即髣髴玄關復往蘄州忍禪師處重修定瀲而芳根雖植崇條未聳遂濟湘川跨衡嶺入桂林而託想遁幽泉以息心頗經年載伏寂禪師爲依止覩山水之秀麗翫林薄之清虛揮翰寫衷製幽泉山賦申遠遊之懷既覽三吳之法匠頗盡芳筵歷九江之勝友幾閑妙理然而宿植善根匪由人獎出自中府欲觀禮西天幸遇無行禪師與之同契至合浦升舶長汎滄溟風便不通漂居上景覆向交州住經一夏既至冬末復往海濱神灣隨舶南遊到室利佛逝國自餘經歷具在行禪師傳内到大覺寺住經二載瞻仰尊容傾誠勵想諷誦梵本月故日新閑聲論能梵書學律儀習對法既解俱舍復善因明於那爛陀寺則披覽大乘在信者道場乃專功小教復就名德重洗律儀懇志懃懃無忘寸影習德光律師所製律經隨聽隨譯實有功夫善護浮囊無虧片檢常坐不卧知足清廉奉上謙下久而彌敬至於王城鷲嶺僊苑鹿林祇樹天階菴園山穴備申翹想並契幽心每掇衣鉢之餘常懷供

益之念於那爛陀寺則上飡普設在王舍城中乃器供常住在中印度近有八年後向北天竭濕彌羅擬之鄉國矣聞與琳公爲伴不知今在何所然而翻譯之功其人已就矣

無行禪師者荆州江陵人也梵名般若提婆（此云慧天）叶性虛融稟質温雅意存仁德志重煙霞而竹馬之年投足石渠之署暨乎弱冠有懷金馬之門頗已漁獵百氏流睇三經州望推奇鄉曲排儁于時則絢彩霞開鏡三江而挺秀芳思泉湧灌七澤而流津然宿因感會今果現前希慕法門有窺玄化幸遇五人之度爰居等戒道場既而創染譯門初霑法侶事大福田寺慧英法師爲鄔波馱耶（此云親教師和尚者訛也）斯乃吉藏法師之上足可謂蟬聯碩德固乃世不乏賢於是標心般若棲志禪居屏棄人間往來山水每因談玄講肆擊闡微言雖年在後生望逾先進及乎受具同壇乃二十餘人誦戒契心再辰便了咸稱上首餘莫能加次隱幽巖誦法華妙典不盈一月七軸言終乃歎曰夫尋筌者意在得魚求言者本希趣理宜可訪名匠鏡心神啓定門斷煩惑遂乃杖錫九江移步三越遊衡岳處金陵逸想嵩華長吟少室濯足八水舉袂三川求善知識即其志也或攜定門而北上獵智者禪匠之精微麾戒獻而東歸究道宣律師之淳粹聽新舊經論討古今儀則洋洋焉波瀾萬頃嶷嶷也崖岸千尋與智弘爲伴東風汎舶一月到室利佛逝國國王厚禮特異常倫布金華散金粟四事供養五體呈心見從大唐天子處來倍加欽上後乘王舶經十五日達

末羅瑜洲又十五日到羯茶國至冬末轉舶西行經三十日到那伽鉢亶那從此汎海二日到師子洲觀禮佛牙從師子洲復東北汎舶一月到訶利雞羅國此國乃是東天之東界也即贍部洲之地也停住一年漸之東印度恒與智弘相隨此去那爛陀途有百驛既停息已便之大覺蒙國家安置入寺俱爲主人西國主人稍難得也若其得主則衆事皆同如也爲客但食而已禪師後向那爛陀聽瑜伽習中觀研味俱舍探求律典復往羝羅茶寺去斯兩驛彼有法匠善解因明屢在芳筵習陳那法稱之作者莫不漸入玄關頗閑幽鍵每唯杖錫乞食全軀少欲自居情超物外曾因閑隙譯出阿笈摩經述如來涅槃之事略爲三卷已附歸唐是一切有部律中所出論其進不乃與會寧所譯同矣行禪師訖既言欲居西國復道有意神州擬取北天歸乎故里淨來日從那爛陀相送東行六驛各懷生别之恨俱希重會之心業也茫茫流泗交袂矣春秋五十六又禪師稟性好上欽禮每以覺樹初菉觀洗沐於龍池竹苑新黄奉析華於鷲嶺（此二時也春中也皆是大節會無間遠近道俗咸觀洗菩提樹也又鷲峯山此時有黄華大如手許實同金色人皆折以上呈當此之時彌覆山野名春女華耳）曾於一時與行禪師同遊鷲嶺瞻奉既訖遐眺鄉關無任殷憂淨乃聊述所懷云爾雜言詩曰觀化祇山頂流睇古王城萬載池猶潔千年苑尚清髣髴影堅路摧殘廣脇[illegible]七寶仙臺亡舊迹四彩天華絶雨聲聲華遠自恨生何晚既傷火宅眩中門還嗟寶渚迷長坂步陟平郊望心遊七海上擾擾三界溺

邪津渾渾萬品亡眞匠唯有能仁獨圓悟廓塵靜浪開玄路創逢飢命棄身城更爲求人崩意樹（施也）持囊畢契戒珠淨（戒也）被甲要心忍衣固（忍也）三祇不倦陵二車一足忘勞超九數（勤也）定激江清沐久結（定也）智劒霜凝斬新霧（慧也）無邊大劫無不修六時愍生遵六度度有流化功德收金河示滅歸常住鶴林權唱演功周聖徒往昔傳餘響龍宮祕典海中探石室眞言山處仰流教在茲辰傳芳代有人沙河雪嶺迷朝徑巨海鴻崖亂夜津入萬死求一生投針偶穴非同揄速馬懸車豈等程不徇今身樂無祈後代榮誓捨危軀追勝義咸希畢契傳燈情勞歌勿復陳延眺且周巡東睇女巒留二迹西馳鹿苑去三輪北睍舍城池尚在南睎尊嶺穴猶存五峯秀百池分槃槃鮮華明四曜輝輝道樹鏡三春揚錫指山阿攜步上祇陀既覩如來疊衣石復觀天授迸餘栽佇靈鎮凝思遍生河金華逸掌儀前奉芳蓋陵虛殿後過旋繞經行砌目想如神契迴斯少福潤生津共會龍華捨塵翳一三五七九言（在西國懷王舍城舊之作）遊愁赤縣遠丹思抽鷲嶺寒風馺龍河激水流既喜朝聞日復日不覺頹年秋更秋已畢耆山本願誠難遇終望持經振錫往神州

法振禪師者荆州人也景行高尚唯福是修濯足禪波棲心戒海法侶欽肅爲導爲歸諷誦律經居山居水而思禮聖迹有意西遊遂共同州僧乘悟禪師梁州乘如律師學窮內外智思鉤深其德不孤結契遊踐於是攜二友出三江整帆上景之前鼓浪訶陵之北巡

歷諸島漸至羯荼未久之間法振遇疾而殞年可三十五六既而一人斯委彼二情疑遂附舶東歸有望交阯覆至瞻波（弗林邑國也）乘悟又卒瞻波人至傳說如此而未的委獨有乘如言歸故里雖不結實仍嘉令秀爾獨何爲三無一就耳

大津法師澧州人也幼染法門長敦節儉有懷省欲以乞食爲務希禮聖跡啓望王城每歎曰釋迦悲父既其不遇天宮慈氏宜勗我心自非覩覺樹之眞容謁梓河之勝躅豈能收情六境致想三祇者哉遂以永淳二年振錫南海爰初結旅頗有多人及其角立唯斯一進乃賫經像與唐使相逐汎舶月餘達尸利佛逝洲停斯多載解崑崙語頗習梵書潔行齊心更受圓具淨於此見遂遣歸唐望請天恩於西方造寺既覩利益之弘廣乃輕命而復滄溟遂以天授三年五月十五日附舶而向長安矣今附新譯雜經論十卷南海寄歸内傳四卷西域求法高僧傳兩卷　讚曰嘉爾幼年慕法情堅既虔誠於東夏復請益於西天重指神州爲物淹流傳十法之弘法竟千秋而不秋

又重歸南海傳有師資四人

苾芻貞固律師者梵名娑羅笈多（譯爲貞固）即鄭地榮川人也俗姓孟粤以驅烏之歲早蘊慈門總角之秋棲心慧苑年甫十四遂丁荼蓼眷流俗之難保知法門之可尚爰興正念企步勝場遂於氾水等慈寺遠法師處伸侍席之業意存教網便誦大經經三兩歲師遂淪

化後往相州林慮諸寺尋師訪道欲致想禪扃自念教檢未窺難辯眞僞即往東魏聽覽唯識復往安州大猷禪師處習學方等數旬未隔即妙相現前復往荆州歷諸山水求善知識希覓未聞復往襄州遇善導禪師受彌陀勝行當爾之時交望棄索訶之穢土即欲趣安養之芳林覆思獨善傷大士行唯識所變何非淨方遂往峴山恢覺寺澄禪師處創掌半字之訓漸通完器之言禪師則沉研律典荷世尊五德之重寄轥轢經論當末代四依之住持定瀲波深濯八解而流派慧峯岳峻聳六度而蹠巚五塵無雜九惱非驚外跨四流内澄三定法俗欽望推爲導首特蒙綸旨召入神都在魏國東寺居多聞之數固師年餘二十即於禪師足下而進圓具纔經一載總涉律綱覆向安州秀律師處三載端心讀宣律師文鈔可謂問絶鄔波離貫五篇之表重受諧毗舍女洞七聚之幽關律云五歲得遊方未至歲而早契十年離依止不屆年而預合其秀律師即蜀郡興律師之上足既進圓具仍居蜀川於和尚處學律四載後往長安宣律師處爲依止有客投心乳器若飲鵝之善識精麤竭智水瓶等歡喜之妙持先後經十六年不離函丈幽窮諸部淘鍊數家將守律師蹠以爲宗本然後去三楊之八水復向黄州報所生地次往安州大興律教諸王刺史咸共遵承故律云若有律師處與我身不殊居十力寺年七十餘方始寂化戒行清素耳目詳知嗟乎代有其人棟梁佛日蟬聯靡絶繼踵相承實謂漢珍荆玉雖别川而

俱媚桂枝蘭葉縱易節而同芳固師既得律典斯通更披經論又復誦法華維摩向一千徧心心常續念念恒持三業相驅四儀無廢覆往襄州在和尚處重聽蘇呾羅披尋對法藏頗通蘊處薄撿衣珠化城是息終期寶渚遂乃濯足襄水顧步廬山仰上德之清塵住東林而散志有意欲向師子洲頂禮佛牙觀諸聖迹以垂拱之歲移錫桂林適化遊方漸之清遠峽谷同緣赴感後屆番禺廣府法徒請開律典時屬大唐聖主天下普置三師欲令佛日再明法冊長汎既而威儀者律也固亦衆所欽請三藏道場講毗柰耶教經乎九夏爰竟七篇善教法徒汎誘時俗于時制旨寺恭闍梨每於講席親自提奬可謂恂恂善誘弘濟忘倦闍梨則童真出家高行貞節年餘七十而恒敬五篇有福之人可逢上智實乃禪池淼漫引法海而通波思嶺崔嵬踈慧嶽而騰峭深明幻本巧悟心源雖閑諸法體空而利物之用咸集構有爲之福業作無上之津梁而屢寫藏經嘗營衆食實亦衆所知識應物感生勸悟諸人共敦律教固師既法侶言散還向峽山冀託松林之下用畢幽棲之志豢謙寺主等特見賓迎寺主乃道冠生知體含仁恕供承四海靡倦三朝屈巳申他卑辭是務固師意欲息想山門有懷營搆傾廊通直道脫階正邪基曲製山池希流八解之清潤傍開壇界冀闡七聚之芳規復欲於戒壇後面造一禪龕立方等道場修法華三昧功雖未就而情巳決然布薩軌儀巳紹綱目又每歎曰前不遭釋父後未遇慈尊末代

時中如何起行既沉吟於空有之際復躑躅於多師之門矣淨於佛逝江口升舶附書憑信廣州見求墨紙抄寫梵經幷雇手直于時商人風便舉帆高張遂被載來求住無路是知業能裝飾非人所圖遂以永昌元年七月二十日達于廣府與諸法俗重得相見于時在制旨寺處衆嗟曰本行西國有望流通迴住海南經本尚闕所將三藏五十餘萬言並在佛逝國事須覆往既而年餘五十重越流波隙駟不留身城難保朝露溘至何所囑焉經典既是要門誰能共往收取隨譯隨受須得其人衆僉告曰去斯不遠有僧貞固久探律教早蘊精誠儻得其人斯爲善伴亦既纔聞此告髣髴雅合求心於是裁封山扃薄陳行李固乃啓封暫觀即有同行之念譬乎遼城一發下三將之雄心雪山小偈牽大隱之深志遂乃喜辯幽澗歡去松林攘臂石門之前褰衣制旨之內始傾一蓋合襟情於撫塵既投五體契虛懷於曩日雖則平生未面而實冥符宿心共在良宵頗論行事固乃答曰道欲合不介而自親時將至求抑而不可謹即共弘三藏助燭千燈者歟於是重往峽山與謙寺主等言別寺主乃照機而作曾不留連見述所懷咸助隨喜已闕無念他濟是心並爲資裝今無少乏及廣府法俗悉贈資粮即以其年十一月一日附商舶去番禺望占波而陵帆指佛逝以長驅作舍生之梯隥爲欲海之舟艫慶有懷於促志庶無廢於長途固師年四十矣讚曰智者植業稟自先因童年潔想唯福是親情求勝己意仗明仁非馨

香於事利固實愛於賢珍（其一）受持妙冊貞明
固意大善敦心小瑕與畏有懷脫屣無望榮
貴若住犛之毛尾弗虧等遊蜂之色香靡費
（其二）孤辭榮澤隻步漢陰哲人務本律教是尋
既知綱領更進幽深致遠懷於覺樹遂杖藜
於桂林（其三）怡神峽谷匠物廣川既而追舊聞
於東夏復欲請新教以南遄希布揚於未布
冀傳流於未傳慶斯人之壯志能爲物而身
捐（其四）爲我良伴共届金洲能持梵行善友之
由船車遊濟手足相求儻得契傳燈之一望
亦是不憖生於百秋（其五）既至佛逝宿心是契
得聽未聞之法還觀不覩之例隨譯隨受詳
檢通滯新見新知巧明開制博識多智每勵
朝聞之心恭儉勤懷無憂夕死之計恐衆多
而事撓且遂靜而兼濟縱一焰之隨風庶千

燈而罔翳（其六）又貞固弟子一人俗姓孟名懷
業梵號僧伽提婆祖父本是北人因官遂居
嶺外家屬權停廣府慕法遺奉師門雖可年
在弱冠而實志逾弘仕見師主懷弘法之念
即有隨行之心割愛抽悲投命溟渤至佛逝
國解骨崙語頗學梵書誦俱舍論偈雖事憑
於一獵冀有望於千途儻能勤於熟思希比
迹於生知且爲侍者現供翻譯年七十耳
苾芻道宏者梵名佛陀提婆（此云覺天）汴州雍丘
人也俗姓靳其父早因商侶移步南遊遠歷
三江遐登五嶺遂過韶部後届峽山覩巖谷
之清虛翫川源之澄寂逢善知識披緇釋素
于時道宏其年尚小任業風而萍轉隨父師
而遊涉入桂林以翹想步幽泉而疊息父名
大感禪師遂於寂禪師處學祕心關頗經年

載薄知要義還之峽谷道宏隨父亦復出家年滿二十此焉進具往來廣府出入山門雖可年望未高而頗懷節槩既聞淨至走赴莊嚴詢訪所居云停制旨一申禮事即有契於行心再想生津實無論於性命聞說滔天之浪蔑若小池觀横海之鯨意同鰌鱓尋即重之清遠言别山庭與貞固師同歸府下於是乎畢志南海共赴金州擬寫三藏德被千秋識悟聰敏叶性温柔頗攻草隷復翫莊周體齊物之篇虚誕知指馬之説悠悠不憑河而徒涉能臨懼而善籌雖功未厠於移照終有慶於英猷英猷何陳求法輕身不計樂而爲樂不將親而作親欲希等生靈於巳體豈若娩芻狗而行仁既至佛逝敦心律藏隨譯隨寫傳燈是望重瑩戒珠極所欽尚求寂滅之圓成棄生津之重障畢我大業由斯小匠慶爾拔擢於有流庶福資於無量年二十三矣

苾芻法朗者梵名達磨提婆（此云法天）襄州襄陽人也住靈集寺俗姓安實乃家傳禮義門襲冠纓童年出家欽修是務遂離桑梓遊涉嶺南淨至番禺報知行李雖復學悟非遠而實希尚情深意喜相隨同越滄海經餘一月届乎佛逝亦既至此業行是修曉夜端心習因明之祕典晨昏勵想聽俱舍之幽宗既而一簣巳傾庶罔隤於九仞三藏虔念擬剋成乎五篇弗憚劬勞性有聰識復能志託弘益抄寫忘疲乞食自濟但有三衣袒膊塗跣尊修上儀雖未成於角立終有慕於囊錐凡百徒侶咸希自樂爾獨標心利生是恪恪勤何始專思至理若能弘廣願於悲生冀大明於慈

氏年二十四矣

其僧貞固等四人既而附舶俱至佛逝學經三載梵漢漸通法朗須往訶陵國在彼經夏遇疾而卒懷業戀居佛逝不返番禺唯有貞固道宏相隨俱還廣府各並淹留且住更待後追貞固遂於三藏道場敷揚律教未終三載染患身亡道宏獨在嶺南爾來迥絕消息雖每顧問音信不通嗟乎四子俱汎滄海竭力盡誠思然法炬誰知業有長短各阻去留每一念來傷歎無極是知麟喻難就危命易虧所有福田共相資濟龍華初會俱出塵勞耳

大唐西域求法高僧傳卷下

音釋

溟渤 溟莫經切渤蒲沒切溟渤海之別名　瘞 於例切埋也　袒膊 袒蕩旱切裼也膊補各切肩膊也　鍔 五各切劍鋒也　韓 于非切　躑躅 躑直炙切躅直錄切躑躅住足也　鯁 古杏切　番禺 番音潘禺音顒番禺地名今廣州也　紽絹 紽音陀縟屬絹規掾切帛也　叀 側事切　禔 音支福也　蘄 渠羈切州名　鍵 巨偃切鑰也　脇嵤 脇虛業切嵤以管切　荼蓼 荼同都切苦荼也蓼朗鳥切辛菜也　轣轢 轣力刃切轢力的切轣轢車踐也　艫 力胡切舟也　鰌鱓 鰌七由切鱓常演切鰌鱓並魚名

南海寄歸內法傳

唐三藏沙門義淨撰

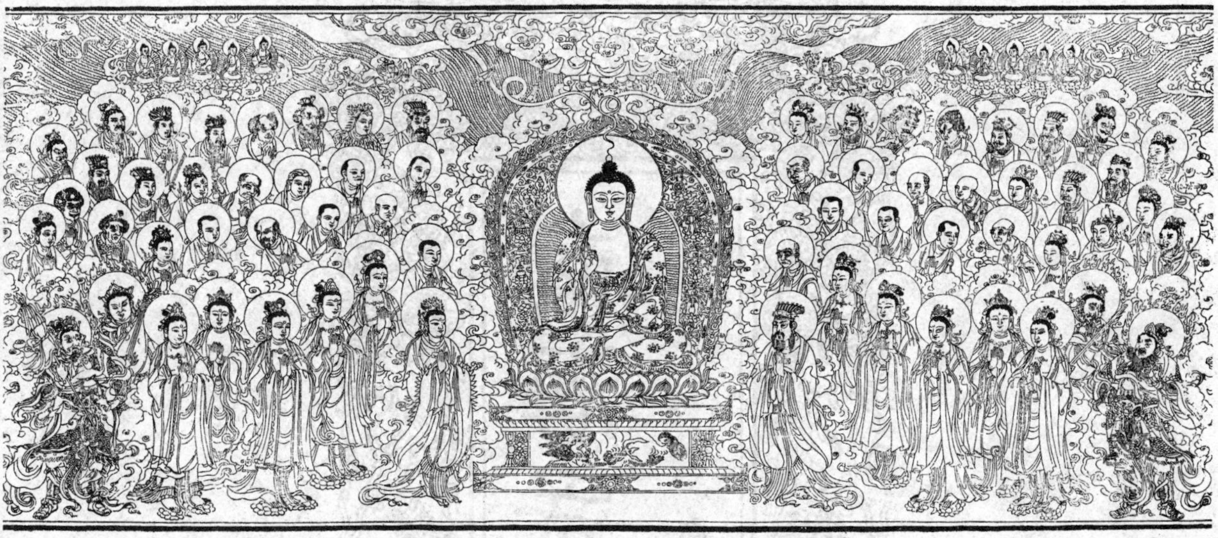

清刻龍藏佛說法變相圖

南海寄歸内法傳卷第一 幷序

唐三藏沙門義淨撰

原夫三千肇建爰彰興立之端百億已成尚無人物之序既空洞於世界則日月未流實閴寂於慘舒則陰陽莫辨曁乎淨天下降身光自隨因餐地肥遂生貪著林藤香稻轉次食之身光漸滅日月方現夫婦農作之事興君臣父子之道立然而上觀青象則妙高色而浮光下察黃輿乃風蕩水而成結而云二儀分判人生其中感清濁氣自然而有陰陽陶鑄譬之以鴻鑪品物財成方之於埏埴者蓋寡聽曲談之謂也於是岳峙星分含靈蔓莚遂使道殊九十六種諦分二十五門僧佉乃從一而萬物始生薜世則因六條而五道方起或露體拔髮將爲出要或灰身椎髻執

作升天或生乃自然或死當識滅或云幽幽冥冥莫識其精眇眇忽忽罔知所出或云人常得人道或説死便爲鬼靈或談不知蝶爲我已不知我爲蝶形既羣迷於蜾蠃復聚或於螟蛉比渾沌於雞子方晦昧於孩孾斯皆未了由愛故生藉業而有輪迴苦海往復迷津者乎然則親指平途躬宣妙理説十二緣起獲三六獨法號天人師稱一切智引四生於火宅拔三有於昏城出煩惱流登涅槃岸者粤我大師釋迦世尊矣創成覺龍河九有興出塵之望後移光鹿苑六道盛歸依之心初轉法輪則五人受化次談戒躅則千生伏首於是闡梵響於王舍獲果者無窮酬恩惠於父城發心者莫筭始自了教會初願以摽誠終乎妙賢契後期於結念住持八紀弘濟九居教無幽而不陳機無微而不納若泛爲俗侶但略言其五禁局提法衆遂廣彰乎七篇以爲宅有者大非戒興則非滅存生者小過律顯則過亡且如恚損輕枝現生龍戸慈濟微命交升帝居善惡之報固其明矣於是經論兼施定慧俱設攝生之網唯斯三藏乎既而親對大師教唯一説隨機拯物理亡他議及乎辭舍初辯魔王或歡喜之志熙連後唱無滅顯亡疑之理可謂化緣斯盡能事畢功遂乃跡滅兩河人天掩望影淪雙樹龍鬼摧心致使娑羅林側淚下成泥哭者身邊血如華樹大師唱寂世界空虚次有弘法應人結集有五七之異持律大將部分爲十八之殊隨所見聞三藏各别著下裙則裙有偏正披上服則葉存狹廣同宿乃異室繩圍兩俱

無過受食以手執畫地二並亡愆各有師承事無和雜（有部則正餘三並偏有部則要須別室正量以繩圍牀有部手請僧祇畫地也）

諸部流派生起不同西國相承大綱唯四（一阿離耶莫訶僧祇泥迦耶周云聖大衆部分出七部三藏各有十萬頌合三十萬頌周譯可成千卷二阿離耶悉他陛攞尼迦耶周云聖上座部分出三部三藏多少同前三阿離耶慕攞薩婆悉底婆拖尼迦耶周云聖根本說一切有部分出四部三藏多少同前四阿離耶三蜜栗底尼迦耶周云聖正量部分出四部三藏二十萬頌律有三十千頌然而部執所傳多有同異且依現事言其十八分爲五部不聞於西國之耳）其間離分出沒部別名字事非一致如餘所論此不繁述故五天之地及南海諸洲皆云四種尼迦耶然其所欽處有多少摩揭陀則四部通習有部最盛羅荼信度（西印度國名）則少兼三部乃至正量尤多北方皆全有部時逢大衆南面則咸遵上座餘部少存東裔諸國雜行四部（從那爛陀東行五百驛皆名東裔乃至盡窮有大黑山計當土蕃南畔傳云是蜀川西南行可一月餘便達斯嶺次此南畔逼近海涯有室利察呾羅國次東南有郎迦戍國次東有社和鉢底國次東極至臨邑國並悉極遵三寶多有持戒之人乞食杜多是其國法西方見有實異常倫）師子洲並皆上座而大衆斥焉然南海諸洲有十餘國純唯根本有部正量時欽近日已來少兼餘二（從西數之有婆魯師洲末羅遊洲即今尸利佛遊國是莫訶信洲訶陵洲呾呾洲盆盆洲婆里洲掘倫洲佛逝補羅洲阿善洲末迦漫洲又有小洲不能具錄也）斯乃咸遵佛法多是小乘唯末羅遊少有大乘耳諸國周圍或可百里或數百里或可百驛大海雖難計里商舶慣者准知良爲掘倫初至交廣遂使總喚崑崙國焉唯此崑崙頭捲體黑自餘諸國與神州不殊赤脚敢曼總是其式廣如南海錄中具述驩州正南步行可餘半月若乘船纔五六潮即到上景南至占波即是臨邑此

國多是正量少兼有部西南一月至跋南國舊云扶南先是裸國人多事天後乃佛法盛流惡王今並除滅逈無僧衆外道雜居斯即贍部南隅非海洲也然東夏大綱多行法護關中諸處僧祇舊兼江南嶺表有部先盛而云十誦四分者多是取其經夾以爲題目詳觀四部之差律儀殊異重輕懸隔開制迢然出家之侶各依部執無宜取他輕事替己重條用自開文見嫌餘制若爾則部别之義不著許遮之理莫分豈得以其一身遍行於四裂裳金杖之喻乃表證滅不殊行法之徒須依自部頻毗娑羅王夢見一㲲裂爲十八片一金杖斬爲十八段怖而問佛佛言我滅度後一百餘年有阿輸迦王威加贍部時諸苾芻教分十八趣解脱門其致一也此即先兆王勿見憂耳其四部之中大乘小乘區分不定北天南海之郡純是小乘神州赤縣之鄉意在大教自餘諸處大小雜行考其致也則律檢不殊齊制五篇通修四諦若禮菩薩讀大乘經名之爲大不行斯事號之爲小所云大乘無過二種一則中觀二乃瑜伽中觀則俗有眞空體虛如幻瑜伽則外無内有事皆唯識斯並咸遵聖教孰是孰非同契涅槃何眞何僞意在斷煩惑濟衆生豈欲廣致紛紜重增沉結依行則俱升彼岸棄背則並溺生津西國雙行理無乖競既無慧目誰鑒是非任久習而修之幸無勞於自割且神州持律諸部互牽而講説撰録之家遂乃章鈔繁雜五篇七聚易處更難方便犯持顯而還隱遂使覆一簣而情息聽一席而心退上流之伍蒼髭乃成中下之徒白首寧就律本自然落漠讀䟽遂至終身師弟相承用爲成則論章段

則科而更科述結罪則句而還句考其功也賓致爲山之勞覈其益焉時有海珠之潤又凡是製作之家意在令人易解豈得故爲密語而更作解謿譬乎水溢平川決入深井有懷飲息濟命無由准檢律文則不如此論斷輕重但用數行說罪方便無煩半日此則西方南海法徒之大歸矣至如神州之地禮教盛行敬事君親尊讓耆長廉素謙順義而後取孝子忠臣謹身節用皇上則恩育兆庶納隍軫慮於明發羣臣則莫不拱手履薄呈志於通宵或時大啓三乘廣開百座布制底於八澤有識者咸悉歸心散伽藍於九宇迷途者並皆迴向皇皇焉農歌畎畝之中濟濟焉商詠舟車之上遂使雞貴象尊之國頓顙丹墀金隣玉嶺之鄉投誠碧砌爲無爲事無事斯固無以加也雞貴者西方名高麗國爲俱俱吒䃜說羅俱俱吒是雞䃜說羅是貴西方傳云彼國敬雞神而取尊故戴翎羽而表飾矣言象尊者西國君王以象爲最五天並悉同然也其出家法侶講說軌儀徒衆儼然欽承極旨自有屏居幽谷脫屣樊籠漱巖流以遐想坐林薄而棲志六時行道能報淨信之恩兩期入定合受人天之重此則善符經律何有過焉然由傳受訛謬軌則參差積習生常有乖綱致者謹依聖教及現行要法總有四十章分爲四卷名南海寄歸内法傳又大唐西域高僧傳二卷幷雜經論等十卷並録附歸願諸大德與弘法心無懷彼我善可量度順佛教行勿以輕人便非重法

重曰然今古所傳經論理致善通禪門定激之徵此難懸囑且復粗陳行法符律相以先

呈備舉條章考師宗於實録縱使命淪夕景希成一贊之功斆絶朝光庶有百燈之續闕此則不勞尺步可践五天於短階未徙寸陰實鏡千齡之迷躅幸願檢尋三藏鼓法海而揚四波皎鏡五篇汎慧舟而提六欲雖復親承匠旨備檢玄宗然非濬發於巧心終恐受嗤於慧目云爾

一破夏非小　二對尊之儀
三食坐小牀　四餐分淨觸
五食罷去穢　六水有二瓶
七晨旦觀蟲　八朝嚼齒木
九受齋軌則　十衣食所須
十一著衣法式　十二尼衣喪制
十三結淨地法　十四五衆安居
十五隨意成規　十六匙筯合不
十七知時而禮　十八便利之事
十九受戒軌則　二十洗浴隨時
二十一坐具襯身　二十二卧息方法
二十三經行少病　二十四禮不相扶
二十五師資之道　二十六客舊相遇
二十七先體病源　二十八進藥方法
二十九除其弊藥　三十旋右觀時
三十一灌沐尊儀　三十二讚詠之禮
三十三尊敬乖式　三十四西方學法
三十五長髮有無　三十六亡則物現
三十七受用僧物　三十八燒身不合
三十九傍人獲罪　四十古德不爲

凡此所論皆依根本説一切有部不可將餘部事見糅於斯此與十誦大歸相似有部所分三部之別一法護二化地三迦攝卑此並

不行五天唯烏長那國及龜茲于闐雜有行者然十誦律亦不是根本有部也

一破夏非小

凡諸破夏苾芻但不獲其十利然是本位理無成小豈容昔時受敬今翻禮卑胥以成俗本無憑據依夏受請盜過容生故應詳審理無踈略宜取受戒之日以論大小縱令失夏不退下行尋檢聖教無文誰昔遣行斯事

二對尊之儀

准依佛教若對形像及近尊師除病則徒跣是儀無容輙著鞋履偏露右肩衣掩左髆首無巾帊自是恒途餘處遊行在開非過若是寒國聽著短靴諸餘履屣隨處應用既而殊方異域寒燠不同准如聖教多有違處理可隆冬之月權著養身春夏之時須依律制履屣不旋佛塔教已先明富羅勿進香臺頒之自久然有故違之類即是强慢金言

三食坐小牀

西方僧衆將食之時必須人人淨洗手足各各別踞小牀高可七寸方纔一尺藤繩織內脚圓且輕卑幼之流小拈隨事雙足蹋地前置盤盂地以牛糞淨塗鮮葉布上座去一肘互不相觸未曾見有於大牀上跏坐食者且如聖制牀量長佛八指以三倍之長中人二十四指當笏尺尺半東夏諸寺牀高二尺已上此則元不合坐坐有高牀之過時衆同此欲如之何護罪之流須觀尺樣然靈巖四禪牀高一尺古德所製誠有由來即如連坐跏趺排膝而食斯非本法幸可知之聞夫佛法初來僧食悉皆踞坐至乎晉代此事方訛自

茲已後跏坐而食然聖教東流年垂七百時經十代代有其人梵僧既繼踵來儀漢德乃排有受業亦有親行西國目擊是非雖還告言誰能見用又經云食已洗足明非牀上坐來食棄足邊故知垂脚而坐是佛弟子宜應學佛縱不能依勿生輕笑良以敷巾方坐難爲護淨殘宿惡觸無由得免又復斂衆殘食深是非儀收去反觸僧槃家人還捉淨器此則空傳護淨未見其功幸熟察之須觀得失

四餐分淨觸

凡西方道俗噉食之法淨觸事殊既餐一口即皆成觸所受之器無宜重將置在傍邊待了同棄所有殘食與應食者食之若更重收斯定不可無問貴賤法皆同爾此乃天儀非獨人事諸論云不嚼楊枝便利不洗食無淨觸將以爲鄙豈有器已成觸還將益送所有殘食却收入廚餘飯即覆寫瓮中長臛乃反歸鐺内羹菜明朝更食飯果後日仍餐持律者頗識分疆流漫者雷同一槩又凡受齋供及餘飲噉既其入口身即成觸要將淨水漱口之後方得觸著餘人及餘淨食若未澡漱觸他並成不淨其被觸人皆須淨漱若觸著狗犬亦須澡漱其嘗食人應在一邊嘗訖洗手漱口并洗嘗食器方觸鐺釜若不爾者所作祈請及爲禁術並無効驗縱陳饗祭神祇不受以此言之所造供設欲獻三寶并奉靈祇及尋常飲食皆須清潔若身未淨澡漱及大小便利不洗淨者皆不合作食俗亦有云清齋方釋奠翦爪宜侵肌捨塵或孔顏如斯等類亦是事須清潔不以殘食而歆饗也凡

設齋供及僧常食須人檢校若待齋了恐時過者無論道俗雖未薦奉取分先食斯是佛教許無罪咎比見僧尼助檢校者食多過午因福獲罪事未可也然五天之地云與諸國有別異者以此淨觸爲初基耳昔有北方胡地使人行至西國人多見笑良以便利不洗餘食内盆食時叢坐互相黨觸不避猪犬不嚼齒木遂成譏議故行法者極須存意勿以爲輕然東夏食無淨觸其來久矣雖聞此說多未體儀自非面言方能解悟

五食罷去穢

食罷之時或以器承或在屏處或向渠竇或可臨階或自持瓶或令人授水手必淨洗口嚼齒木疏牙刮舌務令清潔餘津若在即不成齋然後以其豆屑或時將土水撚成泥拭其唇吻令無膩氣次取淨瓶之水盛以螺盃或用鮮葉或以手承其器及手必須三屑淨揩（豆屑土乾牛糞）洗令去膩或於屏隱淨瓶注口若居顯處律有遮文略漱兩三方乃成淨自此之前口津無宜輒咽既破威儀咽咽得罪乃至未將淨水重漱已來涎唾必須外棄若日過午更犯非時斯則人罕識知縱知護亦非易以此言之豆麵灰水誠難免過良爲牙中食在舌上膩存智者觀斯理應存意豈容正食已了談話過時不畜淨瓶不嚼齒木終朝含穢竟夜招愆以此送終固成難矣其淨瓶水或遣門人持授亦是其儀

六水有二瓶

凡水分淨觸瓶有二枚淨者咸用瓦瓷觸者任兼銅鐵淨擬非時飲用觸乃便利所須淨

則淨手方持必須安著淨處觸乃觸手隨執可於觸處置之准斯淨瓶及新淨器所盛之水非時合飲餘器盛者名爲時水中前受飲即是無愆若於午後飲便有過其作瓶法蓋須連口頂出尖臺可高兩指上通小穴麤如銅箸飲水可在此中傍邊則別開圓孔罐口令上竪高兩指孔如錢許添水宜於此處可受二三升小成無用斯之二穴恐蟲塵入或可著蓋或以竹木或將布葉而裹塞之彼有梵僧取製而造若取水時必須洗内令塵垢盡方始納新豈容水則不分淨觸但畜一小銅瓶著蓋挿口傾水流散不堪受用難分淨觸中間有垢有氣不堪停水一升兩合隨事皆關其瓶袋法式可取布長二尺寬一尺許角襵兩頭對處縫合於兩角頭連施一襻纔長一磔内瓶在中掛髆而去乞食鉢袋樣亦同此上掩鉢口塵土不入由其底尖鉢不動轉其貯鉢之袋與此不同如餘處述所有瓶鉢隨身衣物各置一肩通覆袈裟攀傘而去此等並是佛教出家之儀有暇手執觸瓶并革屣袋錫杖斜挾進止安詳鳥喻月經雅當其況至如王城覺樹鷲嶺鹿園娑羅鶴變之所薵條鵠封之處禮制底時四方俱湊日觀千數咸同此式若那爛陀寺大德多聞並皆乘輿無騎鞍乘者及大王寺僉亦同爾所有資具咸令人擔或遣童子擎持此是西方僧徒法式

七晨旦觀蟲

每於晨旦必須觀水水有瓶井池河之別觀察事非一准亦既天明先觀瓶水可於白淨

銅盞銅楪或瓥杯漆器之中傾取掬許安豎
甎上或可別作觀水之木以手掩口良久視
之或於盆鑵中看之亦得蟲若毛端必須存
念若見蟲者倒瀉瓶中更以餘水再三滌器
無蟲方罷有池河處持瓶就彼瀉去蟲水濾
取新淨如但有井准法濾之若觀井水汲出
水時以銅盞於水鑵中酌取掬許如上觀察
若無蟲者通夜隨用若有同前濾漉池河觀
水廣如律說凡濾水者西方用上白氎東夏
宜將密絹或以米柔或可微煮若是生絹小
蟲直過可取熟絹笏尺四尺捉邊長挽襵取
兩頭刺使相著即是羅樣兩角施帶兩畔置
帞中安橫杖張開尺六兩邊繫柱下以盆承
傾水之時鑵底須入羅内如其不爾蟲隨水
落墮地墮盆還不免殺凡水初入羅特承取

觀察有蟲即須換却若淨如常用之水既足
已即可翻羅兩人各捉一頭翻羅令入放生
器内上以水洗三遍外邊更以水淋中復安
水承取觀察若無蟲者隨意去羅此水經宵
還須重察凡是經宿之水旦不看者有蟲無
蟲律云用皆招罪然護生取水多種不同井
處施行此羅最要河池之處或可安捲用陰
陽瓶權時濟事又六月七月其蟲更細不同
餘時生絹十重蟲亦直過樂護生者理應存
念方便令免或作瓦盆子羅亦是省要西方
寺家多用銅作咸是聖制事不可輕其放生
器作小水鑵令口直開於其底傍更安兩鼻
雙繩放下到水覆牽再三入水然後抽出若
是寺家濾羅大僧元不合觸房内時水亦復
同然未受具人取方得飲非時飲者須用淨

羅淨瓶淨器方堪受用在生乃是性戒可護中重十惡居首理難輕忽水羅是六物之數不得不持若行三五里無羅不去若知寺不濾水不合餐食渴死長途足爲龜鏡豈容恒常用水曾不觀察雖有濾羅蟲還死内假欲存救罕識其儀井口之上翻羅未曉放生之器設令到水蟲死何疑時有作小圓羅纔受一升兩合生踈薄絹元不觀蟲懸著鉢邊令他知見無心護命日日招愆師弟相承用爲傳法誠哉可歎良足悲嗟其觀水器人人自畜放生之罐在處須有

八朝嚼齒木

每日旦朝須嚼齒木揩齒刮舌務令如法盥漱清淨方行敬禮若其不然受禮禮他悉皆得罪其齒木者梵云憚哆家瑟詫憚哆譯之爲齒家瑟詫即是其木長十二指短不減八指大如小指一頭緩須熟嚼良久淨刷牙關若也逼近尊人宜將左手掩口用罷擘破屈而刮舌或可別用銅鐵作刮舌之篦或取竹木薄片如小指面許一頭纖細以剔斷牙屈而刮舌勿令傷損亦旣用罷即可俱洗棄之屛處凡棄齒木若口中吐水及以洟唾皆須彈指經三或時謦欬過兩如不爾者棄便有罪或可大木破用或可小條截爲近山莊者則柞條葛蔓爲先處平疇者乃楮桃槐柳隨意預收備擬無令闕乏濕者即須他授乾者許自執持少壯者任取嚼之耆宿者乃椎頭使碎其木條以苦澁辛辣者爲佳嚼頭成絮者爲最麤胡葈根極爲精也（即蒼耳并截耳入地二寸）堅齒口香消食去癊用之半月口氣頓除牙疼

齒僓三句即愈要須熟嚼淨揩令涎癊流出多水淨漱斯其法也次後若能鼻中飲水一抄此是龍樹長年之術必其鼻中不慣口飲亦佳久而用之便少疾病然而牙根宿穢積久成堅刮之令盡若湯淨漱更不腐敗自至終身牙疼西國迥無良爲嚼其齒木豈容不識齒木名作楊枝西國柳樹全稀譯者輒傳斯號佛齒木樹實非楊柳那爛陀寺目自親觀既不取信於他聞者亦無勞致惑檢涅槃經梵本云嚼齒木時矣亦有用細柳條或五或六全嚼口内不解漱除或有吞汁將爲殄病求清潔而返穢冀去疾而招痾或有斯亦不知非在論限然五天法俗嚼齒木自是恒事三歲童子咸即教爲聖教俗流俱通利益既伸臧否行捨隨心

九受齋軌則

凡論西方赴請之法并南海諸國略顯其儀西方乃施主預前禮拜請僧齋日來白時至僧徒器座量准時宜或可淨人自持或受他淨物器乃唯銅一色須以灰末淨揩座乃各別小牀不應連席相觸其牀法式如第三章已言若其瓦器曾未用者一度用之此成無過既被用訖棄之坑塹爲其受觸不可重收故西國路傍設義食處殘器若山曾無再用即如襄陽瓦器食了更收向若棄之便用淨法又復五天元無瓷漆瓷若油合是淨無疑其漆器或時賈客將至西方及乎南海皆不用食良爲受膩故也必若是新以淨灰洗令無膩氣用亦應得其木器元非食物新者一用故亦無愆重觸有過事如律說其施主家

設食之處地必牛糞淨塗各別安小牀座復須清淨坑瓮預多貯水僧徒既至解開衣紐安置淨瓶即宜看水若無蟲者用之濯足然後各就小牀停息片時察其早晚日既將午施主白言時至法衆乃反襵上衣兩角前繫下邊右角壓在腰條左邊或屑或土澡手令淨或施主授水或自用君持隨時濟事重來踞坐受其器葉以水略洗勿使橫流食前全無呪願之法施主乃淨洗手足先於大衆行初置聖僧供次乃行食以奉僧衆復於行末安食一盤以供呵利底母其母先身因事發願食王舍城所有兒子因其邪願捨身遂生藥叉之內生五百兒日日每餐王舍城男女諸人白佛佛遂藏其稚子名曰愛兒觸處覓之佛邊方得世尊告曰汝憐愛兒乎汝子五百一尚見憐況復餘人一二而已佛因化之令受五戒爲鄔波斯迦因請佛曰我兒五百今何食焉佛言苾芻等住處寺家日日每設祭食令汝等充餐故西方諸寺每於門屋處或在食廚邊塑畫母形抱一兒子於其膝下或五或三以表其像每日於前盛陳供食其母乃是四天王之衆大豐勢力其有疾病無兒息者饗食薦之咸皆遂願廣緣如律此陳大意耳神州先有名鬼子母焉又復西方諸大寺處咸於食廚柱側或在大庫門前彫木表形或二尺三尺爲神王狀坐把金囊却踞小牀一脚垂地每將油拭黑色爲形號曰莫訶歌羅即大黑神也古代相承云是大天之部屬性愛三寶護持五衆使無損耗求者稱情但至食時廚家每薦香火所有飲食隨列

於前曾親見說大涅槃處般彈那寺每常僧食一百有餘春秋二時禮拜之際不期而至僧徒五百臨中忽來正到中時無宜更煮其知事人告厨家曰有斯倉卒事欲如何于時有一淨人老母而告之曰此乃常事無勞見憂遂乃多然香火盛陳祭食告黑神曰大聖涅槃爾徒尚在四方僧至爲禮聖蹤飲食供承勿令闕乏是仁之力幸可知時尋即總命大衆令坐以寺常食次第行之大衆咸足其餐所長還如常日咸皆唱善讚天神之力親行禮覲故覩黑神見在其前食成大聚問其何意報此所由淮北雖復先無江南多有置處求者効驗神道非虛大覺寺目眞隣陀龍亦同斯異矣其行食法先下薑鹽薑乃一片兩片大如指許鹽則全七半匕藉之以葉其

行鹽者合掌長跪在上座前口唱三鉢羅佉哆譯爲善至舊云僧跋者訛也上座告曰平等行食意道供具善成食時復至准其字義合當如是然而佛與大衆受他毒食佛教令唱三鉢羅佉哆然後方食所有毒藥皆變成美味以此言之乃是祕密言詞未必目其善至東西兩音臨時任道幷汾之地唱時至者頗有故實其授食之人必須當前並足恭敬曲身兩手執器及以餅果去手一磔即須懸放自餘器食或一寸二寸若異此途理不成受隨受隨食無勞待遍等供食遍不是正翻食罷隨意亦非聖說次授乾秔米飯幷稠豆臛澆以熱酥手攪令和投諸助味食用右手纔可半腹方行餅果後行乳酪及以沙糖渴飲冷水無問冬夏此乃衆僧常食幷設齋供

大略皆爾然其齋法意存殷厚所餘餅飯盈溢盤盂酥酪縱橫隨著皆受故佛在日勝光王親供佛衆行其飲食及以酥酪乃至地皆流漫律有誠文即其事也淨初至東印度耽摩立底國欲依廉素設僧齋供時人止曰若纔足而已何爲不得然而古來相承設須盈富若但滿腹者恐人致笑聞師從大國來處所豐贍若無盈長不如不設是以還依彼法矣斯乃施心弘廣得報還復豐多無乖理也必其貧窶及食罷行嚫隨力所能旣其食了以片水漱口咽而不棄將少水置器略淨右手然後方起欲起之時須以右手滿掬取食持將出外不簡僧佛之物聖遣普施衆生未食前呈律無成教又復將食一盤以上先亡及餘神鬼應食之類緣在鷲山如經廣說可將其食向上座前跪上座乃以片水灑而呪願曰

以今所修福　普霑於鬼趣　食已免極苦
捨身生樂處　菩薩之福報　無盡若虛空
施獲如是果　增長無休息

持將出外於幽僻處林叢之下或在河池之內以施先亡矣江淮間設齋之次外置一盤即斯法也然彼施主授齒木供淨水盥漱之法如第五章已述僧徒辭別之時口云所有福業悉皆隨喜然後散去衆僧各各自誦伽他更無法事食罷餘殘並任衆僧令小兒將去或施貧下隨應食者食之或可時屬飢年或知施主性悋者問而後取齋主全無重收食法此是西方一途受供之式或可施主延請同前於其宅中形像預設午時旣至普就

尊儀蹲踞合掌各自心念禮敬既訖食乃同前或可別令一人在尊像前長跪合掌大聲讚佛（言長跪者謂是雙膝踞地竪兩足以支身舊云胡跪者非也五天皆爾何獨道胡）唯歎佛德不雜餘言施主乃然燈散華一心虔敬用摩香泥以塗僧足燒香馚馥尤不別行鼓樂弦歌隨情供養方始如前准次餐食食罷將其瓶水遍瀝衆前上座方爲施主略誦陀那伽他斯乃復是兩塗西方食法然而西國噉嚼多與神州不同但可略據律科粗陳梗槩云爾

律云半者蒲膳尼半者珂但尼蒲膳尼以含噉爲義珂但尼即齧嚼受名半者謂五也半者蒲膳尼應譯爲五噉食舊云五正者准義翻也一飯二麥豆飯三麨四肉五餅半者珂但尼應譯爲五嚼食一根二莖三葉四華五果其無縁者若食初五後五必不合餐若先食後五前五噉便隨意准知乳酪等非二五所收律文更無別號明非正食所攝若諸麵食竪匙不倒皆是餅飯所收乾麨和水指畫見跡者斯還五攝且如五天之地界分綿邈大略而言東西南北各四百餘驛除其邊裔雖非盡能目擊故可詳而問知所有噉嚼奇巧非一北方足麵西邊豐麨摩揭陀國麵少米多南裔東陲與摩揭陀一類酥油乳酪在處皆有餅果之屬難可勝數俗人之流膻腥尚寡諸國並多粳米粟少黍無有甘瓜豐蔗芋乏葵菜足蔓菁然子有黑白比來譯爲芥子壓油充食諸國咸然其菜食之味與神州蔓菁無別其根堅鞕復與蔓菁不同結實粒麤復非芥子其猶枳橘因地遷形在那爛陀

與無行禪師共議懷疑未能的辨又五天之人不食諸虀及生菜之屬由此人無腹痛之患腸胃和輭亡堅强之憂矣

然南海十洲齋供更成殷厚初日將檳榔一顆及片子香油并米屑少許並悉盛之葉器安大盤中向氍蓋之金瓶盛水當前瀝地以請衆僧令於後日中前塗身澡浴第二日過午已後則擊鼓樂設香華延請尊儀棚車輦輿旛旗映日法俗雲奔引至家庭張施帷蓋金銅尊像瑩飾皎然塗以香泥置淨盤內咸持香水虔誠沐浴拭以香氍捧入堂中盛設香燈方爲稱讚然後上座爲其施主說陀那伽他申述功德方始請僧出外澡漱飲沙糖水多噉檳榔然後取散至第三日禺中入寺敬白時到僧洗浴已引向齋家重設尊儀略爲澡沐香華鼓樂倍於昨晨所有供養尊前普列於像兩邊各嚴童女或五或十或可童子量時有無或擎香爐執金澡罐或捧香燈鮮華白拂所有粧臺鏡奩之屬咸悉持來佛前奉獻問其何意答是福田今不奉獻後寧希報以理言之斯亦善事次請一僧座前長跪讚歎佛德次復別請兩僧各升佛邊一座略誦小經半紙一紙或慶形像共黙佛睛以求勝福然後隨便各就一邊反攝袈裟（袈裟乃是梵言即是乾陀之色元來不干東語何勞下底置衣若依律文典語三衣並曰支伐羅也）兩角前繫澡手就餐威儀法式牛糞塗地觀水濯足及所餐噉行食法用並與西方大同然其別者頗兼三淨耳並多縫葉爲槃寛如半席貯粳米餅一升二升亦用爲器受一升二升擎向僧處當前授與次行諸食有三二

十般此乃貧窶之輩也若是王家及餘富者並授銅盤銅椀及以葉器大如席許餚饌飲食數盈百味國王乃捨尊貴位自稱奴僕與僧授食虔恭徹到隨著皆受更無遮法若但取足而已施主心便不快見其盈溢方成意滿粳米飯則四升五升餅果等則三盤兩盤其親屬鄰伍之家咸賫助供或餅或飯羹菜非一然一人殘食可供三四若盛設者十人食亦未盡其所殘食皆任外僧令淨人將去然而神州齋法與西國不同所食殘餘主還自取僧輒將去理成未可故出家之人相時而動知足不辱無虧施心必若施主決心不擬重取請僧將去者任量事斟酌衆僧亦既食了盥漱又畢乃掃除餘食令地清淨布以華燈燒香散馥持所施物列在衆前次行香泥如梧子許僧各揩手令使香潔次行檳榔豆蔻糅以丁香龍腦咀嚼能令口香亦乃消食去癊其香藥等皆須淨瓶水洗以鮮葉裹授與衆僧施主至上座前或就能者以著觜瓶水如銅箸連注不絶下以盤承師乃手中執華承其注水口誦陀那伽他初須佛說之頌後通人造任情多少量時爲度須稱施主名願令富樂復持現福迴爲先亡後爲皇王資及龍鬼願國土成熟人物又安釋迦聖教住而莫滅其伽他譯之如別斯乃世尊在日親爲呪願但至食罷必爲說特歒拏伽他是將施物供奉之義特歒尼野即是應合受供養人是故聖制每但食了必須誦一兩陀那伽他報施主恩梵云陀那鉢底譯爲施主陀那是施鉢底是主而云檀越者本非正譯略去那字取上陀音轉名爲檀更加越字意道由行檀捨自可越渡貧窮妙

釋雖然終乖正本舊云達儭者訛也若不然者旣違聖教不銷所餐乞餘食法時有行處然後行其嚫物或作如意樹以施僧或造金蓮華以上佛鮮華齊膝白氎盈牀過午或講小經或時連夜方散辭別之時口云娑度兼唱阿奴謨柂娑度即事目善哉阿奴謨柂譯爲隨喜

凡見施他或見施已咸同此說意者前人旣呈隨後慶讚俱招福利矣此是南海十洲一塗受供法式或初日檳榔請僧第二日禺中浴像午時食罷齊暮講經斯則處中者所務或可初日奉齒木以請僧明日但直設齋而已或可就僧禮拜言伸請白斯乃貧乏之流也然北方諸胡覩貨羅及速利國等其法復別施主先呈華蓋供養制底大衆旋繞令唱導師廣陳呪願然後方食其華蓋法式如西方記中所陳矣斯等雖復事有踈繁食兼廣略然而僧徒軌式護淨手餐大徒法則並悉相似衆僧或有杜多乞食但著三衣設他來請或奉金寶棄如洟唾屏跡窮林矣即如東夏齋法遣疏請僧雖至明朝不來啓白准如聖教似不慇懃必是門徒須教法式若行赴供應將濾羅僧所用水並可觀察旣其食了須嚼齒木若口有餘膩即不成齋雖復餓腹終宵詎免非時之過幸可看西方食法擬議東川得不乏宜自然明白無暇詳述智者當思甞試論之曰然無上世尊大慈悲父慜生淪滯歷三大而翹勤冀使依行現七紀而揚化以爲住持之本衣食是先恐長塵勞嚴施戒檢制在聖意理可遵行反以輕心道其無罪食噉不知受觸但護婬戒一條即云我是

無罪之人何勞更煩學律咽噉著脫元不關情直指空門將爲佛意寧知諸戒非佛意焉一貴一輕出乎臆斷門徒遂相踵習判不窺看戒經寫得兩卷空門便謂理包三藏不思咽咽當有流漿之苦誰知步步現招賊住之殃浮囊不洩乃是菩薩本心勿輕小愆還成最後之唱理合大小雙修方順慈尊之訓防小罪觀大空攝物澄心何過之有或恐自迷誤衆准教聊陳一隅空法信是非虛律典何因見慢宜應半月說戒洗懺恒爲勸戒門徒日三禮白佛法住世日日衰微察已童年所覩乃與老時全異目驗斯在幸可存心夫飲食之累乃是常須幸願敬奉之倫無輕聖教耳重曰

聖教八萬要唯一二外順俗途内凝眞智何謂俗途奉禁亡辜何謂眞智見境俱棄遵勝諦而無著滅緣生之有累勤積集於多修證圓成之妙義豈容不習三藏教理俱迷罪若河沙之巨量妄道已證於菩提菩提是覺惑累皆亡不生不滅號曰眞常寧得同居苦海漫說我住西方常理欲希戒淨爲基護囊穿之小隙慎針穴之大非大非之首衣食多咎奉佛教則解脫非遥慢尊言乃沉淪自久聊題行法略述先模咸依聖檢豈曰情啚幸無嫌於直說庶有益於疑途若不確言其進不誰復輒鑒於精麤

南海寄歸内法傳卷第一

音釋

闃苦臭切寂靜也 埏埴埏式連切埴常職切埏埴和黏土也 峙直里切山屹立也 螺蠃螺古火切蠃郎果切螺蠃細腰蜂也 攞來可切 呾當葛切 驪火丸切 簣求位切土籠也 ⿱殹言於提切 覷初覩切 龜茲龜音丘茲音慈龜茲國名 帊匹嫁切幞也 長臛長直亮切餘也臛黑各切羹也 ⿱龸疋除庚切距也 襵陟葉切猶摺也 襻普患切衣系也 蠃盧戈切蚌屬 ⿰巾句口候切 棬丘員切屈木爲棬也 詫五亞切 刷所滑切刮刷也 擘博厄切釽也 篦邊迷切梳器 剔齗剔他歷切挑剔也齗牛斤切齒根肉也 謦欬謦去挺切欬苦溉切謦欬逆氣聲也 柞疾各切木名 辢盧達切辛也 葈胥里切與枲同 憊步拜切病也 ⿰土瓦徒古切鉼也 磔側革切張申也 麨尺沼切乾糧也 膻尸連切羊臭也 鞕魚孟切與硬同 ⿱齊韭祖稽切 輭乳兖切柔也 棚蒲庚切 寠其矩切貧無禮也 蔻苦候切豆蔻藥名 咀嚼咀在呂切嚼疾雀切 柂徒可切

南海寄歸内法傳卷第二

唐三藏沙門義淨撰

十衣食所須

察夫有待累形假衣食而始濟無生妙智託滅理而方興若其受用乖儀便招步步之罪澄心失軌遂致念念之迷爲此於受用中求脫者順聖言而受用在澄心處習理者符先教以澄心即須俯視生涯是迷生之牢獄仰睎寂岸爲悟寂之虛關方可艤法舟於苦津秉慧炬於長夜矣然於所著衣服之制飲食之儀若持犯眪然律有成則初學之輩亦識重輕此則得失局在別人固乃無煩商搉自有現違律撿而將爲指南或可習俗生常謂其無過或道佛生西國彼出家者依西國之形儀我住東川離俗者習東川之軌則詎能移神州之雅服受印度之殊風者聊爲此徒粗銓衡也凡是衣服之儀斯乃出家綱要理須具題其製豈得輕而略諸且如法衆三衣五天並皆刺葉獨唯東夏開而不縫親問北方諸國行四分律處俱同刺葉全無開者西方若得神州法服縫合乃披諸部律文皆云刺合然而充身六物自有嚴條十三資具廣如律說言六物者一僧伽胝(譯爲複衣)二嗢呾囉僧伽(譯爲上衣)三安呾婆娑(譯爲內衣此之三衣皆名支伐羅北方諸國多名法衣爲袈裟乃是赤色之義非律文典語)四波呾囉(鉢也)五尼師但那(坐卧具也)六鉢里薩囉伐拏(濾水羅也受戒之時要須具斯六物也)十三資具者一僧伽胝二嗢呾囉僧伽三安呾婆娑四尼師但那五裙六副裙七僧脚崎(掩腋衣也)八副僧脚崎九拭身巾十拭面巾十一剃髮衣十二覆瘡疥衣十三藥資具

衣

頌曰

三衣并坐具　裙兩帔有雙　身面巾剃髮

遮瘡藥具衣

十三種衣出家開畜既有定格即須順教用之不比自餘所有長物此之十三咸須別牒其事點淨守持隨得隨持無勞總足餘外長衣量事分別若氈褥毾㲪之流但須作其委付他心而受用也有云三衣什物者蓋是譯者之意離爲二處不依梵本別道三衣所開十物然其十數不能的委致使猜卜皆悉憑虛訓什爲雜未符先旨其藥具衣佛制畜者計當用絹可二丈許或可一疋既而病起無恒卒求難濟爲此制畜可預備之病時所須無宜輒用然修行利生之門義在存乎通濟既而根有三等不可局爲一途四依四作十三杜多制准上行畜房受施十三資具蓋兼中下遂使少欲者無盈長之過多求者亡闕事之咎大哉慈父巧應根機善誘人天稱調御者而云供身百一四部未見律文雖復經有其言故是別時之意且如多事俗徒家具尚不盈五十豈容省緣釋子翻乃過其百數准驗道理通塞可知

凡論絁絹乃是聖開何事強遮徒爲節目斷之以意欲省招繁五天四部並皆著用詎可棄易求之絹絁覓難得之細布妨道之極其在斯乎非制強制即其類也遂使好事持律之者增已慢而輕餘無求省欲之賔內起慙而外恧斯乃遮身長道亦復何事云云而彼意者將爲害命處來傷慈之極悲愍含識理

可絶之若爾者著衣噉食縁多損生螻蚓曾不寄心蛹蠶一何見念若其總護者遂使存身靡託投命何因以理推徵此不然也而有不噉酥酪不履皮鞋不著絲綿同斯類矣凡論殺者先以故意斷彼命根方成業道必匪故思佛言無犯三處清淨判在亡愆設乖斯旨但招輕過無殺心故因乃極成猶若受餘喻便彰著因喻既其明白無過衣宗自顯三支道理且已皎然況復金口自言何勞更爲穿鑿遂使五百之疑出於作者之筆三豕之謬傳乎信受之言若其自乞生繭目驗損蟲斯則俗士尚不應行何況情希出離引斯爲證深成未可若有施主淨意持來即須唱隨喜以受之用資身而育德實無過也五天法服任刺任縫衣縷不問縱橫爲日無過三五

計絹一疋作得七條五條内葉三指外縁一寸外縁有刺三道内葉悉皆縫合充事表儀亦何假精妙若著納衣者意存省事或拾遺於糞聚或取棄於屍林隨得隨縫用袪寒暑耳而有説云律中卧具即是三衣見制野蠶便生異意剩謂法衣非絹遂即覓布慇懃寧委本文元來是褥高世耶乃是蠶名作絹還受斯號體是貴物制不聽用作褥之法有其兩種或縫之作袋貯毛在中或可用絲織成即是氍毹之類其褥様闊二肘長四肘厚薄隨時自乞乃遮他施無罪全不許用大事嚴科此諸敷具非三衣也又復律云正命謂是口腹爲先耕墾須得其宜種植無違教網應法食用不生其罪始曰立身能長其福依如律教僧家作田須共淨人爲其分數或可共

餘人户咸並六分抽一僧但給牛與地諸事皆悉不知或可分數量時斟酌西方諸寺多並如是或有貪婪不爲分數自使奴婢躬檢營農護戒苾芻不噉其食意者以其僧自經理邪命養身驅使傭人非瞋不可壞種墾地蟲蟻多傷日食不過一升誰復能當百罪是以耿介之士疾其事繁攜瓶挾鉢棄之長鶩獨坐靜林之野懽與鳥鹿爲儔絶名利之諠囂修涅槃之寂滅若爲衆家經求取利是律所聽墾土害命教門不許損蟲妨業寧復過此有罪邪生之十頃著作則不見爲踈條無過正行之三衣還復幾勞於文墨嗚呼可爲信者説難與疑者言由恐傳法之家尚懷固執耳初至耽摩立底國寺院之外有一方地忽見家人取菜分爲三分與僧一分自取兩歸未解其故問大乘燈師曰斯何意焉答曰此寺僧徒並多戒行自爲種植大聖所遮是以租地與他分苗而食方爲正命省緣自活無其耕墾溉灌殺生之罪矣又見知事苾芻晨旦井邊觀水無蟲得用一日有命即須羅濾又見但是外人取與下至一莖菜並須問衆方用又見寺内不立綱維但有事來合衆量許若緣獨意處斷隨情損益僧徒不遵衆望者此名俱羅鉢底衆共驅之又見尼入僧寺白乃方前僧向尼坊問而後進若出寺外兩人方去必有緣須至俗舍者白衆許已四人共去又見每月四齋之日合寺大衆晡後咸集俱聽寺制遵而奉行深生敬仰又見有一小師遣其童子將米二升送與家人婦女情涉曲私有人告衆喚來對勘三皆承引雖

無惡事而自負慙心即出寺門棄名長去師遣餘人送彼衣物但是衆法共遵未勞官制又見婦人入寺不進房中廊下共語暫時便去又見寺内有一苾芻名曷羅尸羅蜜呾囉于時年可三十操行不羣名稱高遠一日誦寶積經有七百頌閑内典之三藏洞俗言之四明東聖方處推爲上首自從受具女人曾不面言母姊設來出觀而已當時聞曰斯非聖教何爲然乎答曰我性多染非此不杜其源雖復不是聖遮防邪亦復何爽又見多聞大德或可一藏精研衆給上房亦與淨人供使講説尋常放免僧事出多乘輿鞍畜不騎又見客僧創來入寺於五日内和衆與其好食冀令解息後乃僧常若是好人和僧請住准其夏歲卧具是資無學識則一體常僧具多聞乃准前安置名挂僧籍同舊住人矣又見好心來至具問因由如來出家和僧剃髮名字不干王籍衆僧自有部書後若破戒行非鳴揵稚而驅遣爲此衆僧自相檢察起過難爲萌漸于時歎曰昔在神州自言明律寧知到此反作迷人向若不移步西方何能鑒斯正則此乃或是寺家衆制或是别行要心餘並著在律文末代住持極要此皆是耽摩立底跋羅訶寺之法式也其那爛陀寺法乃更嚴遂使僧徒數出三千封邑則村餘二百並積代君王之所奉施紹隆不絕非律而誰者哉亦未見有俗官乃當衙正坐僧徒爲行側立欺輕呼喚不異凡流送故迎新幾倦途路若點檢不到則走赴公門求命曹司無問寒暑夫出家之人本爲情希離俗捨五畏之

危道遵八正之平衢豈有反更驅馳重嬰羅網欲求簡寂寧能遂意可謂全乖解脫不順蕭然者乎理須二六杜多十三資具隨緣濟命蕩除業習報師僧父母之鴻澤酬天龍帝主之深慈斯則雅順調御之儀善愜策修之路因論護命之事且復言其現行願諸大德勿嫌煩重耳

然四部之殊以著裙表異一切有部則兩邊向外雙攝大衆部則右裙蹙在左邊向內插之不令其墮西方婦女著裙與大衆部無別上座正量制亦同斯但以向外直翻傍插爲異腰條之製亦復不殊尼則准部如僧全無別體且如神州祇支偏袒覆膊方裙禪袴袍襦咸乖本制何但同袖及以連脊至於披著不稱律儀服用並皆得罪頗有著至西方人皆共笑懷慙內恥裂充雜用此即皆是非法衣服也若默而不說知者無由如欲直言復恐聞者見怨是以杼軸於短懷沉吟於進退願智者詳察識衣服之本儀也又西方俗侶官人貴勝所著衣服唯有白氎一雙貧賤之流只有一布出家法衆但畜三衣六物樂盈長者方用十三資具東夏不許同袖及連脊衣者蓋是自習東川妄談西國耳即如贍部洲中及諸邊海人物衣服可略言之且從莫訶菩提東至臨邑有二十餘國正當驩州南界也西南至海北齊羯濕彌羅并南海中有十餘國及師子洲並著二敢曼矣既無腰帶亦不裁縫直是闊布兩尋繞腰下抹西天之外大海邊隅有波剌斯及多氏國並著衫袴裸國則迥無衣服男女咸皆赤體從羯濕彌

羅巳去及速利諸胡土蕃突厥大途相似不著敢曼氍毹是務少有刼貝時存著者以其寒地衫袴是常即此諸國之中唯波剌斯及裸國土蕃突厥元無佛法餘皆遵奉而於衫袴之鄉咸不洗淨由是五天之地自恃清高也然其風流儒雅禮節逢迎食噉淳濃仁義豐贍其唯東夏餘莫能加但以食不護淨便利不洗不嚼楊枝事殊西域而有現著非法衣服將爲無過引彼略教文云此方不淨餘方清淨得行無罪者斯乃譯者之謬意不然矣具如別處若爾神州苾芻除三衣外並非聖儀旣其有犯理難服用者且如西方煖地單布自可終年雪嶺寒鄉欲遣若爲存濟身安業進聖有誠言苦體勞勤乃外道教去取之理其欲如何然聖開立播之服通被寒鄉斯乃足得養身亦復何成妨道梵云立播者譯爲裹腹衣其所製儀略陳形樣即是去其正背直取偏袒一邊不應著袖唯須一幅纔穿得手肩袖不寬著在左邊無宜闊大右邊交帶勿使風侵多貯綿絮事須厚煖亦有右邊剌合貫頭紐腋斯其本制目驗西方有胡地僧來多見攜著那爛陀處不覩斯衣良由國熱人咸不用准斯開意直爲寒鄉考其偏袒正背元是踵斯而作剩加右畔失本威儀非制自爲定招越法至如立播抱腹自免嚴寒厚帔通披足遮隆凍形像之處禮佛對尊露膊是恒掩便獲罪然則出家省事冬月居房炭火隨時詎勞多服必有病緣要須著者臨時處斷勿使乖儀然而東夏寒嚴劈裂身體若不煗服交見羸亡旣爲難緣理須弘濟

方裙偏袒形簡俗流准立攝衣寒冬暫著知非本制為命權開如車置油內生慙厚必其不著極是佳事自餘袍袴褌衫之類咸悉決須遮斷嚴寒既謝即是不合擐身而復更著偏衫實非開限斯則去繁得要仰順聖情自隨乍可一身傳授恐為誤眾如能改斯故轍務軌新蹤者即可謂蟬聯少室架鷲峯而並峻櫛比王舍通帝鄉而共園鴻河則合泚於文池細柳乃同暉於覺樹變桑田而騰茂盡刼石而揚輝誠可嗟矣誠可務哉但佛日既沉教留後季行之則大師對面背教則眾過現前故經云若能奉戒則我存無異或云舊來上德並悉不言今日後人何事移則固不然矣依法匪人教有弘說考之律藏衣食無罪者方可取也非知之難行之為難聞若不行導者寧過重曰

含生之類　衣食是先　斯為枷鎖　控制生田
奉聖言則　出離蕭然　任自意乃　罪累相牽
智者須鑒　事在目前　如王處泥　若水居蓮
八風既離　五怖寧纏　衣纔蔽體　食但支懸
專求解脫　不願人天　杜多畢命　拯物窮年
棄九門之虛偽　希十地之圓堅
合受施於五百　為福利於三千

十一著衣法式

其著法衣及施帢紐法式依律陳之可取五肘之衣疊作三襵其肩頭疊處去緣四五指許安其方帖可方五指周刺四邊當中以錐穿為小孔用安衣帢其帢或條或帛麤細如衫帢相似可長兩指結作同心餘者截却將帢穿孔向外牽出十字交繫便成兩帢內紐

此中其𦙶前疊處緣邊安紐亦如衫紐即其法也先呈本制略准大綱若欲妙體其法終須對面而授衣之下畔帢紐亦施隨意倒披是聖開許兩頭去角可八指許各施一帢一紐此爲食時所須反攝𦙶前紐使相合此成要也凡在寺内或時對衆必無帶紐及籠肩披法若向外遊行并入俗舍方須帶紐餘時但可搭肩而已屏私執務隨意反抄若對尊容事須齊整以衣右角寛搭左肩垂之背後切安肘上若欲帶紐即須通肩披已將紐内帢廻向肩後勿令其脱以角搭肩衣便繞頸雙手下出一角前垂阿育王像正當其式出行執傘形儀可愛即是依教齊整著上衣也其傘可用竹織之薄如竹簟一重便得大小隨情寛二三尺頂中複作擬施其柄其柄長短量如蓋闊或可薄拂以漆或可織葦爲之或如藤帽之流夾紙亦成牢矣神州雖不先行爲之亦是其要驟雨則不霑衣服赫熱則實可招涼既依律而益身擎之固亦無損斯等所論要事益多並神州不行袈裟角垂正當象鼻梵僧縱至皆亦雷同良爲絹滑墮肩遂令正則訛替後唐三藏來傳搭肩法然而古德嫌者尚多黨舊之迷在處皆有其三衣若安短紐而截長條則違教之愆現免著横裙而去腰縧乃針線之勞交息所有瓶鉢各挂兩肩纔至腋下不合交絡其襻不長但容穿膊而已若交絡𦙶前令人氣急元非本制即不可行鉢帒之儀如下當辨北方速利諸人多行交絡隨方變改實非佛制設有餘衣長搭肩上然後通披覆其衣鉢若其向寺及

詣俗家要至房舍安置傘蓋方始解紐挂其衣鉢房前壁上多置象牙勿使臨時安物無處餘同第二十六客舊相遇章說也

然其薄絹爲袈裟者多滑不肯著肩禮拜之時遂便落地任取不墮物爲之絁紬白氎即其要也其僧脚崎衣即是覆髆更加一肘始合本儀其披著法應出右肩交搭左髆房中恒著唯此與裙出外禮尊任加餘服其著裙法式聊陳大況即如有部裙製横五肘豎兩肘絁絹及布隨有作之西國並悉單爲神州任情複作横豎隨意繞身旣訖擡使過臍右手牽其左邊上角在内牽向腰之右邊左邊上裙取外邊而掩左畔（近右手邊爲右裙近左手邊爲左裙）兩手二畔舉使正平中間矗直即成三襵後以兩手各蹙至腰俱將三疊向後掩之兩角各擡三指俱插向脊使下入腰間可三指許斯則縱未繫條亦乃著身不落後以腰條長五肘許鉤取正中舉向臍下抹裙上緣向後雙排交度前抽傍牽左右各以一手牢擎兩邊纏彼兩條可令三度有長割却少則更添條帶之頭不合緝絲斯謂圓整著裙成薩婆多之部別鉢履曼荼羅著泥婆娑即其眞也譯爲圓整著裙矣其條闊如指面則靴條韈帶之流或方或圓雙亦無損麻繩之流律文不許凡踞坐小牀及拈之時牽裙上裙下角急抹裙緣擘於胯下但掩雙膝露脛無傷高須上蓋臍輪下至踝上四指斯乃俗舍之儀若在寺中半腨亦得此之劑限佛自親制非是人意輒爲高下寧合故違教旨自順凡情所著裙衣長伸拂地一則損信心之淨施二乃

慢大師之格言設若慇懃誰能見用萬人之內頒一存心西國裙衣並皆橫著彼方白氎幅寛二肘若其半故貧者難求即須縫兩頭令相合割内開以充事此著衣儀律文具有其制但且略陳綱要細論非面不可

又凡是出家衣服皆可染作乾陀或爲地黃黃屑或復荆蘗黃等此皆宜以赤土赤石研汁和之量色淺深要而省事或復單用棗心或赤土赤石或棠棃土紫一染至破亦何事求餘而桑皴青緑正是遮條真紫褐色西方不著鞋履之屬自有成教長靴線鞋全爲非法彩繡文章之物佛皆制斷如皮革事中具説焉

十二尼衣喪制

東夏諸尼衣皆涉俗所有著用多並乖儀准如律説尼有五衣一僧伽知二嗢呾羅僧伽三安呾婆娑四僧脚崎五裙四衣儀軌與大僧不殊唯裙片有别處梵云俱蘇洛迦譯爲篅衣以其兩頭縫合形如小篅也長四肘寛二肘上可蓋臍下至踝上四指著時入内撞使過臍各蹙兩邊雙排擘脊繫條之法量與僧同胷腋之間迴無繫抹假令少壯或復衰年乳高内起誠在無過豈得羞人不窺教檢漫爲儀飾著脱招愆臨終之時罪如濛雨萬中有一時復能改然其出外及在僧前并向俗家受他請食袈裟繞頸覆身不合解其肩紐不露胷臆下出手餐祇支偏袒衫袴之流大聖親遮無宜服用南海諸國尼衆别著一衣雖復制匪西方共名僧脚崎服長二肘寛二肘兩頭縫合留一尺許角頭刺著一寸舉

上穿髆貫頭拔出右肩更無腰帶掩腋蓋乳下齊過膝若欲此服著亦無傷線則唯費兩條彌堪掩障形醜若不樂者即可還須同大苾芻著僧脚崎服其寺內房中俱蘇洛迦及僧脚崎兩事便足准檢梵本無覆肩衣名即是僧脚崎衣此乃祇支之本號既不道裙多是傳譯參差應捨違法之服著順教之衣僧脚崎取一幅半或絹或布可長四肘五肘如披五條反搭肩上即其儀也若向餘處須好覆形如在屏房袒髆非事春夏之節此可充軀秋冬之時任情煖著擎鉢乞食足得養身雖曰女人有丈夫志豈容恒營機杼作諸雜業廣為衣服十重五重褌誦曾不致心驅驅鎮惱情志同俗辮飾不顧戒經宜可門徒共相檢察西國尼眾斯事全無並皆乞食資身居貧守素而已若爾出家尼眾利養全稀所在居寺多無眾食若不隨分經營活命無路輒違律教便爽聖心進退兩途如何折中身安道盛可不詳聞答本契出家情希解脫絕三株之害種偃四瀑之洪流宜應畢志杜多除苦樂之邪徑敦心少欲務閑寂之真途奉戒昏旦斯即道隆豈念身安將為稱理若能守律決鍊貞踈則龍鬼天人自然遵敬何憂不活徒事辛苦至如五衣瓶鉢足得全軀一口小房彌堪養命簡人事省門徒若玉處泥如蓮在水雖云下眾實智等上人矣

又復死喪之際僧尼漫設禮儀或復與俗同哀將為孝子或房設靈几用作供尊或披黲布而乖恒或留長髮而異則或拄哭杖或寢苦廬斯等咸非教儀不行無過理應為其亡者淨飾一房或可曀時權施蓋幔讀經念佛

具設香華冀使亡䰟託生善處方成孝子始是報恩豈可泣血三年將爲賽德不餐七日始符酬恩者乎斯乃重結塵勞更嬰枷鎖從闇入闇不悟緣起之三節從死趣死詎證圓成之十地歟然依佛教苾芻亡者觀之決死當日舉向燒處尋即以火焚之當燒之時親友咸萃在一邊坐或結草爲座或聚土作臺或置甎石以充坐物令一能者誦無常經半紙一紙勿令疲久（其經別錄附去）然後各念無常還歸住處寺外池內連衣並浴其無池處就井洗身皆用故衣不損新服別著乾者然後歸房地以牛糞淨塗餘事並皆如故衣服之儀曾無片別或有收其設利羅爲亡人作塔名爲俱攞形如小塔上無輪蓋然塔有凡聖之別如律中廣論豈容棄釋父之聖教逐周公之俗禮號咷數月布服三年者哉曾聞有靈裕法師不爲舉發不著孝衣追念先亡爲修福業京洛諸師亦有遵斯轍者或人以爲非孝寧知更符律旨

十三結淨地法

有五種淨地一起心作二共印持三如牛臥四故廢處五秉法作起心作者初造寺時定基石已若一苾芻爲檢校人者應起如是心於此一寺或可一房爲僧當作淨廚也共印持者定寺基時若但三人者應一苾芻告餘苾芻言諸具壽皆可用心印定此處於此一寺或可一房爲僧作淨廚第二第三應如是說言如牛臥者其寺屋舍猶如牛臥房門無有定所縱使元不作法此處即成其淨言故廢處者謂是經久僧捨廢處如重來者至舊

觸處便爲淨也然此不得經宿即須作法也言秉法作者謂秉白二羯磨結界也文如百一羯磨中說如前五種作淨法已佛言令諸苾芻得二種安樂一在內煮在外貯二在外煮在內貯並無過也檢驗四部衆僧目見當今行事并復詳觀律旨大同如此立淨但未作淨之前若共飲食同界宿者咸有煮宿之過既其加法雖共界宿無煮宿之罪斯其教也言一寺者總唱住處以爲淨廚房房之內生熟皆貯如其不聽內宿豈可遣僧出外而住一則僧不護宿二乃貯畜無愆西國相承皆總結一寺爲淨廚也若欲局取一邊並在閑限不同神州律師見矣且如未結衣界離宿招愆僧若結巳離便無失淨廚亦爾既其聖許勿滯凡情又復護衣之法界有樹等不同但護界分意非防女淨人來入廚內豈得即是村收假令身入村坊持衣元不護女維那持衣撿校斯亦漫爲傷急矣

十四五衆安居

若前安居謂五月黑月一日後安居則六月黑月一日唯斯兩日合作安居於此中間文無許處至八月半是前夏了至九月半是後夏了此時法俗盛興供養從八月半巳後名歌栗底迦月江南迦提設會正是前夏了時八月十六日即是張羯絺那衣日斯其古法又律文云凡在夏內有如法緣須受日者隨有多少緣來即須准日而受一宿事至受其一日如是至七皆對別人更有緣來律遣重請而去如過七日齊八日巳去乃至四十夜中間羯磨受八日等去然不得過半夏在外

而宿爲此但聽四十夜矣必有病緣及諸難事須向餘處雖不受日不破安居出家五衆既作安居下衆有緣囑授而去未至夏前預分房舍上座取其好者以次分使至終那爛陀寺現行斯法大衆年年每分房舍世尊親教深爲利益一則除其我執二乃普護僧房出家之衆理宜須作然江左諸寺時有分寺斯乃古德相傳尚行其法豈容住得一院將爲已有不觀合不合遂至盡形良由上代不行致使後人失法若能准教分者誠有深益

十五隨意成規

凡夏罷歲終之時此日應名隨意即是隨他於三事之中任意舉發說罪除愆之義舊云自恣者是義翻也必須於十四日夜請一經師升高座誦佛經于時俗士雲奔法徒霧集然燈續明香華供養明朝總出旋繞村城各並虔心禮諸制底棚車輿像鼓樂張天旛蓋縈羅飄揚蔽日名爲三摩近離譯爲和集凡大齋日悉皆如是即是神州行城法也禺中始還入寺日午方爲大齋過午咸集各取鮮茅可一把許手執足蹈作隨意事先乃苾芻後方尼衆次下三衆若其衆大恐延時者應差多人分受隨意被他舉罪則准法說除當此時也或俗人行施或衆僧自爲所有施物將至衆前其五德應問上座云此物得與衆僧爲隨意物不上座等答云得所有衣服刀子針錐之流受已均分斯其教也此日所以奉刀針者意求聰明利智也隨意既訖任各東西即是坐夏已周無勞更經一宿廣如餘處此不詳言說罪者意欲陳罪說已先愆

改往修來至誠懇責半月半月為褒灑陀朝朝暮暮憶所犯罪褒灑是長養義陀是淨義意明長養淨除破戒之過昔云布薩者訛略也初篇若犯事不可治第二有違人須二十若作輕過對不同者而除悔之梵云阿鉢底鉢喇底提舍那阿鉢底者罪過也鉢喇底提舍那即對他說也說已之非冀令清淨自須各依局分則罪滅可期若總相談愆非律所許舊云懺悔非關說罪何者懺摩乃是西音自當忍義悔乃東夏之字追悔為自悔之與忍迥不相干若的依梵本諸除罪時應云至心說罪以斯詳察翻懺摩為追悔似罕由來西國之人但有觸誤及身錯相觸著無問大小大者垂手相向小者合掌虔恭或可撫身或時執膊口云懺摩意是請恕願勿瞋責律中就他致謝即說懺摩之言必若自已陳罪乃云提舍那矣恐懷後滯用啓先迷雖可習俗久成而事須依本梵云鉢刺婆刺拏譯為隨意亦是飽足義亦是隨他人意舉其所犯

十六匙筯合否

西方食法唯用右手必有病故開聽畜匙其筯則五天所不聞四部亦未見而獨東夏共有斯事俗徒自是舊法僧侶隨情用否筯既不聽不遮即是當乎略教用時衆無譏議東夏即可行焉若執俗有嫌西土元不合捉略教之旨斯其事焉

十七知時而禮

夫禮敬之法須合其儀若不順教則平地顛蹶故佛言有二種汙觸不應受禮亦不禮他若違教者拜拜皆招惡作之罪何謂二汙一

是飲食汙謂若食噉一切諸物下至吞嚼一片之藥若不漱口洗手已來並不合受禮禮他若飲漿或水乃至茶蜜等湯及酥糖之類若未漱口洗手禮同前犯二是不淨汙謂大小行來身未洗淨及未洗手漱口或身或衣被便利不淨涕唾等汙未淨已來若旦起未嚼齒木禮同前犯又於大衆聚集齋會之次合掌即是致敬故亦不勞全禮禮便違教或迮閙處或不淨地或途路中禮亦同犯斯等諸事並有律文但爲日久相承地居寒國欲求順教事亦難爲寘不引同多以自慰詎肯留心於小罪耳

十八便利之事

便利之事略出其儀下著洗浴之裙上披僧脚崎服次取觸瓶添水令滿持將上廁閉戶遮身土須二七塊在其廁外於甎石上或小版上而安置之其甎版量長一肘闊半肘其土碎之爲末列作兩行一一別聚更安一塊復將三丸入於廁內安在一邊一將拭體一用洗身洗身之法須將左手先以水洗後兼土淨餘有一丸麤且一遍洗其左手若有籌片持入亦佳如其用罷須擲廁外必用故紙可棄廁中既洗淨了方以右手牽下其衣瓶安置一邊右手撥開傍扂還將右手提瓶而出或以左臂抱瓶拳其左手可用右手關戶而去就彼土處蹲坐一邊若須坐物隨時量處置瓶左脞之上可以左臂向下壓之先取近身一七塊土別別洗其左手後用餘七一一兩手俱淨其塼木上必須淨洗餘有一丸將洗瓶器次洗臂腨及足並令清潔然後隨

情而去此瓶之水不入口脣重至房中以淨瓶水漱口若其事至觸此瓶者還須洗手漱口方可執餘器具斯乃大便之儀麤説如此必其省事咸任自爲幸有供人使洗非過小便則一二之土可用洗手洗身此即清淨之先爲敬基本或人將爲小事律教乃有大呵若不洗淨不合坐僧牀亦不應禮三寶此是身子伏外道法佛因總制苾芻修之則奉律福生不作乃違教招罪斯則東夏不傳其來尚矣設令啓示遂起嫌心即道大乘虚通何淨何穢腹中恒滿外洗寧益詎知輕欺教檢誣罔聖心受禮禮他俱招罪過著衣噉食天神共嫌若不洗淨五天同笑所至之處人皆見譏弘紹之賓特宜傳教既而猒俗離塵捨家趣非家即須慇懃用釋父之言何得睚眦於毗尼之説如其不信幸可依此洗之五六日間便知不洗之過然而寒冬之月須作煖湯自外三時事便隨意然有筒槽帛拂非本律文或有含水將去亦乖淨法凡是僧坊先須淨治廁處若自無力教化爲之供十方僧理通凡聖無多所費斯其要焉是淨方業固非虚矣理須大槽可受一兩石貯土令滿置在圊邊大衆必無私房可畜若卒無水瓶許用瓷瓦等鉢盛水將入安在一邊右手澆洗亦無傷也江淮地下瓮廁者多不可於斯即爲洗淨宜應别作洗處水流通出爲善且如汾州抱腹岱岳靈巖荆府玉泉楊州白塔圊廁之所頗傳其法然而安置水土片有闕如向使早有人教行法亦不殊王舍斯乃先賢之落漠豈是後進之蒙籠者哉然其廁内貯

土置瓶並須安穩勿令闕事添瓶之鑵著柴爲佳如畜君持准前爲矣銅瓶揷蓋而口寬元來不中洗淨若其腹邊别爲一孔頂上以錫錮之高出尖臺中安小孔此亦權當時須也重曰

載勞紙筆幾致懸懃順流從諫冀有其人大聖旣雙林而寂體羅漢亦五印而灰身遺餘法教影響斯晨行寄捐生之侶興由棄俗之賔捨渾渾之煩濁慕皎皎之清塵外垢與内惑而俱喪上結共下縛而同湮蕭條其跡爽亮其神四儀無累三尊是親旣不被生人之所笑豈復怖死王之見瞋利九居而軫念成三代之芳因幸希萬一而能攺亦寧辭二紀之艱辛

南海寄歸内法傳卷第二

音釋

睎香衣切望也
艤魚豈切整船向岸也
眪兵永切明也
帔匹義切裙屬
毯吐敢切毛席也
蛹余隴切所化者蠶
氍毹氍強魚切毹山芻切氍毹毛席也
婪盧含切貪也
騖亡遇切馳也
薳雲阮羽委二切
褌古渾切
襦汝朱切短衣也
煗乃管切與煖同
擳阻瑟切梳比也
泚此禮切水清也
擪益涉切按也
䋫而容切
踝胡瓦切腿兩旁也
腨市兖切腓腸也
蘗博陌切
篅市緣切竹器
黲七感切淺青黑色
咷徒刀切哭也
睚眦睚五佳切眦士介切睚眦忤目相視貌
錮古慕切鑄塞之也

南海寄歸内法傳卷第三

唐三藏沙門義淨撰

十九受戒軌則

西國出家軌儀咸悉具有聖制廣如百一羯磨此但略指方隅諸有發心欲出家者隨情所樂到一師邊陳其本意師乃方便問其難事謂非害父母等難事既無許言攝受既攝受已或經旬月令其解息師乃爲授五種學處名鄔波索迦自此之前非七衆數此是創入佛法之基也師次爲辦縵條僧脚崎及下裙等幷鉢濾羅方爲白僧陳出家事僧衆許已爲請阿遮利耶可於屛處令剃頭人爲除鬚髮方適寒温教其洗浴師乃爲著下裙方便檢察非黄門等次與上衣令頂戴受著法衣已授與鉢器是名出家次於本師前阿遮利耶授與十學處或時闇誦或可讀文既受戒已名室羅末尼羅（譯爲求寂言欲求趣涅槃圓寂之處舊云沙彌者言略而音訛翻作息慈意准而無據也）威儀節度請教白事與進具者體無二准但於律藏十二無犯其正學女片有差降十二者何一不分别衣二離衣宿三觸火四足食五害生種六青草上棄不淨七輒上高樹八觸寶九食殘宿食十壞地十一不受食十二損生苗斯之十二兩小非過其正學女後五便犯此下三衆咸制安居其六法六隨法如餘處説能如是者方成應法是五衆收堪銷物利豈有既出家後師主不授十戒恐其毁破大戒不成此則妄負求寂之名虚抱出家之稱似懷片利寧知大損經云雖未受十戒墮僧數者乃是權開一席豈得執作長

時又神州出家皆由公度既蒙落髮遂乃權
依一師師主本不問其一遮弟子亦何曾請
其十戒未進具來恣情造罪至受具日令入
道場律儀曾不預教臨時詎肯調順住持之
道固不然矣既不合銷常住受施負債何疑
理應依教而爲濟脫凡蒙公度者皆須預請
一師師乃先問難事若清淨者爲受五戒後
觀落髮授縵條衣令受十戒法式既閑年歲
又滿欲受具戒師乃觀其意志能奉持者即
可爲辦六物幷爲請餘九人或入小壇或居
大界或自然界俱得秉法然壇場之内或用
衆家褥席或可人人自將坐物略辦香華不
在營費其受戒者教令三遍一一禮僧或時
近前兩手執足此二皆是聖教禮敬之儀亦
既禮已教其乞戒既三乞已本師對衆爲受

衣鉢其鉢必須持以巡行普呈大衆如合樣
者大衆人人咸云好鉢如不言者招越法罪
然後依法爲受其羯磨師執文而讀或時暗
誦俱是聖開既受戒已名鄔波三鉢那鄔波是近
三鉢那是圓謂涅槃也今受大戒即是親近涅槃舊云具足者言其汎意然羯磨
亦竟急須量影記五時之別其量影法預取
一木條如細箸許可長一肘折其一頭四指
令豎如曲尺形勿使相離豎箸日中餘杖布
地令其豎影與卧杖相當方以四指量其卧
影滿一四指名一布路沙乃至多布路沙或
一布路沙餘一指半指或但有一指等如是
加減可以意測言布路沙者譯爲人也所以四指之影名一人者即是四
指豎杖影長四指之時此人立在日中影量與身量相似其八指遂與身量兩影相似斯
據中人未必皆爾自餘長短義可准之然須道其食前食後若
天陰及夜即須准酌而言之若依神州法者

或可竪尺日中量影長短或復記其十二辰數言五時者既而方域異儀月數離合自非指事難以委知一謂冬時有四月從九月十六日至正月十五日二謂春時亦有四月從正月十六日至五月十五日三謂雨時但有一月從五月十六日至六月十五日四謂終時唯一日一夜謂六月十六日晝夜五是長時從六月十七日至九月十五日此乃獨於律教中佛制如是次第明有密意也若依方俗或作三時四時六時如餘處說凡西方南海出家之人創相見者問云大德幾夏答云爾許若同夏者問在何時若時同者問得幾日若日同者問食前後同在食前方問其影影若有殊大小成異影若同者便無大小坐次則據其先至知事乃任彼前差向西方者必須問此不同支那記其月日而已然那爛陀寺多是長時明相纔出受其近圓意取同夏之中多爲最大即當神州六月十七日明相纔出由不得後夏故（此據西方坐夏之法若如神州舊行即當五月十七日也）若六月十六日夜將盡而受戒者則同夏之中最小由其得後夏故既受戒已不行嚫施若其師有爲辦少多或持腰條或濾水羅等奉臨壇者以表不空之心次即本師爲指戒本令識罪相方教誦戒既其熟已誦大律藏日日誦過旦旦試之不恒受持恐損心力誦律藏了方學經論此是西方師資途轍雖復去聖懸遠然而此法未虧爲此二師喻之父母豈有欲受之時非常勞倦亦既得已戒不關懷有始無終可惜之甚自有一會求受受已不重叅師不誦戒經不披律典虛

雷法位自損損他若此之流成滅法者然西方行法受近圓已去名鐸曷攞(譯為小師)滿十夏名悉他薛攞(譯為住位)得離依止而住又得為鄔波馱耶凡有書疏往還題云求寂某乙小苾芻某乙住位苾芻某乙若其學通內外德行高著者便云多聞苾芻某乙不可云僧某乙僧是僧伽自乎大衆寧容一己輒道四人西方無此法也凡為親教師者要須住位滿足十夏秉羯磨師及屏教者幷餘證人並無定年幾事須解律清淨中邊數滿律云非鄔波馱耶而喚為鄔波馱耶非阿遮利耶喚為阿遮利耶或翻此二及親斥鄔波馱耶名者皆得惡作之罪若有人問云爾親教師其名何也或問汝誰弟子或可自有事至須說師名者皆應言我因事至說鄔波馱耶名鄔波馱耶名某甲西國南海稱我不是慢詞設令道汝亦非輕稱但欲別其彼此全無倨傲之心不並神州將為鄙惡若其嫌者改我為今斯乃咸是聖教宜可行之不得雷同無分皂白云爾

凡諸白衣詣苾芻所若專誦佛典情希落髮畢願緇衣號為童子或求外典無心出離名曰學生斯之二流並須自食(西國僧寺多有學生來就苾芻習學外典一得驅馳給侍二乃教發好心既有自利利他齋之非損必是杜多一鉢理則不勞若也片有供承亦成是要遣給齒木令其授食足應時須不傷悲道也)若餐常住聖教全遮必其於衆有勞准功亦合餐食或是普通之食或可施主先心雖復噉食故成無罪夫龍河影没鷲嶺光收傳法羅漢能餘幾在故論云大師眼閉證者隨亡煩惱增時應勤莫逸理當諸德共作護持若遂隨

而縱慢心欲遣人天何所歸向
律云有秉羯磨我法未滅若不秉持我法便
盡又云戒住我住理非虚説既有深旨誠可
敬歟重曰
大師影謝法將隨亡邪山峻峙惠獻隤綱重
明佛日寔委賢良若遵小徑誰弘大方幸垂
通哲勉力宣揚冀紹隆之無替傳求劫而彌
芳彌芳伊何戒海揚波此則教將滅而不滅
行欲訛而不訛符正説於王舍事無虧於逝
多
二十洗浴隨時
夫論洗浴之法西國乃與東夏不同但以時
節調和稍異餘處於十二月華果恒有不識
冰雪薄有微霜雖復多暑亦非苦熱熱則身
無痱子寒乃足無皴裂爲此人多洗沐體尚
清淨每於日日之中不洗不食又復所在之
處極饒池水時人皆以穿池爲福若行一驛
則望見三二十所或寛一畝五畝於其四邊
種多羅樹高四五十尺池乃皆承雨水湛若
清江八制底處皆有世尊洗浴之池其水清
美異於餘者那爛陀寺有十餘所大池每至
晨時寺鳴揵椎令僧徒洗浴人皆自持浴裙
或千或百俱出寺外散向諸池各爲澡浴其
浴裙法以氎布長五肘闊肘半繞身使帀抽
出舊裙迴兩頭令向前取左邊上角以右手
牽向腎下令使近身併蹙右邊擪入腎内此
謂著浴裙法卧時著裙其法亦爾欲出池時
抖擻徐出勿令蟲著上岸法式廣如律辨若
不向池寺中洗者著裙同此水遣人澆隨處
隨時可爲障蔽世尊教爲浴室或作露地甎

池或作去病藥湯或令油遍塗體夜夜油恒揩足朝朝頭上塗油明目去風深爲利益皆有聖教不遑具述廣如律也又洗浴者並須飢時浴已方食有其二益一則身體清虛無諸垢穢二則痰癃消散能餐飲食飽食方洗醫明所諱故知飢沐飽浴之言未是通方之論若著三尺浴衣褊小形露或元不著赤體而浴者深乖教理也應用四幅洗裙遮身可愛非直奉遵聖教亦乃不愧人神餘之可不智者當悉夜浴尚不改容對人寧無掩蔽耳

二十一坐具儭身

禮拜敷其坐具五天所不見行致敬起爲三禮四部罔窺其事凡爲禮者拜敷法式如别章所陳其坐具法割截爲之必須複作制令安葉度量不暇詳悉其所須者但擬眠卧之時護他氈席若用他物新故並須安替如其已物故則不須勿令汙染虧損信施非爲禮拜南海諸僧人持一布長三五尺疊若食巾禮拜用替膝頭行時搭在肩上西國苾芻來見咸皆莞爾而笑也

二十二卧息方法

西國房迮居人復多卧起之後牀皆舉攝或内置一邊或移安戶外牀闊二肘長四肘半褥席同然輕而不重然後牛糞乾揩其地令使清淨安置坐牀及木枮小席等隨尊卑而坐如常作業所有資生之具並棚上安之其牀前並無以衣遮障之法其不合者自不合卧如其合者何事遮身其衆僧卧具必須安儭方合受用坐具意在於此如其不爾還招累背之辜聖有誠言不可不慎又復南海十

島西國五天並皆不用木枕支頭神州獨有斯事其西方枕囊樣式其類相似取帛或布染色隨情縫爲直袋長一肘半寬半肘中間貯者隨處所出或可塡毛或盛麻縕或蒲黃柳絮或木綿荻苕或輭葉乾苔或決明麻豆隨時冷熱量意高下斯乃取適安身實無堅强之患然爲木枕踈鞕項下通風致使時人多苦頭疾然則方殊土別所翫不同聊述異聞行否隨好旣而煖物除風麻豆明目且能有益用成無爽又爲寒鄉凍頂多得傷寒冬月鼻流斯其過也適一時溫頂便無此患諺云凍頂溫足未必常可依之矣

又復僧房之內有安尊像或於牕上或故作龕食坐之時像前以布幔遮障朝朝洗沐每薦香華午午虔恭隨餐奉獻經箱格在一邊卧時方居別室南海諸洲法亦同此斯乃私房尋常禮敬之軌其寺家尊像並悉別有堂殿豈有像成已後終身更不洗拭自非齋次寧容輒設踈餐由此言之同居亦復何損大師在日尚許同居形像倣眞理當無妨西國相傳其來久矣

二十三經行少病

五天之地道俗多作經行直去直來唯遵一路隨時適性勿居閙處一則痊痾二能銷食禺中日昳卽行時也或可出寺長引或於廊下徐行若不爲之身多病苦遂令脚腫肚腫臂疼髆疼但有痰癊不銷並是端居所致必若能行此事實可資身長道故鷲山覺樹之下鹿苑王城之內及餘聖跡皆有世尊經行之基耳闊可二肘長十四五肘高二肘餘壘

軌作之上乃石灰素作蓮華開勢高可二寸闊纔一尺有十四五表聖足跡兩頭基上安小制底量與人齊或可內設尊容爲釋迦立像若其右繞佛殿旋遊制底別爲生福本欲虔恭經行乃是銷散之儀意在養身療病舊云行道或曰經行則二事總包無分涇渭遂使調適之事久闕東川經云觀樹經行親在金剛座側但見眞迹未覩圓基耳

二十四禮不相扶

禮拜之軌須依教爲進具若分影在前即合受小者之拜佛言有二種人合受禮拜一謂如來二大巳苾芻斯則金口誠教何勞輙事謙下小者見大緩須伸敬唱畔睇而禮之大受小禮自可端拱而云痾跢柢（延也切是呪願彼令無病義）耳如其不道彼此招愆隨立隨坐不改常式旣其合受無容反敬斯乃五天僧徒之則也豈有小欲禮大先望大起大受小恭恐小嫌恨爲此則怱迫怱迫尊執卑而不聽稽首辛苦辛苦卑求敬而不能至地若不如此云乖禮數嗚呼虧聖教取人情敬受乖儀誠可深察延波旣久誰當偃諸

二十五師資之道

夫教授門徒紹隆之要若不存念則法滅可期事須慇懃無宜網漏律云每於晨旦先嚼齒木次可就師奉其齒木澡豆水巾敷置坐處令安隱巳然後禮敬尊儀旋繞佛殿却就師處攝衣一禮更不重起合掌三叩雙膝踞地低頭合掌問云鄔波馱耶存念（馱字音停駕切旣無正體借音言之鄔波是其親近波字長喚中有阿字阿馱耶義當教讀言和尚者非也西方汎喚博士皆名烏社斯非典語若依梵本經律之文咸云鄔波馱耶譯爲親教師北方

諸國皆喚和杜致令傳譯習彼訛音

或問云阿遮利耶存念譯爲軌範師是能教弟子法式之義先云阿闍梨訛也

我今請白不審鄔波馱耶宿夜安不四大平和不動止輕利飲食銷不旦朝之餐可能進不斯則廣略隨時也師乃量身安不具答其事次於隣近比房住能禮其大者次讀少許經憶所先受日新月故無虧寸陰待至日小食時量身輕重請白方食何勞未曉覓粥忽忽不及白本師無由嚼齒木不暇觀蟲水豈容能洗淨寧知爲一盂之粥便違四種佛教訛替之本皆從此來願住持之家善應量處前白事等此乃是阿離耶提舍教授之儀阿離耶譯爲聖提捨譯爲方即名西國爲聖方矣以其賢聖繼軌人皆共稱或云末睇是中提捨是國百億之中心斯其事也此號人咸委之其北方胡國獨喚聖方以爲呬度呬音許恪切全非通俗之名但是方言固無別義西國若聞此名多皆不識宜喚西爲聖方斯成允當或有傳云印度譯之爲月雖有斯理未是通稱且如西國名大周爲支那者直是其名更無別義又復須知是五天之地皆曰婆羅門國北方速利總號胡彊不得雷同咸爲一喚耳

凡剃髮披縵條出家近圓已律云唯除五事不白自外一一皆須白師不白得罪五事者一嚼齒木二飲水三大便四小便五界中四十九尋內制底畔睇且如欲食白者須就師邊依禮拜法而白師云鄔波馱耶存念我今請白洗手洗器欲爲食事而云謹慎諸餘白事類此應知師乃量事度時與其進止知有多事便可一時併白若其解律五夏得離本師人間遊行進求餘業到處還須依止十夏既滿依止方休大聖慇懃意在於此如不解律依他盡形設無大者依小而住唯除禮拜餘並爲之豈得晨朝問安曾不依律隨有事

至寧知白言或有旦暮兩時請其教誡雖復權伸訓誨律文意不如是何則白者不的其事答者何所商量白事之言故不然也但爲因循日久遂省誰肯勞煩必能准教奉行即是住持不絶若將此以爲輕者餘更何成重哉故律文云寧作屠兒不授他具戒捨而不教也又西國相承事師之禮初夜後夜到其師所師乃先遣弟子安坐三藏之中隨時教授若事若理不令空過察其戒行勿使虧違知有所犯即令治懺弟子方乃爲師案摩身體襞疊衣裳或時掃拭房庭觀蟲進水片有所作咸皆代爲斯則敬上之禮也若門徒有病即皆躬自抱持湯藥所須憂同赤子然佛法綱紀以教誨爲首如輪王長子攝養不輕律有明言寧容致慢上言制底畔睇者或云制底畔彈那大師世尊既涅槃後人天並集以火焚之衆聚香柴遂成大積即名此處以爲制底是積聚義據從生理遂有制底之名又釋一想世尊衆德俱聚於此二乃積甎土而成之詳傳字義如是或名窣睹波義亦同此舊總云塔别道支提斯皆訛矣或可俱是衆共了名不論其義西方釋名略有二種一有義名二無義名有義名者立名有由即依名義而釋也名體一向相稱如釋善入之名者初依德跡即是依義立名次云或共了知即是不論其義但據世人共喚爲善入即是無義之名畔睇者敬禮也凡欲出外禮拜尊像有人問云何所之適答曰我向其處制底畔睇凡禮拜者意在敬上自卑之儀也欲致敬時及有請白先整法衣搭左肩上擊衣左

腋令使著身即將左手向下掩攝衣之左畔右手隨所掩之衣裙旣至下邊卷衣向膝兩膝俱掩勿令身現背後衣緣急使近身掩攝衣裳莫遣垂地足跟雙豎脊須平直十指布地方始叩頭然其膝下迥無衣物復還合掌復還叩地慇懃致敬如是至三必也尋常一禮便罷中間更無起義西國見爲三拜人皆怪之若恐額上有塵先須摩手令淨然後拭之次當拂去兩膝頭土整頓衣裳在一邊坐或可暫時竚立尊者即宜賜坐必有呵責立亦無傷斯乃佛在世時迄乎末代師弟相傳于今不絕如經律云來至佛所禮佛雙足在一邊坐不云敷坐具禮三拜在一邊立斯其教矣但尊老之處多座須安必有人來准儀而坐凡是坐者皆足蹋地曽無帖膝之法也律云應先嗢屈竹迦譯爲蹲居雙足履地兩膝皆豎攝斂衣服勿令垂地即是持衣說淨常途軌式或對別人而說罪或向大衆而伸敬或被責而請忍或受具而禮僧皆同斯也或可雙膝著地平身合掌乃是香臺瞻仰讃歎之容矣然於牀上禮拜諸國所無或敷氈席亦不見有欲敬反慢豈成道理至如牀上席上平懷尚不致恭況禮尊師大師此事若爲安可西國講堂食堂之内元來不置大牀多設木枯并小牀子聽講食時用將踞坐斯其本法矣神州則大牀方坐其事久之雖可隨時設儀而本末之源須識

二十六客舊相遇

昔大師在日親爲教主客苾芻至自唱善來又復西方寺衆多爲制法凡見新來無論客

舊及弟子門人舊人即須迎前唱莎揭哆譯曰善來客乃尋聲即云窣莎揭哆譯曰極善來如不說者一違寺制二准律有犯無問大小悉皆如此即為收取瓶鉢掛在壁牙隨處安坐令其憩息紡向屏處尊乃房前卑則敬上而執搦其腨後及遍身尊乃撫下而頻按其背不至膂足齊年之類事無間然既解疲勞方澡手濯足次就尊所伸其禮敬但為一禮跪而按足尊遂乃展其右手撫彼肩背若别非經久手撫不為師乃問其安不弟子隨事見答然後退在一邊恭敬而坐實無立法然西方軌則多坐小枯復皆露足東夏既無斯事執足之禮不行經說人天來至佛所頂禮雙足退坐一面即其儀矣然後釋其時候供給湯飲酥蜜沙糖飲噉隨意或餘八漿並須羅濾澄清方飲如兼濁滓此定不開杏湯之流體是稠濁准依道理全非飲限律云凡漿淨濾色如黃荻此謂西國師弟門徒客舊相遇逢迎之禮豈有冐寒創至觸熱新來或遍體汗流或手足皆凍放却衣幞急事和南情狀忽忙深乖軌式師乃立之閑問餘事誠哉太急將為紹隆言和南者梵云畔睇或云畔憚南譯為敬禮但為採語不眞喚和南矣不能移舊且道和南的取正音應云畔睇又道行衆集禮拜非儀合掌低頭口云畔睇故經云或復但合掌乃至小低頭即是致敬也南人不審依希合度向使改不審為畔睇斯乃全同律教矣

二十七先體病源

前云量身輕重方餐小食者即是觀四大之

强弱也若其輕利便可如常所食必有異處則須視其起由旣得病源然後將息若覺輕健飢火内然至小食時方始餐啜凡是平旦名痰癊時宿食餘津積在𦙶膈尚未踈散食便成咎譬乎火燄起而投薪薪乃尋從火化若也火未著而安草草遂存而不然夫小食者是聖别開若粥若飯量身乃食必也因粥能資道即唯此而非餘若其要餅方長身旦食餅而無損凡有食噉令身不安者是與身爲病緣也不要頭痛卧牀方云是疾若餘藥不療醫人爲處須非時食佛言密處與之如異此流固非開限然西方五明論中其醫明日先當察聲色然後行八醫如不解斯妙求順反成違言八醫者一論所有諸瘡二論針刺首疾三論身患四論鬼瘴五論惡揭陀藥六論童子病七論長年方八論足身力言瘡事兼内外首疾但自在頭齊咽已下名爲身患鬼瘴謂是邪魅惡揭陀遍治諸毒童子始從胎内至年十六長年則延身久存足力乃身體强健斯之八術先爲八部近日有人略爲一夾五天之地咸悉遵修但令解者無不食禄由是西國大貴醫人兼重商客爲無殺害自益濟他於此醫明已用功學由非正業遂乃棄之又復須知西方藥味與東夏不同互有互無事非一槩且如人參茯苓當歸遠志烏頭附子麻黄細辛若斯之流神州上藥察問西國咸不見有西方則多足訶黎勒北道則時有鬱金香西邊乃阿魏豐饒南海則少出龍腦三種豆蔻皆在杜和羅兩色丁香咸生堀淪國唯斯色類是同所須自餘藥物

不足收採凡四大之身有病生者咸從多食而起或由勞力而發或夜餐未消平旦便餐或旦食不消午時還食因茲發動遂成霍亂呃氣則連宵不息鼓脹即終旬莫止然後乃求多錢之腎氣覓貴價之秦膠富者此事可爲貧人分隨朝露病既成矣斯何救焉縱使盧醫旦至進丸散而無因扁鵲昏來遺湯膏而寧濟火燒針刺與木石而不殊震足頭搖媿儡仆而何別斯乃良由不體病本不解調將可謂止流不塞其源伐樹不除其本枝條彌蔓求絶無因致使學經論者仰三藏而永歎習靜慮者想八定而長嗟俗士乃務明經之輩則絶轡於金馬之門求進士之流遂息步於石渠之署妨修道業可不大歟廢失榮寵誠非小事聊爲叙之勿嫌繁重冀令未損多藥宿痼可除不造醫門而新痾遂殄四大調暢百病不生自利利人豈非益也然而食毒死生蓋是由其往業現縁避就非不須爲者哉

二十八進藥方法

夫四大違和生靈共有八節交競發動無恒凡是病生即須將息故世尊親説醫方經曰四大不調者一窶嚕二燮跛三畢哆四婆哆初則地大增令身沉重二則水大積涕唾乖常三則火大盛頭胷壯熱四則風大動氣息擊衝即當神州沉重痰癊熱黄氣發之異名也若依俗論病乃有其三種謂風熱癊重則與癊體同不別彰其地大凡候病源旦朝自察若覺四候乖舛即以絶粒爲先縱令大渴勿進漿水斯其極禁或一日二日或四朝五

朝以瘥爲期義無膠柱若疑腹有宿食又刺臍胷宜須恣飲熟湯指剔喉中變吐令盡更飲更決以盡爲度或飲冷水理亦無傷或乾薑湯斯其妙也其日必須斷食明朝方始進餐如若不能臨時斟酌必其壯熱特諱水澆若沉重戰冷近火爲妙其江嶺已南熱瘴之地不可依斯熱發水淋是土宜也如其風急塗以膏油可用布團火炙而熨折傷之處斯亦爲善熟油塗之日驗交益若覺痰癊闃胷口中唾數鼻流清水⿰犭覃⿰犭參咽閉尸滿槍喉語聲不轉飲食亡味動歷一旬如此之流絕食便瘥不勞灸頂無假挾咽斯乃不御湯藥而能蠲疾即醫明之大規矣意者以其宿食若除壯熱便息流津既竭痰癊便瘳內靜氣消即狂風自殄將此調停萬無一失既不勞其

診脉詎假問乎陰陽各各自是醫王人人悉成祇域至如鸞法師調氣蠲疾隱黙者乃行思禪師坐內抽邪非流俗所識訪名醫於東洛則貧匱絕其津求上藥於西郊則惸獨亡其路所論絕食省而且妙備通窮富豈非要乎又如癰痤暴起熱血忽衝手足煩疼天行時氣或刀箭傷體或墜墮損躬傷寒霍亂之徒半日暴瀉之類頭痛心痛眼疼齒疼片有病起咸須斷食又三等丸能療衆病復非難得取訶黎勒皮乾薑沙糖三事等分擣前二令碎以水片許和沙糖融之併擣爲丸旦服十丸許以和爲度諸無所忌若患痢者不過三兩服即差能破胘氣除風消食爲益處廣故此言之若無沙糖者餳蜜亦得又訶黎勒若能每日嚼一顆咽汁亦終身無病此等醫

明傳乎帝釋五明一數五天共遵其中要者絶食爲最舊人傳云若其七日斷食不差後乃方可求觀世音神州多並不閑將爲別是齋戒遂不肯行學良由傳者不悟醫道也其有服丹石及長病弁腹塊之類或可依斯恐有用丹石之人忍飢非所宜也又飛丹則諸國皆無服石神州獨有然而水精白石有出火者若服之則身體爆裂時人不別枉死者無窮由此言之深須體識蛇蠍等毒全非此療而絶食之時大忌遊行及以作務其長行之人縱令斷食隨路無損如其差已後須將息宜可食新煑飯飲熟菉豆湯投以香和任飲多少若覺有冷投椒薑蓽茇若知是風著胡葱荆芥醫方論曰諸辛悉皆動風唯乾薑非也加之亦佳准絶食日而作調息諱飲冷水餘如藥禁如其噉粥恐痰癊還增必是風勞食亦無損若患熱者即熟煎苦參湯飲之爲善茗亦佳也自離故國向二十餘年但以此療身頗無他疾且如神州藥石根莖之類數乃四百有餘多並色味精奇香氣芬郁可以蠲疾可以王神針灸之醫診脉之術贍部洲中無以加也長年之藥唯東夏焉良以連崗雪巘接嶺香山異物奇珍咸萃於彼故體人像物號曰神州五天之内誰不加尚四海之中孰不欽奉云文殊師利現居其國所到之處若聞是提婆弗呾攞僧莫不大生禮敬提婆是天弗呾攞是子云是支那天子所居處來也考其藥石實爲奇妙將息病由頗有踈闕故粗陳大況以備時須若絶食不損者後乃隨方處療苦參湯偏除熱病酥油蜜特遣風痾其西天羅荼國凡有病者絶食或經半月或經一月要待病可然後方食

中天極多七日南海二三日矣斯由風土差互四大不同致令多少不爲一槩未委神州宜斷食不然而七日不食人命多殞者由其無病持故若病在身多日亦不死矣曾見有病絕粒三旬後時還差則何須見怪絕食日多豈容但見病發不察病起所由壯熱火然還將熱粥食飲帶病强食深是可畏萬有一差終亦不堪教俗醫方明內極是諱焉又由東夏時人魚菜多並生食此乃西國咸悉不餐凡是菜茹皆須爛煮加阿魏酥油及諸香和然後方噉葅虀之類人皆不食時復憶故噉之遂使臍中結痛損腹肚闇眼目長疾病益虛踈其斯之謂智者思察用行捨藏聞而不行豈醫咎也行則身安道備自他之益俱成捨則體損智微彼我之功皆失也

二十九除其弊藥

自有方處鄙俗久行病發即服大便小便疾起便用猪糞猫糞或瓨盛瓮貯號曰龍湯雖加美名穢惡斯極且如葱蒜許服尚自遣在邊房七日潔身洗浴而進身若未淨不入衆中不合繞塔不應禮拜以其臭穢非病不聽四依陳棄之言即是陳故所棄之藥意在省事僅可資身上價自在闕中噉服實成非損梵云晡堤木底鞞殺社晡堤是陳木底是棄鞞殺社譯之爲藥（即是陳棄藥也）律開大便小便乃是犢糞牛尿西國極刑之儔糞塗其體驅擯野外不處人流除糞去穢之徒行便擊杖自異若誤衝著即連衣遍洗大師既緣時御物識醜先防豈遣服斯而獨乖時望不然之由具如律內用此惠人誠爲可鄙勿令流俗習

以爲常外國若聞誠損風化又復大有香藥何不服之巳所不愛寧堪施物然而除虵蠍毒自有硫黃雄黃雌黃之石片子隨身誠非難得若遭熱瘴即有甘草恒山苦參之湯貯畜少多理便易獲薑椒蓽茇旦咽而風冷全祛石蜜沙糖夜餐而飢渴俱息不畜湯藥之直臨事定有闕如違教不行罪愆寧免錢財漫用急處便闕若不曲題誰能直悟嗚呼不肯施佳藥遂省用龍湯雖復小利在心寧知大虧聖教正量部中說其陳棄既其部別不可依斯了論雖復見文元非有部所學

三十旋右觀時

言旋右者梵云鉢喇特崎拏鉢喇字緣乃有多義此中意趣事表旋行特崎拏即是其右總明尊便之目故時人名右手爲特崎拏手意是從其右邊爲尊爲便方合旋繞之儀矣或特欵拏目其施義與此不同如前巳述西國五天皆名東方爲前方南爲右方亦不可依斯以論左右諸經應云旋右三帀若云佛邊行道者非也經云右繞三帀者正順其儀或云繞百千帀不云右者略也然右繞左繞稍難詳定爲向右手邊爲右繞爲向左手邊爲右繞耶曾見東夏有學士云右手向內圓之名爲右繞左手向內圓之名爲左繞理可向其左邊而轉右繞之事方成斯乃出自胷臆非關正理遂令迷俗莫辯司方大德鴻英亦雷同取惑以理商度如何折中但可依其梵本並須杜塞人情向右邊爲右繞向左邊爲左繞斯爲聖制勿致疑惑又復時非時者且如時經所說自應別是會機然四部律文

皆以午時爲正若影過線許即曰非時若欲護罪取正方者宜須夜揆北辰直望南極定其邪正的辯禺中又宜於要處安小土臺圓闊一尺高五寸中插細杖或時石上豎丁如竹箸許可高四指取其正午之影畫以爲記影過畫處便不合食西方在處多悉有之名爲薛攞斫羯攞彈舌道之譯爲時輪矣揆影之法看其杖影極短之時即正中也然贍部洲中影多不定隨其方處量有參差即如洛州無影與餘不同又如室利佛逝國至八月中以圭測影不縮不盈日中人立並皆無影春中亦爾一年再度日過頭上若日南行則北畔影長二尺三尺日向北邊南影同爾神州則南溟北朔更復不同北户向日是其恒矣又海東日午關西未中准理既然事難執一是

故律云遣取當處日中以爲定矣夫出家之人要依聖教口腹之事無日不須揆影而餐理應存念此其落漠餘何護焉是以弘紹之英無怪繁重行海尚持圭去在地寧得逶隨故西國相傳云觀水觀時是日律師矣又復西國大寺皆有漏水並是積代君王之所奉施幷給漏子爲衆警時下以銅盆盛水上乃銅椀浮内其椀薄妙可受二升孔在下穿水便上涌細若針許量時准宜椀水既盡沉即便打鼓始從平旦一椀沉打鼓一下兩椀沉兩下三椀三下四椀四下然後吹螺兩聲更別打一下名爲一時也即日東禺矣更過四椀同前打四更復鳴螺別打兩下名兩時即正午矣若聞兩打則僧徒不食若見食者寺法即便驅擯過午兩時法亦同爾夜有四時

與晝相似總論一日一夜成八時也若初夜盡時其知事人則於寺上閣鳴鼓以警衆此是那爛陀寺漏法又日將没時及天曉時皆於門前打鼓一通斯等雜任皆是淨人及戶人所作日没之後乃至天光大衆全無鳴揵椎法凡打揵椎不使淨人皆維那自打揵椎有四五之别廣如餘處其莫訶菩提及俱尸那寺漏乃稍别從旦至中椀沉十六若南海骨崙國則銅瓮盛水穿孔下流水盡之時即便打鼓一盡一打四椎至中齊暮還然夜同斯八總成十六亦是國王所施由斯漏故縱使重雲闇晝長無惑午之辰密雨連宵終罕疑更之夜若能奏請置之深是僧家要事其漏器法然須先取晝夜停時旦至午時八椀沉没如其減八鑚孔令大調停節數還須巧匠若日夜漸短即可增其半抄若日夜漸長復須減其半酌然以消息爲度維那若房設小盃准理亦應無過然而東夏五更西方四節調御之教但列三時謂分一夜爲三分也初分後分念誦思惟處中一時繫心而睡無病乖此便招違教之愆敬而奉行卒有自他之利矣

南海寄歸内法傳卷第三

音釋

縵莫貫切　巘語偃切山形似甑曰巘　隤徒回切下墜也　痱方未切熱生小瘡也　皴七倫切皮細起也　抖擻抖當口切擻蘇后切抖擻振舉貌　痰癊痰徒含切病液也癊於禁切心中病也　枮陟林切木櫍也　縕於粉切枲也　睇特計切　襞必益切疊衣也　搦昵角切持也　滓側氏切澱

也膈古伯切胷膈也堀衢物切媲匹詣切配也僵仆僵居良切仆芳遇切僵仆跌倒也痼古慕切久病也惸渠營切無弟兄也蠍許竭切毒蟲蓽茇蓽卑吉切茇北末切葅側魚切酢菜也硫力求切

南海寄歸内法傳卷第四

唐三藏沙門義淨撰

三十一灌沐尊儀

詳夫修敬之本無越三尊契想之因寧過四諦然而諦理幽邃事隔麤心灌洗聖儀實爲通濟大師雖滅形像尚存翹心如在理應遵敬或可香華每設能生清淨之心或可灌沐恒爲足蕩昏沉之業以斯標念無表之益自收勸獎餘人有作之功兼利冀希福者宜存意焉但西國諸寺灌沐尊儀每於禺中之時授事便鳴揵椎（授事者梵云羯磨陀那陀那是授羯磨是事意道以衆雜事指授於人舊云維那者非也維是周語意道綱維那是梵音略去羯磨陀字也）寺庭張施寶蓋殿側羅列香瓶取金銀銅石之像置以銅金石木盤内令諸妓女奏其音樂塗以磨香灌以香水（取栴檀沉水香木之輩於礎石上以水磨使成泥用塗像身方持水灌）以淨白氎而揩拭之然後安置殿中布諸華彩此乃寺衆之儀令羯磨陀那作矣然於房房之内自浴尊儀日日皆爲要心無闕但是草木之華咸將奉獻無論冬夏芬馥恒然市肆之間賣者亦衆且如東夏蓮華石竹則夏秋散彩金荊桃杏乃春日敷榮木槿石榴隨時代發朱櫻李柰逐節揚葩園觀蜀葵之流山莊香草之類必須持來布列無宜遥指樹園冬景片時或容闕乏剪諸繒綵坌以名香設在尊前斯實佳也至於銅像無問小大須細灰甎末揩拭光明清水灌之澄華若鏡大者月半月盡合衆共爲小者隨已所能每須洗沐斯則所費雖少而福利尤多其浴像之水舉以兩指瀝自頂上斯謂吉祥之水冀求勝利奉獻殘華不合持齅棄華

不應履踐可於淨處而傾置之豈容白首終年尊像曾不揩沐紅華遍野本自無心奉薦而遂省嬾作遥指池園即休畏苦惰爲開堂普敬便罷此則師資絶緒遂使致敬無由造泥制底及拓模泥像或印絹紙隨處供養或積爲聚以甎裹之即成佛塔或置空野任其銷散西方法俗莫不以此爲業又復凡造形像及以制底金銀銅鐵泥漆甎石或聚沙雪當作之時中安二種舍利一謂大師身骨二謂緣起法頌其頌曰

諸法從緣起　如來説是因　彼法因緣盡
是大沙門説

要安此二福乃弘多由是經中廣爲譬喻歎其利益不可思議若人造像如穬麥制底如小棗上置輪相竿若細針殊因類七海而無窮勝報遍四生而莫盡其間委細具在別經幸諸法師等時可務哉洗敬尊容生生值佛之業華香致設代代富樂之因自作教人得福無量曾見有處四月八日或道或俗持像路邊灌洗隨宜不知揩拭風飃日曝未稱其儀矣

三十二讃詠之禮

神州之地自古相傳但知禮佛題名多不稱揚讃德何者聞名但聽其名罔識智之高下讃嘆具陳其德名乃體德之弘深即如西方制底畔睇及常途禮敬每於晡後或昏黄時大衆出門繞塔三帀香華具設並悉蹲踞令其能者作哀雅聲明徹雄朗讃大師德或十頌或二十頌次第還入寺中至常集處既其坐定令一經師升師子座讀誦少經具師子

座在上座頭量處其宜亦不高大所誦之經多誦三啓乃是尊者馬鳴之所集置初可十頌許取經意而讚歎三尊次述正經是佛親說讚誦既了更陳十餘頌論迴向發願節段三開故云三啓經了之時大衆皆云蘇婆師多蘇即是妙婆師多是語意欲讚經是微妙語或云娑度義曰善哉經師方下上座先起禮師子座修敬既訖次禮聖僧座還居本處第二上座准前禮二處已次禮上座方居自位而坐第三上座准次同然迄乎衆末若其衆大過三五人餘皆一時望衆起禮隨情而去斯法乃是東聖方耽摩立底國僧徒軌式至如那爛陀寺人衆殷繁僧徒數出五千造次難爲翔集寺有八院房有三百但可隨時當處自爲禮誦然此寺法差一能唱導師每至晡西巡行禮讚淨人童子持雜香華引前而去院院悉過殿殿皆禮每禮拜時高聲讚歎三頌五頌響皆遍徹迄乎日暮方始言周此唱導師恒受寺家別料供養或復獨對香臺則隻坐而心讚或翔臨於梵宇則衆跪而高闡然後十指布地叩頭三禮斯乃西方承藉禮敬之儀而老病之流任居小座其讚佛者而舊已有但爲行之稍別不與梵同且如禮佛之時云歎佛相好者即合直聲長讚或十頌二十頌斯即其法也又如來等偈元是讚佛良以音韻稍長意義難顯或可因齋靜夜大衆悽然令一能者誦一百五十讚及四百讚并餘別讚斯成佳也然而西國禮敬盛傳讚歎但有才人莫不於所敬之尊而爲稱說且如尊者摩咥（丁結切）哩制吒者乃西方宏

才碩德秀冠羣英之人也傳云昔佛在時佛因親領徒衆人間遊行時有鸎鳥見佛相好儼若金山乃於林内發和雅音如似讚詠佛乃顧諸弟子曰此鳥見我歡喜不覺哀鳴緣斯福故我没代後獲得人身名摩咥哩制吒廣爲稱歎讚我實德也摩咥哩是母制吒是兒其人初依外道出家事大自在天既是所尊具伸讚詠後乃見所記名翻心奉佛染衣出俗廣興讚歎悔前非之已往遵勝轍於將來自悲不遇大師但逢遺像遂抽盛藻仰符授記讚佛功德初造四百讚次造一百五十讚總陳六度明佛世尊所有勝德斯可謂文情婉麗共天藹而齊芳理致清高與地嶽而爭峻西方造讚頌者莫不咸同祖習無著世親菩薩悉皆仰止故五天之地初出家者亦既誦得五戒十戒即須先教誦斯二讚無問大乘小乘咸同遵此有六意焉一能知佛德之深遠二體制文之次第三令舌根清淨四得胸藏開通五則處衆不惶六乃長命無病誦得此已方學餘經然而斯美未傳東夏造釋之家故亦多矣爲和之者誠非一算陳那菩薩親自爲和每於頌初各加其一名爲雜讚頌有三百又鹿苑名僧號釋迦提婆復於陳那頌前各加一頌名糅雜讚總有四百五十頌但有制作之流皆以爲龜鏡矣又龍樹菩薩以詩代書名爲蘇頡里離佉譯爲密友書寄與舊檀越南方大國王號娑多婆漢那名市演得迦可謂文藻秀發慰誨勤勤的指中途親逾骨肉就中旨趣寔有多意先令敬信三尊供養父毋持戒捨惡擇人乃交於諸財色修不

淨觀檢校家室正念無常廣述餓鬼旁生盛道人天地獄火燃頭上無暇佛除縁起運心專求解脫勸行三慧明聖道之八支令學四眞證圓凝之兩得如觀自在不簡怨親因阿彌陀恒居淨土斯即化生之術要無以加五天創學之流皆先誦此書讚歸心繫仰之類靡不研味終身若神州法侶誦觀音遺教俗徒讀千文孝經矣莫不欽翫用爲師範其杜得迦摩羅亦同此類杜得迦者本生也摩羅者即是貫焉集取菩薩昔生難行之事貫之一處若譯可成十餘軸取本生事而爲詩讚欲令順俗妍美讀者歡愛教攝羣生耳時戒日王極好文筆乃下勑曰諸君但有好詩讚者明日旦朝咸將示朕及其總集得五百夾展而閱之多是杜得迦摩羅矣方知讚詠之中斯爲美極南海諸島有十餘國無問法俗皆諷誦如前詩讚而東夏未曾譯出又戒日王取乘雲菩薩以身代龍之事緝爲歌詠奏諧弦管令人作樂舞之蹈之流布於代又東印度月官大士作毗蹃安呾囉太子歌詞人皆無詠遍五天矣舊云蘇達拏太子者是也又尊者馬鳴亦造歌詞及莊嚴論并作佛本行詩大本若譯有十餘卷意述如來始自王宮終乎雙樹一代佛法並緝爲詩五天南海無不諷誦意明字少而攝義能多復令誦者心悅忘倦又復纂持聖教能生福利其一百五十讚及龍樹菩薩書並別録寄歸樂讚詠者時當誦習

三十三尊敬乖式

夫禮敬之儀教有明則自可六時策念四體翹勤端居一房乞食爲業順杜多之行修知

足之道但著三衣不畜盈長無生致想有累全袪豈得輒異僧儀別行軌式披出家服不同常類而在鄽肆之中禮諸流俗檢尋律教全遮此事佛言有二種應禮所謂三寶及大巳苾芻又有賫持尊像在大道中塵坌聖容以求財利或有鉤身自刺瞼斷節穿肌詐託好心本希活命如斯之色西國全無宜勸導人勿復行此

三十四西方學法

夫大聖一音則貫三千而總攝或隨機五道乃彰七九而弘濟（七九者即是聲明中七轉九例也如下略明耳）時有意言法藏天帝領無說之經或復順語談詮支那悟本聲之字致使投緣發慧各稱虛心唯義除煩並凝圓寂至於勝義諦理逈絕名言覆俗道中非無文句（覆俗諦者舊云世俗諦義不盡也意道俗事覆他真理色本非瓶妄為瓶解聲無歌曲漫作歌心又復識相生時體無分別無明所蔽妄起衆形不了自心謂鏡居外虵繩並謬正智斯淪由此蓋真名為覆俗矣此據覆即是俗名為覆俗或可但云真諦覆諦）然則古來譯者梵軌罕談近日傳經但云初七非不知也無益不論今望總習梵文無勞翻譯之重為此聊題節段粗述初基者歟（然而骨崙速利尚能總讀梵經豈況天府神州而不談其本說故西方讚云曼殊室利現在并州人皆有福理應欽讚其文既廣此不繁錄）夫聲明者梵云攝拖苾䭾（䭾停夜切）攝拖是聲苾䭾是明即五明論之一明也五天俗書總名毗何羯喇拏大數有五同神州之五經也（舊云毗伽羅論音訛）一則創學悉談章亦名悉地羅窣覩斯乃小學標章之稱但以成就吉祥為目本有四十九字共相乘轉成一十八章總有一萬餘字合三百餘頌凡言一頌乃有四句一句八字總成三十二言更有小頌大頌不可

具述六歲童子學之六月方了斯乃相傳是大自在天之所說也二謂蘇呾囉即是一切聲明之根本經也譯爲略詮意明略詮要義有一千頌是古博學鴻儒波尼你所造也爲大自在天之所加被面現三目時人方信八歲童子八月誦了三謂馱覩章有一千頌專明字元功如上經矣四謂三棄攞章是荒梗之義意比田夫創開疇畎應云三荒章一名頞瑟吒馱覩頌一千二名文荼頌一千三名鄔拏地頌一千馱覩者則意明七例曉十羅聲述二九之韻言七例者一切聲上皆悉有之一一聲中各分三節謂一言二言多言總成二十一言也如喚男子一人名補嚕灑兩人名補嚕稍三人名補嚕沙此中聲有呼喻重輕之別於七例外更有呼名聲便成八例初句既

三餘皆准此恐繁不録名蘇槃多聲總有三八二十四聲十羅聲者有十種羅字顯一聲時便明三世之異二九韻者明上中下尊卑彼此之別言有十八不同名丁岸哆聲也文荼則合成字體且如樹之一目梵云苾力叉便引二十餘句經文共相雜糅方成一事之號也鄔拏地則大同斯例而以廣略不等爲異此三荒章十歲童子三年勤學方解其義五謂苾栗底蘇呾羅即是前蘇呾羅釋也乃上古作釋其類寔多於中妙者有十八千頌演其經本詳談衆義盡寰中之規矩極天人之軌則十五童子五歲方解神州之人若向西方求學問者要須知此方可習餘如其不然空自勞矣斯等諸書並須暗誦此據上人爲准中下之流以意可測翹勤晝夜不遑寧寢同孔父

之三絕等歲釋之百遍牛毛千數麟角唯一比功與神州明上經相似此是學士闍耶昳底所造其人乃器量弘深文彩秀發一聞便領詎假再談敬重三尊多營福業没代于今向三十載矣閑斯釋已方學緝綴書表製造詩篇致想因明虔誠俱舍尋理門論比量善成習本生貫清才秀發然後函丈傳授經三二年多在那爛陀寺（中天也）或居跋臘毗國（西天也）斯兩處者事等金馬石渠龍門闕里英彦雲聚商搉是非若賢明歎善遐邇稱儁方始自忖鋒鍔投刃王庭獻策呈才希望利用坐談論之處已則重席表奇登破斥之場他乃結舌稱愧響震五山聲流四域然後受封邑策班貴素高門更修餘業矣復有苾芻底蘇呾羅議釋名朱你有二十四千頌是學士鉢顛社攞所造斯乃重顯前經劈肌分理詳明後釋剖析毫芒明經學此三歲方了功與春秋周易相似次有伐撥呵利論是前朱你議釋即大學士伐撥呵利所造有二十五千頌斯則盛談人事聲明之要廣叙諸家興廢之由深明唯識善論因喻此學士乃響震五天德流八極徹信三寶諦想二空希勝法而出家戀纏染而便俗斯之往復數有七焉自非深信因果誰能若此勤著自嗟詩曰由染便歸俗離貪還服緇如何兩種事弄我若嬰兒即是諸法師之同時人也每於寺内有心歸俗被煩惱逼確爾不移即令學生與向寺外時人問其故答曰凡是福地本擬戒行所居我既内有邪心即是虧乎正教十方僧地無處投足爲清信士身著白衣方入寺中宣揚

正法捨化已來經四十年矣次有薄迦枳也切論頌有七百釋有七千亦是伐撥呵利所造敘聖教量及比量義次有革筝頌有三千釋有十四千頌乃伐撥呵利所造釋則護法論師所製可謂窮天地之奥祕極人理之精華矣若人學至於此方曰善解聲明與九經百家相似斯等諸書法俗悉皆通學如其不學不得多聞之稱若出家人則遍學毗荼耶具討經及論挫外道若中原之逐鹿解傍詰同沸鼎之銷凌遂使響流贍部之中受敬人天之上助佛揚化廣導羣有此則弈代挺生若一若二取喻同乎日月表況譬之龍象斯乃遠則龍猛提婆馬鳴之類中則世親無著僧賢清辯之徒近則陳那護法法稱戒賢及師子月安惠德惠護德光勝光之輩斯等大師無不具前内外衆德各並少欲知足誠無與比俗流外道之内中此類而難得廣如西方十德傳中具述法稱則重顯因明德光乃再弘律藏德惠乃定門澄想惠護則廣辨正邪方驗鯨海巨深名珍現彩香峯高峻上藥呈奇是知佛法含弘何所不納莫不應響成篇寧煩十四之足無勞百遍兩卷一聞便領有外道造六百頌來難護法師法師對衆一聞文義俱領又五天之地皆以婆羅門爲貴勝凡有座席並不與餘三姓同行自外雜類故宜遠矣所尊典誥有四薜陀書可十萬頌薜陀是明解義先云圍陀者訛也咸悉口相傳授而不書之於紙葉每有聰明婆羅門誦斯十萬即如西方相承有學聰明法一謂生覆審智二則字母安神旬月之間思若泉涌一聞便領無假再談親覩其人固非虛耳

於東印度有一大士名日月官是大才雄菩
薩人也淨到之日其人尚存或問之曰毒境
與毒藥爲害誰爲重應聲答曰毒藥與毒境
相去實成遥毒藥餐方害毒境念便燒又復
騰蘭乃震芳於東洛眞帝則篤響於南溟大
德羅什致德匠於他土法師玄奘演師功於
自邦然今古諸師並光傳佛日有空齊致習
三藏以爲師定慧雙修指七覺而爲匠其西
方現在則羝羅荼寺有智月法師那爛陀中
則寶師子大德東方即有地婆羯囉蜜呾囉
蜜南裵有呾他揭多揭婆南海佛誓國則有
釋迦雞栗底今現在佛誓國歷五天而廣學矣斯並比秀前
賢追蹤往哲曉因明論則思擬陳那味瑜伽
宗實罄懷無著談空則巧符龍猛論有則妙
體僧賢此諸法師淨並親狎筵机餐受微言

慶新知於未聞温舊解於曾得想傳燈之一
望實喜朝聞冀蕩塵之百疑則分隨昏滅尚
乃捨遺珠於鷲嶺時得其眞擇散寶於龍河
頗逢其妙仰蒙三寶之遠被賴皇澤之遐霑
遂得旋踵東歸鼓帆南海從躭摩立底國已
達室利佛誓停住已經四年留連未及歸國
矣

三十五長髮有無

長髮受具五天所無律藏不見有文徇古元
無此事但形同俗相難爲護罪既不能持受
復何益必有淨心須求剃髮染衣潔念解脱
爲懷五戒十戒奉而不虧圓具圓心遵修律
藏瑜伽畢學體窮無著之八支一二十唯識論二三十唯
識論三攝大乘論四對法論五辯中邊論六緣起論七大莊嚴論八成業論此中雖有世
親所造然而功歸無著也因明著功鏡徹陳那之八論觀一

三世論二觀總相論三觀境論四因門論五似因門論六理門論七取事施設論八集量論習阿毗達磨則遍窺六足學阿笈摩經乃全探四部然後降邪伏外摧揚正理廣化羣物弘誘忘疲運想二空澄懷八道敬修四定善護七篇以此送終斯爲上也如其不爾雖處居家不染私室然端一體以希出離隨乞丏以供公上著麤服而遮羞恥守持八戒不一殺生二不偷盗三不婬泆四不妄語五不飲酒六不作樂冠華塗香七不坐高廣大牀八不非時食盡形壽以要心歸敬三尊契涅槃而近想斯其次也必其現處樊籠養育妻息恭心敬上慈懷念下受持五戒恒作四齋黑月八日或十四日或十五白月八日十五日此日要須受其八戒方稱聖修若無前七而唯第八獲福因甚少焉意在防餘七過不但餓腹而已忠恕在人克勤於已作無罪事以奉官輸斯亦佳也無罪謂是與易由其不損衆生西國時俗皆以商人爲貴不重農夫由其耕墾多傷物命又養蠶畧殺深是苦因每一年中損害巨億行述自久不以爲非未至來生中受苦無極不爲此業名爲無罪也如俗徒蠢蠢不識三歸盡壽遑遑寧持一戒不解涅槃是圓寂豈悟生死是輪迴鎮爲罪業斯其下也

三十六亡則物現

凡有欲分亡苾芻物律具廣文此備時須但略疏出先問負債囑授及看病人依法商量勿令乖理餘殘之物准事應知

嗢柁南曰

田宅店卧具　銅鐵及諸皮　剃刀等瓶衣
諸竿并雜畜　飲食及諸藥　牀座并券契
三寶金銀等　成未成不同　如是等諸物
可分不可分　隨應簡別知　是世尊所説

言隨應者所謂田宅邸店卧具氈褥諸銅鐵器並不應分於中鐵鉢小鉢及小銅椀户鑰

針錐剃刀刀子鐵杓火爐及斧鑿等幷盛此諸袋若瓦器謂鉢小鉢淨觸君持及貯油物幷盛水器此並應分餘不合分其木器竹器及皮臥物翦髮之具奴婢飲食穀豆及田宅等皆入四方僧若可移轉物應貯衆庫令四方僧共用若田宅村園屋宇不可移者應入四方僧若有所餘一切衣被無問法衣浴衣若染不染及皮油瓶鞋履之屬並現前應分元云同袖不分白衣入重者蓋是以意斟酌也大竿可爲贍部光像處懸旛之竿言贍部光像者即如律中所出緣起無爲世尊不處衆時衆無威肅致使給園長者請世尊曰願作贍部光像衆首置之本師作也細者可作錫杖行與苾芻言錫杖者梵云喫棄羅即是鳴聲之義古人譯爲錫者意取錫作聲鳴杖錫任情稱就目驗西方所持錫杖頭上唯有一股鐵棬可容三二寸安其鐏管長四五指其竿用木麤細隨時高與眉齊下安鐵纂可二寸許其鐶或圓或匾屈合中間可容大指或六或八穿安股上銅鐵任情元斯制意爲乞食時防其牛犬何用辛苦擎奉勞心而復通身總鐵頭上安四股重滯將持非常冷澁非本制也四足之内若是象馬駝騾驢乘當與國王家牛羊入四方僧不應分也若甲鎧之類亦入國王家雜兵刃等可打作針錐刀子及錫杖頭行與現前僧仲縱不普遍從大者行罟網之屬應用羅窻若上彩色又黃朱碧青緑等物應入佛堂擬供像用白土赤土及下青色現前應分若酒欲酸可埋於地待成醋已僧應食之若現是酒應可傾棄不合酤賣佛言汝諸苾芻若有依我出家不得將酒與他及以自飲乃至不合茅尖滴酒瀝置口中若將酒及糟起麪幷糟羹之類食者咸招越法之罪律有成制不須致疑靈巖道場常以麩漿起麪避其酒過先人誠有意焉諸有雜藥之屬應安淨庫以供病者隨意通用諸有

珍寶珠玉分爲二分一分入法一分入僧法物可書佛經并料理師子座入僧者現前應分若寶等所成牀榻之屬應須出賣現前應分木所成者入四方僧伽所有經典章䟽皆不應分當納經藏四方僧共讀其外書賣之現前應分所有劵契之物若能早索得者即可分之如未得者劵當貯庫後時索得充四方僧用若諸金銀及成未成器貝齒諸錢並分爲三分一佛陀二達摩三僧伽佛物應修理佛堂及髮爪窣覩波所有破壞法物寫佛經料理師子座衆物現前應分六物當與看病人自餘雜碎之物准此應知具如大律

三十七受用僧物

現今西方所有諸寺苾芻衣服多出常住僧或是田園之餘或是樹果之利年年分與以充衣直問曰亡人所有穀食尚遣入僧況復衆家豆粟别人何合分用答施主本捨村莊元爲濟給僧衆豈容但與其食而令露體住乎又復詳審當事並有功勞家人尚自與衣曹主何宜不合以其道理供食之餘充衣非損斯乃西國衆僧大途議論然其律典時舍出没耳又西國諸寺别置供服之莊神州道場自有給衣之所亦得食通道俗此據施主元心設令餐噉理亦非過凡是布施僧家田宅乃至雜物並通衆僧衣食者此則誠無疑慮之患若元心作無盡無障之意者雖施僧家情乃普通一切但食用者咸無過也並由施主先心所期耳但神州之地别人不得僧衣爲此孜孜實成妨業設使應供存命非是不勞心力若其常住有食兼著僧衣即可端

拱不出寺門亦是深成省事況乎糞掃三衣巡家乞食蘭若依樹正命自居定慧內融極想木叉之路慈悲外發標心普濟之津以此送終斯爲上矣然則常住之物用作衣被牀褥之流幷雜資具平分受用不屬別人掌愛護持事過己物有大者至轂小而與斯乃聖教佛自明言如法用之誠無罪咎足得資軀免追求之費寧容寺家巨富穀麥爛倉奴婢滿坊錢財委庫不知受用相共抱貧可否之宜智者時鏡或有寺家不立衆食僧物分以私餐遮他常住十方邪命但存一己斯乃自行非法苦報誰代當來

三十八燒身不合

諸出家衆內頗有一途初學之流情存猛利未閑聖典取信先人將燒指作精勤用然肌爲大福隨情即作斷在自心然經中所明事存通俗己身尚勸供養何況諸餘外財是故經中但言若人發心不道出家之衆意者出家之人局乎律藏戒中無犯方得通經於戒有違未見其可縱使香臺草茂豈損一莖曠野獨飢寧餐半粒然衆生喜見斯乃俗流燒臂供養誠其宜矣可以菩薩捨男捨女遂遣苾芻求男女以捨之大士捐目捐身即令乞士將身目而行施仙預斷命豈律者所爲慈力捨身非僧徒應作比聞少年之輩勇猛發心意謂燒身便登正覺遂相踵習輕棄其軀何則十劫百劫難得人身千生萬生雖人罕智稀聞七覺不遇三尊今既託體勝場投心妙法纔持一頌棄眇肌而尚輕暫想無常捨塵供而寧重理應堅修戒品酬恵四恩固想

定門冀拔三有小慜大懼若越深海之護浮囊行慧堅防等履薄氷而策奔駿然後憑善友力臨終助不心驚正念翹懷當來願見慈氏若希小果即八聖可求如學大因則三祇斯克始怱怱自斷軀命實亦未聞其理自殺之罪事亞初篇矣檢尋律藏不見遣爲滅受親說要方斷惑豈由燒已房中打勢佛障不聽池內存生尊自稱善破重戒而隨自意金口遮而不從以此歸心誠非聖教必有行菩薩行不受律儀亡己濟生固在言外耳

三十九傍人獲罪

凡燒身之類各表中誠或三人兩人同心結契誘諸初學詳爲勸死在前亡者自獲偷蘭末後命終定招夷罪不肯持禁而存欲得破戒求死固守專心曾不窺教儻自傍人勸作即犯針穴之言若道何不投火便招析石之過嗚呼此事誠可愼哉俗云殺身不如報德滅名不如立節然而投體餓虎是菩薩之濟苦割身代鴿非沙門之所爲以此同科實非其況聊准三藏略陳可不進退之宜智者詳察然恒河之內日殺幾人伽耶山邊自殞非一或餓而不食或上樹投身斯等迷途世尊判爲外道復有自刑斷勢深乖律典設有將爲非者恐罪不敢相諫若其緣斯致命便誤一生大事佛因斯理制而不許上人通識自不肯爲古德相傳述之如後

四十古德不爲

且如淨親教師則善遇法師也軌範師則慧習禪師也年過七歲幸得親侍斯二師者並太山金輿谷聖人朗禪師所造神通寺之大

德也俗緣在乎德貌具二州矣二德以爲山居獨善寡利生之路乃共詣平林俯虎清澗於土窟寺式修淨居即齊州城西四十里許營無盡藏食供養無礙所受檀施咸隨喜捨可謂四弘誓願共乾坤而罔極四攝廣濟等塵沙而不窮敬修寺宇盛興福業略叙法師之七德焉一法師之博聞也乃正窺三藏傍睇百家兩學俱兼六藝通備天文地理之術陰陽曆筭之奇但有經心則妙貫神府洋洋慧海竟瀉流而罔竭粲粲文囿鎮敷榮而弗萎所制文藻及一切經音并諸字書頗傳於世每自言曰我若不識則非是字二法師之多能也巧篆籀善鍾張聽絲桐若子期之驗山水運巧斧等匠石之去飛泥哲人不器斯之謂也三法師之聰慧也讀涅槃經一日便

遍初誦斯典四月部終研味幽宗妙探玄旨教小童則誘之以半字誡無按劒之疑授大機則瀉之於完器實有捧珍之益昔者隋季道銷法師乃梗遷楊府諸僧見說咸云魯漢體多質朴遂令法師讀涅槃經遣二小師將看隨句法師于時慷慨喉吻激揚音旨旦至日角三帙已終時人莫不慶讚請休嗟歎希有此乃衆所共知非私讚也四法師之度量也但有市易隨索隨酬無論高下曾不減價設有討直到還亦不更受時人以爲雅量超羣也五法師之仁愛也重義輕財導善薩行有人從乞咸不逆言日施三文是常所願又曾於隆冬之月客僧道安冐雪遠行腨足皆破停村數日潰爛膿流村人車載送至寺所法師新造一帔纔始擐體出門忽見不覺以

帔掩其膿血傍人止之曰宜兒故物莫汙新者法師曰交濟嚴苦何暇求餘時人見聞莫不深讃雖復事非過大而能者故亦尠矣六法師之策厲也讀八部般若各並百遍轉一切經時屢託終如修淨方業日夜翹勤瑩佛僧地希生不動大分塗跣恐損衆生運想標心曾無懈替掃灑香臺類安養之蓮開九品莊嚴經室若鷲嶺之天雨四華其有見者無不讃歎功德躬自忘倦畢命爲期又轉讀之餘念阿彌陀佛四儀無闕寸影非空計小豆粒可盈兩載弘濟之端固非一品七法師之知命也法師將終先一年内所有文章雜史書等積爲大聚裂作紙泥寺造金剛兩軀以充其用門人進而諫曰尊必須紙敢以空紙換之師曰耽著斯文久來誤我豈於今日而誤他哉譬乎令餐鴆毒指往險途其未可也廢正業習傍功聖開上品耽成大過已所不欲勿施他矣門徒稱善而退其說文及字書之流幸蒙曲賜乃垂誨曰汝略披經史文字薄識宜可欽情勝典勿著斯累將欲終時先告門人曰吾三數日定當去矣然於終際必抱掃箒而亡我之餘骸當遺廣澤後於晨朝俯臨清澗蕭條白楊之下彷徉綠篠之側了然獨坐執箒而終門人慧力禪師侵明就謁怪聲寂爾乃將手親附但見熱氣衝頭足手俱冷遂使大哭四遠咸集于時法侶悲啼若金河之流血灑地俗徒號慟等玉嶺之摧碎明珠傷道樹之早凋歎法舟之遽沒殯於寺之西園春秋六十三矣身亡之後緣身資具但有三衣及故鞋履二量并隨宜卧具而已

法師亡日淨年十二矣大象既去無所依投遂棄外書欽情内典十四得霑緇侶十八擬向西天至三十七方遂所願淨來日就墓辭禮于時已霜林半拱宿草塡塋神道雖疎展如在之敬周環企望述遠涉之心冀福利於幽靈報慈顏之厚德矣禪師則專意律儀澄心定慮晝夜勤六時而不倦旦夕引四輩而忘疲可謂處亂非諠而逾靜道俗咸委非曲親也誦法華經六十餘載每日一周計二萬餘遍縱經隋季版蕩逐命波遷然此契心曾無有廢現得六根清善四大平和六十年中了無他疾每俯澗誦經便有靈禽萃止堂隅轉讀則感鳴雞就聽善緣情體音律尤精草隸唱導無盡雖不存心外典而天縱其然所造六度頌及發願文並書於土窟寺燈臺矣

乃虔心潔淨寫法華經極銓名手盡其上施含香吐氣清淨洗浴忽於經上爰感舍利經成乃帖以金字共銀鉤而合彩盛之寶函與玉軸而交映駕幸太山天皇知委請將入内供養斯二師者即是繼踵先聖朗禪師之後也朗禪師乃現生二秦之時揚聲五衆之表分身受供身流供者之門隨事導機事愜機情之願但爲化超物外故以神通而命寺焉神德難思廣如別傳所載當是時也君王稽首僚庶虔心初欲造寺創入則見虎叫北川將出復聞馬鳴南谷天井汲水而不減天倉去米而隨平雖神迹久漂而餘風未殄及親教二師并餘住持大德明德禪師等並可謂善閑律意妙體經心燒指焚肌曾無此教門徒訓匠判不許爲並是親承固非傳說又復

詳觀往哲側聽前規自白馬停轡之初青象挂鞍之後騰蘭啓曜作神州之日月會顯垂則爲天府之津梁安遠則虎踞於江漢之南休厲乃鷹揚於河濟之北法徒紹繼慧潄猶清俗士讚稱芳塵靡歇曾未聞遺行燒指亦不見令使焚身規鏡目前智者詳悉又禪師每於閑夜見悲鄙丱曲伸進誘或調言於黃葉令蠲憶母之憂或喻說於烏禽希懷報養之德汝可務紹隆三寶令使不絕莫縱心百氏而虛棄一生既而童年十歲但領其言而未閑深旨每至五更就室叅請禪師必將慈手賜撫摑摩實如慈母之育赤子或餐甘膳多輟味見貽但有取求無違所請法師乃恩厲父嚴禪師則慈伸母愛天性之重誠無以加及至年滿進具還以禪師爲和尚既受戒已忽於清夜行道之際燒香垂涕而伸誨曰大聖久已涅槃法教訛替人多樂受少有持者汝但堅心重禁莫犯初篇餘有罪愆設令犯者吾當代汝入地獄受之燒指燒身不應爲也進奉旨曰幸蒙慈悲賜以聖戒隨力竭志敢有虧違雖於小罪有懷大懼於是五稔之間精求律典厲律師之文疏頗議幽深宣律師之鈔述竊談中旨既識持犯師乃令講一遍方聽大經乞食一餐長坐不臥雖山寺特遙亦未曾有廢每想大師慈訓不覺流淚何從方驗菩薩之恩濟苦類投炎熾之大火長者之悲念窮子窺阽隘之小門故非是謬每親承足下不行遠聽便賜告曰我目下且有餘人給侍勿廢聽讀而空住於此乃杖錫東魏頗沉心於對法攝論負笈西京方閱想

於俱舍唯識來日從京重歸故里親請大師曰尊既年老情希遠遊追覽未聞冀有弘益未敢自決師乃留誨曰爾爲大緣時不可再激於義理豈懷私戀吾脫存也見爾傳燈宜即可行勿事留顧觀禮聖蹤我實隨喜紹隆事重爾無間然既奉慈聽難違上命遂以咸亨二年十一月附舶廣州舉帆南海緣歷諸國震錫西天至咸亨四年二月八日方達耽摩立底國即東印度海之口也停至五月逐伴西征至那爛陀及金剛座遂乃周禮聖蹤旋之佛誓耳可謂大善知識能全梵行調御誠教斯豈爽歟大師乃應物挺生爲代模範親自提獎以至成人若海槎之遇將一日即生律之幸會二師也夫以小善小惠尚播美於絃歌況大智大恩而不傳於文讚云爾

令哉父母　曠劫相持　粤我齠齓　攜就明師
童年尚小　輟愛抽悲　學而時習　杖德箴規
儔明兩曜　比德雙儀　礪我惠鍔　長我法肌
提攜鞠育　親誨忘疲　中宵廢寢　日旰停飢
上德不德　遠而莫知　埋光岱嶺　蘊德齊涯
洋洋慧海　鬱鬱禪枝　支藻粲粲　定彩曦曦
磨而不磷　涅而不緇　坐遷表異　雞聽彰奇
年在弱歲　一留一遺　所有福業　並用薰資
酬恩死別　報德生離

頻在在遺會而延慶代代奉訓以成禠積義利乎同岳委淨定也如池冀龍華之初會聽慈氏之玄濟遍四生而運想滿三大之長祇恐聞者以爲憑虛聊疎法師之所製大師曾因二月十五日法俗咸詣南山朗公聖迹之所觀天井天倉之異禮靈龕靈廟之奇不遠

千里盛興供養于時齊王下文學悉萃於此俱懷筆海並擅文峯各競囊錐咸矜櫝玉欲詠朗公之廟像共推法師以爲先作師乃不讓當仁江池先溢援翰爲璧曾不停毫走筆成篇了無加點詩曰

上聖先茂列英猷暢濵海空谷自棲遅榮命虛相待萬古山川曠千年人代改眞識了無生徒見丹青在

諸文士既覩法師之製俱懷内恧之心或閣筆於松枝或投硯於巖曲僉曰西施顯貌嫫毋何顏才子如林竟無一和耳所餘文章具如別集義淨敬白大周諸大德或曾聽受虛筵或諮論法義或相知弱冠或通懷中年咸悉大者和南小者千萬所列四十條論要略事凡此所録並是西方師資現行著在聖言非是私意夫命等逝川朝不謀夕恐難面敘致此先呈有暇時尋幸招遠意斯依薩婆多非餘部矣重曰

敬陳令則恢乎大猷咸依聖教豈曰情求恐難面謁寄此先酬幸願繫轅不棄芻蕘見收追蹤百代播美千秋實望聲鷲峯於少室並王舍於神州

南海寄歸内法傳卷第四

音釋

礎創舉切柱下石也　坌蒲悶切坌塕也　穬古猛切麥也　飃紕招切與飄同　鷂爲詭切華也　噏許及切與吸同　撖知義切　褏余制切與裔同　錞音隊矛柄下銅鐏也　鐶户關切　麩妨娱切麥麩也　駿子峻切良馬也　跣息淺切足親地也　篠先了切小竹也　塋余傾切葬地也　丱古患切丫

角貌稔如甚切齠齔齠徒聊切齔初覲切齠齔毀齒也礪力制切䃋

也旰古案切日晚也磷良刃切石磷也禠息移切福也漪於羈切水

文也櫃求位切匣也芻蕘蕘如招切芻蕘采草曰芻采薪曰蕘